KB003868

Mutluluk

행복 Mutluluk

초판 1쇄 발행 2022년 6월 29일

지은이 Omer Z. 리반엘리
옮긴이 고영범
펴낸곳 도서출판 가쎄 [제 302-2005-00062호]
주소 서울 용산구 이촌로 224, 609
전화 070. 7553. 1783
팩스 02. 749. 6911
인쇄 정민문화사

ISBN 979-11-91192-63-6 (03830)

값 18,000원

www.gasse.co.kr
berlin@gasse.co.kr

행복

Omer Z. 리반엘리 장편소설
고영범 옮김

gasse • 가쎄

♣ 차례

메리엠의 비행

반 호수[1]의 물만큼이나 깊은 꿈속에서, 열다섯 살 난 메리엠은 자신의 벌거벗은 하얀 몸을 불새의 목에 꼭 갖다 붙이고 하늘을 날고 있었다. 그 불새는 메리엠의 늘씬한 몸만큼이나 하얀색이었고, 메리엠을 태운 채 구름 사이로 부드럽고 안전하게, 깃털처럼 가볍게 날았다.

불새의 목을 꽉 움켜쥐고 있으면서, 메리엠은 풍성한 행복을 느꼈다. 시원한 바람이 메리엠의 벗은 목과 어깨, 다리를 스치고 지나면서 행복감에 몸을 떨게 만들었다.

"오 새여!" 메리엠은 속삭였다. "오 성스러운 새여! 축복받은 새여!"

그 새는 할머니의 이야기에 등장하는 새였다. 모든 이들이 그 눈빛을 두려워한 키 크고 마른 여인이 밤마다 찬양하던 새.

그 새가 마침내, 무한한 창공을 날아, 메리엠의 가족이 살고 있는 집 바로 앞에 내려선 것이었다. 그 불새는 그 자리에 모여선 모든 사람들 중에서 메리엠을 집어 올리고는 등에 태워 하늘로 날아올랐다.

메리엠은 이 새가 소리를 지를 때마다 우유를 줘야 하고, 노래를 부를 때는 고기를 줘야 한다는 사실을 할머니한테서 들은 이야기를 통해 알고 있었다. 이 조건만 만족시킨다면 새는 한 번 멈춰 서지도 않은 채 등에 태운 사람을 한 대륙에서 다른 대륙으로 데려다줄 수 있지만, 반면에 자기가 원하는 걸 주지 않으면 화가 나서 등에서 떨어뜨려 버릴 것이었다. 메리엠은 이 이야기를 여러 번 들었고, 그래서 그게 틀림없는 사실이라고 알고 있었다.

저 멀리 아래로는 반 호수의 푸른 물이 반짝이고 있었다. 그 물가에는 거대한 도시, 이스탄불이 솟아올라 있었다. 메리엠이 수도 없이 들었던 모습 그대로였다. 메리엠은 그 도시에서 눈을 뗄 수가 없었다.

갑자기, 불새가 소리를 질렀다. 메리엠의 귀에 무척 거슬리는 소리였다.

"축복받은 새여, 제가 어디서 우유를 찾을 수 있을까요?" 메리엠이 중얼거렸다. "천 개의 기둥이 떠받치고 있는 이 하늘에서, 우유를 짜낼 수 있는 어떤 동물을 찾을 수 있을까요?"

새가 다시 소리를 질렀다.

"도대체 어디에서 우유를 찾을 수 있죠?" 그녀가 다시 물었다. "제가 아침마다 우유를 짜는 젖이 불은 밤색 소는 여기 없어요."

그 거대한 새는 더 크게 소리를 지르면서 마치 메리엠을 등 위에서 떨어뜨리려는 듯 분노로 몸을 흔들어서 그녀를 공포에 떨게 했다.

"제발요!" 메리엠은 애원했다. "땅에 내려갔을 때 우유를 드리면 안 될까요? 밤색 소의 우유를 짜서 그 달콤한 우유를 원하는 만큼 드리겠어요."

바로 그 순간 메리엠에게는, 그 밤색 소에게 거대한 젖통이 있다면 자신에게도 작은 가슴이 있다는 사실이 떠올랐다. 그중 하나를 쥐어짜자 장미꽃 봉오리 같은 젖꼭지에서 젖이 몇 방울 흘러나왔다. 메리엠은 몸을 앞으로 기울여 불새의 머리에 자신의 따뜻한 젖을 떨어뜨렸다. 갑자기 젖이 많이 흘러나오기 시작했다. 방울로 흘러나오던 게 줄기를 이뤘고, 엄청난 분수가 되어 쏟아져 나왔다.

신성한 새는 목줄기를 타고 흘러내린 그 따뜻한 젖을 마시더니 평온을 되찾았다.

서늘한 바람이 메리엠의 몸을 애무했고, 그녀는 아무런 근심 없이 하늘을 떠다녔다. 메리엠은 지금 자기 옆을 떠다니고 있는 깨끗하고 하얀 구름 무리의 일원이 되기라도 한 것 같았다.

잠시 시간이 흐른 뒤, 메리엠에게 다시 불새의 소리가 들려왔다. 불새는 이번에는 달콤한 소리로 노래를 부르고 있었다.

"아, 나의 사랑스러운 새여, 일곱 단계로 순환하는 이 우주 속 어디에서 당신에게 줄 고기를 찾을 수 있을까요?"

불새는 다시 노래를 불렀고, 메리엠은 다시 한번 애원하기 시작했다. 이번에는 정말 어떻게 해야 할지 알 수가 없었다. 그러자 불새는 흉악한 소리를 질렀고, 메리엠은 세상의 종말이 온 것 같았다.

"오 영광스러운 새여! 성스럽고, 신의 축복을 받은 새여!" 메리엠이 울부짖었다. "제발요, 제발 저를 떨어뜨리지 말아 주세요!"

메리엠이 두려워한 일은 일어나지 않았다. 불새는 목에 매달린 메리엠을 떨어뜨리지 않았다.

메리엠의 눈에 하늘을 뚫고 솟아오른 높은 봉우리를 가진 산이 들어왔다. 불새는 메리엠을 태우고 그 산으로 다가가고 있었다. 그 산은 너무나 높아서, 하얀 운무를 뚫고 솟아오른 거친 톱니 모양의 봉우리 아래에 구름들이 걸려 있었다. 메리엠의 가늘고 벌거벗은 몸은 추위와 두려움으로 격렬하게 떨렸다.

아무런 경고도 없이, 불새의 모습이 변하기 시작했다. 석탄처럼 검은 깃털들이 돋아나면서, 불새의 새하얀 머리는 세상에서 가장 어두운색으로 바뀌었고, 부리는 길어져서 핏빛 집게발처럼 되었다. 불새는 쇳소리를 질러 그 고약한 소리로 하늘과 땅을 채웠고, 모든 새들이 공포에 질려 사라져 버렸다.

메리엠 역시 공포에 질렸다. "고기를 줘야 되는데," 그녀는 생각했다. "불새는 고기를 먹어야만 돼, 그러니 내 살을 먹으려는 거야. 처음엔 내 젖을 마셨고, 이젠 내 살을 포식해야겠다는 거야."

그 거대한 새는 메리엠의 허벅지 사이—죄악이 거하는 곳이라고 저주받은 그 구역질 나는 곳—로 그 핏빛 부리를 갑자기 밀어 넣었다. "나는 지금 그냥 상상하고 있을 뿐이야," 메리엠은 스스로를 안심시키려 애썼다. "악몽일 뿐이야. 그게 다야. 실제로 벌어지고 있는 일일 리가 없어." 하지만 이런 생각도 그녀에게 위안을 주지는 못했다.

메리엠은 그 새의 석탄같이 검은 머리를 자신의 허벅지에서 밀어내려고 애를 썼지만, 불새는 그녀가 대적하기엔 힘이 너무 셌다. 불새는 메리엠의 작은 손에는 신경도 쓰지 않고 그녀의 살점들을 뜯어내면서 계속해서 안으로 파고들었다.

갑자기, 그 새의 머리는 사람으로 변했고, 메리엠은 짙은 수염으로 덮인 사내의 얼굴을 보았다. 메리엠은 그 사내가 검은 수염을 기른 자신의 큰아버지라는 걸 알아챘다.

"큰아버지, 큰아버지가 뜯어낸 걸 돌려주세요," 메리엠이 애원했다.

사람의 머리에 수염이 난 얼굴을 한 그 새는 메리엠에게 짓이겨진 살 조각들을 주고는 하늘나라로 날아가 버렸다.

메리엠은 산꼭대기에 홀로 내버려졌다. 메리엠은 살 조각들을 하나씩 하나씩 주워 모아 그것들이 원래 있던 곳에 집어넣었다. 조각 하나하나는 원래의 자리에 달라붙었고 즉시 아물었다.

메리엠은 몸을 떨면서 갑자기 깨어났다.

"깨어나고 싶지 않아," 메리엠은 생각했다. "영원히 깨어나고 싶지 않아!"

무서운 꿈이었지만, 현실은 그보다 더 끔찍했다.

메리엠은 눈을 떴다. 온 마을 사람들이 이야기하던 눈. 커다랗고, 녹색과 녹갈색 사이 천 하고도 한 개의 미묘한 변화를 담은, 어떤 이들은 찬탄하고 어떤 이들은 적대감을 가지는, 아무데도 보지 않는 것 같은 두 눈. 메리엠의 할머니는 생전에 늘 "이 아이의 눈은 태양보다도 더 밝아"라고 하며 메리엠을 보듬곤 했다.

메리엠은 자기가 허벅지 사이의 그곳을 꽉 쥐고 있다는 걸 깨달았다. 두 손으로 너무 꽉 쥐고 있어서 아플 지경이었다.

깨어나서 좋은 점이 최소한 한 가지는 있었다. 더 이상 무섭지는 않았기 때문이다. 메리엠은 큰아버지에 대한 생각을 머릿속에서 지워버렸다. 이제 메리엠의 기억 속에서는 불새가 그의 자리를 대신 차지했다.

메리엠은 마을 언저리에 있는 포도원의 오두막으로 큰아버지의 음식을 가져다준 일을 기억 속에서 지워버렸다. 메리엠은 그곳에서 그 사람이 자기를 덮치고 범한 일, 그래서 자기가 정신을 잃은 일, 그리고, 나중에 정신을 차렸을 때, 그 헛간에서 뛰쳐나와 미친 듯이 길을 내달린 일들도 더 이상 돌이켜보지 않았다.

두 젊은 사내가 공동묘지 근처에 있는 메리엠을 발견했다. 피부는 가시덤불에 찢기고, 다리에는 피가 말라붙어 있었다. 겁에 질려 정신이 혼미한 상태에서, 메리엠은 상처 입은 새처럼 떨고 있었다. 그 두 사내는 메리엠을 데리고 마을의 시장을 통과해서 집까지 데리고 갔다. 식구들 모두가 충격을 받아 아무 말도 하지 못했다. 메리엠의 가족은 이 사건에 대해 이야기하는 것조차 두려운 나머지 마당에 있는 습기 차고 어두컴컴한 헛간에 메리엠을 가둬두었다.

메리엠은 포도원의 오두막에서 있었던 강간에 대해 누구에게도 말하지 않았고, 강간을 한 범인이 누구인지도 밝히지 않았다. 메리엠은 자신에게 실제로 그런 일이 있었는지를 의심하기까지 했다. 어쩌면 그냥 꿈이었을지도 몰랐다. 그 일에 대한 메리엠의 기억은 희미해졌고, 감각을 되찾은 뒤에 어떤 행동을 했는지도 기억할 수 없었다. 모든 일이 혼란스럽기 짝이 없었고,

그 일에 대해 생각하는 건 불가능했다. 그럼에도, 메리엠은 그 일 이후로는 단 한 번도 그를 "큰아버지"라고 부르지 않았다. 메리엠은 이 사건을 마음속의 가장 구석진 곳에 처박아두었다. 그러나 의식이 가닿지 않는 그곳에서조차 그 사건은 꿈속에서 다시 표면으로 올라올 준비를 갖춘 채 가만히 숨어 있었다.

얇은 매트리스가 깔려 있는 헛간은 어두웠다. 낡은 나무문 틈과 지붕에 나 있는 자그마한 구멍들을 통해 중정으로부터 희미한 빛이 새어 들어왔다. 못쓰게 된 말안장, 안장 가방, 고삐, 마구, 쇠스랑 따위가 한쪽 구석에 내버려져 있고, 얇게 민 반죽을 말린 걸 넣어두는 가방, 해 아래 말린 건포도를 한 겹씩 늘어놓은 것, 그리고 곡식 자루 같은 것들이 나무 선반들 위에 뒤섞여서 놓여 있었는데, 하지만 메리엠은 그 각각의 것들이 놓여 있는 자리를 이미 외워두고 있었다.

메리엠은 절반은 상가고 절반은 시골마을인 반 호숫가의 이 지역에서 태어나 여태 살아왔다. 메리엠은 이 지역에 있는 모든 집들과 나무들, 새들을 모두 알고 있었다. 한때 아르메니아인들이 살다가 버려진 이층집들의 구체적인 모습들—곡물 저장고, 단순한 화장실, 흙으로 빚은 화덕, 마구간, 닭장, 야채밭, 포플라 나무들, 중정 등—도 메리엠의 마음속에는 그대로 남아 있었다. 메리엠은 눈을 감은 상태에서도, 마치 자기가 그 모든 것들의 자리를 잡아놓기라도 한 것처럼, 가장 사소한 것들을 쉽게 찾아낼 수 있었다. 메리엠의 가족이 사는 집의 나무로 만든 현관문에는 큰 것과 작은 것 두 개의 고리쇠가 달려 있었다. 큰 고리쇠는 그 집을 방문하는 이들 중 사내들이 썼고, 작은 건 여자들이 썼다. 집안의 여자들은 그 소리만 듣고도 누가 문 앞에 왔는지 알 수 있었고, 큰 고리쇠 소리가 날 때에는 남자 손님의 눈으로부터 자신을 가릴 만한 시간을 벌 수 있었다.

메리엠은 마을을 떠나본 적도 없었고, 바로 눈앞에 보이는 언덕 너머를 본 적도 없었기 때문에, 이따금씩 자기가 이 세계에 대해서 아는 게 전혀 없다고 생각하곤 했다. 하지만 그것 때문에 괴로워하거나 하진 않았다. 무엇보다, 이스탄불에는 언제든지 갈 수 있었다. 사람들은 그들이 아는 사람에 대해 이야기할 때마다 항상 "그 여자는 이스탄불로 갔어" 혹은 "그 남자는 이스탄불에서 왔어"라고 말하는 것처럼 보였다. 메리엠은 이스탄불은 틀림없이 멀리 보이는 언덕 바로 너머에 있다고 확신하고 있었다. 그 언덕 꼭대기에 올라서기만 하면, 마을 사람들이 지치지도 않고 이야기하는 그 금빛 도시의 영광을 볼 수 있을 거라고 메리엠은 늘 믿었다.

그렇게 가까이 있는 도시로 가는 건 어려울 일이 전혀 없을 터였지만, 이제는 거의 불가능하게 되었다. 언덕 너머에 있는 이스탄불에 가는 건 고사하고, 이제 메리엠은 분수대나, 빵을 사러

가곤 하던 달콤한 냄새로 가득 찬 제과점, 어른들이 데려가 주던 색색의 옷감을 갖춘 상점, 아니면 한 주에 한 번 가서 하루 종일을 보내곤 하던 공중목욕탕에 가는 것도 할 수가 없는 처지였다. 이제 메리엠은 그녀의 가족이 그녀를 밀어 넣고 문을 잠가버린 창고에 갇힌 신세였다. 메리엠은 다른 사람들로부터 따돌려진 채 혼자 갇혀 있었다.

메리엠은 이제 더 이상 집안의 여자 어른들이나 사촌들과 같이 소변을 보러 가는 것도 할 수 없었다. 여름 저녁에는 저녁 식사를 끝내고 나면 집안의 여자들이 함께 뒷마당의 제일 구석진 곳에 가서 함께 쪼그리고 앉아 소변을 보면서 이런저런 소문들을 나누곤 했다. 메리엠은 다들 볼 일을 마쳤는데 자기 혼자서만 계속해서 소변이 흘러나오던 어느 저녁을 떠올렸다. "저거 좀 들어봐." 숙모가 웃으며 말했다. "메리엠은 저렇게 어린데 오줌은 저렇게 많이 나오네!"

"아, 엄마!" 그녀의 딸인 파트마가 이의를 제기했다. "어린 거 하고 오줌 누는 거 하고 무슨 관계가 있어요?"

메리엠은 엄마가 없었다. 그 불쌍한 여인은 메리엠을 낳고 나서 채 며칠이 되지 않아 세상을 떠났다. 마을의 연륜 있는 산파인 굴리자는 메리엠의 엄마가 기력이 거의 없는 상태라는 걸 알고 있었기 때문에 반대를 했지만, 여러 가지 조치가 시행되었다. 이맘은 그녀를 발목을 묶어 거꾸로 매단 채 자기 숨을 불어

넣었고, 많은 이들이 처방한 온갖 민속요법이 그녀에게 가해졌다. 며칠 지나지 않아 메리엠의 엄마는 목숨을 잃고 마을 외곽의 뱀과 지네가 들끓는 공동묘지에 눕혀졌다.

오후가 되면 메리엠의 숙모들과 계모는 모두가 같이 사는 돌로 지은 이층집 자기들의 침대에 누워 휴식을 취하곤 했다. 부드러운 쿠션에 머리를 묻은 채, 그들은 몇 시간이고 잡담을 이어갔다. 메리엠 엄마의 쌍둥이 자매만 빼놓고, 메리엠 집안의 모든 여자 어른들은 몸의 아무 데로나 살이 삐져나오는 매우 풍만한 몸매를 가진 뚱보들이었다.

메리엠은 더 이상 그들의 잡담을 들을 수도, 그들과 함께 텃밭에서 일을 할 수도, 부엌에서 같이 식사를 할 수도 없었다. 메리엠에게는 심지어 호수에서 나오는 물고기를 먹을 권리도 없었다. 사실은 반 호수의 물은 알칼리성이 너무 강해서 거기에서는 물고기들이 살 수도 없었지만, 강이 호수로 흘러드는 에지시 근처에서 잡히는 숭어[2]는 아주 맛있었다. 사람들은 이 고기를 통조림으로 만들어 일 년 내내 먹었다. 메리엠은 이제 이런 일체의 즐거움으로부터 단절되었다.

메리엠 아버지의 세 번째 아내인 되네가 이따금씩 음식을 가지고 왔고, 메리엠은 텃밭의 은밀한 한쪽 구석에서 용변을 보았다. 그리고 그게 전부였다. 메리엠과 외부세계와의 연결고리는 그것 말고는 모두 끊겨 있었고, 메리엠은 앞으로 자신에게 어떤 일이 벌어질지 전혀 알지 못했다. 메리엠은 한 번인가 두 번 용기를 내어 자기와 비슷한 또래인 되네에게 이 문제에 대해 물어봤지만, 그때마다 "네가 저지른 짓에 대해서 어떤 벌을 받게 되는지 너도 알잖아"라는 고약한 대답만 들었을 뿐이다. 이 대답은 메리엠에게 두려움만 더해줬을 뿐이다. 다음에 왔을 때, 되네는 이스탄불에 대해 언급했다.

메리엠은 자기 몸의 죄에 물든 그 부분이 침탈당한 그 사건이 있었던 뒤로 아버지를 한 번도 보지 못했다. 메리엠의 아버지는 조용하고 내성적인 사람으로, 집안은 큰아버지가 장악하고 있었다. 그 누구도, 심지어는 메리엠의 아버지조차도, 큰아버지 앞에서는 감히 마음 내키는 대로 말할 수가 없었다. 메리엠의 큰아버지는 마을뿐만 아니라 인근 지역에서도 높이 존경받았고, 방문객들은 선물을 들고 와서 그의 손에 입을 맞춤으로써 존경심을 표하는 경우가 많았다. 엄격하고 다혈질이고 위압적인 성격인 메리엠의 큰아버지는 늘상 쿠란의 구절들을 외우고 예언자 무하마드의 어록들을 끄집어내었고, 일상생활의 모든 면에서 안내자 역할을 했다. 그는 그 지역의 종교 영역에서 지도자 역할을 했기 때문에, 심지어 언덕 저편 이스탄불에도 수많은 추종자들이 있었다.

메리엠을 그 헛간에 가둔 건 바로 큰아버지였다. 메리엠은 아직도 그의 분노에 찬 고함소리가 들리는 것 같았다. "저 저주받은, 윤리를 모르는 창녀를 가둬버려라!" 그리고 그의 이런 잔인한 말들은 메리엠을 더 떨리게 만들었다.

되네가 입바르게 전해준 바에 따르자면, 메리엠은 자기 가족의 명예를 먼지 구덩이에 처박았다. 그들은 더 이상 머리를 높이 든 채 마을을 걸어 다닐 수 없었다.

"이런 문제에 빠진 여자애들은 어떻게 되는 거예요?" 메리엠은 계모에게 물었다.

"이스탄불로 보내지지. 벌써 두세 명은 그리로 갔어."

메리엠의 두려움은 조금 옅어졌다. 그녀의 처벌은 다만 저 언덕 너머로 보내지는 것일 뿐이었다. 하지만 메리엠은 되네가 마치 "넌 너한테 마땅한 벌을 받을 거야!"라는 식의 느낌을 표현하고 있다는 걸 감지했다.

되네는 메리엠이 저지른 죄만큼이나 메리엠이라는 존재 자체를 경멸해 왔고, 되네의 얼굴에 떠오른 그 차가운 미소를 볼 때마다 메리엠은 한기를 느꼈다. 되네는 헛간을 나서면서 이렇게 덧붙였다. "물론, 스스로 목을 매다는 애들은 그리로 보내지지 않지. 어떤 애들은 밧줄을 찾아서 문제를 해결했어."

계모가 나간 뒤에, 메리엠은 자기 옆의 바닥에 똬리 져 놓여 있는 밧줄을 쳐다보았다. 가족들이 메리엠을 헛간에 가둔 건 스스로 목을 매달라는 뜻이었나? 천장을 가로지르고 있는 대들보, 그리고 밧줄. 거기엔 모든 게 이미 준비되어 있었다. 누군가가 목을 매달고 싶자면, 헛간은 그러기에 적절한 장소였다.

메리엠은 되네의 잔인한 말들과 그 차가운 얼굴 뒤에 숨어 있는 의도를 이해하기 시작했다. 되네는 이 문제를 두고 메리엠의 아버지와 의논을 마쳤을 것이었다. 메리엠 아버지의 두 번째 아내가 불임인 데 반해, 되네는 두 명의 자식을 낳아준 가장 젊고 가장 최근에 들어온 아내로서 영향력을 가지고 있었다.

이게 바로 메리엠의 가족들이 메리엠에 대한 처벌로 결정을 내린 것이었다. 메리엠이 말썽 부리지 않고 헛간에서 조용히, 스스로 목을 매달면, 이 일은 곧 잊히고 말 것이었다. 이 마을에서 한 어린 여자애의 죽음을 두고 누가 의문이나 품겠는가? 전에 어린 여자 둘이 목을 매달았을 때, 사람들은 슬퍼하는 척하면서도 온갖 사소한 것에 이르기까지 말을 만들어냈고, 그걸 주고받았다.

메리엠은 한쪽 구석에 놓여 있는 밧줄 꾸러미를 집어 들었다. 낡고 닳은 밧줄이 그녀의 손안에서 스르륵 풀렸다. 메리엠은 죄악의 행위 그 자체처럼 검게 그을려 있고 여기저기가 갈라진 대들보를 올려다보았다. 목을 매달려면 어떻게 해야 하는지 들은 적이 있었다. 밧줄을 대들보 너머로 던진 뒤 한쪽 끝을 묶은 뒤, 통나무 위에 올라가 반대편 끝에 고리를 만들고, 그 안으로 머리를 집어넣는다. 그러고 나서 남은 일은 통나무를 발로 차서 쓰러뜨리는 것뿐이다. 처음에는 목이 좀 아프겠지만, 불과 일이 분

안에 모든 게 끝날 것이다. 죽음이란 메리엠이 얼마 전에 깨어난 잠과 별다르지 않을 것이고, 이 잠 속에서는 그 무서운 불새를 볼 일은 전혀 없을 것이다.

"죽은 사람도 꿈을 꿀까?" 메리엠은 궁금했다. 죽음에도 돌아온 사람은 아무도 없기 때문에, 그 질문의 대답 역시 누구도 알 수가 없었다. 어쩌면 그녀의 엄마는 절대로 승인할 수 없다는 눈길로 지금 메리엠이 자신의 죽음을 준비하고 있는 걸 지켜보고 있을 것이었다. 어떤 엄마가 자신의 딸이 자살을 하는 걸 그대로 지켜보고 있을 수 있겠는가?

메리엠은 한참 동안 밧줄을 만지작거리다가, 그게 마치 독사라도 되는 양 바닥에 집어 던졌다.

"꺼져!" 메리엠은 소리를 질렀다.

마침내 메리엠은 해방감을 느꼈다. 무엇인가가 그녀의 두려움을 부드럽게 달래 주었고, 메리엠은 자기가 밧줄에게 말을 한 걸 떠올리며 키득거렸다.

"울지 마요, 엄마." 메리엠은 부드럽게 말했다. "나 자살 안 했잖아요."

그러고 나자 메리엠은 무엇 때문에 자기 마음이 바뀌었는지를 깨달았다. 이스탄불이었다. 되네의 말에 의하면, 목을 매달지 않은 여자아이들은 이스탄불로 보내졌다. 그렇다면, 메리엠 역시 다른 아이들과 마찬가지로, 언덕 너머에 있는 그 아름다운 도시로 가면 될 것이었다. “가게만 해준다면, 지금 당장 그리로 걸어서 갈 거야, 나 혼자서.” 메리엠은 그렇게 생각했다. 날이 저물 무렵이면 이스탄불에 도착할 수 있겠지만, 물론 큰아버지가 명령을 내리지 않는다면 아예 못 갈 것이었다. 몰래 도망을 치는 건 생각도 못할 일이었다. 왜냐면 큰아버지는 모든 걸 알고 있고, 아주 작은 것들까지 모든 걸 말해주는 악마들을 거느리고 있었기 때문이다.

메리엠의 큰아버지에 의하자면, 모든 인간은 죄인들이고 여자들은 특별히 저주받은 존재들이었다. 여자로 태어나는 건 그것 자체가 크나큰 처벌이었다. 여자는 악마였고, 더럽고 위험했다. 그들의 선조인 이브처럼, 여자는 남자를 곤경에 빠뜨리는 존재였다. 여자는 인류의 불명예이므로, 여자에게는 쉴 새 없이 아이를 낳는 고통을 안겨주고 정기적으로 매를 때려야 한다. 메리엠은 자라나는 동안 끊임없이 이런 이야기를 들었고, 그래서 자신이 여자라는 사실이 싫었다. 메리엠은 처참한 심정으로 울곤 했다. “신이여, 왜 저를 여자로 만드셨습니까?” 메리엠은 늘 이 질문을 달고 살았다. 그녀 자신이 죄 속에 빠질 때까지.

인생은 메리엠이 수숫대처럼 깡마르고 뼈밖에 없는 팔과 다리를 가진 어린 소녀였을 때까지만 해도 어려울 게 없었다. 메리엠은 해가 뜰 때부터 시작해서 해가 질 때까지 다른 아이들과 함께 돌과 진흙벽돌로 지어진 집들이 늘어서고 한가운데로 오염된 개천이 흐르는, 바퀴가 부서진 마차들이 정원 담벼락에 기대어 있는 먼지 이는 길거리에서 뛰어놀았다. 메리엠은 자기보다 네 살이 더 많은 사촌 제말과 그의 가장 가까운 친구 메모, 그리고 다른 여자아이들, 사내아이들과 함께 호수까지 가기도 했다. 그들은 거기에서 물가를 따라 달리기도 하고, 무릎 깊이까지 물에 들어가 서로에게 물을 뿌려대며 놀기도 했다. 메리엠은 건물 벽에 진흙을 던지기도 하고, 낡은 철사를 구부려서 자동차를 만든 뒤 그걸 두고 다투기도 하고, 새 둥지를 망가뜨리기 위해 높은 담을 기어오르기도 했다.

메리엠은 가슴에 쌍둥이 봉우리가 솟아 나오면서 몸에 곡선이 생기기 시작하고, 두 다리 사이에서 피가 흘러나오기 시작하면서 자기가 제말이나 메모와 다르다는 걸 알게 됐다. 그 둘은 사람이고, 그녀는 죄인이었다. 자기 몸을 가리고 보이지 않는 곳에 숨어서 다른 사람들에게 봉사하고 죄인으로 태어난 벌을 받는 게 적절한 처신으로 여겨졌다. 이게 세상이 돌아가는 이치였다. 메리엠은 이제 그들의 죄로 인해 이 세상이 저주를 받게 된 여자라는 피조물의 일원이 되었다.

그래서 메리엠의 머리는 가리어졌다. 그녀의 머리카락은 스카프로, 그녀의 몸은 한 치도 빠짐없이 두꺼운 천으로 감싸였고, 메리엠은 그것들을 벗는 걸 금지당한 채 한여름이면 섭씨 49도에 육박하는 더위를 고스란히 감수하면서 땀을 흘리는 처벌을 받아야 했다. 여성이 된 첫날, 메리엠은 자기한테 엄마가 없는 이유 또한 이해하게 됐다. 그녀의 엄마는 출산 중에 사망함으로써 자기 몫의 처벌을 받은 것임에 틀림없었다. 신이 그녀를 남자로 창조했다면, 신은 그녀를 처벌하지 않았을 것이었다. 남자였다면 아이를 낳다가 죽을 수는 없을 것이었기 때문이다.

이제 메리엠도 여자로 태어났기 때문에 받는 벌을 감수하고 있었다. 여자들이 감수해야 하는 그 모든 고통들과 여자들에게 벌어지는 모든 문제들은 그 죄의 장소에 원인이 있음에 틀림없었다. 메리엠은 그렇다고 확신했다. 그것이 죄의 근원이었다. 모든 처벌이 그것 때문에 주어지는 것이었다. 메리엠은 신에게 그 구멍을 없애 달라고 수도 없이 기도했다. 어느 날 아침에 일어났을 때 그것이 닫혀 있고 영원히 사라져 버렸기를 진심으로 원했다. 하지만, 매일 아침마다, 그 추한 구멍이 여전히 그 자리에 그대로 있는 걸 보면서 그녀의 희망은 금세 사라졌다. 메리엠이 어려서 침대에 오줌을 쌀 때마다, 큰엄마는 늘 메리엠의 그곳을 불태우겠다고 위협하곤 했다. 한번은 실제로 성냥불을 켜서 메리엠의 다리에 가까이 가지고 왔다가 마지막 순간에 마음을 바꾸었다. 나중에, 메리엠은 큰엄마가 그때 그 성냥불을 회수하지 말았어야 했다고 생각했다.

메리엠의 문제들은 마을 사람들이 소원을 비는 성스러운 존재인 셰이크 바바의 무덤에 찾아간 뒤에 전부 시작되었다. 사람들은 그의 무덤에서 자신들에 닥친 문제들을 털어놓고 해결책을 애원한 뒤에 봉헌 제물을 바치고 돌아오곤 했다. 메리엠이 어렸을 때, 집안의 여자 어른들이 그 성지에 메리엠을 데리고 갔다. 그들은 메리엠이 피곤해지지 않도록 나귀에 타도록 해주기까지 했다. 메리엠이 네댓 살 때였을 것이다. 안장에 앉아 앞뒤로 흔들리면서 무덤이 있는 곳까지 볼 것도 없는 구불구불한 길을 올라가는 여행은 영원히 끝이 나지 않을 것 같았다. 마침내 성지에 도착해서 보니, 사람들이 눈을 감고 앞으로 뻗은 손바닥을 위로 들어 올린 채 그곳을 빙 둘러앉아 있었다. 어리둥절해진 메리엠이 저 사람들이 무얼 하고 있는 거냐고 묻자 숙모는 메리엠의 말을 막으면서 이렇게 대답했다. "쉬.., 우린 이제 여기에서 자는 거야." 눈을 감은 채 앉아있는 여자들을 가리키면서 숙모가 이렇게 덧붙였다. "봐봐, 다들 자고 있지. 자, 너도 눈을 감고 낮잠을 자."

메리엠은 다른 사람들이 하는 것처럼 자리에 앉아 손을 앞으로 뻗고 손바닥을 위로한 뒤 눈을 감았지만, 다른 사람들처럼 잠이 들 수는 없었다. 오줌이 마려웠기 때문이다. 메리엠은 몸을 이리저리 꼬면서 오줌이 나오려는 걸 참기 위해 필사적인 노력을 기울였다.

메리엠은 한쪽 눈을 뜨고 주변을 살폈다. 사람들은 모두 눈을 감고 깊은 가수 상태에 빠진 것 같았다. 메리엠은 더 이상

참을 수가 없었다. 따뜻한 액체가 흘러나와 다리를 적시는 게 느껴졌다. 메리엠은 다시 한쪽 눈을 떠서 누군가가 그 사실을 눈치챘는지 살펴봤다. 다행히도, 다들 여전히 잠들어 있어서 아무것도 눈치채지 못하고 있었다. 이제는 메리엠도 편안하게 잠들 수 있었다. 하늘을 향해 두 손을 열고, 메리엠은 눈을 감은 채 백일몽 속으로 빠져들어 갔다.

잠시 후, 메리엠의 큰엄마가 몽상에 빠져 있는 그녀를 깨웠다. "자, 이제 그만," 큰엄마가 말했다. "집에 가자." 메리엠은 자기가 정말로 잠이 들었던 건지 알 수가 없었다. 하지만, 메리엠이 나귀에 올라타려는 순간, 큰엄마는 상황을 파악했다. "이게 뭐야?" 큰엄마가 낮게 으르렁거렸다. "오줌 눌 데가 그렇게 없었어?" 큰엄마는 셰이크 바바의 무덤에서 오줌을 눈 사람들은 끔찍하게 처벌을 받는다는 것, 다리 사이의 그곳이 시뻘겋게 부어오르게 된다는 사실을 끝도 없이 늘어놓았다. 돌아오는 길에, 메리엠의 두 다리는 나귀를 타고 오느라 쓸려서 아팠다. 큰엄마의 이야기는 메리엠을 심하게 겁에 질리게 만들어서, 메리엠은 악령이 자기를 저주할 거라거나 빨간 악마가 자기를 납치해 갈 거라는 생각, 혹은 그 죄악의 장소 안에 생긴 염증이 사라지지 않고 있다가 터져버리게 될 거라는 생각을 한참 동안 떨쳐버리지 못했다. 계속해서 울었기 때문에 메리엠의 두 눈은 퉁퉁 붓고 핏발이 섰다.

그날 이후로 메리엠은 그 뻔뻔스럽고 자기가 원한 적이 없는 그 죄악의 장소 때문에 셰이크 바바가 자길 처벌할 것이며, 무언가 끔찍한 일이 자기에게 일어나게 될 것이라고 확신했다. 그리고 결국엔, 그렇게 되었다. 불새가 자신의 죄악으로 가득 찬 육체를 찢어발겼고, 이제는 헛간에 갇힌 채 더 심각한 처벌을 기다리는 처지가 되었다. 이 일은 어디에서 끝날 것인가? 그 죄로 가득 찬 장소를 쪼아 먹힌 다른 소녀들처럼 이스탄불로 보내지게 될까, 아니면 그보다 더 고약한 일들이 기다리고 있을까? 이 모든 건 가족의 수장, 그녀의 큰아버지에게 달려 있었다.

농장에서 주어진 일을 하느라 늘 바쁜, 부드럽고 온화한 성격을 가진 메리엠의 아버지 타신 아그하조차 자신의 형을 두려워했다. 그의 형은 나이도 많았고 종교적 지위도 있었기 때문에 아그하가 존경해야 하는 대상이었다. 타신 아그하는 성인이었지만, 그의 형 앞에서는 절대 담배를 피우지 않았다. 만약 담배를 피우고 있다가 형에게 들키면, 그는 얼른 바지 주머니에 집어넣거나 손바닥에 눌러서 껐다.

메리엠의 큰아버지는 시간의 대부분을 종교적인 일이나 자기를 찾아오는 추종자들에게 할애했다. 그러므로 가족의 농장을 꾸리는 짐은 고스란히 메리엠의 아버지에게 떨어졌다. 메리엠의 아버지는 땅을 빌려준 소작인들에게서 소출을 거둬들이는 일을 관리하고, 그것들을 곡물창고에 저장하는 일을 살피고,

가축을 경영하고, 양치기들과 일용 인부들을 보살피는 일까지 모두 담당해야 했다.

메리엠의 가족 모두를 수용할 만큼 큼직한 그 오래된 농가는 원래 조하네스라는 이름의 아르메니아 사람의 소유였다. 마을 사람들은 그를 언제든 다른 이들에게 도움을 제공할 준비가 되어 있던 사람으로 애정을 가지고 기억했다. 어느 날 군인들이 와서는 모든 아르메니아인들에게 본인이 지고 갈 수 있을 만큼의 짐만 꾸린 뒤 마을 외곽에 집합하라고 지시했다. 아르메니아인들은 그 지시에 복종했고, 마을에서 멀어지는 동안 두려움에 빠져 울면서 끊임없이 마을을 돌아봤다. 그들 중 단 한 사람도 돌아오지 않았다. 소문에 따르자면 군인들이 그들을 멀리로 데리고 갔다는데, 누구도 이걸 감히 입 밖에 내놓고 말하지 못했다. 어떤 아르메니아 사람들은 언젠가 돌아와 되찾게 되길 기대하면서, 자신들의 귀중한 소유물들을 무슬림 이웃들에게 맡겨두었다. 수십 년이 지났고, 그들 중 누구도 돌아오지 않았다.

이 일과 관련해서는 또 다른 이상한 소문이 있었다. 마을의 나이 많은 여자들 중 몇몇이 사실은 아르메니아인이라는 말이 은밀하게 돌았다. 이 이야기는 메리엠의 집안 여자 어른들이 나누던 그 나른하고 최면에 빠진 것 같은 오후의 잡담에 자주 오르내리던 주제였다. 그들은 오래전의 그 불길했던 날, 아르메니아인 가족들이 자신들의 앞날에 어떤 일들이 벌어질지 전혀 모르는 채, 무슬림 이웃들에게 딸들을 맡기고 떠나던 모습에 대해 이야기하곤 했다. 그 아이들을 맡은 가족들은 그 아이들의 아니, 혹은 아누쉬 같은 아르메니아식 이름들을 살리하, 혹은 파트마 같은 터키 이름으로 바꾸었고, 나중엔 모두 결혼을 시켜서 내보냈다. 마을에 도는 뒷공론은, 그들은 나중에도 이슬람으로 개종하지 않았는데 그들이 이슬람식으로 결혼을 하는 게 그들에게 타당한 일인가 하는 거였다. 그보다 더 논쟁거리가 된 건, 그들이 죽어서 이슬람식의 장례를 치르고 무슬림들 사이에 묻힐 권리가 있는가 하는 거였다.

장례식에서 고인에게 마지막 인사를 하기 위해 모인 이들에게 이맘은 이렇게 묻는다. "고인에 대한 여러분의 생각은 어땠습니까?" 그러면 사람들은 신이 그녀에게 은혜를 베풀도록 하기 위해 "우리는 그녀가 좋은 사람이라고 생각해 왔습니다."라고 입을 모아 대답했다. 그러면 이맘은 "사망한 여인이 은혜를 얻도록"이라고 선언하면서 나마즈[3]를 시작하는 것이다. 이맘을 따라 기도의식을 행한 마을의 무슬림 남자들은 어쩌면 기독교인을 위해 그렇게 한 것인데, 그렇다면 그건 너무 나간 게 아니냐는 것이었다.

아르메니아인들이 추방당한 뒤, 무슬림들이 그들의 집, 농토, 일터를 차지했다. 지금 메리엠의 가족이 차지하고 있는 집은 마을에서 가장 큰 집 중 하나였다. 메리엠은 증조할아버지인 레슬링

선수 아흐메트가 시합에서 이겨 그 집을 딴 것이라고 오랫동안 믿어왔다. 그 지역에서는 아직도 사람들이 그의 뛰어난 완력에 대해서 이야기했고, 여러 전설의 주제가 되었다. 메리엠은 이 이야기들을 좋아했는데, 크림에 대한 이야기가 특히 그랬다.

그 이야기에 따르자면, 메리엠의 증조부가 아직 어렸을 때, 그의 모친은 늘 그의 형에게만 우유에 뜨는 크림을 걷어 먹이곤 했다. 아흐메트는 분했지만, 한 번도 내놓고 말하지는 않았다. 어느 날 그의 엄마가 외출을 했을 때, 아흐메트는 마구간에서 나귀를 끌고 나와 들어 올려서는 그들이 살던 이층집의 평평한 지붕 위에 얹어놓았다. 들에서 돌아온 아흐메트의 부모는 나귀가 지붕에 올라가 있는 걸 봤다. 그들로서는 나귀를 끄집어 내릴 방법이 없었다. 아들의 힘을 알고 있던 아흐메트의 엄마는 제발 나귀를 내려놓으라고 아흐메트에게 사정했다. 아흐메트는 미소를 지으면서, 크림을 먹은 사람더러 내려놓으라고 하라고 대답했다.

이야기는 거기에서 끝나고, 몇 해 전까지만 해도 메리엠은 가족이 살고 있는 집의 지붕을 쳐다볼 때마다 나귀가 아직도 그 위에 있을까 궁금해하면서 증조부의 그 이야기를 떠올리곤 했다. 하지만 나이가 들어가면서, 메리엠은 지금 가족이 살고 있는 집이 그 집일 리가 없다는 걸 깨닫게 됐다. 집의 지붕에는 나귀가 없었다.

마을에서 돌고 있는 아르메니아 사람들에 대한 이야기가 사실이냐고 메리엠이 물었을 때, 메리엠의 큰엄마는 아르메니아인들이 강제로 축출됐다는 얘기는 완전히 잘못된 것이라고 확인해 줬다. 그게 아니라, 기적이 일어나서 한방에 그들이 다 사라진 거라고 큰엄마는 말했다. 태풍이 온 2월의 어느 날, 바람이 몹시 심하게 불면서 모스크의 첨탑이 날아가고, 나무들이 뿌리째 뽑히고, 집들에서 지붕이 날아간 적이 있었다. 바로 그때 그 태풍이 마을에 살던 모든 아르메니아인들을 하늘로 날려버렸음이 틀림없다는 것이었다. 신의 은총에 대해서는 의문을 품을 수가 없는 법이다. 그 성스러운 바람은 무슬림은 단 한 사람도 건드리지 않았지만, 아르메니아인들은 남녀노소를 가리지 않고 모두 하늘로 끌어올렸다는 것이었다. 어쩌면 아르메니아인들이야말로 신이 좋아하는 족속이어서 예수처럼 천국으로 끌어올렸을지도 모르는 일이었다.

메리엠은 그들이 모두 하늘에 있다고 생각하는 쪽을 좋아했다. 메리엠은 눈을 감고 아르메니아 여자아이들이 하늘을 날아다니는 걸 상상해보려 하곤 했다. 아이들이 즐겁게 하늘 여기저기를 날아다니고 있노라면 부모들이 부르는 것이다. "얘들아, 이제 늦었다. 너희들 구름으로 돌아가!"

메리엠의 가족 구성원들 대부분이 조하네스 집안이 살던 집에서 살았지만 큰아버지는 낮 시간에는 집에 있는 적이 거의 없었고, 메리엠은 그게 좋았다. 그는 대개 멀리 떨어진 포도원에 딸린 오두막에 가서 지내면서 선물을 가지고 오는 방문객들을 맞이하거나 혼자 깊은 고독 속에서 기도로 시간을 보냈다. 음식은 집안의 아이들이 바구니에 넣어 날랐다. 심지어 메리엠의 아버지조차 모스크에서 기도하는 시간에나 형을 보았다.

일몰기도가 끝나고 나면 집안 여자들은 바닥에 천을 깔고 남자들에게 저녁을 갖다주고 그들의 시중을 들었다. 남자들이 다 먹고 상을 치운 뒤에야 여자들은 부엌에 모여 남은 음식을 먹었다. 여자들이 음식 앞에서 말을 하거나 너무 오래 시간을 보내면, 메리엠의 큰아버지는 화를 내곤 했다. 그가 이해하는 종교적 관점에서는, 먹는 건 쾌락을 추구하는 행위가 될 수 있었다. 사람은 살기 위해서 먹어야 했다. 먹는 일은 최소한의 시간 동안에 해치워야 하는 의무 같은 것이었다. 그래서 여자들은 뜨거운 수프도 서둘러서 퍼먹고 고기와 필라프[4]를 되는대로 입안에 처넣었고, 바클라바[5]도 눈 깜짝할 사이에 해치웠다. 식사를 마치고 나면 취침기도 시간이었다. 메리엠의 큰아버지가 이맘으로서 기도를 이끌고, 메리엠의 아버지, 그리고 큰아버지의 아들인 제말이 큰아버지의 뒤에 줄을 지어 섰다. 성스러운 달 라마단[6]에는 금식이 끝나는 시간이 될 때마다 남자들은 모스크로 가서 특별기도를 드렸다.

타신 아그하의 첫 아내는 두 사람의 첫 아이인 메리엠을 낳다가 죽었다. 두 번째 아내는 불임이어서, 되네를 새 아내로 맞이하기 전까지 오랜 기간 동안 아그하에게는 다른 자식이 없었다. 되네는 연년생으로 두 아이를 낳았는데, 둘 다 아직 아주 어렸다. 메리엠의 큰아버지와 그의 아내 사이에는 딸 셋과 아들 둘이 있었다. 장남인 야쿠프는 아내 나지크와 두 아이를 데리고 이 년 전에 이스탄불로 갔다. 그가 이따금 보내오는 소식에 따르자면 그들은 그 "황금의" 도시에서 아주 잘 지내고 있었다. 그들의 차남 제말이 입대해서 남동쪽에 배치되고, 두 딸 아이제와 하티체가 결혼해 나가면서 그 큰 집은 텅 비게 되었다. 제말의 엄마, 그 비참하고 생기 없던 여인은 그녀의 폭압적인 남편에게 늘 억압당하면서 살았고, 집안에서 존재감이 거의 없었다.

제말은 가바 산맥[7]에서 쿠르드족과 싸우는 특공대에서 근무했다. 그의 아버지는 "신, 전능자의 힘이 온갖 악으로부터 그의 아들을 보호해 주시길" 항상 기도했다. 그가 라디오와 텔레비전을 비롯해서 모든 "무슬림이 발명하지 않은 것들"을 집안에 들여놓는 걸 금지했기 때문에, 가족들은 매일 작전에서 전사하는 병사들의 이름을 알 수가 없었고, 이따금씩 제말이 보내오는 편지를 통해서만 소식을 들을 따름이었다.

위기의 교수

메리엠이 반 호수 근처의 흙먼지로 덮인 마을에서 우울한 생각에 빠져 있는 동안, 그곳에서 서쪽으로 1,100킬로미터 이상 떨어진 곳, 아시아와 유럽이 만나는 이스탄불에서는 교수라는 인상적인 직업을 지닌 이르판 쿠루달이 비명을 지르면서 잠에서 깨어났다. 나이 마흔네 살인 이 교수는 삼십 분도 채 자지 못한 터였다. 최근 들어 잠들고 나서 얼마 못 가 깨어나는 게 습관이 되고 있었다.

전에는 불면증으로 고생한 적도 없었고, 자정이 지나 잠자리에 들고 그 즉시 별문제 없이 잠에 빠지는 생활 리듬을 바꿔본 적도 없었다. 하지만 지난 두 달 동안, 그는 검은 새 한 마리가 자신의 가슴 한복판에서 날개를 치고 있는 똑같은 끔찍한 느낌을 받으며 공황 상태 속에서 깨어나곤 했다. 그 불길한 이미지는 그의 가슴을 차갑게 만들었다. 술까지 마셔보는 등 온갖 다양한 시도를 해봤지만, 이런 증세는 전혀 나아지지 않았다.

그는 아침 여덟 시까지 푹 자고 깨서 신선하게 하루를 시작하곤 했지만, 이제는 늘 지치고 잔뜩 긴장된 상태였다. 아무리 애를 써도, 한 번 깨어나고 나면 다시 잠들 수가 없었다.

겉으로만 보면 교수에게는 아무런 문제도 없는 것 같았다. 아름다운 아내가 있었고, 재직 중인 대학에서는 존경을 받고 있었고, 텔레비전 방송에 해설자로 자주 모습을 드러냈으며, 그때마다 진행자들은 그의 말을 경청했다. 그는 전에도 텔레비전에 나온 적이 있지만 요즘은 주간 토크쇼에 정기적으로 출연하기 때문에, 식품점 주인부터 시작해서 낯모르는 거리의 행인들까지 모두 그를 알아보았다. 그의 검은 머리와 회색 수염은 워낙 강렬한 대조를 이루고 있어서, 이 훤칠하고 체격이 좋은 사내를 한 번이라도 본 사람은 그의 얼굴을 잊을 수가 없었다. 교수는 한 번 봤다 하면 쉽게 잊히지 않는 사람이었다.

이르판은 마음속의 공포를 잘 다스리고, 잠들어 있는 아내를 깨우지 않으려고 신경을 쓰면서 정원의 조명이 희미하게 새어 들어오는 어두컴컴한 침실에 가만히 누워 있었다. 그는 약을 먹지 않으면 이 공포를 이겨낼 수 없으리라는 사실을 알고 있었다.

그는 자리에서 일어나 자신의 개인 화장실로 가서 전등불을 켰다. 그 빛을 받아 고급 가재도구들과 반암 대리석 바닥이 모습을 드러냈다. 욕조의 가장자리에 걸터앉아, 그는 오래 해오던 대로 몸을 앞뒤로 흔들었다.

"너는 건강해… 모든 게 괜찮아질 거야." 그는 혼잣말로 중얼거렸다. "두려워하지 마. 여긴 네 집이야. 네 이름은 이르판 쿠루달이야. 네 침대에 누워 있는 여자는 네 아내 아이젤이야. 무서워할 건 하나도 없어. 너는 간밤에 포시즌스 호텔에서 네 처남 세다트와 그의 아내 이글랄과 함께 좋은 시간을 보냈어. 걱정하지 마, 초밥은 아주 신선했어. 너는 차가운 맥주를 두 병 마셨어. 저녁 식사를 하고 난 뒤에 세다트가 널 자기 레인지로버에 태워서 집에 데려다줬어. 너는 텔레비전에서 연예 토크쇼를 봤고, 늘 그랬듯이, 거기에 나오는 다리가 늘씬하고 가슴이 큰 젊은 모델들을 감상했어. 아이젤이 그런 데 신경 안 쓴다는 건 너도 잘 알아. 아이젤은 그런 거 때문에 짜증을 내거나 그러진 않아. 아무것도 무서워할 게 없어."

하지만 여전히 두려움이 그의 가슴을 옥죄었다. 마치 자기가 이르판 쿠루달 교수가 아니고, 다른 누군가가 그의 몸속에서 살고 있는 것 같았다. 지난 몇 달 동안, 그는 자기 몸의 외부에서서 자신을 들여다보고 있었다.

한 번은 병원에 입원해 있는 어떤 환자를 방문하러 가는 꿈을 꾸었다. 그 꿈속에서 그는 사내의 입원실에 들어가 화병에

꽃을 꽂고, 침대 발치에 걸터앉았다. 파자마를 입고 있는 그 환자는 그를 마주 보며 침대에 일어나 앉았다. 이르판이 본 그 환자는 바로 자기 자신이었다. 이르판 쿠루달은 자기 자신을 방문하고 있었던 것이다. 그의 맞은편에 앉아 있는 자, 지금 꿈을 꾸고 있는 자는 환자 이르판이 아니라, 방문객 이르판이었다. 두 사람 모두 아무 말도 하지 않았다. 그는 그의 창백하고 병약한 얼굴을 오래 지켜보았다.

환자 옆에 다른 형상이 서서히 드러나기 시작했고, 이르판은 꿈속에서 몸을 떨며 땀을 진땀을 흘리기 시작했다. 그 형상은 이미 그 침대에 앉아 있는 이르판 쿠루달과 똑같았다. 이제는 두 사내가 침대에 앉아 있고, 그 맞은편에 또 한 사람이 앉아 있었다. 그러니까, 세 명의 이르판 쿠루달이 아무 말 없이 서로를 쳐다보고 있었다.

그러더니 두 명의 환자 이르판이 똑같은 동작으로 고개를 오른쪽으로 돌려 옆모습을 드러냈다. 차가운 기운이 이르판의 등골을 타고 내려갔다. 그 두 얼굴이 부서지기 시작했다. 뺨, 입, 턱, 그리고 이마가 조각조각 나면서 부서져 내렸다. 마지막으로 사라진 건 눈이었다. 그 지점에서 교수는 비명을 지르기 시작했고, 그의 아내가 그를 흔들어 깨웠다. 그는 그렇게 해준 아내가 너무나 고마웠다.

아이젤은 항상 너무나 조용히 잤기 때문에 이르판은 그녀의 숨소리도 들을 수 없었다. 코를 심하게 고는 그로서는 운이 좋은 셈이었다. 아침에 일어나 아이젤의 얼굴을 보면서, "이거 봐, 이 사람이 네 아내야. 네 아내, 아이젤."이라고 혼잣말을 하는 날들이 종종 있었다.

아이젤은 코 수술을 했지만, 그게 그녀의 완벽한 얼굴을 만들기 위해 손을 댄 유일한 부위였다. 그들이 아는 사람들 중에서 성형수술을 그렇게 적게 한 사람은 아이젤이 유일했다. 아이젤은 한 주에 엿새는 미용체조와 몸을 만드는 운동을 해서 절대로 몸이 처지는 일이 없도록 했다. 운동과 최신의 다이어트법, 그리고 지방을 태우는 약제 복용을 통해 아이젤은 지방흡입술을 피할 수 있었다. 게다가 아이젤은 운도 좋았다. 이스탄불에 와서 아주 유명한 소수의 여자들에게만 시술을 베풀었던 유명한 브라질 의사가 그녀의 코를 수술했던 것이다. 워낙 뛰어난 의사여서, 수술 후 코와 눈 부위에 약간의 탈색과 부기만 몇 주 동안 있었을 뿐 심각한 후유증은 전혀 없었다. 아이젤의 친구들 중에 운이 별로 좋지 않았던 이들은 입술이 튀어나오고 코가 훼손되면서 호흡에 곤란을 겪게 되는 경우도 있었다. 코가 거의 없어지다시피 한 이들도 여럿 있었다.

"자, 이 사람은 네 아내야. 네 사랑스러운 아내라고! 무서워할 필요가 없어." 이르판이 스스로에게 말했다.

부유한 선주의 딸인 아이젤은 이르판이 벌어오는 돈이 필요 없었다. 그렇긴 하지만, 교수의 수입은 그의 처남이 마련해 주는 다양한 텔레비전 출연 기회가 늘어나면서 꾸준히 늘어나고 있었다. 이르판은 매주 카메라 앞에서 친구들과 만나 대화를 나눴고, 이 일을 통해 다달이 상당한 액수의 수입을 올렸다. 그는 지출 규모 이상으로 들어오는 수입을 은행에 넣어두었고, 그의 계좌는 나날이 불어났다.

경제 위기 기간 동안 터키 리라로 발행된 국가 재무성 채권을 산 친구들은 달러로 투자한 것에 비해 50퍼센트 이상의 수익을 거두면서 훨씬 더 많은 수입을 올렸다. 어떤 친구들은 주식시장에서 수익을 올리기도 했는데, 이르판은 그런 식의 도박으로부터는 거리를 뒀다. 그는 공부하는 사람이고 선생이지 주식 중개인은 아니었지만, 은행에서 더 높은 이자율을 제공하겠다고 할 때 그런 기회를 거부하는 건 바보짓일 터였다.

돈에 대한 이르판의 이런 태도는 그의 처남 세다트가 보기에는 이해하기 어려운 것이었다. 저녁 식사 자리에서의 대화가 사업으로 옮겨갈 때 조금 더 주의를 기울이기만 했다면 이르판이 수입을 다섯 배, 열 배로 늘릴 수 있었으리라는 게 그가 늘 하는 말이었다. 교수는 그 말을 한 번도 따른 적이 없었다.

이르판과 아이젤은 외식을 자주 했는데, 두 사람이 선호하는 건 이스탄불의 상류층 멋쟁이들이 좋아하는 최신 유행의 고급 식당들이었다. 어떤 식당들은 이르판이 아내와 함께 매년 가는 뉴욕의 식당들과 별로 다르지 않았다. 최근 들어 두 사람은 미니멀리즘 스타일의 실내장식을 갖춘 창아라는 이름의 퓨전 레스토랑에 자주 갔다. 전에는 페이퍼 문도 인기 있었지만, 쿠루달의 주변 그룹 사람들은 그곳이 "너무 붐비고 너무 잘 알려져서" 더 이상은 자주 드나들지 않았다. 그들은 보스포루스 지역의 해산물 식당에도 잘 가지 않았다. 그들은 전통적인 방식으로 조리하는 블루피시나 넙치보다 사시미, 혹은 스시를 선호했다.

"난 행복해." 자신의 목욕탕에 홀로 앉아, 이르판 쿠루달이 중얼거렸다. "난 정말 행복해." 그가 다시 반복했다. 그리고는 울기 시작했다.

아이젤이 그에게 선물한 책들은 긍정적 사고의 좋은 점들을 찬양하는 것들이었다. 선불교와 도가의 철학 같은 극동의 지혜서들은 모두 같은 메시지를 전하고 있었다. "삶이 강처럼 흐르게 하라, 긍정적인 생각을 가지면 모든 것들이 긍정적으로 변한다, 이 세상에 존재하는 모든 악의 뿌리는 부정적인 사고에 있다."

고등학교를 마치고 나서 보스포루스 대학을 졸업한 아이젤은 보스턴 대학에서도 과정을 하나 했다. 그때 하버드 대학에 장학생으로 있던 이르판을 만났고, 두 사람은 얼마 지나지 않아 결혼했다. 그녀는 평생 동안 단 한 번도 직업을 가져본 적이 없다.

이르판과 아이젤은 “이 세상의 어떤 도시도 이스탄불처럼 생기가 넘치지 않는다”고 선언하면서, 비잔틴과 오토만 제국의 수도였던 고향 이스탄불로 돌아왔고, 그 후로 줄곧 이 도시가 주는 즐거움을 즐기면서 살아왔다. 이 거대도시의 생기는 두 사람을 신나게 했고, 이르판은 이 도시를 중심으로 뻗어 나가는 활력과 매력에 매혹되었다. 그런 면에서 이스탄불은 뉴욕과 비슷하다고 이르판은 여러 번 생각했다. 심지어 아나톨리아에서 넘어온 수백만이 자리 잡은 이스탄불 외곽의 음울한 판자촌에도 에너지가 넘쳐흘렀다. 누군가는 그런 가난한 지역에 굿펠라스라는 이름의 식당을 열었다. 뉴욕의 후미지고 폭력적인 지역과의 유사성을 강조하기 위한 것이었다.

광고업계에서 일하고 있는 이르판의 처남은 한 도시가 거대도시가 되려면 일정한 수의 살인사건이 일어나야 한다고 자주 말하곤 했다. “이스탄불은 아직 그 상태에 도달하지 못했어요,” 그가 말했다. “그게 부족해.”

이스탄불은 유럽의 다른 도시들처럼 자연스럽게 발달하지를 못했다. 이스탄불은 모든 종류의 사람들—부자와 가난한 자, 세련된 자와 거친 자—이 모여들어서 살고 있다는 점에서 뉴욕을 닮았다. 아프리카에서 들어온 이민들 덕에 이스탄불에는 흑인 거주자들도 있었다.

이르판이 생각하기에 이스탄불은 나라 전체의 에너지가 집약

되어 있는 곳이었고, 이르판 자신은 그곳에서도 가장 교육을 잘 받고, 가장 존경받고, 가장 성공한 그룹의 일원이었다. 그는 졸부들처럼 돈을 펑펑 쓰는 대신 독서나 미술관 관람 등으로 시간을 보냈고, 노천극장이나 아지아 이리니[8]에서 열리는 여름 페스티벌 음악회를 비롯해 세계적으로 유명한 오케스트라와 가수들이 등장하는 이런저런 음악회에 참석하곤 했다.

그는 장-피에르 랑팔의 플루트 연주를 들으며 깨어나는 걸 좋아했고, 같은 음악을 들으면서 삼십 분 동안 수영을 하는 거로 하루를 시작하곤 했다. 아이젤은 그녀 남편의 취향을 공유하는 것 같은 태도를 취하긴 했지만 사실은 클래식 음악에 별 관심이 없었다. 두 사람은 대중적인 유행 또한 놓치지 않았다. 시내의 유명한 나이트클럽에 가서 게이와 트랜스젠더 가수들이 부르는 아랍 스타일 노래를 듣는 건 이스탄불의 독특한 지방색을 맛볼 수 있는 기회였다. 이르판은 동양 속의 서양인, 서양 속의 동양인이 되는 느낌을 즐겼다. 그는 문화적인 우월감을 과시하는 사람이 아니었기 때문에 하층 문화나 언더그라운드 문화를 무시하지 않았다.

작년에는 그의 친구가 그의 생일에 그에게 이색적인 재미를 선사하겠다면서 "오리엔탈" 클럽에 데리고 갔다. 거기에서 이르판은 새로운 세계를 보았다. "제 삼의 성"의 복장을 갖춘 뚱뚱한 가수들이 테이블들 위로 행진하면서, 모두들 그 위로 올라와 자신들과 함께 벨리댄스를 추자고 하는 것이었다. 남자들은 그 자리에 얼어붙은 채 앉아 있었지만, 그 자리에 있던 거의 모든 여자들은 오래지 않아 테이블 위로 올라가 드럼 소리에 맞춰 빙글빙글 돌기 시작했다.

아이젤이 테이블 위에 올라가 땀을 흘리며 미친 듯이 춤을 추는 걸 지켜보면서, 이르판은 그가 속한 이 그룹에서는 성적인 에너지가 이런 제의적인 정화작용, 일종의 카타르시스를 통해 방출되는 게 아닌가 하는 생각에 골몰했다. 일반적으로는 이르판 주변의 사내들은 누가 자기 아내를 음험한 눈으로 쳐다보기만 해도 싸움을 불사하는 이들이었는데, 여기서는 자신의 반쯤 벗은 아내가 고혹적인 포즈로 춤을 추면서 다른 사내들을 유혹하는 걸 즐겁게 지켜보고 있었다. <희랍인 조르바>를 쓴 카잔차키스가 언젠가 "빛은 헬라 세계에서는 성스러운 것이지만, 이오니아에서는 성적인 것"이라고 썼듯이 말이다. 손으로 두드리는 일종의 드럼인 다부카[9]가 내는 옛 분위기의 소리와 이 지역에만 있는 특유의 리듬은 사람들을 일종의 황홀경으로 몰아넣으면서 가장 냉정하고 객관적인 사람들조차 넋을 잃고 춤에 빠지게 만들었다.

"리듬에 대한 보편적인 감각이 한 나라에 있어서 국기보다 더 중요한 의미를 지니고 있어,"라고 이르판은 생각했다. 각 문화를 구분하는 건 멜로디가 아니라 리듬이다.

이르판은 고객들이 헤드폰을 끼고 최신 CD를 들어볼 수 있게 해주는 뉴욕의 타임스퀘어에 위치한 버진 메가스토어의 음악 판매부에서 자신의 이 이론이 작동하는 걸 관찰한 적이 있다. 재즈, 클래식, 아프리칸, 중동, 팝, 그리고 록 음악으로 공간이 분할되어 있는 이 가게는 헤드폰을 끼고 서로 다른 신체 부위를 흔들어대는 사람들로 가득 차 있었다. 재즈를 좋아하는 이들은 몸을 약간 굽힌 채 끊임없이 이어지는 리듬에 발로 리듬을 맞추고 있었고, 라틴 음악의 추종자들이 엉덩이를 흔드는 한쪽에서 중동 음악에 빠져 있는 이들은 배를 이리저리 뒤틀었다. 침묵 속에서 춤추는 그들의 모습을 지켜보는 건 놀라운 경험이었다.

이르판은 약장[10]을 열고 그 안에 들어 있는 수도 없이 많은 약들 중에서 스틸녹스 병을 꺼내 들었다. 이 약을 먹으면 최소한 잠깐은 잠을 더 잘 수 있을 것이었다. 그는 전보다 더 심하게 쏟아지는 눈물 때문에 충격을 받았다. 다행히도 아이젤은 계속 잠들어 있어서 이 위기 상황을 목격하지 못했다. 이르판으로서는 자기 자신도 이해하지 못하는 이 공포를 설명할 방법이 없을 것이었다.

그는 정말로 그 이유를 이해할 수 있었던 걸까? 그는 정말로 원인을 몰랐던 걸까? "너 자신을 속이지 마." 그가 스스로에게 충고했다.

아이젤은 틀림없이 실질적인 해결책을 제시할 것이었다. 의사한테 가보라고. "전문가의 도움을 받아봐. 훨씬 나아질 거야. 무엇보다, 그게 그 사람들이 하는 일이잖아." 이런 거나 아니면 비슷한 종류의 상투적인 조언들이 그녀가 제공해줄 것이었다.

하지만 이르판은 정신과 의사들이 도달할 결론에 대해 이미 알고 있었다.

이 교수의 절망감은 자기의 문제를 모른다는 데서 오는 게 아니었다. 그는 무엇이 문제인지 정확히 알고 있었다. 그는 자신의 상황을 이해하려고 애쓰는 과정에서, <잠자는 엔디미언 Sleeping Endymion>이라는 책을 읽고 나서야 마침내 문제의 전모를 파악할 수 있게 되었다. 그리스 신화에서, 엔디미언이라는 젊은 양치기가 여신과 사랑에 빠짐으로써 신들의 분노를 사게 된다. 신들은 엔디미언에게 자신의 운명을 스스로 결정하게 하는 벌을 내린다. 이 형벌을 감내할 수 없었던 엔디미언은 영원히 젊은 몸으로, 그러나 시간이 끝날 때까지 영원히 잠들어 있을 것을 선택한다.

이 이야기를 읽으면서, 이르판은 자기도 엔디미언처럼 자기 자신의 운명을 이미 알고 있기 때문에 두려움에 빠져 있다는 사실을 깨달았다. 사람의 운명이란 항상 비밀로 남아있는 것이어야 한다. 언제 어떤 사고가 일어날 것인지, 혹은 어떤 모습으로 죽음이 찾아올지, 따위의 인생사에 대해 미리 아는 걸 감당할 수 있을 정도로 강한 인간은 없다.

이 생각은 이르판이 여태 자기 삶의 안전판이라고 생각해왔던 모든 것들에 대한 생각을 완전히 뒤집어엎었다. 그것들은 이제 그를 옭아매는 밧줄이 되었다. 이르판은 자기가 앞으로 같은 집에서 계속 살아가리라는 것, 같은 의자에 앉아서 텔레비전을 보고, 같은 식당에서 먹고, 같은 사람들을 만나고, 같은 이야기를 나누게 되리라는 걸 알고 있었다. 어느 날, 구급차가 와서 그를 태우고 그가 매일 걷던 거리를 달려 그가 늘 가던 병원으로 데리고 가게 되리라는 것도. 그리고 그 병원에서 그는 죽을 것이었다. 그게 아니면, 그는 병원에 실려 갈 시간도 없이 던로필로[11] 침대나 리그니로제[12] 팔걸이의자에 앉은 상태에서 목숨을 잃게 될 것이었다. 이르판과 아이젤이 즐거운 마음으로 고른 그 가구들은 그에게는 더 이상 안락함이나 기쁨을 안겨주는 물건이 아니라 임시 관짝처럼 보였다. 그는 아이젤을 사랑했다. 이르판이 직면하고 있는 문제는 부부간의 애정이 아니라, 앞으로도 분명히 똑같을 인생을 더 이상 참을 수 없다는 것이었다.

파리에서 열린 학회에서 이르판은 캐나다에서 온 교수를 만난 적이 있다. 그 여교수는 이르판에게 메타노이아라는 개념을 소개했는데, 그건 등대가 풍랑에 시달리는 항해자에게 희망이 되듯이, 그의 마음속에 유도등이 되었다. “자신을 초월하거나 넘어서서 다른 존재로 이행하는 것"을 뜻하는 메타노이아에서 핵심은 "자신"이라는 관념이다.

어떤 경우에든 문제를 일으키는 건 자신이라는 개념이었다. "나", "나 자신"이란 말들이 정말로 의미하는 건 무엇인가? 자기의 이름을 반복해서 부르다 보면 곧 자신으로부터 분리되는 것 같은 느낌을 받게 된다. 하지만 어떻게 해야 사람은 태어날 때부터 죽을 때까지 이고 다니는 "자신"이라는 것과 완전히 낯선 존재가 되는 걸 피할 수 있고, "자아"로부터 소외되지 않을 수 있을까?

교수는 이 질문에 대해 생각을 거듭할수록 대부분의 사람들이 세상살이의 모든 국면에서 이 소외와 더불어 살아가고 있다는 사실을 깊이 깨닫게 됐다. 우리가 스스로에게 낯설어지는 것으로부터 우리를 막아주는 건 우리가 소속된 사회와 물질세계의 규칙들이었다. 길을 잃어버릴 것 같을 때마다, 우리는 따뜻하고 마음을 풀어주는 습관이라는 물속으로 돌아가 잠긴다. 이러나저러나 우리의 안내자는 우리가 언제나 앉는 팔걸이의자의 익숙한 안락함, 눈을 감고도 틀 수 있는 수도꼭지, 자고 일어났을 때 베개에 남아있는 우리의 머리 자국 같은 것들이다. 이렇게 봤을 때 인간이란 자기 자신의 냄새가 퍼져 있는 영역 안에서만 느낄 수 있는 안전함을 확보하기 위해 나무들마다 오줌을 누면서 자기 영역을 표시하는 개들과 별다를 바가 없다. 사람의 만족감을 구성해 주는 것은 익숙한 감각과 소유물들이다.

러시아의 위대한 작가 도스토옙스키는 유럽에서 러시아로 돌아가는 일을 두고 "오래 신던 슬리퍼를 신는 것 같다"라고 묘사했다. 침실에 두고 늘 신던 슬리퍼에 두 발을 집어넣는 것이다. 정말로 적절한 설명이었다. 그게 바로 사람들이 인생을 사는 방식이다. 자신에게 익숙한 환경 속에서도 안전하게 느끼지 못한다면, 그건 마치 지하실에만 갇혀서 자라난 아이가 광장에 내던져진 것 같은 느낌일 것이다. 그러나 이르판은 자신의 삶의 안정감, 행복으로 위장한 채 이르판이라는 사람을 압도하고자 하는 그 제한적이고 짜증스러운 안정감을 넘어서고 싶다는 갈망을 느끼고 있었다. 그러기 위해서는 그 자신이 바뀌어야 했다. 사는 동안 최소한 한 번은 개인적인 메타노이아를 경험해야만 했다.

스틸녹스가 효력을 발휘하기 시작했다. 눈꺼풀이 늘어지고, 머릿속이 뿌예지기 시작했다. 낮은 조명이 비추고 있는 침실에서는 아이젤이 한쪽 다리를 이불 위로 내놓은 채, 늘 그렇듯이 조용하게, 시체처럼 자고 있었다.

교수는 조용히 침대로 돌아가 베개 위에 머리를 뉘었다. 그가 잠들기 전에 마지막으로 본 건 두 젊은이와 끝도 없이 펼쳐진 바다였다. 이르판이 바닷가에 서 있는 동안 수평선에서는 시인 카바피[13]의 도시, 알렉산드리아를 탐험하기 위해 떠나는 그의 친구 히다예트를 실은 배의 모습이 서서히 사라지고 있었다.

"히다예트는 목적지에 도착했을까?" 이르판은 궁금했다. 어쩌면 중간 어디엔가 멈춰 섰다가 그곳에서 자리를 잡고 완전히 다른 인생을 살고 있을지도 모르는 일이었다. 아니면 제우스가 보낸 맞바람이 파도를 일으켜 그의 작은 배를 삼켜버렸을 수도 있었다.

"잘 가 히다예트." 이르판이 중얼거렸다. 그리고는 혼란스러운 잠 속으로 빠져들었다. 여전히 죽음을 향해 나아가고 있다는, 자신의 운명을 알고 있다는 두려움으로부터 빠져나오지 못한 채로.

무구한 신부, 아름다운 신부

이스탄불에서 동쪽으로 약 1,450킬로미터, 그리고 메리엠이 살고 있는 마을을 지나 100킬로미터 넘게 더 가면 나오는 가바 산맥의 눈으로 뒤덮인 경사면에 위치한 초소의 좁은 침대에서, 제말은 흥분으로 몸을 떨면서 잠에서 깨어났다. 제말은 그의 마을에 여러 세대에 걸쳐 전해 내려온 전설 속의 무구한 신부에 대한 꿈을 또 꾸고 있었던 것이다. 그 꿈속에서 그 순결한 젊은 여인은 그의 몸 은밀한 곳을 보고 있었다. 제말은 그녀에게 그곳을 보여주면서 그녀가 그걸 부드럽게 만질 수 있게 해줬다. 그녀의 두 눈이 놀라움으로 커졌다.

이 무구한 신부의 정체는 알려진 게 없었지만, 마을의 청년들은 이 여인에 대한 즐거운 이야기를 서로에게 끝도 없이 되풀이했다.

옛날에, 어떤 소녀가 바깥세상에 대해서는 아무것도 모르는 채 그녀의 집안에서 세상의 모든 악으로부터 보호받으면서, 열다섯 살이 될 때까지 아주 귀한 꽃처럼 자라났다. 소녀의 부모는 그녀가 여자아이들과 사내아이들 사이에서 일어날 수 있는 수치스러운 일들에 대해 알지 못하도록 하기 위해 다른 아이들과 어울려 노는 것도 허락하지 않았다.

열다섯 살이 되었을 때, 소녀는 양치기 일을 하는 하산과 결혼했다. 하산은 신부의 천진한 무구함을 높이 여겼기 때문에 그걸 지켜주기로 결심했다. 결혼식 날 밤에 하산은 이렇게 말했다. "내 고결한 신부, 내가 비밀을 하나 말해줄게요. 난 다른 사내들하고 달라요."

이 무구한 소녀는 기대감을 가지고 남편을 쳐다봤다.

"나한테는 다른 사람들한테 없는 게 있어요" 하산은 그렇게 말하면서 자기의 성기를 그녀에게 보여줬다.

"세상에," 소녀가 놀라서 물었다. "그게 뭐예요?"

"이게 어디에 좋은 건지 보여줄게." 하산은 그렇게 말하고는 새벽이 밝아올 때까지 자신이 간직하고 있던 온갖 비밀스러운 기술들을 선보였고, 아내에게 자신이 정말로 이 세상의 어느 누구와도 다르다는 걸 증명해 보였다. 그날로부터 그의 아내는 알 수 없는 미소를 늘 머금고 다녔다. 그녀는 어느 누구에게도 자기 남편의 비밀을 이야기하지 않았고, 다른 사람들 앞에서는

는 시선을 내리깔고 있을 뿐이었다. 자신만 알고 있는 게 있다는 듯한, 다른 사람들을 약간 비웃는 듯한 태도였다.

몇 년 뒤, 하산은 군에 입대를 해야 했다. 이 년 동안의 복무를 위해 집을 떠나기 전, 하산은 그의 아내를 껴안고 자기가 돌아오는 날 그들만의 비밀스러운 일을 이어가게 될 거라고 말했다. "그날이 올 때까지 꾹 참고 기다려요." 그가 말했다. 그가 떠나고 나자 그 젊은 여인의 얼굴에서는 그 알 수 없는 미소가 사라졌고, 눈에는 갈망만이 남았다. 사람들은 "무슨 일이 있어요?"라고 물었다. 그녀의 대답은 늘 "아무것도 아녜요"였다. "하산이 보고 싶어서 그래요."

어느 날 오후에 하릴없이 주변을 돌아다니고 있는데, 그녀의 남편의 가장 가까운 친구인 메흐메트가 다가왔다.

"왜 그렇게 우울해 보여요?" 그가 물었다. "제수씨만 남편을 군대에 보낸 게 아니잖아요."

"하지만 그이는 다른 남자들과 달라요." 그녀가 한숨을 쉬며 말했다.

하산이 뭐가 그렇게 특별히 다르냐고 메흐메트가 묻자, 그녀는 "남편한테는 다른 남자들한테는 없는 게 이 가운데에 달려 있어요."라고 대답했다.

자기 친구의 잔머리를 눈치챈 메흐메트가 미소를 지었다. "나한테도 그거 비슷한 게 있어요." 그가 속삭였다.

하산의 아내는 그가 거짓말을 하고 있다고 생각해서 그 말을 믿지 않았다. 메흐메트는 그녀를 아무도 돌보지 않는 밭으로 데리고 가서 자기 말이 사실임을 증명해 보였다. 그 후로 메흐메트는 그 무구한 신부와 야밤에 비밀리에 만날 때마다 자기의 말이 사실이라는 걸 증명하고 또 증명해 보였다.

시간은 살같이 흘러, 하산이 마을로 돌아왔다. 놀랍게도, 그의 아내는 미소 대신 씁쓸한 표정으로 그를 맞았다. 그가 이유를 묻자 그녀가 소리를 질렀다. "당신은 거짓말쟁이예요! 당신만 앞에 그 이상한 걸 달고 있다고 했잖아요."

"이런," 하산은 생각했다. "내 무구한 아내를 잃어버렸군!"

하산은 자기 말고 또 누가 그 이상한 물건을 달고 있더냐고 물었고, 그녀는 메흐메트에 대해 이야기했다.

무언가 대책을 세우긴 해야 하지만 어찌해야 할지는 모르겠는 상황에서, 하산은 또 다른 거짓말을 생각해 냈다. "원래는 내가 두 개를 가지고 있었는데, 그래서 하나를 메흐메트한테 줬소."

이 말을 듣자 그의 아내는 통곡을 하기 시작했다. "왜 그래요?" 하산이 물었다. "왜 우는 거요?" 무구한 신부는 슬프게 울면서 하산의 배를 쥐어박았다. "왜 더 좋은 걸 그 사람한테 줬어요?"

여기까지 듣고 나면 너무 크게 웃느라 제말은 마을의 다른 청년들과 마찬가지로 아내의 질문에 대한 하산의 대답을 들을 기회가 없었다. 그 이야기는 거의 매일 반복되었지만 항상 같은 지점에서 끝났다. 제말은 상상력을 동원해서 이야기와 다른 결말을 상상하곤 했다. 특히 꿈속에서 그랬는데, 그 무구한 신부의 얼굴은 도저히 그려낼 수가 없었다. 제말이 상상해낼 수 있는 건 밝은 피부색 하나뿐이었는데, 그것만으로도 그가 고약한 취미생활을 즐기기에는 대략 충분했다. 초소의 침대에 누워있는 제말은 그 무구한 신부의 따뜻한 형상을 간신히 지울 수 있었다. 그는 침대 시트가 끈끈하게 젖어있는 걸 느끼면서 수치심에 휩싸인 채 아직 침대에서 일어나지 못하고 그대로 누워 있었다. 전등이 하나만 켜져 있는 실내는 어두침침했고, 병사들의 코 고는 소리가 난로에서 불이 타는 소리와 뒤섞여서 들렸다. 불침번은 잠들어 있는 병사들을 깨우지 않게 조심하면서 난로의 쇠문을 열고 덩어리져서 달라붙어 있는 저질의 석탄 더미에서 떼어낸 석탄 몇 조각을 집어넣었다.

무언가 텅 빈 느낌이 제말의 뱃속에 퍼졌다. 제말은 무구한 신부의 꿈을 꾸는 것과 그녀가 일깨워주는 쾌감을 그 끝까지 끌고 가는 걸 즐겼지만, 그 결과는 싫어했다. 제말은 자리에서 일어나 몸을 씻어야 했다. 죄악 속으로 깊이까지 떨어지고 난 뒤에, 머리끝에서 발끝까지 구석구석 빼놓지 않고 정해진 의례에 따라 씻어야만 자신을 정화할 수 있었다.

제말은 손목에 찬 플라스틱 시계를 봤다. 새벽 두 시가 가까워지고 있었다. 한 시간 뒤에 보초 근무가 시작되기 때문에 씻고 나면 쉴 시간은 없을 터였다. 오 분 정도 더 미적거리고 나면 일어나기는 더 어렵겠지만, 따뜻한 이불 밑에서 다시 한번 꿀색 피부를 가진 무구한 신부에 대한 생각에 잠겨 있고 싶었다. 그가 뭘 하고 있든, 세 시가 되면 상사가 들어와 마치 부숴버릴 것처럼 어깨를 두드리고 팔을 비틀어 깨울 것이었다. 씻는 건 보초 근무가 끝난 뒤에 시간을 낼 수 있을 것 같았다.

느긋하게 여유를 부리기 시작할 무렵, 제말은 그의 아버지를 떠올렸다. 아버지의 못마땅해하는 표정, 터번 아래서 번쩍거리는 그의 두 눈, 화가 나서 묵주를 잡아 뜯는 손이 눈에 보이는 것 같았다.

제말은 어린 시절부터 겪어온 똑같은 두려움에 몸을 떨며 잠자리에서 일어났다. 제말은 다시 한번 유혹에 빠져 악에 투항할 뻔했다. 무구한 신부에 대한 꿈을 꿨을 뿐만 아니라, 목욕 의식도 하지 않은 채 다시 잠 속으로 들어가려고까지 했다. 지옥의 문을 거의 열 뻔했던 것이다. 다행히도 그의 아버지의 모습이 떠오르면서 경고를 보냈고, 제말은 그의 말을 기억해 냈다. "악마한테 꼬임을 당하고 나면, 꼭 그에 걸맞은 속죄의식을 치른 뒤에 두 번 기도하면서 신의 자비를 구해야 한다. 그렇게 하지 않으면… 끔찍하게도…"

"끔찍하게도"라는 말 뒤에 따라 나오게 되는 지옥에서 당할 그 길고 구체적인 고통의 목록을 생각하자 제말의 피가 싸늘해졌다. 여자라고 불리는 피조물이 기만적이고 파괴적으로 작동하는 방식을 이해하기 위해 그런 고문을 감수해야 할 필요까지는 없었다. 아버지의 말만 들어도 사탄이 그 연약한 피조물을 사용해서 어떻게 이 세계를 망치는지를 알 수 있었다.

제말의 마음속 깊은 곳에서 무언가가 들끓으면서, 꼭 그럴 필요가 있겠느냐—그 냉수욕을 아침까지 미뤄도 된다는 속삭임이 들려왔다.

하지만, 그때까지 그가 살아있으리라는 보장은 없었다. 새벽이 되기 전에 초소가 공격을 당한다면? 그가 보초를 서고 있는 동안 칼라시니코프[14]에서 발사된 실탄이 그의 두개골을 박살낼 수도 있을 것이었다. 그의 친구들 여럿이 그런 습격에서 목숨을 잃었다. 불과 한 주 전에 살리가 그렇게 죽었다. 침대에 그대로 누워있고 싶은 욕망도 엄청나게 강했지만, 정화되지 않은 몸으로 이 세상을 떠나게 될지도 모른다는 두려움의 힘이 더 강력했다.

제말은 침상에서 일어나 앉았다. 그의 침상은 이층 침대의 위층이었기 때문에, 희미한 불빛 아래 잠들어 있는 전우들의 아무런 움직임도 없는 몸의 윤곽을 지켜볼 수 있었다. 그중 어떤 이들은 거의 생명이 떠나있는 것처럼 보였다. 다른 이들은 옆으로 눕거나 똑바로 누워서 입을 벌린 채 자고 있었다. 꿈을 꾸고, 잠꼬대를 하고, 그 방을 코 고는 소리와 이 가는 소리로 채우면서.

병사들이 영하의 야외에서 며칠이고 입고 다니던 남루한 국방색 제복들이 난로 주변에 걸린 채 말라가면서 실내를 시큼한 냄새로 채우고 있었다. 바깥에서는 젖은 빨래를 말리는 게 불가능했다. 영하의 날씨 속에서는 빨래를 널자마자 뻣뻣하게 얼어붙었다. 침대보들은 이 외로운 가바 산맥을 넘어가는 돛처럼 펼쳐진 채 뻣뻣하게 굳어버렸다. 그래서 병사들은 젖은 시트를 자신들의 몸에 둘둘 감은 채 말리곤 했다. 방수가 제대로 되지 않는 군화를 통해 스며들어온 눈 녹은 물에 젖어든 모직 양말들은 잠자리에 들 때 속옷 안에 넣어두었다. 아침이 되면 양말들은 잘 말라 있었다.

제말은 이층 침상에서 뛰어내린 뒤 자기 군화의 익숙한 딱딱한 느낌을 맨발로 더듬더듬 찾았다. 그걸 찾기 위해 침상 밑을 들여다볼 필요는 없었다. 제말은 자기 발의 본능에 의지해서 신발을 찾았다. 물기를 빨아들였다가 마르기를 반복하는 과정에서 나무껍질처럼 딱딱해진 그 무거운 가죽 군화는 병사의 삶에서는 빠지지도, 바뀌지도 않는 한 부분이었다. 병사들은 두꺼운 가죽을 통해 서서히 스며들어와 그들의 발과 다리를 마비시키는 그 차가운 기운에 서서히 익숙해졌다. 나중에 난롯가에 앉아 그걸 녹이는 과정에서의 지독한 고통이 오히려 더 견디기 어려웠다. 그들의 적인 PKK[15]는 전투화 대신 얇은 싸구려 운동화를 신고 있었다. 병사들은 자신들이 작전 중에 사살한 게릴라들이 모두 똑같은 가벼운 운동화를 신고 있다는 사실을 알게 됐다. 그 신발은 험준한 산악지형에서 재빨리 움직이는 데는 유리했지만 동상으로부터 발을 보호하는 데는 취약했다. 곤경 속에서 진행되는 삶에서는 이런 세부적인 것들이 누굴 죽이고 죽임을 당하는 것보다 더 중요하게 여겨졌다. 웬만한 걸로는 피곤에 지쳐 잠들어 있는 스무 명의 젊은이들을 쉽게 깨우지 못하겠지만, 제말은 가능한 한 조용히 움직였다. 그로서는 어쩔 수 없이, 이들 중 누가 그날을 살아남고, 누가 그렇지 못할지 궁금했다. 내일 저녁이면 이 침상 중 몇 개는 비게 될 것이고, 그 자리를 채웠던 이들은 눈 속에서, 총알에 뚫린 채, 혹은 지뢰에 갈가리 찢긴 채 영영 다시 일어서지 못하고 눈 속에 피범벅이 되어 누워있게 될 것이었다.

제말이 군화 끈을 조이는 동안, 난롯가에서 불침번을 서고 있던 병사가 의아하다는 표정으로 그를 쳐다봤다.

"설사가 나서." 제말이 말했다. 병사들은 피로나 그들이 마시는 물 때문에 설사병에 걸리는 경우가 많았다. 샤워를 하러 가야 한다는 말보다는 그쪽이 더 좋은 변명거리였다.

제말은 동내의 위에 야전상의를 걸치고, 맨발에 전투화를 신은 채 내무반을 나섰다. 바깥에서는 계곡을 휩쓸고, 눈 덮인 산정을 돌아내려온 바람이 울부짖는 소리가 들려왔다. 이 무자비한 세상에 속한 배경음악을 연주하는 듯했다. 제말이 처음에 여기 도착했을 때에는 이 소리에 겁을 먹었지만, 이제는 자연스럽게 들렸다. 이 년 만에 제말은 이런 험준한 산악환경에 익숙한, 거친 특공대원이 되었다.

복도의 냉기가 면도날처럼 제말의 피부를 찔렀다. 제말은 서둘러 화장실로 들어갔다. 제말은 여전히 건물 안에 있긴 했지만 난로의 열기는 여기까지 미치지 못했고, 복도와 화장실의 공기는 바깥과 별다를 바 없이 차가웠다. 제말은 부들부들 떨면서 속옷을 벗은 뒤, 반쯤 얼어있는 물통을 머리 위로 쏟아부었다. 제말은 심장이 갑자기 얼어버릴 것 같은 충격에 비명을 지를 뻔했지만, 입술을 꽉 깨물고 가까스로 참았다. 몸에서 수증기가 피어올랐다. 이가 딱딱 부딪치는 가운데 제말은 몸을 구석구석 닦아냈다. 유혹에 진 부분을 특히 잘 닦았다. 몸의 어느 한 부분도 물에 닿지 않은 채 내버려 둬서는 안 되었다. 이는 딱딱 부딪쳤지만, 정신은 맑았다. 제말은 자신의 끔찍하고 명예로운, 남들로부터 존경받는 아버지의 계율을 따르지 않는 길을 피했다. 그는 죄악을 면했고, 이슬람의 규율이 정한 바에 따라 옳은 일을 행했다는 만족감을 느꼈다. 제말은 자신의 아버지가 성인이라는 사실을 믿어 의심치 않았다. 아버지의 지시를 따르는 건 현세와 내세에서의 행복을 향한 가장 확실한 길이었다.

제말은 자기가 들고 온 작은 수건으로 몸을 닦고, 다시 옷과 신발을 꿰었다. 내무반으로 돌아와 문을 열자, 그 즉시 천국 같은 따뜻함이 그의 몸을 감쌌다. 난롯가에 서 있던 불침번은 제말의 젖은 머리를 보고 미소를 지었지만, 아무 말도 하지 않았다. 이건 그들 모두에게 일어나는 일이었다.

제말은 베개 위에 젖은 수건을 올려놓고 다시 침상에 들었지만, 잠은 오지 않았다. 제말은 그들이 전날 살해한 세 명의 게릴라들을 떠올렸다. 그 쿠르드족 젊은이들은 너덜너덜한 셔츠에 풍덩한 바지, 그리고 운동화를 신고 있었는데, 이 산악지대의 날씨를 견디기에는 어림도 없는 복장이었다. 얼굴이 있어야 할 자리에는 커다란 구멍이 있었다. G3 탄알의 소행이었다. 자기편의 소총에서 나온 것일 수도 있을까? 접전의 와중에는 양쪽 모두 마구잡이로 총을 쏴댔고, 총알이 어느 쪽의 총에서 날아오는 것인지 알 도리가 없었다. 실제로 조준을 하고 쏜다면 누굴 맞췄는지 알 수도 있겠지만, 제말은 그렇게 사격을 해본 적이 한 번도 없었다.

제말은 이 거대하고 인적 없는 산에서 그의 생애의 이 년을 보냈는데, 이 산은 병사의 용기와 비겁함을 측정하는 척도가 되었다. 한참을 오른 뒤 땀으로 목욕을 한 몸으로 산정에 올라설 때면, 병사들은 여름에는 은빛 강물과 에메랄드빛의 녹색 계곡이었다가 겨울이면 서리로 하얗게 얼어붙는 이 산의 주인이라도 된 듯한 기분이었다. 중무장을 하고 가족 같은 전우들과 함께 있다 보면 마치 죽음의 권력으로부터 벗어나 있는 듯했다. 산의 경사면 높은 곳에서 독수리처럼 아래쪽을 감시하면서 순찰을 돌다 보면 아주 사소한 움직임이라도 포착할 수 있었다. 그들은 자기 마음대로 다른 존재를 파괴할 수 있는 힘을 행사할 때의 희열을 발견했다. 그럴 때마다 마치 자신들이 신이라도 된 것 같았고, 그들의 머리는 하늘에 닿았다.

하지만 산이 언제나 자애로운 것은 아니었다. 개활지를 걷고 있는 도중에 저 멀리 있는 언덕에서 총알이 날아올 때가 종종 있었는데, 총알이 휘파람 소리를 내면서 그들의 머리 위를 스쳐 지날 때, 그들의 심장은 처음 겪어보는 두려움으로 졸아들었다. 총알이 불과 몇 센티미터의 거리를 두고 미간과 머리를 스쳐 지나갈 때, 그들은 생과 사의 경계선에 아슬아슬하게 걸려있었다. 혼자 떨어져 있는 PKK의 명사수가 부대 전체를 쓰러뜨리고 심각한 피해를 입힐 수 있었다. 저격용 소총으로 무장한 게릴라들은 장교들을 노렸다. 박격포와 수류탄, 칼라시니코프 소총으로 무장한 열 명에서 열다섯 명 정도 되는 부대가 자기들보다 규모가 더 큰 부대를 공격해올 때도 있었다. 산 정상에서는 특공대가 우위에 서 있었지만, 정상에서 내려오면 곧바로 먹잇감이 됐다.

산 정상에서 느끼던 우월감은 그리 오래가지 못했다. 특히 야외에서 오랜 나날들을 보내야 할 때 그랬다. 눈과 비는 병사들의 피부까지 스며들었고, 병사들은 건조한 상태가 어떤 느낌인지를 잊어버렸다. 젖은 옷은 밤이 되면 얼어붙어서 고통을 더해줬다. 그럴 때면 비는 영원히 그치지 않을 것만 같았고, 병사들은 완전히 젖은 몸을 나일론으로 감싸고 살아가는 상상을 했다. 그보다 더 고약한 건 총알이 날아오는 소리가 빗소리와 섞일 때였다.

제말은 동료 병사들과 마찬가지로 작전을 나갈 때마다 비닐봉지를 들고 나갔다. 그는 압둘라가 겪었던 악몽을 되풀이하고 싶지 않았다.

니데[16] 출신인 압둘라는 끝도 없이 이어지는 농담으로 동료들을 웃기고 즐겁게 해주는 밝고 영리한 젊은이였다. 압둘라의 제대를 석 달 남겨놓은 어느 날 오후, 부대는 순찰을 나갔다. 병사들은 그들이 걸어가는 눈 속에 지뢰가 매설되어 있다는 걸 알고 있었지만, 모든 걸 운에 맡기고 앞으로 나아갈 수밖에 없었다. 대낮에도 식별하기 어려운 게 지뢰인데, 서서히 어두워지고 있는 밤에는 말할 것도 없었다. 내딛는 한 걸음 한 걸음이 죽음으로 향하는 것일 수 있었고, 아무 일도 벌어지지 않는 걸음마다 병사들은 잠시 안도의 한숨을 내쉬었다.

눈을 밟는 전투화의 소리만 들리던 정적 속에서 갑자기 지축을 뒤흔드는 폭발 소리가 울렸다. 병사들은 본능적으로 바닥에 엎드렸다. 그렇게 하는 동안, 그들은 압둘라가 공중으로 날아가는 모습을 보았다. 지뢰를 밟은 것이었다.

제말은 그에게 가장 가까이 있었다. 또 다른 지뢰를 터뜨리게 될지도 모른다는 사실도 의식하지 못한 채, 제말은 부상을 입은 전우를 향해 낮은 포복으로 기어갔다. 압둘라의 상태는 좋지 않았다. 제말은 그를 붙들고 그의 머리를 자기 무릎 위에 올려놓아 주려고 했다.

"내 눈!" 압둘라가 충격 상태에서 비명을 질렀다. "내 눈에 뭐가 들어갔어! 오, 너무 아퍼!"

압둘라의 얼굴은 피범벅이 되어 끔찍한 상태였지만, 제말은 정신을 차리고 그의 머리를 붙잡고 눈을 들여다봤다. 왼쪽 눈이 있던 자리가 움푹 패인 채 텅 비어 있었다. 압둘라는 사람의 소리라고 하기 어려운 소리로 신음을 흘리고 있었다. "아퍼, 아퍼."

부대의 지휘관과 다른 병사들이 다가왔고, 제말은 대위가 무전기에 대고 절박하게 지르는 소리를 들었다. "호크 3, 호크 3, 심각하게 부상당한 병사가 있다. 헬리콥터를 보내라!"

무전기 건너편에서 잡음이 섞인 목소리가 들려왔다. 날이 어두워지고 있었다. 비행하기에는 너무 위험한 상황이었다. 부대는 동이 틀 때까지 대기해야 할 것이었다. 무전기를 통해 들려오는 목소리는 너무나 가라앉아 있어서, 이 눈밭 위에서 생명이스러져 가고 있다는 사실을 의식하지 못하고 있는 것처럼 들렸다.

압둘라의 얼굴에 뚫린 구멍에서 피가 쏟아져 나왔다. 제말은 어떻게 해야 할지 전혀 알 수가 없었다. 천으로 막아야 하는 건가? 그가 알고 있는 거라곤, 자신의 전우가 오래 버티지 못할 거라는 사실뿐이었다. 헬리콥터가 바로 온다 하더라도, 그는 살지 못할 것이었다.

무전기에 대고 애원하고 저쪽을 설득하려고 애쓰는 동안 젊은 대위의 목소리는 완전히 쉬어버렸다. "제발, 제발 와줘요! 내일 아침까지 버티지 못할 겁니다. 제발 우리의 용감한 전우를 구해 주세요. 아직 완전히 어둡지 않았어요." 대위는 계속해서 좌표를 불러줬다.

무전기 저쪽에서는 아무런 응답이 없었다.

제말은 압둘라의 발이 있던 자리에 남아있는 피범벅의 다리 뭉치를 보았다. 안에서 차올라 온몸에 퍼지고 있는 두려움과 공황 상태를 가라앉히기 위해 애쓰는 동안, 제말은 그리 멀지 않은 곳에 따로 떨어져 있는 다리를 보았다. 마치 이상한 이물질처럼 으깨어진 다리와 찢어진 전투화가 핏물의 웅덩이 안에 같이 놓여 있었다. 지금 제말에게 위안이 되는 거라곤 압둘라가 극한 고통에 압도당한 나머지 정신을 잃고 있다는 사실 하나였다.

대위와 병사들은 서로에게 대책을 묻는 표정으로 시선을 주고

받았다. 갑자기, 기도에 대한 응답이라도 오는 것처럼, 엔진 소리와 더불어 프로펠러가 도는 소리가 정적을 깨뜨렸다. 병사들이 고개를 들어보니 헬리콥터 한 대가 가까이 있는 고개의 능선 너머에서 모습을 드러냈다. 병사들은 미친 듯이 손을 흔들었고, 헬리콥터는 쌓여있는 눈을 날리면서 서서히 하강했다.

병사들은 헬리콥터가 완전히 착륙을 하지는 않은 채 지상 몇 피트에 떠 있을 것이고, 그들이 압둘라를 들어 올려 헬리콥터의 열려 있는 문 속으로 던져 넣어야 할 거라는 사실을 알고 있었다. PKK 게릴라가 헬리콥터를 보고 사격을 해서 조종사를 죽일 가능성이 있었다. 육군으로서는 부상당한 사병 하나를 구하려다가 블랙호크를 날렸다는 비난을 감수할 여유가 없었다. 헬리콥터에 타고 있는 위생병들이 병사들에게 서두르라고 소리를 질렀다. 병사들은 압둘라의 몸을 앞뒤로 흔들다가 헬리콥터의 문을 향해 던졌다. 위생병들이 압둘라의 몸을 붙들기 위해 몸을 앞으로 기울였지만, 압둘라의 몸은 그들의 손에서 미끄러져 눈밭으로 떨어졌다. 그러는 동안 제말은 아직 온기가 남아있는 압둘라의 발을 집어 들고 헬리콥터 안으로 던져 넣었다. 어쩌면 병원에서 접합이 가능할지도 몰랐다.

병사들은 압둘라를 다시 한번 집어 들고 헬리콥터를 향해 던졌지만, 압둘라의 몸은 다시 땅으로 떨어졌다. 세 번째의 시도에서 성공했고, 위생병들이 압둘라의 몸을 안으로 끌어올리는 동안 헬리콥터는 날아올라 이미 능선 너머로 사라지고 있었다. 제말이 압둘라의 발을 헬리콥터 안으로 던져 넣은 건 본능적으로 한 일이었다. 그날 이후로 순찰에 나설 때마다 제말은 비닐 봉지를 가지고 다니기 시작했다. 다른 전우가 지뢰를 밟게 되면 잘려나간 사지를 거기에 담아 모을 생각이었다. 그리고 제말은 다른 병사들도 그렇게 할 준비가 되어 있다는 걸 알고 있었다.

그들은 저녁 시간이면 통조림 음식과 차를 함께 먹고 담배를 조심스럽게 감춰서 피우며 이야기를 나눴다. 때로는 서로의 가장 깊은 비밀까지 나누기도 했다. 어쩌면, 그다음 날에는 바로 전날 밤에 깊은 마음속을 보여줬던 이의 찢겨 나간 사지를 주워서 그 봉지에 채워 넣어야 할지도 몰랐다.

온몸을 꼼꼼하게 씻고 나서 자신의 침상에 누워 쉬면서, 제말은 무전기를 통해 들려오던 PKK 게릴라의 목소리를 떠올렸다. 아는 목소리였다. 그 음성은 이따금씩 직접적인 메시지를 보내오기도 했다. “터키공화국의 병사들이여, 너무 늦기 전에 항복하라. 스스로를 구하라. 지휘관을 묶어서 우리에게 데리고 오라. 그렇지 않으면 너희들은 오늘 밤을 살아서 넘기지 못할 것이다.”

이런 말을 들으면, 가장 최근에 합류한 보충역 장교들은 무전기를 들고 마주 소리를 지르곤 했다. “이 개자식들아, 너희들이 와서 직접 해봐. 그럴 배짱이 있기나 한가 보자!”

그러면 상대편에서 킬킬거리고 웃었는데, 제말은 그 소리를 들으면 소름이 끼쳤다. 그가 잘 아는 웃음소리였다. 메모… 그의 어린 시절의 친구, 단짝, 그의 형제, 온갖 비밀을 털어놓던 사이인 메모. 제말은 웃음소리를 듣고 그게 메모라는 걸 알았다. 마을에서 긴긴 여름날을 함께 보내는 동안, 제말과 메모는 벌판에 드러누워 파란 하늘에 천천히 흘러가는 구름을 지켜보곤 했다. 그렇게 누워 자신들의 앞날을, 둘이 함께했으면 하고 바라던 앞날을 꿈꿀 때, 언젠가는 서로가 서로에게 가장 끔찍한 적이 되리라는 생각이 떠오른 적은 단 한 번도 없었다. 이렇게 될 줄을 어떻게 알았겠나! 하지만 지금, 한 사람은 터키군의 사병, 다른 하나는 쿠르드족 분리운동의 게릴라가 되어 있었다. 두 사람의 옛 친구가, 지금은 서로를 죽이려 애쓰면서 마주 서서 싸우고 있었다. 이건 벌써 십오 년이 넘게 진행되어 온 골육상잔이었다. 터키인과 쿠르드족을 합쳐서 삼만 명 이상의 목숨을 앗아간 싸움… 동부 아나톨리아 출신의 젊은이들 중에서 어떤 이들은 병역의무를 위해 입대한 뒤 제말처럼 산악지대에 배치되었고, 어떤 이들은 메모처럼 쿠르드족 분리운동 게릴라가 되어 터키군을 상대로 싸우게 되었다.

무전기를 통해 메모의 쉰 듯한 목소리를 듣는 동안, 제말은 산에서 메모를 만나게 된다면 과연 자기가 메모를 향해 조준하고 쏠 수 있을지 확신이 없었다.

불운한 소녀들의 고통

메리엠의 엄마가 메리엠을 가진 것으로 보이는 그날, 그녀는 성처녀 마리아의 꿈을 꾸었다. 성처녀는 촛불을 들고 다가와 그녀가 여자아이를 낳을 것이며, 그리고는 그 아이를 뒤에 남기고 세상을 떠나게 될 것이라고 말했다.

메리엠의 이모가 나중에 이야기해준 바에 따르자면, 메리엠의 엄마는 겁에 질려 깨어나서는 그녀에게 즉시 해몽을 해달라고 졸랐다. 메리엠의 이모는 아침이 되기 전에 꿈에 대해 이야기하는 건 불운을 가져오는 일이니 본 것에 대해 아무 말 하지 말라고 하면서 해몽을 거부했다.

메리엠의 엄마는 그날 밤 남편의 침실로 가지 않았다. 그녀는 그 꿈 때문에 여전히 두려움에 떨고 있었고, 쌍둥이 자매의 온기가 주는 위로가 필요했다. 그녀는 자신의 쌍둥이 자매를 안고,

그녀의 팔 안에서 잠이 들었다.

그날의 첫 햇살이 방안으로 들어오는 즉시, 메리엠의 엄마는 그녀의 쌍둥이 자매를 깨워서 애원했다. "그 꿈이 무슨 뜻인지 제발 얘기해줘."

사람들의 꿈을 긍정적으로 해석하는 데 재능이 있는 메리엠의 이모는 "성모께서는 언니 딸 이름을 마리아라고 짓기를 원하시는 거 같아."라고 위안이 되는 대답을 들려줬다.

"그럼 죽어서 아이를 남겨두고 떠난다는 건?"

"영원히 사는 사람은 아무도 없잖아. 언니라고 왜 달라야 돼? 우리 모두 언젠가는 죽어. 성모 마리아도 돌아가셨잖아."

메리엠의 엄마가 출산 과정에서 사망하자, 가족들은 성인의 뜻을 기억해 내고 그에 따라 아기의 이름을 메리엠이라고 지었다.

메리엠은 이 이야기를 떠올릴 때마다—다른 수많은 이야기들도 마찬가지지만—자신이 마법과 사람들의 꿈에 나타나는 성자들과, 말하는 동물들과 나무들로 가득 찬 세계에서 살고 있다고 확신했다. 메리엠은 자기한테는 기적적인 일이 하나도 일어나지 않은 게 유감이었고, 자기한테 무슨 문제가 있는 건 아닌가 하고 걱정했다.

초등학교 시절, 메리엠의 친구들은 늘 기적에 관련된 이야기들—새들이 사람처럼 말하는 걸 들었다는 둥, 가족의 조상이 나타나 위험을 경고했다는 둥—을 들려주곤 했다. 한 번은 그와 비슷한 일이 메리엠의 집에도 일어났다. 사람들의 존경을 받던 할아버지가 가족들에게 나타나 비누를 많이 사지 말라고 경고를 한 것이다.

"만약에 그렇게 하면," 그가 말했다. "너희들은 불에 탈 것이다."

가족들은 그의 경고를 무시하고 시장에서 여러 개의 비누들을 사들였다. 그리고 집에—마치 어떤 보이지 않는 손이 불을 지른 것처럼—불이 났다. 메리엠의 아버지와 큰아버지는 간신히 그 불을 껐다. 그리고는 가족에게 다시는 그런 경고를 무시하지 말라고 명령했다.

다시 한번 할아버지가 나타나 집안의 여자들이 한 주에 한 번 공중목욕탕에 가는 날짜를 수요일에서 목요일로 바꾸라고 말했을 때, 가족은 그 명령에 따랐다.

메리엠은 공중목욕탕에 가는 걸 좋아했는데, 거길 가려면 특별한 준비를 해야 했다. 음식을 만들고 새 수건과 옷을 준비했다. 그리고는 노소를 막론한 집안의 모든 여자들이 수레에 올라타 그날 하루 종일을 즐겁게 보낼 걸 기대하면서 떠나는 것이었다.

목욕탕에 들어가면 메리엠은 벌거벗은 여인들의 늘어진 젖가슴을 유심히 살피면서 자기도 언젠가는 저런 이상한 걸 갖게 될까 하고 궁금해했다. 햇빛이 돔 지붕의 두꺼운 유리를 통과

하면서 창백한 색으로 변하는 이 고대의 건물 속에서, 나이 든 여인들은 메리엠과 다른 아이들의 피부가 장밋빛 핑크색이 될 때까지 힘차게 문지르고 나서는 데일 정도로 뜨거운 물을 부어서 깨끗하게 씻어주었다. 메리엠은 그 목욕탕의 뒤쪽 닫혀 있는 방에서 톡 쏘는 냄새가 풍겨 나온다는 걸 늘 의식했다. 그게 뭐냐고 묻자 어른들은 "제모제 냄새란다… 너도 나이가 들면 알게 될 거야."라고 말했다.

메리엠이 키가 크면서 가슴에 봉오리 두 개가 솟아오르자, 나이 든 여자들은 메리엠의 젊음과 날씬한 몸매를 찬탄하면서 마침내 그 목욕탕의 비밀스런 부분을 그녀에게도 소개했다. 그들은 메리엠을 그 닫힌 방들 중의 한 곳으로 데리고 가서 고약한 냄새가 나는 무언가를 만든 뒤, 메리엠의 겨드랑이와 치골에 난 털을 제거했다.

"거기에 난 털들을 다 없애야 하는 거야." 그들은 메리엠에게 말했다. "조금이라도 남아 있으면 그건 죄악이야. 이걸로 다 없애도록 해."

머지않아, 메리엠은 다른 사람들이 가까이 오지 않게 하고 그 모든 과정을 스스로 하게 되었다.

제모를 하는 건 목욕에서 제일 재미없는 일이었다. 제일 즐거운 건 목욕을 마친 뒤 선선한 방에 앉아 속을 채운 야채와 약간의 패스트리로 구성된 식사를 즐기는 일이었다.

메리엠은 이런 예언들을 내놓는 할아버지의 유령을 볼 수 있는 방법을 알아내고 싶었지만, 그 바람을 이루지는 못했다. 그녀의 기도도 아무 소용 없었고, "할아버지, 할아버지!" 하고 중얼거리면서 눈을 비비는 것도 아무 도움이 되지 않았다.

메리엠 엄마의 아버지가 레슬러였던 반면에, 아버지 쪽 할아버지는 셰이크[17] 쿠레이쉬라는 이름으로 알려진 신비주의자였다. 한겨울에 폭풍우가 부는 날, 셰이크는 맨발로 집을 나서 눈 속으로 들어갔다. 어디에 가느냐고 묻자 그는 "호라산[18]에 간다"고 대답했다.

몇몇 구경꾼들은 트란속시아나[19]까지는 고사하고, 몇 걸음만 걸어도 꽁꽁 얼어붙고 말 거라고 하면서 웃기 시작했다. 사람들의 놀림에도 불구하고 그는 계속 걸었다. 그의 뒤를 따라가던 마을 사람들 몇몇이 나중에 보고한 바에 따르자면, 굶주린 늑대 무리가 울부짖고 있다가 그 노인이 눈 속에서 접근해 오는 걸 보더니 아기 고양이들처럼 온순해지더라고 했다. 전해 내려오는 전설에 따르자면, 셰이크는 호라산까지 걸어갔다가 돌아왔다.

그 어떤 동물도, 가장 포악하거나 독이 있는 놈들조차도 이 성자를 방해하지 않았다. 뱀과 전갈들은 아무런 해도 끼치지 않은 채 그의 손 위를 거쳐 팔을 타고 올라 목까지 기어 올라갔다. 어떤 악도 그를 침범할 수 없었고, 그는 집안에 생기는 갓난 아이의 입에 침을 뱉어줌으로써 자신이 가진 이 능력을 전해줄 수 있었다. 그렇게 함으로써 집안의 모든 식구들은 모든 종류의 위험으로부터 보호받을 수 있게 되었다.

식구들은 쿠레이쉬 할아버지의 영혼이 그 집에 영원히 거하고 있다고 믿었다. 계단이 삐걱거리고, 문이 쾅 닫히고, 부엌에서 때때로 이상한 소음이 들려오는 게 다 그래서였다.

집안에서 밤마다 이런 이야기들을 듣고 자란 메리엠은 할아버지의 영혼이 자기를 구해주리라고 믿어 의심치 않았다. 그러나 메리엠이 할아버지 꿈을 꾸기 위해 아무리 애를 써도 할아버지는 나타나지 않았다. 심지어 셰케르 바바의 무덤을 방문했을 때도, 메리엠은 망신만 당했을 뿐 다른 어떤 특별한 경험도 얻지 못했다. 마을 사람들은 오래전 러시아 군대가 침입해와 자신들의 집을 점령하고 수많은 사내들을 인근의 마른 강바닥으로 데리고 가 학살했을 때, 셰케르 바바가 천둥·번개로 하늘을 뒤흔들고 적들에게 우박을 쏟아부은 일을 자주 되풀이해서 이야기하곤 했다. 러시아인들은 겁을 집어먹고 흩어졌다. 러시아인 사령관이 타운의 가장 큰 집이었던 집무실에서 자신의 관자놀이에 권총을 겨누고 방아쇠를 당긴 것도 틀림없이 셰케르 바바가 그렇게 하도록 만든 일이었다. 이 이야기를 믿지 않는 이들은 그 기적이 사령관이 1917년 11월의 그날 일찍 모스크바에서 온 전보를 받은 데서 비롯된 거라고 말했지만, 그 말에 동의

하는 마을 사람은 거의 없었다. 심지어 그 말이 맞다 하더라도, 셰케르 바바가 그 메시지를 보냈음에 틀림없다.

메리엠만 빼고 마을의 거의 모든 사람들이 기적을 목격했다. 여자아이들이 허공을 날아다녔고, 닭들이 말을 했다. 봉헌된 헝겊들이 나무에 매여 있는 사원을 방문하고, 다가오는 여름을 축하하는 기간과 쿠란이 모습을 드러낸 '힘의 밤'[20]에 그토록 열렬히 기도를 하고, 이런 일들이 다른 이들에게는 모두 결과를 내줬지만, 메리엠에게는 원하는 대로 이뤄진 게 하나도 없었다.

"난 저주받은 게 틀림없어." 메리엠은 종종 그렇게 생각했다.

그리고 모든 사람들이 은밀하게 그 생각에 동의했다. 무엇보다 메리엠의 엄마가 꿈속에서 들은 예언 그대로, 출산 과정에서 고통 속에 죽지 않았는가. 메리엠이 그 죽음의 원인이고 집안에 불운을 가지고 왔다는 점에서, 잘못된 운명을 타고난 것임에 틀림없었다. 메리엠은 불운했고, 결혼도 못하고 노처녀로 인생을 마치게 될 가능성이 컸다. 열다섯 살이 된 지금도, 메리엠에게는 구혼자가 없었다. 어느 엄마도 메리엠을 집안에 신부로 맞아들이려 하지 않았다.

다른 사람들은 즐거운 기적들을 목격했지만, 메리엠은 끔찍한 악몽을 꾸었다. 메리엠이 이름을 따온 성모 마리아는 한 번도 메리엠의 꿈속에 모습을 드러내지도 않았고, 그녀에게 직접 지시를 내려주지도 않았다. 불경스러운 말이지만, 도대체 무슨 엄마가 그렇단 말인가! 성모 마리아야말로 메리엠에게 이런 끔찍한 악몽들을 꾸게 해서 그녀의 인내심과 견디는 힘의 한계를 시험한 당사자임에 틀림없었다.

밤과 낮도 구분되지 않는 추운 헛간에 홀로 고립되어 있던 메리엠은 잠에서 깨어나 비명을 질렀다. 메리엠은 자신이 심연의 가장자리 땅에 매달려 있다고 상상했다. 메리엠은 안개 속 저 멀리에 있는 거대한 도시의 윤곽을 볼 수 있었다. "이스탄불." 메리엠은 생각했다. "저게 바로 사람들이 늘 얘기하는 이스탄불일 거야." 그 도시는 너무나 커서 메리엠은 그 끝을 볼 수가 없었다. 자리에서 일어나 좀 더 잘 살펴보고 싶었지만, 메리엠은 공포 때문에 몸이 마비되어 움직일 수가 없었다. 갑자기 천둥과 더불어 하늘이 진동했다. 위를 올려다본 메리엠의 눈에 수천 마리의 흰 새들이 머리 위로 날아가는 모습이 보였다. 새들의 날갯짓 때문에 거센 바람이 일어나 메리엠을 땅바닥에 난 구멍을 향해 끌고 갔다. 메리엠은 손끝으로 절박하게 땅을 붙들고 매달렸다. 새떼는 날아갔다가 다시 돌아오고, 날아갔다 다시 돌아오기를 여러 번 반복했다. 매번 새떼가 머리 위를 지나갈 때마다, 메리엠은 심연을 향해 조금씩 더 가까워졌다.

잠에서 깨어난 메리엠은 그 무서운 새들을 보게 될 거라는 생각을 하면서 헛간 안의 주변을 둘러봤지만, 그 춥고 어두운 공간은 비어 있었다. 메리엠이 덮고 있던 얇은 담요는 바닥에 떨어져 있었고, 메리엠의 손과 발은 얼어붙는 것 같았다.

메리엠은 바깥 세계에서 들려오는 소리에 귀를 기울였다. 마을은 지난 며칠 동안 이상할 정도로 조용했고, 집안 역시 마찬가지였다. 다급한 속삭임과 조심스런 발걸음 소리가 이따금씩 들려왔지만, 바로 옆 정원에 있는 화덕에서 한 주에 한 번 빵을 굽는 여자들의 수다는 들려오지 않았다.

어린 시절의 메리엠은 얇게 반죽한 빵이 철판 위에서 갈색으로 익어가는 걸 바라보는 것과 그 군침이 도는 향내를 맡는 걸 좋아했다. 여자들은 방금 구운 빵을 커다란 세모 모양으로 접으면서 접히는 겹마다 신선한 버터를 발랐다. 버터는 지글거리는 소리를 내면서 재빨리 녹았고, 공기 속으로 퍼지는 그 냄새는—그 근처에서 안달을 내며 서성거리는 다른 아이들도 그런 것처럼—그 맛있는 걸 맛보게 되길 기다리고 있는 메리엠의 입맛을 돋우었다. 양치기의 패스티[21]라고 불리는 이 빵을 메리엠은 무척 좋아했다. 언젠가 메리엠은 노란 병아리 한 마리가 야외에 있는 그 화덕의 바닥에 있는 불길 속으로 떨어지는 사고를 목격했다. 그 작은 생명을 구해내지 못한 메리엠은 패스티를 먹는 것도 잊고 하루 종일을 울었다.

메리엠이 헛간에 갇혀 있는 동안, 주변의 모든 일이 조용히, 숨죽여서 진행되었다. 심지어 마을에서 사람들의 북적임이나 말, 나귀, 암탉과 수탉, 미니버스 등이 내는 소음도 침묵으로 가려졌다. 담장을 넘어오는 유일한 소리라고는 신자들에게 기도 시간을 알리는 이의 쉰 목소리와 멀리에서 돌아가고 있는 트랙터가 이따금씩 내는 기계 소리, 그리고 드문드문 지나가는 수레가 덜컹거리는 소리 정도가 전부였다.

메리엠은 그 침묵이 어떤 식으로든 자신과 관련이 있다고—어쩌면 오두막에서 있었던 그 끔찍한 사건의 후과일 거라고—느꼈다. 하지만 이게 도대체 무슨 의미를 가지고 있는 걸까? 어린 여자애 하나한테 일어난 일 때문에 온 마을이 조용해질 수 있는 걸까?

메리엠은 담요를 움켜쥐었다. 그 순간 이해가 갔다. 마을 사람들은 메리엠이 마땅히 해야 할 일을 하기를 기다리고 있었던 것이다. 메리엠의 식구들뿐만 아니라 마을 사람들 전체가 메리엠이 이 문제를 스스로 끝내기를 조용히 기다리고 있었다. 메리엠이 목을 매다는 순간, 모든 것이 원래대로 돌아올 것이었다. 마을 사람들은 매일 하던 일—쇼핑, 청소, 기도—로 돌아가게 될 것이었다. 아이들이 노는 소리가 다시 거리를 채우게 될 것이었다. 메리엠 이전에 몸을 망친 다른 여자아이들이 그랬던 것처럼, 메리엠은 더 이상 살 자격이 없었다. 이게 바로 되네가 그녀에게 건네려고 했던 말이다. 집안과 마을의 기이할 정도의 정적이 전하는 메시지를 되네는 얼굴 표정으로 전달했던 것이다.

그 사실을 깨닫자 메리엠의 심장이 싸늘해졌다. 메리엠은 자기가 아는 모든 사람들—아버지, 큰아버지, 숙모들, 그리고 자기가 이 세상에 나오는 데 도움을 줬던 산파 굴리자 등—에 대해 책임감을 느꼈다.

메리엠은 잠시 동안 조용히 눈물을 흘렸다. 그리고는 전날 바닥에 집어던져 놓은 밧줄을 집어 들고 대들보 너머로 던진 뒤 한쪽을 고정시키고, 반대편에 올가미를 만들었다. 메리엠은 통나무 위에 올라가 머리 위로 밧줄을 걸었다. 올가미의 거친 표면 때문에 목이 아팠다.

메리엠은 망설였다. 메리엠은 이제 막 자신의 의무를 수행하려는 참이었다. "통나무를 발로 차서 쓰러뜨리기만 하면 돼." 메리엠은 중얼거렸다. "다른 사람들도 다 했어. 잠시 좌우로 흔들리다가 목이 검고 푸르게 변할 거야. 혓바닥이 빠져나오고. 기껏해야 일 분이면 될 거야, 그 이상은 안 걸려."

"하지만 그다음에는 어디로 가게 될까?" 메리엠은 궁금했다. 답을 생각해낼 수가 없었다.

그 자세로 얼마나 오래 서 있었을까. 자물쇠 속에서 열쇠가 돌아가는 소리가 들리더니 되네가 약간의 음식을 담은 쟁반을 들고 헛간에 들어서는 모습이 보였다. 두 사람의 눈이 부딪혔다. 되네는 천천히 돌아서더니 쟁반을 그대로 든 채 조용히 헛간 밖으로 빠져나갔다.

메리엠은 격렬한 분노에 휩싸였다.

"나쁜 년!" 메리엠이 이를 갈았다. "이 나쁜 년!" 메리엠은 그 말을 반복하면서 머리에서 올가미를 벗어버렸다.

되네는 아마도 식구들에게 가서 메리엠이 마침내 의무를 이행하고 있다고 말하고 있을 것이다. 메리엠은 모여서 침묵 속에 그 소식을 기다리고 있었을 식구들의 얼굴을 볼 수 있었고, 그 모습이 그녀를 분노하게 했다. 메리엠은 그들을 거역하고 이스탄불로 떠나고 싶어졌다.

"너나 죽어, 이 더러운 년아!" 메리엠은 되네를 생각하면서 소리를 질렀다. 눈물이 볼을 타고 흘러내리기 시작했다.

메리엠은 눈을 감고 모든 성자들로부터 도움을 구하는 기도를 드렸다. 큰엄마는 늘 "도저히 견딜 수 없을 정도로 문제가 악화돼야 해결책도 얻게 되는 거야."라고 말하곤 했다.

메리엠은 그 지점에 도달해 있었다.

"축복받은 히지[22]시여, 애원합니다. 제게 얼굴을 보여주세요." 메리엠은 빌었다. "누구든 꿈속에서 당신의 성스러운 얼굴을 보는 사람은 모든 걱정을 떨쳐버릴 수 있다는 걸 알고 있어요. 축복받은 성인이시여, 제발 제가 부르는 음성을 들어주세요. 저는 고통받고 있어요. 제발 제게 당신의 얼굴을 보여주세요. 오 신이시여, 제발 저 문을 열어 주시고, 되네 대신 히지께서 들어오게 해 주세요. 그분이 절 이스탄불까지 데리고 가게 해 주세요."

메리엠은 알고 있던 모든 기도를 다 암송했지만, 눈을 떴을 때는 여전히 혼자였다. 가족들 중 누구 하나 심지어 그녀를 확인하러 오지도 않았다. 어쩌면 문 저쪽 편에서 숨죽이고 듣고 있었을지도 모른다.

메리엠은 학교에 다니던 시절을 떠올렸다. 친오빠들 같았던 제말과 메모와 함께 마음대로 거리를 휘젓고 다니면서 굴렁쇠를 굴리고 놀던 시절.

러시아의 점령으로부터 마을이 해방된 날을 기리는 축일은 메리엠의 유년 시절 가장 즐거운 날이었다. 마을 사람들이 지역 밴드가 연주하는 군가에 맞춰 행진하는 동안, 우렁찬 축포 소리가 하늘을 메웠다.

메리엠은 급우들과 함께 흰색 깃이 달린 검은색 점퍼스커트 교복을 입고 그 행진에 참여하는 걸 좋아했다. 메리엠과 다른 학생들은 어깨를 맞대고 줄을 서서 제자리를 잡은 뒤, "우향, 우" 하는 구령에 따라 드럼의 박자에 맞춰서 거리를 행진하곤 했다. 메리엠은 모든 시선이 자기한테 집중된 것 같았고, 머리를 높이 들고 걸었다. 개선문 아래를 지날 때면 메리엠은 지금 무지개 밑으로 지나가고 있다고 상상했다. 대포들이 발사됐고, 그 천둥 같은 소리를 들으면서 사람들은 러시아군 위로 쏟아지던 셰케르 바바의 기적적인 우박 세례를 떠올렸다. 행진이 끝나고 나면 메리엠과 급우들은 광장에서 그들을 위해 마련된 자리에 앉아 해방을 재연하는 공연을 지켜봤다.

러시아군과 터키군의 복장을 차려입은 마을 청년들이 매년 똑같은 공연을 펼쳤다. 상대적으로 피부색이 밝고 건장한 젊은 이들은 러시아군 역할을 맡아, 피부색이 진하고 키가 작은 젊은이들이 맡은 터키군을 공격했다. 결정적인 순간에 용감한 터키군이 우세를 점하면서 러시아군을 몰아냈다. 터키군을 맡은 젊은이들은 여러 발의 폭약을 한꺼번에 터뜨리면서 터키 깃발을 흔들어댔고, 구경꾼들은 연기가 자욱하게 광장을 채우는 가운데 함성을 질러댔다. 그때 밴드는 행진곡을 소리 높여 연주하곤 했다.

제말과 메모는 이 공연에서 매년 역할을 맡아 했다. 건장하고 피부가 하얀 편인 제말은 러시아군 역할을 했고, 키가 작고 까무잡잡한 메모는 터키군 역할을 맡았다. 참가자들한테는 지역자치단체에서 출연료를 지급했는데, 러시아군 역할로 나온 이들은 두들겨 맞는 걸 감당해야 했기 때문에 터키군 역할을 맡은 이들보다 더 받았다. 제말은 메모가 받은 것보다 두 배를 벌었지만, 터키군 역할을 하는 게 더 명예롭다고 느꼈다. 메모는 때때로 "나는 쿠르드인이고 네가 터키인이야. 그런데 공연에서는 내가 항상 터키군 역할을 하네."라고 제말에게 말하곤 했다.

다들 웃었는데, 하지만 그들의 역할은 늘 바뀌지 않고 그대로였다.

공연이 정해져 있는 대본을 벗어나면서 지역관리와 시장, 경찰서장을 화나게 하는 통에 축제를 망쳤던 적이 한 번 있었다. 항상 그래 왔듯이, 러시아군이 공격을 먼저 시작했고, 터키군이 반격을 시작하자 후퇴했다. 진군가의 리듬과 애국적인 가사들 때문에 불이 붙은 민족주의적 광기로 인해 터키군은 러시아군이 바닥에 뒹굴 때까지 두들겨 팼다. 러시아군 역할을 맡은 이들은 매를 맞는 대가로 보수를 받게 돼 있긴 했지만 그 정도의 구타를 염두에 둔 건 아니었다. 하지만 끊임없이 두들겨대는 드럼과 트럼펫 소리, 터져대는 대포 소리는 터키인들의 피를 끓게 했다. 터키군 역할을 맡은 젊은이들은 함성을 지르면서 있는 힘을 다해 그들의 적을 주먹으로 때리고 발로 찼고, 공연이 벌어지고 있는 자리는 점점 진짜 전쟁터를 닮아갔다. 러시아군을 맡은 이들의 코에서 피가 튀었고, 얼굴이 찢어지고 부어올랐다.

메리엠은 사촌오빠 제말이 메모에게 소리를 지르는 걸 들었다. "너 미쳤어? 그만해!"

모든 러시아군이 소리를 질러댔지만, 아무 소용 없었다. 마침내 러시아군의 인내심이 바닥났고, 그들도 일어나서 마주 싸우기 시작했다. 인정사정없이 얻어맞은 뒤라 그들도 극도로 흥분한 상태였고, 우월한 체격에 힘입어 터키군을 몰아냈다.

그해에는 러시아군이 승리했고, 지역관리들은 머리끝까지 화가 나서 축하 행사를 즉시 중단시켰다. 군중은 흩어졌고, 마을은 익숙한 무기력함으로 다시 돌아갔다.

메리엠은 멍이 들고 피범벅이 된 제말과 메모의 얼굴을 떠올리고는 키득거리기 시작했다. 그러고 나자 문의 저쪽 편에서 귀를 기울이고 있을 사람들이 생각났다. 죽은 여자애가 웃는 소리를 듣고도 놀라지 않으려나?

인생은 농담이다

“한 사람이 완전히 다른 사람이 되어 새로운 삶을 시작할 수 있을까?”

이르판 쿠루달은 보스포루스에 있는 한 작은 해산물 레스토랑에서 활기가 넘치는 친구들 사이에 앉아 있는 동안 스스로에게 이 질문을 던지고 있었다. 해협을 통과하는 증기선의 불빛이 꼭 닫혀 있는 창문의 유리에 반사되고 있었다. 봄이 왔지만 밖에 앉기에는 여전히 추운 날씨였고, 실내는 난방이 되고 있었다.

몇몇 가까운 친구들과 함께 물가에 앉아 라키[23]를 마시며 담소를 나누는 일요일 점심 식사는 이르판이 즐기는 것들 중 하나였다. 여전히 친구들의 농담에 웃기는 했지만, 이르판은 이런 식으로 시간을 보내는 일의 즐거움을 이미 잃어버렸다. 똑같은 질문이 계속해서 머릿속에 떠올랐다—정말로 원한다면 인생을 바꿀 수 있을까?

누군가가 농담을 하고 있었다. 남동부에서 일어나고 있는 전쟁에 대한 농담들이 최근 들어 인기를 끌고 있었다. 이르판은 재미있는 척했다.

“어느 날 PKK 게릴라들이 어떤 지점으로 매복을 나갔어. 터키군이 매일 저녁 일곱 시마다 거길 통과한다는 걸 미리 파악해 두고 나간 거야. 근데 삼십 분이 지나도 아무도 나타나질 않아… 한 시간이 지났는데도 아무도 보이지 않아. 그러니까 게릴라 중 한 놈이 걱정스러워하면서 이렇게 말했어. ‘걔들한테 아무 일도 없어야 할 텐데!’”

모두들 웃음을 터뜨렸고, 은행에 다니는 메틴이 쿠르드족의 말투를 흉내 낸답시고 코맹맹이 소리를 내면서 농담을 이었다.

“PKK 게릴라들이 마을 하나를 덮쳐서 노파하고 영감 하나씩만 놔두고 나머지를 다 죽였어. 게릴라 중 한 놈이 노파한테 총을 겨누면서 묻는 거야. ‘이름이 뭐요?’”

“‘파티마요’ 그 불쌍한 노파가 말했어.”

“그 게릴라가 자기 엄마 이름도 파티마라고, 그래서 노파는 죽이지 않겠다고 하는 거야.”

“같은 게릴라가 영감을 향해서 물어봐. ‘당신 이름은 뭐요?’”

“그 겁에 질린 영감이 부들부들 떨면서 이렇게 더듬더듬 말해.

'내 이름은 오마요. 하지만 다들 파티마라고 부르죠.'"

그 자리에 있던 이들 모두가 폭소를 터뜨렸다. 이르판은 이 농담은 전에 들은 적이 없었다. 재미있는 농담이라고 생각했다.

전쟁에 대한 농담이 유행하기 전에는 섹스에 대한 게 주종이었다. 때로는 여자들도 야한 농담을 했는데, 이야기가 지나치게 아슬아슬해질 거 같으면 그들은 부끄러운 듯이 말을 멈추고 자기 남편을 보면서 허락을 구하기도 했다. 남자가 그런 이야기를 할 때에는 목소리를 낮추고 이런저런 비유를 사용해서 그 뜻을 슬쩍 가리곤 했다. 이르판은 섹스가 터키에서는 사회적 계급을 막론하고 모든 이들의 무의식을 장악하고 있다고 믿었다.

이르판은 농담에는 별 재주가 없었다. 적절한 시점에 적절한 단어를 강조하는 데 늘 서툴렀고, 몸짓에도 재주가 없었다. 그렇긴 했지만, 이르판은 자신이 미국에서 지낼 때 알게 된 농담을 공유하기로 마음먹었다.

"이 세상의 의미를 설명하기 위해서 위대한 유대인 사상가들이 선택한 단어가 어떤 건지 알아?"

"모세는 '신'이라고 했고, 예수는 '사랑'이라고 했고, 마르크스는 '돈'을 썼지. 프로이트는 '섹스'라고 했고. 마침내 아인슈타인은 '모든 게 상대적이다'라고 설명했지."

이르판의 친구들은 교양 있게 웃고는, 쿠르드인들에 대해 하던 농담으로 돌아갔다.

빛이 이오니아에서는 성욕을 의미한다… 이스탄불은 이오니아는 아니었지만, 문화적으로는 다르지 않았다. 억압된 성이 이 사회의 잠재된 역동성과 이 지역 문화의 움직임을 규정짓는 기본적인 모티브였다. 노래 가사에 성적인 함의를 담고 있고 자신의 성적 정체성을 강조하는 가수들이 인기가 있었다. 인기가수의 대다수가 게이인 게 과연 우연일까? 십칠 세기 오토만 제국의 위대한 역사가 나이마는 여성의 복장을 하고 에로틱한 춤을 추면서 나이 든 사내들을 유혹한 젊은 사내들에 대해 쓴 적이 있다.

최근에 있었던 여론조사에서 게이 사내와 성전환을 한 사내가 그해의 가수들로 뽑혔다. 이르판이 연구한 역사적인 기록들이나 수고들에 따르면 오토만 제국에는 남성 동성애가 널리 퍼져 있었다. 상당수의 주요 지도자들이나 사회 지도층 인사들이 목욕탕에 가서 남성 봉사자들로부터 마사지와 목욕 서비스를 받았다. 어떤 자료들에서는 이런 만남에서의 규칙들을 묘사해 놓기도 했다.

이르판의 연구는 터키 사회의 성적 태도를 분석하려는 것이었다. 이르판이 내놓은 논문들은, 늘 그랬듯이, 그의 동료 연구자들로부터 인정사정없이 공격받았다. 전갈들의 둥지에 비교해도 큰 무리가 없을 대학이란 곳에서는 모든 이들이 서로의 적이었다. 대학에 자리 잡고 있는 상당수의 학자들이 이르판에게 일관되게 적대적인 반대자들이었다. 그들은 지치지도 않고 이르판이 다른 연구자들의 생각을 자기 논문에 사용한다는 비난을 퍼부었다. 그들은 이르판의 연구주제들은 이미 다른 학자들이 심도 깊게 논의했던 것들이라고 주장했다. 역사학을 전공하지도 않은 사회학자가 그런 전형적인 생각들을 반복하면서 어떻게 감히 과학적인 접근이라고 주장할 수 있단 말인가! 터키에서는 자신의 관점을 방어하기 위해서는 '과학'이라는 단어를 자주 동원해야 했다. 이름 앞에 교수, 박사, 혹은 강사라는 타이틀이라도 달고 있지 않는 한 '과학적으로' 설명되지 않은 개인적인 생각들은 아무런 가치가 없는 것으로 치부되었다. 그 결과, 터키에는 수도 없이 많은 교수들이 있었다. 대학에서 가르치면서 몇 년이라도 지낸 이들은 자동적으로 그 호칭을 얻었기 때문이다.

이르판은 자신의 텔레비전 프로그램에서 이 교수의 과잉공급 문제를 다룬 적이 있었다. 이르판은 자기 나라말도 제대로 다룰 줄 모르는 무식한 교수들을 언급했다. 이 발언은 말벌집을 건드린 셈이었고, 이르판을 비난하는 이들은 이 말에 격렬하게 반발하면서 그가 아내의 재산에 기대어 사는 가짜이자 놈팡이라고 조롱했다.

이르판은 때때로 대학의 자기 연구실에 홀로 앉아, 자기가 어쩌다가 이렇게 많은 적을 만들게 되었는지 의아해하곤 했다. 이런 증오를 이해하는 건 쉽지 않은 일이었지만, 이런 식의 자기

연민 끝에 가서는 늘 같은 결론에 도달하곤 했다. 이런 걸 개인적으로 받아들일 필요는 없다고. 이 사회에서는 모두가 서로를 싫어했다. 병사들은 민간인들을 경멸했고, 공군 장교들은 동급의 육군 장교들을 무시했다. 정치학을 공부한 이들은 법학 전공자들과 상대도 하지 않으려 들었고, 사업가들은 정치가들을 혐오했다. 정치가들 역시 사업가들에 대해 같은 태도를 가지고 있었다. 대중매체에 관한 권위자들은 아이돌들을 깎아내림으로써 명성을 얻었다. 신문 칼럼에 이렇게 독설과 욕설로 가득 찬 곳이 또 어디에 있을까? 지식인들은 이들과도 다른 종족이었다. 그들은 적대감을 조장했고, 그들의 대화는 조롱과 앙심, 악의로 채워져 있었다.

최근까지만 해도 이르판은 이런 것들을 개의치 않았다. 이런 환경 속에서 사는 걸 당연한 것으로 받아들였다. 성공이 질투를 불러일으키는 건 어쩔 수 없는 일이지만, 이제는 이르판이 주로 생활하는 동네 분위기도 그를 숨 막히게 했다. 클럽에 가는 것도 더 이상 재미없었고, 이스탄불의 소위 엘리트들이 누리는 생활방식도 환멸스러워졌다. 이르판은 미끄러지기 시작한 차의 운전수처럼, 자신의 무력함을 느끼기 시작했다. 스스로가 쓸모없는 수다쟁이에 아무런 존재가치도 없는 비겁한 인간으로만 보였다. 자기가 적들에게 몰가치하고, 허약하고, 교만하고, 값싸고, 방종하다고 공격했던 거친 말들, 그가 성공적으로 적들을 물리치는 데 사용했다고 생각했던, 스스로를 무장했던 그 무기들이 이제는 자기 자신에게 던져지고 있었다. 그들이 옳았다. 이르판은 자신이 그토록 경멸했던 사람들에 비해 자기가 나을 게 하나 없다는 걸 인식하기 시작했다.

이르판은 국제회의나 학회 같은 것에 참여하는 것도 좋아했는데, 이제는 이런 모임에서도 고립되어 있는 것처럼 느껴져서 스스로 한쪽 구석으로 물러나 자리를 잡고 남들 하는 걸 지켜보기만 했다. 그는 여전히 서양의 학자들과 대화를 유지하긴 했지만, 대화의 주제가 고대 그리스나 로마의 철학으로 넘어가게 되면 잠자코 침묵을 지키곤 했다. 그에게는 그 분야에 대한 보편적인 기반이 부족했다. 아랍 세계의 지식인들과도 사정은 별다르지 않았다. 이르판은 동양의 세계에도 속하지 않았다. 라틴어, 희랍어, 그리고 아랍어로 된 철학과 과학의 용어들은 이르판에게 내재화되어 있지 않았다. 그는 한 단어나 상투적인 어구로 표현될 수 없는 개념들은 무시해 버리는 부박하고 근본 없는 문화의 희생자였다.

이르판은 자기가, 다른 터키 지식인들과 마찬가지로, 동양과 서양의 문화 사이에서 왔다 갔다 하는 공중곡예사라고 생각했다. 그는, 다른 많은 사람들과 마찬가지로, 1920년대에 아라비아 알파벳이 철폐되고 라틴식 알파벳으로 대체되면서 수백 년에 걸쳐 내려온 '동양' 사회가 갑자기 '서양'이 되어버린 후 만들어진 지적 진공상태의 피해자였다. 그는 동쪽에서 출발한 그네를 놓아버렸지만 아직 서쪽에 있는 발판에 착지하지 못한 채 허공에서 떠다니고 있는 공중곡예사였다.

이르판의 밤은 두려움과 눈물로 가득 차 있었고, 여태 자기 자신이라고 알고 있던 존재에 대한 통제를 잃고 있다고 느끼고 있었다. 이르판은 현재의 자아를 버리고 자신의 운명을 바꿀 수 있는 길, 그리고 그의 안에 씨 뿌려져서 하루하루 더 강하게 성장하고 있는 죽음에 대한 공포를 극복할 수 있는 길을 찾아야만 했다. 이르판이 자신의 운명을 상징하는 관짝으로서의 집과 대학의 연구실 주변에서만 빙빙 도는 현재의 삶을 이어가는 한, 이 목적은 성취할 수 없었다. 이르판은 더 이상 남편이나 교수로서의 역할을 제대로 수행할 수 없었다. 잠자는 엔디미언처럼 이르판 역시 자신의 운명을 확정하라는 요구를 받고 있었지만, 영원한 잠에 빠지는 게 그의 운명이 될 수는 없었다.

이르판은 도스토옙스키가 자신의 최악의 적인 투르게네프에게 다가가 그에게 무언가 고백하고 싶다고 말했다는 걸 읽었을 때의 충격을 떠올렸다. 투르게네프는 도스토옙스키의 이런 예기치 못했던 자신감에 깜짝 놀랐다.

"난 욕조 안에서 아홉 살짜리 여자애를 유혹한 적이 있소." 도스토옙스키는 이렇게 선언하고는 돌아서서 갔다.

깜짝 놀란 투르게네프가 물었다. "이 얘기를 왜 나한테 하는 거요?"

"내가 당신을 얼마나 경멸하는지 이제 알겠죠." 도스토옙스키가 뒤도 돌아보지 않은 채 그렇게 대답했다.

이런 건 오로지 용감한 사람이나 할 수 있는 일이었다. 이르판도 자신의 적들을 이런 식으로 찾아가고 싶었지만, 그에게는 흥미로운 이야깃거리도, 심지어 거짓말 거리조차도 없었다. 그의 '성공적인 인생'은 완벽하게 사소한 인생이었다. 그는 하찮은 인간이었고, 그의 친구들도 마찬가지였다. 그가 자주 가던 장소들도 모두 쓰레기였다. 이스탄불이라는 도시는 식당들과 들개들이 장악한 거리, 쓰레기들로 만들어진 언덕과 거기에서 새어 나오는, 거지들과 갈매기들이 가지고 노는, 폭발 가능성이 있는 메탄가스, 어린아이들이 몸을 팔고 하이힐을 신은 복장도착자들이 택시 기사들의 목에 칼을 들이대는 밤 문화를 가진 쓰레기 더미였다. 이스탄불은 무지와 더러움으로 가득 찬 도시였다. 이르판이 느끼기에는, 황금곶[24] 뿐만 아니라 보스포루스의 물조차도 고약한 냄새를 풍기기 시작하고 있는 것 같았다. 그리고 이런 악취가 진동하는 지역에 있는 레스토랑들에서 그의 소위 친구라는 이들은 오직 자신들이 카파치오, 페스토, 사시미 같은 외국어 이름을 가진 음식들을 먹고 수백 달러씩 지불한다는 이유만으로 자신들이 엘리트 그룹의 구성원이 되었다고 생각했다. 이르판은 자기를 둘러싼 모든 것들도, 흉내로 채워진 자신의 삶도 더 이상 참을 수가 없었다. 하지만 이런 문제를, 특히 자신을 성심껏 사랑해주는 아내에게 어떻게 설명할 수 있을지, 알 수가 없었다.

이르판은 아이젤이 어떻게 반응할지 이미 알고 있었다. "너무 우울하면 휴가를 좀 다녀오자"라거나 "새로운 식당을 찾아보자"라고 말할 것이었다. 문제를 다루는 단순하고 쉬운 방법. 어떤 것도, 누구도 더 이상 아무런 가치가 없었다.

이르판은 다시 한번, 카바피의 도시를 향해 돛을 올리고 떠난 히다예트를 떠올렸다. 이르판의 가족들이 그를 이스탄불에 있는 대학으로 보냈을 때, 히다예트는 이르판이 걸었던 같은 길을 걷기를 거부하고 그 대신 바다로 향했다. 그리고 그 일은 이제 소중한 기억이 되었다.

"내가 왜 이스탄불에 공부를 하러 가야 돼?" 히다예트는 그렇게 물었더랬다.

두 사람은 이즈미르[25]의 옛 세관 건물에 들어선 해변의 작은 카페에 앉아 차가운 맥주를 마시면서 지는 해가 만의 물을 호머가 묘사했던 것 그대로 포도주색으로 물들이는 걸 지켜보고 있었다.

"그건 내가 살고 싶은 인생이 아냐" 히다예트가 말을 이었다. "미리 결정되어 있고, 한계가 뻔하고, 고여 있고. 내가 인생에서

원하는 건 그 이상이야."

"그보다 어떤 걸 더 기대하는데?" 이르판이 물었다.

"몰라. 그리고 그게 제일 좋은 부분이지—앞으로 인생에서 어떤 일이 벌어질지 모른다는 거!"

그로부터 며칠 뒤에, 히다예트는 집에서 손수 만든 배에 만들어 붙인 돛을 달고 수평선상의 한 점이 되었다. 어쩌면 바람이 그를 크레테 섬으로, 아니면 어떤 이름 모를 해안으로 몰고 갔을 것이고, 어쩌면 바다 위에서 길을 잃게 했을지도 모른다.

이르판은 짙어지는 향수와 더불어 히다예트를 그리워하기 시작했다.

제말의 비밀

이 지역의 지형에 익숙하지 않은 이라면 멀리에서는 그 마을이 있는 걸 눈치채지 못할지도 모르겠다. 아주 가까이 다가서야만 단층집들이 산비탈에 그 황량한 주변만큼이나 생기 없는 모습으로 늘어서 있는 걸 알아볼 수 있었다. 그날은 모든 게 눈에 덮여서 나무 한 그루, 시냇물, 심지어 샘물조차도 보이지 않았다.

제말의 부대가 마을에 들어섰을 때, 거기에는 누가 살고 있다는 흔적이 전혀 없었다. 집들의 나지막한 지붕에는 눈이 잔뜩 쌓여 있었다. 굴뚝에서는 연기가 오르지 않았고, 정적을 가르는 사람이나 동물의 소리도 전혀 없었다.

제말은 이런 광경에 익숙했다. PKK와 군대 사이에 낀 쿠르드 마을 사람들은 그 양쪽을 모두 피하느라 모두 각자의 집 안에 숨어 있었다.

정보 보고에 의하면, 게릴라들이 전날 밤에 이 마을에 숨어 들었다고 했다. 게릴라들은 이미 떠났지만, 제말의 부대는 마을 사람들을 소개시킨 뒤 마을 건물들을 모두 태워 없애라는 명령을 받고 있었다. 마을은 더 이상 PKK의 피신처가 될 수 없을 터였다.

제말은 게릴라들의 피신처가 될 가능성이 있다는 이유로 불태워진 마을이 수천 개이고, 불태워진 숲 또한 많다는 이야기를 들었다. 제말 역시 스무 개의 마을을 불태우는 데 직접 참여했고, 이런 일은 언제부턴가 일상적으로 수행하는 작전의 일부가 되었다.

마을 사람들은 총구에 내몰려서 임시 지휘본부로 바뀐 학교로 끌려가 조사를 받았다. 늘 그랬듯이, 그들이 제공하는 정보는 거의 없었다. 협조적이지 않은 사내들은 벌거벗겨져서 서 있거나 삐쭉삐쭉한 돌밭 위를 맨발로 걸으라는 벌을 받았고, 여자들은 울었다. 대위는 마을 사람들의 애원을 들은 척도 하지 않은 채, 삼십 분 안에 마을을 비우라고 명령했다. 마을 사람들은 무기를 내놓으라는 명령에 대해서는 고집스러운 침묵으로 일관했다. 아무도 무기를 내놓지 않으리라는 건 병사들도 잘 알고 있었다. 마을 사람들은 총기를 어디에 파묻었는지 절대로 밝히지 않았다.

제말은 이들이 가장 중요하게 여기는 건 총과 나귀, 그리고 고환이라는 걸 잘 알고 있었다. 이 사람들은 자신들의 생존에 필수적인 무기를 목숨처럼 지켰고, 나귀를 끔찍하게 보호했다. 구타를 당하게 되면 언제나 “불알만은 제발 때리지 말아주세요” 하고 애원했다. 메모한테서 쿠르드어를 배운 제말은 그들의 말을 이해하고 대화를 따라갈 수 있는 유일한 부대 구성원이었다.

울고 있던 여인들은 이제 얼마 되지 않는 가구들을 눈 속에 내다 쌓고 있었고, 어린아이들은 묶어놓은 살림 보따리들을 허둥지둥 문밖으로 내오고 있었다. 사내들은 아직도 무력하게 애원하고 있었다. 대위는 그들에게 어디든 원하는 곳으로 떠나라고 했다. 몇몇은 이스탄불, 이즈미르, 안탈리아, 아다나, 혹은 메르신으로 가겠지만, 대개는 디야바키르[26]로 향할 것이었다. 군의 목적은 산악지대를 비워서 PKK의 피신처를 없애는 것이었기 때문에, 그들의 행선지가 어디인가는 중요하지 않았다.

***

제말은 무전기로 들려오던 목소리를 떠올렸다. 메모의 음성. 이상할 정도로 그에게 친근함을 느끼면서, 제말은 그 친구가 전날 밤을 이 마을에서 지냈는지가 궁금해졌다. 그와 동시에,

그와의 사이에 놓여있는 거리가 의식되었다. 전쟁은 두 사람이 출연했던 러시아로부터의 해방일을 기념하는 연극과 닮아 있었지만, 총알이 머리 위로 날아다니는 걸 생각하면 소름이 끼쳤다. 이건 연극이 아니었다.

처음 군 생활을 시작할 때, 제말의 마음은 메모와 함께 지내던 시절로 자주 돌아가곤 했다. 밭에서 멜론을 따서 냇물에 담가 차게 식히고 낡은 깡통에 생선을 튀겨 친구들과 함께 라키를 마시던 일. 제말은 메모와 함께 무구한 신부에 대해 가지던 환상, 자면서 지었던 죄, 거기에서 비롯된 수치심을 떠올렸다. 이것들은 두 사람이 공유하고 있는 어린 시절의 비밀이었다. 매복, 칼라시니코프, 지뢰, 그리고 비닐봉지에 든 전우의 피투성이 신체 조각들 같은 것들이 그 비밀들을 하나씩 하나씩 그의 기억 속에서 지워버렸다.

매해, 해방절마다 메모는 늘 터키 병사를, 제말은 러시아 병사를 연기했더랬다. 이제 그 역할은 뒤바뀌었다. 제말은 터키군의 제복을 입었고, 메모는 PKK 제복을 입은 적이었다.

무전기 너머로, 제말은 메모가 다른 게릴라들과 쿠르드어로 대화를 하고 터키 병사들에게 투항을 권하는 목소리를 듣곤 했다. 오랜 기간 동안 제말은 부대원들 누구에게도 이에 대해 한마디도 하지 않았다. 무전기를 통해 들려오는 그 목소리에 아무렇지도 않게 반응하는 건 쉽지 않은 일이었고, 마침내 어느 날,

그의 아래층 침상을 쓰는 셀라하틴에게 이 비밀을 털어놓았다.

"아무한테도 말하지 마." 셀라하틴은 그 이야기를 듣는 즉시 이렇게 대답했다. "좋을 거 하나도 없어."

제말은 셀라하틴의 지식과 경험을 높이 사고 있었기 때문에, 그의 충고를 받아들였다.

셀라하틴은 그의 코를 보면 분명히 드러나는 것처럼, 흑해 연안의 리제 출신이었다. 높이 솟은 코는 흑해 지방 사람들 대부분에게 내려오는 유전적인 특징이었다. 제말의 전우들 대부분은 에게해 연안의 서부지역 트라제[27]나 흑해 출신이었다. 제말 같은 동부 출신은 몇 명 되지 않았다. 셀라하틴은 이스탄불로 이사한 자기 가족에 대해 종종 이야기했는데, 제말은 수산물 도매시장에서 그의 가족들이 운영한다는 가게와 그의 숙부들이 사리에시에 가지고 있다는 배, 그리고 그들이 에게해 연안에 만들어놓은 양식장에 대한 이야기를 듣는 걸 좋아했다.

셀라하틴은 독실한 무슬림이어서, 제말은 그와 함께 기도하고 단식했다. 셀라하틴은 셰이크의 아들인 제말을 특별히 존중했고, 그의 아버지에 대해 끊임없이 물었다. 우샤키 분파 소속인 셀라하틴은 독실한 신자였고 팔 년 동안 쿠란을 공부하긴 했지만, 제말의 아버지가 영적 지도자인 제말리에 분파[28]에 대해서는 한 번도 들어본 적이 없었다. 제말은 터키어에 아랍어, 페르시아어가 합쳐진 언어와 연관되어 있는 아버지의 가르침에 대해 자기가 이해하고 있는 만큼 이야기했다. 이 가르침은 제말리에 분파가 신의 얼굴은 세상에 존재하는 모든 것들 속에서 스스로를 드러내고 있다는 원리에 근거해서 성립되었다는 걸 설명하는 것이었다. 셀라하틴은 이 설명이 그다지 납득이 가지 않았고, 제말의 아버지가 혹시 아나톨리아 지방에 그토록 많이 있는 엉터리 셰이크 중 하나가 아닌가 의심하기 시작했다.

＊＊＊

마을을 완전히 소개시키고 나서, 병사들은 사람이 남아있는 집이 없는지 확인하기 위해 가가호호 수색을 실시했다. 그런 뒤에 병사들은 각 건물마다 휘발유를 붓고 불을 붙였다. 불길이 타오르는 동안 슬픔에 잠긴 여인들이 통곡하기 시작했고, 그들의 비명소리가 허공을 채웠다. 불은 그들이 살던 집과 그들이 가지고 있던 것들, 그리고 그들의 마음을 다 쓸어버렸다. 사내들은 나귀의 고삐를 바짝 잡고 서서 아무 말 없이 지켜봤다. 눈물을 흘리지는 않았지만, 증오가 그들의 눈을 채웠다.

몇 달 전까지만 해도 제말은 그 사람들의 고통을 느꼈고, 그들을 위로하려는 시도를 하기도 했지만, 산에서 지내는 동안 겪은 일들이 그를 무감각하게 만들었다. 불길 속에서 무너지는 집들의 모습은 제말이 얼마 전에 보았던 광경과 비교되면서 그 충격의 효과가 옅어졌다. 바로 두 주 전에 제말은 PKK에 의해 처형당한 학교 교사 두 사람의 시체를 보았다. 게릴라 부대가 그들이 타고 가던 미니버스를 세우고는 그 두 사람을 내리게 한 뒤에 그 자리에서 사살한 것이었다. 제말은 사람의 몸, 특히 얼굴이 그렇게 빨리 검어진다는 사실에 충격을 받았다.

무전기를 통한 방송에서 메모는 게릴라들이 "산악지대와 밤의 지배자"라고 선언했다. 그들은 확실히 터키 병사들보다 지형과 지리에 밝아서 험준한 바위와 동굴의 위치 같은 것들을 잘 알고 있었다. 지역의 쿠르드인들은 물론 그들이 소유한 동물들까지도 그들을 좋아했다. 제말과 그의 부대원들이 마을에 접근하면 제일 먼저 개들과 맞닥뜨려야 했고, 어떤 때는 그것들을 한두 마리 죽여야 하기도 했다. 하지만 PKK가 같은 지역에 들어설 때는 개들은 심지어 으르렁거리지도 않았다. 제말은 어느 날 어떤 쿠르드족 마을 사람이 후두에서 나오는 이상한 소리로 개들에게 신호를 보내 조용히 시키는 걸 보고 나서야 그 미스터리를 풀 수 있었다. 제말은 쿠르드어를 할 줄 알았지만 그 소리는 흉내 낼 수 없었고, 다른 부대원들과 마찬가지로, 개들과 의사소통하는 방법을 배울 수 없었다.

마을 사람들은 나귀들을 다룰 때에도 마치 외국어 같은 이상한 소리들을 냈다. 이건 항상 성공적이지는 못했는데, 그건 아마도 나귀가 워낙 고집이 세기 때문일 것이었다.

며칠 전에, 제말의 부대는 물이 마른 개울에 누워 있었다. 그 개울로 접근하는 지역에는 지뢰가 매설되어 있었는데, 어떤 노인네가 나귀를 데리고 그 위험지대로 천천히 다가오는 게 보였다. 위험신호를 보내게 되면 부대가 있는 위치가 탄로 나겠지만, 폭발이 일어나게 되면 그건 더 확실하게 주의를 끌게 될 것이었다.

"멈춰요," 그들이 소리쳤다. "지뢰 지역이에요!"

노인은 그 자리에서 멈춰 섰지만, 그가 다급하게 소리를 치는데도 불구하고 나귀는 계속 나아갔다. 나귀를 구해야 한다는 생각에 다급해진 노인은 나귀를 좇아갔다. 지뢰가 터진 건 그 나귀가 위험지대를 거의 다 통과했을 때였다. 폭발은 나귀의 앞다리를 날려버렸고, 셀라하틴은 소총으로 그 나귀의 고통을 멈췄다. 노인은 죽은 나귀의 옆 땅에 주저앉았다. 그의 몸에서 생기가 빠져나갔고, 그는 슬픔을 가누지 못한 채 울었다.

제말은 높은 언덕 위에 자리를 잡고 있는 게릴라 저격수 중에 메모가 있을지도 모른다고 상상했다. 메모는 어린아이였을 때에도 명사수였다.

제말은 메모의 음성을 들을 때에도 더 이상 마음이 따뜻해지는 걸 느끼지 못했고, 그의 부대원 중 누군가가 살해당하거나 부상을 입을 때마다 자신의 옛 친구를 원망했다. 그의 분노는 곧 증오로 깊어졌다. 메모와 얼굴을 맞대는 상황이 오게 되면,

절대로 망설이지 않고 쏘아버리겠노라고 맹세했다. 제말은 죽거나 팔다리를 잃어버린 그 모든 젊은이들을 위해 복수를 할 것이고, 나라를 위해 메모가 됐든 누가 됐든 적들을 죽일 것이었다.

불길에서 나오는 열기와 분노로 얼굴이 붉어진 상태에서, 마을 사람들은 불타는 집들을 뒤로하고 돌아섰다. 등에는 짐을 지고 나귀와 아이들을 걸리면서, 그들은 천천히 언덕을 내려갔다.

마을 끄트머리 가까운 곳에, 흰 수염을 길게 기르고 눈이 푹 꺼진 한 노인네가 자기 집 앞에 매트리스를 놓고 누워 있었다. 외딴곳에 떨어져 있는 집이라 손을 대지 않은 곳이었다. 노인네 옆에는 아홉 살이나 열 살쯤 됐을 작은 사내아이가 서 있었다. 이 두 사람은 전쟁에 희생당한 가족의 마지막 생존자들이었다.

뺨에 눈물 자국이 말라붙은 채로, 노인은 대위에게 애원하고 있었다. "제발요, 대장님, 여기서 살게 해 주세요. 전 걷지 못합니다… 우린 갈 데가 없어요."

선택의 여지가 없었던 대위는 그러라고 했고, 제말은 그 사내아이의 얼굴이 밝아지는 걸 봤다. 그 아이는 이 언덕들과 몇 마리 되지 않는 동물들을 초원에 데리고 나가 먹이는 것 말고는 바깥 세계에 대해 아는 것이 아무것도 없었다. 이 산악지대를 떠나 먼 곳으로 간다는 건 그 아이에게는 자신에게 친숙하고 소중한 것들을 모두 잃는다는 뜻이었다.

제말은 다른 병사들의 시선을 피해 주머니에서 동전 몇 개를 꺼내서는 그 아이의 머리를 쓰다듬으면서 슬쩍 손에 쥐여 주었다. 제말은 자신의 친절함이 아이를 망치지 않도록 돈을 줄 때 일부러 인상을 찌푸렸다. 아이는 제말을 올려보더니 미소로 고마움을 표했다.

그날 저녁 초소에 돌아온 뒤, 제말은 무전기를 통해 메모가 자신의 동료들과 대화하는 걸 또 들었다. 메모는 늘 그랬듯이 터키군을 욕했고, 이어서 "Ez dicim Nuh Nebi(나는 노아한테 갈 거야)"라고 말했다.

제말은 이 쿠르드어 문장을 통해 메모가 아라랏 산으로 가려 하는 중이라는 걸 알게 됐다. 그 산에는 노아의 방주의 잔해가 남아있는 것으로 알려져 있었다. 메모는 예전에 한 번 아라랏 산에 올라 그 오래된 배를 찾아내고 싶다고 말한 적이 있었다.

제말은 마을을 태우는 화염을 본 게릴라들이 지난 며칠 동안 머물면서 터키군 병사들을 저격했던 산정에서 철수해서 아라랏 산으로 향하려는 게 아닌가 하는 의심을 품게 됐다. 병사들은 그 산의 길들을 잘 알고 있었다. 저녁식사를 마치고 나서 제말은 대위에게 말했다. "중요한 걸 보고드릴 게 있습니다." 제말의 얼굴은 흥분으로 달아올랐다.

닭은 왜 울지 않는가?

메리엠은 기적을 빌면서 신과 성모 마리아에게 기도해 왔는데, 되네 대신 마을 산파인 굴리자가 헛간에 들어오는 걸 보는 순간 마침내 자신의 소원이 이뤄졌다는 걸 느꼈다. 감사하다는 마음이 메리엠을 휩쓸고 지나갔다. 메리엠은 기쁨에 찬 마음으로 그 노파가 항상 두르고 다니는 흰색 모슬린 스카프와 그녀의 다정한 눈, 부드러운 손을 바라봤다. 열린 문을 통해 햇볕이 들어와 헛간의 어둠을 밝혔다.

굴리자는 아주 오랜 기간 동안 산파 일을 해왔기 때문에, 마을에서 일정 연령 이하인 이들은 모두 그의 손을 통해 세상에 나왔다. 모두가 그녀의 자식인 것이나 마찬가지였다.

굴리자는 메리엠의 인생에서 아주 특별한 역할을 해왔다. 몸무게가 1.5킬로그램밖에 되지 않은 이 작은 아기는 탯줄을 목에 감은 채 숨도 제대로 쉬지 못하는 상태에서 세상으로 나왔다. 아기의 목에서 능숙한 손길로 탯줄을 벗겨낸 것도 굴리자였고, 메리엠의 폐에 공기를 불어넣어 새파랗게 질려 있던 아기가 스스로 숨을 쉬기 시작하게 만들어준 것도 굴리자였다. 그녀는 엄마를 살려내지는 못했지만 아기는 구해냈다.

죽음에 대해 생각할 때마다 메리엠은 그 일을 떠올렸고, 혼잣말로 이렇게 말하곤 했다. "난 이미 한 번 죽었던 몸이야." 집 안의 다른 사람들은 이렇게 덧붙이곤 했다. "메리엠은 죽어서 태어났어. 그러니 다시 죽을 수가 없지."

그 숱한 나날을 두려움에 떨며 끔찍한 외로움 속에서 지낸 메리엠은 굴리자의 두 팔 속으로 뛰어들어 안겼다. 굴리자의 머리 스카프에서 산뜻하고 달콤한 향기가 풍겨왔고, 메리엠은 울음을 터뜨렸다.

"사람들이 나한테 끔찍한 짓을 했어요, 비비!" 메리엠은 어린 애들이 산파를 부르는 이름을 쓰면서 울었다. "사람들은 내가 자살하기를 바라요."

"알아," 굴리자가 대답했다. "절대 그러면 안 돼."

그리고서 굴리자는 메리엠에게 여자로 태어난 운명이 얼마나 잔인한 것인지, 또 모든 여자들이 얼마나 험난한 길을 걸어가야 하는지 설명했다. 굴리자는 여자들이 저주받은 운명으로 태어났다는 사실을 강조했다. "신이 여자를 망쳐놨어" 그녀가 울음을 터뜨렸다. "축복받으신 성모 마리아마저도 견뎌내야 하는 문제들이 있었잖니."

그게 무슨 뜻이냐고 메리엠이 묻자, "사람들이 마리아의 아들을 죽였잖아. 몰랐니?"

"오, 알아요!" 메리엠이 대답했다. "사람들은 파티마의 자녀들도 죽였잖아요. 우리의 축복받은 예언자의 손자들."

"그랬지, 카발라[29]에서…"

"얘야, 여기 오려고 내가 얼마나 애를 먹었는지 모른다. 누가 널 만나는 걸 사람들이 원칠 않아. 며칠을 애원하고서야 허락을 받았단다. 네 아버지는 마침내 수그러들었지만, 네 큰아버지는 아예 들으려고도 하지 않더구나. 내 말 좀 들어보렴… 이게 네 마지막 기회일 수도 있어. 난 어쩌면 두 번 다시 못 올지도 몰라. 마을 사람들은 네가 공동묘지에서 상처 입은 새처럼 바들바들 떨다가 발견된 이후로 다들 너를 가련하게 여기고 있단다."

그때 메리엠의 얼굴은 가시에 긁히고 피가 다리를 타고 흘러내리고 있어서, 공동묘지 근처의 길가에 누워 있는 게 발견되었을 때에는 아주 가련한 몰골이었다. 메리엠은 끔찍한 비명 같은 소리를 웅얼거리면서 팔과 다리를 허공 중에 버둥거리고 땅바닥을 긁고 있었고, 머리에 쓰는 스카프는 옆에 땅바닥에 뒹굴고 있었다. 처음에 메리엠을 발견한 젊은 사내들은 그녀가 귀신에 씌운 거라고 생각했지만, 메리엠을 알아보고는 팔을 잡고 집으로 데리고 왔다. 메리엠은 조용히 따라가지 않고 발길질을 하면서 몸부림쳤고, 의식이 있다가도 정신을 잃고 바닥에 쓰러지기도 했다. 사내들은 이런 그녀를 끌고 광장과 시장을 가로질러 가야 했다. 마을 사람들이 모두 나와서 이 광경을 지켜봤다.

메리엠은 집에 돌아온 뒤 이틀 동안 침대에 누워 있었다. 정신이 들어왔다 나갔다 했고, 그동안 내내 열에 들떠 헛소리를 했다. 메리엠의 상태를 살펴봐달라는 연락을 받은 굴리자는 메리엠이 인정사정없이 강간당했다는 것을 즉각 알아챘다. 이 노파는 메리엠을 치료하기 위해 자신이 가지고 있는 모든 기술을 다 활용했다. 식초에 적신 천을 이마에 얹었고, 요오드에 탈지면을 적셔 가슴에 십자형으로 그었고, 섬망 상태에서 깨어날 수 있도록 염산의 증기를 들이마시게 했다. 메리엠의 정신이 돌아오자마자, 식구들은 그녀를 헛간에 가두는 결정을 내렸다.

"마을에서 존경받는 사람들 여럿이 네 문제를 두고 공개적으로 얘기했고, 네 큰아버지하고도 이야기를 했단다." 굴리자가 이어서 말했다. "다들 그게 네 잘못이 아니고, 오래된 전통을 따를 필요가 없다는 걸 설득시키려고 애를 썼어. 사람들 모두 널 구해내고 싶어 한단다."

"제가 목을 매다는 걸 원하는 거 아닌가요?" 메리엠이 물었다.

굴리자는 잠시 침묵을 지켰다. "그런 사람도 몇몇 있겠지만, 다른 사람들은 네가 살아남기를 원해."

"그 사람들이 절 이스탄불로 보내줄 수 있지 않을까요, 옛날에 다른 여자애들한테 했던 것처럼요."

"얘야," 굴리자가 메리엠의 머리카락을 쓰다듬으며 한숨을 지었다. "내 불쌍한 아이야. 이스탄불은 해결책이 아니란다. 네 아버지와 큰아버지를 설득해서 널 여기에서 꺼내주는 게 최선이야. 무슨 일이 있었던 건지 다 얘기하는 게 네가 날 도와주는 거야… 모두 다! 널 이렇게 다치게 한 그 괴물이 누구였니?"

메리엠은 아무 말도 하지 않았다. 메리엠의 눈이 흐려지고 머리가 떨구어졌다. "그 사람 이름을 나한테 말해줘." 굴리자가 부드럽게 말했다. "그 악마가 누구였는지, 아니면 어떤 사람들이었는지 나한테 얘기해줘야 해." 굴리자가 말했다. "널 보호하기 위해서야. 걱정할 거 없어. 그놈은 처벌을 받을 거야. 경찰들이 그놈의 다리를 분질러서 가둬버릴 거야. 아니면 너희 가족이 알아서 처리하거나."

메리엠은 마치 숨을 쉬는 게 두렵기라도 한 듯 입을 꼭 다문 채 침묵을 지켰다. 그녀는 넋이 나가기라도 한 것처럼 몸을 앞뒤로 흔들기 시작했다.

굴리자가 그토록 애를 썼는데도 불구하고, 메리엠은 단 한 마디도 하지 않았다. 오랜 시간 동안 메리엠을 설득하려다가 실패한 굴리자는 두 손을 들고 메리엠이 자길 공격한 자를 알아볼 수 없었다고 결론을 내렸다. 어쩌면 그자들이 메리엠의 머리에 자루를 씌워서 덮었거나, 메리엠이 충격 때문에 기억을 잃었을 수도 있었다.

하긴 메리엠이 기억을 하고 있다 하더라도, 별 소용은 없을 것이었다. 굴리자는 제일 좋은 해결책은 그 강간범을 찾아 메리엠과 결혼시키는 일일 거라고 큰아버지에게 제안했더랬다. 하지만 큰아버지는 바로 매섭게 받아쳤었다. "강간범이 됐든 사생아가 됐든, 다 마찬가지요. 그런 것들 누구도 우리 가족의 일원이 될 수 없소!"

메리엠이 어떤 정보도 내놓지 않을 거라는 걸 깨닫고 나서, 굴리자는 이야깃거리를 돌렸다.

"얘야, 만약에 이 일 때문에 네가 임신이라도 했다면, 그건 더 큰일이야. 만약 사람들이 네 뱃속에 사생아가 들어앉았다는 걸 알게 되면, 제발 그런 일은 없어야겠지만, 만약 그렇게 된다면, 그리고 내 생각엔 그럴 수도 있는데, 우선 그것부터 치워버려야 돼."

메리엠은 마치 아무것도 듣지 못했고 자기한테 어떤 일이 벌어졌는지도 전혀 모른다는 듯이, 침묵 속에서 몸을 앞뒤로 흔들기만 했다. 메리엠의 두 눈은 열린 문틈으로 들어오는 한 줄기 빛에 고정되어 있었고, 생각에 잠겨 무아지경에 빠진 듯했다.

느닷없이, 굴리자가 이 불운한 소녀의 운명을 비통해하면서 자기가 평생 한 번 들어보지도 못했던 욕들을 쏟아내기 시작했다. 굴리자는 마치 애원하듯이 두 팔을 앞으로 내뻗고는 분노를 쏟아부었다. "신이여, 이 무구한 아이를 범한 자들을 내리쳐 주소서, 죽을 때까지 땅바닥에 질질 끌려다니게 해주소서!"

이렇게 한바탕 쏟아붓고 나서, 굴리자는 메리엠이 이 현실세계로 돌아와 다시 정상이 되어 있는 걸 봤다.

메리엠은 그 초록 눈으로 굴리자를 응시하면서 부드럽게 물었다. "비비, 사람들이 내가 씻도록 허락해 줄까요? 머리엔 기름이 잔뜩 끼었고, 몸에서 냄새도 나요. 물 한 버킷만 있으면 좋겠어요."

메리엠은 아무리 생각이 없더라도, 여자들이 쟁반에 들고 들어온 것들이 뭐가 됐든 다만 몇 숟가락이라도 먹어야 했다. 그리고 나서, 마당에 나가 되네의 그 업신여기는 시선 아래 팬티를 내리고 눈밭에 쪼그려 앉는 건 참을 수 없는 일이었다.

굴리자는 메리엠의 그런 기분을 이해하고 있었는지, 일어나서 헛간을 나갔다. 낮 시간이라 남자들이 모두 나가 있었기 때문에, 굴리자는 메리엠의 큰엄마와 의논한 뒤 삼십 분쯤 뒤에 작은 플라스틱 욕조와 쇠로 된 바가지, 그리고 뜨거운 물 한 버킷을 가지고 돌아왔다.

메리엠은 만족스러운 한숨을 내쉬었다. 최소한 큰엄마가 목욕은 해도 좋다는 허락을 내린 셈이었다.

"비비," 메리엠이 말했다. "이모는 한 번도 날 보러 오지 않았어요."

"그건 놀랄 일도 아니지," 굴리자가 중얼거렸다.

두 사람 모두, 메리엠의 이모는 메리엠 때문에 자신이 그토록 사랑하던 쌍둥이 언니가 죽었다고 생각하고 있다는 걸 알고 있었다. 만약 언니가 자기한테 성모 마리아의 꿈 이야기를 해주지 않았더라면 자기 언니도, 다른 여자들과 마찬가지로, 상황의 희생자일 뿐이라고 여기려고 했을 것이다. 하지만, 그 저주받은 꿈은 그 죽음이 명백히 메리엠의 죄 때문이라는 걸 증명하고 있었다.

메리엠은 어렸을 때는 자기 이모의 행동을 이해할 수 없었다. 나중에, 그 이유를 이해하게 되고 난 뒤에야, 메리엠은 이모의 인정을 받으려고 최선을 다했고, 언젠가는 이모가 그 원한을 잊고 자기를 괴롭히는 걸 그만두게 되기를 바라게 되었다. 하지만 이모는 메리엠을 절대 용서하지 않았고, 그런 이모의 태도 덕분에 메리엠은 재수 없는 애라는 평판을 얻게 되었다.

굴리자는 메리엠의 옷을 벗기고 나서 그녀가 마치 어린아이라도 되는 것처럼 그 작은 욕조 안에 집어넣고 씻기기 시작했다. 더운물이 머리 위로 쏟아지고 나이 많은 여인이 부드럽게 머리를 감겨주는 동안, 메리엠은 오랫동안 잊고 있던 따뜻함이 자기 몸을 감싸는 걸 느꼈다.

굴리자는 메리엠을 타월로 꽁꽁 감싸서 자기가 밖에서 몰고 온 한기로부터 보호해 줬다. 한 손으로 메리엠의 몸을 닦아주면서 다른 손으로는 그녀를 부드럽게 마사지했다.

"자, 얘야, 이제 내가 얘기하는 대로 해서 네 뱃속에 든 그걸 없애버리자꾸나. 그 안에 이미 들어섰어. 네 눈에서 이미 보여."

메리엠은 아무 말도 하지 않았다. 메리엠은 굴리자가 독미나리로 만든 연고를 몸에 바르는 걸 순순히 놔두고, 굴리자가 건네준 고약한 냄새가 나는 액체도 아무런 저항 없이 받아마셨다.

굴리자는 다른 산파들보다 더 조심스러웠다. 굴리자는 낙태를 유도하기 위해서 닭의 깃털이나 가지의 마른 줄기를 여자 몸에 집어넣는 따위의 위험한 방법은 절대로 쓰지 않았다.

다 끝내고 나자 굴리자는 메리엠의 머리를 자기 무릎 위에 올려놓고 부드럽게 머리를 쓰다듬었다.

"비비," 메리엠이 신음을 흘렸다. "배가 아파요!"

"걱정 말아, 사랑스러운 아가야. 곧 지나갈 거야."

메리엠은 굴리자의 따스한 보살핌 아래 잠이 오는 게 느껴졌다. 잠에 빠지기 직전에 메리엠이 중얼거렸다. "왜 이젠 닭들이 울지 않죠, 비비?"

"닭들은 항상 운단다, 얘야—어떤 사람들은 그 소리를 듣고,

어떤 사람들은 못 들을 뿐이지."

"나한텐 안 들려요."

"왜냐면 너는 아침이 오기를 바라지 않으니까."

밤에는 돈키호테, 아침엔 산초 판자

이르판은 밤새 눈을 뜨고 있었다. 수면제를 먹어야겠다는 필요도 못 느낀 채, 그는 집안을 돌아다니며 서재에서 문서들을 정리하기도 하고, 지붕이 있는 수영장 옆에 놓인 등나무 의자에 앉아 있기도 하고, 빛이 이리저리 옮겨 다니면서 굴절되는 모습을 지켜보기도 하면서 아침까지 깨어 있었다. 정말 이상하게도, 그의 가슴을 옥죄던 공포가 몇 년 만에 처음으로 증발해 버렸다. 수영장 옆에 앉아, 이르판은 밝아오는 날—남들이 강요한 이런저런 제약과 두려움에 의해 지배되는 날로부터 벗어난 하루의 계획을 짰다. 물에 빠져 죽어가는 사람처럼 그의 두 발은 해초에 휘감겨 있었고, 이르판은 바닥을 차고 수면으로 올라와 신선한 공기를 호흡하고, 다시 한번 빛을 보고 싶었다. 두려움과 나약함을 깨끗하게 떨쳐버리고 나서, 그는 자기 인생을 바꾸고 새로운 감각의 '잘 살아감'을 창조해 내는 데서 오는 말로 형언할 수 없는 기쁨을 느끼게 될 것이었다.

이르판은 아이젤에게는 아직 아무 얘기도 하지 않고 있었다. 아이젤은 자신의 인생 또한 곧 바뀌게 될 것이라는 사실을 의식하지 못한 채 위층에서 평화롭게 잠들어 있었다.

아침에 대학에 출근해서 이르판이 제일 먼저 할 일은 학장에게 가서, 지난 몇 해 동안 해온 것처럼 정중하게 인사를 하는 대신 그 구역질 나는 면상 한가운데에 주먹을 날리는 것이었다. 이르판이 더 젊고 튼튼하기 때문에 그가 그자를 때리는 데 방해가 될 요소는 아무것도 없었다. 그 학장이라는 자는 뒤에서 이르판이 부박하고 진부한 사람이라고 비난하면서 그의 평판을 망친 장본인이었다. 그 고약한 늙은이의 면상을 두들겨 패는 건 정말 신나는 일일 것이었다.

얼마나 기분이 풀릴까. 걸리버가 그랬던 것처럼, 이르판은 자기를 묶고 있는 릴리퍼트[30]의 보이지 않는 끈들을 끊어버려야 했다. 그 작자의 못생긴 입에서 썩은 이빨들이 날아가는 걸 비서가 볼 수 있도록 문을 꼭 열어놓을 생각이었다. 남의 험담을 퍼뜨리기 좋아하는 그 인간은, 의심의 여지 없이, 경악하게 될 것이었다. 이르판이 자리를 뜨고 나서 몇 분이 지난 뒤, 그자는 비로소 정신을 차리고 소리를 지르면서 이르판이 자기 행위에 대해 대가를 치르게 될 거라고 협박을 하게 될 것이다. 체면을 완전히 잃지는 않으려 애쓰면서, 그자는 비서에게 총장과 변호사, 그리고 물론, 경찰에게 전화를 하라고 지시할 것이다. 그는 입에서 나오는 피를 닦아내면서, 이르판이 감옥에 들어가 완전히 끝장이 나는 꼴을 상상하면서 스스로를 위로하려 들 것이다.

이 사건에 대한 소식은 대학 전체에 재빨리 퍼져나갈 것이다. 정확히 같은 시간에 수백 개의 전화기에 벨이 울릴 것이고, 언론 역시 이 이야기로 금세 들끓게 될 것이다. 피 냄새를 좇는 굶주린 늑대들처럼, 이르판의 친구들은 다들 복도로 튀어나와 이 참신한 가십의 꽁무니를 쫓아다닐 것이다.

학장에게 그렇게 인사를 드리고 나서는 그 가공할 만한 여자, 셰르민의 사무실에 들를 것이다. 그 늙은 공룡하고의 볼일을 마치고 나서, 다음 순서로 그 여자를 방문하는 것이다. 이르판은 어떻게 해야 그 여자에 대한 자신의 감정을 가장 잘 보여줄 수 있을까 고민했다. 그 여자가 경악의 시선으로 쳐다보고 있는 동안 여자의 책상에 오줌을 누는 게 아주 적절할 듯했다. 그렇게 하면 어쩌면 여자에게 심장마비를 일으킬 수도 있을 것이다. 그가 해야 할 거라고는 셰르민의 사무실로 걸어 들어가 지퍼를 내리는 게 전부다. 그 여자는 틀림없이 제정신을 잃고 발작적으로 비명을 지를 것이다. 비서가 정신없이 전화를 걸기 시작할 것이고, 얼마 지나지 않아 학장이 그 피범벅인 입을 부여잡고 현장에 도착해 도대체 무슨 일이 벌어지고 있는지를 확인하고는 그 난리법석에 합류할 것이다. 이르판은 이미 서둘러서 그 자리를 빠져나간 뒤일 것이다.

짐작할 수 있겠지만, 이르판은 그의 계획을 실행에 옮기지 않았을 뿐만 아니라, 실제로는, 평소보다 훨씬 더 멍청하게 행동했다. 날이 밝으면서, 밤새 가졌던 환상들은 모두 사라졌고, 태양은 이르판을 현실로 다시 데리고 오는 전령이기라도 한 것처럼 떠올랐다. 밤의 어둠 속에서는 너무나 실현 가능해 보이던 그의 계획들은 대낮의 차가운 빛 아래서는 망상에 불과한 것처럼 보였다. 많은 사람들이 그렇듯이, 이르판은 밤에는 돈키호테였지만 아침에는 산초 판자였다. 이르판이 대학에 가야 한다는 압박감을 느낀 건 사실은 수영장 옆에서 그토록 행복하게 꿈꿨던 자신의 복수 계획이 말도 안 되는 거라는 걸 증명하기 위해서일 뿐이었고, 그건 그가 이런 인물이었기 때문이다.

이르판은 집을 나서기 전부터도 그 사실을 알고 있었는데, 건물에 들어서자마자 학장과 맞닥뜨리게 됐고, 그 예기치 않은 조우에서 더욱 확실해졌다. 문은 단 한 사람만 지나갈 수 있는 넓이였기 때문에 이르판은 늘 하던 대로 반쯤 형식적인 인사말을 웅얼거리면서 옆으로 비켜섰다. 그가 두들겨 패고 싶었던 인간이 먼저 지나갈 수 있도록 말이다. 그가 간밤에 멜론처럼 으깨버렸던 얼굴의 주인인 그 사람은 지금은 아주 공손한 대접을 받고 있었다. 이것이야말로 이르판이 얼마나 성격이 뚜렷하지 못한 사람인지를 보여주는 증거였다. 그자를 모욕하거나 별것 아닌 존재로 만드는 대신, 거의 신발을 핥아준 것이다.

말할 필요도 없는 거지만, 이르판은 셰르민은 찾아갈 생각도 하지 않았다.

이르판이 자기 연구실에 들어갔을 때는 너무나 자기 자신에 대한 회의로 가득 차 있어서, 자기 자신을 회복할 수 있는 무언가를 해야 한다는 절박한 필요를 느꼈다. 이르판은 모든 다리들을 불태우고 돌아올 수 없는 지점을 넘어서야 한다는 느낌으로 자리에 앉아 아내에게 이메일을 쓰기 시작했다. 이르판은 아이젤의 주소를 입력했다. 그러나 그러고 나서는 그 자리에 앉은 채 텅 빈 화면만 응시하고 있었다. 자신이 꿈꾸는 걸 절대 실행에 옮기지 못할 수도 있다는 불안한 느낌을 가진 채로 이르판은 화면 꼭대기에 "내 사랑"이라고 썼다. 그리고는 멈췄다. 그건 정직한 말이 아니었다. 작별 인사가 그렇게 시작해서는 안 되는 것이었다. 하지만 십이 년 동안이나 같이 산 아내에게 어떻게 "나의 소중한 아내", "소중한 아이젤", "아이젤", 아니면 그냥 "안녕"이라고만 할 수 있겠는가.

이르판은 자신에게 가장 의미 있는 그 두 단어를 그대로 두기로 마음먹었다. 그가 떠나는 게 자신과는 아무 관계없는 이유 때문이라는 걸 아이젤이 이해해야만 했다.

내 사랑,

당신 "자기방어", 혹은 우리가 "정당방위"라고 부르는 법률 용어를 알고 있지. 스스로를 지킨다는 말. 지난 몇 달 동안 내가 두려움에 갇혀서 지내왔다는 사실을 이젠 더 이상 숨길 수가 없어. 이건 당신, 혹은 내가 당신에 대해 느끼고 있는 사랑과는 아무런 관련이 없는 일이야. 나는 당신을 전보다 더 사랑하고 있어. 하지만 난 당신을 떠나야 해.

부디 이해하려고 노력해주기 바라.

이건 내가 내 의지로 결정한 일이 아니라, 정당방위에 해당하는 일이야. 내가 지금 떠나지 않으면, 난 단 하루도 더 살아남지 못할 거야. 떠나든가, 아니면 자살해야 해. 이 두 가지 선택지 중에서 나는 살아남는 길을 선택할 수밖에 없어.

내 삶의 기초가 흔들리고 있고, 내가 숨이라도 제대로 쉬기 위해서는 내가 나로 살 수 있는 다른 곳을 찾아야만 해. 내가 이렇게 해야만 한다는 사실을 당신이 이해해줬으면 좋겠어.

날 찾으려고 하지 마. 내가 어디 긴 여행을 떠났다고 생각해줘. 이 끔찍한 두려움을 이겨내게 되면 내가 전화할게.

안녕, 내 사랑.
이르판

이르판은 화면을 응시하면서 이 메시지가 줄 충격, 이로 인해 발생할 수 있는 모든 일들을 그려보았다. 이르판의 식구들, 운전기사, 비서, 친척들, 그리고 친구들에게 물어보며 다니고 난 뒤, 아이젤은 자신이 완전히 버려졌다고 느끼게 될 것이다. 자신의 결심이 약해지고 있다는 걸 느낀 이르판은 얼른 '전송' 버튼을 눌렀다. 그 메시지가 화면에서 사라졌다. 이르판은 이제 돌아올 수 없는 다리를 건넌 것이었다.

한 가지 더, 라고 생각하면서 이르판은 자물쇠로 잠가놓은 장으로 갔다. 이르판은 거기에 언젠가 쓰겠노라고 계획하고 있는 책에 관련된 자료 노트들을 보관해두고 있었다. 이르판은 그 노트들과 낱장 몇 장, 그리고 보고밀파[31]에 대한 책 한 권을 챙겼다. 그것들을 자신의 서류 가방에 욱여넣은 뒤, 이르판은 연구실을 떠났다. 이르판은 자기 차는 대학 주차장에 남겨두고, 택시를 타고 은행으로 갔다. 이미 자기 저축계좌[32]에서 돈을 인출해 달라고 말해놓은 상태였다. 그의 재정상담역인 닐군은 이자지급일이 다음 주이기 때문에 지금 인출하면 계좌에 들어 있는 칠만 이천 달러에 대한 상당액의 이자를 못 받게 될 거라고 경고했다. "괜찮습니다." 이르판이 대답했다. "그냥 돈을 준비해 주세요. 정오가 되기 전에 가지러 갈게요."

이자가 붙을 때까지 기다리다가는 그보다 훨씬 더 큰 액수의 돈을 잃게 될 터였다.

매복과 웃음

바위들 뒤에 웅크리고 앉아 병사들은 눈에서 비로 바뀐 날씨를 조용히 저주하고 있었다. 어느 틈엔가 옷 속으로 미끄러져 들어와 피부 위에서 기어 다니는 뱀들처럼, 아무리 비닐을 몇 겹으로 뒤집어써도 비는 그 안으로 스며들었다. 얼음같이 차가운 물이 전투화 안으로 들어와 양말에 스며들어 발의 감각을 마비시켰다. 이런 날씨에 유일하게 좋은 점이 있다면 그건 적들 또한 고통받으리라는 사실이었다.

셀라하틴은 모포를 뒤집어쓰고 담배를 피우고 있었다. 아무리 조심한다 하더라도, 그의 행위는 부대원 모두를 위험에 노출시키는 것이었다. 불빛은 아무리 희미한 것이라도 저격수의 시선을 끌게 마련이었고, 전에도 담배를 피우던 병사가 그래서 죽은 적이 있었다. 적들이 매복을 눈치챌 경우에는 그쪽에는 아무런 피해도 없이 이쪽만 몰살당할 수도 있었다. 제말은 손을 뻗어 셀라하틴의 입술에서 담배를 잡아 빼서 꺼버렸다. 제말이 진지해 보였기 때문에 셀라하틴은 가만히 있었다.

제말은 메모를 비롯한 게릴라들이 매복에 걸려들어 그 자리에서 다 죽게 되기를 바랐다. 메모는 더 이상 친구가 아니라, 제말과 그의 전우들을 죽이려는 생각만 하고 있는 무자비하고 피에 굶주린 적일 뿐이었다. 제말은 다른 어느 테러리스트들보다도 메모를 증오했고, 그가 처벌받기를 원했다. 제말이 셀라하틴에게 이 이야기를 했을 때, 그는 죽음에 대한 공포 때문에 제말이 이렇게 생각하게 된 것이라고 말했다. 제말은 자신이 두려움에 대해 면역력이 생겼다고 생각하고 있었지만, 당연하게도 그것 때문에 여전히 고통받고 있었다. 미간에 총알이 박히거나 지뢰로 사지가 찢어진 채 죽어가는 전우의 모습을 잊는 건 쉽지 않은 일이었다.

제말은 메모와 함께 자고새를 사냥하곤 하던 일을 떠올렸다. 메모는 명사수였고, 엽총이 자기 몸의 일부이기나 한 것처럼, 다른 사람들과는 다른 방식으로 메고 다녔다. 메모는 아주 매끄럽게 총을 어깨로 가지고 와 조준하는 시간도 들이지 않은 채 목표물을 맞혔다.

제말은 메모를 다른 어느 누구보다 더 증오했다. 제말은 메모의 소총이 지금 자신과 전우들을 조준하고 있다는 사실을 믿어 의심치 않았다. 지금 같은 순간이면, 제말은 항상 보이지 않는 총구를 느꼈다. 메모는 지금 언덕 꼭대기에서, 마치 자고새를 쏘듯이, 병사들을 한 사람 한 사람 제거할 준비를 하고 있을 것이었다.

병사들 사이에 죽음에 대한 공포는 늘 있는 것이었다. 깡통에 든 이백 그램짜리 전투식량을 서둘러서 먹을 때나 반쯤 얼어있는 물을 마셔보려 하고 있을 때나, 그들은 언제든 로켓이 머리 위로 떨어질 수 있다는 가능성을 의식하고 있었다. 며칠이고 마른 음식만 먹어 변비가 심해져서 쭈그리고 앉아 피투성이 변을 볼 때, 그들은 목덜미 바로 뒤에서 적이 숨을 내쉬는 걸 느낄 수 있었다. 이따금씩 장을 부드럽게 하려고 뜨거운 음식을 만들기 위해 작은 불을 피울 때면 그 연기가 죽음의 형상을 닮아 있었다. 죽음은 얼어붙은 땅바닥에서 자기 위해 얇은 매트리스를 펴고 몸을 폈을 때조차도 그들을 따라다녔다. 적대적인 기운으로 가득 찬 이 산에서는 늘 일 분 뒤에도 내가 살아있을지를 의심하지 않을 수 없었다.

어떤 병사들은 이 중압감을 견디지 못하고 차라리 죽을 각오를 하고 싸움으로 서둘러 뛰어들기도 했다. 이런 병사들은 "이 산악지대에서 죽음을 기다리고 있는 것보다는 차라리 지금 당장 깃발 덮인 관 속에 누워서 고향으로 가는 게 낫겠다"고 말하곤 했다.

제말은 메모가 자기를 죽일 준비가 돼 있다는 걸 알고 있었다. 두 사람은 같이 밥을 먹고 끝도 없는 대화를 나누면서 서로의 집에서 수많은 밤을 같이 지냈다. 하지만 이제 메모는 자신을 무덤으로 보내고 싶어 하고 있었다. 제말이 이 증오에서 벗어나는 유일한 길은 자신이 메모를 먼저 죽이는 상상을 하는 것뿐이었다. 그것만이 정당한 처벌일 것이었다. 메모는 심지어 자기 총을 잡을 틈도 없을 것이었다. "개자식!" 제말이 이를 갈며 내뱉었다. "살인자, 배신자, 개자식!"

몇 시간이 흘렀지만, PKK가 나타날 것 같은 기미는 보이지 않았다. 매복을 하는 동안에는 누구도 잠을 잘 수 없었다. 병사들은 매초를 긴장한 상태로 깨어 있어야 했다. 심지어 속삭이는 것도 할 수 없었다. 제말은 전우들 각자가 자신만의 백일몽에 빠져 있다는 걸 알고 있었다.

느닷없이 메모의 얼굴이 제말의 앞에 나타났다. 제말의 심장이 쿵쾅거렸다. 제말은 자기 정신이 꿈과 생시 사이에서 왔다 갔다 하고 있다는 사실을 깨달았다. 오늘 밤은 병사들 중 어느 누구도 실수를 해서는 안 되는 상황이었다. 제말은 정신을 차리려 애썼지만, 머지않아 다시 졸음에 빠져들었다.

제말은 마을에서 메모와 같이 놀던 일들을 떠올렸다. 축구를 하면서 서로를 놀리던 일, 들어갔는지 안 들어갔는지 확실치 않던 골들, 그에 뒤따르는 다툼들. 땀에 젖은 채 서로에게 욕을 해대곤 했지만, 그들의 화는 곧 누그러지곤 했다.

한 번은 한 팀이 되어서 옆 마을과 축구시합을 한 적이 있었다. 승리를 보장하기 위해 제말은 시합 전에 부적이니 마법의 약이니 하는 따위를 만드는 이에게 찾아가 부적을 마련한 적이 있었다. 제말은 그 부적을 자기 쪽 골대 앞에 묻어서 공이 그리로 지나가지 못하도록 했다.

전반전에는 부적이 제 역할을 한 건지 상대 팀이 쏘아대는 가장 강력한 슛들도 옆으로 비껴나가거나 골포스트를 맞고 튕겨나갔다. 제말의 팀원들이 너무 신나 하길래 제말은 그 부적에 대해 이야기해줬다. 그런데 그중 하나가, 후반전에는 골대를 바꿔야 한다는 사실을 떠올렸다. 그건 부적이 상대 팀한테 덕이 될 거라는 얘기였다. 어떻게 자기편의 부적을 향해 슈팅을 할 수 있단 말인가? 게다가 자기편 골대에는 아무런 방어장치가 없을 터였다. 후반전에도 부적은 효과를 발휘했다. 그들의 슈팅은 옆으로 빠져나가거나 골포스트를 맞고 튀어나왔다. 다른 마을에서 온 상대 팀이 삼대 일로 이겼다. 경기가 끝나고 난 뒤 메모가 제말에게 소리 질렀다. "바보야! 부적을 쓸 생각을 했으면서 어떻게 골대가 바뀌는 생각은 못한 거야!"

맞는 말이었기 때문에 제말은 침묵을 지켰다.

이제 메모가 제말의 뒤를 쫓고 있었다. 바로 메모가 로켓으로 공격하고, 목숨을 노리는 총알을 쏘고, 끔찍한 지뢰를 터뜨려서 제말의 친구들을 죽이고 있었다. 그리고 메모는 제말 또한 죽이려 들고 있었다. 얼음장 같은 빗물이 제말의 재킷 뒷목을 타고 스며들었지만, 제말은 미동도 없이 있었다. 병사들은 비, 추위, 고통, 갈증, 구토, 기침, 열, 심지어 그들을 물어서 피부에 발진을 일으키는 이에 이르기까지, 이 모든 걸 참고 견뎌내야 했다. 게다가 이렇게 야전에 한 번 나서면 이런 얼음장 같은 빗속에서 이 모든 걸 며칠씩 견뎌내야 했다.

제말의 생각은 자기 마을, 아버지, 어머니, 숙부, 누이들, 되네, 그리고 메리엠을 향해 움직였다. 아버지와 숙부, 그리고 자기가 설탕 덩어리를 잇새에 물고 방금 내린 뜨거운 차를 그리로 빨아들이던 모습이 눈앞에 그려졌다. 제말은 그 차를 넘길 때의 따뜻한 느낌을 되살려보려 애썼다. 하지만 그럴 수 없었다. 마치 병사가 되기 전의 삶이란 존재하지 않는 것 같았고, 제말은 애당초 이 산악지대에서 태어난 것 같았다. 얼굴도 한 번 본 적 없으면서도 섹스를 하는 야한 꿈을 꿨던 그 무구한 신부와 자신의 최악의 적인 메모 정도가 과거로부터 남아있는 전부였다. 집과 가족들의 영상이 흐릿해지는 동안 비쩍 마른 얼굴, 빈약한 수염, 그리고 입을 찌그러뜨리면서 웃는 빈정거리는 웃음 등, 메모의 모습은 아주 뚜렷해졌다.

그리고 물론, 그의 아버지의 얼굴도 마음속에 떠올랐다. 어떤 때는 제말의 음성을 듣고, 어떻게 위험을 피하고 죄악으로부터 멀리 떨어져 있어야 하는지에 대해 조언을 주는 것 같았다. 제말의 아버지는 언제나 선생으로서 제말과 함께 있었다.

아침이 다가오면서 병사들이 좀이 쑤셔하고 있다는 게 제말에게 느껴졌다. 눈으로는 하나도 보이는 게 없는 어둠 속에서, 병사들은 스스로를 "산과 밤의 지배자"라고 일컫는 자들의 발소리를 듣기 위해 온갖 신경을 귀에 집중했다. 제말은 부대장 역시 아무것도 들려오는 게 없지만 숨을 죽이고 있다는 걸 알고 있었다. 그때 눈 녹은 물이 떨어지는 것과는 다른 소리가 들렸다. 거의 구분할 수는 없지만 조금 다른 소리가 어둠을 뚫고 희미하게 들려왔다. 그게 소리인지도 확신할 수 없었지만, 병사들은 총을 집어 들었다. 제말의 심장이 가슴이 아니라 목구멍에서 뛰는 것처럼 느껴졌다. 그 소리가 조금만 더 가까워지면 사격이 시작될 것이고, 조명탄이 하늘을 밝히고, 제말의 손에 들린 기관총이 갑작스런 죽음을 쏟아낼 것이었다.

분간할 수 없는 소리가 가까이 다가오자 부대장이 소리쳤다.

"사격!"

부대가 보유하고 있는 모든 화기가 귀가 멀 것 같은 소리로 부대장의 명령에 대꾸하며 쏟아붓기 시작했다. 어둠 속에 정말 누군가가 있긴 한 건지는 알기 어려웠지만, 그들의 시도가 어떤 식으로든 결과를 보여주긴 할 터였다.

일제사격이 끝났다. 어쩌면 아무도 없을 터였고, 아니면 PKK

테러리스트 몇 명이 어둠 속에 죽어서 누워있을 것이었다. 날이 밝기 전에는 알 도리가 없었다. 병사들은 시선을 전방에 고정한 채 자기 위치에 그대로 남아 있었다. 비가 멈췄다. 총기의 요란한 소리가 멈춘 뒤에 계곡에 찾아온 정적은 섬찟한 것이었다.

마침내 밤이 지나갔다. 산맥 뒤에서 갑자기 비친 햇살 때문에 제말은 눈을 찌푸렸다. 제말은 먼 거리에서 붉은색으로 빛나는 봉우리들의 윤곽을 알아볼 수 있었다. 유난히 밝은 별 하나가 아침 하늘에서 아직도 빛나고 있었다. 제말은 몸을 부르르 떨었다. 사방이 다 밝아졌지만, 평소와 다른 건 눈에 띄지 않았다. 계곡은 이상할 정도로 차분했다. 사격이 헛발질이었나 봐, 한두 사람은 그렇게 생각했고 하품을 하면서 기지개를 켰다. 부대장은 잠시 망설였다. 정말로 아무것도 없는 계곡을 향해 사격을 한 거라면 바보처럼 보일 것이었다. 그는 부대원들에게 낮은 자세를 유지하라고 명령했고, 그 자세로 한 시간을 더 기다렸다.

밝고 노란 해가 갑자기 산봉우리들 위로 떠올랐다.

부대장은 자리에서 일어나 쌍안경으로 주변지역을 살폈다. "아무도 없네." 그가 조용히 중얼거렸다.

그 바로 다음 순간, 부대장은 바닥에 누워 있었다. 피가 그의 목에서 솟구쳐 나와 차가운 땅에 붉은색 파도를 이루며 쏟아졌다. 제말은 누가 그렇게 많은 피를 흘리는 걸 전에는 본 적이 없었다. 병사들은 "부대장님, 부대장님!"을 부르며 울었고, 한 사람은 그 소식을 전송하려 애썼다. 제말은 멀리 떨어진 바위 뒤에서 불빛이 반짝이다가 바로 꺼지는 걸 봤다. 하지만 제말에게는 거기에 부대장을 쏜 저격수가 숨어있다는 걸 알기에 충분한 사인이었다. 부대원은 바로 공격 태세로 전환했다.

전 부대가 그 바위를 향해 사격을 개시했다. 총알이 태풍처럼 바위를 두들겼고, 수류탄들이 공기를 가르고 날았다. 땅이 화염과 연기 속에 뒤집어졌다. 이 일제사격에서 살아남을 수 있는 사람은 아무도 없을 거라고 제말은 확신했다.

먼지가 가라앉고 나서, 병사들은 낮은 포복으로 기어서 조심스럽게 앞으로 나아갔다. 수류탄을 하나 더 던지고, 모든 위험 요소가 제거된 것 같은 뒤에야 그들은 일어섰다. 그들은 바위 뒤에서 시신을 하나 찾아냈지만, 그게 원래 사람이었는지도 알아보기 어려울 정도였다. 상반신은 여러 조각으로 부서져 있었고 머리통은 갈라지고 불에 타 있었지만, 제말은 그게 메모가 아니라는 걸 알 수 있었다. 웃음을 터뜨리고 싶은 이상한 욕망이 안에서부터 일어났고, 제말은 그걸 힘들게 억눌렀다. "내 신경이 완전히 박살이 났구나." 제말은 생각했다.

그들은 죽어 있는 게릴라를 두 명 더 발견했지만, 메모는 그 중에도 없었다. 아마도 부상당한 자들이 바위 뒤에 간신히 몸을 숨길 수 있었던 동안 어둠을 틈타 도주한 것 같았다. "교활한, 무자비한 메모" 제말은 혼잣말로 중얼거렸다. "여우 같은 놈!" 그리고는 제말은 웃기 시작했다. 처음에는 작게, 그러다가 점점 크게 웃어서 그 소리가 바위들 사이에서 반향을 불러일으켰다. 제말의 이런 행동은 그의 전우들의 기억에 남았고, 그들은 살아가는 동안 내내 전쟁 때문에 미친 사람에 대한 이야기를 할 때마다 이 이야기를 예로 들곤 했다. 그들은 아연실색해서 그를 쳐다봤고, 상사가 앞으로 나서서 매섭게 따귀를 때렸다. 제말이 웃음을 멈추지 않자 계속 때렸고, 제말의 뺨에는 눈물이 흘러내렸다. 제말이 제정신을 차리고 다시 조용해질 때까지 꽤 오랜 시간이 걸렸다.

부대는 부대장을 잃었고, 셀라하틴은 한쪽 다리에 부상을 입었다. 제말과 마찬가지로 그 역시 의무복무기간이 거의 끝나가고 있었다. 제말은 휴가를 한 번도 다녀오지 않았기 때문에 예정일보다 사십오일 일찍 제대하게 될 예정이었다. 셀라하틴은 복무기간의 남은 날들을 병원에서 지내게 되었다.

마지막 날들에도 마음을 놓을 수는 없었다. 제말이 복무기간 마지막 주에 불행한 사건이 일어났다. 젊은 신임 중위가 그들의 부대로 왔다. 경험이 없고 불안한 상태였다. 어느 날 저녁 해 질 무렵에 그가 가까운 언덕 위를 움직이는 형체를 봤고, 아무런 망설임도 없이 사격 명령을 내렸다. 사실은 전임 부대장도 그렇게 했을 법한 일이었다. 그렇게 깊은 산속까지 들어오는 건 PKK들밖에 없었고, 산악지대의 저녁 시간에는 그림자조차도 위협으로 여겨졌다. 병사들은 사격을 개시했고, 그 형체는 쓰러졌다.

현장을 조사하러 갔을 때 그들이 발견한 건 목숨을 잃고 땅에 누워있는 어린 소년이었다. 그 소년 주변에는 몇 마리 안 되는 양과 염소들이 방향을 잃고 헤매고 있었다. 제말은 총알로 벌집이 된 몸을 보다가 불타고 있는 마을의 화염 속에서 고마움을 담고 있던 한 쌍의 눈을 기억해 냈다. 제말은 돌아오지 않을 손자를 기다리며 비통해할 불구의 노인을 생각했다.

"내가 너무 물러지고 있어." 제말은 혼잣말로 중얼거렸다. 어쩌면 제대가 가까워지면서 마음이 복잡해져서 그런 것 같았다.

부대원들은 산악지대에서 오래 지내는 동안 마음이 거칠어졌고 인간적인 감성에 대해 무감각해졌다. 새 신발을 처음 신을 때 피부가 아프다가 며칠이 지나면 굳은살이 박이고 익숙해지게 되는 것처럼, 병사들은 스스로의 마음을 단단하게 만들어서 전쟁의 잔인함을 이겨내려 했다.

집

이르판은 마치 급류에 휩쓸려가고 있는 듯한 기분으로 이즈미르로 향하는 에어버스 310편의 비즈니스석에 혼자 앉아 있었다. 승무원이 뭘 마시겠느냐고 물을 때, 이르판은 잔에 얼음만 채워서 달라고 했다. 이르판은 공항에서 산 로얄 살루트를 따서 그 황갈색의 위스키를 한 잔 따른 뒤 코냑과 마호가니, 모로코가죽과 담배의 풍부한 향을 들이마셨다. "나는 휩쓸려가고 있어" 그는 생각했다. "그리고 나는 다른 모든 사람들을 내 뒤에 끌고 가고 있어."

교수는 생각을 할 때면 늘 책을 쓰거나 비서에게 편지를 받아쓰게 할 때처럼 길고 완전한 문장으로 생각했다. 이르판은 수도 없이 많은 논문, 연설, 그리고 텔레비전용 원고를 쓰면서 이런 습관을 들였다. 이르판은 자기 생각을 조직화해야 한다는 부담을 늘 가지고 있었다. 그런 버릇대로, 이르판은 자그마한 종이에 메모를 하기 시작했다. "모든 사람들이 휩쓸려가고 있다." 이르판은 썼다. "지금 우리가 사는 사회는 모든 준거점을 잃어버렸다. 동방과 이슬람 세계의 뿌리는 박탈당했고 서구적 가치로 통합되기에는 아직 멀었다. 누구도 행복하지 않다. 한 사회를 하나로 묶고 있던 보이지 않는 규칙들은 어디에서도 찾아볼 수 없게 되었다. 우리가 사는 세계는 모든 구성원이 좀 더 나은 인생을 갈구하는 허무주의 단계를 통과하고 있지만, 그 나은 인생이 어떤 모습일지에 대해서는 누구도 알지 못한다. 미리 주어져 있는 틀이 존재하지 않고, 따라서 사람들에게는 신화도 이상도 없다. 급류가 우리를 몰아내고 있다. 어떤 이들은 강물 위로 늘어진 나뭇가지를 붙잡고 목숨을 구해보려 하고 있다. 어떤 이들은 종교라는 가지를, 어떤 이들은 국가주의, '쿠르드주의', 혹은 '허무주의'를 붙잡는다."

이르판은 한 잔을 더 따르고 나서 스스로에게 충고했다. "설교 좀 그만해! 넌 쓸데없는 말이 너무 많아! 요점만 말해—너의 두려움을 고백하고 다 내려놓으라고!"

바로 그 순간에, 매력적인 승무원이 다가와 조종실을 방문해주면 조종사에게 영광이겠다고 말했다. 이르판은 혼자 있고 싶었지만 어느 틈엔가 이미 그 승무원을 따라 조종실로 가겠노라고 말하고 있었다. 조종사는 이르판을 텔레비전 프로그램에서 봤고, 이번 기회에 대화를 나눠보자 싶었던 것 같다.

조종실에 들어선 이르판은 전자 장비로 가득 찬 그 공간의 평정 상태에 놀랐다. 조종사들은 대화를 계속 이어가면서도 관제탑에서 날아오는 조종사들만 알아들을 수 있는 그 알 수 없는 메시지들을 듣고 방향을 조정했다. 이르판은 제복이 사람을 잘생겨 보이게 만든다는 사실을 새삼 떠올렸다. 심지어 장거리 버스 운전기사들도 잘 다린 셔츠에 선글라스를 끼고 있으면 멋져 보였다.

교수는 조종간을 잡고 아래로 내려서 비행기를 곤두박질치게 만들고 싶다는 느닷없는 충동을 느꼈다. 나중에 그 순간을 돌이켜 보면서, 이르판은 죽음에 대한 공포가 왜 죽음에 대한 욕망으로 그를 이끌었는지를 이해해보려 애쓰게 될 것이었다. 그것은 격렬한 충동이었다. 현기증에 시달리는 사람들이 높은 곳에 올라가 뛰어내리는 방식의 자살을 선택하는 이유를 이해하는 건 그리 어려운 일이 아니었다.

행동하는 사람이라기보다는 생각하는 사람인 이르판은 이 느낌이 자신을 압도하도록 내버려 두지 않았다. 이르판은 조종사들과 즐겁게 대화를 나누었고, "터키가 자신의 문제를 절대로 해결하지 못하는 이유"라는 주제를 먼저 꺼내기까지 했다. 교수는 대화를 짧게 마무리할 기회를 잡아서 자기 자리로 돌아왔고, 착륙 전에 한 잔을 더 들이켰다.

비행기가 아드난 멘데레스 공항 위로 고도를 낮추는 동안, 이르판은 지난 삼십 년 동안 이즈미르에 일어났을 변화들에 대해 생각했다. 이르판 자신과 마찬가지로 이즈미르는 특유의 천진함을 잃었다. 에게해의 분위기는 서서히 사라졌고, 그 결과 시간의 흐름 속에 금박이 떨어져 나간 성상처럼 도시 자체의 느낌이 바래었다. 쿠르드 전쟁, 혹은 참모본부가 "저강도 전투"라고 부르는 것 속에서 동부 아나톨리아에서는 수만이 죽었고, 수십만의 쿠르드인들이 서쪽으로 옮겨왔다. 파괴된 삼천여 개의 마을에 살던 주민들은 지중해와 에게해 연안으로 몰려들었고, 그들이 가지고 온 자신들의 고유문화는 이오니아와 메소포타미아의 문화와 뒤섞였다.

이르판은 처음에는 그 마을들이 정말로 불타고 주민들은 모두 소개되었다는 사실을 믿지 못했지만, 나중에 총리실의 관리 보고서에서 그 사실이 언급되고는 사실로 받아들였다. 불행하게도, 테러리즘에 대한 그런 식의 대응은 전 세계적으로 광범위하게 수행되었다. 이런 파괴적인 사태가 일어나지 않았더라면 좋았겠지만, 각각의 나라들은 무장저항 세력들에 대해 스스로를 보호할 수 있는 합법적인 권리를 가지고 있었다.

이르판을 공항에서 카르시야카까지 태우고 간 마른 몸매에 가느다란 수염을 기른 젊은 운전기사는 동쪽 출신임에 틀림없었다. 그 기사는 이르판을 틀림없이 어디선가 봤다고 하면서 택시를 타고 가는 동안 내내 그에게 말을 걸었다. 혹시 전에 이 택시를 탄 적이 있었나요? 터키 경제는 어디로 가고 있나요? 휘발유의 가격이 비싸기 때문에 그 운전기사는 LPG를 연료로 사용하고 있었다. 담배를 피우시겠어요? 맞아요, 담배가 나쁘긴 하지만 마음을 가라앉혀 주죠. 음악을 좋아하시는지 모르겠네. 기사는 새 파이오니어 카세트 플레이어를 가지고 있었다. 멋지지 않아요? 한순간, 그 작은 차는 흐느끼는 바이올린과 드럼, 탬버린 등의 타악기들이 사막 지역의 관악기들과 어우러지는 "아라베스크"라고 알려진 스타일의 대중가요가 최고의 볼륨으로 울려 퍼지는 콘서트홀이 되었다.

교수가 그전까지 아주 약간의 평화라도 누리고 있었다면, 그건 순식간에 사라졌다. 이 도시적인 키치 음악에는 아무런 하모니도 없었고, 이르판의 귀에는 마치 스크루드라이버가 천천히 귀를 파고드는 것처럼 느껴졌다. 이르판은 음악학자는 아니었지만, 아라베스크라는 것이 이 나라의 퇴폐주의를 상징한다는 건 알고 있었다. 아라베스크에는 억압받는 자들의 비명을 표현해 내는 블루스나 파두[33], 탱고, 혹은 렘베티코[34]가 가진 진실성이 없다. 대도시로 이주해온 이향민들의 음악인 아라베스크는 상처 입은 자들의 비명이 아니라 부상을 입은 척하는 이들의 칭얼거림이다. 이 분야에서 가장 유명한 가수들은 다이아몬드가 박힌 롤렉스에 벤츠를 몰고 다니면서, 반쯤 풀어헤쳐 털 난 가슴팍을 드러낸 실크 셔츠를 입고는 고통과 슬픔, 그리고 절망에 대한 노래를 부른다. 그들의 음악은 중동이라는 신뢰하기 어려운 지역을 그대로 반영한다.

이르판은 자기 안에서 일어나고 있는 변화에 놀랐다. 불과 한 달 전만 해도 이르판은 이 음악을 터키의 비주류 문화의 다채로움의 한 부분으로 보았고, 자신의 그런 생각을 미디어를 통해 드러내기도 했다. 무엇 때문에 이런 변화가 일어났고, 스스로 자신의 안락한 삶을 부숴버리고 광기의 언저리까지 오게 된 걸까? 아마도 죽음에 대한 두려움일까? 이르판은 콕 집어서 대답할 수가 없었다. 다만 그는, 그 음악이 전통 민요와는 정반대로, 솔직함을 결여하고 있다는 것만은 알고 있었다. 음악이 갈수록 이르판의 신경을 건드리고 있었지만, 이르판은 그 젊은 운전기사를 민망하게 만드는 걸 피하기 위해 입을 다문 채, 그가 최대한 즐길 수 있도록 내버려 뒀다.

거의 영원처럼 느껴졌던 시간이 지난 뒤에, 택시는 이르판의 어머니가 사는 낡은 아파트 앞의 좁은 길에 멈춰 섰다. 이르판은 운전기사에게 팁을 후하게 줬다. 그 운전기사는 이르판이 자신에게 후한 팁을 준 게 그 음악 덕이라고 생각하고 다음번 손님을 태울 때에도 볼륨을 키울지도 모른다.

지중해 연안 지역에 사는 나이 든 중하류층의 여인들은 서로 닮았다. 걱정 어린 눈빛, 피로가 앉은 얼굴, 지친 듯한 움직임.

이르판의 어머니 역시 다르지 않았다. 이 갑작스런 방문에 대한 고마운 마음을 감추지 않은 채, 그녀는 한때는 자기 삶의 중심이었으나 이제는 더 높은 세계에 속해 있는 사내를 껴안았다. 이르판은 자기의 현재의 삶에서 그녀의 작은 몸피만큼이나 작은 공간을 차지하고 있는 이 나이 든 여인을 껴안고 볼에 입을 맞추었다.

이르판의 어머니는 한 번도 빼놓지 않고 나마즈[35]를 했고, 자주 이웃들을 방문했으며, 저녁 뉴스를 늘 듣고, 자기 아들이 나오는 프로그램은 한 번도 놓치지 않았고, 수줍어하면서 사람들이 건네는 축하 인사를 받았다. 그녀는 동네의 노점들에서 장을 보면서 상인들과 흥정을 했고—그녀의 검박한 인생의 오랜 버릇대로—예외 없이 값이 비싸다고 불평했다. 이르판의 어머니는 지중해 지역에 사는 나이 든 여인들이 대개 그렇듯이, 의료혜택도 거의 받지 못했고 폐경기에 적절한 조언도 받지 못해서 골 소실이라든가 적절한 칼슘 섭취의 필요성에 대해서 전혀 알지 못했고, 그 결과 골 강도와 골격에 손상을 많이 입은 상태였다. 한때는 유연한 몸을 가지고 있던 어머니가 굽은 어깨와 비틀어진 골반 때문에 제대로 걷지도 못하는 걸 보면서 교수는 깊은 슬픔에 빠졌다.

자신의 옛집의 냄새를 들이마시면서, 이르판은 집에 돌아온 게 실로 오랜만이라는 걸 실감했다. 아버지가 은퇴 보너스를 받은 걸로 착수금을 치렀고, 그 후로 아버지가 남은 평생 매달 할부금을 부어 마련한 이 소박한 아파트가 한때는 이르판의 세계의 중심이었다는 건 생각할수록 신기한 일이었다. 이 집안에서 이르판은 책을 읽었고, 미래에 어떤 일들이 일어날지 끝도 없는 공상에 빠지곤 했다. 이르판은 청소년 시절 그에게 주어졌던 그 모든 귀한 선물들에 대해 진정으로 감사한 적이 없었다. 그에게 처음으로 성적인 자극을 일으켰던 성인 잡지들, 아버지가 사 준 노상 타이어를 손봐야 했던 중고자전거, 부두에 완전히 닿기 전에 성급하게 뛰어내리곤 하던 페리선들, 여자애들에게 시시덕거리던 여름밤들, 바닷가에서 바로 튀겨서 먹던 홍합, 돈을 내지 않고 숨어들어가던 놀이공원, 거리에서 사람들이 주고받던 악의 없는 농담들, 사람들 사이에 끼어서 타던 만원 버스, 그리고 영원하리라고 믿었던 풋사랑들.

이르판 아버지의 철도원 제복은 아직도 삐걱거리는 낡은 장롱 안에 그대로 걸려 있었다. 어린 시절 이르판의 가족이 철도원 관사에서 살 때에 이르판은 고동색 제복에 금테를 두른 모자를 쓴 아버지가 무척이나 잘 생겼다고 생각했었다. 세월이 흐르고, 가난한 삶이 아버지를 피폐하게 만드는 걸 보면서 아버지에 대한 인상은 홀쭉해진 뺨에 쑥 들어간 눈, 그리고 떨리는 입술을 가진 사내로 바뀌었다. 삶은 어떤 이들에게는 가혹했고, 이르판은 그런 어려움을 어린 시절에 많이 경험했다. 이르판은 학교에서 부잣집 아이들을 편하게 대한 적이 한 번도 없었고, 어른이 된 뒤에도 부자들과 같이 있으면 어딘가 수줍은 것 같았다.

부잣집에서 태어나 한 번도 돈 문제를 겪어보지 않은 이들은 나이 들어서야 풍족해진 사람들과는 달랐다. 이르판은 가난 속에서 성장한 사람과 그렇지 않은 사람을 즉각 알아볼 수 있었다. 가난은, 이르판에게 그랬듯이, 사람에게 평생 동안 남는 흔적을 남기는 건지도 모른다. 아이젤은 부자로 태어난 사람의 좋은 예였다. 아이젤은 아무런 불편함도 느끼지 않으면서 친구에게 "나 돈이 한 푼도 없어. 네가 좀 내!"라고 말할 수 있었다. 이르판이라면 부끄러워서 하기 어려울 말이었다.

어렸을 때 이르판은 부잣집 아이의 새 신발을 보면 눈이 부시는 것 같았고, 그래서 무슨 수를 써서든 자기의 초라하고 누더기 같은 신발을 숨기려 했다. 돈을 꽤 벌기 시작하면서 신발로 장을 채우기 시작한 게 아마도 그래서였는지도 모르겠다. 하지만 이번 여행에서 이르판은 평이한 운동화를 신고 있었다.

이르판이 쭈글쭈글한 철도청 제복을 입은 자신의 아버지를 피곤에 지치고 넋이 나간, 패배자로 여겼던 적이 있었다. 특히 아버지를 친구들의 부자 사업가 아버지들과 비교했을 때 그랬다. 이르판은 화가 나서 난 저런 사람을 아버지로 선택한 적이 없다고 중얼거리곤 했다. 이르판은 자기 아버지처럼 되지는 않겠다는 한 가지 목표를 세웠다.

그런 맹세와 관계없이, 이르판은 자기가 아버지를 몹시 그리워하고 있다는 사실을 깨달았다. 에게해의 봄 향기와 이르판에게 여름을 상기시켜주는 호박 튀김의 냄새로 가득 찬 그 사월의 저녁에, 이르판은 가급적이면 아버지를 만나지 않으려 했던 과거의 일들을 떠올리면서 날카로운 고통을 느꼈다. 이르판은 이즈미르를 떠난 뒤로 자신의 아버지를 한 번도 본 적이 없었고, 그가 아들의 성공을 나누거나 그걸 자랑스러워할 기회마저도 주지 않았다.

이르판은 이스탄불에서 있었던 자신의 성대한 결혼식 피로연에 부모를 초대하지 않았을 뿐만 아니라, 결혼식에 대해 알려주지도 않았다. 그로서는 자신의 가련한 아버지와 초라한 어머니를 선주로서 부유하고 성공적인 삶을 사는 아이젤의 가족에게 소개할 수 없었다. 이르판의 부모는 사업가, 정치가, 그리고 언론계의 인사들로 구성된 자신의 지인들과 잘 어울리지 못할 것이었다. 정작 아이젤은 가난이란 부끄러워할 일이 아니지 않느냐면서 이르판에게 자기가 아직 만나보지 못한 부모를 초청하라고 격려했다. 무엇보다 행사에 '진짜' 사람이 몇 명 있으면 재미있지 않겠냐는 거였다. 아이젤에게는 이 모든 것이 게임이었고, 그녀로서는 이르판의 불안이 얼마나 뿌리 깊은 것인지 이해할 도리가 없었다.

이르판은 그의 아버지가 위암으로 뼈와 가죽만 남은 채로 앓고 있을 때에도 찾아가지 않았고, 오 년 전에 있었던 그의 장례식에조차 참석하지 않았다. 이제, 그로서는 영영 아버지를 볼 수 없을 거였다. 그렇게 한 이유는 지금으로서는 도저히 납득이 가지 않는 것들이었는데, 그보다 더 고약한 건, 그가 자기 결혼식에 부모를 초청하지 않은 것이나 아버지의 장례식에 참석하지 않은 것에 대해서 그의 어머니가 단 한 마디도 책망하는 말을 하지 않았다는 것이다.

이르판의 어머니는, 잠시도 쉬지 않고 말을 하면서 부엌에서 그를 위해 음식을 하고 있었다. 그녀는 이르판을 무척이나 자랑스러워했다. 모든 이웃 사람들이 텔레비전에 정기적으로 출연하는 교수의 어머니인 그녀에게 축하 인사를 전했고, 그녀는 존경받는다는 느낌을 받았다. 물론 어머니의 주 관심사는 이르판이, 그의 누이 에멜과 마찬가지로, 행복하고 건강하게 지내고 있는가 하는 거였다. 어머니로서는 그 둘이 모두 대학을 나와 행복하게 결혼생활을 영위하고 있다는 사실에 무엇보다 감사했다. 에멜은 앙카라에서 잘 살고 있었고, 이르판의 어머니는 매 겨울마다 그곳에 가서 한 달씩 지냈다. 한동안은 에멜의 귀여운 여자아이, 둘째 자식인 에브루를 돌봐주었다. 이르판도 그 아이를 이뻐했다. 에브루의 오빠인 이스마일은 물론 그 아이를 시샘했다. 이르판과 에멜이 어린 시절에도 이르판은 에멜을 시샘

했더랬다. 에멜이 태어나 병원에서 집으로 왔을 때, 당시 여섯 살이던 이르판은 침대 밑에 며칠이고 몸을 숨긴 채 그 못생긴 아기를 돌려보내지 않는 한 그 밑에서 나오지 않을 것이라고 했었다. 그 생각을 하면서 웃던 이르판의 어머니는 남편이 살아있던 시절, 그녀의 모든 행복이 남편과 두 아이를 중심으로 엮여 있던 시절을 떠올리고 있는 것 같았다.

어머니의 빛나는 얼굴을 지켜보고 있던 이르판은 생각했다. "아, 어머니! 어머니가 생각하는 것과 일치하는 건 하나도 없어요. 어머니가 사랑하는 아들, 식료품점 주인이 그토록 존경하는 당신의 아들은 심각한 문제에 빠져 있어요. 그 아들은 정신을 놓아버리거나 목숨을 놓아버리거나 하게 될 거예요. 어머니의 딸은 자기 남편이 애인을 두고 있는 걸 알지만, 자기가 짊어지고 있는 두 아이와 직장에 대한 책임 때문에 모른척하기로 결심한 채 자기 인생을 그냥 흘려보내고 있어요. 어머니가 그토록 자랑스러워하는 공공근로부의 국장인 사위는 뇌물로 먹고 살고 있어요. 그리고 그 돈을 젤리하라는 이름의 열여섯 살 먹은 매니큐어 기술자한테 탕진하고 있어요. 어머니는 에멜이 이따금 나한테 전화를 걸어와 울면서 더 이상 이렇게 살 수는 없다고, 그만 살아야겠다고 하는 걸 모르시죠. 난 그 애한테 참으라고 말해요. 요즘 세상에선 누구나 애인을 두고 살아가니까요. 그 애가 전화를 끊기 전에, 그 애가 머저리라고 생각하고 있는 그 애의 오빠, 나는 너도 시대 분위기에 맞게 나가서 애인을 찾으라고 말해줘요. 나중에 가서야 앙카라는 이스탄불과 다르다는 걸 생각하고 나서야 그렇게 말한 걸 좀 후회했어요."

이르판은 어머니에게 오래전의 일들을 이야기하기 시작했다. "당분간은 행복해하시게 두자" 그는 생각했다. "그리고 내가 좋아하는 음식을 만드는 걸로 나를 즐겁게 해주고 있다고 생각하시게 두자." 하지만, 얼마 지나지 않아 그의 마음은 아이젤에 대한 생각으로 넘어갔다. 지금 아이젤은 어떻게 하고 있을까?

집에 돌아와서 샤워를 했겠지. 남편이 어디에 있는지 궁금하겠지만, 그 생각에 오래 빠져 있진 않을 것이다. 얼마나 더 있어야 그가 보낸 이메일을 읽게 될까? 시간이 늦어지면서 당황해서, 그 메일을 읽기도 전에 친구들과, 심지어 경찰에 전화를 하진 않을까? 어떤 경우가 됐든, 결국엔 그 메시지를 읽게 될 것이고, 걱정 대신 비통함이 그 자리를 차지하게 될 것이었다.

이르판도 불안을 느끼기 시작했지만, 철면피 같은 태도를 유지하자고 마음먹었던 걸 다시 떠올렸다. 인생은 어떤 면에서는 너무나 짧지만, 불성실한 남편에 대해 많은 걱정을 하기에는 확실히 너무 길었다. 이르판은 아이젤이 자신에 대해 금세 잊고 자기 삶을 찾을 거라고 믿어 의심치 않았다. 이르판이 진심으로 자신의 문제에 대한 해결책을 찾으려 한다면, 지금은 이런저런 감상이 자기를 압도하게 내버려 둘 때가 아니었다.

그날 저녁에 이르판은 어머니의 반짇고리에서 오래된 가위를 꺼내서 자신의 신용카드들을 잘라버렸다. 이제 그에게는 미국과 다른 나라의 사증들이 찍혀 있는 여권 말고는 아무런 서류도 없었다. 이르판은 해방감을 느꼈고, 자신을 옥죄고 있던 모든 것들로부터 풀려나 자신의 존재 자체가 가벼워지는 것 같아 마냥 행복했다.

지금 그는 에게해의 잔잔한 거울 같은 물 위로 고요하게 미끄러지는 작은 보트에 히다예트와 함께 타고 있었다. 바람에 펄럭이는 외투 자락처럼, 하얀 돛이 미풍 속에 부드럽게 부풀어 올랐다. 그것은 에게해에 전해 내려오는 신화 속의 유령과 닮아 있었다.

마을에 온 영웅

초소에서 잡음으로 가득 찬 라디오를 듣고 있던 어느 날, 셀라하틴은 제말에게 이스탄불에서 가장 뛰어난 카눈 연주자로 알려진 할릴이라는 젊은 음악인에 대한 이야기를 들려줬다. 할릴이 어렸을 때, 그의 아버지는 할릴이 손목에 쇠로 된 추를 매단 채 카눈을 연주하게 했다. 카눈은 무릎 위에 올려놓고 각 손가락에 끼운 픽으로 연주하는 현악기다. 소년은 처음에는 그 작은 손을 움직이는 것만도 힘겨워했지만, 어느 틈엔가 빨리 연주하는 법을 배웠다. 그 아버지는 그 아이에게 여러 해 동안 추를 사용하게 했다. 할릴이 청소년이 되었을 때 그의 아버지는 비로소 추를 떼고 연주하게 허락했다. 아이의 손은 카눈 위를 날아다녔고, 그때까지 있었던 어느 연주자도 그의 재주나 기교를 넘어서지 못했다.

고향으로 돌아가는 버스 안에서, 제말은 마치 이 년 동안 그에게 매달려 있던 무쇠 추를 떼어낸 것 같은 기분이었다. 제말은 이제 자유로워진 두 손으로 무얼 해야 할지 알 수 없었다. 군복의 거친 질감과 물먹은 전투화의 무게와 크고 무거운 탄약 벨트에 익숙해져 있던 몸은 그것들을 모두 떼어내자 벌거벗은 것처럼 느껴졌다. 더 이상 총과 수류탄, 혹은 무전기를 들고 다니지 않아도 되는 두 손과 팔은 이제는 너무나 가뿐했다.

제말은 자신이 무방비 상태인 것 같았고, 혼란스러웠고, 조금 두려웠다. PKK가 버스를 세운다면, 그들은 그의 신분증을 확인하지 않고도 그가 병사였다는 걸 틀림없이 알아볼 터였다. 사람을 죽여본 이라면 천 명의 사람들 속에서도 자기와 같은 사람을 쉽게 알아볼 수 있다. 그들은 제말을 차에서 끌어내어 그 즉시 처형할 것이었다. 산악지대의 위험에서도 살아나온 지금 차에서 끌려나가 도로변에서 총살당한다면 수치스러운 일일 것이었다. 군에서는 특수부대원들은 비행기 편으로 귀향시켰는데, 제말은 고향이 가까웠기 때문에 버스표를 제공했다.

제말의 군대 생활에서 최고의 날이 왔다. 제말은 제대 명령을 받아서 집에 가게 되었지만, 무언가가 잘못된 것 같은, 혹은 곧 그렇게 될 것 같은 불쾌함을 느꼈다.

제말은 제대 후 민간인이 되었을 때의 생활에 대해 계획을 세우느라 수많은 밤을 뜬눈으로 지새웠지만, 지금 그것들은 두터운 검은 안개에 파묻혀 있었다. 버스에 타고 있는 사람들이 제말에게는 모두 이상해 보였다. 선글라스를 쓰고 있는 운전기사나 버스에 타고 내리는 승객들의 손에 향수를 뿌려주는 그의 조수나, 모두 기이하고 낯선 세계에 속한 이들처럼 보였다. 제말은 자기가 어디에 있는지 알 수 없었다. 옆자리가 비게 돼서 긴 다리를 쭉 펴고 앉았지만, 그래도 완전히 긴장을 푸는 건 불가능했다. 제말은 언제고 수상한 소리가 들리는 즉시 좌석 뒤에 몸을 숨길 준비가 되어 있었다. 잠시 후에 졸음이 덮쳤지만, 긴장을 느끼는 건 여전했다. 어느 지점에선가 기사의 조수가 그의 팔을 부드럽게 건드리면서 그를 깨웠을 때, 제말은 그 아이가 건드리는 걸 상사가 보초 근무 교대를 위해 자기를 깨우는 걸로 착각해 자리에서 벌떡 튀어 일어나 버스 한가운데에 차렷 자세로 섰다. 다른 승객들은 제말을 수상쩍어하는 눈초리로 쳐다보기 시작했다.

잠에서 깨어난 뒤 제말은 시선을 전방으로 고정한 채, 특히 길이 휘는 곳, 주유소 같은 곳에 위험징후가 있는지를 탐색했다. 제말은 칼도 가지고 있지 않았다. 도대체 무슨 마음을 먹고 이렇게 아무런 방어수단도 갖추지 않고 취약한 상태에서 이 낯선 장소, 낯선 사람들 사이에 있게 된 걸까?

버스가 휴게소에 도착하자 제말은 화장실로 가서 손으로 얼굴을 씻었다. 제말은 거울에 비춰 보이는 자기 얼굴의 험악함을 보고 충격을 받았다. 짧게 깎은 머리 안에 들어 있는 그 우락부락하고 볕에 그을린 그 얼굴은 자신의 것일 수 없었다. 느닷없이 한 사내가 그를 옆으로 밀어붙이며 투덜거렸다. "이봐요, 얼굴 좀 그만 들여다봐요. 지금 버스가 떠나려고 하잖소."

제말은 그 말을 한 사내가 젊은지 늙었는지, 허약한지 강건한지도 보지 않은 채, 잡아서 그대로 바닥으로 쓰러뜨렸다. 사람들은 그 사내가 누군가의 부축을 받아 일어나는 동안 아무런 소리도 내지 않은 채 경악한 상태에서 그 모습을 지켜봤다. 그때 식당과 주유소의 직원들이 달려와 긴장을 깨뜨렸다. 그들이 질문을 던졌고, 그 자리에 있던 사람들이 그 자리에서 벌어진 일을 설명하는 동안 제말은 꿈이라도 꾸고 있는 것처럼 그들을 지켜봤다. "알았어! 알았어!" 누군가가 말했다. "괜찮아. 이 젊은이 군인이야. 자, 갑시다."

누군가가 그의 어깨를 두드렸고, 제말은 움찔했지만 더 이상의 반응을 보이는 건 자제했다. 하지만 그러고 난 뒤에 식당에서 사람들은 제말의 시선을 피했고, 제말은 작은 테이블에서 혼자 식사를 했다.

마침내 버스가 목적지에 도착했을 때, 제말은 터미널의 소음과 부산함에 현기증을 느꼈다. 제말은 기도 시간을 알리는 소리, 몰아치는 음악, 참깨 빵, 구운 양곱창, 미트볼 샌드위치 따위를 파는 노점상이 외치는 소리 같은 것들 때문에 머리가 아팠다.

곧 어느 방향에서든 위험이 닥칠 것만 같았다. 어떤 차에서 머플러가 터지는 소리가 났을 때에는 제말은 자기도 모르게 땅바닥에 엎드렸다. 마침내 제말은 자기 마을로 떠나는 미니버스를 발견했다. 차 안은 붐비지 않았고 누구도 그를 알아보지 못하는 것 같았기 때문에 제말은 차를 타고 가는 동안 내내 잠을 잘 수 있었다.

제말이 집에 도착했을 때 되네가 문을 열어줬고, 바로 놀라서 고함을 질렀다. 집안의 모든 여자들이 달려 나왔다. 그를 본 제말의 어머니는 자기 아들을 안전하고 멀쩡하게 돌려보내 준 신에게 감사했다. 수많은 청년들이 관에 든 채 돌아오거나 한쪽 다리, 한쪽 팔, 혹은 눈 하나를 잃은 채 돌아왔다.

여자들은 즉각 제말의 아버지와 그의 숙부에게 이 소식을 알리러 보냈다. 두 사람은 서둘러 돌아왔다. 아버지를 본 제말은 그의 손을 잡고 거기에 입을 맞추었다. 아버지는 제말을 따뜻하게 안아주었다. "신께서 너를 축복하기를 바란다, 내 아들아." 그가 말했다. "너는 영웅처럼 싸웠고 네 나라를 지켰다. 감사하게도 살아남았구나." 제말은 아버지가 그런 말을 해주는 걸 듣고 그런 시선으로 자기를 보는 걸 보는 게 기뻤다.

다음날 밖에 나갔을 때, 마을 사람들 모두가 그를 따뜻하게 맞아 줬다. 제말은 자부심이 솟아오르는 걸 느꼈다. 제말은 그들이 가장 최근에 맞이한 영웅이었다. 그리고 이 모든 것에도 불구하고 그는 여전히 그들의 제말이었고, 그들은 그에게 비친 영광의 빛을 받아 쬐는 수혜자였다.

그 마을에서는 터키인과 쿠르드인들이 뒤섞여서 살았고 통혼도 했기 때문에, 서로를 따로 떼어내어서 구분하는 것이 쉽지 않았다. 터키군에서 복무를 마치고 돌아온 청년들은 영웅으로 환영받았고, 누군가가 전투에서 사망할 경우에는 마을 사람 모두가 같이 울었다. PKK에 투신한 메모 같은 젊은이들의 가족은 공적으로는 욕을 얻어먹었지만, 사람들이 비밀리에 그들을 돕는 일도 종종 있었다. 제말은 커피하우스 앞에서 메모의 아버지 리자 에펜디를 봤을 때 눈을 내리깔았다. "어서 오너라, 우리의 제말" 노인이 말했다. "신께서 우릴 위해 널 살려 주셨구나." 리자 에펜디의 말 뒤에는 질문이 숨어 있었지만, 제말은 그걸 이해 못한 척하면서 서둘러서 자리를 벗어났다.

메모에 관해 직접적으로 질문을 던진 건 제말과 메모 둘 다의 출생을 도운 산파 굴리자가 유일했다. 제말은 자기가 메모를 본 적이 없고, 그가 살아있는지 죽었는지도 모른다고 대답했다.

며칠이 지나자 귀향의 흥분과 따뜻한 환영의 분위기도 가라앉았다. 얼마 지나지 않아, 제말의 가족이나 마을 사람들 모두에게 제말이 예전의 제말이 아니라는 게 분명하게 드러나기 시작했다. 제말은 특별히 그를 위해 만든 음식을 거의 건드리지도 않았고, 그가 제일 좋아하던 것이라고 해서 그의 숙모가 만든 요리조차도 마찬가지였다. 제말은 산에서의 생활에 익숙해진 나머지 그의 어머니가 마련해준 부드러운 매트리스를 마다하고 중정이나 텃밭 한쪽 구석의 돌밭 위에서 두꺼운 담요를 두르고 자는 걸 더 좋아했다. 제말은 하루같이 햇살이 비치자마자 깨어났고, 아주 사소한 소리—슬리퍼를 끄는 소리, 기침 소리, 혹은 문이 삐거덕거리는 소리—에도 화들짝 놀라 벌떡 튀어 일어났다. 어느 날 아침, 제말의 어머니가 그날 요리할 닭을 고르러 닭장에 갔다. 제말은 갑자기 그녀가 들고 있는 닭을 잡아채서 "내가 할게요"라고 하더니, 그의 어머니가 깜짝 놀라서 지켜보는 동안 한 손으로 닭의 목을 잡아 비틀어 떼어버렸다.

제말이 메리엠이 보이지 않는다는 걸 의식하자 그의 어머니는 메리엠이 끔찍한 죄를 범해서 헛간에 갇혀 있다고 알려줬다. 제말은 어깨를 으쓱하더니, 더 이상 아무것도 묻지 않았다.

제말은 대부분의 나날을 텃밭에서 몇 시간이고 왔다 갔다 하거나 포플라 나무들 아래를 산책하면서 하늘을 올려다보는 걸로 보냈다. 제말의 어머니는 제말의 행동이 걱정스러웠지만 자기 남편과 의논하려 해봐야 아무 소용이 없었다. 그는 자기를 따르는 사람들과 더불어 쿠란을 음송하는 것으로 모든 시간을 보내고 있었기 때문이다.

셰이크는 자기 아들 제말 또한 자기가 이끄는 의식에 참여하기를 바랐다. 제말은 오두막으로 가서 황홀경에 빠질 때까지 음송을 반복하다가 마침내 의식을 잃었다. 제말은 의식에서 아무런 감동을 못 받았고, 다시는 그 자리에 참석하지 않겠다고 마음먹었다. 제말은 그런 생각을 하는 자신을 나무랐지만, 그 모든 것이 무의미한 것처럼 보였다. 그런 헌신을 드리기에는 제말의 가슴은 마른 나뭇가지처럼 아무런 감정도 남아있지 않았다.

제말은 종종 자기 방에 들어가 박힌 채 마을의 가게에서 산 종이와 펜을 가지고 군에 있을 때 만난 친구들에게 편지를 썼다. 이 편지들의 대부분은 관용구들과 일반적인 내용들만 담고 있었을 뿐 사적인 이야기는 거의 들어있지 않았다. 셀라하틴에게 보내는 것들만 풍부한 내용을 담고 있었다.

밤에 중정에 누워있는 동안, 제말은 가까이 있는 헛간에 들어 있는 메리엠에 대해서는 거의 생각하지 않았다. 그 비쩍 마르고 허약한, 어린 시절 늘 자기의 발밑에 있었던 여자아이에 대한 기억은 대부분 사라지고 없었다. 메리엠은 이제는 낯선 사람이나 마찬가지였고, 제말은 그녀가 무슨 잘못을 저질렀는지, 왜 그 헛간에 갇혀 있는지를 물어볼 정도의 관심도 없었다.

그러던 어느 날 밤, 담요 밑에서 반쯤 잠들어 있던 제말은 헛간에서 흘러나오는 숨죽인 울음소리를 들었다. 처음으로 제말은 헛간의 어둔 속에 들어 있는 그 어린 여자애의 존재와, 그 애의 가련한 처지와 눈물에 대해 의문을 품기 시작했다.

마지막 작별인사

메리엠이 갇혀 있는 감옥의 문이 삐걱하고 열리는 소리가 메리엠의 귀에 들리더니 키가 큰 인물이 헛간 안으로 들어섰다. 사촌 제말이었다. "메리엠?" 하고 제말이 불렀지만, 메리엠은 제대로 대답을 할 수가 없었다. 말을 해보려고 했지만, 목이 너무나 쉬어서 한 마디도 나오지 않았다.

제말은 다시 한번 메리엠을 불렀지만, 돌아오는 건 여전히 침묵뿐이었다. 그러자 제말은 안으로 걸어 들어가 메리엠의 손을 잡고 부드럽게 밖으로 이끌었다. 중정은 어둡고 아무도 없었다. 모두들 집안에 들어가 잠들어 있었다. 제말은 매일 저녁 양과 소를 들여오고 추수 때 수확물을 가득 실은 수레를 드나들게 할 때 쓰는 큰 문 두 쪽을 모두 열었다. 사람들이 중정에 드나들 때에는 대개 큰 문 안에 달려 있는 작은 문을 썼지만, 제말은 어떤 이유에선가 그걸 열지 않았다.

제말은 메리엠을 밖으로 이끌었다. 헛간에서 그렇게 많은 날들을 지내고 나서 실로 오랜만에, 메리엠은 수탉이 우는 소리를 들었다. "제말, 들어봐, 수탉이 울고 있어." 메리엠이 말했다.

제말은 소리 내어 웃고는 성큼성큼 걷기 시작했다. 너무나 빨리 걸어서 메리엠이 간신히 따라잡을 정도였다. 메리엠은 금세 숨이 차올랐다. 두 사람은 마을 어귀에 도착했고 이제 가파른 언덕을 향해 가고 있었다.

"우리 어디 가는 거야, 제말?" 메리엠이 물었다.

"언덕 너머… 이스탄불로."

메리엠은 마냥 행복해졌다. 메리엠은 이제 자살하지 않아도 될 것이었다. "사람들이 다른 여자애들처럼 나도 이스탄불로 보내는구나." 메리엠은 생각했다. 꿈에서나 보던 그 장엄한 도시의 이미지가 메리엠의 눈앞에 끝도 없이 펼쳐지면서 모습을 드러냈고, 메리엠은 기쁨으로 가득 찼다.

두 사람은 이제 언덕 꼭대기에 가까워오고 있었다. 메리엠은 숨을 헐떡이면서 한 걸음을 더 내디뎠고, 누군가가 "이게 네가 꿈꾸던 도시다."라고 말하는 소리를 들었다. 메리엠은 고개를 돌려 말하는 사람이 누구인가를 봤지만, 그 자리에는 아무도 없었다.

그 순간 메리엠은 자기가 여전히 홀로, 헛간에 있다는 걸 깨달았고, 조용히 울기 시작했다. 그녀는 저주받았다. 기적은 바랄 수도 없는 일이었다. 다른 사람들에게 일어난 놀라운 일들은 메리엠에게는 해당사항이 없었다. 잿빛 말에 올라탄 성 히지르도 제말도 그녀를 구하러 오지 않을 것이었다. 비비조차도 그녀를 버렸다.

메리엠이 헛간에 앉아서 울고 있던 그 시간에, 제말은 헛간에서 멀리 떨어지지 않은 집 안에서 자신의 아버지와 숙부와 마주 앉아 그녀의 운명을 논의하고 있었다. “너는 영웅으로서 돌아왔다, 내 아들아,” 셰이크가 말했다. “네가 돌아와서 우린 기쁘다. 하지만 그 애는—지옥으로 갈 계집애 같으니—우리의 명예를 더럽혔어!”

제말이 고개를 끄덕였지만, 그 말을 주의 깊게 듣고 있지는 않았다. 제말은 셀라하틴을 생각하고 있었다. 그 친구의 상처는 지금쯤 아물었을 것이었다. 셀라하틴은 제말에게 자신의 이스탄불 주소를 주면서 찾아오라고 했다. “제대하고 나서 나를 잊지 마,” 그가 말했다. “그랬다간 내가 찾으러 갈 테니까.” 하지만 이스탄불은 먼 곳이었고, 제말은 빈털터리였다. 어떻게 이스탄불까지 갈 수 있을 것인가?

제말은 그의 아버지의 말을 그야말로 듬성듬성 들었다. “우리 집안으로선 이런 걸 용납할 수 없어!” 노인네가 고함을 질렀다. “하지만 어떻게 하겠니? 이게 우리의 운명이다.”

제말은 침묵을 지켰다.

타신 숙부 역시 자기 생각에 잠긴 채 아무 말도 없었다.

"넌 이스탄불로 가야 한다, 내 아들아." 셰이크가 말했다. "이 여자애는 신과 사람의 눈 모두에 유죄다. 암캐가 꼬리를 치지 않는 한 수캐는 암캐를 따라가지 않는 법이다… 그 애가 은밀하게 무슨 짓을 하고 다녔는지 누가 알겠니? 우리 전통은 네가 알잖느냐. 이걸 바로잡는 건 너한테 달려 있다. 넌 이제 막 집에 돌아온 아이지만, 더 이상 기다릴 수는 없어. 사람들 누구나 우리 얘기를 하면서 우리 가족을 우습게 여기고 있다! 우리 집에 너 말고는 이 임무를 수행할 사람이 없어."

제말은 처음에는 아버지가 또 도덕적인 설교를 하고 있다고 생각했지만, 그제야 아버지가 자신에게 무얼 요구하고 있는지 깨달았다. 처음에는 깜짝 놀랐지만, 제말은 곧 늘 유지하던 무감각한 상태로 돌아갔다. 마치 이 모든 일들이 다른 데서 일어나고 있다는 듯한 태도였다. 그의 아버지의 말들은 제말에게는 별 의미가 없었다. 메리엠은 처리되어야 하고, 그가 바로 그 일을 하도록 선택된 자였다. 그게 다였다. 요란을 떨 일이 아니었다. 무엇보다, 인간이란 도대체 어떤 존재인가—일 초면 죽음에 이를 수 있는 하나의 피조물일 따름이었다.

물론 그런 일을 마을 안에서 해치울 수는 없었다. "너는 그 즉시 체포돼서 감옥에 가게 될 거다." 셰이크가 말했다. "그년을 이스탄불로 데리고 가서 거기서 해치워라. 멀리서, 다른 여자애들한테 벌어졌던 일처럼. 거기 가서 야쿠프네 집에서 며칠 머무르려무나. 대도시는 워낙 사람이 많아서 그 애 하나 없애버려도 누구도 그게 너라는 걸 눈치채지 못할 테니까. 아니면 가는 길에 해치우려무나… 하지만 잡히지는 말고."

제말은 자기 아버지의 상세한 계획을 듣는 게 지루했다. 그렇게 간단한 일을 처리하는 데 말을 할 이유가 뭐가 있단 말인가? 제말은 메리엠이 가련하다는 생각이 잠시 들었지만 관습은 관습인 것이고, 그건 따라야 하는 것이었다. 메리엠은 살아남을 가능성이 없었다. 심지어 메리엠의 아버지가 그녀를 용서하고 셰이크가 그 결정을 그대로 용납한다고 해도, 그녀는 여전히 살아남을 수가 없었다. 마을의 모든 사람들이 몰려와서 그녀를 용서한다고 해도 마찬가지였다. 그보다 중요한 건, 제말이 메리엠을 이스탄불로 데리고 가게 되면서, 제말은 셀라하틴을 만날 기회를 얻게 되었다는 것이다. 타신 아그하는 우울한 모습으로 침묵을 지켰다. 타신은 셰이크가 말하는 동안 단 한 마디도 하지 않았다. 그는 자기 형을 지지하는 발언을 한 마디도 하지 않은 채 불편한 침묵을 유지하면서 그 자리에 앉아 있었다.

집안의 여자들도 침묵을 지켰다. 그들은 자기들이 할 일에 몰두하고 있었는데, 그중 하나는 메리엠의 소지품 몇 가지를 가방에 꾸리는 것이었다.

다음날 아침 일찍, 되네가 헛간에 들어섰다. "일어나." 그녀가 메리엠을 일으켜 세우며 무뚝뚝하게 말했다. "가는 거야. 너 이스탄불로 가는 거야."

메리엠은 자기가 싫어하는 그 여자를 하마터면 껴안을 뻔했다. 자기가 그토록 기다리던 기적이 일어난 것이었다. "언제 떠나?" 메리엠이 물었다.

"지금 당장."

"아버지와 큰엄마의 손에 키스하고 축복을 받게 해줘."

"안 돼!" 되네가 거칠게 대답했다. "넌 아무도 못 만나. 가자! 지금 떠나는 거야."

되네는 메리엠의 두 손에 가방 하나와 다 해진 녹색 스웨터를 떠안겼다. 메리엠은 되네의 말을 무시한 채 계단을 뛰어서 중정으로 올라섰다. 밝은 햇볕이 메리엠의 눈을 일시적으로 멀게 했지만, 그녀는 멈추지 않았다. 메리엠은 집안으로 달려들어가면서 소리 높여 숙모를 찾았다. 하지만 모든 방이 잠겨 있었다. 메리엠은 닫혀 있는 문들 중 하나의 앞에 무릎을 꿇은 채 절박하게 눈물을 흘렸다. "큰엄마, 제발 문 좀 열어줘요! 손에 입을 맞추게 해줘요! 저를 축복해 주세요."

메리엠의 큰엄마는 메리엠을 돌봐주고 인생의 이치와 해야 할 일들을 제대로 하는 법을 가르쳐 준 엄마 같은 존재였다. 메리엠이 학교에 가기 시작했을 때 그녀에게 읽는 법을 가르쳐 준

것도 큰엄마였다. 메리엠의 큰엄마가 메리엠을 돌보기 위해 고통을 감수하긴 했지만, 메리엠은 큰엄마의 행동에서 언제나 차갑고, 심지어 자기를 싫어하는 것 같은 느낌을 받아왔다. 그 여자는 자신의 의무를 꼼꼼하게 수행하긴 했지만, 메리엠이 졸려서 그녀의 무릎에 머리를 얹고 싶어 할 때는 항상 핑곗거리를 찾아내어 자신의 조카를 밀어내곤 했다.

지금 그녀의 큰엄마의 방문은 잠겨 있었고, 메리엠이 아무리 애원해도 그 문은 열리지 않았다. 메리엠은 집과 방문 모두 그녀에게는 영원히 닫혔다는 사실을 직시해야만 했다. 메리엠은 그녀가 태어난 집으로부터, 그녀에게 작별 인사를 건네거나 행운을 빌어주는 사람 하나 없이 추방당한 것이었다.

메리엠에게 되네의 거센 목소리가 들려왔고, 메리엠은 일어나 머릿수건을 꽉 졸라매면서 그 집을 나섰다. 제말은 아무 일도 없는 것처럼 담배를 피우면서 중정에 서 있었다. 메리엠이 보기에 제말은 어딘가 달라졌고, 낯선 사람처럼 보였다. 그는 키도 더 크고 나이가 더 들었으며, 더 이상 메리엠이 굴렁쇠를 굴리면서 같이 놀던 그 제말이 아니었다. "제말 오빠" 메리엠은 부드럽게 중얼거렸다. 제말은 대답을 하진 않고 마을을 향해 걷기 시작했다. 메리엠은 아무 말 없이 그의 뒤를 따랐다.

봄이 오고 있었다. 눈이 녹기 시작해서 땅바닥을 스펀지처럼 만들고 있었다. 걸음을 옮길 때마다 메리엠의 플라스틱 신발이 진흙에 파묻혔다. 메리엠은 오랫동안 거의 아무것도 안 보이는 어둠에 익숙해져 있던 터라 그녀 눈에는 햇빛이 너무 밝게 느껴졌다. 눈이 부셔서 눈물이 나는 건지, 아니면 사실은 울고 있는 건지, 구분하기가 쉽지 않았다.

제말과 메리엠이 시장을 지날 때 변호사인 무카데르가 그들을 알아봤다. 그는 자신의 사무실 밖에 나와 앉아 햇볕을 즐기면서 친구들과 함께 주사위 놀이를 하고 있던 참이었다. 제말이 앞서고 메리엠이 세 걸음 뒤에서 그를 따라가고 있는 모습을 본 무카데르는 다른 사람들과 함께 자리에서 일어나 제말을 향해 다가갔다. "어이, 영웅," 그가 소리쳤다. "이스탄불에 가는 건가?"

"예," 제말이 잇새로 단어를 내뱉으며 퉁명스럽게 대꾸했다.

무카데르는 메리엠에게로 고개를 돌리면서 히죽거렸다. "너 참 운이 좋은 애구나. 누구나 다 그 도시를 볼 기회가 있는 게 아니거든."

그의 친구들이 모두 웃음을 터뜨렸다. 그들의 웃음에는 왠지 육욕이 느껴지는 데가 있었다.

메리엠은 그 자리에서 사라져버리고 싶었다. 시장에 있는 모든 사람들이 멈춰 서서 그들의 수작을 지켜보고 있었다. 배가 나오고 수염을 기른 사내들이 죄다 그들 주위에 몰려들었다. 그들은 제말의 어깨를 두드리면서 메리엠에게는 그녀가 운이 좋은 거라고들 말했다. "이 작은 마을은 잊어버리게 될 거야," 한 사람이 말했다. "돌아오지도 않을 거야. 다른 아이들처럼. 뭐 하러 돌아오겠니?"

메리엠은 무서웠다. 헛간에서 나온 뒤로, 옅은 공포심이 그녀를 사로잡기 시작하고 있었다. 메리엠은 헛간 안에서 반항심을 키웠지만, 지금의 그녀는 허약하고 쉽게 무너질 것만 같았다. 메리엠은 태어나서 처음으로 마을 사람들의 주의를 끄는 대상이 되었고, 그런 식의 관심의 초점이 된 게 부끄럽기만 했다. 개들도 자기의 이름을 부르며 짖는 것 같았고, 고양이들도 "메리엠" 하고 울며, 새들 역시 그녀의 이름을 휘파람으로 부는 것 같았다.

제말과 메리엠은 마을 사람 한 무더기를 뒤에 매달고 계속해서 걸었다. 그들은 옷가게, 빵집, 경찰서, 그리고 모스크를 지났다. 그들이 학교를 지날 무렵, 자페르가 그들을 향해 달려왔다. 그의 입은 비뚤어져 있었고, 눈으로는 이상한 표정을 짓고 있었다. 모여 있던 사람들이 웃기 시작했다. 자페르는 메리엠에게로 달려와 그녀의 얼굴을 오래 응시하더니 울기 시작했다. 마을 사람들 몇몇이 돌을 집어 들어 그 동네 바보에게 던졌다. "꺼져!" 그들이 소리쳤다. "너도 이스탄불에 가야 돼!"

자페르는 두들겨 맞은 개처럼 비명을 지르며 종종걸음으로 달아났다.

메리엠은 무베데트와 그녀의 딸 네르민이 길 옆을 걷고 있는 여자들 그룹에 끼어 있는 걸 봤다. 누군가의 집에 가는 길이겠지, 메리엠은 생각했다. 메리엠은 달려가서 무베데트의 두 손을 쥐고 그걸 자신의 입술에 대었다. "전 이스탄불로 가요," 메리엠이 말했다. "제발 저를 축복해 주세요."

무베데트는 잠깐 망설이더니 메리엠을 껴안았다. "알아, 얘야." 그녀가 말했다. "네가 거기 가는 건 모두가 알고 있단다. 신이 너와 함께 하시길."

메리엠은 초등학교 시절부터의 친구인 네르민도 안고 싶었다. 네르민은 자기 엄마를 얼른 쳐다보더니 메리엠에게 입을 맞추고 속삭였다. "잘 가."

다른 여자들은 메리엠에게 이스탄불에 가다니 운이 좋은 거라고 하면서 안전한 여행을 기원해줬다. "거기는 살기가 좋을 거야," 그들은 말했다. "그렇지 않다면, 다른 여자애들도 거기에 남아있지 않았을 거야." 그들의 말은 친절했지만, 메리엠은 그들의 말투에서 사람들이 마치 어린아이를 다루듯이 자기를 속이고 있는 것 같다는 느낌을 받았다. 그들 중 몇몇은 키득거렸고, 근처에 있는 사내들도 마찬가지였다.

메리엠은 아버지의 손에 입을 맞추고 작별 인사를 하고 싶은 마음에 주변의 군중을 애타게 둘러보았지만, 아버지는 거기에 없었다. 메리엠은 그 이유를 물어볼 용기는 없었다.

먼 거리에서 자페르가 팔을 마구 흔들며 메리엠에게 악을 썼다. “가지 마!” 그가 소리를 질렀지만 돌이 마구 날아오자 도망가고 말았다.

헛간에서 수많은 날들을 혼자 보내고 난 뒤라서, 메리엠은 이렇게 주의집중의 대상이 되는 게 무서웠다. 메리엠은 제말을 향해 돌아서서 애원했다. “떠나기 전에 비비를 보고 싶어. 작별 인사를 하지 않고 가면 화내실 거야.”

제말은 대답을 하지는 않았지만 굴리자의 집 쪽으로 발길을 돌렸다. 군중이 그들을 따라왔다.

메리엠이 문을 두드렸지만 아무런 대답이 없었다. 메리엠은 명치끝에 둔중한 통증을 느꼈다. 어쩌면 그 노인네는 메리엠을 보고 싶지 않은 것일 수도 있었다. 메리엠은 문을 세게 두드렸고, 세 번째 두드렸을 때에야 비비는 문을 열었다. 그녀의 눈은 붉게 충혈되고 부어 있었다. 그녀는 문간에 모여 있는 군중을 훑어본 뒤, 메리엠을 껴안았다.

“저 이스탄불로 가요, 비비.”

“그래, 아가야,” 비비가 갈라지는 목소리로 대답했다. “알고 있어.”

“할머니도 오실 수 있으면… 그러니까, 나중에요.”

“그래, 어쩌면, 내 소중한 아가…”

그리고 나서 이상한 일이 일어났다. 비비가, 아무런 경고도 없이, 메리엠의 갈비뼈가 부러지는 듯한 느낌이 들 정도로 꽉 껴안고는 통곡을 터뜨린 것이었다.

통곡이 가라앉은 뒤에도 비비는 눈물을 흘렸다. "용서해 다오."

메리엠에게는 충격이었다. 그녀는 노파의 주름지고 뼈만 남은 손에 입을 맞췄다. "울지 마요. 비비." 그녀가 말했다. "저를 축복해 주세요. 할머니는 저한테 정말 많은 걸 해주셨어요."

"용서해 다오," 비비가 대답했다. "이 힘없는 노인네를 용서해 다오. 내가 애는 썼다만, 소용이 없었어."

그러더니 그녀는 돌아서서 문을 닫았다.

군중은 버스정류장까지 제말과 메리엠을 따라갔다. 메리엠의 어머니가 묻혀 있는 공동묘지 밖에 도저히 움직일 것 같지 않은 미니버스 세 대가 승객을 기다리고 서 있었다. "제말, 엄마 무덤에 들르게 해줘." 메리엠이 제말에게 사정했다.

제말은 잠시 망설였지만, 승객들을 둘러보고 또 미니버스가 이제 막 출발하려는 중이라는 걸 보고는 단호하게 말했다. "올라타."

버스 승객들은 메리엠은 쳐다보지도 않은 채 제말을 맞이했다. 엔진 소리를 시끄럽게 내며 차가 출발했고, 군중들은 손을 흔들었다. "여행 잘 다녀와." 누군가가 웃으면서 소리를 질렀다.

미니버스가 주도로로 접어들어 멀리 있는 언덕으로 향해 가기 시작했다. 메리엠은 기절할 것 같았다. 메리엠이 이런 차를 타 본 건 딱 한 번 있었다. 공중목욕탕에 가는 길이었는데, 가방과 미리 준비해놓은 음식 꾸러미를 가지고 탔다. 메리엠은 그때 멀미를 했는데, 지금도 마찬가지였다. 낡디 낡은 가방을 가슴에 꼭 껴안고, 메리엠은 몸을 공처럼 둥글게 만 뒤 이를 악물었다. 멀미는 언덕 꼭대기에 올라갈 때까지만 참으면 될 거라고 메리엠은 생각했다. 일단 거기에 도달하기만 하면 이스탄불이 보일 것이고, 여행은 끝날 것이었다.

자리에 웅크리고 앉아서, 메리엠은 늘 수수께끼로 여기던 문제를 생각하기 시작했다. 전에 이스탄불로 떠난 다른 여자아이들 말이다. 만약에 이스탄불이 고개 바로 너머에 있다면, 그 아이들은 왜 다니러 오지도 않은 걸까? 심지어 걸어서 가더라도 고개 너머에 오가는 건 그리 오래 걸리지 않을 것이었다. 메리엠은 자기는 그렇게 하지 않겠다고 결심했다. 문제가 잊히고 나면 가급적이면 빨리 걸어서 집에 돌아올 생각이었다. 마을이 멀리로 멀어지는 동안 메리엠은 이 결심에 기대어 위로를 받았고, 이제는 오직 꿈속에서만 보았던 놀라운 도시에 실제로 가게 됐다는 흥분에 휩싸이기 시작했다.

버스가 언덕 꼭대기에 접근하게 되면서 메리엠의 흥분은 최고조에 달했고, 메리엠은 눈을 감았다. 메리엠은, 꿈속에서 그랬듯이, 그 도시가 한 번에 눈앞에 펼쳐지는 걸 보고 싶었다.

메리엠이 눈을 떴을 때, 그녀의 얼굴에 떠 있던 꿈결 같은 미소는 순식간에 어리둥절함으로 바뀌었다. 버스가 언덕을 넘어섰지만 보여야 할 도시는 그 자리에 없었고, 넓디넓은 벌판만이 저 멀리 보라색으로 어른거리는 한 줄기 산맥을 향해 뻗어 있었다. 무언가가 심어져 있는 벌판에 농부들, 트랙터들, 그리고 마을들이 점점이 보였고, 그것들 사이로 좁은 길이 뱀처럼 굽이치고 있었다. 마주 오는 미니버스에서 반사된 햇빛이 수시로 메리엠의 눈에 번쩍거리는 빛을 비추었다. 메리엠은 혼란스러웠지만, 그들이 지금 어디에 있는지 제말에게 물어볼 용기는 없었다. 그녀의 어린 시절 친구는 이 낯설고 무서운, 나이 든 사내에게 그 자리를 내어준 채 어디론가 사라지고 없었다.

"내가 잘못 알았나?" 메리엠은 생각했다. "어쩌면 이스탄불은 실제로는 저 멀리에 있는 보라색 산맥 뒤켠에 있는 건지도 몰라."

너른 바다에 뜬 세일보트[36]

이 베네토[37] 세일보트는 이르판과 히다예트가 틴에이저 때 몰았던 수제보트와는 공통점이 하나도 없었다. 그들의 보트는 폐기처분 일보 직전인 이 미터 반짜리 노 젓는 보트를 기초로 삼아 몇 날 며칠을 매달려 돛대를 설치하고 자투리 천들을 이어붙인 면으로 된 돛을 매단 것이었다. 그 결과물은 배라기보다는 장난감처럼 보였지만, 그 두 사람은 항해에 관한 모든 것—키와 방향타[38]를 조종하는 법, 바람과 별, 바닷물의 움직임을 읽는 법—을 그 배를 통해서 배웠다.

두 사람은 마치 걷는 법을 처음 배울 때처럼 항해에 관한 모든 걸 스스로 터득했다. 한 번 익숙해지고 나면 절대로 잊어버리지 않았다.

이르판은 목에 느껴지는 감촉과 파도의 움직임, 해안의 식생

양상, 바닷새들, 그리고 공기 중의 냄새로 항상풍의 방향을 파악할 수 있었다. 이르판은 어린 시절에 얻은 지식의 안정감에 기대어 편안하게 항해했다. 베네토는 선실이 세 개 있는 커다란 배로 슬라이딩 킬[39]을 포함해 온갖 첨단기술이 적용되어 있어서 다루기가 수월했다. 아이발리크[40]에 있는 요트 대여업체에서는 이 유명한 고객에게 자신들이 가지고 있는 것 중 최고의 배를 제공하고자 했고, 이르판이 봄과 여름 내내 배를 쓰려 한다는 걸 알고는 무척 좋아했다.

조금 더 가까운 연안의 타운에 가서 빌릴 수도 있었겠지만, 이르판은 아이발리크를 택했다. 이르판은 오래전 히다예트가 배를 타고 나간 그곳에서 자신의 여행을 시작하고 싶었다.

배에는 출항 전에 손을 봐야 하는 것들이 몇 가지 있었다. 그 타운에서 밤을 보냈더라면 보급품도 좀 더 싣고 이런저런 것들을 미리 준비할 수 있었을 것이다. 그러나 이르판은 가능한 한 빨리 닻을 끌어올리겠다는 생각뿐이었다. 그날 밤 안으로 바다에 나가는 일에 목숨이라도 달린 것처럼 느껴졌기 때문에, 이르판은 단 하루도 출항을 늦을 수가 없었다.

그날 아침 어머니의 집에 있는 자신의 옛날 침대에서 눈을 떴을 때, 이르판은 그날 밤을 바다에 떠서 보내게 될 거라는 걸 알았다. 일어나는 즉시 이르판은 본능적으로 자기 슬리퍼를 찾았다. 그의 어머니가 가지고 있는 절대적인 규칙 중 하나가 맨발로 돌바닥 위에 내려서서는 안 된다는 것이었다. 세월이 지나면서 그의 어머니의 권위는 점점 축소되었지만, 이르판은 그녀가 자기에게 심어준 어떤 버릇들은 여전히 그에게 남아있다는 걸 알고 있었다.

이르판은 엔진에 시동을 걸고 닻을 감아올린 뒤, 항구를 떠났다. 녹색의 에게해에 하얀 파도 머리가 점점이 박혀 있었다. 멀리에 섬들이 솟아 있었다. 이르판은 엔진을 멈추고 돛을 펴서 배가 쾌적한 순풍을 타고 미끄러져 나가게 했다. 이따금씩 로프가 비벼지는 소리, 바람이 내는 휘파람 소리, 갈매기의 울음소리가 그가 들을 수 있는 소리의 전부였다. 이르판은 타운에서 들려오는 소음이 뒤에서 서서히 사라지는 동안, 바다의 의지에 자신을 내맡겼다.

보트 대여업체에서 일하는 젊은이들이 만사 제치고 그를 도와주기 위해 나섰지만, 이르판이 출항하기 직전에야 겨우 봉투 두 개 분량의 물품들을 그에게 전해줄 수 있었다. 이르판은 바다에 나가면 모든 문제를 스스로 해결할 수 있을 거라고 믿었다. 히다예트도 그렇게 생각했다. 두 사람의 작은 배는 수도 없이 뒤집어졌고 돛도 여러 번 찢어졌지만, 두 사람은 늘 위기에서 살아나왔고 함께하는 모험의 매 순간을 즐겼다.

이르판이 생각하기에, 바다에 대해 더 강한 감정을 느끼는 쪽은 대개의 경우에는 그리스인들이었다. 그들은 진짜 항해자들이었다. 터키인들이 아나톨리아 반도에 천여 년 동안 살기는 했지만, 그들은 여전히 초원지대 사람들이었고 절대로 능숙한 뱃사람이 되지는 못했다. 하지만 페르시아인들에게 쫓겨서 도망치던 크세노폰[41]의 병사들이 흑해에 도착해서 "탈라사, 탈라사[42]!"라고 외치던 정신만은 오늘날 에게해 연안에 살고 있는 터키인들에게 어떤 인상을 남겼음이 틀림없었다. 이 "탈라사"라는 외침은 "우리는 우리가 잘 아는 물에 도달했다. 이제 우리는 바다가 제공하는 안전에 도달했고, 여기에서 틀림없이 우리의 길을 찾게 될 것이다."라는 믿음을 표현하는 것이었다.

이르판 역시 스스로를 위로하는 그와 비슷한 믿음을 가지고 있었다. 인광, 소금, 물고기, 바람, 태양, 그리고 호머의 진한 와인의 바다에 둘러싸여, 이르판은 자신의 모든 문제를 해결할 수 있을 터였다. 온갖 분위기 속의 에게해를 보지 못한 사람은 왜 호머가 에게해를 "진한 와인의 바다"라고 불렀는지 이해 못할 것이다. 이르판은 이제 오후의 볕 속에서 와인 색깔로 빛나는 바로 그 바다를 전속력으로 질주하고 있었다. 이제 그는 도시와 문명에 대한 생각들과 그를 억압하던 모든 규칙들로부터 도망쳐 외딴섬에서 그날 밤을 보내겠다는 자신의 원래 계획을 추진해볼 수 있었다.

교수의 탈주에 영향을 끼치게 될 운명인 이 배는 이르판에게는 일종의 신화적 환상의 산물이라, 이 배의 돛은 신들의 왕인 제우스가 그 배를 탄 이들의 영혼을 구하기 위해 쿠클라데스[43]에서 보낸 바람으로 부풀어 있었다.

밤이 오면서 바람이 잦아들었고, 바다도 고요해졌다. 보라색과 갈색이 섞인 바닷물은 서서히 어두워졌고, 이 모든 아름다움을 마주하면서 이루 말할 수 없는 만족감에 차 있던 이르판은 자기가 밤을 보내려 하던 섬이 아직도 꽤 멀리에 있다는 사실을 깨달았다. “그럼 어때?” 그는 생각했다. 그날 밤은 배에서 보내면 될 일이었다.

수심 측정기로 재어본 바로는 용골로부터의 수심은 약 19야드였다. 닻이 바닥에 닿는 순간, 배는 아주 느슨하게 왈츠의 리듬을 타면서 제자리에서 돌기 시작했다. 이르판은 닻을 내리고 자신의 에게해에서의 첫날밤—혹은 다른 말로 하자면, 그의 새로운 삶의 첫날밤을 즐기기 시작했다.

이르판이 준비물품들이 들어 있는 가방을 열어 약간의 치즈와 빵, 토마토, 그리고 화이트 와인 한 병을 꺼냈을 때는 이미 상당히 어두워진 뒤였다. 이르판은 배의 뒷부분에 상당히 신경 써서 상을 차렸다. 이르판은 자기가 쓰지도 않을 거였지만, 와인잔까지 찾아냈다. 그는 고개를 젖히고 병째로 마시는 걸 더 좋아했다. 이르판과 히다예트는 싸구려 와인을 이런 식으로 몇 병씩이나 비웠고, 그 대가로 그다음 며칠을 침대에서 헤매곤 했다.

이르판은 이제 자유인이었고, 어느 누구의 규칙에도 얽매어 있지 않았다. 그는 인간 행동의 모든 관행을 폐기시켰고, 자신의 질적 전환을 위해 혼자 있는 걸 선택했다. 그는 누구나 꿈꾸지만 오직 소수만이 행할 용기가 있는 일을 해치우고 있다는 자부심을 느꼈고, 그는 그 배 위를 맴도는 갈매기들처럼 자유로운 존재였다. 에게해 한복판에서, 그는 혼자 병을 들어 아직 그 내용을 알 수 없는 모험으로 가득 찬 자신의 새로운 인생에 축배를 들었다.

교수는 마침내 자신의 인생을 변화시켰다. 그는 그 값비싼 안락의자와 침대 둘 중 하나에 쓰러져서 죽지 않을 것이었다. 구급차가 그를 싣고 그가 사는 동네를 달려 병원으로 향하는 일도 없을 것이었다. 그는 은행 계좌, 인증 시스템, 세금 보고서, 콜레스테롤 측정, 그리고 칼로리 수치 등으로 가득 찬 컴퓨터화된 인생으로부터 자유였다. 그는 그동안 사회적 규칙들에 맞춰주느라, 분별력 있게 지내느라, 또 그의 영혼 속에서 일어나는 태풍을 억누르느라 낭비해온 삶을 되찾을 수 있는 여유를 확보했다.

그는 아주 오래전, 이즈미르의 구 세관 건물에서 히다예트와 맥주를 마시다가, 히다예트가 그에게 고등학교를 졸업하고 나서 뭐 할 거냐고 물었던 일을 떠올렸다.

“물론 대학에 가야지.” 이르판이 대답했다. “시험에 붙었고,

전액 장학금도 받았고. 이스탄불로 갈 거야."

"그리고 그다음엔?"

"취직하고, 결혼하고, 돈 벌고—인생을 사는 거지!"

"넌 딱 너네 아버지처럼 되려고 하는 거야."

히다예트의 그 말은 이르판에게 상처가 됐다. 그 줄담배, 매일매일 그의 갈색 제복 안으로 조금씩 더 움츠러드는 그의 비쩍 마른 아버지는 그가 가장 닮고 싶지 않은 존재였다.

"아냐." 이르판이 반발했다. "난 돈과 명예와 권력을 가질 거야."

"네가 제일 잘 알겠지, 선장."

히다예트의 말투는 그들의 앞날이 갈릴 거라는 걸 보여주는 것이었다. "난 곧 떠날 거야." 히다예트가 말을 이었다. "내가 원하는 건 그냥 바다로 나가는 거야. 앞날에 무슨 일이 일어날지 전혀 모르는 채로."

히다예트는 조선소에서 일해서 번 돈을 모아뒀다가 버려진 폐선을 구했고, 다른 폐선들에서 구한 판재와 각재들을 이용해서 칠 미터짜리 세일보트로 개량했다. 그 배는 아름다웠고, 항해능력도 완벽했다.

이르판은 히다예트와 에게해, 그리고 자신이 최근에 내린 결정에 잔을 들었다. "나는 네가 간 길을 따라가고 있어, 내 친구—마침내, 삼십 년 만에."

어둠이 배를 감쌌다. 달이 없고 바람은 잔잔한 밤이었다. 하늘은 지난 몇 년 동안 본 어느 때보다 더 많은 별로 가득 차 있었다.

이르판은 아이젤, 이스탄불, 처남, 대학, 혹은 그가 진행하던 텔레비전 프로그램 따위가 생각나지 않도록 스스로를 차단했다. 자신의 과거와 대면하기 전에, 먼저 자기가 완전히 다른 사람이 됐다는 걸 느낄 필요가 있었다. 새로운 인간이 되는 과정을 먼저 겪어야 했다.

이르판이 와인 한 병을 다 비웠을 때에는 밤이 꽤 깊은 다음이었다. 이르판은 즐거운 노래를 부르고 싶은 기분이었지만, 그 대신 잎사귀처럼 몸을 떨기 시작했다. 때때로 그의 심장을 싸늘하게 만들던 것과 똑같은 얼음장 같은 바람이 거세게 후려쳤고, 그것에 전혀 대비하지 못하고 있던 이르판은 전혀 예상하지 못했던 공포의 파도에 사로잡혔다.

이르판은 자신의 행동을 의식하지도 못한 상태에서 돛대를 붙들고 울기 시작했다. 그 배는 낯설고 자기와 아무 관계도 없어 보였고, 시신을 넣는 관을 떠올리게 했다. 그 어두운 바다, 밤의 어둠에 둘러싸인 이미 캄캄해진 배 안에서, 죽음의 완전한 어둠이 이르판을 휘감았다. 이르판은 제정신을 잃고 있었다. 바다 한가운데 이 죽음의 덫 위에서 그가 무엇을 할 수 있었겠는가? 아무것도 뚫고 지나갈 수 없는 어둠의 한 가운데, 살려달라는 그의 외침을 들을 사람도, 그를 구하러 올 사람도 없었다.

"정신 차려, 이르판!" 그는 큰소리로 외쳤다. 자신의 고함소리가 어둠에 의해 묻혀버리는 걸 보면서 이르판은 공포에 질렸다. 이르판은 모든 조명을 다 껐다. 그것들은 어둠을 강조하는 역할을 할 뿐이었다. 이르판은 패닉에 사로잡혀 신경안정제를 찾아 급하게 손바닥에 털어내서는 두어 개를 삼켰고, 급하게 마신 물 때문에 사레가 들렸다.

"네가 이걸 원했잖아!" 이르판이 스스로에게 말했다. "이건 네가 계획했고, 하려고 했던 거잖아! 그런데 왜 무서워하는 거야?"

"모르겠어," 자기가 던진 질문에 자기가 대답하며 그가 말했다. "정말 모르겠어."

자문자답하는 게임은 몇 분 동안 지속되었는데, 이르판이 어둠에 대한 두려움을 잊게 해주는 효과가 있었다.

그는 이 게임을 조금 더 밀고 나갔다. 이르판은 자기 자신이 이 끝없는 논쟁을 수행하는 서로 다른 두 인격체로 분리되어 있다고 상상했다. 이르판의 준거점은 삶 그 자체보다는 책들에 뿌리를 두고 있었다. 그는 진짜 사람들보다는 소설 속의 캐릭터들에 더 많은 영향을 받았다.

"넌 비겁한 인간이야!" 첫 번째 목소리가 고함을 질렀다.

"아냐!" 두 번째 목소리가 대답했다. "내가 내 인생을 직시하기 위해서 모든 걸 다 내걸었고, 변화를 시작하려는 용기를 가진 이상, 날 비겁하다고 부를 수는 없어. 내가 한 일은 아무나 할 수 있는 게 아냐."

"네가 한 거라곤 도망친 것뿐이야. 너는 네 문제들을 해결하지 않은 채 놔두고 떠났어. 넌 이스탄불에 머물면서 그것들과 마주 서서 싸워야 했어."

"이스탄불에는 마주 서서 싸울 어떤 것도 없었어. 내 인생은 행복했어. 난 성공했고 부자였어. 내 안의 문제 말고는 아무것도 날 괴롭히는 게 없었다고."

"넌 거짓말을 하고 있어, 이르판 쿠루달."

"아냐!"

"넌 거짓말을 하고 있어. 넌 비겁한 거짓말쟁이야."

"아냐, 아냐, 아냐!"

"네가 거짓말을 하고 있다는 사실을 내가 입증하면 어떻게 할래? 네가 '행복했다'고 말한 이스탄불에서의 인생은 쓰레기였어. 너는 네 인생이 아무런 가치가 없다고 느꼈고, 그건 옳은 판단이었어. 너는 가치가 있는 어떤 것도 만들어낸 적이 없어. 넌 그저 네 앞에 오는 기회들을 붙잡았고, 사회가 제공하는 계단을 타고 올라간 거였어. 학자로서 넌 아무런 가치도 없어. 사람들이 존경심을 가지고 널 대한다 해도 그건 아무 상관 없어. 네가 들고 나온 새로운 아이디어가 뭐가 있어? 네가 주목할 만한 논문을 쓴 게 있어? 외국 학회에 나가면 항상 부끄럽고, 무식한 거 같고, 부박하다는 느낌을 받지 않았어? 그러지 말고 인정해."

"그래, 그래, 어떤 면에서는 그랬지."

"그게 왜냐면 네가 진짜가 아니라서 그런 거야. 넌 허수아비야. 무식하고, 비겁하고, 안절부절못하고, '교수'라는 타이틀 뒤에 숨어만 있지. 네가 하는 텔레비전 토크라는 것들도 그저 그런 것들의 아주 좋은 사례지."

"넌 이 논쟁을 학교 시험처럼 만들었어."

"그래, 그럼 다른 것들에 대해 얘기하지. 넌 좋은 선생이 못됐어. 그런데 좋은 남편이긴 했나?"

"아이젤은 행복했어—아주 행복했어."

"겉보기에야 그랬지. 하지만 그건 아이젤이 자기 문제들을 혼자서 감당했기 때문이야. 아이젤하고 섹스를 한 것도 그게 의무인 거 같으니까 그렇게 한 게 사실이잖아?"

"그건 거짓말이야!"

"넌 날 속이지 못해. 난 너의 분신이야. 네가 아이젤을 애무하는 걸 즐겨본 적이 단 한 번도 없다는 걸—한 번도 그 여자의 몸을 욕망해본 적이 없다는 걸 부인하려는 거야? 넌 젊었을 때도 아이젤한테 이끌렸던 적이 없어. 그 여자가 바람을 피운 게 그래서 그랬던 거 아냐?"

"이제 진짜로 거짓말을 하는군. 아이젤은 바람피운 적 없어.

네가 여태 얘기한 게 다 그런 것처럼, 이것도 네가 만들어낸 얘기야."

"기억해, 나는 너야. 나는 너의 은밀한 의심을 알고 있어. 아이젤이 마쉬카에 있는 아파트에서 주기적으로 셀림을 만난다는 걸 알고 있지 않았나?"

"아냐."

"의심만 했다고 해두지. 너는 사실은 아이젤이 그 건물에 들어서는 걸 본 어느 날, 모든 걸 다 알아챘어. 하지만 모르는 척 했지. 왜 그랬을까? 왜냐면 질투심이 없었거든. 너는 네 삶 속의 모든 사람을 아무렇게나 대했어. 제일 처음에 너는 히다예트를, 그리고는 네 부모를, 네 여동생을, 그리고 마침내 네 아내를 버렸어. 너는 마음이 좁고 이기적인 인간이야. 네 인생은 가짜야. 너는 네 자신이 될 정도로 용감하지 못했기 때문에 늘 다른 사람들의 기준에 맞춰 살아왔어. 네 대학 동료들은 너를 우습게 봤지. 왜냐면 다들 네가 가지고 있는 두려움을 눈치챘거든. 네 적들은 몇 배로 불어났어."

"이젠 내가 피해망상증이라고 몰아붙이는군."

"네가 피해망상증이 있다고 해서 적이 없다는 뜻은 아냐."

"난 네가 묘사하는 그런 사람이 아냐."

"들어봐, 교수님, 너는 네가 어떤 사람인지조차 몰라!"

"이제 내게 델피의 신탁이라도 내릴 셈인가?"

"정말로. 맞아. 나는 너한테 너 자신을 알라고 말하려는 참이야. 그러면 안 되나? 아니면, 위대한 수피[44] 신비주의 시인 루미[45]에 대해 생각해보는 건 어때?"

"내가 책처럼 말한다고 뭐라고 했던 사람이 누구지? 지금 그렇게 하고 있는 건 누구고?"

"나는 이 배에서 오딧세우스한테 말하는 아테나가 아니야. 잊어버렸어? 나는 너야. 네 버릇이 내 버릇이야. 난 너의 한계에서 벗어날 수 없어. 안 그래?"

"그런데 왜 날 이렇게 귀찮게 구는 건데?"

"나는 네가 얼마나 불행하고, 쪼잔하고, 아무 쓸모 없는 거짓말쟁이인지 보여주려는 거야."

"하지만 네가 나라면, 너 역시 이런 성격을 그대로 가지고 있을 텐데?"

"물론이지. 하지만 난 좀 더 현실적인 부분의 너야. 나는 세상을 있는 그대로 보고, 환상이나 거짓말로 나를 위로하지는 않으려는 사람이야."

"그렇게 해서 너한테 좋을 게 뭔데? 자기연민?"

"존재하는 걸 멈추는 느낌이 사람을 즐겁게 할 수 있다는 걸 모르나? 자기를 파괴하고, 남들이 자기를 멸시하게 하고, 그래서 자신의 위치가 가장 낮은 곳까지 추락하고, 인간이라는 존재가 갈 수 있는 가장 깊은 구덩이까지 떨어져 내리는 게 묘한 즐거움을 준단 말이지. 분별력 있는 사람이라면 누구나 얻고 싶어서 애쓰는 그 모든 가치를 부정하지 마."

"허무주의자 같은 소리를 하는군."

"허무주의를 과소평가하지 마. 너 자신의 소리를 충분히 오래 들어보면, 허무주의가 너한테 가장 가까운 철학이라는 걸 깨닫게 될 거야. 네 기질은 이 세계의 모든 것과 모든 신앙에 거리를 두고 있고, 이 나라를 공포에 떨게 하는 이데올로기들을 조롱하고, 사람들과 어울리는 걸 좋아하는 척하고 있는 동안에도 사실은 그 사람들을 비밀리에 경멸하는 거라는 점을 기억해. 그게 바로 네가 학창 시절에나, 그 후의 인생에서 어떤 그룹과도 가깝다고 느껴본 적이 없는 이유야. 하긴 네가 피한 그 그룹들도 너를 받아들일 생각은 없었겠지만. 너는 네가 독립적이고, 어디에도 결부되지 않은 지식인처럼 보이고 싶어 했지만, 너는 어떤 이데올로기도 네 그 이상한 꿈들만큼 심각하게 받아들이지 않았다는 걸 내가 알아. 나한테 딱 걸렸지. 인정하라고."

"내 꿈들?"

"그래, 네 꿈들—네 인생에서는 그게 가장 큰 현실성을 띠고 있지. 그 꿈들이 네가 진짜 인간으로서 너 자신이 되는 유일한 순간이야. 네 꿈들이 너라는 존재한테는 가장 진지한 순간이야."

"넌 과장하고 있어. 꿈은 인생에서 가장 진실한 순간이 아냐.

넌 내가 꿈을 가지고 있지 않다는 걸 너무나 잘 알고 있어."

"네가 인정하고 싶어 하지 않더라도, 넌 가지고 있어. 네가 섹스를 하는 동안에도 두르고 있는 그 갑옷이, 네 꿈속에서만은 조각조각 갈라져 버리지. 오로지 그때만 진실이 표면으로 올라오고, 너는 너 자신의 인격과 재결합하게 되지. 네가 어릴 때부터 네 꿈들 안에는 오직 한 가지 비전만 있었어. 아냐? 그게 유일하게 널 흥분시키는 거지. 그림자, 기이한 존재, 어쩌면 심지어 사람이 아닐 수도 있는…"

"그만!"

"네가 그걸 대면하고 싶어 하니까 이 주제를 지금 열어보자고. 그래야 네가 정직한 사람으로 새로운 인생을 시작해볼 수 있을 거 아냐."

"닥쳐! 난 말하고 싶지 않아."

"처음으로, 너 자신을 제대로 바라봐."

"그만해!"

"꿈속에서 뭘 보는 거야?"

"아무것도 안 봐!"

"누굴 보는 거야?"

"아무도 안 봐!"

"진짜?"

"진짜야! 진짜로, 나는, 빌어먹을! 나는 아무것도, 아무도 안 봐. 그만해! 입 닥쳐!”

교수가 정신을 다시 차렸을 때는, 그는 갑판의 티크 널빤지 위에 누워 있었다. 밤이슬이 그의 옷을 적셨고, 그 때문에 그의 근육들이 뻣뻣해졌다. 그의 앞에서 진홍빛의 새벽이 밝아오고 있었다. 배는 미동도 없는 물 위에 정지된 채 놓여 있었다. 에게해 연안에서만 볼 수 있는 육지로부터 바다로 불어오는 바람은 육지의 온도가 올라가는 오후에나 불어오게 될 것이었다.

이르판은 밤 동안의 ‘위기’를 와인과 여러 가지 신경안정제를 섞어 먹은 것의 결과로 치부했다. 정신이 완전히 혼란스러웠던 모양이었다. 지금 새파랗게 빛나는 하늘 아래서 보니, 간밤에 지나간 것들은 모두 현실과 거리가 먼 이상한 일들 같았다. 다행히도, 누구도 그 장면을 목격하지 않았다. 감상적인 성격, 과잉반응, 문학적인 열정, 술, 그리고 약물복용—이 모든 것들이 합쳐져서 밤의 그 난리법석을 초래했다.

이르판은 머리가 아팠다. 수영을 하면 두통도 사라지고 복잡한 생각도 사라질 것 같았다. 한해 중 이맘때의 물은 차갑겠지만, 그는 개의치 않았다. 이르판은 옷을 훌훌 벗어던지고는 짠물 속으로 뛰어들었다. 물은 너무나 차가워서 처음에는 순간적으로 숨이 멎을 것 같았지만, 이르판은 곧 그 차가움에 적응했다. 수영을 하면 할수록 점점 더 기운이 나고 각성되는 게 느껴졌다. 러시아 소설에 대한 생각들로 시작되었던 밤은 그 소설들 중 하나처럼 끝났다. 대부분의 러시아 소설들에서는 직급에 관계없이, 어떤 공무원 하나가 어느 날 끔찍한 두통을 느끼면서 잠에서 깨어나게 된다. 그리고는 간밤에 보드카에 취한 상태에서 저질렀던 혐오스럽고 우스꽝스러운 짓들을 떠올리면서, 그 인물은 입술을 꽉 깨물고 다시는 술을 한 방울도 마시지 않겠노라고 맹세하는 것이다.

그 인물의 맹세는 그날 저녁까지만 효력을 발휘할 것이었다.

검은 기차

메리엠은 살던 마을 근처에 있는 언덕 너머에서 이스탄불이 보이지 않자 실망했지만, 먼 거리에 줄지어 서 있는 보랏빛 산맥을 봤을 때 새로운 희망을 가지게 됐다. 하지만 그 산맥 너머에는 끝없는 평원이 더 펼쳐져 있을 뿐이었다. 메리엠은 줄지어 서 있는 다음 언덕들을 넘어서면 이스탄불이 나오겠지 하는 생각으로 스스로를 위로하려 했다. 그때 메리엠은 혹시 자기가 잘못 생각한 건 아닌지, 이스탄불은 사실은 생각과 완전히 다른 곳은 아닌지, 하는 의심이 들었다.

미니버스가 먼지 이는 길에서 덜컹거리고 휘청거리면서 달려나가는 동안, 고향을 떠나는 고통은 새로운 풍경을 보게 되는 흥분으로 바뀌었다. 메리엠은 새로운 환경에 빨리 적응하는 능력이 있었다.

그러나 한편으로 제말의 존재는 메리엠을 불편하게 만들었다. 메리엠은 제말에게 어떤 방식으로 접근해야 할지, 혹은 그에게 어떤 태도를 취해야 할지 알 수가 없었다. 어린 시절 늘 같이 지내던 식구이자 놀이 친구였던 소년은 어디론가 사라지고, 그 자리에는 그 큰 덩치를 미니버스의 좁은 자리에 이상하게 구겨 넣은 채 앉은 자리에서 잠만 자고 있는 말이 없는 사내, 완전히 다른 사람이 들어앉아 있었다. 메리엠은 곁눈으로 제말의 검게 탄 얼굴과 무릎 위에 겹쳐 놓은 거친 손을 보았다. 일말의 부드러움이라도 보여주는 게 그중 하나도 없었다. 청바지에 방한용 파카를 걸친 옷차림이며 볕에 타지 않고 주름만 수도 없이 잡힌 목에서 튀어나온 후골, 수염을 깎지 않은 강인하게 생긴 얼굴과 험악한 표정을 강조해주는 짧은 머리는 보기만 해도 무서웠다.

메리엠은 자기 모습을 살펴봤다. 얼마나 끔찍한 몰골인지. 헛간에서 몇 주나 입고 지낸 더럽고 누더기 같은 옷들—색 바랜 푸른색 꽃이 인쇄되어 있는 펑퍼짐한 면 원피스와 그 밑에 받쳐 입은 샬바라는 이름의 헐렁한 전통 바지, 그리고 되네가 준 낡은 녹색 스웨터 따위—을 입고 있는 자신이 비참하게 느껴졌다. 집 밖으로 나설 때는 늘 그래왔듯이, 머리는 스카프로 가려져 있었다. 메리엠이 신고 있는 플라스틱 소재의 신발은 진흙으로 떡이 되어 있었다.

메리엠은 자신의 어린 시절이 왜 이렇게 빨리, 자기를 우울하고 황량한 상태로 내팽개쳐두고 지나버렸는지, 이해할 수가 없었다. 영영 자라지 않은 채 다른 아이들과 놀고 마을 사람들과도 편안하게 어울리면서 지낼 수 있었으면 얼마나 좋을까 싶었다. 사춘기에 접어들어 어색한 장소에 털이 나고 가슴이 두드러지기 시작하면서, 어린 시절의 마법이 다 깨졌다. 만약에 메리엠이 이렇게 말했다면 어땠을까? "제발, 우리가 방앗간 주인네 정원에서 놀다가 그 집 암탉들 본 거 기억나? 누가 먼저 시작했는지는 기억 안 나는데, 우리 둘 다 그 닭들이 비행기라고 생각하면서 하늘 높이까지 던지기 시작했잖아. 걔들이 날개를 퍼덕거리고 꼬꼬댁거리면서 땅으로 떨어지는 거 보면서 엄청나게 웃어댔지. 걔들이 진짜 비행기들처럼 난다고 생각했잖아. 난 아직도 그 냄새가 기억나. 우리 주변에 떨어지면서 우리 옷에 달라붙던 깃털들도. 그 불쌍한 애들이 다칠 수도 있다는 건 생각 못했지. 그때 누군가가, 그게 누구였는지는 모르겠는데, 우리가 하는 짓을 보고 소리를 질렀지. 그러자 방앗간 주인네 아줌마가 집에서 뛰쳐나와서는 자기네 암탉들이 바닥에서 다리가 부러진 채 깃을 치는 걸 보고는 소리를 질렀어. 우리가 시냇물가를 따라서 도망치던 거 기억나지? 그것 때문에 큰엄마가 우리 둘 다 벌을 줬지만, 결국엔—늘 그랬던 것처럼—오빠는 용서받았고, 나만 헛간에 갇혔지. 나는 그 구덩이에 얼마나 자주 갇혔는지 몰라! 나는 내가 하는 모든 것에 대해 야단을 맞았어. 크게 웃지 마라, 메리엠. 헤실 거리고 다니지 마라, 메리엠. 넌 이제 다 큰 여자야, 메리엠. 사내애들하고 놀지 말아!"

수염을 기른 마을의 지도자, 큰아버지의 명령에 의해 메리엠의 가족은 메리엠이 일학년을 마치고 난 뒤 학교에 보내지 않았다. 큰아버지는 여자애가 사내애들 옆에 앉는 게 비도덕적이라고 선언했다.

메리엠은 미니버스의 창문을 통해 세계가 흘러가는 걸 지켜봤다. 미니버스는 도로의 표지판들을 너무 빨리 훑으며 지나가서 메리엠은 거리에 붙어 있는 표지판의 첫 글자들만을 볼 수 있었다. 하지만, 메리엠이 본 바로는 어떤 표지판도 "이스"로 시작하지 않은 걸 보니 아직 이스탄불은 나타나지 않고 있었다.

메리엠의 큰엄마는 메리엠을 돌보는 게 얼마나 어려운 일이었는지 종종 생색을 내곤 했다. "너 키우는 게 얼마나 힘들었는지 아니." 큰엄마는 그렇게 말하곤 했다. "내가 네 기저귀를 얼마나 많이 빨았는지 아니! 네 똥이 아직도 내 손톱 밑에 끼어 있다." 큰엄마는 메리엠에게 문을 열어주지 않은 바로 그 사람이었다. 이 인정사정없는 여자는 자기 방에 들어앉은 채 그 불쌍한 여자애가 집을 떠나기를 기다리고 있었다. 메리엠은 왜 자기가 집 밖으로 내쳐졌는지 아직도 이해할 수가 없었다. 큰엄마나 제말이나 그 이유를 물어볼 만한 분위기를 만들어 주지 않았다.

제말이나 큰엄마나 비슷해, 메리엠은 생각했다. 제말은 말을 거의 하지 않았을 뿐만 아니라, 메리엠을 제대로 쳐다보지도 않았다.

메리엠은 눈을 뜨고 있는 게 점점 힘들어졌다. 메리엠은 몇 번을 졸다가, 머리가 앞으로 쏠릴 때 놀라서 깨어났다. 그러고는 자기도 모르는 새에 깊은 잠에 빠졌다.

한참 뒤에 메리엠이 깨어났을 때는 어두워진 뒤였다. 들판과 언덕들 대신에 집들과 사람들, 자동차들이 그 자리를 차지하고 있었다. 그리고 그 집들, 사람들, 자동차들은 얼마나 많았는지.

"마침내 이스탄불에 왔군." 메리엠은 생각했다. "듣던 것처럼 놀랍구나!"

메리엠은 제말을 흘낏 쳐다봤다. 제말도 깨어 창밖을 내다보고 있었다. 차들의 흐름이 느려졌고, 미니버스는 여러 번 멈춰서야 했다. 사람들은 거리 양쪽에 늘어선 불이 훤하게 밝혀진 상점들을 급하게 들락거리고 있었다.

미니버스는 사람들과 차들로 붐비고 있는 장소에 도착했고, 운전기사는 엔진을 껐다. 모든 승객들이 가방을 들고 내렸다. 메리엠의 머리가 핑핑 돌기 시작했다.

제말은 메리엠에게 자기를 따라오라고 했다. 두 사람은 버스에서 내려 불을 밝힌 건물들이 늘어선 곳으로 향했다. 제말은 그중 한 건물 앞에 멈춰 섰다. 여자들과 남자들이 각각 반대편

문 앞에 줄을 서 있었다. 제말은 메리엠에게 여자들이 서 있는 쪽에 가서 서라고 몸짓으로 가리켰다.

마침내 실내에 들어섰을 때, 메리엠은 독한 소변 냄새에 압도되었다. 메리엠은 한쪽 구석에 있는 더러운 거울을 통해 유령 같은 자기 얼굴을 봤다. 메리엠은 희미한 조명 아래서 더 나이가 들어 보였지만, 녹색 눈은 그대로였다. 어떤 여자가 메리엠을 밀치고 지나가더니 세면대 앞에 서서 손을 씻었다. 메리엠은 여자가 볼일을 마치길 기다렸다가 물었다. "여기가 이스탄불인가요?"

여자는 메리엠을 쳐다보더니 웃음을 터뜨렸다. "아니란다, 얘야. 이스탄불은 여기에서 이틀을 더 가야 돼."

메리엠은 혼란스러웠다. 화장실 밖으로 나오자 제말이 기다리고 있는 게 보였다. 제말은 메리엠에게 자기를 따라오라고 했다.

거리는 상인으로 붐비고 있었다. 어떤 이들은 유리 뚜껑으로 덮은 수레에서 병아리콩을 섞은 밥을 팔고 있었고, 어떤 이들은 삶은 옥수수나 미트볼을 팔고 있었다. 여러 가지 음식 냄새를 맡자 메리엠은 갑자기 허기가 밀려왔다. 제말은 알전구를 하나 밝혀놓은 작은 손수레를 가지고 있는 노점으로 메리엠을 데리고 갔다. 제말은 미트볼과 토마토 썬 것, 그리고 볶은 양파가 들어 있는 샌드위치를 두 개 사서 그중 하나를 메리엠에게 건네줬다. 두 사람은 구석진 곳으로 가서 허겁지겁 샌드위치를 먹었다. 샌드위치는 믿을 수 없을 정도로 맛있었다. 마치 맞추기라도 한 것처럼, 기도의 부름이 도시 안의 모든 모스크에서 한순간 일제히 울려 퍼지기 시작했다.

"여기 정말 멋지다" 메리엠은 생각했다. 그러니 이스탄불은 어떨지 상상도 할 수 없었다. 메리엠은 큰엄마와 마을에서 떠나올 때의 그 이상하고 창피하던 일도 벌써 잊어버렸다. 설명하기 어려운 기쁨이 메리엠을 감쌌다. 몇 주 동안이나 헛간에 갇힌 채 지내다가, 그리고, 실제로 밧줄을 목에 걸어보기까지 하고 나서야, 인생이 마침내 즐거운 휴가처럼 여겨지기 시작했다. 제말의 무례한 행동조차 메리엠의 행복감을 망치지 못했다. 메리엠은 군소리 없이 제말을 따라 버스 터미널을 벗어났고, 두 사람은 한참 동안 거리를 걸어갔다. 모든 것이 자기 걸음으로 몇 분 거리 안에 있는 것에 익숙해져 있던 메리엠으로서는 그 길이 끝이 없는 것 같았다. 하지만 그 기나긴 행진의 끝에는 깜짝 놀랄만한 일이 메리엠을 기다리고 있었다. 태어나서 처음으로 기차역에 들어선 것이었다. 그 소음과 바쁘게 서둘러서 이리저리 움직이는 사람들, 그리고 기차가 뿜어내는 연기에서 나는 고약한 냄새마저 메리엠을 사로잡았다. 태어나서 처음으로, 메리엠은 말로만 듣던 것들을 목격하고 있었다. 메리엠은 옛날에 그러던 것처럼 마구 웃으면서 "제말, 만세야!" 하고 외치고 싶었다.

메리엠은 자기를 헛간에서 구해내고 천국의 문 앞까지 데리고 와 준 제말에게 너무나 큰 고마움을 느꼈다.

어느 순간엔가는 헌병들이 제말을 세우고는 무뚝뚝한 태도로 질문을 던졌는데, 제말이 그 질문을 듣고는 주머니에서 어떤 서류를 꺼내서 그들에게 보여줬다. 헌병들은 그 서류를 차근차근 들여다보더니 미소를 지으면서 물러났다.

메리엠은 자기 주변의 여자들이 다양한 스타일로 옷을 입고 있다는 걸 눈치챘다. 자기처럼 시골 사람들이 입는 펑퍼짐한 바지를 입은 사람들도 몇몇 있었지만, 다른 사람들은 도시에 사는 공무원 부인들한테나 어울릴 것 같은 드레스를 입고 있었다. 그 대조는 충격적이었다. 어떤 여자들은 머리를 가렸지만 다른 사람들은 어깨 위까지 자유롭게 흘러내리게 내버려 두었다. 메리엠은 이런저런 다양한 모습들을 보고 사람들이 다른 사람들에게 대하는 행동을 살피면서, 그런 것 하나하나가 무얼 의미하는지 이해하려 애쓰는 일에 완전히 몰두했다.

제말은 메리엠을 사람들로 붐비는 개찰구로 데리고 가서 수백 명의 사람들과 함께 기차에 올라탔다. 기차는 복도까지 붐볐지만, 제말과 메리엠은 빈자리 두 개를 찾을 수 있었다. 메리엠에게는 그게 자기만의 '방'처럼 느껴졌다. 메리엠이 창가에 앉고 제말은 그 옆자리에 앉았다. 맞은편에는 스카프를 두른 나이 든 여인과 맨머리를 드러낸 여자애가 앉아 있었다. 이 두 여자

옆자리에는 회색 수염을 기르고 끊임없이 기침을 하는 노인이 있었다. 제말의 옆자리에는 아마도 신혼인 듯한 젊은 커플이 자리를 잡았다. 여자는 머리를 내놓고, 짧은 치마를 입고 있었다. 여자의 맨다리가 다 드러나 있었다.

메리엠은 이런 모습들 하나하나를 다 마음속에 새겨 넣으면서, 전혀 예기치 않았던 이 모험에서 많은 걸 얻어내는 것 같아 무척 즐거웠다. 메리엠은 그 젊은 부부가 손을 잡고 있는 모습과 두 사람이 끼고 있는 굵은 결혼반지를 눈여겨봤다. 메리엠은 부모 사이에 얌전하게 앉아 있는 맞은편의 젊은 여자도 지켜봤다. 그런데 그 젊은 여자는 바깥 플랫폼에 있는 어떤 젊은 사내와 비밀스러운 신호를 주고받고 있었다. 여자의 엄마는 우울해 보이는 시선을 정면에 고정한 채 그 두 사람이 주고받는 말 없는 대화를 전혀 눈치도 채지 못하고 있었다. 젊은 사내는 객차 앞을 앞뒤로 왔다 갔다 하면서 은밀하게 여자에게 시선을 보냈고, 여자는 이따금씩 고개를 들어 사내와 시선을 마주치면서 침묵 속의 작별 인사를 나눴다. 메리엠은 즐거웠다. 기차에 올라탄 지 채 몇 분이 되지 않았는데도 메리엠은 이런 식의 여행을 몇 년이나 해와서 이미 익숙해진 것처럼 편안했다.

메리엠은 남자와 여자 사이에서 오가는 것들을 관찰하는 걸 늘 즐겼고, 그에 대해 이야기한다는 이유로 야단을 맞은 것도 여러 번이었다. 메리엠은 마을 보건소에서 작은 풍선들을 보고 웃었다는 이유로 꾸지람을 들었던 일이 떠올랐다. 공공보건진료 기간이었고, 간호사가 마을 여자들에게 피임 방법을 가르쳐주면서 콘돔을 보여주던 참이었다. 사람들은 재미 삼아 그것들 몇 개에 바람을 불어넣었는데, 색색의 작은 풍선들이 바닥에 굴러다니는 게 너무 좋아 그것들을 쫓아 뛰어다니다가 메리엠은 큰엄마한테 목덜미를 얻어맞고야 말았더랬다.

나중에 오후 낮잠 시간이 되어 집안 여자들이 모여 앉았을 때, 그들은 그 풍선들에 대해 이런저런 농담을 주고받았다. 그들을 제일 많이 웃게 했던 건 콘돔을 구하러 보건소에 온 어떤 촌 남자에 대한 이야기였다. 그걸 뭐라고 불러야 하는지 잘 몰랐던 사내는 간호사에게 이렇게 말했다. "그거 있잖소, 그거... 좋은 풍선!" 여자들은 즉각 소녀들처럼 일제히 키득거리기 시작했다.

큰엄마는 그러면서도 같은 물건을 가지고 논 자기는 야단을 치고…라고 메리엠은 생각했다. 내게는 열어주지 않는 문 뒤에서 얼마든지 가십을 주고받으며 즐기라지. 메리엠은 더 이상 개의치 않기로 했다. 되네와 그녀의 뱀 같은 눈에 대해서도 다시는 생각하지 않을 것이었다. 고향마을을 그날 아침이 아니라 한 달쯤 전에 떠나온 것만 같았다.

갑자기 기차가 앞으로 나아갔고, 메리엠의 가슴이 뛰기 시작했다. 마주 보고 있는 좌석 사이에 있는 작은 탁자에 놓인 물병이 넘어지려고 했지만, 메리엠이 얼른 몸을 앞으로 기울여 붙잡았다. 앞자리의 나이 든 여인이 메리엠에게 따뜻한 미소를 지어 보였고, 기차가 움직이면서 내는 엔진 소리와 바퀴가 덜컹거리는 소리, 경적이 울리는 소리는 메리엠에게 어린 시절 부르는 노래를 떠올리게 했다. 메리엠은 그 오랜 멜로디를 콧노래로 부르기 시작했다. "검은 기차가 오지 않았으면 좋겠어, 검은 기차가 경적을 울리지 않았으면 좋겠어."

제말이 미소도 짓고 예전에 하던 것처럼 행동했더라면. 하지만 메리엠은 이 여행 기간 동안 모든 것이 제대로 되어 두 사람이 다시 어린 시절처럼 지내게 될 수도 있다는 희망을 아주 버리지는 않았다. 불쌍한 제말. 군대가 그를 노인으로 만들어 버렸다.

* * *

"어디 가는 길이에요?" 메리엠의 맞은편에 앉은 나이 든 여인이 물었다. 기차는 물론 여러 정거장에서 멈추게 되어 있었다.

"이스탄불이요." 메리엠이 자랑스럽게 대답했다. "이스탄불에 가요."

메리엠이 제말을 흘낏 쳐다봤다. 너무 말을 많이 한 건가 싶었다.

"이 젊은이는 군인인가요?" 나이 든 여인이 물었다.

"금방 복무를 마치고 나왔어요." 메리엠이 대답했다.

"아가씨 약혼자예요?"

"아뇨." 메리엠이 키득거렸다. "제 사촌이에요."

메리엠은 마을을 떠난 이후로 그녀를 둘러싸고 있던 침묵의 벽을 깨뜨려준 그 나이 든 여인에게 고마움을 느꼈다. 어쩌면 제말도 자기에게 말을 하고 싶게 만들어줄지도 모르는 일이었다. "어디에서 내리세요?" 메리엠이 마치 이스탄불까지 가는 길에 있는 모든 기차역을 알고 있기라도 한 듯이 물었다.

"앙카라에서요." 여인이 대답했다. "여긴 내 딸 세헤쉬예요. 이 애의 오빠를 만나러 가는 길인데… 시간에 대서 갈 수 있다면요…"

그 나이 든 여인의 눈에는 눈물이 고였고, 여인은 고개를 떨궜다.

메리엠은 여인의 고통을 느끼면서, 창밖으로 시선을 돌렸다. 유리창은 객실 안에서 벌어지고 있는 모든 일을 반사해서 보여주고 있었다. 메리엠은 거울에서 자기 자신과 다른 승객들을 보았다. 신혼부부는 마치 잠이라도 들어 있는 것처럼 서로에게 가까이 기대어 있었고, 나이 든 여인이 소리 없이 눈물을 흘리고 눈가를 훔치는 동안 노인은 담배를 피우고 있었다. 세헤쉬는 자기만의 생각에 빠져 있었다. 제말은 마치 동상처럼 미동도 없이 침묵을 지키고 있었다. "맞아" 메리엠은 생각했다. "제말은 사람이 아니라 그냥 돌덩이야."

노아의 방주

타카-탁-타카-탁-타카-탁!

기관총이 실탄을 퍼붓고 있었는데, 제말이 생각하기에 소리가, 특히 멈추지 않고 계속되고 있는 점이 이상했다. 소리가 너무나 규칙적으로, 마치 기차 바퀴가 굴러가는 것처럼 쉼 없이 계속되고 있었다. 제말은 자신의 벙크베드에서 일어나 앉아, 자신의 전우들이 모두 죽어 누워 있는 걸 봤다. 그들은 으깨어진 얼굴에서 흘러나온 피로 물든 흰색 천에 덮여 있었다. 기관총은 여전히 같은 리듬으로 쏘아대고 있었다. 지금 여기서 뛰쳐나가지 않으면 나도 죽을 거야, 제말은 스스로에게 말했다.

제말은 자기 벙크베드에서 미끄러져 내려와 문을 향해 기어갔다. 문을 통과해서 나가려는 찰나, 제말은 문밖이 물이라는 걸 깨달았다. 물은 문보다도 높았고, 심지어 건물보다도 높았다.

어떻게 실내로 쏟아져 들어오지 않고 투명한 푸른색 커튼처럼 그 자리에 머물러 있을 수 있었을까?

기관총은 여전히 실탄을 쏟아내고 있었다.

제말은 자기가 탈출할 유일한 길은 물로 뛰어드는 것뿐이라는 사실을 깨달았다. 놀랍게도, 물은 차갑지 않고 따뜻했고, 심지어 그가 매년 여름에 수영하던 호수의 물보다도 더 따뜻했다. 제말은 빛을 향해 물 위로 헤엄쳐 올라갔다. 수면에 이르렀을 때, 제말은 머리를 물 위로 내놓고 간신히 숨을 들이마셨다. 그곳에는 군 초소가 있는 것 같지 않았고, 산이나 계곡 역시 없었다. 모든 곳이 다 물에 잠겼고, 제말은 하해와 같은 물 위에 떠 있었다.

갑자기 제말은 어떤 소리를 들었다. 검고 큰 눈을 가진 사내아이 하나가 작은 배에 탄 채 그를 향해 노를 저어 다가왔다. "이리 와요, 아니면 곧 물에 빠질 거예요." 그 아이가 소리 질렀다.

제말은 그 자그마한 양치기 소년을 알아보았다. "너 죽은 줄 알았는데!" 제말이 소리쳤다.

사내아이가 웃음을 터뜨렸다.

"네 머리가 G3 탄의 압력으로 터져버리는 걸 내가 봤단 말이다." 제말이 말을 이었다.

"머리는 아직 제자리에 있는데요." 사내아이가 대답했다.

"올라타요."

"무슨 일이 벌어진 거지?" 제말이 배 위로 몸을 끌어올리며 물었다.

"홍수예요." 사내아이가 대답했다. "그리고 이건 노아의 방주고요."

"우리 어디로 가는 거지?"

"쿠디 산에요… 노아한테."

그 사내아이의 모습이 서서히 메모의 모습으로 변화해갈 때 제말은 잠에서 깨어났다.

바로 그때 승무원이 객실에 들어와 모두의 승차권을 확인하기 시작했다. 제말이 기관총이라고 생각했던 그 단조로운 소리는 기차가 레일 위를 달리면서 내는 소리였다.

제말은 버스가 훨씬 더 빠르고 편안했을 거라고 생각하면서 주머니에서 자기 표를 꺼냈다. 하지만 버스는 너무 비쌀 것이었다. 제말의 아버지는 부분적으로는 가난 때문에, 부분적으로는 마을 밖 외부세계에 대한 무지 때문에, 이스탄불까지 가는 긴 여행을 간신히 감당할 정도의 돈만을 주었다. 그 돈은 두 사람의 버스표를 사기에는 충분치 않았고, 기차는 버스보다 훨씬 쌌다.

* * *

제말의 맞은편에는 머리색이 검은 젊은 여자가 그녀의 부모처럼 보이는 이들과 함께 앉아 있었다. 그의 옆에 앉은 사내는 아내임에 분명한 여자를 끌어안고 있었다. 제말은 고개를 돌려 메리엠을 봤다. 메리엠은 똑바로 앉은 채 조용히 창밖을 내다보고 있었다.

"애를 어떻게 하지?" 제말은 여행을 시작할 때부터 군대 생활을 생각하면서 마음속에서 밀어내려고 했던 문제들로 돌아가 그 질문을 다시 꺼내 들었다.

제말로서는 아버지의 생각에 반대하고 가족의 뜻을 거역할 수는 없었다. 메리엠의 어린 시절을 생각해 보면, 그 애를 죽이는 건 물리적으로는 전혀 어려울 일이 아니었다. 하지만 외딴곳에 있는 포플라 숲에서 에미네와 만나 이야기를 나누고 나서부터는 여러 가지 회의가 그의 마음속에서 일어나기 시작했다.

"너한테 주어진 임무가 뭔지는 마을 전체가 다 알고 있어." 그녀가 말했다. "그 불쌍한 애는 전에 다른 애들이 그랬던 것처럼 이스탄불로 보내지겠지. 그런 일이 지금 시대에도 여전히 일어날 수 있는 거야? 너네 가족은 미쳤어. 최소한 그 여자애를 죽이지는 말아! 그 불쌍한 애가 도대체 무슨 짓을 했니?" 그러고 나서는 보다 분명하게 핵심을 찔렀다. "난 네가 군대에서 돌아오기를 이 년 동안 기다렸어. 하지만 감옥에서 나올 때까지 기다리지는 않을 거야."

제말은 아버지한테 에미네와 결혼하고 싶다고 말할 용기가 없었다. 제말은 에미네를 깊이 사랑하고 있었는데, 에미네의 이 말은 그에게 엄청난 타격이었다. 제말은 자기가 감옥에 가게 되면 자기 자리를 차지하려들 이들이 얼마든지 있다는 걸 알고 있었다. 에미네가 청혼을 거절한 이들이 이미 여럿 있었고, 에미네는 지금 더 이상 자기를 기다리지 않겠노라고 말하고 있었다.

"다른 사람더러 하라 그래." 에미네가 말했다.

"집안에 그럴 수 있는 다른 사람이 없어."

"그럼 그냥 살려줘."

이걸 어떻게 그의 아버지에게 설명할 수 있겠는가. 아버지 앞에서는 감히 입을 떼는 것도 어려운데? 지난 몇 년 동안 제말이 할 수 있었던 거라고는 비밀리에 에미네를 만나서 이야기를 나누면서, 손도 잡아볼 수 없다는 절망감 때문에 고통받는 게 다였다. 제말은 집에서 벌어질 일이 두려웠다. 제말의 희망사항은, 아버지가 원하는 일을 해치우고 나면 에미네에 대해 말할 기회가 생길지도 모른다는 것이었다. 제말은 군대 생활을 하는 동안 에미네에 대해 자주 생각해왔지만, 그건 천진한 신부에 대해 생각하는 것과는 전혀 다른 맥락에서였다. 에미네는 장차 아내가 될 여자였다. 천진한 신부는 달랐다. 한 번 얼굴도 본 적이 없는 존재지만, 제말은 천진한 신부에 대해 생각할 때마다 몽정을 하곤 했다.

제말이 메리엠에 대해 잊어버리려고 아무리 애를 써도, 메리엠은 실재하는 존재로 자기 옆자리에 앉아 있었다. 그 대가가 무엇이 되든, 제말은 자신에게 주어진 임무를 완수해야 했다. 에미네의 말이 옳긴 하지만, 이 일은 이미 제말이 판단할 수 있는 영역 밖에 있었다. 제말로서는 아무런 선택의 여지가 없었다.

어쩌면 그날 밤에 모두들 잠이 들어 있을 때 메리엠을 객차의 끝으로 데리고 가 목을 조른 뒤 아무도 돌보지 않는 들판에 던져버릴 수 있을 것이었다. 불과 이 분이면 기차는 그 자리를 떠날 것이었다. 다음날이면 아마도 누군가가 그녀를 발견하게 되겠지만, 무얼 증명해낼 수 있을 것인가? 어쩌면 다리를 건너는 동안 기차에서 밀어버리는 게 나을지도 모를 것이었다. 협곡의 저 아래에서 시신을 발견할 수도 있겠지만, 펑퍼짐한 바지를 입고 죽은 여자애를 누가 신경이나 쓰겠는가?

제말은 군대에 있는 동안 죽음이란 것에 익숙해진 터였다. 사실, 죽음 없는 삶이라는 게 이상하게 여겨질 정도였다. 제말은 훈련기간 동안에 부대장이 했던 말을 잊은 적이 없었다. "터키를 위해 죽은 수없이 많은 순교자들이 피를 통해 이루어진 이 나라를 분열시키고 파괴하려는 배신자들을 처벌할 사람들은 바로 여러분들이다. 공화국과 민족의 하나 됨을 수호하는 것은 여러분의 명예로운 임무다. 자신의 조국을 위해 죽는 사람은 누가 됐든 천국으로 바로 직행이다. 테러리스트들은 눈에 보이는 대로 죽여라. 기억해라. 그놈들은 너희들의 친구를 죽이는 놈들이다."

그러고 나서 부대장은 쿠르드어라는 언어는 존재하지 않고, 스스로를 쿠르드족이라고 하는 자들은 실제로는 산악지대에 정착한 터키인들일 뿐이라고 말했다. 다른 터키인들과 마찬가지로 중앙아시아에서 아나톨리아로 이주해온 사람들이라는 것이었다.

쿠르드인들이 다른 언어를 말한다는 걸 알고 있었던 제말로서는 이 말이 무슨 뜻인지 이해하기 어려웠다. 제말 본인이 그들의 언어를 조금 말할 수 있었다. 쿠르드족 지역에 사는 개들도 터키어는 몰라도 쿠르드어는 알아들었고, 병사들이 터키어로 무어라고 하면 덤벼들곤 했다.

제말은 자리에서 일어나 객실을 나선 뒤, 복도 끝에 있는 문을 조사하러 가는 길에 화장실에 들렀다. 앓고 있는 여자가 바닥에 신문을 깔고 누워 있었다. 한 사내와 아이 둘이 신음을 흘리고 있는 그 여자를 쳐다보고 있었다.

제말이 객실에 돌아왔을 때는 난리법석이 벌어지고 있었다. 사람들이 모두 한꺼번에 떠들어대고 있었다. 제말은 자리에 앉았다. 세헤쉬가 옆자리에 앉은 젊은 사내와 말을 주고받고 있었고, 다른 사람들은 한쪽 편을 들고 있거나 분위기를 가라앉히려고 애쓰고 있었다.

메리엠은 자기 자리에 웅크리고 앉은 채 아무 말 없이 상황을 지켜보고만 있었다. 말다툼이 벌어진 건 메리엠 때문이었다. 메리엠은 제말이 없는 틈에, 아까 그 나이 든 여인이 "시간에 대서 갈 수 있으면"이라고 말하면서 운 이유에 대해 물으면서 말을 걸어보려 했다.

그 여인은 자기 아들이 대학생인데 감옥에 갇혀 있고, 그 안에서 단식투쟁을 하고 있다고 말했다. 여인의 아들은 감옥 안에서의 처우를 놓고 동료들과 함께 싸우고 있는 중이었다. 저항 중인 수인들은 지난 70일 동안 아무런 영양도 섭취하지 않았다. 그들의 입술을 지나 들어간 건 약간의 감미료를 탄 물뿐이었다. 그들은 빨간 머리띠를 동인 채 자리에 누워 죽음을 기다리고 있었다. 그들의 상태는 매일 조금씩 나빠졌다. 제일 먼저 시력을 잃었고, 다음에는 기억 상실이 시작되었다. 여인은 며칠 전에 텔레비전을 통해 자신의 아들을 봤는데, 거의 알아볼 수도 없었다. 마이크를 바로 앞에 대 줬는데도, 그는 아무 말도 하지 않았다. 아무런 표정도 없이 카메라를 노려볼 따름이었다. 저항 그룹의 리더는 죽을 때까지 단식을 계속할 것이라고 다짐했다. 앙카라에 살고 있는 여인의 큰딸이 동생을 보기 위해 감옥까지 찾아갔지만, 면회가 허락되지 않았다. 여인의 아들과 함께 단식을 시작한 이들의 대부분이 이미 사망했고, 나머지도 그 문턱에 있었다. 여인은 아들에게 단식을 중단하라고 애원하기 위해 앙카라로 가고 있는 중이었다. 엄마로서 그것 말고 또 어떤 일을 할 수 있겠는가!

그 나이 든 여인이 이야기를 마치자 맞은편에 앉아있던 젊은 사내가 엄마로서의 그런 고통은 이해하겠지만, 테러리스트들이 단식을 정치적인 선전도구로 사용하고 있다고 말했다. 그 말로 인해 난리법석이 났고, 바로 그때 제말이 객실로 들어선 것이었다.

"당신도 사람이에요?" 세헤쉬가 그 젊은 사내에게 소리를 지르고 있었다. "젊은 사람들 수백 명이 죽어가고 있어요. 아무 도움도 주지 않는 주제에, 엄마한테 당신 자식이 테러리스트라고 하는 게 말이 돼요! 도대체 무슨 권리로 그런 소리를 하는 거예요?"

"당신 오빠는 테러리스트 행위 방지법으로 체포된 거 아닌가요?" 젊은 사내가 침착하게 물었다.

"우리 오빠는 테러리스트가 아녜요. 어떤 종류의 그런 행동에도 참여한 적이 없어요."

"그럼 왜 체포됐죠? 테러 행위 때문에 그런 거 아닌가요?"

젊은 사내는 공격적이고, 말싸움을 피하지 않는 타입이어서, 그의 아내가 조용히 시키려 해도 아무 소용이 없었다.

"우리 오빠는 학생회에서 일했고, 책을 읽었어요." 세헤쉬가 쏘아붙였다. "그게 다예요."

"하지만 이 법은 테러리스트들만을 처벌해요"

"만여 명이 이 법 때문에 감옥에 갇혀 있어요." 세헤쉬가 소리를 질렀다. "그리고 그중에 구천 명은 벽에 구호를 쓰고, 어떤 종류의 책들을 읽고, 학생회를 조직했기 때문에 거기에 있는 거예요! 당신은 동정심이라는 게 없어요."

세헤쉬의 엄마는 그녀를 진정시키려고 애썼다. "흥분하지 말아" 그녀가 사정했다. "마음을 가라앉혀."

세헤쉬의 아버지는 이 말다툼에서 누구 편도 들지 않는 채, 누구와도 눈을 마주치지 않으려 하면서 담배만 피우고 있었다.

"학생회?" 젊은 사내가 코웃음을 쳤다. "대충 어떤 종류의 학생들이 그러는지 알지!"

"당신이 뭘 알아?" 세헤쉬가 폭발했다. "우리 오빠를 만난 적이 있어요?"

"당신 오빠는 만난 적이 없죠. 하지만 비슷한 부류의 사람들하고 얼굴을 맞댄 적이 있어요. 나는 그 사람들하고 맞서서 싸웠던 사람이요. 어떤 부류인지 알아요."

세헤쉬의 엄마가 갑자기 다가오더니 손으로 자기 딸의 입을 가렸다. 젊은 사내는 경찰관이거나 정보기관원, 아니면 군 방첩대원인 게 분명했다. 그녀는 문제가 커지는 걸 원치 않았다.

하지만 세헤쉬는 그가 가한 모욕을 용서할 수도 잊을 수도 없었다. 그녀의 오빠는 죽음을 목전에 두고 있었고, 부모의 가슴은 무너지고 있었다. 그녀는 제말을 향해 돌아서서 울부짖었다. "아저씨는 군인이었잖아요, 이 아가씨가 그랬어요. 가슴이 무너진 엄마한테 저런 식의 모욕을 가해도 되는 건가요? 우리 오빠는 천사였어요. 총을 사용하기는커녕 본 적도 없었던 사람이에요."

제말은 무어라 대답해야 할지 알 수가 없었다. 그로서는 그런 상황에 맞는 말을 찾아낼 엄두도 낼 수 없었다.

"군대 생활 어디서 하셨소?" 젊은 사내가 갑자기 물어왔다. 제말이 그 질문에 답하자 그가 다시 물었다. "그럼 그런 작전에 참여했겠네요?"

제말은 고개를 끄덕였다.

젊은 사내는 손을 내밀었다. "내 이름은 에크렘이요. 비상사태 구역에서 근무하고 있소. 여긴 내 아내 수헤일라요."

사내는 대답을 기다렸지만 제말은 손을 마주 내밀지 않은 채 침묵을 지켰다.

기차가 가면서 내는 소리만이 그 방에서 유일하게 들리는 소리였다.

그 방에서 언쟁이 벌어지는 동안 아무 말 없이 조용히 앉아있던 노인이, 아무런 사전 경고도 없이, 에크렘의 얼굴에 갑자기 침을 뱉었다.

모든 사람들이 얼어붙었다.

에크렘은 그 즉시 격분해서 앉은 자리에서 튀어 일어났다. 그는 한 손으로 노인을 붙들더니 다른 손으로는 자기 권총을 잡으려는 듯한 몸짓을 취했다. 노인은 그런 몸짓을 못 본 채 심지어 얼굴에 설핏 미소를 띠기까지 했다.

"제발 그 사람을 다치게 하지 말아주세요!" 그 노인의 아내가 에크렘의 팔을 붙들면서 애원했다. "아픈 사람이에요. 자기가 무슨 짓을 하는 줄도 모릅니다… 제정신이 아녜요! 여기, 의사 진단서를 보세요!"

에크렘은 망설였다. 그의 아내가 다른 팔을 잡아당기고 있었다. "아픈 사람인 게 안 보여요?" 여자가 따졌다. "그럴 가치가 없어요."

에크렘은 노인을 원래의 자리에 밀쳐놓고는 객실의 문을 열고 나갔다.

세헤쉬의 얼굴에 만족스러운 미소가 떠올랐다. 심지어 그녀의 엄마도 즐거워하는 것처럼 보였다. 세헤쉬의 아버지는 제정신이 아닌 상태였지만 복수를 했다. "썩어빠진 관리 같으니!" 그녀가 욕을 퍼부었다. "우리가 내는 세금 덕에 월급을 받는 주제에!"

"입 다무는 게 좋을걸요." 에크렘의 아내가 경고했다. "내가 그 사람을 말린 걸 다행으로 생각해요. 그 사람이 당신들을 난처하게 만들 수도 있어요."

"뭘 어떻게 할 수 있는데요!" 세헤쉬가 거칠게 되받았다.

"다시 한번 얘기할게요. 조용히 하는 게 좋을 거예요."

잠시 후에 에크렘이 차장과 함께 객실로 돌아왔다. "일어나시오" 세헤쉬와 그녀의 부모를 보면서 그가 말했다. "밖에 환자인 여성이 있소. 그 환자를 위해 당신들 자리를 비워줘야겠소."

그가 복도를 가리켰다. 복도에서는 환자인 여성의 남편이 여자의 머리를 받쳐 든 채 객실 안을 호기심 어린 표정으로 들여다보고 있었다.

"이분 말씀이 옳습니다." 차장이 그 말에 동의하고 나섰다. "자리를 양보해주셔야겠습니다."

"왜 우리 자리죠?" 세헤쉬가 항의했다. "저 자리는 어때서요?"

"이쪽은 두 가족이잖소." 에크렘이 말했다. "여긴 네 명이고, 내 아내는 몸이 좋지 않아요. 나중에 자리를 바꿀 수도 있죠." 그가 웃음을 감추며 말했다.

"자, 일어나." 세헤쉬의 엄마가 말했다. "가자. 이런 사람들하고 말다툼하지 마."

그들은 선반에 올려놓은 짐가방을 꺼내서 객실을 나갔다.

환자인 여인이 조심스럽게 객실 안으로 옮겨져 녹색 가죽 의자 위에 눕혀졌다. 그녀는 서른도 되어 보이고 쉰도 되어 보이는, 나이를 쉽게 가늠할 수 없는 전형적인 아나톨리아 지역 시골 여인이었다. 천 조각이 그녀의 머리를 감싸고 있었다. 엄청난 고통을 겪고 있다는 게 분명히 드러나 보였다. 그녀의 남편과 두 아이가 그녀의 발밑에 쪼그리고 앉았다.

"신께서 축복하시기를!" 사내가 에크렘에게 말했다.

하지만 에크렘은 그 사내를 본 척도 하지 않았다. 그는 아직도 분노에 휩싸여 있었다. "저 사람들이 맘대로 갖고 놀게 내버려 두지 마시오." 그가 제말에게 말했다. "저자들은 아주 고약한 빨갱이들이요. 저자들은 '가족'이 뭔지도 몰라요. 아까 그 늙은이 같은 여자들은 엄마라고 할 수도 없어요. 죄다 쿠르드족 반란군들이란 말이요! 이 땅은 터키인들 거요. 스스로를 쿠르드니 알라와이트니 좌익이니 하고 부르는 자들은 모두 이 땅을 떠나야 해요!"

에크렘은 담뱃불을 붙이고는 하나를 더 꺼내 제말에게 내밀었다.

환자인 여인의 남편이 옆에 두고 있던 바구니를 열더니 빵과 치즈를 꺼냈다. "좀 드시오" 그가 권했다.

원하는 사람이 아무도 없자, 사내는 치즈 한쪽을 빵에 말아 넣더니 먹기 시작했다. 사내는 신음을 흘리고 있는 아내를 쳐다보지 않았다.

"아내분한테는 안 드리세요?" 수헤일리가 그에게 물었다.

"아뇨. 삼키질 못해요. 수술을 받으러 앙카라에 데리고 가는 중입니다. 아내의 형제가 거기 병원에서 일하거든요."

마지막 빵조각을 삼키고 나서 사내는 잠이 들었고 요란하게 코를 골기 시작했다. 기차는 밤을 향해 계속 소리 내어 굴러갔다.

메리엠은 다리에 감각을 잃었다. 메리엠은 자리에서 일어나 조금 걸어 다니고 싶었지만, 바로 옆에서 잠들어 있는 제말을 깨울까 봐 두려웠다. 제말은 이 여행을 시작하고 나서는 잠자는 것 말고는 달리하는 게 거의 없었다.

메리엠은 용기를 끌어모아 천천히 일어나서는 조심스럽게 문을 향해 걸음을 옮겼다. 채 두 걸음도 걷지 않았는데 제말이 깨어 물었다. "어디 가는 거니?"

"그냥 복도에 나가보려고."

제말이 안 된다는 말을 하지 않았기 때문에, 메리엠은 문을 열고 밖으로 나갔다. 복도는 비어 있었다. 세헤쉬와 그녀의 부모는 자리를 찾아 다른 객차로 간 모양이었다. 바닥에 앉아있는 모습을 에크렘에게 보여 그자가 만족스러워하는 꼴을 보기 싫었기 때문일 것이었다.

메리엠이 복도로 나서고 나서야 기차가 엄청난 속도로 달려나가고 있다는 사실을 실감할 수 있었다. 객차는 좌우로 흔들리면서 삐걱거리고 앓는 소리를 내면서 엄청나게 시끄러운 소음을 흘리고 있었다. 메리엠은 벽을 잡은 채 복도 끝까지 걸어가 화장실을 발견했다. 화장실에 들어가자마자 메리엠은 거울을 보면서 세헤쉬와 자신을 비교해 봤다. 세헤쉬는 콜[46]로 눈에 윤곽을 그려 넣고 머리를 가리지 않아 머리카락이 어깨까지 흘러내려 온 미인이었다. 그 공무원의 아내 또한 눈과 볼에 여러 가지 화장품을 발라서 그녀 또한 아름다워 보였다. 그녀도 머리를 가리지 않고 있었다.

메리엠은 스카프를 풀고 자신의 긴 머리가 자유롭게 풀어지게 했다. 하지만 그녀의 머리는 끈끈하고 뒤엉켜 있었다. 비비가 감겨 준 게 벌써 오래전이었다.

느닷없이, 메리엠은 세면대 위로 허리를 굽히고는 그 옆에 놓여 있던 작은 비누 조각을 가지고 머리를 감기 시작했다. 수도꼭지에서 졸졸 흘러나오는 물에 어찌어찌 비눗물을 헹구고는, 젖은 머리에 스카프를 동여맸다. 그리고는 양쪽 볼을 살짝 꼬집어서 발그레해지게 만들고는 화장실을 나섰다. 하지만 메리엠은 자기가 무슨 짓을 해도, 지금 입고 있는 끔찍한 옷을 입고 있는 한은 다른 여자들처럼 보이지 않으리라는 걸 알고 있었다. 메리엠은 다른 여자들의 잘 관리된 손, 매니큐어를 칠한 손톱, 반짝거리는 머리카락, 밝게 빛나는 목걸이, 그리고 손목을 가늘어 보이게 만드는 커다란 손목시계 따위의 세부적인 것들을 하나도 놓치지 않고 봐두었다. 메리엠은 수헤일라가 입고 있는 것 같은 착 달라붙는 검은색 치마를 입고 있는 자신을 상상해 봤다. 그런 상상만으로도 신이 난 나머지, 메리엠은 자기가 이스탄불에서 그렇게 입고 다니면 자기도 수헤일라나 세헤쉬처럼 이뻐 보일까 궁금해졌다. 메리엠은 자기 할머니가 하던 말을 떠올렸다. "해보다 더 밝게 빛나는 두 눈." 그랬다. 메리엠의 눈은 남달랐다. 하지만 그것만으로는 아무런 가치가 없었다. 이 우중충한 머리 스카프를 두르고 있는 한, 어느 누구도 메리엠의 눈이 그렇게 밝게 빛난다는 걸 눈치채지 못할 것이었다.

메리엠은 화장실 문을 열고 밖으로 나섰다. 메리엠은 제말이 복도에 서서 조용히 담배를 피우고 있는 걸 봤다. 제말은 얼굴을 찌푸리고 있었다. 아무 말도 하지 않고 조용히 지나가는 게 좋을까? 그것 말고 메리엠이 또 어떻게 할 수 있을까? 메리엠은 차라리 자기가 투명인간이었으면 좋겠다고 생각하면서 제말을 지나치기 위해 앞으로 걸어갔다. "서." 제말이 갑자기 말하면서 메리엠의 앞에 서서 그녀의 팔을 잡았다.

메리엠은 깜짝 놀랐지만 동시에 안심이 되기도 했다. 제말이 다시 자기에게 말을 하기 시작한 것이었다. 메리엠은 제말이 한 말의 내용은 신경 쓰지 않았다. 화가 나서 소리를 질러도 괜찮을 것 같았다. 메리엠은 그저 제말이 자기한테 말을 해줬으면 하고 바랐다.

기차가 갑자기 휘청거렸고, 메리엠은 창문 앞에 있는 기다란 손잡이를 잡았다.

"이거 봐." 제말이 말했다. "이게 기차 문이야."

"응. 알아." 메리엠이 재빨리 대답했다. "우리가 어젯밤에 이리로 올라탔잖아." 제말은 방금 전보다 조금 더 화가 난 것처럼 보였다.

갑자기 제말이 그 문을 열었고, 바람이 몰아치면서 귀를 먹먹하게 하는 소음이 복도를 채웠다. 제말은 몸을 굽혀 밖을 내다봤다. 그리고는 머리를 바로 안으로 다시 들여놓으면서 숨을 헐떡였다. "자, 밖에 한 번 내다봐." 제말은 메리엠에게 명령했다.

메리엠은 제말이 옛날에 하고 놀던 것 같은 게임을 하려는 건지 뭔지 알 수가 없었고, 몸을 밖으로 내놓는 게 무서웠지만, 그렇다고 말을 안 듣기도 어려운 것 같았다.

메리엠은 문의 한쪽에 매달려서 앞으로 몸을 기울여 머리를 밖으로 내놨다. 바람이 메리엠의 얼굴을 치고 기차가 기적을 울리면서 메리엠은 겁에 질렸다. 눈에 무언가 들어간 것 같아 얼른 몸을 안으로 집어넣었다. 캄캄한 어둠 속에서 무언가가 머리를 때리게 될까 봐 겁이 났다.

제말은 아무 말도 없이, 마치 무언가를 부끄러워하는 것처럼, 다른 데를 보면서 아무 말 없이 서 있었다.

"제말, 내 눈에 뭐가 들어갔어" 메리엠은 두 눈에 눈물이 가득 고인 채 우는 소리로 말했다. "아퍼… 좀 봐줄래?"

제말은 아무 말 없이 돌아서서 그 자리를 떠났다.

허공에 매달려 있는 섬

수많은 나날을 바다에서 보내고 나서, 이르판은 어느 날 새벽에 눈을 떴다가 옥수수처럼 끝이 뾰족한 모양의 섬이 자기 눈앞에서 하늘로 떠오르고 있는 기적을 목격했다. 그 섬은 마치 성스러운 힘에 의해 매달려 있기라도 한 것처럼, 물을 건드리지 않은 채 물 위의 허공에 떠 있었다. 이런 일은 르네 마그리트의 그림 속에서나 일어날 수 있는 일이었다. 중력을 무시함으로써 사물의 크기와 모양새를 바꿔버릴 수 있는 마술적인 천재성을 지닌 예술가에 의해서나 만들어질 수 있는 일인 것이다.

교수는 허공에 매달려 있는 섬은 꿈속에서도 본 적이 없었다. 관목들로 뒤덮인 거대한 바윗덩어리 하나가 안개에 싸인 채 바다와 하늘 사이에 매달려 있었다.

"내가 제정신을 잃고 있군" 이르판은 그렇게 생각했지만,

두려움을 느끼지는 않았다. 이르판은 닻을 끌어올리고는 섬을 향해 배를 몰고 갔다. 이르판은 그 동화 속의 섬에 상륙하고 싶었지만, 불행하게도 해가 오르면서 그 섬은 보통의 섬이 되고 말았다. 바다와 접하고 있는 해안선을 감추고 있던 안개가 서서히 사라지면서, 그 섬은 에게해에 널린 수천 개의 비슷비슷한 섬들 중 하나가 되었다.

신화는 이런 종류의 환경 속에서만 발달할 수 있는 거야. 이르판은 생각했다. 에게해는 경이로움으로 가득 차 있었다. 끊임없이 변하는 물의 색, 늦은 오후 구름 사이로 쏘아대는 성스러운 빛살, 그리고 그 매혹적인 냄새… 사람으로 하여금 온갖 종류의 상상도 못할 일들을 하게끔 영감을 주고 살아있는 것만으로도 행복하게 만들어주는, 그 생동감 넘치는 향기.

이르판은 굳이 날짜를 세려고 하지 않았기 때문에 날짜 감각을 잊어버렸다. 이르판이 육지와 접촉을 하는 건 필요한 물품을 싣기 위해 이따금 해변의 작은 마을들에 들를 때뿐이었다. 마치 모든 차원의 시간과 공간이 사라져 버린 것만 같았다. 이르판은 바람이 몰고 가는 곳 아무 데로나 갔다. 지난 생에서 그는 이 말을 은유로 사용했는데, 이제는 문자 그대로의 뜻이 되었다.

바람은 대체로 그의 편이었지만 가끔씩은 위험을 피하기 위해서 엔진을 가동시켜야 했는데, 그때마다 이르판은 무척 못마땅해했다. 엔진을 사용하는 건 진정한 뱃사람에게는 수치스러운 일이었다. 이르판은 또한, 배를 띄우고 이틀쯤 지나 에게해가 전혀 위험하지 않은 바다는 아니란 걸 깨닫게 된 뒤로, 때로는 전혀 적절하지 않은 방식으로 닻을 써야 할 때도 있었다. 이 바다는 터키와 그리스의 해군들이 각자의 힘을 시험해 본 전장이기도 했다. 어떤 그리스 섬들은 터키 해안에 워낙 가까워서, 어느 땅이 누구에게 속하는지를 파악하기 어려운 경우도 종종 있었다. 그리스에서는 어떤 배든 그쪽 해안선으로부터 3마일 안으로 들어오는 걸 금지하고 있었는데, 만약 교수가 실수로 그 선을 넘어가게 되면 미틸레네나 사모스에서 부리나케 튀어나온 그리스의 초계정이 그의 배로 달려들곤 했다. 그러다가 그의 배가 본토를 향해서 너무 빨리 접근하면, 이번에는 터키의 해안 경비대가 수상쩍게 바라보는 것이었다.

어떤 곳은 터키의 해안과 그리스의 섬들 사이의 거리가 반 마일도 채 안 되기도 했다. 이를테면, 사모스에서 쿠샤다시 근처에 튀어나온 곳까지는 수영으로 아주 쉽게 갈 수 있었다. 이르판은 누구의 추적도 받지 않고 그 해협을 수월하게 통과했다. 아마도 그 지역은 지리가 규칙보다 우위에 서 있는 것 같았다.

이따금 터키 해군 함정들이 기동하는 모습이 이르판의 눈에 들어왔다. 그것들은 미사일을 장착하고 발사 준비를 갖춘 채 대열을 지어 마치 공격이라도 할 것처럼 그리스의 섬들에 접근하곤 했다. 이르판이 그 배들에 지나치게 가까이 접근해서 통과

하면 갑판에 나와 있는 장교들과 병사들은 그에게 싸늘한 시선으로 위협하곤 했다. 부드러운 바람을 받아 평화롭게 미끄러져 나가는 이르판의 보트 밑에서 부드럽게 부서져 나가는 물살 또한 귀를 먹먹하게 만드는 터키와 그리스 전투기의 굉음이나 바다를 향해 장난스럽게 급강하했다가 물에 닿기 직전에 다시 튀어 올라가는 비행기의 소음에 의해 흐트러졌다. 어떤 때는 국방색의 헬리콥터가 요란한 소리를 내면서 하늘을 순찰하곤 했다.

이르판은 강습단정, 전함, 전투기, 그리고 이런 적대적인 분위기에 신물이 났다. 그는 스스로를 터키인으로도, 그리스인으로도 느끼지 않았다. 그는 그저 바다를 즐기고 싶어 하는 한 인간일 뿐이었다. 이웃하고 있는 두 나라가 벌이고 있는 힘겨루기 게임은 이르판은 물론 가까운 해안가에서 풀을 뜯고 있는 염소들의 평화를 깨뜨리고 있었다.

이르판은 다른 터키인들이 자기 생각을 알게 되면 산 채로 불에 태우고 말 거라는 걸 알고 있었다. “터키의 자식이 어떻게 저런 생각을 할 수 있단 말인가?” 그들은 부르짖을 것이었다. “당신은 당신의 나라를 사랑하지 않는단 말이오? 당신 핏줄 속에는 그리스인들의 피라도 흐르는 거요? 이 나라가 당신을 키우고 가르쳤는데, 당신은 지금 그 나라의 심장에 칼을 꽂고 있는 거요.”

“난 도대체 어쩌다가 이런 나라에 태어나게 된 걸까?” 이르판은 종종 의문을 가졌다. 그는 애국주의, 종교, 또는 이데올로기

따위에 별로 끌리지 않았다. 그가 스스로 '가치'로 지정한 것이라면 무엇이든 받들고 지낸 건 아주 오래전의 일이었다.

이십년대에 공화주의자들의 혁명이 일어나고 오토만 제국이 붕괴한 뒤에, 새로 들어선 세속 정부는 국가가 주도하는 학교 교과과정에서 종교 교육을 제외시켰다. 이 케말 정부 시기에 교육을 받은 아이들은 종교에는 별 관심이 없지만, 국가 의식은 상당히 잘 발달되어 있었다. 어떤 이유에선가, 이르판은 이 두 그룹 모두와 아무런 연계가 없었다.

이르판이 고등학교에 다닐 때에는 좌파운동이 유행이었다. 1968년 한 해 동안 세계는 젊은 세대의 주도하에 있었다. 학생들이 대학 캠퍼스를 점거한 뒤에 만들어진 학생회들은 나중에 모두 좌익단체로 바뀌었다. 당시만 해도 좌익이 되지 않는다는 건 무척 이상한 일로 여겨졌지만, 이르판은 그 어떤 것도 잘 믿지 않는 성격 때문에 좌익에 가담하지 않았다. 시위, 저항, 성명서 발표, 그리고 경찰과의 충돌은 늘 있는 일이었다. 그는 운동의 흐름 중 어느 하나에 자리를 찾아보려고 했지만, 그런 노력은 아무런 성과도 거두지 못했다. 그가 보기엔 좌익도 우익이나 종교적인 정당의 지지자들처럼 광신도들일 뿐이었다.

세월이 지난 뒤, 그가 맡은 대학의 한 강의에서 어떤 학생이 의자에서 일어나더니, "1968년에 선생님 세대는…"으로 시작되는 질문을 꺼내기 시작했다.

이르판은 "나는 68보다는 69에 더 관심이 많았습니다."라는 말로 즉시 그녀의 질문을 끊었다.

그 여학생이 부끄러움으로 얼굴을 붉히며 자리에 주저앉는 동안, 그는 강의실의 다른 학생들과 함께 웃었다.

이르판이 터키 애국주의에 대해서 느끼는 감정은 그가 이슬람에 대해 느끼는 것과 그리 다르지 않았다. 국경일에 "중위여, 그대의 눈은 푸르렀다"로 시작되는 종류의 시들이 낭송되기 시작하면, 이르판은 슬그머니 달아나 담배나 피우곤 했다. 그는 나마즈 기도나 라마단 금식을 한 번도 지켜본 적이 없었다.

한번은 히다예트와 둘이 희생의 잔치[47]가 시작되는 날 아침에 나마즈 기도를 드리기로 결정했다. 오로지 재미 삼아서였다. 기도 시간은 아침 여섯 시 삼 분으로 정해져 있었는데, 이르판과 히다예트는 나중에 모스크가 붐비게 될 것 같아서 그 전날 밤에 들어가기로 했다. 두 사람은 신발을 벗고 들어가 제일 앞자리에 앉았다. 예배에 완전히 빠져들어 있는 나이 든 사내들 몇몇 만이 그 자리에 있었다. 이르판과 히다예트는 조용히 대화를 나누기 시작했다. 시간이 지나면서 예배하려는 이들이 점점 더 늘어나 첫 줄을 채웠고, 나중에는 수백 명의 사람들이 들어와 그 뒤도 모두 채웠다.

터번을 두르고 검은색 로브를 걸친 이맘이 단상에 올라 회중을 향해 훌륭한 도덕이며 종교, 예언자, 아타투르크[48], 그리고 영웅적인 터키군에 대해 웅얼거리는 말투로 설교를 시작했다. 그 자리에 벌써 몇 시간째 앉아있던 두 소년은 참을성을 잃기 시작했다. 둘은 기도가 빨리 시작되었다가 끝나서 거기서 나갈 수 있게 되기만을 바라고 있었다.

마침내 이맘이 자리를 잡고 기도를 이끌기 시작했는데, 그제야 이르판과 히다예트는 자기들이 이맘의 자리 바로 뒤에 자리를 잡았다는 사실을 깨달았다. 기도 시간을 알리는 사람이 신도들을 기도에 초대했고, 이맘이 의식을 이끌기 시작했다. "신은 전능하시다" 이맘이 양손을 자신의 양쪽 귀 뒤에 갖다 대면서 큰 소리로 말했다. 이르판과 히다예트는 그의 동작을 따라 했다.

모스크에 오기 전에 두 사람은 친구들에게 이 예식의 규칙에 대해 물어 두었더랬다. 그들이 들은 바로는, 이맘이 "신은 전능하시다"라는 말을 두 번째 읊조릴 때 두 손바닥을 무릎에 대면서 절을 해야 하고, 세 번째로 "신은 전능하시다"라고 할 때 엎드려야 한다고 했다.

하지만 희생의 잔치의 첫째 날 아침에 치러진 의식은 조금 다르게 진행되었다.

이르판과 히다예트는 두 번째 "신은 전능하시다"를 들었을 때 머리를 숙여 절했는데, 이맘이나 회중들 누구도 그렇게 하지 않고 있다는 사실을 깨달았다. 수백 명의 예배자들 중에서, 고개를 숙이고 있는 건 그들 둘뿐이었다. 두 사람은 곧 웃음이 터져 나올 것 같았다. 그 순간의 침묵과 엄숙함은 그렇잖아도 밤새 잠을 자지 않아서 최대한 긴장되어 있는 신경을 자극했고, 두 사람은 자제력을 잃지 않기 위해 필사적으로 버텨야 했다.

세 번째 "신은 전능하시다"를 들었을 때, 두 사람은 재빨리 바닥에 엎드렸다. 앞이마를 바닥에 대고서, 두 사람은 눈을 감았다. 무언가 잘못되었다는 느낌이 강하게 들었다. 고개를 들어 보자, 모스크 내의 모든 사람들이 서 있는 모습이 보였다. 두 사람도 즉시 자리에서 일어났지만, 이제는 정말로 웃음을 참기 힘들어졌다.

이맘이 다시 한번 "신은 전능하시다"라고 선언했을 때, 이르판과 히다예트는 그대로 서 있어야 할 거라고 생각했지만, 놀랍게도, 회중은 모두 허리를 굽혔다. 두 사람만 그 자리에 그대로 서 있었다. 도저히 더 이상 웃음을 참을 수 없게 된 두 사람은 출구를 향해 뛰기 시작했고, 그렇게 서둘러서 나가다가 엎드려 있는 예배자들에게 발이 걸렸다. 그렇게 부딪힌 이들 중 몇몇은 어떻게 된 영문인 줄도 모르는 채 몸의 균형을 잃고 앞으로 고꾸라졌다. 이르판과 히다예트는 마침내 문을 빠져나와 신발을 들고 미친 듯이 웃으며 길거리로 뛰쳐나왔다.

이것이 이르판의 처음이자 마지막 종교적 경험이었다. 종교 의식에 참여하지 않는 건 그가 속한 케말리스트 공화당 사회에서는 지극히 정상적인 일이었다. 이 세속 공화국에서는 이맘과

무에진들이 모스크 밖에서 사제복을 입는 것이 금지되어 있었고, 학교에서는 종교교육이 이뤄지지 않았다. 따라서 이르판은 종교적 경건이라는 감각을 발전시킬 기회가 없었다.

그가 외국에 나가서 학술적인 모임을 가질 때에 늘 불편함을 느끼던 게 아마도 이런 이유 때문이었을 것이다. 이르판은 그가 만나는 학자들은 기독교인이나 유대교인으로 분류하지 않았지만, 다른 사람들은 그가 전혀 그렇게 느끼지 않음에도 불구하고 그를 무슬림의 한 사람으로 간주한다는 사실을 재빨리 깨달았다. 터키 공화국에서는 누가 유대인이거나, 아르메니아인, 혹은 그리스인이 아닐 경우에는 신분증의 종교란에 자동적으로 무슬림으로 인쇄되도록 되어 있었는데, 대부분의 사람들은 이 사실을 의식조차 하지 않았다.

이르판과 히다예트는 일곱 살 때 할례라는 끔찍한 일을 같이 경험했다. 축제 때 입는 하얀 옷을 입고 오만 가지 즐거움을 약속받는 걸로 마음이 풀어져 있는 상태에서 고추의 끄트머리가 잡아당겨지고, 날카로운 면도칼로 그걸 잘라내는 걸 봤을 때의 충격은 그러나 그 뒤에 그 부분을 소독 처치할 때의 아픔에 비하면 또 아무것도 아니었다. 현대에 들어와서는 이 시술도 단순화되었지만, 그가 어렸을 때는 끄트머리를 잘라낸 부분을 헝겊으로 감싸두어야 했다. 한참 지나면 거즈에 피가 달라붙어 딱딱해졌는데, 그렇게 되고 나면 그걸 떼어낸 뒤 상처에 페니실린

가루를 부었다. 그때의 고통이란 비명이 절로 터져 나올 만큼 극심한 것이었다. 피투성이에 손상을 입고 자주색이 되어 버린 자신의 고추를 내려다보면서, 이르판은 이제 다시는 누구에게도 이걸 보여줄 수 없겠구나고 생각했다.

대부분의 무슬림은 할례가 당사자에게 좋은 것이고 청결 유지에도 도움이 된다고 믿었지만, 이르판은 생각이 달랐다. 그가 생각하기에 여자를 숭배하면서 동시에 그들에게 공격적으로 대하는 게 '터키 남성'이라고 알려진 인간 종자들이 공통으로 경험하는 딜레마인데, 이건 그들이 어린 나이로 할례의식을 경험하는 과정에서 얻어진 정신적 외상의 직접적인 결과였다.

터키 남성의 상당수가 할례를 하면 에이즈에 걸리지 않는다고 믿었다. 흑해 연안에 있는 타운들로 넘어온 수많은 러시아 여자들과 자면서도, 소수의 사내들만 예방조치를 취했다. 말도 안 되는 몇 가지 믿음들이 사람들 사이에 퍼졌다. 예를 들자면, 흑해 연안 지방의 사내들은 섹스를 하기 전에 러시아 여자들의 다리 사이에 레몬즙을 짜서 소독을 하기도 했다. 레몬즙이 당연히 에이즈 균을 죽일 수 있다는 거였다. 레몬이 있는 한 다른 예방 조처는 취할 필요가 없었다. 이 지역 사내들은 성병에 대한 공포가 전혀 없었다.

아나톨리아 지방에 처음 전기가 들어왔을 때, 전기가 통하는 전깃줄을 조심하라는 경고를 받은 사내들이 비웃듯이 말했다.

"용감한 사내가 그따위 전깃줄 몇 가닥을 무서워할 필요가 뭐가 있어?" 그들은 용감하게도 전류가 흐르는 전선을 붙들고 전류가 그들의 몸속을 흘러 이를 덜그럭거리게 하고 몸을 덜덜 떨리게 하다가 결국에 가선 자신들의 멍청한 무모함의 희생자가 되고 말았다. 그와 마찬가지로, 에이즈에 대해 약간의 두려움이라도 표하는 터키 사내는 그들이 스스로에 대해 가지고 있는 이미지에 걸맞지 않은 존재로 취급받았다.

소비에트 연방이 성립되고 난 뒤에, 수만 명의 백계 러시안들이 이스탄불로 왔다. 마찬가지로, 소비에트 연방이 붕괴되고 난 뒤에는 피부가 하얀 러시아 여인들이 터키로 쏟아져 들어왔다. 혁명이 지나간 뒤, 점잖은 사내들은 모피 칼라를 두른 세련된 여자들의 무리와 함께 페라[49]에 있는 레잔스 레스토랑[50]에 앉아 노란색 보드카를 마시며 치킨 키에프스키를 먹는 일에 익숙해졌다. 그들은 그 구역의 잘 꾸민 피아노 홀들 중 하나에 앉아 피아노 연주를 들으며 그날 하루를 마무리하곤 했다. 가장 최근에 들어온 다리가 길고 투명한 피부를 가진 늘씬한 금발의 러시아와 우크라이나 여자들은 터키 사업가들의 섹스 파트너가 되어 에게해나 지중해 연안으로 이따금씩 여행을 다니면서, 이 도시의 한 구역을 자신들의 사업장으로 삼았다. 흑해 연안에서는 여자들이 자신들의 다리 사이에 레몬주스를 짜야 하는 형편이었지만, 지중해 연안으로 간 여자들은 휴양지 리조트에서

호사스러운 대접을 받았다. 그들은 운이 좋았다. 키가 작고 굵은 검은 털로 뒤덮인 통통한 사내들의 침대에 들지 않아도 되었던 이들은 말이다.

그 러시아 여인들 중 일부는 부유하고 좀 더 세련된 이들 그룹으로 진입할 수 있었다. 이르판의 친구 하나가 흥미로운 이야기를 해줬다. 그 이야기에 따르자면, 가족과 함께 정기적으로 보드룸과 투르크부쿠의 고급 호텔에서 휴가를 보내는 사업가들 몇몇이 특별한 형태의 오락거리를 만들어냈다. 그 사업가들 중 한 사람이 가족과 함께 해변에 누워 일광욕을 하고 있는데 수영복만 입은 가까운 친구들 몇몇이 모터보트를 타고 해안으로 다가와 그에게 만을 둘러보러 가자고 초대하는 것이다. 그 사내는 아무 일도 아닌 것처럼 아내와 아이들을 해변에 두고 그들을 따라나선다. 수영복만 입고 있는 한 무리의 친구들과 보트를 타러 가는 것처럼 천진해 보이는 일이 세상에 또 어디 있겠는가?

하지만, 그 보트는 만 지역을 구경하는 투어를 가는 대신 근처의 섬 뒤에 닻을 내리고 정박해 있는 큰 요트를 향해 가는 것이다. 그 배에는 현금만 있으면 바로 가질 수 있는 이스탄불에서 엄선해서 데리고 온 아름다운 러시아와 우크라이나 여성들이 대기하고 있다. 이르판의 친구는 그 여자들의 피부색이 얼마나 투명한지에 대해 이렇게 묘사했다. "체리가 그 여자들의 목구멍으로 넘어갈 때 그 붉은색이 비쳐 보일 정도라니까." 이 여자들과의 밀회를 즐긴 사내들은 레몬주스보다는 콘돔을 선호했다. 이렇게 한 시간 정도에 걸친 '투어'를 마치고 나서, 사기가 오른 그 그룹은 바닷가로 돌아가고, 그 사업가 역시 기다리고 있던 가족과 합류하는 것이다. 당연히, 다음날 또 맛보게 될 그 즐거움을 꿈꾸면서 말이다.

일부다처제가 허용되던 오토만 시절을 지나고, 터키 공화국이 성립되면서 일부일처제로 바뀐 지 오륙십 년이 지났지만, 그 변화는 쉽지 않았다. 1920년대 이후로 터키의 사내들은 다른 대안을 찾아다녔는데, 할례와 레몬주스 덕분인지는 몰라도, 에이즈는 그들에게 큰 두려움의 대상이 아니었다. 그렇긴 했지만, 서양의 언론에서 할례를 받은 이들도 성병에 걸릴 확률이 조금 더 낮을 뿐이라고 보도했을 때에는 조금 걱정을 하게 되긴 했다. 그러니까 그 말은, 그들도 불가침의 몸은 아니라는 뜻인 건가?

이르판은 바람에 돛을 맡겼고, 전속력으로 남쪽을 향해 내려갔다. 이르판은 터키와 그리스 간의 연안 갈등이 남쪽 바다에서는 덜하다는 걸 알고 있었다. 북쪽에는 긴장이 감돌고 있었지만, 남쪽 바다는 양쪽 모두 휴가 지역으로 보고 있었다. 그러니 이르판에게는 그쪽이 가야 할 곳이었다.

어느 고요하고 평화로운 오후에, 이르판은 닻을 내린 채 바다에 반사되고 있는 햇볕을 지켜보고 있었다. 이르판은 먼 곳의 해안선을 덮고 있는 오래된 사이프러스 나무들과 섬들에 희미하게 모습을 드러내고 있는 정교회의 하얀 건물들, 터키 쪽 해안에 들어서 있는 작은 모스크들, 하늘을 찌르고 있는 바늘 같은 뾰족탑들을 보았다. 그는 위대한 작가 카잔차키스의 기도를 떠올릴 수밖에 없었다. "신이여, 제발 이 조화가 깨어지지 않게 해 주소서. 당신에게 다른 어떤 것도 요구하지 않습니다. 오로지 이 조화가 깨어지지 않게만 해 주소서."

이르판이 원하는 것도 전혀 다르지 않았다.

하루하루가 지나가면서, 이르판은 자기의 삶을 바꾸고 싶어 한 자신의 판단이 옳았다는 걸 알게 되었다. 이르판은 자신이 내면에서 기쁨이 일렁이는, 자유롭고 전과 다른 사람이 되고 있다는 사실을 느낄 수 있었다. 밤의 통곡은 줄어들고 있었다. 이르판은 여전히 수면제를 복용하긴 했지만, 잠의 질이 점점 더 좋아지고 있다는 걸 확실히 느끼고 있었다. 캄캄한 한밤중에도 보트는 더 이상 관처럼 느껴지지 않았다. 최소한 뚜껑이 닫힌 관은 아니었다.

어느 날 이르판은 커다란 박스 종이를 한 장 사서 그걸 반으로 잘랐다. 그중 한 쪽에 이르판은 그가 존경하는 로버트 프로스트의 시 한 편을 옮겨 적었다.

그리고 나는 돌아오리라

내가 죽어 있는 동안
배운 것들에 대해
만족하지 못한다면

다른 조각에는 붉은색 펜으로 루미[51]의 시구를 적어 넣었다.
- "네 모습 그대로 드러내어라 아니면 드러낸 대로 되어라!"

이르판은 오랫동안 면도를 하지 않고 지냈다. 그의 턱만을 덮고 있던 회색 수염은 이제 얼굴 전체에 퍼져 있었다. 텁수룩한 머리와 커다란 덩치 덕에, 이르판은 신화 속의 신처럼 느껴졌다. 세상과 연결되어 있던 끈을 끊어내는 만큼, 그는 점점 더 편안해졌다. 그의 심장은 훨씬 더 천천히 뛰었다.

운이 좋은 날은 커다란 지중해 전갱이나 도미류가 그의 미끼를 물었고, 그러면 이르판은 바로 세상에서 제일 행복한 사내가 되었다. 이르판은 즉시 그 생선을 다듬은 뒤에 올리브기름과 레몬즙을 좀 끼얹어서 날로 먹었다. 그의 식사의 배경음악은 늘 같았다. 장 피에르 랑팔의 플루트와 그에 섞여 들어가 새로운 선율을 만들어내는 갈매기의 울음소리가 그것이었다.

기적을 본 적이 있어요?

입고 있던 특수부대 군복을 벗고 탄띠와 전투용 단검, 그리고 무전기를 반납할 때, 두려움과 분노가 뒤섞인 감정이 제말을 엄습했다. 아무런 무게감이 없는 민간인 옷을 입었을 때 느껴지던 혼란스러운 느낌은 서서히 무뎌졌다. 기차에서 있었던 언쟁이 만약에 그가 제대한 바로 다음 날 벌어진 일이었더라면, 제말은 아마도 누군가를 창문 밖으로 집어던졌을 것이다. 지금은 그 모든 것들이 그가 끼어들고 싶지 않은 쓸데없는 게임처럼 보였다. 제말은 한쪽 옆으로 비켜서서 인생이 흘러가는 걸 지켜보고만 있었다. 그의 마음속에 들어 있는 유일한 생각은, 어떻게 하면 지금 옆에 있는 이 여자애를 제거하고 마을과 에미네에게로 돌아갈까 하는 것이었다. 제말은 군대 때문에, 그리고 지금은 창가에 잔뜩 웅크리고 앉아 훌쩍이고 있는 이 여자애 때문에 에미네로부터 떨어져 있었다.

“비참해 보이는군.” 제말은 생각했다. 전날 저녁까지만 해도 멀쩡하던 아이가, 아침이 되어 기차가 끝도 없는 아나톨리아의 초원지대를 통과하는 동안 몸이 좋지 않다는 게 제말의 눈에 보였다. 어두울 때 객차 밖으로 밀어버렸어야 했다. 그랬다면 그는 벌써 자유로운 몸이 되었을 것이고, 이스탄불로의 여행도 끝이 났을 것이었다. 에미네에 대해 느끼고 있는 제말의 열렬한 갈망이 셀라하틴을 만나고 싶다는 바람을 압도하고 있었다. 이스탄불에는 아무 때고 갈 수 있겠지만, 에미네를 잃을지도 모른다는 건 제말로서는 지금 당장 눈앞에 닥친 위험이었다. 임무를 마쳤더라면 제말은 그 바로 다음 정거장에서 내려 마을로 서둘러 돌아갈 수 있을 것이었다. 그런데 그렇게 하지 못했기 때문에, 제말은 매 순간 그녀로부터 더 멀어지고 있었다.

제말은, 왜 그때 메리엠의 비쩍 마른 목덜미를 잡아 기차 밖으로 밀어버리지 못했던가, 생각했다. 어쩌면 사실은 그렇게 하고자 하는 욕망이 없었기 때문이었을 수도 있다. 제말은 그게 아니라, 객실에 타고 있었던 공무원을 의식하고 있었기 때문이라고 결론 내렸다. 그 공무원은 경찰과 선이 닿아 있을 수도 있고, 메리엠이 없어진 걸 두고 의심스럽게 생각할 수도 있을 터였다. 그런데다가 제말마저 사라져 버리면, 상황은 더 수상해 보일 수도 있었다. 그러니 그 공무원이 앙카라에서 내릴 때까지 기다려야 했다. 앙카라와 이스탄불 사이에서 제말은 자유롭게 행동에 옮길 수 있을 터였다.

제말은 여자애 하나 죽이는 간단한 일이 이렇게 복잡한 문제가 되고 있다는 게 신기했다. 산에서 전투가 벌어지고 있는 동안에는 어떤 죽음에 대해서든 어느 누구도 책임을 지지 않았지만, 불행히도, 민간인의 목숨은 문제가 달랐다. 제말은 에미네가 충고한 대로, 잡히지 않기 위해 조심해야 했다.

아침이 되자, 메리엠은 지독한 두통과 함께 깨어났다. 온몸이 아프고 목도 부어올랐고, 그래서 무얼 삼키는 게 어려웠다. 메리엠은 그 전날 밤에 머리를 감고 나서 차가운 바람 속에 머리를 내밀고 있었던 게 떠올랐다. 그래서 감기에 걸린 것이었다. 여태 한마디 말도 하지 않던 제말이 왜 그렇게 밖을 내다보라고 강요했던 걸까?

메리엠은 잠이 들기 전에, 기차에서 자기가 본 모든 여자들에 대해 생각하면서 자기가 관찰한 그 모든 세세한 것들을 떠올려 봤다. 색을 칠한 손톱들, 반지들, 착 달라붙는 바지, 아니면 옆이 트여서 하얀 허벅지가 드러나 보이던 치마, 아무것에도 구애받지 않는 행동거지, 그리고 머리카락을 쓸어 넘기던 몸짓까지. 자기 부모를 모욕한 젊은 사내를 대하던 세헤쉬의 대담하고 분노에 찬 대응은 메리엠에게 깊은 인상을 남겼다. 세헤쉬가 자기 부모가 보는 앞에서 한 번도 보지 못한 사내에게 소리를 지르는 모습은 메리엠에게는 충격이었다. 세헤쉬의 말을 들은 사내 또한, 세헤쉬의 면전에 대고 마주 소리를 지르긴 했지만 때리려고 손을 들거나 그녀를 밀쳐서 넘어뜨리려는 동작을 취하지는 않았다. 그리고 그 노인이 사내의 얼굴에 침을 뱉었을 때조차, 폭력적인 행동이 이어지진 않았다! 얼마나 이상한 세계인가!

마을에서는, 여자들이 남자들 앞에서 말을 하거나 그들과 같이 먹는 것도 허용되지 않았다. 여자들은 자연스러운 욕구를 숨겨야 했고, 임신 사실도 감춰야 했다. 새 신부가 임신을 하게 되면 시어머니는 며느리가 피클이나 석류 시럽 같은 걸 점점 더 많이 찾는 걸 보면서 짐작을 할 수도 있지만, 정작 본인은 그 사실을 비밀로 하려고 애를 썼다. 임신을 한 새 신부는 임신기간의 마지막 날까지 울거나 불평 한마디 없이 일을 계속해야 했다. 분만통이 시작되면, 그제야 산파가 불려와 최대한 표를 내지 않고 일을 해치웠다. 세헤쉬 같은 여자가 임신을 하게 되면, 그 여자는 그 사실을 자랑스럽게 공표하고 온 가족의 시중을 받을 것 같았다.

메리엠이 보기에 지금 자기가 주변에서 본 것들은 자기에게 어떤 식으로든 불리하게 작용할 것 같지 않았다. 메리엠은 버스터미널에서 생전 처음으로 제말을 비롯한 다른 사내들과 함께 먹었다. 남자들 앞에서 무언가를 먹기 위해 입을 벌리는 게 처음에는 부끄러웠지만 배고픔이 금세 이런 느낌을 압도했고,

메리엠은 조금도 지체하지 않고 본능이 시키는 대로 샌드위치를 먹고 버터밀크를 마셨다. 기차간에서 차를 마시는 건 그보다 더 쉬웠고, 심지어 즐겁기까지 했다. 만약 머릿수건과 펑퍼짐한 바지, 그리고 진흙투성이가 된 플라스틱 신발까지 벗어버릴 수 있었더라면, 훨씬 더 편안했을 것이었다. 운이 좋다면, 이스탄불에 도착해서는 세헤쉬처럼 입을 수도 있을 것이었다. 세헤쉬가 입고 있는 옷들은 분명히 비쌀 것이었고, 메리엠한테는 돈이 한 푼도 없었지만 그녀는 어떻게 해서든 세헤쉬처럼 보이게 될 방법을 찾게 되기를 바랐다.

메리엠의 두통과 목이 붓는 증세는 점점 더 심해졌다. 실컷 두들겨 맞은 것처럼 관절도 아팠다. 화장실에 가야 했지만 그럴 만한 의지도, 자리에서 일어설 힘도 끄집어내기가 어려웠다. 느닷없이 다리 사이에서 익숙한 축축함이 느껴졌고, 메리엠은 두려움과 수치심에 사로잡혔다. 메리엠은 복통이 감기 때문이라고 생각하고 있었는데, 사실은 생리 때문이라는 사실을 깨달았다. 비비가 아이를 낙태시킨 후의 첫 번째 생리였다. 메리엠은 갑자기 공황 상태에 빠졌다. 이 사람들 틈에서 무얼 어떻게 할 수 있단 말인가? 자리에서 일어나 돌아서는 순간 다들 옷에 배어 나온 피를 보게 되지 않을까? 메리엠은 차라리 기차에서 뛰어내려 그 창피를 피하고 싶었다. 만약 잠이 들어 있을 때 시작된 거라면 옷에 이미 심하게 얼룩이 져 있을 터였다. 그러나

자리에서 일어나 보지 않고서는 확인할 방법이 없었다.

메리엠이 화장실까지는 어떻게 간다 하더라도, 메리엠에게는 피가 흘러내리는 걸 멎게 할 만한 게 아무것도 없었다. 집에서는 큰엄마가 못쓰게 된 속옷을 잘라 만든 천 조각을 주면 그걸 다리 사이에 끼우곤 했다. 메리엠은 그걸 사용한 즉시 찬물에 빨아야 했다. 그러지 않으면 벌레가 슨다는 것이었다. 뜨거운 물이나 비누로 빨게 되면 얼룩이 영영 지워지지 않게 되었다. 그 천 조각이라도 몇 개 있다면. 되네가 그 뱀눈을 뜬 채 몇 가지를 가방 안에 쑤셔 넣긴 했지만, 설령 거기까지 생각이 미쳤더라도 자기한테도 꼭 필요한 걸 넣어 주었을 리가 만무했다.

메리엠은 겁에 질린 나머지 자신의 통증에 대해서는 잊어버렸다. 제말은 메리엠의 옆자리에 눈을 감은 채 앉아 있었다. 공무원과 그의 아내는 잠들어 있었다. 맞은편 자리에 누워있는 환자 여인은 시체처럼 아무런 움직임이 없었고, 그녀의 남편은 바닥에서 요란하게 코를 골고 있었다.

메리엠은 자리에서 일어나 선반에 있는 가방에서 속옷을 꺼내 화장실로 가지고 간 뒤, 거기서 그걸 몇 조각으로 찢어야겠다고 결정했다. 그녀를 본 사람들은 핏자국도 보게 되겠지만, 그런 위험은 감수할 수밖에 없었다. "신이여, 도와주세요." 메리엠은 속으로 말하면서 자리에서 일어났다. 메리엠은 등을 환자 여인 쪽으로 돌리고 일어서서 가방까지 손을 뻗쳤지만, 그 자리에서 그걸 열고 속옷을 꺼낼 용기까지는 없었다. 그렇게 해도 얼룩이 보일 거라는 건 뻔했지만, 어쨌거나 메리엠은 가방을 엉덩이 뒤쪽으로 든 채 발끝걸음으로 객실을 나섰다. 만약에 제말이 깨어 있어서 메리엠을 봤다면, 분명히 피를 보았을 것이었다. 메리엠은 비비가 여자로 태어난 것에 대해 불평하던 걸 떠올렸다. 메리엠은 비비의 말에 전적으로 동의했다. 어렸을 때부터 메리엠에게 온갖 문제를 다 일으킨 건 죄다 그녀의 몸에 있는 이 죄로 가득 찬 부분이었다.

메리엠은 객실 문을 닫은 뒤 객차 끝에 있는 화장실을 향해 걸어갔다. 메리엠은 입고 있는 겉치마의 뒷부분이 젖었는지 느껴보려 했지만, 확실히 어떤 상태라고 말하기는 어려웠다.

메리엠은 울음을 터뜨렸고, 머리는 두 쪽으로 갈라질 것처럼 아팠다. 메리엠은 화장실 앞에서 기다리는 동안 가방을 열고 속옷 윗도리를 꺼냈다. 메리엠은 그걸 몇 조각으로 찢다 말고 누군가가 자기를 지켜보고 있다는 사실을 깨달았다. 메리엠은 객실 사이에 있는 유리문을 통해 자기가 보일 수도 있다는 사실을 잊고 있었는데, 유리문의 저쪽 편에서는 세헤쉬가 담배를 피우면서 메리엠을 지켜보고 있었다. 메리엠의 가슴이 마구 뛰기 시작했다. 세헤쉬는 그쪽 객차의 문을 열더니 열차와 열차 사이의 공간으로 나왔다. 세헤쉬가 이쪽 객차의 문을 열자 열차가 덜컹거리는 소리가 메리엠의 머리가 욱신거리는 것과 박자를 맞춰 들려왔다.

"몸이 아프군요." 세헤쉬가 자기 손을 메리엠의 이마에 갖다 대더니 말했다.

메리엠은 누가 봐도 고통을 받고 있는 상태였고, 세헤쉬는 이렇게 가련한 상태에 있는 그녀를 보면서 마음이 움직였다. 이 어린 여자의 녹색 눈은 그녀의 창백한 얼굴에서 보기 드문 야생화 두 송이처럼 두드러져 보였다. 세헤쉬는 속옷 셔츠를 찢으려고 애쓰는 메리엠의 모습을 보고 나서 사태를 짐작했다. "이름이 뭐예요?" 세헤쉬가 물었다.

메리엠은 겨우 속삭이듯이 자기 이름을 댈 수 있었다.

"부끄러워할 거 없어요." 세헤쉬가 부드럽게 말했다. "날 언니라고 생각해 봐요. 여기서 잠깐만 기다려요. 금방 돌아올게요."

메리엠은 너무나 창피했지만, 세헤쉬가 시킨 대로 복도에 있는 접이식 의자에 가만히 앉아 있었다.

잠시 후, 세헤쉬가 돌아오더니 메리엠에게 무언가를 건네주었다. "이걸 가지고 화장실에 들어가서, 다리 사이에 대요." 그녀가 말했다. "피가 새어 나오지 않을 테니까 걱정하지 마요."

메리엠은 창피해하면서도 손안에 든 그 처음 보는 자그마한 물건을 의심에 찬 눈으로 들여다봤다.

"내 말 믿어요. 우린 다들 그걸 써요. 약국에서 사는 거예요." 세헤쉬는 상자에 붙어있는 사진을 가리키며 다시 한번 강조했다.

메리엠은 화장실로 들어가 문을 잠갔다. 메리엠은 몸을 씻고 나서 그 작은 패드를 다리 사이에 끼웠다. 잠시 망설이다가, 안전장치를 더한다는 심정으로, 속옷 셔츠에서 찢어낸 천 조각도 끼웠다. 메리엠은 겉치마 속에 입고 있던 펑퍼짐한 바지를 벗어 가방에 넣은 뒤 화장실에서 나와 세헤쉬가 기다리고 서 있는 곳으로 갔다.

"잘했어요." 세헤쉬가 말했다. "이제 편안해질 거예요. 또 할 수 있는 게 있는지 생각해 봐요. 우리가 있는 객실로 와요. 내린 사람들이 있어서 그쪽이 앉을 자리가 있어요."

메리엠은 제말이 이걸 허락해줄지 말지 알 수가 없었지만, 지금 너무나 기운이 없고 누군가의 도움이 필요한 상태였기 때문에 이 친절한 제안을 뿌리치지 못한 채 세헤쉬를 따라 복도를 걸어갔다.

객실에서 쫓겨난 다음에, 세헤쉬와 그녀의 부모는 복도에 한참 동안 앉아 있다가 다른 객차에서 자리를 찾아 그리로 옮겨 갔다. 계속 길을 가는 동안, 기차는 서서히 비워지고 있었다.

세헤쉬와 메리엠이 객실에 들어갔을 때에는 세헤쉬의 모친과, 여전히 얼굴에 그 이상한 미소를 띠고 있는 부친 말고는 아무도 없었다. 두 여자는 나란히 앉았고, 세헤쉬는 아스피린을 물에 개어서 메리엠에게 주었다. 그러고 나서는 메리엠에게 뜨거운 차를 권했다. 차를 세 잔을 마시고 나서야 메리엠은 조금 나아진 것 같았고, 그 가족에게 자길 맡겼다. 세헤쉬의 모친은 부드러운 소리로 중얼거리면서 스카프를 두르고 있는 메리엠의 머리를 가볍게 두들겨 주었다.

그러고 나서 세헤쉬는 메리엠에게 자기 옆에 비어 있는 두 자리에 걸쳐 누우라고 말했다. 메리엠은 그 자리에 맞게 무릎을 굽히고 딱딱한 녹색 쿠션을 베고 누웠고, 누군가가 무언가를 덮어주는 걸 느꼈다. 오래지 않아 메리엠은 객차를 요람처럼 흔들면서 자장가처럼 울리는 기차의 리듬에 빠져들었다. 메리엠은 세헤쉬와 그녀의 모친에 대해 감사하는 마음을 품은 채 깜빡깜빡 졸음에 빠졌지만, 그러는 동안에도 혹시나 피가 겉치마에까지 배어 나온 건 아닐까 하는 걱정이 사라진 건 아니었다. 메리엠은 곧 깊은 잠에 빠졌다. 메리엠의 그 모습이 너무나 평화롭고 천진해 보여서, 세헤쉬와 그녀의 모친은 메리엠을 보면서 어린아이를 떠올렸다. 물이 빠진 겉치마에 팔꿈치가 튀어나온 녹색 스웨터를 걸친 가련한 아이, 비참하고, 허약하고, 쉽게 부서질 것 같은 어린아이.

세헤쉬는 담배를 한 대 더 피우기 위해 객차를 나섰다. 세헤쉬는 부친 앞에서는 담배를 피운 적이 없었다. 그녀는 메리엠이 같이 여행하고 있는 군인이 메리엠과 어떤 관계인지 궁금했다. 메리엠 말로는 사촌 형제간이라고 했지만, 두 사람은 단 한 마디도 대화를 나누지 않았다. 그 군인은 언제나 졸고 있거나, 잠을 자는 동안에는 몸을 뒤집고 돌리고 하면서 잠꼬대를 했고, 깨어 있을 때에는 허공을 노려보고 있곤 했다. 그는 자기를 무서워하고 있는 게 뻔히 보이는 메리엠을 본 척도 하지 않았다. 그는 아주 위압적인 인물이었다. 아무런 움직임이 없이 있을 때에도 그 군인은 맹금류의 그것 같은 기운을 발산하고 있어서, 그가 아주 천천히 움직이더라도 그의 먹잇감이 되는 존재는 그가 언제든 번개처럼 달려들 수 있다고 생각하게 되는 것이다. "어쩌면 많은 사람들을 죽였을지도 몰라." 세헤쉬는 생각했다. "하지만 그래도 그 공무원처럼 음흉스러운 거 같지는 않아. 무시무시하긴 하지만, 교활한 인간은 아냐."

세헤쉬의 오빠 알리 리자와 그의 친구들은 바로 그 공무원 같은 인간들을 위해 스스로를 희생시키고 있었다. 세헤쉬는 단식투쟁에 동조하는 입장은 아니었다. 오빠 같은 사람들은 죽고 그들의 적들은 즐거워하는 꼴을 보고 싶지 않았기 때문이다. 한 젊은이가 감옥 담장의 침묵 뒤에서 스스로의 목숨을 버렸을 때, 에크렘 같은 사람들은 자신들을 반대하는 이들 중 또 하나가 갔다고 좋아했다. 스스로를 다치게 함으로써 적을 해하는 게 가능은 한 일인가?

아직 그녀의 오빠가 말을 할 수 있을 정도로 건강했을 때, 세헤쉬는 면회하는 날마다 가서 자기 생각을 오빠에게 이해시키려고 애썼다. 세헤쉬는 제발 단식을 멈추라고 애원했다. "저 사람들은 오빠가 죽기를 바라고 있어. 그리고 오빠는 스스로를 죽임으로써 저 사람들이 원하는 대로 해주고 있는 거야."

불행하게도, 알리 리자와 그의 친구들은 자신들이 이기는 싸움을 하고 있는 중이라고 믿었다. "우리는 우리의 육체를 희생시킴으로써 우리 인민의 민주주의를 위한 투쟁을 대신하고 있는 거야." 그는 그렇게 대답했다. "우리가 한 사람씩 죽어가는 동안, 이 담장 밖에 있는 사람들은 스스로 일어나서 정부에 압력을 가하게 될 거야. 이건 정치적인 투쟁이야. 우리는 우리의 육체를 파괴시킴으로써 싸우는 거야. 우리가 치르는 희생은 우리 인민들이 치러 온 것에 비하면 아무것도 아니야."

"아, 오빠." 세헤쉬는 눈물을 흘렸다. "대중들은 오빠에 대해 전혀 신경도 안 써! 이 담장 밖에서는 사람들 모두 웃고 떠들면서 자기들 인생을 살고 있어. 사람들이 관심을 가지는 거라고는 누가 누구랑 연애를 하고 있고, 어떤 모델이 술집에서 어떤 축구선수랑 같이 목격됐는지 같은 걸 전해주는 텔레비전 프로그램뿐이야."

세헤쉬는 얼마든지 더 이야기할 수 있었지만, 오빠를 언짢게 하고 싶지는 않았다. 그래서 차마 이렇게 물을 수도 없었다. "신문도 안 읽고 텔레비전도 안 봐? 신문에 실리는 건 가슴을 다 드러낸 모델들하고 여자 옷 입은 남자 가수들, 수상스키를 타면서 웃고 있는 창녀들밖에 없어. 오빠의 '인민들'은 개인들이 아니라

노예가 된 무리들이야. 인격, 명예, 가치를 가지고 있는 개인은 하나도 없어."

세헤쉬의 오빠와 그의 친구들은 서서히 죽어가는 그들이 미디어를 통해 어떤 효과를 만들어내고 있다고 믿었다. 하지만 그건 사실이 아니었다. 그 사실을 알고 있는 이들은 극소수였다. 괴이하고 끔찍한 게임이었지만, 세헤쉬는 이 사실을 오빠에게 전해줄 수 없었다. 그는 마치 마법에라도 걸린 것처럼 완전히 다른 세계에 있었다. 이제는 그의 모친이 그의 단식투쟁을 멈추게 하려고 애를 쓰고 있었지만, 세헤쉬는 알리 리자가 그 말을 듣지 않으리라고 확신하고 있었다. 이 시점에서 중재 노력이 성공하지 못한다면, 알리 리자는 기억도 모두 잃은 상태에서, 걷지도 보지도 스스로를 돌보지도 못하는 산송장이 될 것이었다. 그리고 사회는 이 일을 비극으로 받아들이지 않겠다는 제스처를 취하고 있었다. 그 정부 공무원 같은 자들은 적대적이었고, 그런가 하면 지금 그 객실에서 잠들어 있는 여자아이처럼, 다른 사람들은 무슨 일이 벌어지고 있는지 알지도 못하고 있었다.

세헤쉬는 왜 알라위트[52]들이 다른 사람들을 신뢰하지 않고 자기들끼리만 결혼하는지 이해할 것 같았다. 이것은 무지에서 비롯된 태도가 아니라, 수백 년에 걸친 학살과 억압의 결과물이었다. 오늘날, 알리 리자와 같은 알라위트는 머리에 붉은 띠를 두르고 스스로의 목숨을 포기하는 걸 선택하고 있었다.

세헤쉬와 알리 리자가 어렸을 때, 두 사람은 세마 춤을 추곤 했다. 남자와 여자, 젊은이와 노인들이 빨간색과 초록색으로 된 옷을 입고 사즈[53]의 리듬에 맞추어, 마치 두루미들이 빙글빙글 돌듯이 함께 빙글빙글 도는 것이다. 젬 의식[54]의 핵심적인 부분은, 어른들이 데데[55]를 향해 무릎으로 기어 다가가 자신들의 죄를 고백하고 속죄를 얻는 것이었다.

한 의식은 세헤쉬의 기억 안에 각인되었다. 이제 곧 희생제를 치르고 나면 도축되어 가난한 이들에게 고기를 나눠주게 될 양 한 마리가 헤나 염료를 잔뜩 묻힌 채 데데 앞으로 끌려와 발을 묶인 채 거꾸로 들려 있었다. 데데는 그 양을 위해 사즈를 연주하면서 세 곡의 노래를 불렀다. 세 곡 모두 양에게 용서를 빌고, 양의 헌신을 찬양하는 내용을 담은 사죄의 노래들이었다. 데데는 노래를 마치고 나서, 양을 묶어놓은 줄을 풀라는 명령을 내렸다. 양은 희생되기 전에 사람들 사이를 자유롭게 돌아다녔다. 그 양이 마음대로 돌아다니면서 바닥에 놓인 쟁반들에 진열되어 있는 음식의 냄새를 맡고, 연주되고 있는 음악에 귀를 움찔거리는 동안 누구도 그 양을 방해해선 안 되었다.

알리 리자가 희생되고 있었지만, 어느 누구도 그에게 사과하지 않았다. 그는 혐오스런 정치 활동가로 여겨지고 있었다. 알리 리자가 대학에서 불법 조직에 가담하게 된 건 알라위트들 내면에 독사처럼 도사리고 있는, 지난 수 세기에 걸쳐 부당하게

박해받아왔다는 그 느낌 때문인 건가? 이 조직들은 알리 리자 같은 이들의 공감을 얻었지만, 그들은 그 조직들에서 나오는 문서들을 퍼뜨리는 역할을 했을 뿐, 그들이 벌이고 있는 다른 활동들에 대해서는 아는 게 없었다. 대개의 경우에는 이 젊은이들만이 실제 희생자가 되었다. 알리 리자는 마음이 너무 부드러운 나머지 닭을 잡는 것도 못 보는 성정이었다. 그런 그가 어떻게 테러리스트가 되겠는가?

알라위트 마을에는 모스크가 없고, 그 종파의 여인들은 몸을 가리지 않았기 때문에, 많은 무슬림들이 알라위트들을 진정한 신자로 여기지 않았다. 그런 무슬림들에게는 알라위트들이 하는 것처럼 술을 마시고 음악이 연주되는 가운데 예배를 드리고 하는 건 용납할 수 없는 일이었다. 세헤쉬는 친구들이 라마단에 금식을 하지 않는다고 자신을 비난하는 것 때문에 울었던 게 여러 번이었다. 세헤쉬는 자신이 알라위트라는 사실로 인해 모욕을 당하는 것에 분노하고 있었다.

여자이고 알라위트이고 가난하다는 것—이보다 더 최악의 조건이 있을까? 그것만으로는 충분치 않다는 듯이, 이제 세헤쉬에게는 '테러리스트' 오빠마저 생겼다. 세헤쉬가 좋은 직장을 얻거나 그녀가 살고 있는 공동체 밖의 사람과 결혼을 하게 될 가능성은 거의 없었다.

"알리[56]여, 알리여." 세헤쉬가 중얼거렸다. "당신은 왜 좀 더 강하지 못했나요? 왜 그들이 당신을 살해하도록 내버려 둔 건가요? 당신은 신의 용맹스러운 사자였고 예언자의 사위였음에도 불구하고 너무나 많은 잔인함을 견뎌야 했고, 당신의 아이들을 가련한 상태로 내버려 두고 떠났습니다. 수백 년이 지난 지금, 우리는 당신 때문에 고통받고 있어요!"

세헤쉬는 오래된 민요를 들으면서 얻게 된 용기를 통해 알리를 비난할 수 있었다. 알라위트들 사이에서 알리는 하늘 끝까지 찬양받았지만, 옛날 노래들 속에서는 알리는 물론 예언자[57]와 신조차도 비난을 비껴가지 못했다.

한번은 세헤쉬가 15세기의 시인인 카이구수즈 아브달의 시를 학교 친구들 앞에서 낭송한 적이 있었다. 세헤쉬가 "가장 고귀한 것보다 더 고귀한 신이여, / 낮보다는 밤에 더 가까운 신이여, / 당신은 이름은 있으나 몸이 없습니다 / 신이여, 당신은 없음을 닮았습니다"라고 쓰인 부분을 읽자, 그녀의 친구들은 "하나님 맙소사!"라고 외치며 달아났다. 나중에 그들은 학교 당국에 세헤쉬에 대한 불평을 접수시켰다. 세헤쉬는 학교 측의 처벌 때문이 아니라 친구들이 자기를 피하기 시작하는 걸 보면서, 수백 년 동안 한 세대로부터 다음 세대로 입에서 입으로 전해 내려온 이런 노래와 시들이 비밀로 감춰져야 한다는 사실을 깨닫게 되었다. 알라위트 종파의 아이들은 집에서 생활하는 종교적인 관용과 외부 사회를 장악하고 있는 수니파의 압력 사이에서 종종 혼란을 겪었다.

객실 안에서 잠들어 있는 그 불쌍한 여자애는 얼른 보기에도 알라위트가 아니었다. 그녀는 머리를 가렸고, 남자들이 있는 자리에서는 불편해했다. 많은 어려움을 겪은 애야. 세헤쉬는 생각했다. 메리엠은 인생을 제대로 즐겨보지 못한 채 나이 들게 되는 수백만 명의 여자애들 중 한 사람이었다. 이 여자아이들은 자신의 운명을 바꿔볼 기회를 전혀 가지지 못했다. 세헤쉬는 메리엠에게 그녀의 이름이 언급되어 있는 오래전의 말들—자신들이 신과 함께 있었다고 생각하는 이들이 쓴, 수백 년 전부터 전해 내려온 신비스러운 시편들 속의 말들을 전해주어야 하나 생각했다. 이십 세기의 마지막을 향해 가고 있는 시점에서도, 이 시 구절들을 사람들 앞에서 낭송하는 건 가능하지 않은 일이었다. "아담과 이브가 아직 우주에 모습을 드러내지 않았을 때 / 우린 이해 불가능한 비밀 안에서 신에 대한 믿음을 가지고 있었다 / 우리는 마리아 안에 하룻밤 동안 깃든 손님이었다 / 그리고 우리는 예언자 예수의 진정한 아버지다"

객실 안에서 잠들어 있는 여자애가 이 시를 들었다면, 그 여자애는 아마도 세헤쉬에게 다시는 말도 하지 않았을 것이다.

세헤쉬가 자기 객실로 돌아갔을 때, 메리엠은 갑자기 눈을 뜨고는 이렇게 물었다. "기적을 본 적 있으세요?"

대답을 기다리지도 않고, 메리엠은 다시 잠이 들었다. 무슨 말을 하고 싶었던 걸까? 이 여자애는 왜 잠 속에서 그런 질문을 던졌을까? “이상한 애야.” 세헤쉬는 생각했다. “어쩌면 기적이 필요한가 봐.”

* * *

제말은 기차가 역에 정거했을 때 잠에서 깨어났다. 아직도 먼 길을 가야 한다는 걸 알고 있었기 때문에, 제말은 기차가 서는 역들의 이름에 별로 관심을 두지 않았다. 제말은 기지개를 켜면서 주변을 둘러보았다. 메리엠이 사라졌다! 화장실에 갔겠지. 제말은 생각했다.

제말은 객실의 문을 열고 복도를 내다봤다. 제말이 여자애를 찾고 있다고 짐작한 에크렘이 말했다. “그 여자애는 댁이 자고 있는 동안 나갔어요. 가방을 가지고요.”

제말은 깜짝 놀랐다. 메리엠이 탈출한 건가? 그럴 리가. 그건 가능하지 않았다. 그 애가 어디로 갈 수 있단 말인가? 돈도 없고, 지금 있는 위치도 모르는 처지에.

제말은 복도를 달려가 열차의 문을 열고 플랫폼으로 뛰어내렸다. 제말은 다급하게 상인들과 역무원들, 열차에 타고 내리는 승객들 사이를 비집고 뛰어다녔다. 모든 곳을 다 살폈지만, 메리엠은 사라지고 없었다. 아버지한테는 뭐라고 말하지? 어떻게 그 얼굴을 다시 볼 것인가? 메리엠을 잃어버렸다고 사실대로 고백하느니 차라리 죽어버리는 게 나을 터였다.

차장이 출발신호를 보냈고, 기차는 다시 움직이기 시작했다. 더 이상 플랫폼에 서 있을 수가 없었기 때문에, 제말은 다시 기차로 뛰어올랐다. 분노와 절망이 그를 장악했다. 기차가 역을 떠날 때, 제말은 혹시라도 메리엠의 모습을 찾을 수 있을까 싶어 플랫폼을 살폈다. 갑자기 에크렘이 옆에 나타났다. "걱정하지 마요!" 그가 말했다. "그 여자애는 기차 안에 있어요."

제말은 그 사내를 껴안아주고 싶었다.

"내가 안을 돌아다녀 봤는데," 에크렘이 말을 이었다. "내가 의심한 대로, 그 빌어먹을 공산주의자들이 그 여자애를 자기들 객실에 데리고 있더군요. 영웅을 친척으로 두고 있는 애니까 아마 세뇌시켜서 자기들 그룹으로 끌어들이려고 하는 거겠죠."

"어디 있어요?" 제말이 으르렁거렸다.

에크렘은 제말을 다음 칸으로 데리고 가서 세헤쉬 일가가 타고 있는 객실을 가리켰다.

제말은 그 안으로 뛰어 들어가 메리엠을 붙들고 사납게 흔들었다. 세헤쉬를 포함해 모두가 깜짝 놀라서 제말을 말릴 엄두도 내지 못했다 "너 여기서 뭐 하는 거야?" 제말이 고함을 질렀다.

메리엠은 아직 잠이 덜 깨 제정신이 아닌 상태에서 제말을 보면서 두려움을 느끼기 시작하고 있었고 무어라 변명하려 하고 있었는데, 제말이 그녀를 때리기 전에 세헤쉬의 아버지가 그의 팔을 잡았다. 제말은 몸을 돌려 믿을 수 없다는 표정으로 그를 봤다. 이 허약한 노인네가 무슨 배짱으로 그를 잡는단 말인가? 이 정신 나간 노인이 그에게도 침을 뱉을까? 그때 제말은 제발 자비를 베풀라고 애원하는 것 같은 그 노인의 눈을 봤다. 제말은 그를 그가 앉았던 자리로 떠밀어 주저앉혔다. 세헤쉬는 자리에서 일어나 메리엠 앞을 막아섰다. "이 애 아픈 거 안 보여요?" 그녀는 제말에게 고함을 질렀다. "내가 복도에서 봤을 때, 이 애는 거의 기절을 하려는 참이었어요. 그래서 여기에 데리고 와서 약을 주고 좀 쉬게 한 거예요!"

"예, 맞아요." 세헤쉬의 모친이 다급하게 덧붙였다. "이 애는 그때부터 줄곧 잠만 잤어요."

제말은 메리엠의 충혈된 눈, 코, 그리고 핼쑥한 얼굴을 봤다. 메리엠은 아직도 아픈 상태였다. "따라와!" 그가 소리를 질렀다.

두 사람이 그들의 객실로 돌아왔을 때, 에크렘은 장광설을 펴고 있었다. "우리 제국을 파괴한 터키의 적들이 이제는 마지막으로 남은 땅까지 차지하려고 싸우고 있단 말입니다." 그의 말에 따르자면, 공산주의자들은 중요하지 않았다. 그들은 패배했고, 몇몇 잔당은 감옥에 갇히게 되자 자살하고 말았다. 진짜 싸움은 터키인 대 쿠르드족과 샤리아에 의한 통치를 주장하는 자들과의 싸움이었다. 이 적들은 역사상 마지막 터키 국가의 존립을 위협하는 존재들이기 때문에 그들이 거주할 공간을 허락하면 안 될 것이었다. 그는 "누가 됐든 스스로를 터키인이라고 생각하지 않는 자는 이 축복받은 나라를 즉각 떠나야 합니다."라는 말로 자신의 발언을 마무리 지었다.

제말은 에크렘이 하는 말을 거의 듣지 않았다. 그는 이 여자애를 제거할 방법을 궁리하느라 다른 생각은 할 겨를이 없었다. 주변에 사람이 너무 많기 때문에, 낮 시간의 기차에서는 할 수 있는 게 아무것도 없었다. 주변의 풍경이 바뀌었다. 산악과 구릉지대는 황량한 초원지대로 바뀌었다. 나무 한 그루 보이지 않았다. 만약에 이 여자애를 기차에서 밀어버린다면, 그의 행동은 아주 먼 거리에서도 눈에 띌 것이었다. 싫든 좋든, 이스탄불에 도착할 때까지 기다려야 할 것이었다.

차장은 열차가 앙카라에 도착한다고 알렸다. 에크렘과 그의 아내는 내릴 준비를 했다. 혈색이 좋은 농부는 여행을 하는 동안 내내 죽은 듯이 늘어져 있던 그의 아픈 아내를 쿡쿡 찔렀고, 그 여자는 약간 움직였다.

열차는 선로를 바꿨고, 곧 역사 안에 들어가 멈춰 섰다. 메리엠은 플랫폼을 내다봤다. 앙카라에는 잘 차려입은 사람들이 훨씬 더 많이 있었다. 군중들 속에는 시골 사람들도 섞여 있었지만, 헐렁한 바지를 입고 있거나 착 달라붙는 머리 스카프를 맨 사람들은 아무도 없었다. 여자들의 대부분은 머리카락을 그대로 내놓고 있었고, 금발인 사람들도 여럿 눈에 띄었다.

여기에서 세헤쉬는 객실에 들어와 메리엠에게 작은 비닐 가방을 하나 건네주었다. "약." 그녀는 단순히 그렇게 말하고는 제말은 쳐다보지도 않은 채 돌아서서 객실을 나갔다. 에크렘과 그의 아내는 세헤쉬의 뒤를 따라 객실을 나섰고, 농부는 자신의 아내를 들어 올려 어깨 위에 걸쳐 메고는 역시 객실을 나섰다. 메리엠은 플랫폼에서 그들을 기다리고 있는 사람들을 보았다. 그중 하나는 아마도 아픈 여자의 형제인 것 같았다. 그는 아내와 두 아이를 데리고 와 있었다. 그들은 힘을 합해서 여자를 자신들이 가지고 온 손수레에 실었다. 그들은 그 아픈 여자가 마치 시멘트 포대나 되는 것처럼 다루면서, 자기들끼리 즐겁게 대화를 나누면서 멀어져갔다.

에크렘과 그의 아내를 플랫폼에서 맞이한 건 두 사내였다. 에크렘은 그들에게 이미 멀어져가고 있는 세헤쉬와 그녀의 부모를 가리켰다. 두 사내 중 한 사람이 그 가족을 좇아갔다.

메리엠은 제말이 기차에서 내려 담배를 피우고 있는 걸 봤다. 그녀는 객실에 혼자 남아 있었다. 메리엠은 비닐 가방을 열어 세헤쉬가 주고 간 약을 살펴봤다. 물에 녹인 알약, 아스피린 몇 알, 그리고 세헤쉬가 복도에서 보여줬던 것과 똑같은, '오키드'라는 이름이 적혀 있는 상자 하나가 들어 있었다. 메리엠은 다리 사이에 아무런 축축한 느낌도 없다는 걸 깨달으면서,

다리 사이에 끼운 그 패드가 정말 놀라운 마술을 부렸다는 사실을 기억해냈다. 사실은, 메리엠은 자기가 그걸 사용하고 있다는 사실도 잊고 있었지만, 이제 그걸 바꿔줘야 할 때가 됐다는 건 분명히 알고 있었다.

새로운 승객들

앙카라에서 다시 사람들이 올라탔다. 젊은 부부와 그들의 열 살짜리 아들이 메리엠과 제말의 맞은편 자리에 앉았고, 어떤 젊은 여자와 하얀 외투를 입은 금발의 사내 하나가 옆자리에 앉았다. 승객들은 무례하게 보이지는 않으려고 하면서도 은밀하게 서로를 살폈다. 앞으로 긴 시간을 같이 가야 할 사람들이 어떤 사람들인지 궁금했던 것이다.

메리엠의 두통은 한결 가벼워졌고, 그녀는 옷에 피가 묻을 것에 대해서도 더 이상은 크게 걱정하지 않았다. 메리엠은 세헤쉬에게 큰 고마움을 느꼈고, 자기가 복도로 나가길 잘했다고 생각했다. 세헤쉬는 신을 믿지 않는 게 분명해 보였고 무슬림이 아닌 것처럼 함부로 말했지만, 메리엠에게는 큰 도움이 되어 주었다. 메리엠은 혼란스러웠다.

얼마 지나지 않아 메리엠은 다시 콧물을 흘리기 시작했고, 목도 아프기 시작했다. 제말이 역의 뷔페에서 사다 준 버터밀크를 마시고 참깨를 뿌린 빵을 먹으려고 하자 통증은 더 심해졌다. 그렇긴 했지만, 메리엠은 아까보다는 훨씬 나아진 것 같았고, 또한 이 새로운 세계에 대해 더 잘 알고 싶은 마음이 강했기 때문에 자기 맞은편에 앉은 여자를 자세히 살폈다.

그 여자는 날씬한 몸매에 착 달라붙는 바지를 입고 푸른색과 흰색으로 된 운동화를 신고 있었다. 허리에 맨 폭이 넓은 벨트는 알파벳 D와 G로 장식되어 있었다. 그녀가 입고 있는 얇은 흰색 블라우스는 몸에 너무나 달라붙어서 가슴을 강조하는 역할을 했다. 목에는 화려한 색상의 손수건을 두르고 있었고, 밝은 금발인 머리는 뿌리 근처에서는 이상하게 어두운색이었다.

그녀는 핸드백에서 반짝거리는 종이로 만든 잡지를 꺼내더니 읽기 시작했다. 메리엠은 그 잡지의 표지에 벌거벗은 여자의 사진이 실려 있는 걸 볼 수 있었다. 그 여자의 가슴, 긴 다리, 그리고 엉덩이까지 모두 아무것도 걸치지 않고 있었는데, 그 여자는 꼭 다문 입술에 붉은 립스틱을 바르려고 몸을 앞으로 숙이고 있는 상태여서 메리엠을 정면으로 쳐다보고 있었다. 메리엠은 몸을 떨었다. 저 여자는 어떻게 저런 잡지를 읽을 수 있남?

그 여자의 옆자리에는 짧은 머리에 안경을 끼고 푸른색 스웨터를 입은 여자의 남편이 앉아서 신문을 대충 훑어보고 있었다.

자기 아내가 읽을거리를 선택하는 안목에 대해서는 아무런 걱정도 하지 않고 있는 것처럼 보였다.

두 사람의 아들은 멜로디와 그냥 말 중간쯤에 속하는 것 같은 무언가를 흥얼거리면서 자그마한 검은 상자처럼 보이는 걸 가지고 놀고 있었다. 그 애가 어떤 단추를 누르면 그 상자에서는 이상한 소리가 났다. 그 애는 자기 엄마가 신고 있는 것과 비슷한 신발을 신고 있었는데, 한쪽은 끈이 풀려 있었다.

제말 옆에 앉은 금발의 사내는 메리엠이 못 알아듣는 말로 동행인과 대화를 나누고 있었다. 메리엠은 터키어와 약간의 쿠르드 말을 알았지만, 그 커플이 사용하는 언어는 한 번도 들어본 적이 없었다.

메리엠이 제말을 봤더니 그는 여자가 보고 있는 잡지 표지를 쏘아보고 있었다. 간혹 고개를 들어 천장을 쳐다봤지만, 표지 속의 벌거벗은 여자를 또 들여다보고 싶은 욕망을 아주 누르지는 못하고 있었다. 제말은 마음이 편치 않아 보였고, 메리엠은 그런 제말의 모습을 보면서 조금 흡족해졌다. 여행을 떠나면서부터 내내 무표정, 무관심을 유지해 온 제말의 단단한 껍질에 처음으로 균열이 일어나고 있었다. 어느 정도였느냐면, 그의 두 손이 거의 떨릴 정도였다.

메리엠은 창밖을 내다봤다. 농작물도 없고 사람이 살지도 않던 곳들 자리에 집들과 공장들이 들어서 있었다. 맞은편 선로에서 다가오는 기차들은 마주치는 순간 거센 바람을 일으켰다가 곧 끔찍한 소리를 터뜨리면서 그녀를 깜짝 놀라게 만들었다.

메리엠은 다시 맞은편 자리에 앉은 가족에게로 시선을 돌렸다가, 그 어린 사내애가 자신을 응시하고 있다는 사실을 깨달았다. 그 아이는 메리엠이 입고 있는 겉치마와 모직 양말, 그리고 흙투성이 신발을 하나하나 보면서 그녀를 자세히 살피고 있는 듯했다.

사내애는 자기가 들고 있던 상자를 메리엠에게 보여주면서 느닷없이 물었다. "게임보이 할 줄 알아요?"

메리엠은 놀라서 고개를 저었다.

"왜 몰라요?"

"모르니까." 메리엠이 말했다.

사내애는 포기하지 않았다. "우린 차가 있는데, 엄마가 사고를 냈어요. 그래서 이스탄불에 있는 할아버지네까지 기차를 타고 가는 거예요. 엄마가 비행기는 무서워해요."

메리엠은 그 사내애 말을 듣고 고개를 끄덕였다.

아이는 다시 콧노래를 부르면서 그 이상하게 생긴 장난감을 가지고 놀기 시작했다. 그러더니 끈이 풀려 있는 신발을 메리엠을 향해 불쑥 내밀더니 말했다. "묶어줘!"

메리엠은 그 말을 듣는 즉시 몸을 앞으로 숙였는데, 아이의 엄마가 고개를 들더니 "얘, 창피한 줄을 알아!"라고 말했다.

"너보다 나이 많은 사람한테 무슨 말버릇이 그러니? 너도 이제 다 컸어. 네 신발 끈은 네가 묶어."

"하지만 이 아줌마 식모 아녜요?" 아이가 물었다.

"아냐."

"하지만 우리 식모랑 똑같은데요."

여자는 메리엠에게 미소를 지어 보이면서 말했다. "죄송해요."

"괜찮아요." 메리엠이 대답했다. "신발 끈 제가 묶어줄 수 있어요."

말은 그렇게 했지만, 메리엠은 사람들 앞에서 신발 끈을 묶는 게 망설여졌다. 나비날개 모양으로 묶을 줄을 몰랐기 때문이다. 메리엠이 망설이고 있는 동안 사내애는 화가 나서 투덜거리면서 자기 신발 끈을 묶었다.

메리엠은, 태어나서 처음으로, 사람들이 자기한테 공손하게 말을 하고 있다는 사실을 깨달았다. 메리엠에게는 벌거벗은 여자가 나오는 잡지를 사람들 보는 데서 읽는 여자가 남자들한테 맞서서 말다툼을 하던 여자가 그랬던 것처럼 자기를 사람으로 취급한다는 게 기적처럼 느껴졌다.

그러는 동안, 제말 옆자리에 앉아있던 젊은 여자는 "즐거운 여행 되세요."라고 말했다. 그녀가 누구에게 그 말을 한 건지는 분명하지 않았지만, 그녀의 맞은편에 앉아있던 남자가 "그쪽도요."라고 말했고, 다들 고개를 끄덕였다.

"이쪽은 피터 케이프라고 해요. 미국인 기자예요." 젊은 여자가 자기 옆에 앉은 남자를 소개하면서 말을 이었다. "지금 쓰고 있는 기사 때문에 사람들을 인터뷰하러 터키에 왔어요. 여러 부류의 사람들하고 대화를 나눠보고 싶어 해요. 저는 이분 통역자고요."

여자는 가방에서 명함을 두 장 꺼내더니 제말과 사내아이의 아버지에게 건넸다. "제 이름은 레일라예요. 괜찮으시다면 피터가 두 분한테 몇 가지 질문을 하고 싶다는데요."

"물론이죠." 맞은편에 앉은 짧은 머리의 사내가 서슴없이 대답했다. 그러더니 그는 메리엠이 조금 전에 들었던 외국어로 그 미국인에게 무어라 말했다. 사내는 영어가 서툰 편이었지만, 그 기자와 직접 대화하고 싶어 했다.

"저흰 터키의 여러 지방을 다녔어요." 레일라가 말했다. "동부, 서부, 흑해 연안, 그리고 지중해 연안에도 갔어요. 트럭을 타기도 하고, 나귀를 타고 산간 마을에 올라가기도 했어요. 지금은 기차를 타고 있고요. 피터는 다양한 배경을 가진 사람들을 만나보고 싶어 해요."

그 미국인은 수첩을 꺼내더니 맞은편에 앉은 사내에게 질문을 던졌다. 레일라가 통역을 했다.

"직업이 뭐냐고 묻는데요."

"비뇨기과 의삽니다. 제 아내는 은행에서 일하고요."

"앙카라에 사세요?"

"예."

"저희가 만난 어떤 분들은 터키에서 우익 지지자들과 좌익 지지자들 사이의 싸움은 이제 끝났다고 하더군요. 오늘날 터키에는 세 가지 기둥이 있어요. 터키 민족주의, 쿠르드 민족주의, 그리고 정치적 이슬람. 동의하세요?

"아뇨." 사내는 자신의 놀람과 불쾌함을 감추려는 억지 노력을 전혀 하지 않은 채 단호하게 말했다. "저는 터키 공화국이 어떤 식으로든 분열되어 있다는 사실은 절대 받아들일 수 없습니다."

사내는 눈썹을 찡그리면서 턱을 들어 올렸다. 마치 여기에서 더 말하면 외국인 스파이에게 자기 나라의 비밀정보를 제공하는 배신자로 비난받게 될지도 모른다고 생각하는 듯했다.

레일라가 피터와는 의논하지 않은 채 말을 이었다. "오해하지 말아 주세요. 피터 말은 터키가 나뉘어 있다는 얘기가 아녜요. 이 나라에서는 현재 세 가지 문제가 시선을 끌고 있다는 거죠."

레일라가 한 말의 속뜻을 헤아려보고 있는 건지, 사내는 약간 당황하면서 입을 다물었다. 자기 남편이 입을 다문 틈을 타서 여자가 대화에 끼어들었다.

"그런 구분은 존재하지 않아요." 그녀가 말했다. "한쪽에는 근대적이고 세속적인 케말주의 공화국이 있어요. 그리고 다른 쪽에는 그 공화국을 파괴하려는 쿠르드 족과 이슬람주의자들이 있는 거고요."

레일라는 기자에게 그 말을 통역했다.

"그런 상황이 두려우신가요?" 피터가 물었다.

"예. 사실 좀 그래요." 그녀가 대답했다. "쿠르드족이 어떤 짓을 했는지, 얼마나 많은 사람을 죽였는지 다들 알고 있으니까요."

그녀는 잠시 멈췄다가 비난하는 어투로 말을 이었다. "그 사람들은 서방국가들의 지원과 도움을 받아서 그렇게 했어요."

"그게 왜 두려운 거죠?" 피터가 물었다.

"이슬람주의자들은 이 나라를 또 다른 이란으로 만들려고 하고 있어요. 그 사람들은 모든 터키 여자들한테 '바퀴벌레'들처럼 머리끝부터 발끝까지 시커먼 베일을 씌우게 하려고 해요. 그 사람들은 할 수만 있다면, 지금 당장이라도 우리한테 베일을 쓰라고 강요할 거예요."

"이슬람식 머릿수건을 두고 대학들에서 일어난 폭동에 대해서는 어떻게 생각하세요?"

"그건 중앙본부에서 내려온 지시를 따라서 이뤄진 거예요. 그 사람들이 두른 건 스카프가 아니라 정치적 상징이에요. 이란에서도 그런 식으로 시작됐어요. 그 사람들은 머릿수건을 두른 여자들 수천 명을 제일 먼저 대학들에, 그다음에는 정부 부처에 심어둘 계획인 거예요. 그다음으로는 아랍식 알파벳을 사용하라거나 금요일을 공식 휴일로 만들라는 것 따위를 요구하겠죠. 결국에 가선 이슬람법으로 통치되는 국가를—탈레반 같은 걸 만들려는 거예요."

"하지만 어떤 여학생이 자기가 원하는 대로 머릿수건을 두를 권리는 있지 않나요?"

"그 여학생이 정치적인 의제를 지지하려는 목적을 가지고 있는 게 아니라면요. 우리 할머니들도 머리를 가렸지만, 이 여자들은 방식이 달라요. 이 여자들한테는 그게 보통 머릿수건이 아니라, 정치적인 상징이고 일종의 유니폼이에요."

"그게 무슨 뜻이죠?"

여자는 그걸 설명하는 게 쉽지 않은 듯했다. 그러더니, 갑자기, 메리엠을 가리켰다. "이 아가씨를 보세요." 그녀가 말했다. "이 아가씨는 머리를 가렸지만 그 여자들이 하는 식하고는 달라요. 이 아가씨가 한 건 전통적으로 아나톨리아 지방 여자들이 머리를 가리는 식이고, 그 미치광이들이 하는 것하고는 달라요."

메리엠은 부끄러웠다. 객실 안의 모든 사람들이 자기의 더러운 머릿수건을 쳐다보고 있었다. 심지어 무슬림이 아닌 외국인도 자기를 보고 있었다.

"어디에서 오셨죠?" 레일라가 물었다.

"반 호수 근처요. 그러니까, 술루카요." 메리엠이 더듬거리며 말했다.

그러자 피터가 몇 가지 질문을 던졌고, 레일라가 통역했다.

"쿠르드인인가요 아니면 터키인인가요?"

메리엠은 마치 제말이 자기가 말하는 걸 막고 있기라도 한 것처럼 그를 쳐다봤다. 제말은 신경도 안 쓰는 것 같았고, 그래서 속삭이는 투로 말했다. "신께 감사하게도, 저는 무슬림입니다."

"이 사람은 그걸 물어본 게 아니에요." 레일라가 말했다. "이 사람은 당신이 터키인인지 쿠르드인인지 물어본 거예요."

"우리가 사는 지역에서는, 터키인과 쿠르드인이 섞여 있어요."

제말이 끼어들었다. "옛날부터 서로 간에 결혼도 했죠—하지만 우리 집안은 쿠르드보다는 터키의 피가 더 많이 섞여 있어요."

레일라는 제말의 생김새를 보고 그가 군인이라는 걸 알아차렸고, 피터에게 이 사실을 이야기했다.

그러자 그 기자는 제말에게 상당한 관심을 보였고, 몇 가지 질문을 던진 다음에 제말이 산악지대에서 싸운 전직 특공대원이라는 사실을 알게 됐다. 피터는 제말이 복무기간 중에 어떤 일들을 겪었는지 알고 싶어 했다. 쿠르드족의 마을이 정말로 완전히 파괴되었는가? 지역 방위군들이 정말로 마을 주민들 위에 폭군처럼 군림했는가? 제말의 동료들이 살해된 적이 있는가? 제말은 얼마나 많은 게릴라들을 직접 죽였는가? 제말은 자신이 참여한 작전들에 대해 어떻게 생각하고 있는가? 제말은 북부이라크와의 국경을 넘어간 적이 있나? 부상을 당한 적이 있나?

제말은 곧 이 상황을 불편하게 느끼기 시작했다. 너무 말을 많이 하다가 군사기밀을 노출시키고 나라를 위해 싸우다가 죽은 동료들을 배신하게 될까 봐 두려웠다. 병사들 간의 형제 의식에는 지켜야 할 불문율들이 있었다. 그것들 중 하나는 이런 식의 대화에 말려들지 않는 것이었다.

그에게 질문을 던지고 있는 이방인은 산악지대에 가본 적도 없는 사람이었다. 총알이 머리 위를 지나가는 경험은 당연히 없을 것이었다. 지뢰를 밟았을 때 온몸을 조여드는 공포를 느껴본 적이 없는 사람이었다. 며칠 밤낮을 야외에서 피부까지 젖어드는 비를 맞으면서 살아본 적도 물론 없을 것이었다. 제말로서는 이 모든 걸 그에게 설명할 방법이 없었고, 그래서 대충 얼버무리기만 했다. "잘 모릅니다. 전투조하고는 거리가 먼 보급부대에 있었어요."

피터는 마침내 제말이 자기에게 아무 말도 하지 않으리라는 걸 깨달았다.

"저 기자한테 이 나라에서 쿠르드족이 동등한 대우를 받고 있다는 사실을 얘기해 주세요." 의사가 갑자기 끼어들었다. "저 사람 이런 식으로 휘젓고 다니는 거 별로 안 좋아요. 터키공화국의 시민인 사람은 누구나 다 터키인입니다. 미국하고 마찬가지예요. 미국에도 다양한 사람들이 있잖아요. 흑인, 백인, 남미인…

이 사람들이 다 미국인 아닌가요? 마찬가지로 우리도 다 터키인이고, 누구도 우리나라를 나누게 해서는 안 돼요."

피터 케이프는 공손한 태도로 들었다. "하지만 미국에서는," 그가 대답했다. "누구나 자기가 쓰고 싶은 언어로 말하고, 자기가 원하는 대로 옷을 입습니다. 그런데 여기서는 쿠르드어 교육과 쿠르드어로 하는 텔레비전방송이 금지돼 있잖아요. 안 그런가요? '터번'을 두르고 학교에 가는 것도 불법이고요. 제가 말하는 건 이런 문젭니다."

피터는 한 달 반이 넘는 기간 동안 갈등으로 가득 찬 이 놀라운 나라를 여행하고 있는 중이었다. 그는 이렇게 서로 다른 생활방식을 가지고 있는 땅을 본 적이 없었다. 심지어 이 객실에 들어 있는 사람들만 해도 모두 같은 민족의 구성원이라고 하기에는 어려울 것이었고, 이런 게 그로서는 놀라운 점 중 하나였다. 남동부 지역에서 PKK와 터키군 사이에 벌어지고 있는 전쟁은 벌써 십오 년을 끌고 있었다. 수만 명이 죽었는데, 그렇다고 해서 그게 터키인과 쿠르드인의 자식들이 결혼하는 걸 막지는 못했다. 얼마나 놀라운 모순인가!

지금 당장 알라위트와 수니파 신자들 사이에 분쟁이 있는 건 아니었지만, 이들은 서로의 가족들끼리 섞이는 걸 허락하지 않고 있었다. 만약 이들 사이에 분쟁이 생긴다면 피를 보게 될 것이었다. 반면에, 터키인들과 쿠르드인들이 서로를 죽이는 건 오직 산악지대에서만 일어나고 있는 일이었다. 객관적으로 보자면, 수백만의 쿠르드족들이 도시로 이주해 간 뒤에 큰 도시들의 경우에는 상당한 규모의 쿠르드족 인구를 가지게 되었지만, 이 도시들 안에서 터키인과 쿠르드인들 사이에 분쟁의 조짐이 있었던 경우는 전혀 없었다.

터키는 무슬림들의 나라지만, 터키인들은 아랍인들과 이란인들을 아주 싫어하는 것처럼 보였다. 터키인들은 스스로를 서구인이자 유럽인으로 생각했다. 그들은 서양을 우러러보고 모방했지만, 동시에 그들에 대한 뿌리 깊은 불신 또한 가지고 있었다.

피터는 또한 대중문화에서 나체가 상당히 많이 보인다는 점에도 놀라고 있었다. 경찰이 이슬람식 머릿수건을 두르고 대학 캠퍼스에 들어가려는 여학생들을 단속하는 한편에서, 텔레비전과 신문들에는 포르노와 다르지 않은 섹스 이야기가 라마단 기간에도 넘쳐나고 있었다. 피터로서는 이런 점들이 이해하기 매우 어려웠다.

피터는 분할된 국가에 대한 피해망상의 증상들과 이것들이 사람들을 전투적인 민족주의자로 만드는 모습을 반복해서 목격해 왔다. 그의 맞은편에 앉아있는 의사처럼, 터키인들은 "아르메니아인", "쿠르드인", 혹은 "머릿수건" 같은 단어들을 들을 때마다 화를 내면서 금발에 파란 눈을 가진 터키공화국의 국부 아타투르크에 대해 끝도 없이 떠들어대는 것이었다. 그의 초상화와 조상들은 이 나라의 어딜 가든 눈에 띄었다. 그의 모습이 보이지 않는 타운 광장이나 정부 청사는 없었다.

피터가 터키에 처음 도착했을 때, 그는 북동부 지역의 매우 추운 한 도시에 갔다가 그곳의 법원 앞에서 매우 이상한 광경을 목격했다. 지옥도 얼어붙게 할 만한 영하 60도를 밑도는 강추위였는데, 오토만 제국 시절의 화려한 의상을 입은 사내들이 악기를 들고 법원 밖에서 기다리고 있었다. 레일라 말로는 그들은 터키의 친위보병, 혹은 오토만의 군악대를 상징적으로 보여주려는 그룹이라고 말했다. "최근 들어서 지방자치단체마다 다들 가지고 있는 거 같더라고요." 레일라가 덧붙였다.

"이 추운 날씨에 왜 밖에서 저렇게 기다리고 있는 거죠?"

"이 시에 사는 어떤 사람이 정부의 장관으로 임명됐거든요. 그 사람을 기다리고 있는 거예요."

"그 사람이 언제 도착하는데요?"

"그거야 아무도 모르죠."

피터 케이프는 따뜻하고 쾌적한 차 안에 앉아서 그 장관이 도착하는 장면을 촬영하기로 결정했다. 피터는 한참을 기다렸고, 그동안 악대원들이 점점 더 추위에 떨게 되는 걸 볼 수 있었다. 콧수염이 서서히 얼어붙고 두 손이 퍼렇게 얼어가고 있었지만, 그들은 그 자리를 떠나지 않았다.

레일라는 이 도시가 추위로 유명하다는 걸 알려 주면서, 17

세기 오토만의 여행자 에블리야 셀레비가 그의 책에 기록한 일화를 들려주었다. 그가 어느 좁은 길을 지나가고 있을 때, 고양이 한 마리가 지붕에서 지붕으로 건너뛰는 걸 봤다. 그런데 날이 얼마나 추웠는지, 그 고양이가 공중에 뜬 상태에서 얼어붙었다는 것이었다.

"그 고양이가 얼어붙었다는 건 이해하겠는데, 왜 공중에서 떨어지지 않은 거죠?" 피터가 물었다. 레일라는 그게 에블리야 셀레비가 이야기를 풀어놓는 방식이라고 말했다. 극단적인 과장법.

이제 뛰어가는 고양이도 얼어붙게 하는 그 호된 추위가 군악대를 얼음 동상으로 만들고 있었다. 그들은 한 시간 이상을 기다렸다. 마침내 멀리에서 차량 행렬이 나타났다. 경찰차를 대동한 검은색 대형 벤츠의 행렬이 차례로 모습을 보였다. 자그마하고 통통한, 그 지역 농부처럼 생긴 그 장관은 아첨쟁이 수행원들에게 순식간에 둘러싸였다. 장관은 군악대에게는 시선도 주지 않은 채 건물 안으로 바로 들어가 버렸다. 그 가련한 악대는 행진곡을 연주해보려고 시도했지만 관절이 얼어붙어서 감각을 잃어버린 손가락들로는 비실거리는 소리만 조금 내다 마는 것 외에는 할 수 있는 게 없었다. 드럼은 드럼 주자가 두들기는 순간 부서져 버렸다. 장관이나 그를 둘러싸고 있던 사람 누구도 아무 소리도 듣지 못했지만, 그 악대는 자기 의무를 다하면서 관례에 맞춰 장관을 맞이했다.

피터는 마치 과거로 시간여행을 온 것 같았다. 그 장관이 어떤 사람인가 묻자, 레일라는 식료품 도매상을 자그마하게 하던 상인 출신이라고 말해줬다. 그는 어느 날 보수적인 정당들 중 한 곳에 가입했다. 그 당이 선거에서 성공을 거두면서, 그 상인은 처음에는 차관이 되었다가, 다시 장관이 되었다.

"운이 좋은 사람이군요." 피터 케이프가 웃음을 터뜨렸다.

"대부분 저런 사람들이에요" 레일라가 화가 난 것 같은 음성으로 덧붙였다. "지역 상인들이나 제대로 된 좋은 직업을 가져보지 못한 사람, 아니면 체포되는 걸 피하기 위해 정치적인 사면이 필요한 사람들이 정당에 가입하고는 영하 60도의 날씨에 사람들을 저렇게 바깥에 세워놓는 거예요."

국가 예산에서 자기 고향에 투자할 자금을 따낸 장관은 본인의 이름을 딴 스포츠센터와 자신의 작고한 부친 이름을 딴 공원을 조성하는 공사를 시작하는 자리에 참석하기 위해 온 것이었다. 바로 그 이유로 해서, 사람들이 그리 좋아하지도 않는 그 식품 도매상이 마치 셀주크의 술탄이라도 되는 것 같은 환영을 받은 것이었다.

피터 케이프는 이 나라에서 수많은 이상한 일들을 목격했다. 그는 억압적이고 암울한 분위기의 아나톨리아 지역 도시들과 뺨이 홀쭉하게 들어가고 짙은 콧수염을 기른 채 줄담배를 피우고 있는 사내들로 가득 찬 커피숍들, 좁은 도로, 끔찍한 가난의 현장들을 보았고, 굶주리다가 나무에 목을 매단 사람들, 보스포루스 해협의 다리에서 몸을 던져 자살한 젊은이들, 여자들의 팔을 거의 잘라가면서까지 핸드백을 낚아채는 소매치기들에 대한 이야기들을 들었다. 그는 대형 합승 택시와 더불어 체로키와 링컨의 사륜구동차들, 미니버스, 그리고 리무진을 경험했고, 오성급 호텔들과 보스포루스 연안에서 아라비안나이트에 나오는 이야기들보다 더 사치스럽게 벌어지는 파티들, 불꽃놀이, 아프가니스탄식 복장을 하고 다니는 사람들, 벌거벗은 모델들, 베요글루의 바들에 운집한 헤비메탈 팬들, 사탄 추종자들, 록 가수들, 머리를 붉은색과 녹색으로 염색하고 몸 여기저기에 피어싱을 한 젊은이들을 보았다. 이 나라는 한 마디로 정의되기를 거부하는, 이해하는 게 거의 불가능한 곳이었다.

피터가 생각에 빠져있는 동안, 레일라는 자리에서 일어나더니 사람들이 채 의식하기도 전에 제말과 메리엠, 그리고 그들의 맞은편에 앉아 있는 가족의 사진을 찍었다.

제말은 숨이 막히는 것 같았다. 그는 자리에서 일어나 객실을 나섰고, 일단 복도로 나온 뒤에는 담배연기 속으로 도피했다. 빠르게 스쳐 지나가는 나무들을 보고 있자니 현기증이 일어났다. 그 외국인의 질문들은 그를 화나게 만들었다. 그 질문들은 제말을 오랫동안 감싸고 있던 침묵의 막을 파괴했다. 그에 더해, 자신이 메리엠—자신이 살해하려고 계획하고 있는—과 함께 있는 걸 레일라가 사진으로 찍은 게 마음에 걸렸다. 그 사내는 기자라고 했다. 그 사진이 어떤 미국 신문에 실렸다가, 나중에 다시 터키 신문에도 나오게 된다면? 제말은 레일라의 카메라를 잡아서 부숴버릴까도 생각했지만, 그런 짓을 했다가는 틀림없이 경찰과 만나게 될 터였다.

잠시 후, 제말은 자기가 느끼고 있는 스트레스의 원인의 상당 부분은 그 잡지 표지에 실려있는 벌거벗은 여자의 사진 때문이라는 걸 깨달았다. 아직 여자의 손길이 닿아본 적이 없는 그의 육체는 아직도 불길에 휩싸여 있었다. 그의 아버지가 그에게 심어놓은 두려움 때문에, 제말은 여자를 접한 적이 없었다. 그는 심지어—천벌을 받을 일인—자위를 해 본 적도 없었다. 제말의 친구들 중 일부는 어지럼증을 느낄 때까지 이 방법을 택했지만, 제말은 "자위는 최악의 죄"라는 자기 아버지의 말을 잊은 적이 없었다.

제말은 에미네의 몸을 건드리면 안 된다는 온갖 금기들을 깨뜨리고 싶다는 욕망에 시달리면서도 한 번도 그녀를 애무조차 한 적이 없었다. 제말은 군복무를 마치고 나면 그 욕망을 채울 수 있게 될 거라고 생각했지만, 이제 이 처치 곤란한 여자애가 두 사람 사이에 끼어든 것이었다.

군에 있을 때 그의 동료들이 보여준 잡지들도 그를 고통스럽게 만들곤 했다. 여자라는 이름의 피조물은 남자들을 죄로 끌어들이기 위해 창조된 악마의 발명품인 것이 분명했다.

"어떻게 해야 하지?" 제말은 난감했다. "쟤를 어떻게 죽이지?"

제말은 그 임무를 수행하기 위해서 마음속에 남아있던 메리엠과의 옛 기억들을 모두 지우고, 거리를 유지하기 위해 억지를 부려왔다. 메리엠을 일단 낯선 사람으로 만들어야 했다.

메리엠은 타락했고… 외설적이고… 더러운 여자였다. 메리엠은 죄를 지었다.

새로운 신과 여신들

교수는 조셉 캠벨이 여전히 살아있어서 맞은편에 앉아있었으면 좋겠다고 생각했다. 인간에게 새로운 신화가 필요하다고 봤던 그 현자는 물보라가 자신의 백설 같은 머리를 적시는 것에도 아랑곳 하지 않고 신화에 대해 진지한 대화를 나누면서 와인을 나누는 걸 즐길 것이었다.

어쩌면 이르판이 지금 추구하고 있는 건 신화였다. 그가 바다로 나선 건 멀리에서—마치 달에서 내려다보는 것처럼—이 세계에 대해 생각하면서 나라와 나라 사이의 차이가 사라지는 걸 관찰하기 위해서였다. 하지만 이르판은 달이 아니라 바다 위에 있었다. 어쩌면 옛날의 신화들과 유사한 새로운 신화들을 만들어낼 수도 있을 것이었다.

따뜻하고 느리게 움직이는 물 위를 떠다니면서, 이르판은 보스턴에서 지내던 나날들을 돌이켜 봤다. 춥고, 깨끗하고, 관리가 잘 되어 있고, 귀족적인 유럽을 떠올리게 만드는, 지혜로 가득 찬 하얀 도시. 하버드에서 첫해를 보내는 동안, 이르판은 케임브리지의 모든 포석, 모든 길모퉁이, 기념상, 건물, 그리고 정원들을 머릿속에 넣었다. 그는 대학 서점에서 하버드의 교표가 들어가 있는 머그잔, 티셔츠, 운동복, 그리고 모자들을 샀다. 이즈미르의 빈곤가정의 아들로 태어나 장학금으로 공부를 하는 그에게 이런 물건들은 자부심을 일깨워주는 것들이었다. 한번은 교수가 초대해서 교직원 클럽에 가본 적이 있었다. 그 건물은 잘 관리되어 있는 정원 한 가운데에 보석처럼 놓여 있었다. 커다란 벽난로가 있는 거대한 일 층 홀에는 마호가니 나무로 만든 가구들과 꽃무늬 천들이 덮인 안락의자들이 놓여 있었다. 그 방에서는 평화의 느낌이 풍겨 나왔다. 교수들은 장작이 불에 타면서 내는 소리나 페이지가 넘어가는 것 말고는 아무 소리도 나지 않는 숭고한 침묵 속에서 각자의 신문을 읽었다.

이르판이 교실에 빽빽이 늘어선 붙박이 좌석들 중 한 곳에 앉았을 때, 그는 그때의 그 행복감이 자기 인생에서 커다란 역할을 하게 되리라고 느꼈다. 여러 해가 지난 뒤 손님 입장으로 다시 그 강의실을 찾아갔을 때, 이르판은 좌석과 좌석 사이가 매우 좁다는 걸 깨달았다. 그게 그동안 자기 몸이 불었다는 걸 반영하는 거라는 생각이 들어서, 웃음이 나왔다. 대학생이었을 때의 그는, 물론, 비쩍 마른 키다리였다.

그가 학생이었을 때, 이르판은 자기의 인생을 하나의 직선으로 보았다. 보스턴에 머무르면서 석사와 박사를 끝내고, 하버드의 교수가 되어 그 근사한 도서관과 교수 클럽을 왔다 갔다 하면서 남은 인생을 보내게 되리라고 생각했다.

이르판은 아이젤을 만날 때까지는 그 꿈에 취해 살았다. 아이젤은 자신의 화려함과 부유함으로 이르판의 넋을 빼놓았다. 이르판은 가족과 함께 살았을 때나 대학에 들어간 다음에나, 늘 생활고에 시달리며 살아왔다. 아이젤은 운전기사가 모는 링컨을 타고 쇼핑을 다녔고, 유럽에서 온 가장 최근에 유행하는 디자이너 옷을 입었고, 보스턴의 가장 고급 식당에서 식사했다. 웨이터들은 항상 엄청난 액수의 팁을 놓고 가는 그녀를 최고의 서비스로 모셨다.

이르판으로서는 처음에는 부유한 터키인들이 미국 내에서 그토록 후한 대접을 받는 게 신기했는데, 아이젤과 결혼하고 난 뒤에 그 이유를 알게 됐다. 터키 부자들을 미국의 상류사회로 끌어들이는 건 특정한 회사들이나 개인들이었다. 부자들은 중개인을 통해 유명 인사가 설립한 자선단체에 거액을 기부한 뒤 상류사회의 인사들이 참석하는 그 단체의 행사에 초청을 받는 것이었다. 이르판은 아이젤이 이바나 트럼프 재단에 이만 달러를 기부했고, 그 덕에 최고급 식당에 테이블을 보장받게 됐다는 사실을 알게 됐다. 이런 식당들에서는 부자 터키인들끼리 마주치곤 했다.

국가로서 터키가 받는 존경은 제로에 가깝지만, 부유한 터키인들은 외국에서 상당한 대접을 받았다. 한번은 이르판과 아이젤이 런던 피카딜리에 있는 회원제 클럽에 초대를 받은 적이 있었다. 회원이거나 초대장을 받은 이들만 입장이 허락되었고, 초대받은 이들은 입구에서 여권을 보여주고 기록해야 했다. 남자는 완전한 정장을 갖춰야 했고, 여자들은 드레스를 갖춰 입어야 했다. 호스테스가 크리스탈 샹들리에가 밝히고 있는 붉은 카펫이 깔린 대리석 계단 위로 안내했다. 희귀하고 값진 공예품들이 계단을 따라 설치되어 있는 벽감에 전시되어 있었고, 벽에는 훌륭한 그림들이 걸려 있었다. 널찍한 식당 내부는 사방에 금빛의 잎사귀들이 번쩍이고 있어서 부티가 나는 동시에 천박해 보였다. 유명한 셰프가 조리해서 내어놓는 음식들은 타이와 이탈리아, 그리고 레바논식이 뒤섞인 것이었다. 웨이터들은 이르판 부부가 그날의 특별한 초대 손님이기라도 한 것처럼 이 음식 저 음식을 계속 들고 와서 맛을 보라고 권했다. 그 클럽은 아르마니 정장과 베르사체 타이를 맨 아랍과 터키의 부호들로 항상 붐볐다. 여자들은 샤넬 드레스와 값으로 따지기도 어려울 귀금속으로 빛났다. 이르판이 보기에 이 클럽의 멤버십 가격이 영국 수상의 연봉보다도 더 될 것 같았다. 저녁 한 끼 식사 비용은 아마도 슬로안 스퀘어에 있는 서점에서 일하는 점원의 석 달 치 봉급보다도 더 비쌀 것이었다.

이런 화려한 생활방식들은 이르판의 넋을 빼놨고, 그는 하버드의 교수가 되는 일은 제쳐두고 이스탄불 부자들의 번지르르한 생활방식 속으로 빠져들었다. 처음에는 이 모든 것들이 보여주는 과시적인 속성에 대한 부끄러움이 있었다. 예를 들어, 존롭 수제화는 이런 식의 생활에서는 필수품목이었다. 그 회사 직원이 런던에서 매년 찾아와서 고객의 발 치수를 측정한 뒤 그가 원하는 스타일의 우아한 수제화를 만들어 주었다.

이르판은 학위 과정의 마지막 해에, 학위를 막 받고 난 뒤에 아이젤을 만났다. 이르판은 학문적인 커리어는 나중에 이스탄불 대학에서 이어갔다.

어떤 사람의 라이프스타일은 모든 것, 심지어 그 사람의 생각에도 영향을 미친다. 이르판은 소박한 생활방식에 만족하면서 창조적으로 사고하는 학자가 되는 대신에 저개발국에서 온 과시적인 멋쟁이로 변질되었다. 이르판은 스스로를 가치 있는 생각이나 감정을 지니지 못한 존재로 평가한 이래로, 아무런 의미 있는 것들도 생산해내지 않았다.

교수는 삶을 계속 이어가기 위해서는 새로운 신화가 있어야 한다는 욕구를 느끼고 있었다. 바다로 나선 이후, 이르판은 그가 이스탄불에서 겪으면서 고통을 받았던 두려움과 위기들에 대해 이해할 수 있게 되었다. 그것은 그에게 당장이라도 삶을 바꿔야 한다는 욕구를 부여해 준 죽음에 대한 단순한 두려움이 아니라, 그가 이 세상에 살면서 중요한 것을 생산해내지도 못했고 아주 사소한 흔적조차도 남기지 못한 채 죽어가고 있다는 두려움이었다.

이르판은 바다로 나온 뒤로는 아이젤에 대해서 생각하지 않았다. 그는 아이젤을 사랑했고, 그녀에게 상처를 주고 싶지 않았다. 하지만, 그럼에도 불구하고, 그녀에게 깊은 슬픔을 안겨주었을 것이었다.

사실은, 이르판은 그녀로부터 멀리 떠나 있으면서 더 행복해진 것 같았다. 그는 중요하다고 하지만 사실은 사소한 것들, 매일 반복되면서 매우 짜증스러워진 것들 때문에 자주 신경이 곤두서곤 했다. 예를 들자면, 그가 텔레비전을 보고 있을 때면 아이젤은 그 넓은 거실에 다른 자리가 없는 것처럼 꼭 그의 옆에 와서 달라붙어 앉곤 했다. 인공합성 제품인 염색약의 냄새를 풍기는 아이젤의 뻣뻣한 금발이 뺨에 닿으면 신경이 날카롭게 곤두섰다. 이르판은 "간지러우니까 그 머리 좀 내 얼굴에서 치워줘"라고 말할 수가 없어서 입을 다문 채 그 불편함을 참곤 했다. 아이젤은 이르판의 옆에 웅크린 채 몇 시간이고 앉아 있어서 그의 다리도 저리고 목도 뻣뻣해지게 만들곤 했는데, 그렇다고 해서 이르판이 그녀를 밀어낼 수는 없었다. 이르판은 결국에는 화장실에 간다거나 부엌에 무언가를 가지러 간다는 핑계를 생각해내곤 했는데, 그렇다고 해서 어딜 가느냐는 그녀의 질문을 막을 수는 없었다. 만약에 맥주가 한잔하고 싶어졌다고 말하면, 아이젤은 즉각 "자기야, 하녀한테 시키지 왜. 귀찮게 뭐 하러." 하고 대답하는 것이었다.

이르판은 하녀들에게 명령을 내리는 게 편치 않았다. 아무것도 하지 않고 다리를 뻗고 앉아 있는 주제에 누군가를 불러서 맥주를 가지고 오라고 하는 건 창피한 노릇이었다. 아이젤은 아무렇지도 않게 하녀들을 부리고 야단치고 했는데, 그들은 교수보다는 그녀를 훨씬 더 존중했다.

다른 사람들 앞에서 이르판이 이야기를 하고 있는데 끼어들어서 그가 시작한 농담이나 이야기를 마저 하는 아이젤의 버릇 또한 이르판에게는 무척 거슬리는 것이었다. 이르판은 화가 나는데도 불구하고 마음을 가라앉히고 "자기가 얘기해. 자기가 더 잘해."라고 말하곤 했다.

아이젤은 남편이 말한 것에서 사소한 것들을 수정하는 걸 좋아했다. 예를 들어 이르판이 "그러고 나서 식품점에 들어가서 사과 1파운드를 샀어."라고 말했다면, 아이젤은 거의 즉각적으로 끼어들어서 "아니, 2파운드하고 오렌지도 좀 샀어."라고 수정하는 식이었다.

이르판은 “그게 내가 지금 얘기하려는 거하고 무슨 상관있어?”라고 말할 만한 용기가 없었다. 그 대신에 미소를 지어 자신의 거북한 심사를 가리곤 했다.

이르판은 밤에 아이젤의 머리카락이 그의 얼굴에 달라붙거나 다리가 그의 다리에 와서 걸리지 않는 배의 선실, 혹은 갑판 위에서 혼자 편안하게 잤다.

이르판은 대개는 자신이 아이젤을 얼마나 사랑하는가를 생각하면서 사색을 시작했다. 그러다가 생각을 조금 길게 끌게 되면, 자기가 그녀를 얼마나 싫어하는지를 깨달으면서 거기서 생각을 멈추는 것이었다.

이르판은 책을 몇 권만 들고 갔는데, 그중 두 권이 조셉 캠벨이 쓴 <신의 가면들>과 <신화의 힘>이었다. 그날 아침에 이르판은 <신화의 힘>에서 이런 구절을 읽었다. “신화에서는 개인을 위해 많은 것들을 공식으로 만든다. 신화에서는, 예를 들어, 어떤 한 사람이 특정한 나이에 어른이 되어야만 한다고 말한다. 그 나이는 그런 일이 일어나기에(어른이 되기에) 좋은 평균연령일 수 있겠다. 하지만 각 개인이 실제의 삶에서 어른이 되는 시기는 서로 매우 다르다. 어떤 이들은 늦되는 편이어서 상대적으로 늦은 나이에 특정한 단계에 도달하게 된다. 각 개인은 자기가 현재 어디에 있는가를 감지할 수 있어야 한다. 인간에게는 오직 한 번의 인생밖에 없다.”

그 책의 다른 부분에서 캠벨은 이렇게 썼다. "우리는 외적 가치를 지닌 목표를 이루기 위해 너무나 많은 것들을 하다 보니 내적 가치, 즉 살아있다는 사실과 긴밀하게 연결되어 있는 황홀이 사실은 가장 중요하다는 것을 잊어버린다."

이 대목을 읽으면서, 교수는 자신이 최근에야 성숙해서 어른이 되었다고 생각하게 됐다. 이르판은 자신이 살았던 이스탄불이라는 옛날 세계는 내적 가치를 배제하는 곳이라는 생각을 늘 가지고 있었지만, 그 세계를 두고 떠나온 지금에서야 자신의 그런 관찰을 확실히 자기 것으로 만들었다. 그의 친구들과 지인들은 주말판 신문의 별지들에 실린 축구 선수와 모델, 혹은 가수들의 연애담이나 은밀한 세계에서 벌어지는 일들에만 관심이 있었다. 텔레비전 방송들 역시 어딜 돌려도 이런 이야기들로 가득 차 있었다. 어쩌면 이런 것이야말로 캠벨이 신화의 결핍이라고 정의한 현상이었다.

이르판은 유일신을 받드는 종교는 지난 수천 년을 내려온 신화 속의 신들에 비해 훨씬 덜 흥미롭다고 믿었다. 신화의 시대가 지나고, 지중해 연안의 사람들은 갑자기 하나의 진실한 신을 믿는 신앙의 건조한 무채색 체계 안으로 휩쓸려 들어갔다. 그들을 위로하고, 매혹시키고, 황홀하게 하던 신들은 더 이상 존재하지 않았다. 올림푸스 산에 거주하던 고대의 신들과 여신들이 사랑에 빠지고, 질투를 느끼고, 젊은 처녀들을 납치하고,

전쟁 혹은 평화를 만들어내고, 강간을 저지르고 처벌을 받고, 거듭될수록 더 기이해지는 여러 모험들을 수행해내고 하는 모든 과정은 지극히 인간적이었다. 이런 이야기들이라면 지중해 연안 사람들이 반복해서 이야기하겠지만, 새로운 유일신 종교들은 지극히 지루한 것이었다. 심지어 그 단 하나의 신이 남성인지 여성인지도 확실하지 않았다. 신은 형체도 가지고 있지 않았고, 그/그녀는 어떤 모험도 수행하지 않았다. 인류는 과거의 습관을 유지하기 위해서 새로운 신들과 여신들을 만들어내야만 했다. 이 새로운 신전의 구성원들은 남녀 배우, 축구선수, 모델, 정치가, 투우사, 그리고 테니스 선수들이었다. 수많은 신문, 잡지, 텔레비전 방송의 많은 시간이 이 신들의 생활과 연애사를 전달하는 데 바쳐졌다. 차이가 있다면 올림푸스 산이 이제는 하계로 내려와 올림포스 디스코가 됐다는 것뿐이었다.

이스탄불의 엘리트들이 늘 관심을 가지고 지켜보는 모험을 수행하는 이 새로운 신들과 여신들은 도시의 빈민가 출신들이다. 이스탄불 주변으로 뻗어나가면서 문어발처럼 이 도시를 감싸 안고 있는 외곽지역에 살고 있는 수많은 가난한 가정들에는, 그들이 텔레비전에 "팔아넘긴" 키가 크고 늘씬한 딸들이 살고 있었던 셈이다. 이 소녀들은 처음에는 소심하고 복장도 남루하고 비쩍 말랐더니, 시간이 지나면서 자신들의 새로운 직업에 익숙해지게 되고, 외모 또한 새로운 미용사, 성형외과 의사의 칼솜씨와 더불어 입술과 가슴에 주입한 실리콘 덕에 눈에 띄게 바뀌었다. 언젠가 어떤 칼럼니스트가 이 소녀들을 일컬어 "다리가 길고 입술이 거창"하다고 해서 이르판으로 하여금 실소를 머금게 했던 적이 있다. 그들이 입고 있는 드레스의 어깨끈이 미끄러져 내려 유두가 노출되는 경우도 종종 있었다. 그들은 과장되게 놀란 어조로 주변에 있는 기자들에게 물을 것이었다. "뭐 보였어요?" 그러고 나서 그 여신은 웃음을 터뜨리며 지나치게 크고 앞으로 튀어나온 사기질로 된 새 의치를 과시하는 것이었다.

새로운 신들로 말하자면, 그들은 예외 없이 키가 작고, 통통하고 까무잡잡하며, 가슴에 털이 많고 풍성한 콧수염을 매달고 있고, 동부지방 어딘가의 사투리를 사용한다.

수백만의 가난한 사람들이 헛간 같은 오두막에서 석탄을 때는 난로 주변에 옹기종기 모여앉아 텔레비전을 통해 이 신들과 여신들의 모험을 지켜봤다. 서풍이 불어올 때면 그 치명적인 연기가 연통에서 역류해서 그렇게 모여앉은 사람들 중 누군가를 죽음으로 데리고 가기도 했다. 그 사람들은 그 가상의 세계로부터 어떤 식이든 도움을 구하려 했다. 전통음악이 나오기 시작하면 모두들 박수를 치면서 일어나 돌아다니는 품이 지상에서 가장 행복한 사람들이라도 되는 것 같았다. 교수는 이런 건 이해할 수 있었다. 하지만, 이 사회의 "엘리트"라고 자처하는 그룹에 속하는 이들이 이런 종류의 오락을 똑같이 즐기는 건 소화시키기 어려웠다. 터키에서는 사회의 계급 사이에 깊은 만이 가로놓여 있었다. 하지만 공장의 운영자와 그의 종업원들, 고위관리와 그의 운전기사, 혹은 지주회사의 설립자와 거지도 텔레비전 앞에서는 모두 하나가 되었다. 모두들 같은 신들과 여신들을 추종했고, 그들의 사진을 보면서 그들이 출연하는 쇼를 시청했다. 이 나라에는 부는 있지만, 문화나 취향에서의 엘리트라고 할 만한 이들은 존재하지 않았다.

이르판은 자신이 썼던 칼럼 하나를 떠올렸다. 그의 주장은 커다란 분노를 불러일으켰다. 그는 터키의 부르주아는 그들이 따를 귀족적인 모델이 없고 따라서 문화와 세련미를 배워올 대상이 없다는 점에서 제대로 된 부르주아가 아니라고 썼다. 19세기 유럽 소설에는 귀족들을 질투하면서 그들을 모방하는 신흥부자들의 이야기가 종종 나온다. 이들은 귀족들이 하는 것처럼 집에 여러 대의 피아노와 그림들을 갖다 놓고, 유명한 작가들과 시인들을 집으로 초대해 작품 낭독회를 열고, 개인 교사를 고용해서 자식들에게 라틴어와 문학, 음악을 가르친다.

터키에서 돈을 많이 번 농투성이들은 부르주아가 되는 대신 프롤레타리아의 생활방식을 받아들였다. 러시아에는 이런 말이 있다. "러시아인들을 벗겨내 봐라, 타타르인이 나온다!" 부유한 터키인들의 번쩍거리는 표면을 긁어서 벗겨내면, 벌거벗은 무지한 농투성이들이 그 밑에 들어 있을 것이었다.

이르판은 오토만제국의 육백 년 통치 기간 동안, 이 광대한 영토를 한 가문이 다스리면서 귀족 계급이 출현하지 않도록 상당히 공을 들였다는 사실을 알고 있었다. 그 가문의 이름은 오스만이었고, 그 결과 그것이 곧 국가의 이름이 되었다. 자신들의 왕권을 유지하기 위해, 술탄들은 터키인 가문들과 혼인을 맺는 대신 헝가리, 러시아, 이탈리아에 뿌리를 둔 신부를 선택했다. 어떤 가문이든 권력을 가지게 되는 듯한 조짐이 보이면, 술탄은 즉각 그 가문을 파괴했다. 그 가문의 수장을 처형하는 데 그치지 않고 일족을 모두 죽여 없애고 재산은 모두 압수했는데, 이런 행동은 셰이크-알-이슬람[58]으로부터 종교적인 승인을 얻기까지 했다. 그 결과, 터키공화국은 오토만 제국으로부터 귀족계급이라는 유산을 물려받지 못했고, 그 대신 스스로 "이스탄불의 엘리트"라고 자처하는 독특한 그룹, 재산은 있지만 문화는 없는 그룹이 등장했다.

이 "엘리트" 집안들의 자식들은 미국으로 가서 경영학을 공부하지만, 여름이면 이스탄불로 돌아와 술집이나 결혼식 피로연 등에서 이집트의 벨리 댄서들처럼 춤을 췄다. 상대의 앞에서 고개를 낮게 숙이고, 엉덩이와 엉덩이를 부딪치고, 땀범벅이 되어 서로를 껴안고 심지어 입까지 맞추는 걸 보면, 이 젊은 사내들의 춤에는 어딘가 여성적인 데가 있었다.

교수는 이스탄불을 혐오했다.

마법의 도시

메리엠과 제말이 이스탄불의 하이다르파사 역에서 내렸을 때, 두 사람은 지난 십수 세기에 걸쳐 이스탄불에 들어왔던 메가라[59]인, 바이킹, 십자군을 비롯한 여러 그룹의 사람들이 느꼈던 감정—놀라운 경외심을 똑같이 느꼈다. 이들 모두는 이 도시가 고금의 어떤 도시와도 다르다고 느꼈다.

이 여행의 마지막 한 시간 동안, 기차는 마르마라해 연안을 따라 달렸고 아시아 쪽 이스탄불의 교외 지역을 통과했다. 메리엠은 기차가 서지 않고 빠르게 지나치는 변두리 지역의 기차역들마다 플랫폼에 승객들이 길게 늘어서 있는 모습을 두 눈을 크게 뜨고 놀라서 지켜봤다.

하이다르파사 역은 들고나는 기차들과 여기저기서 밀려드는 군중들로 가득 차 있었다. 메리엠은 살면서 이렇게 붐비는 장소를 본 적이 한 번도 없었다. 스피커를 통해 징 소리와 안내방송이 끊임없이 흘러나왔다. 메리엠과 제말은 정신을 차릴 수가 없었다. 밀고 밀리는 인파가 누구의 어깨를 쳤는지 누구의 발을 밟았는지 신경도 쓰지 않은 채 그들을 밀치면서 지나갔다. 제말은 재킷의 앞섶 단추를 목 칼라에까지 꼭꼭 여몄다. 어릴 때부터 이스탄불에는 도둑이 많다는 이야기를 들어왔기 때문에, 제말은 안주머니에 들어있는 몇 리라를 도둑맞을까 봐 두려웠다. 제말은 사방을 초조하게 둘러보면서 감시의 끈을 늦추지 않았다. 이 수많은 군중들 중 누구도 소매치기일 수 있었다.

메리엠은 자기 주변을 둘러싸고 있는 사람들을 지켜봤다. 어떤 이들은 새로 도착한 이들을 안아주고 있었고, 다른 사람들은 작별 인사를 하고 있었다. 메리엠은 젊은 사람들이 서로의 입술에 키스를 하는 걸 보고 충격을 받았다. 그들이 아무리 오래 부둥켜안고 있어도, 주변의 누구도 그걸 의식하거나, 그들을 지켜보려고 멈춰 서지도 않았다.

제말과 메리엠은 간신히 사람들 틈을 뚫고 역 바로 앞 파도가 치는 바다 위에서 흔들리고 있는 부교에 도달했을 때 더욱 당황했다. 커다란 페트럭 타이어로 범퍼를 만들어 붙인 흰색 여개선이 부두에 부딪히면서 삐거덕거리는 소리를 내면서 흔들리고, 배에서 울리는 사이렌은 그들의 귀를 먹먹하게 만들었다. 선박들의 시커먼 연통은 선체의 흰색과 극단적인 대조를 이루고 있었다.

제말이 받은 약도에 따르자면, 야쿠프의 집에까지 가려면 두 사람은 저 배들 중 하나를 타고 유럽 쪽 이스탄불로 건너간 뒤 다시 버스를 두 번 타고 가야 했다. 제말은 중절모를 쓰고 회색 콧수염을 기른 노인에게 구깃구깃한 종잇조각에 적힌 설명을 보여주었고, 그 노인은 한 여객선을 가리켰다. 이스탄불 사람들에 대해 뿌리 깊은 의심을 가지고 있던 제말은 두 사람을 더 붙들고 물어봤고, 두 사람 모두 처음의 노인이 알려 주었던 것과 똑같은 배를 가리켰기 때문에 제말은 그 배가 맞는 배라는 확신을 가지게 되었다.

기다려서 토큰을 사고 회전막대로 된 문을 지나, 제말과 메리엠은 간신히 여객선에 올라탔다. 배를 묶었던 밧줄이 풀리고, 배는 푸른 물을 휘저어 흰색 거품의 물결로 바꾸면서 막 부두를 떠나기 시작했다. 여객선 안은 소음도 심하고 너무나 붐벼서 두 사람은 자기 자리에 그대로 서 있기도 어려울 지경이었다. 낡아빠진 옷을 입고 초췌한 얼굴을 한 사내들이 빗이며 색연필, 음악이 들어있는 카세트테이프, 면도날, 그리고 이런저런 다양한 물건들을 팔기 위해 군중 사이를 누비고 다니며 있는 대로 목청을 돋워 소리를 지르고 있었다. 그 배에서 평생을 지낸 것처럼 보이는 한 늙은 상인은 자기가 들고 있는 도구로 요통을 고쳤다고 설명하고 있었다. "날 보세요, 아직 살아있고,

다 나았어요!" 그의 말을 듣고 비웃는 몇몇 승객들을 무시하면서 자신만만하게 소리쳤다.

엔진에서 나오는 기름 타는 냄새가 물결치는 바다에서 올라오는 사람을 취하게 만드는 냄새와 뒤섞이고 있었다. 저녁이 내리고 있었고, 메리엠은 보스포루스의 아름다움에 빠져들었다. 도시의 불빛들, 밝게 빛나는 궁전들, 그리고 장엄한 모스크들이 동화 속의 장면처럼 푸른 물 위에 비치고 있었다. 메리엠은 아시아와 유럽을 연결하고 있는 기다란 다리를 응시했다. 우아한 첨탑이 진홍색 지평선을 배경으로 솟아오른 슐레이마니에 사원과 푸른 사원, 하기아 소피아 성당과 톱카프 궁전의 눈을 뗄 수 없는 윤곽선, 그리고 그 아래로, 돌마바흐체 궁과 시라간 궁과 더불어 해협의 양쪽에 늘어선 수많은 거대한 건물들. "세상에, 하나님 맙소사!" 메리엠은 경탄 속에서 속삭였다. 눈앞에 펼쳐진 풍경의 아름다움, 그러니까, 이미 어두워진 밤하늘을 배경으로 해서 선명하게 빛나는 진홍빛 벨벳 천 위에 펼쳐진 훌륭한 건물들을 보면서, 메리엠은 자기도 모르게 눈물을 흘렸다.

아름답게 차려입은 숙녀들과 신사들이 한가롭게 앉아 음료를 마시고 있는 요트들이 그들을 지나갔고, 그것들이 일으킨 물결 속으로 흑해에서 내려온 거대한 러시아 상선들이 기성을 질러대는 한 떼의 갈매기들과 함께 지나갔다. 육지에서 불어온 미풍이 아니스 씨와 생선 냄새와 함께 불어와 메리엠의 숨을 멈추게 했다.

여객선이 해협 반대편의 선착장을 따라 흘러가는 동안, 메리엠은 해안에 줄지어 선 나룻배들에서 어부들이 생선을 튀기고 있는 모습을 봤다. "생선 샌드위치, 맛있는 생선 샌드위치요!" 그들은 소리쳤다.

"세상에, 이런 세상이 있다니, 놀라운 게 너무나 많아." 그녀는 다시 한번 속삭였다.

셰케르 바바의 무덤을 방문하고 나서 그토록 오랜 세월 동안 그녀를 처벌한 뒤에, 신은 마침내 메리엠을 용서한 것일까? 그녀의 모든 죄가 지워진 걸까? 이제 신은 그녀를 사랑하는 건가?

물, 사람, 배, 갈매기, 모스크, 빛, 그리고 소음… 이 모든 것들이 뒤섞여서 어마어마한 혼돈을 빚어내고 있었다. 해안선을 달리는 자동차들의 빨갛고 노란 불빛은 빛나는 혜성처럼 끝이 없는 줄기를 이뤄 흘러가면서 메리엠의 눈을 부시게 했다.

여객선이 유럽 쪽 부두에 닿았고, 승객들은 개미 떼처럼 열을 지어 내려 여객선 승강장에 있는 사람들과 섞였다. 도시에서는 모든 사람들이 빠르게 움직였다. 사람들은 재게 걸었고, 말도 서둘러서 했고, 배에서는 뛰어내렸고, 각자의 행선지를 향해 뛰어갔다. 그보다 더 인상적이었던 건, 그들 중 어느 누구도 다른 사람들에게는 조금의 관심도 두지 않는다는 거였다. 사람들은 거대한 양 떼처럼 다른 사람들의 뒤를 따라 배에서 내렸다.

제말은 사람들 사이에서 메리엠을 잃어버리지 않기 위해서, 혹은 그녀에게 의지해서 용기를 내기 위해서 메리엠의 손목을 붙잡았다. 둘 중 어떤 이유에서인지는 불분명했다.

여러 사람을 붙들고 어떤 버스가 자신의 행선지로 가는지 물어본 뒤에, 제말은 메리엠을 붙들고 길을 건넌 뒤 신호등 앞에서 대기 중인 여러 대의 차들 중에서 사람이 이미 많이 타고 있는 빨간색 버스에 그녀를 밀어 넣었다. 두 사람은 각자의 가방을 꽉 붙든 채, 위에 매달려 있는 더러운 철봉을 붙들고 조금씩 조금씩 안쪽으로 들어갔다. 운전기사는 밀리는 차들 속에서 수시로 브레이크를 잡았고, 메리엠과 제말은 멈춰 섰던 차가 다시 출발하는 순간 넘어지거나 다른 승객들에게 가서 부딪히지 않도록 잘 버텨야 했다. 메리엠은 어떻게 이 사람들이 이스탄불 사람들일 수 있는지 이해할 수 없었다. 이 사람들은 기차역이나 여객선 안에서 본 대개의 사람들과 달랐다. 사내들은 농투성이처럼 생겼고, 나이 든 여자들은 모두 머리를 가리고 있었다. 메리엠은 꽤 많은 수의 젊은 여자들이 보다 자유로운 복장을 하고 있는 걸 보고 안심을 했다.

제말은 무엇에 근거해서 생각해야 하는지도 모르는 존재가 된 것 같아 메리엠과 마찬가지로 공황 상태에 빠졌지만, 그런 느낌을 억누르려 애쓰면서 형 야쿠프에게로 생각의 방향을 돌렸다. 야쿠프는 그가 질투와 동시에 우려를 느끼는 대상이었다.

그러니까 여기가 형이 살고 있다는 그 아름다운 도시였다. 야쿠프는 자기 식구를 데리고 이스탄불로 옮겨간 이후 단 한 번도 마을에 찾아오지 않았다. 고향마을의 이름조차 잊어버린 건지도 몰랐다. 고향에 두고 온 이들은 자신의 노예이거나, 마음을 쓸 가치가 없는 존재들인 것처럼 느끼면서, 자기 혼자 이스탄불에서 술탄처럼 살고 있는 것처럼 말이다. 제말이 산악지대에서 몇 날 며칠을 뼛속까지 얼어들어오는 비를 맞으면서 피오줌을 싸고 죽음에 맞서 싸우는 동안, 그의 형은 이곳에서 왕처럼 살고 있었다. 그가 자신의 부친에게 보내는 편지들이나 휴가병 편에 보내오는 소식에는 고향마을을 우습게 보면서 잘난척하는 분위기가 역력했다. 새로운 환경에서 살고 있다는 이유만으로 자기가 훨씬 더 잘난 사람이라도 된 듯이 말이다. 그의 이런 태도를 보면서 마을 사람들은 궁금해하기도 했거니와, 질투와 존경심을 동시에 가지게 되었다.

메리엠은 피로와 흥분 때문에 정신을 차릴 수가 없었다. 그녀와 제말이 탄 여객선은 한 대륙에서 다른 대륙으로, 아시아에서 유럽으로 건너왔다. 메리엠은 이따금씩, 이스탄불이 마을에서 언덕만 넘어가면 있다고 생각하고 있던 걸 떠올렸다. 얼마나 무지했는지. 정말이지 아무도 그녀에게, 아무것도 가르치지 않았다. 불행을 타고 태어난 아이였기 때문에, 메리엠은 모든 것에서 소외당했다. 그녀의 머릿속은 나이 든 여인들이 해주는 이야기들과 미신으로 가득 차 있었다. 하지만 마을을 떠나고 나서 얼마 되지 않아, 메리엠은 수많은 새로운 지식을 얻었다.

버스는 차가 꽉꽉 막히는 시내 중심도로를 통과해서 광장에서 멀어져 가는 쪽으로 방향을 바꿔서 여러 번이나 멈춰 서더니, 마침내 시의 중심에서 빠져나가는 큰길로 접어들었다. 승객이 얼마 남지 않았기 때문에, 메리엠과 제말은 자리에 앉을 수가 있었다. 그렇잖아도 이미 피곤해져 있던 상태에서 버스가 흔들거리며 가자 메리엠은 졸기 시작했고, 머리가 앞으로 떨어지면서 아예 잠이 들었다.

메리엠이 잠에서 깨어나 보니 버스는 종점에 도착해 있었다. 여기는 이스탄불과는 많이 달랐다. 다 허물어져 가는 어두컴컴한 집들이 터미널을 둘러싸고 있었다. 여기에서 두 사람은 또 다른 버스로 갈아타야 했고, 버스가 출발하고 나자 제말은 운전기사에게 다시 한번 길을 물었다.

이번에 두 사람이 탄 버스는 휘황한 도시에서 좀 더 멀어져서, 양쪽으로 허름한 집들을 끼고 있는 어두운 벌판을 뚫고 달렸다. 정류장을 하나씩 통과하는 동안 메리엠은 마법의 도시로부터 점점 더 멀어졌고, 메리엠의 희망과 꿈 또한 조금씩 더 바래갔다. 마치 아나톨리아의 동쪽으로 다시 돌아가고 있는 것만 같았다. 꼬박 이틀이 걸린 긴 여행도 아랑곳없이, 마치 고향을 떠나지도 않은 것 같았다. 버스는 음산한 들판의 한 가운데,

캄캄한 어둠 속에서 멈춰 섰다. 운전기사는 제말을 향해 돌아서더니 이렇게 말했다. "아까 보여준 약도에 라흐만리에 내려드리라고 돼 있었거든요. 거길 가려면 여기서 내리면 됩니다."

버스는 두 사람을 내려놓고 어둠 속에 남겨놓은 채 기름 냄새가 나는 연기를 내뿜으면서 길을 따라 사라졌다. 공기 중에는 곡물과 분뇨, 그리고 장작이 타는 냄새가 섞여 있었다. 제말은 처음에는 잠깐 어리둥절해 있었지만, 곧 특수부대원으로서의 경험이 살아났다. "저쪽으로 가야 돼." 그가 말했다. "따라와."

두 사람은 진흙탕 길을 따라 밭을 가로질렀다. 메리엠이 신고 있는 플라스틱 신발이 질척거리는 진흙탕에 빠지면서, 메리엠은 고향마을의 시장통을 걷던 일을 떠올렸다. 고향마을 사람들 목소리가 들리는 것 같았다. "자, 축하한다, 이스탄불에 갔구나." 마을 사람들이 말했다. "행운을 빈다. 이스탄불은 큰 도시지. 여기랑은 달라."

"마을 사람들도 이스탄불에 와서 정말로 어떤지 직접 봐야 돼. 특히 야쿠프가 사는 여기." 메리엠은 생각했다. 지금 걷고 있는 곳에 비하면 메리엠의 집은 궁궐이나 마찬가지였다. 메리엠은 어떤 곳으로 가고 있는지도 전혀 몰랐다.

한참을 걷고 나서, 제말은 두 사내가 어둠 속 멀지 않은 곳에 서 있는 걸 눈치챘다. 위험에 대한 익숙한 감각이 덮쳐왔다. "여보시오" 제말은 경계를 하면서 소리를 질렀다. 그 두 사람이 병사라면 그들을 향해 총을 쏠 수도 있는 일이었다. 제말은 노리쇠를 당기는 낯익은 소리를 들었다.

"멈춰라!" 그들이 소리쳤다. "거기 누구냐?"

"나도 군인입니다!" 제말이 마주 소리를 질렀다.

"움직이지 마!"

두 사람이 손전등을 켜고 제말과 메리엠을 향해 다가오기 시작했다.

제말은 지금 일어나고 있는 일을 믿을 수가 없었다. 제말은 자기가 지금 가바 산맥에 있는 초소를 향해 접근하고 있는 것처럼 느꼈다. 그들은 이제 암호를 묻고 나서 제대로 된 답을 내놓지 않으면 사격을 가할 것이었다.

사내들이 가까이 다가왔을 때, 제말은 그들이 헌병이라는 걸 알게 됐다. 이것은 제말과 메리엠이 경찰관할 구역을 벗어났다는 것, 다른 말로 하자면, 이스탄불을 벗어났다는 걸 의미했다.

헌병들은 총이나 손전등을 내리지 않은 채 두 사람에게 신분증을 요구했다. 제말은 고향 사투리로 농담을 던져서 그들의 긴장을 풀어주려 했지만, 헌병들은 경직된 표정을 풀지 않았다. 제말이 제대증과 신분증을 건네주자 상황이 어색해졌다. "특수부대원이셨군요." 그들이 전역한 전투 요원에 대한 예의를 갖춘 어조로 말했다. 그런데 전임 특수부대 요원이 한밤중이 시간에 여행 가방을 들고 여자애를 데리고 들 한복판에서 뭘 하고 있단 말인가?

제말은 그들에게 라흐만리에 살고 있는 형을 찾아가는 길이라고 말해줬다.

"그러시군요." 헌병이 말했다. "라흐만리는 저 언덕 꼭대기인데, 좋지 않은 때 오셨습니다."

그날 아침에 헌병대에서 라흐만리 일대에 작전을 전개한 결과 헤즈볼라의 '무덤집'을 발견했고, 인근지역에 통행금지령을 내렸다는 것이었다.

제말은 헌병들이 '무덤집'이라고 한 게 무슨 뜻인지 몰랐지만 더 이상 물어보지는 않았다. 그 지역이 병사들에 의해 장악되어 있고 어둠 속에서는 특히 위험하기 때문에, 헌병들은 제말과 메리엠을 야쿠프의 집까지 데려다주기로 결정했다. 그들의 군복에서 나는 냄새와 바스락거리는 소리가 제말을 불편하게 했다. 제말은 제대하는 날 느꼈던 것처럼, 자기가 벌거벗고 있고 쓸모없는 존재가 된 것 같았다. 전우들, 전투, 반합에 먹는 음식, 쌓아놓은 총기들, 매복, 무언가를 뒤집어쓰고 몰래 피우는 담배, 심지어 목덜미에서 전투복 안으로 흘러드는 빗물까지, 그 모든 것들이 갑자기 되살아났다. 제말은 자신의 지나간 생이 그리웠고, 심지어 그들이 부럽기까지 했다.

메리엠은 헌병들을 따라 그녀의 발을 빨아들이고 잡아당기는 진흙탕의 들판을 건너가면서 충격에 빠졌다. 이 도시는 도대체 왜 이 모양이란 말인가? 혹시 저 사람들이 길을 잘못 든 건 아닐까?

그들은 경비초소를 지나고 언덕을 올라 헌병들이 잔뜩 몰려서 경비를 하고 있는 커다란 마을처럼 생긴 곳에 도착했다. 메리엠의 눈에는 너무나 음침하고 황폐한 곳이었다. 집들은 죄다 단층에 허술한 모양새였다. 어떤 집들은 벽에 회를 바르는 대신 양철판을 대고 못질을 해 놓았고, 대부분의 집들은 한쪽 옆에 닭장이 잇대어져 있었다. 텔레비전 안테나들이 창문과 지붕에 솟아올라 있었다. 복잡하게 뒤얽힌 전선과 케이블 더미들이 집들 사이에 늘어져 있었다. 이 끔찍한 동네 전체가 가로등 불빛 아래 고스란히 노출되어 있었다. 더러운 들개들이 사방을 돌아다니고 있었는데, 마을 광장에 비하면 이 모든 건 아무것도 아니었다. 그들이 걸어서 통과한 이 텅 빈 공간은 진흙의 바다였다.

"여긴 이스탄불이 아냐, 그럴 리가 없어." 침울해진 메리엠이 생각했다. 속은 것만 같았다. 명백하게, 신은 그녀를 용서한 게 아니었다. 신은 그녀를 사랑하지 않았다. 뿐만 아니라, 신은 다시 그녀를 처벌하고 있었다. 신은 먼저 이스탄불이라는 기적적인 도시를 보여주어 그녀에게 들끓는 희망을 불러일으켜 놓더니, 이제 이 어둡고, 진흙투성이이고, 더러운 곳으로 데리고 와 고통스러운 실망을 안겨주었다.

야쿠프는 문을 열었다가 헌병 옆에 서 있는 제말과 메리엠을 보고는 할 말을 잃었다. 그의 얼굴은 마치 불의의 일격을 당하기라도 한 것처럼 색이 바뀌었다. 그의 아내 나지크가 곧이어 모습을 나타냈다. 혹시라도 헌병들이 야쿠프가 저 낯선 두 사람을 안다고 의심할까 봐 그걸 막기 위해서 나온 것이었다.

야쿠프의 집은 집이라고 할 수도 없는 모양새였다. 집이라고는 하지만 작은 방 하나가 다였는데, 한쪽 구석에 얇은 매트리스들이 쌓여 있었고, 쇠로 된 침대 틀 하나가 천장에 걸려 있는데 그 사이로 전깃줄이 하나 빠져나와 있고, 거기에 알전구가 하나 매달려 있었다. 야쿠프의 세 아이는 바닥에 앉아 텔레비전에 시선을 고정하고 있었는데, 그 방을 다른 집과 비슷하게 보이게 만드는 거라곤 그게 다였다. 그 아이들은 텔레비전에 너무 몰두해 있어서 자리에서 일어나 제말 삼촌을 맞으려 하지도 않았다. 아나운서가 목청을 돋우어 떠들고 있었다. 고향집에 있는 헛간도 여기보다는 낫겠다고 메리엠은 생각했다. 깨끗하기도 그쪽이 더 깨끗했다.

야쿠프는 부끄러워서 어쩔 줄 몰라 했다. 그는 건성으로 제말과 고향 친척들의 건강에 대해 물었다.

메리엠은 나지크를 따라 방의 뒤편, 부엌 역할을 하는 곳으로 갔다. 나지크는 수프를 만들고 있는 중이었는데, 메리엠은 즉각 나서서 빵을 자르며 돕기 시작했다. 색이 있는 대야가 흙바닥에 놓여 있었다. 플라스틱 통들이 한쪽 벽면에 줄지어 놓여 있는 걸 보니 이 집에는 물도 나오지 않는 것 같았다.

"세상에, 많이 컸구나… 시집가도 되겠네" 나지크가 감탄했다. "그런데 여긴 도대체 왜 온 거니?"

"나지크, 여기가 이스탄불이에요?" 메리엠이 대답을 하는 대신 되물었다.

"이스탄불은 무슨 얼어 죽을." 나지크가 화가 난 투로 내뱉었다.

"하지만 여기 정말 이스탄불 아녜요?" 메리엠이 반복해서 물었다.

"여긴 변두리야. 이스탄불은 너무 커서 어디에서 시작해서 어디에서 끝나는지 말하기도 어려워. 여긴 사람들이 판자촌이라고 불러. 부자들이야 시 한가운데에 살지만, 우리 같은 사람한테 거기 살 돈이 어디서 나겠어? 여기에서도 발붙이고 살기 어려운데."

나지크는 고향마을의 친척들과 친구들, 그리고 최근의 소문에 대해서 묻기 시작했다. 나지크는 고향이 그리웠지만, 이스탄불에 산답시고 잔뜩 젠체해 놓은 남편은 다리 사이에 꼬리를 말고 고향으로 돌아가는 걸 내켜 하지 않았다.

집은 텔레비전에서 나오는 소리 때문에 떠나갈 것 같았다. 제말이 고향에서부터 보았던 조카 이스메트와 조카딸 젤리하,

그리고 이스탄불에서 태어난 셋째는 텔레비전에 시선을 고정한 채 그들의 삼촌이 묻는 질문들에 대답했다. 그 아이들은 다 학교에 다니고 있었는데, 삼십 분 거리인 학교까지 날이 맑으나 눈이 오나 비가 오나 걸어서 다녔다. 이곳 라흐만리를 어떤 이들은 마을이라고 불렀고, 어떤 이들은 타운, 또 어떤 이들은 이스탄불의 한 부분이라고 했지만, 무어라 부르든 관계없이, 이곳에는 어떤 종류의 학교도 없었다.

야쿠프는 제말에게 그 지역에서 사는 인생에 대해 이야기하다가 그날 헌병대가 인근 주택을 습격했다는 사실을 지나가는 얘기처럼 언급했다.

"이거 봐요!" 이스메트가 소리를 질렀다. "우리 동네가 TV에 나오고 있어요!"

TV 카메라가 이 동네를 훑으면서 돌아가는 동안 라흐만리의 진흙탕과 누추한 모습이 화면 위로 지나갔다. 사람들이 카메라에 잡혀 보려고 얼굴과 몸을 비틀어 비집고 들어서는 와중에 개들은 사람들의 뒤꿈치를 물어보려 덤벼들고 있었다. 이스메트와 젤리하는 혹시라도 자기들 모습이 나올까 싶어 신이 나서 화면을 지켜봤다.

텔레비전 아나운서는 라흐만리에서 전개된 작전에서 이슬람 근본주의자 테러리스트 조직인 헤즈볼라가 임대해서 사용하고 있는 가옥을 발견했고, 그 집의 지하실에는 희생자들의 시신이 매장되어 있었다고 반복해서 알렸다. 그날 아침, 지방정부의 관리들이 라흐만리에 와서 불법 건축물을 한 채 허물었다. 사실은, 이 지역의 모든 집들이 다 불법으로 건축된 것이었다. 그 지역에 집을 짓고 싶은 사람은 그곳을 장악하고 있는 갱단과 합의를 한 뒤에 자기들 원하는 대로 지으면 그만이었다. 이따금씩 지방정부에서 이런 건물들 대다수는 그대로 놔두고, 몇 채에 대해서만 철거 결정을 내리곤 했다. 제말이 나중에 알게 된 바로는, 이스탄불에서 천사백만에 육박하는 인구를 수용하고 있는 건물들의 75퍼센트가 불법건축물이었다.

공권력이 주택을 철거하러 오면, 소유주는 저항한다. 여자들이 소리를 지르면서 냄비와 프라이팬, 막대기 같은 것들을 들고 공무원들을 공격하는 것이다. 막다른 골목에 몰린 절박한 가장들이 자식들 중 하나를 데리고 지붕 위에 올라가 자신과 아이의 몸에 휘발유를 붓고는 누구든 가까이 오기만 하면 라이터로 불을 붙이겠노라고 위협하면서 어떻게 해서든 집을 지켜보려 마지막 발버둥을 치는 경우도 종종 있었다. 공무원들이 그런 저항을 포기하게 하려고 설득하는 동안, 텔레비전 카메라는 이 비극적인 드라마의 한순간도 놓치지 않으려고 촬영을 계속했다.

그날 아침, 철거가 예정되어 있었던 집의 거주자들은 누구도 예상하지 못했던 이상한 반응을 보였다. 공무원들이 집주인인

펑퍼짐한 바지를 입고 수염을 기른 사내에게 가서 곧 철거에 들어갈 것임을 통보하자, 그 사내는 매우 침착하게 대답했다. "알았습니다. 하지만 아직 사람들이 자고 있어요. 우리 물건을 챙길 수 있게 삼십 분만 시간을 주세요."

담당 공무원은 이 남다른 독특한 반응에 놀라서 즉각 의심을 품게 됐고, 상관에게 이 사실을 보고했다. 그의 보고는 이런 식의 철거 작업에 늘 촉각을 곤두세우고 있는 헌병대까지 올라갔다. 잠시 후에 상사가 거주자들의 신원을 확인하기 위해 헌병 둘을 데리고 그 집으로 찾아갔다. 상사는 문을 두드리고는 안에 있는 사람들에게, 셋을 셀 동안에 문을 열지 않으면 문을 부수고 들어가겠다고 소리를 질렀다. 처음에는 아무런 대답이 없었다. 그러다가 느닷없이 안에서 총격이 시작되어 문간에 서 있던 상사가 부상을 당했다. 모두들 겁에 질려 흩어졌고, 두 헌병은 엄호물 뒤에 몸을 숨긴 뒤에 대응 사격을 가했다. 집 안에서 이상한 고함소리가 들렸고 입을 모아 "알라후에크바[60]!"를 외치는 소리가 들려왔다. 그 왁자한 소리들 속에서 한 여자의 목소리도 뚜렷하게 들려왔다.

보충대가 황급히 당도했고, 헌병대에서 여러 명의 부상자가 나온 사격전이 한 시간가량 이어지고 나서, 남자 셋과 부상당한 여자 하나가 집 밖으로 끌려 나왔다. 나중에 밝혀진 바로는 집 안에 있던 사람들은 헤즈볼라 민병대 대원들이었고, 헤즈볼라가 은신처의 지하를 그들이 살해한 피해자들의 매장지로 쓴다는 사실이 알려져 있었기 때문에 헌병대는 지하실 바닥을 파헤쳤다.

세 구의 시체가 그 밑에서 나왔는데, 그중 한 구는 중년 여성의 것이었다. 헤즈볼라에 당한 다른 피해자들처럼, 이들 역시 납치당한 뒤 옷장이나 캐비닛에 한참 갇혀 있다가 취조와 고문을 당한 뒤, 결국엔 카메라 앞에서 철삿줄에 목이 졸려 살해당한 것 같았다. 시체들은 "돼지도살형"으로 알려진 방식으로 묶인 채, 공간을 아끼기 위해 시신의 위에 또 시신을 묻는 방식으로 매장된 모습으로 발견되었다.

언론에서 보도한 바로는 헤즈볼라는 원래 PKK에 대한 이슬람 쿠르드족의 대안으로 창설되었고, 초창기에는 정부의 보호를 받았다. 그러다가 정부가 이 그룹에 대한 지배력을 잃어버렸거나 더 이상 이들의 도움을 필요로 하지 않게 되었고, 그 결과 헤즈볼라는 이런 식으로 정부의 공격을 받고 조직원들이 피살당하는 지경에 이르게 된 것이었다.

갑자기 젤리하가 텔레비전에서 자기 모습을 발견하고는 양팔을 휘두르며 작은 새처럼 지저귀기 시작했다. 젤리하의 모습은 불과 몇 초 동안만 보였지만, 이스메트의 질투를 불러일으키기에는 충분했다. 게다가 사건이 일어난 동네에 사는 이스메트의 친구들은 텔레비전에 나와 사건의 전말에 대해 열심히 떠들어대고 있던 터였다.

"네가 군인이 아니었더라면 통과시켜주지 않았을 거야" 야쿠프가 말했다. "이 지역이 다 폐쇄됐거든. 심지어 우리도 들고 나는 게 어려워." 말하는 품새에 길이 막혀서 못 들어왔더라면 하는 바람이 역력히 드러나 보였다.

그날 밤에는 여자들과 아이들이 방의 한쪽 구석에서 자고, 두 형제는 반대편 구석에서 잤다. 접혀 있던 매트리스들을 바닥에 펼치고 그 위에 덮개를 깔았다. 메리엠은 곧바로 깊은 잠에 빠졌다.

야쿠프와 제말은 잠자리에 들기 전에 잠시 담배를 피우면서 이야기를 나눴다.

"이스탄불에 새로 오는 사람들은 다들 라흐만리에 살아" 야쿠프가 설명했다. "아나톨리아 지역 여기저기서 넘어온 사람들이 여기서는 이웃해서 사는 거야."

잠시 말을 멈췄던 야쿠프가 툭 내뱉었다. "넌 이제 우리가 여기서 얼마나 별 볼일 없이 사는지 알겠지."

"형," 제말이 대답했다. "왜 여기 있는 거야? 고향에서 더 형편이 나았잖아. 자기 집도 있고, 땅도 있고, 일자리도 있고… 애들도 고생할 필요 없었고. 여긴 도대체 왜 온 거야?"

"더 나은 생활—꿈을 찾아서 온 거지. 너도 그 말 알잖아. '이스탄불의 길은 황금으로 포장되어 있다'. 하지만 물론 실제는 다르지. 무엇보다, 이 도시에 사는 사람들은 우릴 신참이라고 깔보면서 아주 괄시하거든."

"그럼 고향으로 돌아오지 왜?"

"안 돼. 그럴 순 없어. 누구도 내가 하려던 걸 못 했다고 비웃게 할 수는 없어. 그리고, 지금 우리가 사는 처지만 보지는 말아. 앞으로 몇 년이면 상황이 완전히 달라질 거야. 최소한, 아이들은 사는 게 훨씬 나아질 거야."

야쿠프는 담배를 한 모금 길게 빨아들이고 나서는 제말에게 이 큰 도시에서 어떻게 살아갈 것인지, 자신의 꿈을 이야기하기 시작했다. 새로운 유입인구들은 처음에는 도시 안에서 살 방도가 없기 때문에 변두리에 꽤 멀더라도 버스가 다니는 길에 가깝기만 하면 자리를 잡았다. 땅은 국가의 소유였지만, 지역 마피아들이 장악하고 집터를 팔았다. 땅을 한 조각 사고 터키 동부의 같은 지역에서 온 사람들의 도움을 받아 이 작은 집을 한 채 짓는데 야쿠프의 전 재산이 들어갔다. 전기는 근처로 지나가는 전선에 불법적으로 선을 연결해서 해결했다. 천장으로 들어와 침대 틀에 걸려 있는 전선이 바로 그것이었다. 철제 침대 틀에 전류가 흘러서 시뻘겋게 달아오르면 온 집안이 터키탕처럼 뜨거워졌다.

그가 그 집의 합법적인 주인이 되기 위해서는 약간의 인내심을 가지고 기다리기만 하면 되었다. 매번 선거가 임박하게 되면 정부는 라흐만리 같은 빈민가에 사는 주민들에게 사면령을 내리고 그들에게 공식적인 부동산 권리증서를 팔았다. 부동산 권리증서를 받고 나서 한두 해가 지나면 소유주는 자기 소유 건물을 건축업자에게 넘기고 그가 그 자리에 새로 지을 아파트 중 몇 채를 받는 계약을 하는 경우가 많았다. 그렇게 해서 결국엔 훌륭한 아파트에 살면서 세입자들로부터 월세도 받을 수 있게 되는 것이다. 그 결과 자본이 좀 생기면 케밥이나 피자 식당을 열거나 택시를 사는 것이다. 일단 집 문제만 해결되고 나면, 나머지는 쉬웠다.

야쿠프의 아이들이 다니는 학교가 있는 지역은 몇 년 전까지만 해도 빈민가였다. 이제는 커다란 현대식 건물들과 쇼핑센터, 신호등, 그리고 자동차들이 홍수처럼 밀려다니는 곳이 되었다. 주민들은 소유 부동산에 대한 권리증서를 받고 난 뒤 모두 부자가 되었다. 앞으로 라흐만리에도 의심의 여지 없이 같은 일이 일어날 것이고, 이스탄불로 새로 이주해 오는 이들은 이스탄불의 도시 경계 밖 더 멀리로 나가 그들의 판잣집을 지어야 할 것이다. 야쿠프가 잘 참아낸다면, 이스메트, 젤리하, 그리고 그 두 아이의 어린 여동생 세빈치는 이스탄불의 시민으로서 훌륭한 인생을 살아가게 될 것이다. 그래서 그들은 지금 이 끔찍한 상황을 버티고 살아가는 것이었다.

야쿠프는 이 모든 상황을 고향 사람들에게 일일이 설명할 수 없었다. 그들의 고집스럽게 굳어있는 머리로는 이런 식의 계획은 이해할 수 없을 것이었다. 게다가 야쿠프는 절대로 그 무지한 사람들 사이로 돌아가서 살지 않겠다고 스스로에게 다짐한 터였다. 고향 사람들은 그 작은 마을 바깥의 삶이 어떤지 전혀 알지 못했다.

제말은 혼란스러웠다. 야쿠프는 도대체 왜 그렇게 자기 고향 사람들을 비하하고 함부로 말한단 말인가? "형", 그가 말했다. "형이 정말 그런 뜻으로 한 얘기는 아닐 거라고 믿어. 특히 우리 아버지가 형 얘기를 듣는다고 생각해봐. 말조심 좀 해."

"그 우리 아버지라는 사람!" 야쿠프가 제말을 쏘아보면서 소리를 질렀다.

제말은 야쿠프가 왜 그러는지 이해할 수 없었지만, 형한테는 어린 시절부터 맺혀있는 무언가가 있는 것 같다는 게 느껴졌다. 제말은 그게 무언지 더 이상 묻지는 않았다.

이젠 야쿠프가 질문을 던질 차례였다. 제말이 거기에 왜 왔는지? 그 긴 여행에 메리엠을 데리고 온 이유는 뭔지?

제말은 자신이 군대에 있는 동안 메리엠이 더럽혀졌다는 사실을 간단하게 설명했다. 집안의 명예를 지키기 위해 그녀를 처리해야 한다는 것, 그리고 자신이 그 임무를 맡았다는 것도.

"그러니까, 그 불쌍한 다른 여자애들처럼 말이지." 야쿠프가 말했다. "고향에 있으면 그렇게 하는 게 맞는 것처럼 보이지. 그리고 여기서도 그런 식으로 처리하는 경우들이 있지."

야쿠프는 슬프거나 놀라거나 화가 난 것 같지는 않았다. 사실 그가 원하는 건 이 느닷없이 닥친 재앙이 빨리 사라지는 것뿐이었다. 그는 고향마을이나 메리엠, 제말, 자기 아버지에 대해서는 아무 관심도 없었다. 야쿠프는 그저 그들이 자신의 인생을 건드리지 않기만을 바랄 뿐이었다.

야쿠프는 고향마을을 자신의 기억에서 지워버렸다. 그곳으로 돌아가지도 않을 것이고, 자식들 또한 자신들이 술루카 출신이라는 걸 잊도록 만들 작정이었다. 어떻게 해서든 자기 가족의 기록을 고향에서 지워버리고 이스탄불에 다시 등록할 계획이었다. 메리엠이 겪은 고통을 젤리하가 겪을 수도 있다고 생각하니 머리끝이 일어서는 것 같았다.

"이거 봐라, 제말" 그가 말했다. "너야 물론 아버지의 명령대로 움직이는 거겠지. 그리고 네가 아버지가 신이라도 되는 것처럼 두려워한다는 것도 알고 있고. 너한테 마음을 바꿔 먹으라고 말하는 건 아무 소용도 없겠지만, 그걸 하려거든 지금 당장 해치워."

야쿠프는 그렇게 말하면서, 그곳에서 걸어서 삼십 분쯤 거리에 있는 고속도로에 버려진 구름다리가 있다는 사실을 제말에게 알려줬다. 이스탄불로 이주해온 사람들은 그런 곳을 찾아 이런 유의 명예살인을 저질렀다. 상당수의 여자아이들이 그 구름다리에서 던져져서 죽음을 맞았다. 언론에서 그런 사건을 몇 차례 보도하기도 했다.

제말은 나중에 어둠 속에서 얇은 매트리스에 누운 채 계획을 세웠다. 재빨리 움직여야 했다. 그렇게 멀리까지 왔는데, 그들은 재수 없게도 헌병대의 감시체계 안에 걸려들었다. 오래 있을수록 두 사람은 그곳의 주민들과 헌병들에게 낯이 익게 될 것이었다. 그런 후에 메리엠이 갑자기 사라지면 당연히 의심을 사게 될 것이었다. 제일 좋은 건 이른 아침에 메리엠을 그 구름다리로 데리고 가 해치우는 것이었다. 두 사람이 떠나서 혼자만 돌아오게 되면 그것 역시 의심스러워 보일 것이었다. 제말은 야쿠프의 집으로 돌아오지 않을 생각이었다. 아버지와 고향마을에 대한 형의 불손한 태도는, 이유가 뭐가 됐든, 제말로서는 용납할 수 없었다. 제말은 셀라하틴을 방문한 뒤 바로 반으로 돌아가는 기차를 잡아타기로 마음먹었다. 그렇게 하면 집안의 명예를 회복하고, 지체 없이 고향으로 돌아가 에미네와 함께 있게 될 것이었다.

그 구름다리에서 그런 일들이 자주 벌어진다니, 제말은 형의 말을 그대로 따르는 게 좋을 것 같았다. 여자애가 높은 데서 떨어진 사고처럼 보일 것 같았다. 이렇게 결정하고 나자 제말은 마음이 편해져서 곧 평화로운 잠 속으로 빠져들었다.

고독 속에는 신만이 홀로 존재한다

교수는 어느 날 지독한 두통을 느끼며 잠에서 깨어났다. 그는 갑판으로 올라가기 전에 진통제를 두 알 먹었다. 바다는 생명을 잃은 것 같았다. 구름이 장악하고 있는 하늘 아래에서 탁한 회색의 물은 어떤 움직임도 거부하고 있어 마치 콘크리트의 바다 같았다. 이틀 전까지만 해도 다정하게 다가와 시시덕거리던 바다가 이제는 거북이 등처럼 단단하고, 차갑고, 인정사정없고, 거의 적대적으로 보였다.

이르판은 어린 시절부터 바다와 친숙하게 지내왔고, 따라서 바다의 광활함이나 극단적인 변덕에 영향을 받지 않았지만, 그가 이틀 전에 가까이에서 마주한 죽음 때문에 충격을 받은 상태였다. 수평선에서 천둥 번개를 치면서 다가오고 있는 폭풍을 피하기 위해, 이르판은 바람의 엄청난 힘에 쉽게 갈기갈기 찢길 정도로 팽팽하게 돛을 당긴 채 가장 가까운 항구로 향하고 있었다. 마침내 항구로 들어섰을 때 이르판은 부두 안도 바람이 거세긴 마찬가지고, 그의 배가 접안지를 향해 전속력으로 질주하고 있다는 사실을 곧 깨닫게 됐다. 선착장에 매어놓은 배들의 주인들은 이르판의 배가 전속력으로 다가오고 있는 걸 보고는 팔을 휘젓고 소리를 질러대기 시작했다. 이르판 역시 그렇게 빨리 부두로 들어가다간 대재앙을 초래할 거라는 사실을 잘 알고 있었다.

바로 그 순간, 이르판은 부두의 다른 쪽에서 들어온 커다란 배가 자기 바로 뒤에 있고, 정박할 준비를 하고 있는 걸 보았다. 그 배는 자기 앞으로 돛을 단 요트가 들어오자 귀가 멍멍해질 정도의 크기로 사이렌과 호각을 불어댔다. 선착장에서 어쩔 줄을 몰라 하고 있는 사람들과 거대한 배가 자기를 막 덮치려 하고 있는 걸 보자 이르판은 겁이 났다. 이르판은 돛을 내리고 엔진을 이용해서 자기가 목표로 삼은 계류지로 천천히 접근해야 했지만, 밧줄을 잡아당기는 장치가 말을 듣지 않아 혼자 힘으로는 필요한 조치를 취할 수가 없었다. 만약에 그가 방향타를 놓고 돛으로 달려간다면, 배의 조종 능력을 잃게 될 것이었다. 조종간에만 매달려 있으면 배를 전속력으로 몰아가고 있는 돛을 내리지 못하게 될 것이었다. 이게 바로 일인 선원 시스템의 문제였다. 두 번째 인원이 있었더라면 일은 훨씬 쉽게 해결될 것이었다. 몇 초만 더 있으면 너무 늦어질 것이기 때문에, 이르판은 즉시 결정을 내려야 한다는 걸 알고 있었다.

이르판은 있는 용기를 모두 짜내어, 방향타에서 손을 떼고 돛을 향해 투신자살을 하듯이 몸을 내던졌다. 뒤엉켜 있는 닻줄을 번개 같은 속도로 풀어내는 순간, 이르판은 무릎에 찌르는 듯한 통증을 느꼈다. 어디엔가 부딪힌 게 틀림없었다. 돛은 내렸지만, 이르판은 숨을 쉴 수 없었다. 이르판은 "혓바닥이 입천장에 달라붙었다"라는 표현을 여러 번 들었지만 언제나 그건 일종의 수사법일 뿐이라고 생각해 왔는데, 지금, 그 일이 실제로 그에게 벌어지고 있었다. 이르판이 아무리 입을 벌리려고 해도 입이 벌어지지가 않아서, 공기를 받아들이지 못한 폐가 아플 지경이었다. 이르판은 결국 뱃전으로 가서 부두의 더러운 물을 손으로 움켜서 마셨다. 그리고 심호흡을 했다. 이르판은 전에는 이런 온전한 공포를 느껴본 적이 없었다.

이르판은 선착장에 발이 묶인 채, 다른 뱃사람들과 대화를 나누면서 그날 밤을 보냈다. 그들은 이르판이 혼자서 배를 운용했다는 걸 알고는 그가 필요한 조치를 정확하게 행한 덕에 큰 위험을 모면한 것이라고 인정해줬다. 그들은, 이르판이 훌륭한 뱃사람인 건 맞지만, 바다와 그런 식으로 게임을 해서는 안 된다고 말했다. 혼자서 그렇게 큰 배를 모는 건 옳지 않은 일이었다.

요트를 모는 이들이 이르판을 술자리에 초대했다. 대부분은 머리가 희끗희끗했지만 모두 건장하고 운동선수 같은 몸을 가지고 있었다. 이들은 자신들의 배를 고치고, 추억을 나누고, 요트 경주를 자주 기획하면서 시간을 보냈다. 이르판은 이들이 바다 외의 것에 대해서는 전혀 이야기하지 않는다는 걸 알게 됐다. 그날 저녁 내내, 다른 어떤 이야깃거리도 논의되지 않았다. 마치 그들에게는 육지라는 게 존재하지 않는 듯했다. 그들의 손은 육체노동자의 그것처럼 굳은살이 박여 있었다. 한 사람이 새로 구입한 GPS에 대해 이야기하면, 다른 사람은 자기가 압력조절계를 고친 이야기를 미주알고주알 설명하는 식이었다. 그들은 낯선 사람들에 대해 별 관심이 없었고, 자연히 이 덩치가 크고 봉두난발인 사내가 그들이 텔레비전에서 보았을 그 교수라는 사실을 깨닫지 못했다. 어쩌면 본 적이 없을 수도 있다. 이 사내들은 터키 공화국의 시민이 아니라 바다 공화국—국경은 분명하지 않지만 매우 분명한 법률을 가지고 있는 공화국 소속이었기 때문이다. 그들은 자신들의 깃발을 날릴 바람을 찾는 데 문제를 느껴본 적이 한 번도 없었다. 이들은 대부분의 시간을 동료 뱃사람들과 더불어 보냈고, 부모 자식이 있는 사람들 같은 분위기를 풍기지 않았다.

그날 밤, 이르판은 자신에게 바다란 고독을 의미한다는 사실을 깨달았다. 그는 이미 여러 날을 혼자서 항해하면서 보냈고,

첫날 바다에 나섰을 때 가졌던 열정의 자리에는 무어라 말하기 어려운 우울감이 서서히 대신 자리를 잡았다. 적막한 작은 만에서 밤을 보내면서는, 자기가 넘어져서 다리가 부러지거나 심장마비, 혹은 뇌경색이라도 일어날 경우 도대체 어떻게 될까 하는 의문을 품었다. 그가 석유등을 켜놓고 혼자 앉아있을 때에는 완벽한 정적이 마치 죽음의 침묵처럼 그를 감쌌다. 무슨 심각한 문제가 일어나게 되면 그는 오로지 목숨을 부지하기 위해 애쓰면서 누군가가 자기를 발견할 때까지 속수무책으로 기다리는 수밖에 없을 텐데, 누가 됐든 그를 발견하는 건 무척 어려운 일일 것이었다.

바다는 그날 그가 간신히 헤쳐나간 것과 같은 심각한 위험들로 가득 차 있었다. 그는 "고독 속에는 신만이 홀로 존재한다"는 말을 기억해냈고, 수백 수천 년 전에 이 말을 한 아나톨리아의 성인에게 동의할 수밖에 없었다.

이르판은 처음에는 가능한 한 해안선에서 멀리 떨어져 있으려 하면서 밤을 보내는 것도 가장 외진 곳만을 선택했지만, 이제는 해안의 작은 타운이나 허술한 접안장치를 갖춘 작은 마을 쪽으로 선수를 돌리고 싶어 하는 내밀한 욕망에 따라 움직였다. 그런 곳들에 가면, 이르판은 언제나 작은 식료품점에 갈 핑곗거리를 생각해 냈고, 그런 곳에 가서 빵, 소시지, 혹은 맥주를 샀다.

그의 삶이 바뀌고 있었던 건가? 그 변화란 이스탄불의 고급 식료품점에서 쇼핑을 하는 대신, 시즌이 지나 텅 빈 에게해 연안의 작은 휴양지에 있는 옛날식 식품점에서 쇼핑할 자유를 가리키는 거였나? 가치의 전환이라는 게 장-피에르 랑팔의 플루트 연주를 들으면서 밤낮으로 게으르게 갑판에 누워 수면 아래로부터 날치가 날아오르는 것, 작은 물고기들의 떼가 놀라서 청록색 물의 사방으로 흩어지는 걸 바라보는 것이라고 규정될 수 있을까?

그날 밤, 이르판은 처음으로 집으로 돌아가는 걸 생각했다. 사실은, 생각을 했다기보다는—이런 걸 생각이라고 부를 수는 없다—내면에서부터 들려오는 희미한 소리를 들었고, 그 소리는 그의 마음을 거세게 뒤흔들었다. 이르판은 그 목소리가 그대로 사라지도록 놔두지 않았다. 그 목소리가 그에게 속삭인 질문과 대면하고 싶었다. 그 목소리는 이렇게 물었다. "돌아갈 수 있겠어? 네 예전의 생활, 예전의 집, 아이젤, 대학, 네 친구들, 너의 그 영리하고 잘나가고 모르는 게 없는 처남한테로 돌아갈 수 있겠어? 이스탄불이 너의 이타카가 될 수 있을까, 이 바보 같은 교수야?"

"아냐! 난 돌아갈 수 없어" 그는 스스로에게 말했다. "돌아가고 싶지 않아, 그리고 설령 돌아간다 하더라도, 그들 모두가 날 죽이려 들 거야."

이르판은 아이젤이 자길 화나게 한 사람들을 어떻게 처리하는지 아주 잘 알고 있었다. 만약에 그가 이스탄불로 돌아간다면, 그와 가까웠던 모든 사람들, 특히 아이젤과 처남은 그를 악마 보듯 하면서 산산조각 내고 싶어 할 것이다. 그리고 어느 누구도 그를 위해 무덤을 만들어주지 않을 것이다.

이르판은 어느 쾌적한 호텔 방, 풀을 먹인 하얀 시트와 수를 놓은 베갯잇이 있던 편안한 침대에서 보낸 어느 오후를 떠올렸다. 두 사람은 아주 행복했다. 세상 어느 누구도 그들처럼 미친 듯이 사랑에 빠져 있지는 않았을 것이다. 그날, 아이젤은 그들의 사랑이 절정에 도달해 있는 순간에 이르판의 몸을 자신의 그 따뜻하고 늘씬한 몸으로부터 밀쳐내며 소리를 질렀다. "저리 가! 저리로 떨어져!" 이르판은 충격을 받았고, 뭘 어떻게 해야 할지 알 수가 없었다. 이르판은 자기가 뭘 잘못했는지도 모르는 채 아이젤이 지르는 비명을 고스란히 들었다.

두 사람은 스코틀랜드의 턴베리 골프 호텔에 머물고 있었다. 퍼팅 그린이 바다를 향해 부드럽게 휘어진, 촉촉하고 비옥한 땅꼭대기에 얹혀 있는 거대한 생일 케이크를 연상시키는 호텔이었다. 두 사람은 아침이면 등대까지 걸어갔다가 오후에는 골프를 치고, 에드워드 시대의 장식을 갖춘 바에 가서 오크나무 장작이 타오르는 벽난로 앞에 앉아 자신들을 위해 건배하며 라가불린 위스키로 입술을 적셨다.

그날까지는 모든 게 순조로웠다. 아이젤은 골프를 마치고 나서 샤워를 하기도 전에 이르판을 침대로 끌어들이더니 발정 난 조개처럼 자신의 늘씬한 몸을 그의 몸에 밀착시켜 왔다. 그러더니 절정에 이르렀을 때 그를 밀쳐냈다. 이르판은 문밖에 나가 외발로 서 있으라는 벌을 받은 학생 같은 기분이 되었다.

그런 순간이 올 때마다 아이젤로부터 거리를 두는 게 좋다는 걸 이미 충분한 경험을 통해 알고 있던 이르판은 짧은 샤워를 하고 나서 방을 나섰다. 그는 마호가니 가구와 모로코가죽, 귀족 가문의 문장들이 육중하게 장식하고 있는 아래층으로 바로 내려갔다. 그가 술을 주문하고 나서 몇 분이 지났을 때, 아이젤이 다가와 그가 앉아있는 녹색 가죽 장의자의 옆자리에 앉았다. "미안해요" 그녀가 말했다. 그녀는 차분했지만 아직 눈물이 그렁그렁한 상태로 다시 한번 그에게 사과했다. 이르판은 아이젤의 이런 습관에 이미 익숙해져 있었다. 그가 무어라 대꾸를 하면 그녀의 광기는 더욱 가열되지만, 그가 침묵을 지키고 거리를 둔 채 방금 받은 모욕을 무시하고 있으면 다시 정신을 차린 그녀가 다가와 사과하는 식이었다.

이르판은 그녀의 갑작스러운 분노를 이해할 수 없었다. 위스키를 홀짝거리면서, 그는 자신이 뭘 잘못했는지 알아내기 위해 머리를 쥐어짰다. 골프를 치는 동안 부적절한 농담을 했나? 호텔에서 뭔가 무례한 짓을 하거나 말을 하거나, 그런 시선으로 쳐다봤나? 그로서는 그런 갑작스러운 폭발을 이끌어낼 만한 어떤 짓도 기억나지 않았다. "사과할 필요 없어, 자기." 이르판이 말했다. "우린 서로를 용서해야만 돼. 그런데, 정말로 이해가 안 돼서 그러는데, 도대체 뭐가 문제였던 거지? 모든 게 다 좋았잖아."

아이젤은 어찌해야 할지 모르겠다는 눈빛으로 그를 바라봤다. "설명하기 어려운데," 그녀가 말했다. "어떤 때 당신은 그렇게 해야 하니까 한다는 느낌으로 나하고 자는 거 같아. 당신은 튼튼하고 깨끗하고 건강한 사내지만, 나하고 자는 걸 즐기지는 않아. 아까는 정말 좋았지만, 난 당신이 즐기고 있는 게 아니라는 걸 아주 분명하게 알 수 있었어."

이르판이 그걸 부인하려고 했지만, 아이젤이 그의 입을 다물게 했다. "당신을 비난하는 게 아니고," 그녀가 말했다. "근데 여자는 알아. 당신은 골프를 치는 것처럼 잠자리를 해." 그러고 나서 아이젤은 분위기를 좀 바꿔보려는 듯 허탈한 웃음을 웃더니 자기 마실 것도 하나 주문해 달라고 했다.

그 이야기는 그렇게 마무리되었다. 횟수가 줄어들긴 했지만, 두 사람은 계속해서 잠자리를 같이했다. 아이젤은 자신이 뒤집어엎기에는 너무나 심각한 어떤 사실에 직면하고 있다는 걸 느꼈고, 거대한 숲에서 길을 잃은 어린 여자애처럼 두려움을 느꼈다.

* * *

바다에서 여러 주를 보내고 나자, 배는 이르판에게 고독—평생 사라지지 않을 외로움을 의미하게 되었다. 그는 평생 행복과 성공을 추구해오던 한 사내가 그 마지막에 가서 사실은 자신이 그 기회를 오래전에 놓쳤다는 사실을 알게 됐을 때 어떤 기분일까 생각해 보았다. 그의 꿈은 사라지게 될까? 그럼, 물론이다! 바로 그래서 그의 가슴이 그런 암울한 느낌에 짓눌려 수시로 너무나 무겁게 느껴졌던 것이다.

이르판은 자신의 삶의 공허함에 대해 자주 생각했다. 이즈미르의 가난한 학생에서 시작해서 하버드 대학까지 가긴 했지만, 그는 주목할 만한 무언가를 만들어 내는 데는 성공하지 못했다. 그의 삶은 헛되게 낭비되었다. 그가 죽고 나서도, 그는 사람들이 "이게 이르판 쿠루달이 한 거야"라고 말할 만한 어떤 것도 남겨놓지 못할 것이다. 그가 한 거라고는 교수자격을 얻기 위해서 써낸 엉성한 책이 전부였다.

이르판은 책으로 쓸 흥미로운 주제 하나를 공글려왔다. 벌써 여러 해 동안, 그걸 쓰기 시작할 적절한 순간을 기다리면서 자료조사를 해왔다. 이르판은 그 작업을 시작하기에 이 배보다 더 좋은 장소를 찾을 수 없으리라는 걸 알게 됐다.

그가 쓰려는 책은 보고밀파에 대한 것이었다. 십일 세기에 나타난 영지주의 기독교의 한 분파인 보고밀은 위대한 고대 작가인 루키아노스[61]의 고향인 동부 아나톨리아의 사모사타에서 처음 모습을 보였다. 보고밀파의 교리는 정교회를 정면으로 거스르는 것이었기 때문에, 그들은 사모사타에서 추방당하여 에게해 연안에 있는 알라세히르로 옮겨갔다. 그곳에서도 자리를 잡을 수 없었던 그들은 마르세유를 거쳐 남부 프랑스로 옮겨갔고, 거기에 몽세귀르 성을 지었다. 이들은 카타르 기사들이라고 불렸고, 몽세귀르 정벌로 유명한 프랑스군의 점령 작전으로 다시 밀려났다.[62] 보고밀들은 일부는 이탈리아로, 대다수는 발칸반도로 옮겨가는 등, 여러 방향으로 흩어졌다. 일부 역사학자들에 의하면, 발칸반도에 거주하는 보스니아인들은 보고밀파의 후손들이다. 그들은 교회의 폭압에서 벗어나기 위해 이슬람으로 개종했다.

이 이론이 사실이라면, 보고밀파는 실로 끔찍한 운명을 맞이했다. 그들은 동부 아나톨리아에 뿌리를 둔 기독교 이단으로서 수백 년 동안 고통을 받다가, 발칸에 도착한 뒤에는 결국 이슬람교로 개종하게 된 것이다. 그리고 나서, 보스니아에서는 밀로세비치의 군대에 의해 무슬림이라는 이유로 체포되고 살해당했다. 그들은 잘못된 시기, 잘못된 지역에서 잘못된 종교를 믿은 것인데, 그들이 저지른 이런 실수는 천 년 가까이 이어졌다. 그들의 이야기는 사모사타에서 시작해서 보스니아 전쟁에 이르기까지 구백 년을 이어 내려왔다. 이르판이 이 이야기를 쓰는 작업을 일단 시작하기만 하면 그 후로는 상당히 몰두하게 되는 작업이 될 것이었다.

쿠사다시라는 여행지 마을에 배를 댄 어느 날, 이르판은 이 주제와 관련된 책들을 여러 권 샀지만, 어떤 이유에선가 읽게 되지는 않았다. 무언가가 펜을 들고 쓰기 시작하는 일을 가로막고 있는 것 같았다.

어쩌면 이르판이 에게해에 머무르고 있는 한은 그 이야기의 안으로 들어가는 게 불가능한 것이었는지도 모른다. 이르판이 동부 아나톨리아로 가서 그곳 사람들과 이야기를 나누고, 그들의 생김새, 습관, 전통 따위를 연구하고 나면, 그제야, 아마도, 이 주제 안에 깊이 빠져드는 게 가능해질 수도 있을 것이었다.

이르판은 이런 생각이 헛된 것이라는 걸 알았다. 동부에서는 피비린내 나는 전쟁이 진행 중이었고, 그런 지역에 가서 몇 년이나 지내는 게 가능할지 확신이 없었기 때문이다. 이르판은 그렇게나 많은 외국을 돌아다녔지만, 정작 자기 나라의 동부지방은 죽을 때까지 한 번도 보지 못하게 될 가능성도 있었다. 그보다는 해안에서 불어오는 달콤한 미풍을 맞으며 와인색 바다를 지켜보면서, 보고밀파에 대한 책은 꿈이나 꾸는 게 더 나을지도 몰랐다. 어쩌면 조만간 첫 문장이 떠오르고, 나머지가 뒤따라 올 수도 있을 것이었다.

식료품을 사기 위해 들른 한 타운에서, 이르판은 늙은 느티나무 그늘 아래 들어 있는 찻집의 별채를 하나 보게 되었다. 그가 자리에 앉자 주인이 다가와 영어로 물었다. "어서 오세요! 차를 드릴까요. 커피를 드릴까요?"

이르판의 큰 키와 긴 수염 때문에 그 사내는 이르판을 외국인으로 오인한 것이었다. 이르판은 눈 한 번 깜빡하지 않고 영어로 대답했다. "터키식 커피로 주세요—설탕은 조금만 넣고요."

주인 사내는 그중에서 "커피"라는 단어만 알아들었을 뿐이었다. 사내는 이르판의 말을 이해하려고 애쓰며 다시 물었다. "설탕은요?"

"조금만요." 이르판이 대답했다.

사내는 이르판이 설탕 없는 커피를 원한다고 생각했고, 확인을 하기 위해 다시 한번 물었다. "설탕 없이요?" 사내의 눈썹이 한껏 치켜 올라갔다.

이르판은 고개를 저었다.

좀 더 나은 영어 실력이 필요하다고 생각한 주인 사내가 자기 아들을 불렀다.

"이리 와 봐." 그가 소리를 질렀다. "이 이교도가 나한테 무슨 말을 하려고 하는 거 같다."

이르판은 이 상황을 즐겼다. 이 주인 사내는 모든 다른 가게 주인들처럼 차나 커피 같은 약간의 영어 단어들은 배워두었지만,

그게 전부였다.

비쩍 마른 젊은이가 나타났다.

"어서 오세요!" 그가 이르판에게 인사를 했고, 이르판은 자기 주문을 반복했다. 그 젊은이가 자기 아버지에게 그 말을 전했다. "이 사람은 터키 커피에 설탕을 조금만 넣어달래요."

주인 사내는 욕을 퍼부었다. "진작에 그렇게 말하지 개자식아!" 사내는 뚱뚱한 체격이었는데, 땀방울이 그의 얼굴에서 흘러내리고 있었다.

"그게 이 사람이 원한 거예요, 아버지." 젊은이가 말했다.

"영어 좀 배웠다고 잘난 척하지 말고 입 닥쳐!" 사내가 으르렁거렸다.

몇 분 뒤에, 사내가 이르판의 커피를 내왔다.

"당신 여행객?" 그가 이르판에게 물었다.

"예, 여행객."

"미국인?"

"미국인." 교수가 대답했다.

가게 주인의 얼굴이 환해졌다.

"이리 와 봐!" 사내가 다시 아들을 불렀다. "이 근처 땅 좀 사고 싶은지 물어봐 봐."

젊은이가 멈칫거렸다. "커피 한 잔 마시러 온 사람이잖아요. 왜 그런 걸 물어봐요?"

"끼어들지 마" 사내가 아들에게 소리를 질렀다. "지난여름에 어떤 미국 사람이 와서 네브자트네 무화과 과수원을 현금으로 샀단 말이야. 이 사람들은 땅 사러 여기에 오는 거야. 아니면 여기에 뭐 하러 오겠니?"

젊은이는 엄청난 노력을 기울여서 말했다. "당신 땅… 당신 땅…"

이르판은 젊은이의 영어가 매우 짧고, "구매한다"라는 말을 모른다는 사실을 깨달았다. 이르판은 그 젊은이가 자기 아버지 앞에서 창피를 당하는 걸 막아주고, 또한 약간 놀리기 위해서 "너 오늘 밤에 외롭니Are you lonesome tonight?" 하고 물었다.

이르판은 그 젊은이가 엘비스의 유명한 노래 제목을 알고 있을 거라고 확신했다.

젊은이는 이르판을 의심스러운 표정으로 쳐다봤다.

주인 사내가 다그쳐 물었다. "저 사람이 뭐라는 거니?"

젊은이는 거짓말을 했다. "땅에 관심 없대요. 이 커피만 마시고 갈 거래요."

"저 바닷가에 아주 좋은 땅이 있는데," 주인이 고집을 부렸다. "한 번 보고 싶냐고 물어봐."

젊은이가 아주 애를 써서 문장을 만들었다. "그녀가 당신을 사랑해 예이, 예이, 예이She loves you yeah, yeah, yeah!"

이르판은 간신히 웃음을 참았다. 그의 짐작이 맞았다. 이 젊은이는 아마도 학교에서 영어를 따로 배운 적은 전혀 없고, 다만 외국 여자아이들하고 우연히 만나게 될 기회를 기다리면서 여행객들이 자주 찾는 술집 근처를 왔다 갔다 했을 뿐이었을 것이다. 그러니, 젊은이는 물론 모든 노래들의 제목을 알고 있었다.

“지금 아니면 영원히 안 돼It's now or never”, 이르판이 말했다. 그리고는 이 한 문장으로는 너무 짧게 들릴 것 같아서 재빨리 덧붙였다. “내일은 너무 늦으리Tomorrow will be too late!”

젊은이는 자기 아버지에게로 고개를 돌리더니 말했다. “여기에 그냥 여행으로 들른 거래요. 관심 없대요. 나 갈래요.”

“거기 서!” 그의 아버지가 명령했다. “너 영어 공부하라고 내가 들인 돈이 얼만데. 그 땅을 사고 싶어 할 만한 친구가 있는지 물어봐.”

젊은이는 차마 이르판의 눈을 마주 보지 못한 채 말했다. “하나, 둘, 셋, 마리아! 치키치키 범범Un, dos, tres, Maria! Chikki chikki, bum bum!”

이르판은 하마터면 폭소를 터뜨릴 뻔했다. 영어로 간신히 이어간 뒤에, 이제는 스페인어로 넘어갈 차례였다.

이르판은 이 게임을 조금 더 밀고 나가면서, 진지한 어조로 말했다. "신디 크로포드, 린다 에반젤리스타, 에바 헤어지고바, 레티티아 카스타."

젊은이는 더 심각한 분위기로 대답했다. "샤론 스톤, 클라우디아 쉬퍼, 마돈나."

젊은이의 아버지는 진지한 표정으로 이들의 대화를 들었다. 긴 대화처럼 들렸다. 어쩌면, 네브자트처럼, 행운이 따라붙을 것 같았다. 자기가 아버지로부터 물려받은 그 쓸모없는 땅을 이 외국인에게 팔 수만 있다면 더 바랄 나위가 없을 것이었다.

젊은이가 말을 마치고 난 뒤, 주인 사내가 물었다. "뭐라고 하니?"

"여기 그냥 여행 온 거고, 아버지가 자꾸 질문을 해서 피곤하대요. 가만 좀 내버려 둬 달래요. 그리고 아버지가 계속 이러면 신고할 거래요."

그 뚱뚱한 사내는 중얼거렸다. "망할 놈의 이방인 같으니. 내 나라에서 날 신고하겠다고. 나한테 애원을 해도 너한테는 땅 안 팔아. 저자한테 커피 마시고 빨리 꺼지라 그래."

"알았어요."

그리고는 젊은이는 이르판을 향해 돌아서서 말했다. "치치올리나, 바이바이Cicciolina, bye bye!" 그리고는 자기 아버지와 함께 돌아서서 갔다.

이 모든 상황이 이르판에게는 너무나 재미있었다.

커피를 다 마시고 나서, 이르판은 지폐를 한 장 테이블에 올려놓고는 자리에서 일어났다. 이르판은 터키어로 말했다. "고맙습니다. 잔돈은 가지세요."

주인 사내의 두 눈이 머리에서 튀어나올 지경이었고, 그의 아들의 얼굴은 진홍색이 되었다. 어서 이르판이 떠나기만을 기다리면서, 젊은이는 땅바닥에 시선을 고정시켰다.

배로 돌아올 때까지도 이르판은 이 예기치 않았던 몇 분의 즐거운 시간 덕분에 여전히 웃음을 멈추지 못하고 있었다.

죽음이란 이런 것일까?

마무리가 되지 않은 채로 버려진 구름다리 위에서 바라본 이스탄불은 마치 패배한 군대가 떠나고 난 뒤의 폐허처럼 빈곤하고, 산만하게 흩어져 있고, 서글픈 도시의 모습이었다. 그것은 상처 입은 거인—비례도 전혀 안 맞고 기형인—처럼 멀리까지 뻗어 있었다.

이스탄불의 이쪽 지역에서는 바실리카와 돔 양식을 합쳐놓은 팔레올로그의 영광스러운 사원들이나, 휘황찬란한 라마단의 불빛들로 그려진 사기를 북돋는 메시지가 쓰인, 세 겹의 발코니를 갖춘 첨탑이 있는 오토만 제국의 모스크들, 가톨릭이나 정교회의 교회들, 마흔 쌍의 노를 갖춘 제국의 선박들, 혹은 보스포루스를 매력적인 곳으로 바꿔버린 반암으로 만든 기둥들이 받치고 선 궁전들 같은 것들이 보이지 않았다.

이 도시는 유입인구들에 의해 뒤틀리고, 피부가 부어오르고, 관절들이 어긋난 상태였다. 우울한 회색의 하늘 아래로 가랑비와 노란 연무가, 시멘트 벽돌을 이용해 날림으로 지은 빈민가와 군대의 작전지대이거나 공동묘지라서 도끼날을 피해 살아남은 녹색지대, 그리고 멀리에 보이는 빌딩 숲 사이의 경계를 흐릿하게 만들고 있었다.

이 축축하고 기분 나쁜 이스탄불의 어느 하루, 비쩍 마른 두 사람이 도시의 모습이나 가랑비, 혹은 이따금 내려치면서 이 음울한 풍경에 활기를 부여하는 번갯불이나 천둥 따위에 아랑곳하지 않고 반쯤 짓다 만 높은 콘크리트 다리 위에 서 있었다. 이것은 야심 있는 몇몇 관료들과 탐욕스러운 건설회사들이 연결되어 불법적인 계약과 조잡한 솜씨로 대충 지으면서 충분한 이익을 만들어낸 뒤 완성을 보기 전에 중단해버린 이스탄불 주변의 수많은 다리들과 도로들 중 하나였다.

메리엠이 아래를 내려다보자 그녀의 발아래로부터 바위투성이인 바닥까지 뻗은 거대한 텅 빈 공간이 눈에 들어왔다. 그러자 꿈속에서 보았던, 저 안에서부터 몸이 떨리면서 해안을 타고 흐르는 바람으로부터 몸을 숨길 만한 곳으로 들어가고 싶어하게 만들던 그 낭떠러지가 떠올랐다. 그런데 지금 메리엠의 피를 얼어붙게 만들고 있는 건 하늘 높이 날던 새가 아니라, 뱀처럼 고요하게 그녀의 뒤에 서 있는 제말이었다.

그날 이른 아침, 메리엠은 거칠게 깨워진 뒤 떠밀리다시피 집을 나서게 됐다. 제대로 된 작별 인사도 없이 이른 새벽에 야쿠프의 집을 떠나던 것, 정작 야쿠프는 집에 없던 것, 나지크의 얼굴에 떠오르던 공포, 그리고 제말의 완강한 태도는 메리엠이 그토록 오랫동안 무시하려고 애써온 운명이 그녀에게 곧 닥치려 하고 있다는 사실을 말하고 있었다.

두 사람이 비를 맞으면서 도로를 걷고, 그 뒤로는 진흙탕이 된 벌판을 걸어가는 동안, 메리엠은 심판의 그날이 왔다는 것을 깨달았다. 제말은 자기 가방은 들고 오면서도 메리엠의 것은 야쿠프의 집에 두고 오게 했다. 메리엠에게는 더 이상 그 누더기 가방이나 다 해진 옷 몇 벌이 필요 없으리라는 의미였을 것이었다. 메리엠은 이제 그들이 이스탄불로 오게 된 진짜 이유를 알게 되었다.

이제 메리엠은 벼랑의 끄트머리에서 벌벌 떨면서, 이미 사용한 휴지처럼 그 아래로 던져지기만을 기다리고 서 있었다. 메리엠은 그녀에게 이스탄불에서의 행운을 빌어주면서 미소를 짓던 고향마을 여자들의 퉁퉁하고 기름기가 낀 얼굴들을 떠올렸다. 메리엠은 그녀와 제말이 공중으로 집어던져 비행기처럼 날게 만들던 암탉들도 떠올렸다. 마치 그 순간, 그녀의 짧았던 생애에 있었던 모든 사소한 일들을 다 돌이켜봐야만 하는 것 같았다. 메리엠은 그 암탉들의 발과 날개가 부러졌던 걸 떠올렸다.

"정말 미안해." 그녀는 생각했다. "제말 오빠, 오빠도 미안해? 그 암탉들에 대해 생각해 본 적 있어? 그렇게 높이에서 떨어진 것도 아니었는데. 여긴 더 높네—정말 높아. 이스탄불은 항상 이렇게 버려져 있고 외로워? 나 추워, 제말 오빠. 내 옷은 다 젖었어. 등이 얼어들어와. 그런데 내 몸을 떨리게 하는 건 추위가 아니라 공포야. 제말 오빠도 이런 두려움을 느껴본 적이 있어? 나한테는 저기 멀리로 날아가고 있는 저 까마귀처럼 휘저을 날개가 없어. 나는 저 새가 할 수 있는 것처럼, 날아가는 동안 아래를 내려다볼 수가 없어. 내 심장이 그대로 멈춰버릴 거야. 신이여, 왜 나를 사랑하지 않으시나요? 왜 내가 태어난 그날부터 나를 처벌하려고만 하시는 건가요? 제말 오빠, 신은 나를 사랑하지 않아. 신은 오빠를 사랑해. 왜 나는 사랑하지 않을까? 셰케르 바바여, 날 용서해 주세요. 일부러 죄를 지은 건 아니었어요. 내 면전에서 문을 닫아버린 돌 같은 심장을 가진 큰엄마는 날 원하지 않았어. 만약에 신이 나를 조금만 더 사랑해줬더라면…"

메리엠은 자신이 그 말들을 머릿속으로만 떠올리고 있는 건지 입 밖에 소리 내어 말하고 있는 건지도 알 수 없었다. 메리엠은 발밑의 허공을 들여다볼 때마다 위가 졸아들면서 어지럽고 토할 것 같았다. 그 허공의 깊이가 뱃속 깊이 감지되었고, 중력은 그녀를 한없이 잡아끌었다.

갑자기 제말의 목소리가 들려왔다. "기도를 하고 신에게 네 신앙을 보여드려."

제말은 화가 난 것 같지도 않았고, 그의 목소리는 놀라울 정도로 부드러웠다. 그의 말투에 들어 있는 온기 때문에 메리엠은 비로소 용기를 얻어 뒤를 돌아 제말을 보았지만, 제말은 그녀의 어깨를 잡고 다시 그 아래를 향하도록 돌려세웠다.

"네가 신을 믿는다는 걸 드러내" 그가 다시 말했다. "그렇게 많은 죄를 지었는데, 신 앞에 서기 전에 최소한 너의 기도라도 올려."

메리엠은 커다란 목소리로 "에셰두 에 라 일라헤 일랄라, 무하메덴 레술룰라.[63]"라고 입 밖에 내어 이슬람의 신앙의 고백 기도를 세 번 드렸다. 그 후에 닥친 완벽한 정적 때문에 메리엠은 절박해졌다. 이제 메리엠으로서는 아무것도 할 게 없었다. 그녀를 단 한 번도 사랑해본 적이 없는 신은 이제 마지막으로 그녀를 처벌하려 하고 있었고, 메리엠은 이 무시무시한 낭떠러지 끝에 서 있었다. 제말은 메리엠이 처벌되어야 한다는 신의 의지를 수행하는 한낱 도구로서의 가련한 살인자에 지나지 않았다.

"제말," 메리엠이 입을 열었고, 그녀의 목소리가 담고 있는 용기와 결기는 그녀 자신조차도 흠칫하게 만들었다. "제말, 우리가 옛날에 같이 지냈던 시절을 생각해서라도, 마지막 부탁 하나만 들어줘. 제발 내 눈을 좀 가려줘. 떨어져 내릴 때 저 바위들을 보고 싶지 않아. 제발 부탁이야, 눈을 가려줘." 메리엠의 말들은 딸꾹질과 흐느낌으로 끝났다.

제말은 아무런 대답도 하지 않았지만, 메리엠은 바닥의 자갈을 밟으며 다가오는 그의 발소리를 들었다. 제말은 메리엠의 머릿수건을 풀어 그걸로 그녀의 눈을 잘 가리고, 마지막엔 양쪽 끝을 그녀의 머리 뒤에서 묶고 단단하게 매듭지었다. 메리엠은 제말의 따뜻한 입김이 자신의 맨 목에 와 닿는 걸 느꼈을 때 부르르 몸을 떨었다. 머릿수건이 눈을 눌러 아팠지만, 주변의 아무것도 보이지 않아 마음은 훨씬 편해졌다. 그녀는 마치 당장이라도 떨어질 것처럼 앞뒤로 몸을 흔들기 시작했다.

메리엠이 불과 몇 분 전에 제말에게 이야기를 건넬 때 그녀를 감싸고 있던 평정은 미친 듯이 뛰는 그녀의 심장의 박동과 귀에서 울려대는 소리로 대체되었다. 호흡은 헐떡거리며 올라왔고, 피는 머리끝으로 솟구쳤다. 공포가 그녀의 가슴 속에서 새처럼 날개를 퍼덕였다. 들리는 것이라고는 귓속에서 울리는 이명밖에 없었다. 이스탄불이라는 도시 전체가 정적에 묻혀 있었다.

메리엠은 자신의 짧은 생애 동안 모든 좋은 사람들을 생각하려 애썼다. 메리엠은 엄마의 얼굴을 그려보려 애썼다. 하지만 그녀가 할 수 있는 거라고는 그들이 살던 집 맨 꼭대기 층에 있던 그녀의 침실 문가에서 손에 등을 들고 서 있던 하얀 그림자 같은 모호한 이미지를 상상하는 것 정도였다. 그 외의 다른 어떤 모습으로도 메리엠은 자신의 엄마를 상상해볼 수 없었다.

그리고 나서 메리엠은 비비를 생각했다. 그녀는 그 노파의 눈에 서리던 고통스러운 눈빛과, 그녀가 용서를 빌던 일을 떠올렸다.

메리엠은 자신에게 해를 끼친 적이 없는 사람들을 생각하면 두려움이 커지는 반면에, 되네나 큰엄마를 생각하면 분노가 치솟는다는 걸 깨달았다. 메리엠의 머릿속에 다리가 부러지고 날개가 피투성이가 된 암탉들이 땅바닥에 널브러져 있는 모습이 끊임없이 떠올랐다.

메리엠이 기억에 잠겨 있을 때, 제말은 그녀를 다리 아래로 밀어버릴 준비를 하고 있었다. 제말이 투명한 한 방울의 땀이, 마치 메리엠이 느끼는 죽음에 대한 두려움이 그 한 방울로 응축된 것처럼, 그녀의 섬세한 목선을 타고 흘러내리는 걸 본 건 바로 그때였다. "죽는 게 두려운 거야." 그는 생각했다. 그 매끄럽고 영롱한 방울은 빗물을 닮아있었다. 이 애의 목은 왜 이렇게 가냘픈가. 제말은 적갈색 머리카락 몇 올이 미풍에 흔들리는 모습을 지켜봤다. 그리고는 메리엠이 더 이상 제대로 숨을 쉬지 못하고 있다는 걸 알아챘다. 그녀의 가슴과 어깨는 힘겹게 들썩거리고 있었다.

그날 아침, 야쿠프의 집을 나와 벌판을 가로지르면서, 제말은 마치 PKK 테러리스트들에게 쫓기고 있는 것 같은 기분이었다.

신발은 진흙탕 속으로 깊이 빠졌고, 그럼에도 그는 군대에서 훈련을 받은 대로 빨리 걸었다. 제말은 몇 시간이고 그 페이스를 유지하면서 밤낮을 쉼 없이 걸을 수 있었지만, 자기를 따라오고 있는 메리엠이 숨이 턱에 차 있었고, 달려서 따라오고 있는데도 그와의 거리가 점점 더 벌어지고 있다는 사실을 곧 깨달았다. 제말은 메리엠이 무엇엔가 걸려서 넘어지는 소리를 한 번 이상 들었는데, 메리엠은 그때마다 다시 일어서서 그를 따라잡으려 애를 썼다. 마침내, 제말은 속도를 늦추었다.

이 여행을 시작할 때부터, 제말은 메리엠에 대해서 감정적으로 완전히 단절돼 있어야만 한다고 생각해 왔다. 이건 잔인성의 문제라기보다는 포식자로서의 태도 문제였다. 제말은 본능적으로 메리엠을 낯선 사람 취급해야 한다고 판단하고 있었고, 따라서 두 사람의 어린 시절에 관련된 기억들을 모두 억누르고 있었다. 이제 제말은 메리엠이 자신에게 등을 돌리고 서서 간헐적으로 불규칙적인 호흡을 하고 있는 소리를 듣고 있었다. 제말은 메리엠의 목덜미에 소름이 돋아 있는 걸 보았고, 그녀가 서 있는 곳에서 자기 쪽으로 바람이 불어올 때마다 실려 오는 계피와 마른 장미의 향이 섞인 냄새를 맡았다.

제말의 결심이 흔들리기 시작했다. 두 사람이 함께 놀던 시절 어린 메리엠의 웃음소리, 함께 굴렁쇠를 굴리던 일, 새 둥지를 뒤지기 위해 나무를 오르던 일 같은 기억들이 걷잡을 수 없이 떠올랐다. 천천히, 메리엠은 다시 제말이 너무나 잘 알던 어린 소녀로 변화하고 있었다. 제말은 둘이 같이 수레를 매단 말을 뒷걸음질 시켜 중정으로 끌고 들어오던 일을 떠올렸다. 제말은 한쪽 구석에 쌓여있던 허니듀 멜론의 쌉싸름한 향이 맡아지는 것 같았다. 제말은 메리엠과 같이 덜 익은 멜론을 큰 돌에 부딪혀 깨뜨린 뒤 그 주스를 턱으로 줄줄 흘리면서 게걸스럽게 먹어 치우던 일을 떠올렸다. 언젠가 한 번은 해방절 축제 때 터키군 역할을 맡았던 메모가 제말의 관자놀이를 쳐서 멍을 들게 한 적이 있었다. 메리엠은 대마씨를 갈아서 천으로 감싼 다음 그걸로 제말의 이마를 문질러주었다.

제말은 이런 기억들이 올라오는 걸 막기 위해 쳐놓은 벽이 허물어지는 걸 느끼면서, 즉시 메리엠이 지은 죄 쪽으로 생각을 집중시켰다.

군대는 제말에게 적은 인간이 아니라는 생각에 집중하도록 가르쳤다. 이제, 제말의 앞에 서 있는 이 젊은 여자는 그가 어린 시절부터 알던 그 소녀가 아니라, 더럽혀져서 그의 가족을 욕되게 한 죄인이었다. 그의 가족이 이런 수치를 안고 살아갈 수는 없었다. 수 세기에 걸쳐서 이런 죄는 같은 방식으로 다뤄지고 처벌되어 왔다. 그것이 신의 뜻이었다. 그것이 제말의 아버지의 의지였다. 그 누구도 신이 세운 규칙에 반항할 수는 없었다. 게다가, 이 죄지은 아이는 그와 에미네 사이에 놓여 있는 유일한 장애물이었다.

제말이 "비스밀라히라마니라힘![64]"이라고 기도문을 외우는 순간, 갑자기 지난 희생제 때의 일이 생각났다. 제말은 아직 어린아이였는데, 그의 아버지가 눈을 가린 양의 목을 따라고 그에게 명령했다. 그때도 제말은 그 양을 죽이기 전에 기도를 올렸다.

제말은 마음을 다잡으며 "비스밀라히라마니라힘!"이라고 되풀이했다. 땀방울이 세 방울 더 메리엠의 하얀 목을 타고 굴러 내렸다. 그것들은 그전의 것보다 작았고, 더 빨리 굴러 내렸다. 제말은 메리엠의 부대끼는 숨소리를 들을 수 있었다. 휘파람을 부는 것 같은 소리가 메리엠의 목구멍에서 새어 나올 때, 제말은 분노를 끌어올렸다—부도덕한 것, 나쁜 년, 수치스럽고 구역질 나는, 더러운, 죄 많은 것!

그러고 나서 자기 안에 있는 모든 폭력과 고통을 그러모아, 제말은 메리엠을 쳤다.

메리엠은 그 일격을 맞은 뒤, 무슨 일이 벌어지고 있는지 모른 채 거친 비명을 지르면서 비틀거리다가 정신을 잃었다. 메리엠은 자신이 쿵 소리를 내며 바닥에 넘어진 걸 느꼈다. 진흙의 맛이 그녀의 입안을 채웠다. 머리의 한쪽에 감각이 없었다.

몇 초가 지나자, 메리엠은 그녀가 누워있는 차가운 땅바닥의 축축함을 느낄 수 있었다. 눈은 여전히 가려져 있었지만,

메리엠은 자기가 아직도 숨을 쉴 수 있다는 사실을 깨달았다. 이상하게도 메리엠은 자신의 왼쪽 뺨 말고는 아무런 고통도 느끼지 않았다. 짓누르는 듯하던 침묵은 사라졌고, 먼 곳에서 들려오는 차들 다니는 소리와 기도를 부르는 소리가 그 자리를 메웠다.

메리엠은 미동도 없이 누워 있었다. 숨 쉬는 게 두려웠다. 그러다가 천천히 그녀의 눈을 가리고 있던 머릿수건을 벗겨내었다. 뺨 밑의 젖은 콘크리트와 지저분한 돌바닥이 눈에 들어왔다. 제말은 1미터도 채 안 떨어진 곳의 바닥에 쪼그리고 앉아 있었다.

갑자기, 메리엠의 안에서 해가 솟아오른 것 같았다. 하루 종일 먹장구름이 가리고 있다가 무지개가 떠오르는 것처럼, 그녀의 가슴이 뛰기 시작했다.

메리엠은 죽지 않았다. 제말이 바닥에 쪼그리고 앉아있는 양으로 봐서는 다시 메리엠을 해치려 하지는 않을 것 같았다. 제말은 더 이상 메리엠을 해치려 들지 않을 것이고, 그건 다른 누구나 마찬가지일 것이었다.

메리엠은 그녀에게 문을 닫아걸고 죽으라고 밖으로 내몬 그녀의 가족들을 마침내 이겨냈다. 그녀를 제거해 버리려던 그들의 계획은 모두 헛된 것이 되었다.

메리엠은 자리에서 일어나, 보라색으로 멍이 들어가는 뺨이 아픈 것도 개의치 않고 만면에 승리의 미소를 띠며 제말을 향해 걸어갔다.

제말은 바닥에 쪼그리고 앉아 두 팔로 무릎을 감싼 채 앞뒤로 흔들거리고 있었다. 지금 고통을 받고 있는 건 메리엠이 아니라 그였다.

메리엠은 확고한 자기 확신과 자비심을 가지고 제말을 향해 몸을 숙였다. 그를 감싸주려는 에너지가 그녀로부터 거의 만져질 것처럼 흘러나왔다.

메리엠은 제말의 어깨에 손을 얹었다. "자, 제말 오빠. 가자. 여기에서 비를 맞으면서 이러고 있을 이유가 없어."

그날까지만 해도 제말에게 그런 식으로 말을 할 수 있으리라는 생각은 해본 적도 없었지만, 지금은 메리엠이 그렇게 권위를 가지고 그에게 말하는 게 전혀 이상하게 느껴지지 않았다.

제말은 메리엠의 손을 거칠게 뿌리쳤지만, 그러고 나서는 마치 말을 잘 듣는 어린아이처럼, 땅바닥에서 일어나 메리엠을 쳐다도 보지 않은 채 천천히 걸어가기 시작했다. 이번에는 메리엠이 쉽게 제말을 따라잡을 수 있었다. 제말은 더 이상 산악특공대처럼 앞서서 나아가지 않고, 그녀와 함께 천천히, 그리고 지친 걸음으로 터덜터덜 걸었다. 메리엠은 김사함과 자비심으로 충만해져서, 색이 바랜 머릿수건을 마치 개선의 깃발처럼 자신의 머리에 둘렀다.

메리엠은 수백 가닥의 전깃줄들이 잎사귀가 말라버린 덩굴 식물처럼 집들에 다닥다닥 붙어 있는 지저분한 동네의 진흙탕 길을 걸어가면서, 야쿠프와 나지크는 제말과 그녀가 함께 돌아온 걸 보고도 전혀 놀라지 않고 아무 일도 없었던 것처럼 행동할 게 분명하다고 생각했다.

그리고 실제로 그랬다. 처음 몇 초 동안의 침묵이 흘러간 뒤, 그들은 아이들과 텔레비전, 헤즈볼라 작전, 그리고 그들과 별 관계없는 이런저런 것들에 대해 이야기했고, 마침내 그들 사이에 떠돌던 어색한 긴장이 풀어지면서 다들 평정을 되찾았다. 심지어 메리엠의 왼쪽 뺨이 보라색으로 부풀어 오른 것에 대해서도 아무도 눈치 못 채고 어색하지 않게 지나갔다.

야쿠프와 나지크는 무슨 일이 벌어졌는지 뻔히 눈치챘지만, 아이들은 텔레비전이 지배하는 자신들만의 세계에 완전히 빠져 있었다. 아이들은 방바닥에 양반다리를 하고 앉은 채 스크린에 눈을 고정하고 있었다. 아이들은 서로에게 이야기를 건네거나 부모의 질문에 대답할 때조차도 눈만은 그 마술상자에 붙박아두고 있었다. 아이들은 모든 종류의 초콜릿, 여러 가지 상표의 올리브오일, 크레디트 카드, 자동차, 신문, 검, 은행, 세탁비누, 마가렛 따위에 대해 시시콜콜한 것까지 훤히 알고 있었고, 모든 시엠송을 다 외우고 있었다. 아이들은 단 하나의 프로그램, 광고, 시트콤, 그 외에 텔레비전에서 나오는 어떤 것도 놓치지 않겠다는 듯이, 엄청난 열의를 가지고 텔레비전 시청이라는 의식에 참여하고 있었다.

메리엠의 집에서는 텔레비전을 시청하는 게 허용되지 않았다. 친구의 집에서 한두 번 본 적은 있지만, 중독이 될 정도로 오래 본 적이 없었다. 야쿠프는 이 집에서의 그들의 생활이 임시방편이고 견뎌내야 할 어떤 것이라고 생각하고 있었지만, 지금 메리엠이 보기에는 야쿠프와 그의 가족 모두 텔레비전의 세계 안에서 살고 있는 것처럼 보였다. 아이들은 텔레비전에 나오는 배우들과 그들이 연기하는 인물들의 이름을 친척들 이름보다 더 훤히 잘 알고 있었다. 아이들은 금발로 염색을 하고 노래라기보다는 소리만 꽥꽥 질러대는 가수의 노래를 따라 불렀고, 과도하게 분장을 한 여인의 춤을 그대로 따라 했다.

쇼의 출연자가 카메라를 손가락질하면서 "아이—아이, 아이—아이"라고 소리를 지르자, 아이들은 똑같이 화면을 향해 손가락질하며 "아이—아이, 아이—아이!" 하고 소리 질렀다.

이건 제말과 메리엠 모두에게 완전히 낯선 세계였다.

텔레비전에 의하면, 거의 한 주 내내 비를 뿌리던 날씨는 발칸에서 내려오는 저기압의 영향을 받아 더 추워질 예정이었다. 야쿠프가 불법적으로 끌어온 전기를 통해 새빨갛게 달아오른 채 천장에 매달려 있는 침대 프레임은 사막에 떠오른 해처럼 방안을 데웠다.

“너무 초췌해 보인다” 나지크가 메리엠에게 말했다. “다른 거 입을 거 좀 줄게. 그 옷은 지금 빨면 내일이면 마를 거야.” 그와 동시에 나지크는 메리엠의 손을 꼭 쥐며 속삭였다. “너무 잘됐어.” 메리엠은 나지크가 좋은 사람이라는 믿음을 가지게 됐다.

나지크는 실제보다 더 나이 들어 보였다. 그녀는 꽤 멀리 있는 공공우물에서 집까지 물을 길어와야 했고, 세 아이를 기르면서 한 주에 네 번은 다른 사람들의 집을 청소하러 다녔고, 밤이면 침대에서 야쿠프 밑에 깔린 채 시간 외 노동을 해야 했다.

그날 저녁 메리엠은 지푸라기를 넣은 매트레스에 누운 채 그날 하루 일어났던 일들을 곰곰이 되돌아보았다. 메리엠은 왜 제말이 그녀를 단순히 때리기만 하고 말 정도로 무력하게 느꼈을까 이해해보려고 했지만, 답을 얻지 못한 채 잠이 들었다.

다음 날 아침 일찍, 제말이 야쿠프와 함께 나가고 두 아이는 학교에 보내고 어린아이는 옆집에 맡기고 난 뒤, 나지크와 메리엠은 시내로 나갔다.

“거기 가서 볼 일이 있어.” 나지크가 말했다. “같이 가서 시내 구경해.” 그리고 이렇게 덧붙였다. “이 파란 버스 타고 어디 가나 궁금하지? 낙태하러 가는 거야. 야쿠프는 콘돔을 쓰는 걸 좋아하지 않아서, 결국 내가 산파한테 가서 해결을 하게 돼. 벌써 몇 번째인지 몰라.”

메리엠은 왜 이 모든 걸 감수하면서 이스탄불에서 살려고 하는지 그녀에게 다시 한번 물었다.

"야쿠프는 내 말을 안 들어." 나지크가 대답했다. "야쿠프는 이 환멸스러운 도시에 강박적으로 매달리고 있어. 노상 아이들은 여기서 키우고 싶다는 소리야."

메리엠은 나지크가 내어준 파란색 드레스에 갈색과 노란색 꽃무늬가 있는 머릿수건을 썼다. 그동안 메리엠의 땀과 괴로움을 감내한 그녀의 머릿수건과 다 해진 드레스는 빨아서 널었다. 메리엠은 남의 옷을 입은 게 어색했다.

메리엠은 버스 창을 통해 주변을 살폈다. 버스는 여러 동네를 지나갔지만, 메리엠의 눈에는 그녀가 이스탄불이라고 상상하던 것과 닮은 모습이 하나도 보이지 않았다. 한참 지난 뒤에야 그녀가 동부에서 본 적이 있는 작은 도시에 있는 것들과 닮은 작은 빌딩들이 눈에 들어왔다. 그 건물들의 일 층에는 야채가게, 이발소, 전기상 따위들이 들어 있었다.

버스가 어떤 동네에 들어가 정거장에 멈추자 차장이 소리쳤다. "산파 정거장이요!" 많은 여자들이 버스에서 내렸다.

"원래는 다른 이름이었는데," 나지크가 설명했다. "하지만 지금은 사람들이 다 산파 정거장이라고 불러."

두 사람은 휘발유와 삶은 배추, 그리고 곰팡이 냄새가 나는 낡은 건물로 들어갔다. 각 층에 있는 아파트 문 앞마다 진흙 묻은 신발들—남자용, 여자용, 그리고 아이들용—이 잔뜩 쌓여 있었다.

나지크는 삼층에 있는 한 아파트의 초인종을 눌렀다. 뺨에 커다란 검은 점이 있는 뚱뚱한 여자가 두 사람을 대기실로 안내했다. 대기실은 붐볐고, 메리엠은 자기 순서를 기다리고 있는 그 많은 여자들을 보면서 두려운 느낌이 들었다.

여자들은 메리엠이 전에는 한 번도 본 적이 없는 이상한 옷을 입고 있었다. 그들 중 대다수는 눈만 빼놓고 몸 전체를 검은 천으로 휘감고 있었다. 그들 중 일부는 상반신을 허리까지 내려오는 커다란 숄, 심지어 담요로 가리고 있었다. 다른 여자들 사이에서 차츰 안전하게 느낀 그들은 긴장을 풀고 몸을 감싼 천들 중 일부를 풀어놓기 시작했다.

"이 여자들은 낙태를 자주 해야 돼" 나지크가 말했다. "이 여자들 남편들도 콘돔 쓰는 걸 안 좋아하거든. 야쿠프처럼. 그리고 피임약은 암에 걸리게 한다고 생각하고. 그래서 이 집이 항상 이렇게 만원인 거야. 여자들은 오 분이면 수술을 마치고 나와서는 집에 돌아가 남편 밥을 차려. 그리고 얘길 들어보면 남편들이 그렇게 때린대. 말만 들어도 토할 거 같아."

메리엠은 여자들이 매를 맞고 산다고 하소연하는 이야기를 귀 기울여 들었다. 여러 겹으로 온몸을 친친 감고 낯선 사람들을 멀리하면서 사는 이 여자들은 잔뜩 흥분해서 자기들이 집에서 끔찍하게 당한 경험을 토로하고 있었다. 다른 사람들과 이야기를 나누면서 맺힌 걸 푸는 듯했다. 그중 한 여자의 이야기만 좀 달랐다. 그녀의 젊고 아름다운 얼굴은 퍼렇게 멍이 들어 있었고, 한쪽 눈은 부어올라 있었고, 입술은 찢어져 있었다. 여자는 부끄러워하면서 자기 경험을 털어놓았다.

여자는 전날 낙태수술을 받았고, 오늘은 비용을 치르러 온 길이었다. 그녀의 남편은 어젯밤 처음으로 그녀를 때렸다. 어제, 다른 여자들이 모두 매 맞은 이야기를 주고받고 있는데, 그녀는 자기는 신혼이고 자기 남편은 자길 너무나 사랑하기 때문에 절대로 손끝 하나 대지 않을 거라고 말했다. 그 젊은 여자를 아는 여자가 그날 그 이야기를 들었고, 그날 저녁 자기 남편한테 가서 그 젊은 여자가 잘난 척하더라고 이야기했다. 그 남편은 동네의 찻집에서 모든 사람들이 듣는 가운데 그 젊은 여자의 남편을 욕했다. 마누라를 패지도 않는 놈이라고. "도대체 그러고도 네가 사내냐," 그가 말했다. "마누라를 패지도 않아서 산파한테 가서 그딴 잘난 척이나 하게 놔두고!"

자존심이 상한 젊은 여자의 남편은 집으로 돌아가 자기 아내의 얼굴에 주먹을 날렸다.

"네가 내 평판을 망쳤어!" 아내를 두들겨 패면서 사내는 그렇게 소리쳤다.

"그 사람은 나를 때릴 사람이 아니에요" 젊은 여자가 말했다. "다른 사람 때문에 그렇게 된 거예요. 그렇지 않고는 그러지 않을 사람이에요. 날 얼마나 사랑하는데요. 우리끼리 있을 때는 남편은 나를 작은 비둘기라고 불러요. 다른 남자들이 그 사람을 그렇게 못되게 만들었어요."

이 말을 듣고 나서, 메리엠은 그 여자가 오늘 밤 또 매를 맞게 될지도 모르겠다고 생각했다. 온통 검은 천으로 가린 대기실의 여인들은 두 겹으로 늘어진 턱을 동정심으로 떨어가면서 얼굴이 부어오르고 눈 주위가 급격히 검게 변해가는 이 젊은 여자 또한 자신들의 운명의 비밀을 공유하고 있다고 생각했다. 그들은 사람들이 보는 앞에서는 물론 그 여자를 동정하지만, 뒤에서는 "꼴좋다"라고 말할 것이었다. 이건 지극히 자연스러운 일이었다. 대접을 못 받고 사는 사람들은 다른 사람들도 똑같은 대접을 받기를 원하게 마련이다. 하지만 이 미련한 여인들은 메리엠의 뺨에 있는 보라색 멍은 그녀의 승리의 상징이라는 사실을 알지 못했다.

금세 나지크가 수술을 받으러 들어갈 순서가 되었다. 나지크는 오래 걸리지 않아 허약하고 현기증을 느끼는 모습으로 나왔다. 의자에 앉아 잠깐 휴식을 취한 후, 두 사람은 산파의 아파트를 떠나 버스를 타고 집으로 돌아왔다. 나지크는 돌아오는 길 내내 아무 말도 없었고, 메리엠은 그녀의 비위를 건드리고 싶지 않았기 때문에 아무것도 묻지 않았다. 신의 뜻에 대해 의심을 해서는 안 되는 일이었지만, 메리엠은 그가 나지크 또한 사랑하지 않는다는 사실을 깨달았다.

갑자기 메리엠은 저 안 깊은 곳에서 터져 나오는 울음으로 떨리기 시작했고, 발작적으로 울기 시작했다. 눈물이 그녀의 두 뺨으로 흘러넘쳤고, 앞자리에 앉은 사람들은 고개를 돌려 그녀를 쳐다봤다. 나지크는 메리엠의 어깨를 흔들면서 무어라 말했지만, 메리엠에게는 들리지 않았다. 메리엠은 몸을 앞으로 굽히고 억지로 울음을 멈추면서 머릿수건으로 눈을 닦고 정신을 차리려고 했지만, 그녀의 야윈 어깨는 계속해서 들썩였다. 이따금씩 아기 고양이가 우는 것 같은 웅얼거리는 소리가 들렸다. 메리엠은 자기가 왜 우는지도 몰랐지만, 아무리 애를 써도 울음을 멈출 수 없었을 뿐만 아니라, 버스에서 내린 뒤 들판을 가로질러 집을 향해 걷기 시작하면서도 가슴에서부터 미어져 올라오는 느낌을 억누를 수도 없었다.

두 사람이 동네에 가까워졌을 때, 메리엠은 나지크가 통증 때문에 걷는 걸 힘겨워하고 있다는 걸 눈치챘다. 메리엠은 자기 감정에만 빠져 있었던 걸 부끄러워하면서 울음을 멈추고 나지크를 부축했다.

두 사람이 집안에 들어섰을 때, 나지크는 메리엠을 안아주면서 말했다. “그게 맞는 거야, 메리엠. 네가 울 수 있어서 다행이야. 넌 여기 온 뒤로 줄곧 돌 같았어.”

질문과 대답들

두 사람 위로 쏟아지고 있는 비 아래서 메리엠의 얼굴을 주먹으로 때리고 나서, 제말은 온몸을 마비시키는 무력감을 느꼈다.

죽이라는 명령을 받은 이 여자애를 어디에 숨길 것인가? 이제 이 여자애를 살려줬으니, 그녀의 살려는 욕망은 더욱 강해질 것이었다. 이 여자애를 이제 어떻게 할 것인가?

지붕을 두들긴 빗방울이 여기저기에 놓인 플라스틱 버켓에 떨어지는 소리를 들으며, 제말은 밤새도록 이 문제를 가지고 씨름했다. 그가 생각해낼 수 있는 유일한 해결책은 기차를 타고 고향마을과 에미네에게로 돌아가는 것이었다.

새벽이 되자 제말은 드디어 이 문제의 해답을 찾아냈다는 흥분을 느끼면서 침대에서 튀어 일어났다. 제말은 야쿠프를 깨워서 말했다. “나 지금 떠나. 운이 좋으면 아침 기차를 잡아탈 수 있을 거야. 잘 있어."

제말은 거짓말을 하고 있었다. 일단은 셀라하틴을 찾아가 그와 함께 며칠을 지낸 뒤에 고향으로 떠날 생각이었다. 메리엠에 대해서는 입을 꽉 다물 생각이었다. 고향 사람들은 이미 그의 말 없음을 지켜본 적이 있다. 고향 사람들은 이 문제에 대해 아무 말도 하고 싶어 하지 않는 그의 뜻을 존중해 줄 것이었다. 무엇보다, 그 사람들 입장에서도 캐물어서 좋을 게 없었다.

야쿠프가 갑자기 무뚝뚝한 말투로 입을 열었다. "메리엠도 깨워."

"형," 제말이 말했다. "지금 못 데려가는 거 알잖아. 여기 조금만 데리고 있어. 나지크하고 같이 잘 지내잖아. 집안일을 도울 수 있을 거야."

야쿠프는 사나운 표정으로 제말을 쳐다봤다. "말도 안 되는 소리." 그가 말했다. "군입 하나 더 먹일 수 있는 처지가 못 돼. 게다가 나는 골치 아픈 게 싫어서 고향을 떠났는데, 너는 굳이 나를 찾아내서 문젯거리를 여기까지 들고 왔어. 귀찮게 하지 좀 마! 제발 우릴 좀 내버려 둬."

야쿠프의 말투는 단호했고, 제말은 자기 형이 가족과 고향을 얼마나 싫어하는지 다시 한번 깨닫고 깜짝 놀랐다. 제말은 자기 생각대로 일이 굴러가지 않으리라는 사실을 깨달았다.

그날 아침 야쿠프가 집을 나설 때, 제말도 그와 함께 나갔다.

야쿠프는 시내의 케밥 식당에서 웨이터로 일했다. 보수가 좀 더 나은 일자리를 찾을 수도 있었지만, 야쿠프한테는 계획이 있었다. 케밥 사업은 이윤이 많이 남는 일이었다. 거의 매일, 전직 웨이터였던 이들이 소유한 새로운 식당들이 문을 열었다. 사람들은 케밥 식당에서 일을 하는 동안 고기를 어디에서 사는지, 기다란 수직의 쇠꼬챙이에 어떻게 고기를 쌓아 올리는지, 실력 있는 케밥 요리사한테 보수는 얼마나 줘야 하는지 등등의 필수적인 세부사항들을 배웠다. 일단 이런 필요한 지식들을 얻고 나면, 그들은 자기 식당을 열기에 좋은 조건에 놓이게 되었다.

야쿠프는 자기 케밥 식당을 가지고 싶었다. 일단 하나를 열어서 운영하는 동안, 같은 종류의 식당을 또 하나 시작할 수 있을 것이었다. 이렇게 해서 오 년 정도면, 식당을 세 개는 돌릴 수 있을 것 같았다. 지금 그가 일하고 있는 식당은 늘 손님들로 만원이었다. 그 식당은 안에 테이블을 놓고 있었을 뿐만 아니라, 지나는 사람들이 샌드위치를 사 먹을 수 있도록 길거리를 향해 열린 자리도 있었다. 손님들은 온종일 들고나며 다양한 종류의 케밥이나, 피타 빵과 버터밀크 혹은 비트 주스와 함께 나오는 으깬 밀에 굴린 튀긴 미트볼을 먹었다. 야쿠프는 무슨 일이 있어도 자기의 야망을 이뤄서 이스메트와 젤리하, 그리고 세빈치에게 더 나은 미래를 제공해 주겠다고 마음먹고 있었다. 이 세 아이들은 고향마을에서 평생 살도록 선고받은 그 암담한 운명에서 벗어나, 동부지역의 시대에 뒤떨어진 전통과 가혹하고 불행한 생활로부터 멀리 떨어져서 이스탄불의 좋은 학교에 갈 것이었다. 야쿠프는 자신의 이 꿈을 실현시키겠노라고 매일같이 다짐했다.

제말과 헤어지면서 야쿠프는 그에게 생선 도매시장으로 가는 길을 가르쳐 주었다. 제말이 그 시장을 찾는 건 어렵지 않았다. 이스탄불에 도착한 첫날 보았던 정신없고, 붐비고, 현기증 나게 하던 분위기와 다를 바가 하나도 없었다. 고기잡이배가 끊임없이 오갔다. 방파제 위에 펼쳐진 그물들에서는 이상한 냄새가 풍겼고, 부두로 들어오는 배들에서는 갈매기들이 소리를 지르며 미친 듯이 그 위를 맴도는 가운데, 수천 마리의 생선들이 은빛 비처럼 쏟아져 나왔다. 푸른색 앞치마를 두른 상인들은 생선들을 붉은색 나무판에 늘어놓고 물을 뿌려 신선도를 유지해가면서, 큰소리로 손님들을 끌어모았다. 살이 찐 고양이들이 여기저기 구석에 웅크리고 있다가, 눈독을 들여두었던 생선을 어떻게 해서든 훔쳐냈다. 의심이 많은 구매자들은 생선이 갓 잡은 것인지를 확인하기 위해, 아가미를 들춰 여전히 붉은지를 확인하고 마지막 생명이 남아있는 흔적을 찾기 위해 죽은 눈을 들여다보았다. 끊임없이 호스로 물을 뿌려댔기 때문에 땅바닥은 모두 흥건히 젖어 있었고, 누군가 젖을지도 모른다는 염려 같은 건 아무도 하지 않았다.

제말은 여러 사람을 붙들고 셀라하틴의 명함을 보여주면서 그가 있는 곳을 물었지만, 처음에는 멍청하게도 손님들을 붙들었기 때문에 누구도 대답을 해주지 못했다. 마침내 그가 물어본 첫 번째 어부가 멀리 있는 생선가게를 가리켰다.

사람들 틈을 뚫고 가면서 제말은 이스탄불 사람들은 행동방식이 좀 이상하다는 생각이 들었다. 그들은 말을 할 때 마주하는 사람의 눈을 쳐다보는 일이 없었다. 질문에 대답을 하는 걸 달가워하지 않았고, 여러 번을 묻고 난 뒤에야 마지못해 대답을 건넸다.

생선가게에서 일하는 젊은 어부는 플라스틱 버켓에서 물을 퍼서 나무판에 놓인 생선들 위로 뿌리면서 있는 힘을 다해 소리를 지르고 있었다. "블루피시, 가자미요! 신선한 생선! 와서 들여가세요!"

상점 점원들은 제말을 손님으로 착각하고 자기들 상품 자랑을 한참 늘어놓더니, 셀라하틴은 뒤쪽 사무실에 있다고 그에게 말했다.

몇 달에 걸쳐 이층 침대를 아래위로 나눠 썼던 두 친구의 재회는 제말이 기대했던 것보다 훨씬 더 따뜻했다. 셀라하틴이 그를 안아주려고 일어섰을 때 무릎을 바로 펴지 못하고 다리를 저는 걸 보면서, 제말은 그가 관절에 총상을 입었다는 걸 알게 됐다. 셀라하틴은 몸이 많이 불어 있었다. 얼굴은 둥글었고,

가느다랗게 모양을 잡은 콧수염 때문에 군대에 있을 때와 무척 달라 보였다.

셀라하틴은 많은 사람들이 드나들고, 탁자에 놓인 전화기는 끊임없이 울어대는 사무실의 안락의자에 제말을 앉히고 차를 주문해 줬다. 그와 동시에 셀라하틴은 전화를 받고 손님들을 맞았다. 셀라하틴은 웃으면서 자기가 너무 산만해서 미안하다는 몸짓을 했다. 제말은 "여긴 중요한 일을 하는 곳임에 틀림없어."라고 생각하면서, 군대에서는 자기와 같은 처지였던 친구가 이제는 훨씬 높은 위치에 있다는 사실을 깨달았다. 제말은 자신이 부끄러웠다.

셀라하틴은 제말을 상인들이 가는 작은 식당으로 데리고 가 같이 점심식사를 하면서 많은 사람들에게 자신의 "군 시절 전우"라고 소개했다. 생선 판매대에서 일하는 청년들 중 하나는 셀라하틴의 동생이었다. 그 동생은 식당까지 따라와서 함께 식사를 했고, 두 사람은 군대 생활에 대해서 대화를 나누고 농담을 했다.

오후에 사무실로 돌아오고 나서 제말은 여러 차례 떠나려고 했지만, 셀라하틴은 계속해서 붙잡았다. "안 돼" 셀라하틴은 말했다. "집에 같이 가는 거야."

하루 일과가 끝나고 나서, 두 사람은 셀라하틴의 혼다에 올라타 좁은 길과 높은 아파트 건물들이 있는 구역으로 향했다.

셀라하틴의 아파트는 그 건물들 중 하나의 이층에 있었다.

아주 깔끔하고 단정하게 차려입고 머릿수건을 두른 젊은 여인이 문을 열었다. "네 형수님이시다" 셀라하틴이 자기 아내를 소개하면서 말했다.

그녀는 "어서 오세요"라고 말하긴 했지만 제말이 내미는 손을 잡지는 않았다. 제말은 그녀가 보수적인 종교의식을 가지고 있다는 걸 알 수 있었다.

제말이 보기에 셀라하틴의 아파트는 자기가 여태 봤던 것 중 가장 멋진 곳이었다. 제말은 한 집에 그렇게 많은 가구가 있는 걸 본 적이 없었다. 집 안에는 하얀색 바탕에 도금을 한 안락의자들과 조각을 하고 상감 세공을 한 커피 테이블들이 너무 많아서 걸어 다닐 공간이 없을 정도였다. 제말이 감탄을 감추지 못하는 걸 본 셀라하틴이 자랑스러워하면서 말했다. "아, 이것들, 루켄스야." 당시 터키에서는 "루이스 퀸즈" 스타일이 가장 유행이었지만, 제말은 루켄스라는 걸 들어본 적이 없었기 때문에, 셀라하틴이 무얼 말하는지 알 수가 없었다.

호두나무 판재로 만든 캐비닛 안에 들어 있는 텔레비전에서는 머릿수건을 두른 여자가 이야기하는 종교 방송이 나오고 있었다. 바닥 말고도 벽에도 카펫들이 걸려 있었는데, 하나는 "성스러운 메카"를 표현한 것이었고, 다른 하나는 신나는 사슴 사냥을 그린 것이었다. 텔레비전을 포함해 모든 가구들에는 손으로 뜬 레이스들이 덮여 있었는데, 아마도 셀라하틴의 아내가 준비해 온 혼수품의 일부였을 것이다. 천장에 매달린 크리스털 샹들리에는 이 모든 멋진 것들을 밝게 비추고 있었다.

제말은 자신과 셀라하틴 사이의 신분 차이가 건널 수 없는 물처럼 될까 봐 두려웠다. 이렇게 호화로운 곳에 사는 사람과 어떻게 친구가 될 수 있단 말인가?

셀라하틴이 저녁 나마즈를 올린 뒤에, 두 사람은 가게에서 가지고 온 생선을 가지고 셀라하틴의 아내가 서둘러 준비한 음식을 먹었다. 그녀는 차를 내오고 나서는 보이지 않는 곳으로 사라졌다. 두 사람만 남게 되자 셀라하틴이 물었다. "뭔가 불편한 거 같은데? 알 낳을 자리를 찾는 멧비둘기처럼 하루 종일 안절부절못하잖아. 왜 그래? 돈 때문이야? 일? 연애 때문에?"

제말은 자신이 지금 느끼고 있는 문제를 어떻게 설명해야 할지 알 수가 없었지만, 셀라하틴이 이 문제를 계속 추궁해주기를 바랐다. 왜냐면 셀라하틴만이 자신의 이런 속마음을 털어놓을 수 있는 유일한 대상이었기 때문이다.

크리스털 샹들리에와 조각이 화려한 안락의자들, 그리고 바닥에 덮여 있는 여러 종의 값비싼 카펫 같은 것들 때문에 위축이 되긴 했지만, 제말은 셀라하틴에게 이야기의 전모를 숨김없이, 간단하게 정리해서 전달했다.

셀라하틴은 고개를 끄덕여 가면서 이야기를 들었다. "넌 어제 엄청난 죄를 잘 피했어." 마침내 그가 끼어들었다. "감사하게도 넌 여기에 살인자로서 앉아있는 처지는 면했어. 신께서 네 마음을 부드럽게 해서 그 죄를 피하게 하셨어. 이렇게 말할 수 있어서 기쁘다."

제말은 혼란스러웠다. 적을 향해서 여러 번 총격을 가했던 셀라하틴이 별거 아닌 여자애를 죽이는 건 이렇게 중요하게 여기다니.

"그건 전쟁이었으니까." 셀라하틴이 말했다. "쿠란에서는 전쟁을 다른 기준으로 판단하잖아. 하지만 죄 없는 여자아이를 죽이는 건… 그건 전투에서 적이랑 싸우는 거랑은 다른 문제니까."

제말은 셀라하틴과 대화를 나눌수록 마음이 안정되었고, 더 오래 이야기를 나누고 싶어졌다.

"하지만 이슬람에서는 남자들에게 죄지은 여자를 죽이라고 명령하고 있지 않나?"

"아니."

"그러면 돌로 치는 건? 간음한 여자는 허리까지 땅에 묻은 다음 돌로 쳐서 죽여야 하는 거 아닌가?"

"아니. 쿠란에는 그런 처벌은 없어. 그런 건 다 만들어낸 이야기야."

"어떻게 그럴 수가 있지?" 제말이 물었다. "우리 아버지 말로는 아타투르크가 권력을 잡을 때까지는 그런 제도가 이어졌다고 하던데."

"몇몇 아랍 국가들에서 그렇게 하긴 하지만, 그건 잘못된 처벌이고 이슬람에는 그런 법은 없어. 게다가, 간음을 증명하는 건 아주 어려운 일이야. 이슬람 율법에서는 칼집에 들어 있는 칼을 세 사람이 봐야 한다고 요구하지. 그 여자애 이름이 뭐야?"

"메리엠."

"자네는 메리엠의 칼집에 들어 있는 칼을 본 적이 있나?"

제말은 얼굴을 붉혔다. "아니."

"그 여자애한테 죄가 있다는 건 어떻게 알았어?"

"아버지가 그렇게 말씀하셨어."

"어떻게 남의 말만 듣고 사람을 죽일 수가 있어?"

제말은 혹시 셀라하틴이 다른 종교를 믿고 있는 건가 의심하기 시작했다. 그는 무슬림들 중에서 이런 식으로 관용을 말하는 걸 들은 적이 한 번도 없었다.

"이슬람에서는 사람을 죽이는 건 큰 죄야." 셀라하틴이 말을 이었다.

"내 생각엔 자네가 틀렸어." 제말이 말했다. "수많은 종교단체들, 예를 들자면 헤즈볼라 같은 곳에서는 항상 사람을 죽이잖아."

"그자들은 엉터리야." 셀라하틴이 말했다. "그자들은 자신들의 정치적인 목적을 충족시키기 위해서 이슬람을 이용하고 있어. 살인자들과 테러리스트들은 어느 종교에나 있을 수 있어. 우린 이슬람의 중심 근거인 성스러운 쿠란과 하디스[65]로 돌아가야 돼. 사히-이 부하리[66]는 읽어봤나?"

"아니." 제말이 말했다.

"아마 쿠란도 안 읽어봤겠지. 자네 부친이 셰이크라고 들었던 거 같은데. 무얼로 자넬 가르치신 거지?"

그러고 나서 셀라하틴은 제말에게 다음 날 저녁 에유프 술탄 구역의 종교적인 그룹들이 주최하는 의식에 함께 가자고 말했다. 이슬람에 대한 제말의 잘못된 생각을 바로잡자는 것이었다.

제말은 그러겠다고 약속했고, 두 사람은 제말의 문제에 대한 이야기를 이어갔다. 그들은 여러 각도에서 이 문제를 살폈지만 해결책을 찾아내지는 못했다. 메리엠은 고향마을로 돌아갈 수도 없고, 그렇다고 야쿠프의 가족과 함께 머물 수도 없었다. 도시에 혼자 남겨둘 수도 없었다. 제말이 일자리를 얻는다 하더라도, 제말과 메리엠은 결혼하지 않은 커플이어서 같은 집에 살 수도 없었다. 아무도 두 사람에게 세를 놓지 않을 것이었다. 게다가 제말은 이스탄불에 머물고 싶은 생각도 없었다. 제말은 고향으로 돌아가 사랑하는 사람과 결혼하고 싶었다.

두 사람은 몇 시간을 이야기했지만 이 문제를 해결하지 못했다. 셀라하틴은 어쨌거나 잠을 자야 한다고 결정을 내렸고,

제말을 손님방으로 안내했다. 두꺼운 커튼이 드리워진 침실과, "형수님"이 그를 위해 목욕탕에 준비해놓은 수가 놓인 타월을 보는 제말의 심정이 복잡하고 불편했다.

두 사람은 다음 날 아침 일찍, 위층에 살고 있는 셀라하틴의 부친에게 인사를 하러 갔다. 알고 보면 그 아파트 전체가 낯선 사람들의 출입을 꺼리는 셀라하틴네 가족들로 채워져 있었다. 여러 해 동안 어선의 선장으로 일해온 그 노인은 텔레비전을 보기만 할 때면 방금 거센 폭풍우를 헤치고 나와 "육지다!"라고 외칠 준비를 하면서 동료 선원들에게 희소식을 전해주려는 것처럼 손을 눈 위에 얹는 버릇이 있었다.

아침 식사를 마친 뒤 제말과 셀라하틴은 아파트를 나와 생선가게 뒤편에 있는 사무실로 갔고, 수산시장 근처에 있는 같은 식당에 가서 점심을 먹었다.

저녁 여섯 시에, 셀라하틴은 에유프 근처 언덕에 있는 커다란 단층집 앞에 그의 혼다를 세웠다. 그 집은 황금 곶—더 이상은 황금과 별 관계가 없겠지만, 곶의 형태는 그대로 간직하고 있는—과 에유프 술탄 사원, 그리고 피에르 로티 카페의 아름다운 모습이 바라보이는 곳에 있었다. 그 집 앞에는 여러 대의 차들이 주차되어 있었고, 입구는 벗어놓은 신발들로 가득 차 있었다.

제말은 셀라하틴을 따라 집 안으로 들어갔는데, 거기 모인 많은 사람들은 서로를 잘 알고 있는데 자기만 새로운 사람인 것 같아 부끄러웠다. 그 집의 안은 제말의 고향마을에 있는 여느 집과 비슷했다. 커다란 거실에는 사내들이 바닥에 다리를 포개고 앉아 있었다. 제말은 그들의 복장을 보고 모두들 상인일 거라고 짐작했다. 몇몇은 넥타이를 매고 있었다.

사내들 중 하나가 고음으로 제말도 잘 알고 있는 신비주의 시인 유누스 에므레의 시를 노래하기 시작했다. 노래가 이어지는 동안 카펫 위에 앉아있던 사내들은 곧 기도라도 시작할 것처럼 나란히 자리를 잡았는데, 그러나 아무도 자리에서 일어나진 않았다. 사내들은 모두 머리 위에 스컬캡[67]을 쓰고 있었다. 제말은 그들 중 한 사람이 나머지 사람들에 등을 돌린 채 앞에 혼자 앉아있는 걸 봤다. "딱 우리 아버지 같군." 제말은 생각했다. 제말의 아버지가 포도밭의 움막에서도 열곤 하던 종교적인 지크르[68] 의식이 시작되려는 것 같았다. 얼마 지나지 않아 몇몇 사내들이 "후"라는 소리를 내기 시작했다. 그러고 나자 셰이크의 추종자들이 양옆으로 몸을 흔들면서 "신이여! 오 신이여!"라고 부르기 시작했고, 그들이 양옆으로 흔드는 움직임은 점점 더 빨라졌다. 흔들림이 빨라질수록 그들은 점점 더 열광해 갔다. 이따금씩, 그들 중 한 사람이 열광적인 어조로 "신이여! 오 신이여!"라고 외쳤다. 결국에 가서는, 제말이 어린 시절 포도밭에서 봤던 것처럼, 사내들 몇 명이 의식을 잃었다. 다른 이들은 입에 거품을 물고 바닥에 뒹굴었다. 제말의 아버지는 이게 엑스터시의 상태이며 신의 성스러운 이름을 부름으로써 신께 헌신하면서 벌어지는 일이라고 말했다. 그것은 실제로는, 분당 124비트의 속도로 반복되게 소리를 내면 얻어지는 효과에서 비롯된 것이었다. 중동지방의 의식들에서 이 템포에 맞춰서 "알라"의 이름을 부르면 얼마 지나지 않아 무아지경에 빠지게 되는데, 이건 그 템포가 심장의 박동 속도와 같기 때문이었다. 이 효과는 드럼이 분당 124번을 때리는 전 세계의 모든 디스코텍에도 똑같이 적용되었다.

이런 종류의 종교적인 열광에 이미 익숙해져 있던 제말은 전혀 동요되지 않은 채 그 자리에 있는 사내들이 진정되기를 기다렸다. 셰이크는 회중들에게 어떻게 해야 훌륭한 삶을 살 수 있는지를 이야기하고 나서 예언자의 어록 몇 가지를 들려주었다. 모였던 사람들 일부가 떠난 뒤에 셀라하틴은 제말을 셰이크에게 소개시켜 주었다. 제말은 그에게 절을 한 뒤 손에 입을 맞추었다. 그러고 나자 셀라하틴은 제말이 군대 시절에 만난 좋은 친구이자 헌신적인 무슬림인데 강제력과 폭력의 사용에 대해 혼란스러워하고 있다고 말했다.

셰이크는 자신의 하얀 수염을 쓸어내렸다. 그는 무척 나이가 들었지만 여전히 에너지가 넘쳤고, 그의 푸른 눈은 그가 지적이고 지혜로운 사람이라는 점을 보여주고 있었다.

"아들아," 그가 제말에게 말했다. "우리 시대에는 옳고 그른 게 온통 뒤섞여 있고, 대부분의 무슬림은 그들이 찾을 수 없는 걸 찾느라 위기를 경험하고 있다. 그들을 비난할 생각은 없지만, 너는 이슬람을 복수의 종교로 바꿔놓은 사람들을 조심해야만 한다. 그들을 믿지 말아라. '이슬람'이라는 말은 '복종'과 '투항'을 뜻하는 거다. 이슬람은 평화의 종교야. 네가 이슬람을 이해하고 싶으면, 성스러운 쿠란과 하디스, 그리고 예언자의 수나 외에는 아무것도 따르지 말아야 한다. 왜냐면 이슬람은 분명하게 기록된 종교이기 때문이야. 다른 말로 하자면, 이슬람은 열려 있고, 투명한 방식을 지닌 신앙이라는 거지. 정치가 종교를 망치고, 신자들 사이에 불화의 씨앗을 뿌리고 있어. 쿠란의 알-마이다[69] 장에서 30초 정도 되는 내용을 들어봐…"

셰이크는 그 구절을 우선 아랍어로 읽은 뒤 터키어로 그 의미를 설명했다. "다른 사람을 죽인 죄나 사람과 사람을 대적하게 만든 죄를 저지르지 않은 자를 죽인 사람은 인류 전체를 죽인 자로 여겨질 것이다. 사람을 살리거나 죽음에서 구한 사람은 인류를 구한 자로 여겨질 것이다."

제말은 셰이크의 부드러운 음성과, 그의 얼굴을 환하게 밝히는 미소가 놀라웠다. 태어나서 처음으로, 제말은 종교가 위압적인 힘이 아니라는 사실을 느꼈다. 그는 자신의 마음이 차고 깨끗한 물로 정화되는 듯한 느낌을 받았다.

셰이크는 말을 이었다. "아들아, 아쉬-슈라 40절에서는 이렇게 말한다. '악에 대응하는 것은 똑같은 만큼의 악이다. 하지만,

용서하고 평화를 가져오는 자는 신에 의해 보상받을 것이다.' 신이 폭군을 싫어하신다는 건 의심의 여지가 없는 일이야."

셰이크는 오랫동안 말을 이어갔다. 그는 쿠란에서 친절과 평화에 대해 말한 구절들을 일일이 읽어줬다. 알-바카라, 알-마이다, 알-아남, 알-아라프, 바니 이스라일, 알-하즈, 알-뭄타하나, 알-무민, 그리고 안-니사의 구절들. 그가 마지막으로 전해준 아름다운 쿠란의 구절은 제말의 마음을 뒤흔들었다. "네 어머니에게, 네 아버지에게, 고아와 가난한 자들에게, 가까운 이웃과 먼 이웃에게, 네게 가까운 친구에게, 여행자에게, 그리고 네게 의지하는 이들에게 선을 행하라."

"이건 안-니사 장의 36절이다." 그러고 나서 셰이크는 물었다. "네 의심은 모두 걷혔느냐? 너는 이제 신의 말씀과 우리의 성스러운 예언자의 명령대로 사는 이들은 폭군과 폭력을 멀리하는 평화롭고 품이 넓은 사람들이라는 걸 확신하겠느냐? 살인을 저지르는 조직들은 신과 아무런 관계도 없다는 사실을 이제 이해하겠느냐?"

제말은 이 현명한 셰이크의 앞에서 한없이 부끄러웠지만, 마침내 용기를 내서 중얼거릴 수 있었다. "잘 알겠습니다, 선생님. 신께서 선생님께 축복을 내려주시길 바랍니다."

제말은 그 노인의 손에 다시 한번 입을 맞추었다.

셀라하틴의 집으로 돌아오는 길에서, 제말은 그 셰이크가 어떻게 본능적으로 자신의 감정 상태를 알아차리고, 게다가 자신이 메리엠을 죽이려고 했다가 직전에 그만둔 걸 아는 것처럼 말할 수 있었는지 궁금했다. 제말은 셀라하틴을 의심하기 시작했다. 이 친구가 셰이크에게 자신의 문제에 대해서 미리 이야기했던 건가? 셰이크는 심지어, 메리엠이 고아라는 사실을 아는 것처럼 고아에 대해서도 언급하지 않았나. 하지만 제말은 자신의 의심이 터무니없는 것이라는 사실을 금세 깨달았다.

두 사람이 집에 들어갔을 때, 어떤 젊은 여자가 셀라하틴의 아내와 함께 있었다. 셀라하틴은 그 여자가 자신의 누이동생이라고 소개했다. 그 여자는 악수를 잡지는 않고 거리를 둔 채 인사를 건넸다. 여자는 머릿수건으로 머리와 목을 꼭꼭 감은 뒤 목 뒤에서 여며두고 있었다. 이렇게 잘 가렸는데도 제말은 여자가 미인이고 주변을 잘 살피는 사람이라는 걸 알 수 있었다. 하지만 여자는 뺨에 상처가 있었다. 살리하—제말은 셀라하틴이 그 이름을 부를 때 들었다—는 그날 자기한테 일어난 일에 대해 이야기하기 시작했다.

그날 아침에도 여느 날처럼 그녀와 친구들은 대학에 갔는데, 경찰이 바리케이드를 치고 머릿수건을 쓴 채 캠퍼스에 들어가려는 여학생들을 가로막고 있었다. 학생들은 현수막을 펼친 채 머리를 가리고 안 가리고 하는 건 인권의 문제라고 소리를 질렀다. 그들은 "이슬람이 올 것이고 폭정은 끝날 것이다!"

같은 구호들을 외치면서 호각을 불었고, 주변의 상인들은 손뼉을 치면서 그들의 주장에 호응했다. 남학생들 역시 경찰을 향해 야유를 퍼부으면서 여학생들의 시위를 지지했다.

이것은 하루하루 어디에서나 볼 수 있는 익숙한 장면이었다. 경찰은 여학생들이 머릿수건을 쓴 채 대학에 들어가면 안 된다는 정부의 방침을 이행하고 있었다. 학교에 들어가는 걸 거부당한 이들은 정문 앞에 모여서 시위를 벌였다.

그날 사태는 다소 험악해졌다. 경찰들은 새로 임명된 이스탄불의 비종교적인 경찰서장에게 잘 보이려 했던 건지, 과도하게 열성적이었다. 경찰은 시위 중인 여학생들을 공격했고, 그들에게 물대포를 발사했다. 그리고 경찰봉을 꺼내 그들을 구타하기 시작했다. 여학생들은 비명을 질렀다. 바닥에 쓰러진 학생들도 있었고, 무서워서 기절을 한 학생들도 있었다. 살리하가 경찰을 향해 "당신네 어머니나 자매들은 가리지 않았나요? 당신들도 무슬림 아녜요?"라고 소리를 지르자 한 경찰관이 그녀의 뺨을 때렸다. 살리하는 이 이야기를 전하면서 얼굴을 붉혔다. 그녀는 흥분했을 뿐만 아니라 약간 신이 나 있는 거 같기도 했다. 그들은 내일 또 다른 시위를 준비하고 있고, "그 사탄의 자식들"에게 교훈을 주겠다고 벼르고 있었다. 그들은 앙카라에 있는 케말주의 사탄의 권력은 이 여자들의 군대 앞에서 무너지게 될 것이라고 했다.

"살리하, 제발 좀," 셀라하틴이 말했다. "지난번에 아버지가 몇 시간이나 말씀하셨는데, 한 귀로 듣고 한 귀로 흘린 모양이구나. 정부하고 게임을 해서는 안 돼. 나라 법을 따라야지. 게다가, 누가 네 머리를 본다고 해서 네가 지닌 가치가 훼손되는 건 아니잖니?"

살리하는 화난 표정으로 그녀의 오빠를 쳐다봤다. "오빠는 멍청한 불신자들한테 세뇌됐어." 그녀가 말했다. "오빠나 그놈들한테 아부해. 우린 그렇게 못해."

"작년까지만 해도 넌 네 머리를 가린 적이 없었다. 그러면 그때까지는 네가 도덕적인 사람이 아니었던 거야?"

"그때는 내가 신의 율법에 대해서 몰랐던 거지. 대학에 들어가서, 친구들 덕분에 배우게 된 거고. 우리 집 식구들은 모두 신앙인인 척 하지만, 우리 신앙이 요구하는 것들은 따르지 않아. 어찌 됐든, 오빠는 우선 언니한테 머릿수건을 벗으라고 해보지 그래?"

셀라하틴이 화가 나서 말했다. "신께서 네게 뇌라는 걸 좀 주셨으면 좋겠다. 그 사람들은 자기들이 주장하고 싶은 이슈들이 있어서 널 조작하는 거야."

살리하는 화가 나서 그를 쏘아봤다. "오빠, 오빠는 군대에 가서 장군이 돼보지 그래? 오빠는 그 사람들하고 같은 편인 거 같은데. 우리를 모두 비신자로 만들려고 하고 있어. 머리를 가리든

말든 그건 우리가 결정할 문제야. 다른 사람들이 참견할 문제가 아니라고."

살리하는 그렇게 말하고는 방을 떠나 위층 자기 아버지의 아파트로 올라갔다.

저녁 식사를 하면서, 셀라하틴은 종교를 무기로 활용하면서 살리하 같은 순진한 젊은이들을 속이는 운동들의 위험성에 대해 이야기했다. "이자들은 머릿수건 저항운동을 이용해서 터키에서 이슬람 혁명을 시작해 보려는 거야. 이란에서 그랬던 것처럼."

그날 밤늦게, 모두 침실로 들어간 뒤에, 셀라하틴은 말했다. "네 상황에 대해 생각해 봤는데 말이지, 제말. 네가 이스탄불에 머무는 건 가능하지 않아. 고향으로도 돌아갈 수 없고. 장기적으로는 어떻게 될지 모르겠지만, 일단은 너하고 그 여자애가 머물 수 있는 곳을 찾아봐야만 돼. 여기서 먼 곳에."

"고마워." 제말이 진심을 담아 말했다.

사람과 물고기들만이 우울해진다

수염이 덥수룩하고 머리가 헝클어진 덩치 좋은 사내가 갑자기 벌떡 일어나 앉았다. 그 사내가 잠에서 깨어난 건 그의 얼굴을 어루만지고 지나간 바람 때문도, 용골이나 호저가 삐걱거리는 소리를 내서도, 갈매기들이 거슬리는 소리로 울어대서도, 물이 부드럽게 찰랑대서도, 멀리에서 모터보트가 굉음을 내며 지나가서도 아니었다. 무엇을 갈망하고 있는지도 분명하지 않았지만, 저 깊이까지 그를 고통스럽게 하는 극심하고 타는 듯한 욕망의 느낌이 그를 깨운 것이었다. 그것은, 아마도, 공허에 대한 갈망, 혹은 갈망 그 자체였을 것이다.

교수는 눈을 떴다. 새벽이 밝고 있었다. 이 시간이면 바다는 창백한, 흰색이 감도는 푸른빛이었다. 수평선의 색은 남색에서 파란색으로, 파란색에서 장밋빛 핑크로 서서히 바뀌었고, 그러고 나서는 밝은 청색이 하늘 전체로 넓게 퍼졌다. 이 푸른색 가운데, 휘어진 언월도 모양의 짙은 푸른색 구름 한 조각이 떠 있었다.

지난밤에 술을 실컷 퍼마시고 나서 교수는 갑판 위에서 뻗어버렸고, 아침이슬의 습기가 그가 입고 있는 옷을 뚫고 들어오는 바람에 그는 사지가 모두 아팠다.

그는 일어서려고 했지만, 오른쪽 무릎이 심하게 아파서 다리를 절룩거려야만 했다. 폭풍우를 피해 부두로 들어가느라 서두르던 와중에 심하게 부딪힌 것이었다. 로프를 다루다가 까진 손에도 통증이 있었다. 이제는 배를 다루는 게 더 힘들 것이었다. 어릴 때부터, 그는 항해가 아주 험한 싸움이라는 걸 잘 알고 있었다. 바람은 사람을 아무렇게나 내동댕이칠 수 있고, 파도는 머리 위로 넘어올 수 있고, 돛대는 부러질 수 있고, 배 밑창에서는 물이 새어 들어올 수 있고, 돛 귀는 아무런 예고 없이 풀려버릴 수 있었다. 늘 주의를 기울이지 않으면, 이들 중 한 이유만으로도 목숨을 잃을 수 있었다.

교수는 너무나 자신감이 넘쳤고, 40피트가 넘는 큰 보트를 빌림으로써 스스로를 힘들게 만들었다. 사실 그 배는 주 돛이 하나밖에 없고, 큰 삼각돛도 하나밖에 없어서 항해하는 게 복잡하지는 않았지만, 바다가 어떻게 움직일지는 아무도 모르는 일이었다. 갑작스러운 역풍이 불어올 수도 있고, 돛 줄이 말을 안 들을 수도 있고, 그 외 다른 예기치 못한 문제들이 일어날 수 있었다. 이 보트는 그가 익숙한 종류의 것이 아니었고, 다른 사람이 하나 더 있으면 일이 훨씬 더 수월할 것이었다.

톱니바퀴처럼 요철이 심한 에게해의 해안에는 좁은 만과 위험한 바위들과 수심이 낮은 곳들이 많아서 사전에 해도와 지도를 완벽하게 숙지하지 않으면 항해를 할 수가 없었다. 다행히도, 보고밀파의 역사에 관한 새 책들을 몇 권 산 쿠사다시의 서점에서 그는 로드 하이켈이 쓴 <터키의 연안과 사이프러스 수로>도 구입했다. 서점 주인에 따르자면, 그 책은 에게해에 관해 쓰인 책들 중 가장 상세하게 기술된 것이었다. 그 해도만 잘 익히면 바다에서 마주할 수많은 위험을 피할 수 있을 것이었다.

바다에 나선 첫날 그를 어린아이처럼 즐겁게 했던 에게해의 바람은 곧 그에게 최악의 적이 되었다. 그는 지쳤지만 바람은 전혀 누그러지지 않아서, 마치 마주치는 모든 곶들의 뒤편에 힘센 젊은 사내가 숨어 있는 것 같았다. 윌리워—산에서 바다로 매우 거세게 불어 내려오는 아주 위험한 돌풍이다—는 특히나 가공할 만한 것이었다. 물에 소용돌이가 만들어지고 배가 한쪽으로 기울어지는 걸로 그게 시작되는 걸 알 수가 있었다. 조심하지 않으면 이 바람은 돛을 바다에 내던질 수도 있을 정도로 강했다. 어느 하루는 치피트 성 앞에서 돌풍이 몰아닥쳐서 배가 거의 전복이 될 뻔한 걸 교수가 간신히 구해냈다.

바다에서 열흘을 보내고 나자, 이르판은 한 만에서 다음 만으로 배를 몰고 가는 게 너무나 피곤했다. 그는 술 취한 뱃사람처럼, 자기 인생에서 아무것도 변한 것이 없는 듯이 에게해를 목적 없이 떠돌아다니는 것처럼 느꼈지만, 그게 사실이 아니라는 건 그도 깨닫고 있었다.

이르판은 어느 작은 식품점을 나서다가 일간지들이 놓여 있는 걸 봤고, 두 번 생각해보지도 않고 그것들을 샀다. 바다로 나선 뒤에는 신문을 한 번도 보지 않은 터였다. 그는 뉴스에 대해 생각해본 적조차 없었다. 이스탄불에 살 때에는 신문을 읽는 걸로 하루를 시작하곤 했다. 제일 먼저 자기에 대한 글이 있는지, 누가 자기 텔레비전 프로그램을 비판하지는 않았는지 확인하곤 했다.

일일 칼럼을 쓰는 필자들은 신문에 싣는 자신들의 글을 통해 서로에 대항하는 전투를 벌였다. 때로는 며칠씩 끌기도 하는 그들의 다툼을 지켜보는 건 재미있는 놀이였다. 어떤 필자들은 그들의 동료 필자들에 대해 너무나 분노한 나머지 펜 대신 칼이나 도끼, 창을 쥐고 있다면 그걸로 서로를 도륙을 낼 기세였다. 그들의 일이라는 건 시시포스가 받는 처벌과도 같았다. 아침부터 저녁까지 애면글면 썼지만 매일 밤이면 글이 실린 신문과 함께 어김없이 쓰레기통에 처박히는 게 그들의 운명이었다.

이르판은 배로 돌아와 신문을 펼쳤다가 그 즉시 공포에 질려

버렸다. 여러 신문들 모두 그가 살던 나라에 대해 이야기하고 있는 게 아닌 것 같았다. 그가 신문에서 읽는 것들은 터키와는 아무 관계도 없었다. 세상에 대한 이런 접근, 그들이 사용하는 언어, 그들이 강조하는 뉴스, 그리고 거기에 인쇄되어 있는 사진들 모두 그에게는 완전히 낯설었다. 교수는 그제야 바다에서 지난 몇 주를 보내면서 자신이 얼마나 깊이 바뀌었는지를 실감했다.

시원한 맥주를 마시면서, 이르판은 이 나라에 벌어지고 있는 사건들을 훑어보았다. 정치가들 사이의 다툼이나 자신들의 성취에 대한 자화자찬, 터키를 지상천국으로 미화하려는 노력들, 뉴욕을 휩쓴 터키 패션 디자이너에 대한 뉴스, 유럽에서 매진을 기록하고 있는 터키 가수, 터키가 세상에서 제일 중요한 나라라고 말하는 미국의 정치가, 터키에서 영화를 찍고 싶고 "쉬시 케밥"을 먹고 싶다고 말하는 할리우드 스타, 사기를 북돋우려는 이런 거짓말들과 몇 년째 정치적인 아젠다의 일부가 되고 있는 머릿수건 저항운동 등.

한 신문의 1면에는 경찰이 경찰봉으로 한 여자의 머리를 내리치는 사진이 실려 있었다. 이르판은 대학에서 그런 장면을 자주 목격해왔다. 그는 그런 시위 현장을 수도 없이 지나다녔다. 그는 여학생들이 왜 그런 식의 전투적인 시위 방법을 택했는지 이해하려고 애썼다. 이슬람 국가 안에서 머리를 가리라고 강요

받아온 여성들이 그들의 머리 스카프를 벗어던지기 위해 싸우는 거라면 쉽게 이해할 수 있을 것 같았다. 하지만, 저 여학생들은 도대체 왜 여름 더위에도 얻어맞을 위험을 무릅쓴 채 자발적으로 자기 머리를 가리려고 하면서 스스로를 고문하는 걸까? 자연의 법칙과 생물학의 법칙에 따르자면, 머리를 가리는 것보다는 벗는 것을 위해 저항해야 마땅했다. 그런데 도대체 어떤 이유로 해서 저들은 저런 반대의 행동을 보이는 걸까?

교수는 기사에 들어 있는 문장 하나를 주목했다. "경찰의 바리케이드를 분쇄하려는 시도." 이 문장은 그가 묻고 있는 것에 대해 힌트를 주었다. 갑자기, 이르판은 속사정을 이해하게 되었다! 경찰 바리케이드는 넘어가야 할 장애물이 아니라, 목표물 그 자체였다. 경찰은 체제를 상징하는 존재이자 그것의 보호자였다. 경찰은 모든 젊은이들이 싫어하는 천박한, 썩어빠진 시스템의 상징이었다. 그리고 매 시기마다, 정직한, 때로 혁명적인 기운으로 가득 찬 젊은이들은 시스템에 대항하게 일어선다. 칠십년대와 팔십년대에도 학생들은 같은 대학 앞에서 경찰 바리케이드를 넘어서려고 시도했고, 거칠게 진압당했다. 하지만 그때에도 학생들은 좌파의 슬로건을 외쳤더랬다. "혁명만이 길이다! 과두정부를 타도하자!" 그 시절에는 시스템에 저항하는 항거는 그런 좌익 운동을 통해서 이뤄졌다.

구십년대에도 같은 정문 앞에서 경찰 바리케이드와 혁명적인 학생들이 맞섰다. 경찰들은 다시 한번 경찰봉을 빼어들었고, 탱크들은 쿠르드어로 "쿠르다레 아자디!" 그리고 "비지 세로크 아포!"라고 외치는 학생들에게 물대포를 겨누었다. 학생들은 붉은색, 녹색, 노란색으로 된 스카프를 썼고, PKK의 지도자 압둘라 외칼란의 포스터를 들고 있었다.

이십일 세기에 들어선 지금, 같은 장소는 머리 스카프를 쓰고 경찰과 충돌하는 여학생들로 가득 차 있었다. 물대포가 다시 동원되었다. 요약하자면, 경찰과 학생들은 두고두고 똑같은 게임을 해 온 것이다. 변한 것이라고는 학생들의 슬로건과 외형적인 모습뿐이었다.

젊음은 어떤 식으로든 저항과 궐기를 필요로 한다. 그러니까, 이 여학생들이 머리를 가리겠다고 싸우는 것은 기성의 체제에 맞서는 싸움을 계속 이어가기 위함이었다. 그들의 부모, 학교, 그리고 정치 시스템에 대항해서, 자신들이 자신만의 독특한 개성을 가지고 있음을 보여주기 위해.

저항정신 만세! 혁명 만세! 크로포트킨 만세! 바쿠닌 만세! 호메이니 만세!

이런 생각에 빠져 있다가, 이르판이 스스로에게 말했다. "그건 네 일이 아니잖아, 바보야! 오로지 이 특정한 시대에 이 지역에서 태어났다는 이유만으로 이 모든 걸 네 문제로 삼아야 하는 거야? 만약 네가 14세기의 중국에 살고 있었더라면 그 다른 문제들이란 너한테는 세상의 마지막을 의미했을 수도 있고, 그래도 너는 여전히 틀렸을 수도 있어. 지금으로부터 세월이 지나고 나면 저 멀리에 있는 언덕은 여전히 그 자리에 있겠지만, 넌 사라질 거야. 이 바다는 여전히 있겠지만, 넌 사라질 거야. 저기에 있는 허물어진 집조차도 그 자리에 있겠지만 넌 아냐. 그만둬, 제발! 그 말도 안 되는 짓을 그만둬!"

이르판은 신문을 남김없이 모두 내던지고 차가운 맥주를 한 병 더 땄다.

그는 에게해에 오랫동안 떠 있었지만, 그리스 섬이라고는 코스 한 곳에만 들렀더랬다. 그는 배를 부두에 대고 그의 여권과 비자를 보여준 뒤에 공식적으로 그리스에 입국했다. 거기에서, 이르판은 몇 주 만에 처음으로 하룻저녁을 온전히 육지에서 보냈다.

우선 그는 유명한 레스토랑에 가서 문어와 붉은 숭어, 호르타[70], 그리고 파바[71]로 저녁 식사를 했고, 작은 클럽에 들러서 그 지역 연주자들의 렘베티코[72]를 들었다. 음악은 사람을 정신을 빼놓는 데가 있었고, 남녀 모두 지칠 줄 모르고 자정이 훨씬 지날 때까지 제이베키코[73]와 카사피코[74]를 추었다. 교수는 밖에 나가 신선한 공기를 마신 뒤에야 자기가 얼마나 넋을 놓고 있었는지 깨달을 수 있었다. 우조[75] 때문인지 아니면 그 클럽의 술 취한 분위기가 그를 취하게 만든 건지 알 수가 없었다. 아무도 없는 거리를 비틀거리며 걷는 동안, 이르판은 자기가 금욕적인 음악의 성인들인 마르코스 밤바카리스[76]와 치차니스[77]의 시대를 사는 렘베티코 악사라도 된 것 같은 기분이었다.

교수의 고향인 이즈미르로부터 그리스로 이주한 수십만 명의 아나톨리아 출신 그리스 인들이 이 신비한 음악을 만들어냈다. 마약처럼 타오르는 이 취한 음악은 바닷바람만큼이나 통제 불가능하고 에게해의 가장 깊은 심연만큼이나 슬픔으로 가득 차 있었다. 이르판이 이 음악에 그렇게 녹아 들어간 것은 어쩌면 그것이 바로 이웃한 땅에서 비롯된 것이기 때문이었을지도 모르겠다.

교수는 선착장에서 한참이나 걸려서야 자기 배를 찾을 수 있었다. 그는 옷을 입은 채 침대에 몸을 내던졌고 다음날 오후까지 내처 잤다. 그는 아직도 부주키[78]의 소리와 뚝뚝 끊어지는 렘베티코 음악에 잠겨 있는 듯한 기분 속에서, 찌르는 듯한 두통을 느끼면서 깨어났다.

교수는 자신의 평정을 되찾기 위해 다시 그 적막한 만들로 가야겠다고 느꼈다. 얼마 전에 불평했던 바로 그 고독이 그리웠다. 아무도 찾지 않는 만, 밤의 고요 속에서 바다를 향해 풍겨오는 송진의 향은 어디엔가 소나무가 있다는 사실을 그에게 일깨워줬다. 그러면 그는 석유램프를 켜고 그를 둘러싸고 있는 죽음과 같은 어둠 속에 앉아 한기가 그의 등줄기를 타고 내릴 때까지 조용히 앉아있는 것이었다. 아주 작은 소음이라도 만들게 될까 봐 그는 자기 자신을 자연의 의지에 내맡겼다.

교수는 낮 시간에는 줄을 드리우고 낚시를 즐기면서 여유로운 시간을 가졌다. 대개는 섬들 사이의 물길에서 많이 보이는 이름을 알 수 없는 물고기를 최소한 한 마리는 잡았는데, 아무리 노력을 해봐도 배 주위를 헤엄쳐 다니는 화려한 색상의 람부카는 잡을 수가 없었다. 어떤 지역에서는 람부카를 돌고래라고 불렀다. 극동 사람들은 이 고기를 "마히-마히"라고 불렀고, 에게해 지역 사람들은 "벌거벗은 물고기"라고 불렀다. 마치 그를 미치게 하려고 작정이라도 한 것처럼, 람부카는 매일 오후 같은 시간에 나타나서 그를 놀리곤 했다. 어느 날 다른 낚시꾼이 그가 늘 실패만 하는 걸 알고는 주낙줄을 쓰라고 말해줬다. "주낙줄을 던져놓고 한 놈이 걸려들 때까지 놔두세요. 하지만 걸려도 잡아당기지는 마시고. 얼마 지나지 않아서 다른 놈들도 몰려오는 걸 보게 될 겁니다."

그 낚시꾼이 말한 그대로였다. 한 녀석이 미끼를 물자, 다른 놈들도 아무 생각 없이 달려들었다. "인간하고 똑같군." 교수는 생각했다.

어느 날 아침, 그는 시작을 하지 못해서 힘들어하고 있던 책의 첫 번째 문장을 어거지로 써 내려갔다. 이미 몇 년 동안에 걸쳐 조사를 해오던 일이고, 이제 노트도 있으니 쓰면 될 일이었다.

첫 문장은 이런 식으로 시작되었다. "그날 스레브레니차의 시장에서 열 살 된 보스니아 소년 이브라힘은 세르비아의 저격수가 쏜 총탄에 맞아 살해되었다. 그 아이는 자신이 수 세기 전, 수천 킬로미터 밖 사모사타에 살았던 자신의 기독교인 조상들과 같은 운명을 맞이하고 있다는 사실을 모른 채 죽어갔다."

그리고 그는 덧붙였다. "그것은 보고밀의 운명이었다."

하지만 그 문장 다음에는 아무 말도, 아무 생각도 떠오르지 않았다. 그는 그 첫 문장을 읽고 또 읽었다. 그 문장은 읽을 때마다 점점 더 괜찮아 보였다. 그런 문장으로 시작하는 책은 틀림없이 관심을 잡아끌 수 있을 것 같았다. 하지만 그 뒤로 나머지는 어떻게 써야 할 것인가? 책을 쓰기 위해서는 그 뒤로 수천 수만의 단어들이 따라 나와야 할 텐데, 아무래도 그에게는 작가로서의 재능은 없는 것 같았다. 저녁이 될 때까지 교수는 그 첫 문장을 생각하고 또 생각하고 있었는데, 갑자기 강한 바람이 불어와 배를 뒤흔들기 시작했다. 그렇게 되자 그는 포기했다. 우선 잔잔한 만을 찾아 대피하는, 글보다 훨씬 더 긴박한 일부터 해치워야 했다. 다리까지 다친 상태에서, 넓은 바다 한 가운데서 폭풍을 맞이하는 위험을 감수할 수는 없었다.

그는 하이켈의 책을 꺼내 자신의 현재 위치를 읽어내고, 멀지 않은 곳에 밤을 보낼 수 있는 만이 하나 있다는 걸 발견했다. 어쩌면 그건 정확히 만이라고 할 수는 없을지도 모르는 곳이었다.

지도에 의하면 바다가 휘어진 강처럼 내륙으로 들어가는 지형이었기 때문이다. 낮에 밝을 때 들어가는 게 더 수월했겠지만, 그 시간에 그는 자기 책에 빠져 있었다.

이르판이 만의 입구를 찾아냈을 때는 이미 어둠이 내린 뒤였다. 달도 없는 밤이어서, 시계는 제로였다. 해도에서 곳곳에 위험할 정도로 얕은 물이 있다는 점을 지적하고 있었기 때문에, 그는 아주 천천히, 평소보다 더 주의를 기울이며 배를 몰고 나갔다. 이르판은 초음파 측심장치를 보면서 수치가 낮아질 때면 진로를 바꾸었다. 배가 좌초되는 사태는 피해야 했다.

내륙 깊이로 들어가는 동안, 이르판은 휘고 굽어지는 진짜 강을 거슬러 올라가는 것 같은 느낌이었다. 이르판은 주변의 해안과 앞을 조금 더 잘 보기 위해 전조등을 켰다.

최소한 이곳에는 바람은 없었다. 한동안 아주 천천히 항해한 뒤에, 이르판은 어둠 속에 솟아오른 피라미드 모양의 언덕이 있는 걸 알아봤고, 그는 자신이 작은 만의 끄트머리에 접근하고 있다는 걸 깨달았다. 이곳은 그가 여태 가봤던 어느 만과도 다르게 생긴, 매혹적인 장소였다. 이르판은 이유를 알 수 없이 들떴다. 그는 언덕을 향해 움직이기 시작했다. 어쩌면 곧 닻을 내릴 수 있을 것 같았다. 만의 물이 무척 잔잔하기 때문에 어쩌면 배를 나무에 묶을 필요조차도 없을 것 같았다. 아무것도 흔들리지 않았다. 공기조차도 일정한 실체가 있어서 만져볼 수 있을 것 같았다.

교수는 전조등을 사용해서 해안을 훑어보다가 갑자기 깜짝 놀랐다. 이 아무도 없는 외로운 장소에, 한 사내가 그를 향해 소리를 지르고 있었다. "전등 꺼! 전등을 끄라고!"

사내의 말투는 마치 명령에 복종하지 않으면 사격을 가할 준비라도 되어 있는 것처럼 위협적이었다. 이르판은 전조등의 스위치를 내리고 완벽한 어둠 속에 가만히 있었다.

저 사내는 누구일까? 다른 사람들이 더 있을까? 왜 등을 끄라고 소리를 질렀던 걸까? 그 사내는 지금 어디 있지?

교수는 닻을 내렸다. 쇠줄이 내려가는 소리가 그를 겁나게 했다. "이 재수 없는 데로 들어오지 말 걸." 그는 생각했다. 이런 불길한 강이라니! 이르판은 마치 율리시즈를 수없이 많은 곤경에 빠뜨린 마법에 걸린 해안에 들어와 있는 것 같았다.

닻을 내리고 난 뒤에, 그는 어둠 속에서 조용히 앉아 있었다. 석유램프를 켜면 그 사내가 화를 낼까? 교수는 손전등의 도움을 빌어 위스키를 한 잔 따르고는 케오프의 피라미드처럼 생긴 그 캄캄한 언덕을 쳐다보면서 홀짝거리기 시작했다. 단 한 점의 불빛도 없었고, 정적을 깨뜨리는 어떤 소리도 들리지 않았다.

몇 분 뒤에, 이르판은 누군가가 자기를 향해 노를 저어 오는 것 같은, 물이 찰박거리는 소리를 들었다. "평화가 함께 하기를!" 사내의 목소리가 말했다.

교수는 그날 저녁에 일어났던 일들 중 어떤 것이 더 놀랄 일인지 알 수가 없었다. 지금, 한밤중에 전혀 모르는 사람이 노 젓는 보트를 타고 와서는 그에게 종교적인 인사를 건네고 있었다. 그 사내는 한눈에 봐도 뱃사람은 아니었다.

이르판은 이 낯선 사내에게 손전등을 비추었다. 그는 키가 크고, 골격이 탄탄하고, 건장한 체격과 극단적으로 대비될 정도로 깡마른 얼굴을 가진 젊은이였다. 이르판은 그 청년에게 배에 오르라고 했고, 청년은 갑판 위로 뛰어올랐다.

"미안합니다." 그가 말했다. 여기에 농어하고 도미 양식장이 있거든요. 센 빛이 비추면 다들 놀라서 서로한테 달려들다가 죽어버릴 수가 있어서요. 불빛으로부터 보호하라는 경고를, 지시사항을 받았어요."

이르판은 긴장을 좀 풀면서 양식장이 어디 있는지를 물었다.

청년은 왼쪽 둑을 가리켰다. "저희도 저기에 살아요. 바닷가 오두막에요. 지금은 불빛이 나무에 가려서 안 보이지만요."

"그 불빛은 물고기들을 놀라게 하지 않나요?" 이르판이 물었다.

"아뇨. 보통 불빛은 아무렇지도 않아요. 스포트라이트가 켜졌을 때만 놀라요. 시끄러운 소리에도 놀라고요. 그물로 잡아 올리는 것도 영향을 미치죠. 남아있는 놈들 껍데기에 하얀 점이 생기고, 그러다가 죽어요."

"정말 예민한 물고기군요."

"예. 우리도 여기 온 지 얼마 안 돼서 최근에야 이런 것들을 다 배웠어요. 내일 아침에도 여기 계실 거면 물고기들 보여드릴게요."

이르판은 자기소개를 했고, 두 사람은 악수를 나눴다. 그 청년의 이름은 제말이었다. 이르판은 제말의 거친 손에서 남다른 힘을 느꼈다. 이르판은 그에게 한 잔 권했지만, 제말은 술을 마시지 않는다고 했다. 그러고는 그가 말했다. "이제 가봐야겠습니다. 여자애가 오두막에 혼자 있는데, 뱀하고 지네를 무서워하거든요."

그날 밤, 이르판은 이 이상한 조우와, 겁먹은 물고기들에 대해 생각하느라 바빠 자신의 책에 새로운 문장을 더하는 일은 잊어버렸다. 그는 잭 다니엘을 반병 비우고는 뻗어버렸다.

다음 날 아침, 면도날처럼 날카로운 햇살이 그를 깨웠다. 주변을 둘러본 이르판은 간밤의 주술이 사라진 후의 광경을 보았다. 호머의 유령은 밤과 함께 그 작은 만으로부터 자취도 없이 사라졌다.

이르판은 숨 막히게 아름다운 옥색의 물과 소나무가 울창한 숲을 이루면서 바다까지 내려오고 있는 녹색의 언덕을 바라보았다. 해안 가까운 곳에 양식 어장의 부기들이 떠 있는 것이 보였다. 갑작스런 빛에 노출되지 않도록 보호받는 예민한 물고기들은 잠이 들어 있을 것이다. 그 작은 만은 너무나 평화롭고 사랑스러운 곳이어서, 이르판은 그곳에 며칠 머무르면서 책을 쓰기로 마음먹었다.

그는 종이를 몇 장 꺼내고는 연필 끝을 씹으면서 몇 시간 동안 생각에 잠겼다. 그 전날 쓴 걸 읽고 또 읽었고, 새로운 문장 몇 줄을 더했다. “이브라힘의 운명은 몇 세기 전에 이미 결정되어 있었다. 동부 아나톨리아에 살던 그의 종족이 기독교로 개종을 하고 이단의 구성원이 되고 난 뒤, 그들은 수 세기 동안 정교회의 핍박을 받아왔다. 그들은 고향을 떠나 무슬림으로 정체성을 바꾸었는데, 이십 세기말에는 다시 기독교도들에 의해 핍박받는 처지가 됐다. 이것은 주류 권력과 화해하지 않고 남아있는 일의 위험성에 대한 이야기다.”

새로 쓴 내용들은 그가 전날 쓴 첫 번째 문장처럼 인상적이지는 않았지만, 자신이 쓰고 있다는 사실 그 자체가 그로서는 가장 중요했다. 이르판은 이 정도면 낮잠을 자기 전에 한낮의 태양 아래서 시원한 화이트 와인을 마실 자격은 얻었다고 생각했다.

이르판은 늦은 오후까지 낮잠을 잤다. 이르판은 제말이 희미한 안개를 뚫고 배를 향해 노를 저어오고 있는 걸 느끼면서 잠에서 깨어났다. 제말은 흥미로운 젊은이처럼 보였다. 우호적인 사람이었지만, 어쩐지 위험해질 수도 있는 사람이라는 인상 또한 주었다. 그는 “선생님”이 아직도 물고기 양식장을 보고 싶다면 안내해 주기 위해서 왔다. 이르판은 자신의 덥수룩한 검은 머리와 회색 수염 때문에 젊은이 눈에는 종교적인 어르신처럼 보인다는 사실을 깨달았다. 제말은 그를 안내해서 시설을 보여준 뒤 자신들의 오두막에서 소박한 저녁 식사를 대접하고 싶다고 했다. 이르판은 젊은이가 자신에게 그런 호의를 보여주는 것이 반가워서 그 초대를 받아들였다.

두 사람이 바닷가를 향해 노를 저어가는 동안, 제말은 그에게 부기와 수중 가두리, 그리고 물고기들을 보여줬다. "몇백만 마리는 되겠군." 이르판은 물고기들이 서로에게 부딪치지 않고는 제대로 헤엄쳐 다닐 만한 공간이 없는 걸 보면서 생각했다. 이르판은 이 물고기 감옥에서 눈을 돌려 해안가를 바라보았다. 늙은 올리브 나무 아래 아주 작은 오두막이 있었다. 그 바로 옆에는 물고기 사료 포대가 층층이 쌓여 있었다. 나중에 제말은 그 사료들이 멸치 뼈로 만든 거라고 알려줬다. 두 사람이 뭍에 내리자 공기 중에 비린내가 가득한 게 바로 느껴졌다.

커다란 녹색 눈에 어린아이 같은 얼굴을 하고 면으로 된 스카프로 머리를 감싼 젊은 여자애가 헛간에서 나왔다. 여자애는 수줍은 듯 머리를 약간 숙여 인사를 하며 교수를 맞이했다. 잘돼 봐야 열다섯 살이나 되어 보였다. 미국에서는 이 나이의 여자아이는 건드리기만 해도 소아성애자로 딱지가 붙은 채 감옥에 가게 될 것이었다. 하지만 아나톨리아의 시골 마을에서는 나이 든 사내들이 누구의 방해도 받지 않고 이런 어린 여자애들을 올라타곤 했다. "그러니까 이 젊은이는 이 어린애를 데리고 사는 거로군." 교수는 그렇게 생각하면서 혐오스러웠지만, 미소를 지으면서 "좋은 저녁입니다!"라고 인사를 건네며 대충 넘겼다.

어둠이 내리자 제말은 생선을 몇 마리 건져오겠다고 하면서 조각배에 올라 가두리로 갔다. 그가 보트를 저어가는 모습은 한 마리 호랑이처럼 긴장되어 있고 잘 균형 잡혀 있었다. 그는 조심스럽게 그물을 내렸는데, 교수는 저렇게 조심스럽게 그물을 쳐도 물고기들을 겁에 질리게 할지 궁금했다.

그동안 여자애는 이르판 쪽은 보지도 않은 채 저녁 식사를 준비했다. 여자애는 천장을 가로지른 대들보에 걸려 있는 어부의 구럭에서 토마토와 양파, 오이 몇 개를 꺼내서는 얇게 썰기 시작했다.

제말은 오두막으로 돌아와 자기가 잡아온 물고기들이 아직 살아있는 상태에서 비늘을 벗기고, 배를 갈라 내장을 꺼내 생선을 조리할 수 있게 정리했다. 들고양이 두 마리가 어디에선가 나타나더니 번개 같은 속도로 버려진 내장을 채갔다. 숲속에는 아마도 수많은 동물들이 있을 것 같았다. 제말은 어제 여자애가 뱀과 지네를 무서워한다고 말했더랬다. 이르판은 갑자기 불안해져서 주위를 둘러보았다.

주변이 완전히 캄캄해지자 제말은 작은 등불을 피웠다. 수많은 파리와 모기, 응애, 나방 같은 것들이 그 불빛 주위로 모여들었다. 이르판은 날벌레들 떼 안에 갇혔다. 모기들이 그의 목과 팔, 다리를 공격했다. 이르판은 피가 날 때까지 피부를 긁어댔다.

이르판은 자기 몸을 여기저기 찰싹찰싹 때리기 시작했고, 제말에게 물었다. "이런 데서 도대체 어떻게 사는 거요? 이 망할 녀석들이 아주 날 잡겠네!"

교수가 자리에서 뛰쳐 일어나 자기 몸을 찰싹찰싹 때리고 욕을 하는 걸 보고 여자애는 웃음을 참을 수가 없었다. "보통은 저한테로 오는데요." 그녀가 말했다. "그런데 오늘은 선생님을 더 좋아하는 거 같네요."

아무래도 모기들이 덤벼드는 걸 멈추지는 않을 것 같다고 깨달은 이르판은 제말과 함께 제말의 보트를 타고 이르판의 요트로 노를 저어갔다. 이르판은 찾아낼 수 있는 모기 퇴치제는 죄다 가지고 오두막으로 돌아왔다. 이르판은 자기 몸에 약을 바르고, 여자애한테도 주었다.

그러고 나서야 여자아이는 생선을 튀기고 그걸 샐러드와 함께 내놓았다. 이르판은 와인을 좀 가지고 오지 않은 걸 후회했지만, 어쨌거나 이 끔찍한 오두막에서 오래 머물 생각은 없었다. 이르판은 식사를 마치는 즉시 자기 배로 돌아가고 싶은 마음뿐이었다. 그는 요즘 들어 장-피에르 랑팔의 플루트보다 더 좋아하게 된 에릭 사티의 그노시안느를 들을 생각이었다. 첫 멜로디가 시작되는 구슬픈 피아노 소리는 그를 황홀하게 만들었다. 이르판은 그 곡들을 듣고 싶었고, 자기가 그 곡들을 듣기 위해 태어난 것 같은 그 느낌을 느끼고 싶었다. 그 곡들을 듣는 동안, 잭 다니엘이 플렉시글라스와 크롬으로 만든 배의 깨끗한 환경 속에서 그의 목구멍을 매끄럽게 흘러내려갈 것이었다.

이르판은 그 계획을 그대로 따랐다. 하지만 그 여자애의 커다랗고 빛나는 녹색의 두 눈을 머릿속에서 떨쳐낼 수가 없었다. "정말 이상한 눈이야" 그는 생각했다. "어린아이 같고 천진한, 하지만 무언가를 원하면서도 그걸 숨기고 있는 눈이야."

그 눈의 무어라 규정하기 어려운 시선은 모든 걸 받아들이고 있었다.

젊은 육체들의 부름

에게해에서 깊숙이 들어와 있는 그 작은 만에서 이르판과 조우하기 열흘쯤 전에, 제말은 셀라하틴과 함께 집을 떠났다. 제말이 생각하기에 셀라하틴은 그가 여태 살면서 만났던 사람들 중에서 가장 진정으로 훌륭한 사람이었다. 셀라하틴은 제말에게 수많은 호의를 베풀었을 뿐만 아니라, 제말과 메리엠이 머물 수 있는 곳 또한 찾아내 주었다. 그는 제말이 부끄러워하지 않을만한 방법으로 그의 주머니에 약간의 돈을 찔러 넣어 주기까지 했다. "내가 자네를 도와준다고 생각하지 말아" 셀라하틴이 말했다. "두 주치 임금을 미리 주는 것일 뿐이야."

그러고 나서 두 사람은 차를 몰고 라흐만리로 메리엠을 데리러 갔다. 셀라하틴은 제말의 고맙다는 인사에 이렇게 대답했다. "우린 친구야. 자넨 내 목숨을 여러 번 구해줬잖아."

두 사람이 메리엠을 데리러 갔을 때 야쿠프가 집에 없었기 때문에 제말은 작별 인사를 할 수가 없었지만, 제말은 형과 자기 사이에 서로 암암리에 동의가 이뤄져 있다는 걸 알고 있었다. 야쿠프는 제말이 아버지의 명령을 따르지 않았다는 사실을 절대로 누구에게도 입 밖에 내지 않을 것이었다. 그 대가로 제말은 "야쿠프의 이스탄불 생활"의 실상에 대해 고향마을 누구에게도 말하지 않을 것이었다.

시외버스를 타고 이동하는 동안, 제말은 친구에게 고마움을 느꼈다. 그가 없었더라면 그와 메리엠은 갈 곳이 없었을 것이었다. 셀라하틴은 두 사람을 자기 가족의 양식 어장이 있는 에게해 연안의 체쉬메 가까이에 있는 작은 만으로 보내려는 참이었다. 그곳 관리인이 병중인 친척을 돌보기 위해 두 주 정도 휴가를 요청해 왔다. 그 기간 동안 제말과 여자아이는 그곳에서 안전하게 지낼 수 있을 것이었다. 제말이 해야 하는 거라고는 물고기들을 지키고 하루에 두 번 사료를 주는 것뿐이었다. 나머지는 신의 손에 달려 있었다. 어렵지 않은 임무였다.

버스가 신록이 한창인 에게해 연안의 잘 관리된 도로를 달리는 동안, 제말은 지난 한 주 동안 그가 평생 해 온 걸 합친 것보다 더 먼 거리를 여행했다는 사실을 깨달았다. 이라크와의 국경지대에서 여행을 시작한 제말은 이제는 그리스와 맞닿은 바닷가로 가고 있는 중이었다. 그는 에미네로부터 너무나 멀리 떨어져 있어서 이제는 그녀의 부드러운 피부를 떠올릴 수조차 없었다. 이 모든 게 메리엠 덕이었지만, 제말은 산악지대의 게릴라들을 미워하던 것보다 더 그녀를 미워했다. 셀라하틴이 무어라 하든, 메리엠은 죽어 마땅한 죄인이었는데, 다만, 특수부대를 나온 사내, 제말은 그녀를 죽일 수 없었다. 어떻게 마음을 먹어도 도저히 자기 손으로 이 어린 여자애를 살해할 수는 없었다. 그의 옆에 앉은 이 여자아이는 도대체 누구인가. 창녀, 죄인, 문제 많은 피조물, 사형선고를 받은 소녀? 아니면 이 세계에 대해서 아무것도 모르는 어린아이일 뿐인가? 어떻게 해야 할지 몰라서 의도적으로 빠져든 비몽사몽의 상태 속에서, 제말은 레몬 향수의 톡 쏘는 냄새를 맡았다. 남자보다는 소년에 가까운 차장이 좌석 사이를 걸어 다니면서 승객들에게 레몬 향수를 제공하고 있었다. 민요가수의 쉰 목소리가 라디오가 터져라 울려 나오고 있었다.

제말은 버스가 굴러가는 동안 꾸벅꾸벅 졸기 시작하다가 문득, 그 순결한 신부가 나오는 꿈을 꾸지 않은 지 꽤 됐다는 사실을 깨달았다. 그가 군대에서 그 험난한 나날을 보내는 동안 이틀에 한 번씩은 꿈에 나타나 잠결에 죄를 짓게 만들곤 하던 그 고운 피부의 젊은 신부가 사라져버린 것이었다. 그녀는 제말이 이 여행을 시작한 뒤로 자취를 감추었다. 제말은 그녀의 체취와 피부, 그녀의 온기를 갈망했지만, 그녀는 나타나지 않았다.

꿈에서만 만나던 여자를 자기 마음대로 호출할 방법은 없었다. 그녀는 본인이 원할 때만 나타났다.

제말은 아버지에 대한 생각을 하지 않으려 무진 애를 썼다. 그의 지시를 이행하지 않은 처지이니, 집으로 편지를 쓰거나 전화를 걸어 안부를 물을 수도 없는 처지였다. 메리엠을 어떻게 처리할지 대책이 선 다음에야 연락을 해볼 수 있을 텐데, 그 대책이란 걸 어떻게 해서 찾을 수 있을지 제말로서는 그 실마리조차 잡을 수가 없었다.

메리엠은 아무 생각 없이 창문에 기대었다. 그녀는 너무 많은 감정들이 솟아올라 그것들에 지쳐 있었다. 탈진한 상태여서, 기차에 탔을 때처럼 아프게 될까 봐 겁이 났다. 그녀의 월경은 끝났고, 세헤쉬가 준 생리대 덕에 다음 번 월경에 대해서도 큰 걱정은 없었다. 지금 그녀의 문제는 새로운 생리대를 어떻게 구하나 하는 것이었다. 세헤쉬는 약국에서 그것들을 판다고 했는데, 메리엠이 그걸 어떻게 산단 말인가? 그녀는 돈이 한 푼도 없었다. 메리엠은 세헤쉬가 어떻게 지내고 있을지 궁금했다. 그녀의 오빠는 죽었을까, 아니면 아직 살아있을까?

버스에서는 나이가 든 여자들만 머리를 가리고 있었다. 사실은, 젊은 여자들은 머리를 풀어헤치고 있었을 뿐만 아니라, 엉덩이에 착 달라붙은 청바지들을 입고 있었다. 그들은 가슴에 꽉 끼는 소매 없는 핑크색, 파란색, 또는 오렌지색 블라우스를 입고 있었는데, 그들이 몸을 앞으로 숙일 때마다 가슴이 언뜻 언뜻 드러나기까지 했지만, 전혀 개의치 않는 것 같았다. 그 여자들은 귀에는 귀고리를, 손목에는 팔찌를, 목에는 가느다란 금목걸이를 하고 있었다. 목걸이에 달려 있는 어떤 펜던트들은 하트 모양이었다. 아마도 그 안에는 그들의 연인들의 사진이 들어 있을 것이었다. 그들은 이야기를 나누고, 키득거리고, 크게 웃고, 심지어 그들 중 몇몇은 휴게소에서 버스가 멈췄을 때 담배를 피우기까지 했다.

메리엠은 이 젊은 여자들 속에 있는 자신이 비참하게 느껴졌다. 나지크가 그녀의 파란색 면 드레스를 세탁해 줬는데, 덕분에 파란색 꽃무늬는 색이 더 바랬다. 검은 플라스틱 신발은 라흐만리에 있는 샘터에서 씻었지만, 지금은 그녀의 다리를 휘감고 있는 긴 치마와 마찬가지로 진흙투성이였다.

그 검정 신발을 볼 때마다, 메리엠은 그녀가 마을로부터 떠나오던 그 저주받은 날을 떠올렸다. 어쩌면 그날 하루 종일 땅바닥만 내려다보고 있었기 때문에 그 신발에서 눈을 떼지 못했던 건지도 모를 일이었다. 그녀가 신고 있는 두꺼운 양말도 끔찍해 보였다. 하지만 이것들 중 어느 것도 그녀에게는 머리를 덮고 있는 스카프처럼 거슬리지는 않았다. 그녀의 머리 스카프는 고향에 살고 있을 때에는 전혀 마음에 걸리지 않았는데, 하지만 고향마을은 아주 외진 곳이었다. 여기서는 스카프를 뒤집어쓰고 있는 게 아주 모자란 짓처럼 여겨졌다. 날은 점점 더워지고 있었고, 그녀의 발은 모직 양말 속에서 땀을 흘리고 있었다. 메리엠은 그 복장 속에서는 숨을 쉴 수가 없었다.

제말은 여기저기 다니는 동안 메리엠을 강아지처럼 자기 뒤에 끌고 다녔지만, 그러는 동안 말을 걸지 않았다. 아침에, 제말과 모르는 사내 하나가 라흐만리로 그녀를 데리러 왔다. 그러고 나서는 다 같이 버스 터미널로 갔다. 고향마을에서 평생 집과 포플러 숲 사이만 걸어서 왔다 갔다 하다가, 불과 한 주 만에 너무나 많은 버스들과 차고, 기차역, 배, 자동차, 그리고 사람들을 본 메리엠으로서는 더 이상 무얼 봐도 놀랍지 않았다. 그저 자기가 어디로 가고 있는지 알고 싶을 뿐이었다.

처음 버스에 올라탔을 때는 고향으로 돌아가는 줄 알았다. 하지만 버스 운전수의 안내방송과 주변 승객들 사이에서 오가는 대화를 듣고 나서, 메리엠은 그들이 완전히 다른 방향으로 가려 한다는 사실을 깨달았다.

메리엠은 터키의 지리에 대해서 아는 게 없었다. 남동쪽이 어디인지, 흑해 연안이 어디인지, 에게해가 어디인지, 그녀는 전혀 몰랐다. 메리엠은 이스탄불이 마을 밖 언덕 너머에 있는 것으로 알고 있던 여자애였다. 조금만 더 주의 깊게 생각해 봤더라면, 그 큰 도시가 그렇게 가까이 있을 수 없다는 것 정도는 알 수 있었을 것이다. 하지만 그녀는 누구와도 이야기를 나눈 적이 없었다.

사람들은 그녀를 늘 한쪽 구석으로 밀쳐놓았고, 그녀는 자기만의 외로운 꿈의 세계에서 살았다. 그녀의 머릿속은 환상으로 가득 차 있었다. 셰케르 바바의 기적, 허공을 날아다니는 아르메니아인들, 아르메니아인 음악가인 보고드가 지터[79]를 연주할 때마다 줄 위에 날아와 앉아 우짖는 나이팅게일 같은 것들.

메리엠은 재수 없는 여자아이였다. 그녀는 자신의 엄마를 죽게 했고, 그녀의 가족에 수많은 불운을 가지고 왔다. 그녀와 같이 자란 친구들은 나이가 조금 든 뒤에는 더 이상 그녀와 같이 놀지 않았다. 그녀는 무리에서 추방되었다. 어느 누구도 그녀를 집안 식구로 받아들이려 하지 않았다. 그녀는 결혼을 하겠다는 꿈은 물론 자기 가족과도 작별해야 했다. 그녀는 집안일을 끝내고 나서 시간이 날 때면 포플러 숲으로 가서 몽상에 잠기곤 했다. "나는 너무 무지해." 그녀는 스스로 탄식했다. "이토록 많은 걸 알고 있는 이 여자들 옆에 있는 나는 얼마나 무지한가."

하지만, 메리엠은 자기연민이 자신을 완전히 장악하도록 내버려 두지 않았다. 그녀는, 어린 시절부터 해오던 대로, 나쁜 기억들을 쫓아버리는 자신의 능력에 기댔다. 그녀는 고향 사람들이 자신에게 가한 그 모든 고약한 짓들에 대해 깊이 생각하지 않았고, 그 구름다리에서 느꼈던 공포를 다시 떠올리지도 않았다. 그녀의 마음은 과거로 돌아가지 않았고, 그녀가 가지고 있는 내적인 힘이 그녀의 두려움과 슬픔을 덮어버렸다.

하지만 그녀의 큰엄마가 문을 닫아걸고 그 앞에서 그녀가 울게 내버려 둔 것, 그리고 고향마을의 진흙탕 길을 걸어가면서 작별 인사를 하기 위해 돌아섰다가 느꼈던 수치심의 기억은 도저히 지워버리기 어려웠다. 그녀가 신고 있는 검은 플라스틱 신발은 볼 때마다 그 일들을 떠올리게 만들었다.

메리엠은 그 기억들을 잊고 새로운 인생을 시작할 준비가 되어 있었지만, 자신의 미래에 대해서 아는 게 아무것도 없었기 때문에 그것에 대해 막연한 상상을 하는 것도 가능하지 않았다.

제말은 단 한 마디도, 심지어 그들이 어디로 가고 있는지에 대해서도, 말하지 않았다. 그는 자기를 완전히 끝내버릴 곳으로 데리고 가고 있는 건가? 바닷가에 가서 자기 임무를 마무리 지으려 하는 건가? 메리엠은 마음속 깊은 곳에서는 그렇지 않을 거라고 느끼고 있었다. 그녀는 제말이 다시는 자기를 죽이려 시도하지 않을 것이라고 확신하고 있었다. 그 다리 위에서, 부끄러움에 고개를 떨구고, 부슬비를 맞으면서 낙담해 있는 제말을 보는 순간, 메리엠은 자기가 목숨을 부지하게 되리라는 걸 알았다. 하지만 이게 더 이상 사실이 아니라면? 메리엠은 수시로 솟구쳐 오르는 의심이 자기 마음을 좀 먹는 걸 아주 막을 수는 없었다.

메리엠은 자기가 이 삶에서 새로 알게 된 좋은 것들에 빨리 익숙해지는 게 놀라웠다. 그녀는 지난 한 주 내내 아무런 수치심도 느끼지 않은 채 남자들과 한자리에서 먹고 마셨다. 사춘기가 시작된 이래로, 메리엠은 남자들이 있는 자리에서는 먹지도 마시지도 화장실에 가지도 말아야 하고, 심지어 말도 해서는 안 된다고 배워왔다. 하지만 지금 그녀는 제말과 마주 앉아 있었고, 낯선 사람들 사이에 끼어서 수프를 먹었다. 제말이 주유소 옆에 있는 남자 화장실에 갔을 때, 메리엠은 여자 화장실에 갔다. 그녀는 자기가 평생 이렇게 살아왔다고 거의 믿을 뻔했다. 메리엠은 머리에 뒤집어쓴 스카프를 벗어버렸으면 훨씬 더 좋을 것 같았지만, 차마 그렇게는 하지 못하고 있었다. 제말은 아마도 그 망치 같은 주먹으로 반대편 뺨도 부어오르게 만들 것이었다.

버스가 해안선을 따라 달리는 동안, 그들은 수많은 도시들과 타운과 여름철 휴양지를 지나쳤고, 마침내 그들의 목적지인 작은 바닷가 타운에 도착했다. 그곳에서는 젊은 여자들이 어떤 이들은 수영복을 입고, 어떤 이들은 반바지를 입은 채, 반쯤은 벗은 채로 돌아다니고 있었다. 이 여자들은 반바지 밑으로 해에 그을린 다리들을 내놓고, 길고 아름다운 머리카락을 어깨 위에 나풀거리면서 자신들의 여성성을 자랑스럽게 내놓은 채 자유롭게 걸어 다녔다. 메리엠은 경탄의 시선으로 그들을 바라봤다.

메리엠은 태어나서 처음으로, 젊은 사내들을 관심 있게 관찰했다. 그들의 늘씬한 몸과 매력적인 미소, 여자아이들을 껴안고

한 병에서 콜라를 나눠마시는 것까지. 메리엠은 그들이 밖에 드러내 보이고 있는 햇볕에 그을린 근육질의 팔과 그들의 유연한 몸놀림이 매력적이라고 느꼈다. 그녀가 살던 고향마을에서는 지금처럼 관찰을 하는 건 고사하고, 눈을 들어 남자의 눈과 마주치는 것조차 생각도 할 수 없는 일이었다. 게다가, 고향마을 남자들은 이 젊은 사내들과 생긴 것도 달랐다. 메리엠은 새롭고 완전히 다른 세계를 발견했다.

옆으로 지나가는 사람들로부터 풍겨오는 향수와 선탠로션의 냄새와 봄의 향기가 뒤섞여 있었다. 길 한 모퉁이에서는 여자아이들과 사내아이들 한 무리가 키득거리면서 아이스크림을 먹고 있었다. 그 순간 메리엠은, 여전히 추레한 옷과 진흙투성이 플라스틱 신발을 신고 있는 처지였지만, 자기가 정말 여자인 것처럼 느껴졌다. 메리엠은 그 사내아이들 가까이에 다가가고 싶었다. 신기하게도, 메리엠은 자신의 그런 욕망이 전혀 부끄럽게 느껴지지 않았다. 오로지 여자라는 이유로 여태까지 재수 없고, 멍청하고, 죄로 가득 차 있는 존재로 여겨지던 이 젊은 여자가 이 새로운 분위기 안에서 다른 사람으로 바뀌었다. 메리엠은 봄의 욕망이 자신의 몸을 차지하도록 내버려 두었다. 심지어 자기 다리 사이의 "죄악의 장소"도 그렇게 끔찍한 것 같지 않았다. 많은 젊은 여자들이 그들의 "죄악의 장소"를 부끄러워하지 않고 있다는 걸 깨달았기 때문이다.

불행하게도, 타운 안에서 지내고 싶다는 메리엠의 희망은 곧 바로 사라졌다. 그들이 가야 할 곳에 대해 여러 번 길을 물은 끝에, 어떤 가게 안에서 만난 한 사내가 그들을 자기의 흰색 보트에 태워서 그들의 행선지까지 데려다주기로 한 것이었다. 그 사람의 배에 올라탄 뒤에, 그들은 육지를 떠나 뜨거운 태양 아래서 빛나는 해안을 바라보면서 거의 한 시간 가까이 노를 저었다.

메리엠은 호숫가에서 놀면서 어린 시절을 보냈기 때문에, 물을 두려워하지는 않았다. 바다는 호수와 많이 달라 보이긴 했지만, 그것 역시 물이긴 마찬가지였다. 그리고 지난 한 주 동안 이런저런 일들을 겪고 난 뒤, 이제는 그녀가 거리낄 것이 별로 없었다.

멀리에서 바닷가에 있는 오두막을 볼 때에는 별생각이 없었지만, 뭍으로 가까이 다가가면 다가갈수록, 메리엠은 자기들이 끔찍한 곳으로 왔다는 생각이 드는 걸 피할 수가 없었다. 사실 그들이 당도한 작은 만은 신록의 숲이 황홀한 바닷물까지 내려와 있는 천국 같은 곳이었다. 하지만 그 오두막은 폐허였다.

배를 대고 땅에 올라갔을 때, 메리엠은 우울한 침묵 속에서 주변을 찬찬히 둘러봤다. 오두막은 더러웠고 고약한 냄새를 풍기고 있었다. 벽은 여기저기에 구멍이 나서 녹슨 양철판과 플라스틱판으로 대충 메워놓고 있었다. 갈대로 만든 더러운 바구니와 가방 같은 것들이 낮은 천장에 매달려 있었다. 집안 전체가 질식할 것처럼 갑갑했다. 한쪽 구석에 놓여 있는 침대에는 더러운 천 조각이 덮여 있었다. 메리엠은 가마솥에 삶아서 말린 천들을 사용해 왔다. 고향에서는 사용하던 침대용 시트들은 표백제를 사용해서 북북 문질러서 빤 뒤 몇 번이고 물을 갈아가면서 헹궈 말린 것들이었다. 마룻장 역시 쇠솔과 비누로 윤이 날 때까지 박박 문질러서 닦곤 했다. 메리엠은 토할 것만 같았다. 고향 마을 사람들은 사는 집을 그렇게 철저히 청소한 건 물론이고, 자신들의 몸 역시 뜨거운 물과 비누, 스펀지를 가지고 피부가 벌게질 때까지 닦았다. 메리엠은 지난 몇 주 동안 먼지와 때에 찌들어 살았고, 그래서 지금 자신의 몸 상태에 대해 생각만 해도 구역질이 날 것 같았다. 그녀는 게다가 체모를 제거할 여력도 없었다. 고향 마을의 여자들이 이 사실을 알게 되면, 그것 자체를 끔찍한 죄악이라고 할 것이었다.

두 사람을 이곳으로 데리고 온 사내는 제말에게 물고기들을 모든 위험으로부터 보호하고 관리하는 방법과 먹이를 주는 방법에 대해 설명했다. 그러고 나서 그는 떠났다. 메리엠은 그들이 여기에서 뭘 하고 있는지, 그 오두막에서 어떻게 살지 이해할 수 없었다. 오두막에서 숲 쪽으로 가는 뒤꼍에는 갈대들로 덮여 있는 작은 구덩이가 하나 있었다. 그쪽에서 풍겨오는 악취와 그 구멍 주위를 날아다니는 파리 떼로 미뤄봤을 때 그게 화장실이었다.

두 사람이 도착했을 때는 이미 거의 저녁때였다. 메리엠은 그 작은 만의 아름다움과 건너편 해안에 보이는 소나무 숲, 그리고 사람을 취하게 하는 봄 향기에 넋을 빼앗겨 물가에 앉아 있었다. 대기에서는 로즈 제라니움, 자스민, 체리 로렐, 그리고 소나무 잎의 냄새가 났다. 물에는 소나무들의 그림자가 비쳐 보였다. 조개껍질과 총천연색으로 반짝거리는 자갈들이 물의 표면 아래서 보석처럼 빛났다. 메리엠은 녹색, 빨강, 갈색, 보라, 짙은 청색, 그리고 노랑으로 점점이 박혀 있는 그 다양한 색상들로부터 눈을 뗄 수가 없었다. 어쩌면 그다음 날에는 바닷속으로 걸어 들어가, 어린 시절 반 호수의 기슭에서 그랬던 것처럼, 맨발로 그 서늘함과 부드럽고 매끄러운 바닥을 느끼게 될 수도 있을 것이었다.

제말은 오두막 안에서 이것저것 정리하느라 바빴다. 메리엠은 제말이 그녀는 오두막 안에서 자게 하고 자기는 바깥 시원한 곳에서 별빛을 받으며 밤을 보내려 할 것 같았다.

메리엠은 조용히 플라스틱 신발과 두꺼운 양말을 벗었다. 차가운 물에 발을 담그니 정신이 맑아지면서 기분이 좋아졌다. 메리엠은 신발을 씻고 나서 맨발로 신었다. 벗은 양말은 재빨리 주머니에 욱여넣었다. 한결 가볍고 산뜻해진 것 같았다.

어둠이 내리자 제말은 오두막 안에 작은 등불을 켰다. 갑자기, 수백 마리, 어쩌면 수천 마리는 될 것 같은 날벌레들이 멜리엠의 팔과 다리를 공격해서 피를 빨기 시작했다. 그녀의 피부가 가려워지면서 부어오르기 시작했다. 끊임없이 팔과 다리를 손바닥으로 때렸지만, 이 모기의 대군과의 전투에서 이길 수 있는 방법은 없었다. 메리엠은 제말이 어떻게 저렇게 꼼짝도 하지 않고 이 고문을 참아내는지 알 수가 없었다.

그 오두막을 봤을 때 크게 실망한 건 제말도 마찬가지였고, 불과 몇 평방미터 밖에 안 되는 이 감옥에서 어떻게 살아남을지 걱정이 됐던 것도 사실이었다. 제말은 메리엠이 컴컴한 숲과 공격적인 모기들을 힘들어한 것만큼 힘들지는 않았다. 사실은 이 작은 괴물들은 특공대 훈련소 시절의 생존훈련을 떠올려주는 데가 있어서 살짝 반갑기까지 했다.

제말은 바닷가로 돌아갔다가 거기에서 점박이 뱀 한 마리가 풀잎들 사이로 미끄러져 가는 걸 봤다. "여긴 뱀하고 전갈이 많겠군." 제말은 생각했다. 그는 군의 훈련기간에 배운 것들을 떠올리면서 이런 놈들로부터 메리엠을 안전하게 지킬 수 있는 방법을 궁리하기 시작했다. 그러고 나서 그는 자기가 죽이라고 명령을 받은 여자애를 보호할 궁리를 하고 있다는 사실을 깨닫고는 흠칫 놀랐다.

만약에 이런 외딴곳의 자연 속에서 뱀이 여자애를 물어준다면, 그의 문제는 깔끔하게 정리될 것이었다. 그로서는 이보다 좋은 해결책은 없었다.

“기다리면서 두고 보자.” 그는 어떤 병에서 찾아낸 유황 가루를 바닥에 뿌리고 있는 동안에도 이 문제에 대해 생각했다. 이제 벌레는 얼씬도 못할 터였다.

며칠이 지나자 제말과 메리엠은 그 오두막과 그 안에서 나는 고약한 냄새에 익숙해졌다. 하지만 그들에게는 새로운 문제가 있었다—지루함이 바로 그것이었다. 제말이 한 마디도 건네지 않으니 메리엠도 말을 하지 않았다. 메리엠은 좁은 모래톱에 앉아 시원한 바닷물에 발을 담그고 몇 날 며칠을 지냈다. 제말은 대부분의 시간을 밖에 나와 땅바닥에 누워서 보냈는데, 메리엠은 그가 자고 있는 건지 깨어 있는 건지를 구분할 수 없었다. 제말은 어떤 때는 보트를 타고 노를 저어 반대편 해안까지 가기도 했다.

한번은, 제말이 몇 시간 동안 사라졌다. 메리엠은 그가 없는 틈을 타서 옷을 모두 벗고 물속으로 들어갔다. 그녀는 오두막에서 찾아낸 비누 한 조각을 가지고 몸 구석구석을 씻었다. 그녀는 모기 물린 자리를 긁어서 난 팔과 다리의 상처를 소금물로 문질러서 소독했다. 그러고 나서는 어깨까지 내려오는 긴 머리를 풀어서 햇볕 속에서 말렸다. 메리엠은 그러고 있는 동안에도 제말이 돌아오지는 않는지 계속해서 살폈다. 그가 오고 있는 게 보이는 즉시 방금 빨아서 말린 스카프로 머리를 가리기 위해서였다.

한 사람을 치유하기 위해서는 또 한 사람이 필요하다

저녁 안개를 뚫고 잔잔한 물 위로 노를 저어 미끄러져 가는 동안, 메리엠은 그들이 다가가고 있는 커다란 요트가 바람 없는 공기 속에 하얗게 우뚝 서 있는 모습이 바다 위에 솟아오른 탑 같다고 생각했다. 제말은 노를 저어 요트의 옆으로 붙였다.

메리엠이 알루미늄 계단을 올라가는 걸 어려워하자 이르판이 그녀의 팔을 붙잡고 끌어올렸다. 그녀는 이르판의 북실북실한 수염이 자기 얼굴을 스치자 몸을 떨었고, 그의 숨에서 술 냄새를 맡았다.

메리엠과 제말은 이런 낯설고 깨끗한 환경에 있어 보는 건 처음이라, 교수가 가리키는 자리에 가서 고분고분 앉았다. 그들을 초대한 주인장은 이미 저녁 식사를 만들어놓고 있었고, 테이블도 차려져 있었다. 촛불이 타오르고 있었고, 와인이 얼음통에 담겨 있었다.

메리엠은 남자들 앞에서 먹는 건 이제 익숙해졌지만, 지금은 정신을 차리고 보니 남자가 직접 만들어서 차려주는 음식을 먹으려는 참이었다. 게다가 그는 그냥 남자일 뿐 아니라 나이가 많고 도시 출신인, 교육을 받은—심지어 교수였다. 메리엠은 교수가 몸을 앞으로 굽혀 그녀의 접시에 음식을 덜어주는 동안 어찌해야 할지 몰라 자리에서 안절부절못하고 있었다. 이런 일은 그녀의 평생 처음 일어나고 있는 일이어서, 그녀는 혼란스러운 나머지 지금 그가 자기의 접시 위에 덜어놓고 있는 게 무엇인지 쳐다보기도 어려웠다.

제말은 메리엠만큼은 아니었지만, 그래도 혼란스럽기는 마찬가지였다. 그는 교수가 자기들을 초대한 이유를 짐작할 수가 없었다. 이렇게 중요한 인물이 왜 그들과 시간을 보내고 싶어 한단 말인가? 그는 제말이 군대에서 만났던 지휘관들보다도 더 외경스러운 인물이었다. 그는 제말의 아버지만큼 나이가 들었고, 게다가 대학교 교수였다.

제말은 이르판이 권하는 와인을 몸을 흔들면서 거절했고, 그가 자기 잔을 채우는 걸 곁눈으로 살폈다. 제말은 술이 제공되는 식탁에 앉은 적이 한 번도 없었다. 다시 한번 아버지를 배반하고 있는 건가? 안에서는 극심한 갈등이 일어났지만, 제말은 나이 든 교수와 마주 앉아있는 이상 최대한 존경하는 태도를 유지해야 했다. "사람마다 각자 자기 죄가 있는 거니까." 그는 생각했다.

그 황홀경 같은 작은 만의 짙고 고요한 물 위에 미동도 없이 떠 있는 요트 위에서, 세 사람은 각기의 생각 속에 잠긴 채 복잡한 침묵에 빠져 있었다. 세 사람 모두 무어라 정확히 말로 표현은 하기 어렵지만 지금 자신들의 상황에 무언가 이상한 점이 있다는 건 느끼고 있었다.

강렬한 자스민의 향이 갑자기 어둠을 채웠다. 믿을 수 없을 정도로 달콤한 그 향은 심지어 그들의 몸속으로도 스며드는 것 같았다. 세 사람은 석유램프의 따뜻한 빛 아래서 약간의 어지럼증을 느끼면서 조용히 자기 앞의 음식을 먹었다.

애당초의 부끄러움을 어느 정도 이겨내고 나자, 메리엠은 음식이 너무나 맛있다는 걸 느끼게 됐다. 매운 소시지의 맛이 났는데, 며칠 동안 끼니마다 생선을 먹고 난 뒤라서 그런지 훨씬 더 맛있는 것 같았다.

교수가 방문했던 날 말고는, 두 사람은 제말이 잡아 온 조그마한 생선만을 먹었다. 양식장 안의 물고기는 그들을 위한 것이 아니었다. 제말은 매일 만으로 배를 저어 나가, 몇 시간이고 끈질기게 기다렸다가 자그마한 물고기를 몇 마리 잡아 오곤 했다. 메리엠은 생선을 다듬고 창자를 꺼내는 일을 차마 할 수 없었기 때문에, 그런 일은 제말이 했다. 메리엠은 비위가 상하는 걸 느끼면서 그 생선들을 튀기고, 내장을 기다리는 들고양이들이 허기진 눈으로 쳐다보는 가운데 식탁을 차렸다. 메리엠과 제말은 불과 몇 분 안에 그들의 침묵 속의 식사를 끝내곤 했다.

그러나 큰 배 위에서의 저녁 식사는 그것과는 상당히 달랐다. 그 더러운 오두막과 비교하면 배 위는 천국 같았다. 모든 것이 깔끔하고, 잘 정돈되어 있고, 잘 관리되어 있었다.

저녁 식사를 마치고 나자, 이르판은 귀하게 생긴 상자에서 초콜릿을 꺼내 두 사람에게 권했다. 이르판은 그의 말이 어눌해지고 움직임이 둔해질 때까지 꾸준히 계속해서 술을 마셨다. 식탁을 치우기 위해서 일어섰을 때에는 휘청거리는 나머지 몸을 지탱하기 위해 식탁을 붙들어야 했다.

제말은 즉시 일어나 그를 붙들어 주며 말했다. "치우고 설거지하는 건 이 여자애가 할 거예요. 그건 이 애가 할 일이에요."

메리엠은 접시들을 들고 교수가 음식을 들고 올라왔던 계단으로 갔다. 아래층에는 작은 부엌이 있었다. 쓰레기통과 개수대를 찾는 데 시간이 좀 걸렸지만, 메리엠은 재빨리 그릇들을 씻고 말릴 수 있었다. 눈썰미가 좋은 그녀는 물건들이 있어야 할 제자리를 잘 찾았고, 세제를 써서 거품을 내고 물로 헹궈내는 것까지 다 제대로 해냈다.

그동안 이르판은 제말과 대화를 하면서 이 과묵한 젊은이로부터 무언가 정보를 끌어내려고 애쓰고 있었다. 두 젊은 사람이 물고기 양식장에서 뭘 하고 있는 건지? 두 사람은 어디에서 왔는지? 왜 그리로 왔는지? 제말과 어린 여자애와의 관계는 무엇인지?

천천히, 조금씩 조금씩, 젊은이는 그의 질문에 대답하기 시작했다. 이르판은 이 젊은 커플의 미스터리가 서서히 풀려나가고 있다고 느꼈지만, 그러나 여전히 석연치 않은 것들이 있었다. 그는 이 두 젊은이들이 사촌 관계라는 걸 알게 됐고, 제말의 말투로 보아도 두 사람이 연인 관계가 아닌 건 맞는 거 같고, 그런데, 이 두 사람은 도대체 이 작은 만에서 무얼 하고 있단 말인가? 어쩌면 두 사람은 도망자들인 거 같기도 했다.

갑자기, 이르판에게 아주 흥미로운 생각이 떠올랐다. 어떤 사람이 그의 인생을 바꿨을 때, 그게 다른 사람들의 인생에도 영향을 미칠 수 있을까? 아니면, 그가 다른 사람들의 삶을 바꿈으로써 자기 인생을 바꿀 수 있을까?

이 두 젊은이의 운명에 개입한다는 생각을 하게 되자, 이르판은 자기가 완전히 새로운 역할을 하게 되기라도 하는 것처럼 들떴다. 게다가, 특공대 훈련을 받은 제말은 이 배를 운용하는 데 큰 도움이 될 것이었다. 여자애는 벌써 설거지를 하고 있었다. 메리엠은 이 여자애가 묘하게 매력적이라고 느끼고 있는 이르판에게 놀라운 영향을 미치고 있었다. 이르판은 항상 경탄으로 크게 열려 있는 것처럼 보이는 그녀의 크고, 둥글고, 촉촉한 눈이 마음에 들었다. 이 두 젊은이는 이 배 위에서 그가 다친 다리 때문에 손수 해결할 수 없는 많은 일을 해낼 수 있을 것이고, 그로서는 또한, 이 만에서 저 만으로 여행하는 동안 더 이상 혼자이지 않아도 될 것이었다. 이르판은 그의 모친이 했던 이야기를 떠올렸다. "한 사람을 치유하려면 또 한 사람이 필요해."

여기 이르판의 배에는 동부 아나톨리아에서 온 두 사람이 타고 있었다. 이르판은 그곳에 가볼 기회는 없었지만, 자기가 쓰고 있는 책에 필요한 부분인 동부의 분위기가 그에게로 왔다.

제말 또한 이르판처럼 생각에 잠겨 있었다. 양식어장을 돌보는 관리인은 다음날 돌아올 예정이었고, 그와 메리엠은 더 이상 이곳에 필요 없었다. 다음날 밤 두 사람은 어디에서 잘 것인가? 그 관리인이 여자아이가 오두막 안에서 살도록 해줄까? 셀라하틴이 그들을 도와줄 수 있는 건 두 주 동안뿐이라는 걸 그는 알고 있었다. 그 후로는 제말이 알아서 자기 일을 처리해야 했다. 제말은 당장 해결책을 찾아야 하는 입장이었지만, 누군가의 도움이 없이는 그와 메리엠은 어디로도 갈 수 없었다. 두 사람은 건너편 해안의 마을까지 가려고 해도 배를 가지고 있는 누군가의 도움을 빌려야 했다.

이 노인에게 일자리를 부탁할 수 있을까? 제말은 생각했다.

그는 먹을 것과 잠자리만 주어진다면 얼마든지 배에서 일할 생각이 있었다.

그와 동시에, 이르판은 만약 그가 이 두 사람에게 일자리와 약간의 임금을 준다고 했을 때 이들이 어떤 반응을 보일까를 생각하고 있었다.

설거지를 끝낸 메리엠은 다시 밖으로 나와 사람을 취하게 만드는 자스민 향을 들이마시며 이 배의 방문이 영영 끝나지 않았으면 좋겠다는 생각을 하면서 한쪽 구석에 조용히 앉아 있었다. 이 배는 너무나 아름답고, 너무나 깨끗하고, 너무나 달랐다. 이 배는 그 오두막이나 라흐만리에 있는 판잣집과는 어떤 면에서도 비슷한 구석이 없었다. 배의 주인 역시 그녀가 만나본 어떤 사람과도 매우 달랐다. 그는 메리엠을 존중하면서 대접했을 뿐 아니라, 어쩌면, 심지어 좋아하는 것 같기까지 했다. 그랬다. 메리엠은 그가 자기를 좋아한다는 걸 거의 확실히 느낄 수 있었다.

나무에 수액이 오르고 대기는 사람을 취하게 만드는 향기들로 채워지는 그 봄날의 저녁들에, 메리엠은 무어라 설명할 수 없는 삶에 대한 갈망으로 채워져 있었다. 메리엠은 살고 싶었다. 그녀의 몸은 삶에 대한 욕망으로 불타고 있었다. 십오 년의 생애를 거치면서 쌓여온 그 모든 갈망을 가지고, 메리엠은 누군가의 몸을 만지고 안아야 한다는 필요를 느끼고 있었다. 그 향기들,

바닷가의 젊은 사내들, 반쯤 벗은 채 아이스크림을 핥고 있던 젊은 여자들, 소년들의 늘씬한 구릿빛 몸들, 그들의 웃음, 그들의 매끈하고 하얀 치아, 그들의 귀고리, 여자아이들의 이쁜 얼굴 위로 자유롭게 드리워진 앞머리들—메리엠은 자기가 본 것들에 대한 생각을 멈출 수가 없었다. 이 배 위에는, 자신의 세계와 다른, 자유의 분위기가, 삶과 즐거움으로 가득 찬, 그녀가 본 "그 세계"에 속하는 무엇인가가 있었다. 안개가 끼기 시작하면서 습도도 올라갔고, 자스민의 황홀한 향기가 그들 피부의 땀구멍 속으로 스며드는 것 같았다.

교수는 콘스탄틴 카바피의 싯구절을 떠올리려 애썼다. "자스민은 두 번째 피부 같았다." 였든가. 분명하게 기억하기에는 그의 정신이 너무 멍한 상태였고, 어쨌거나 그 인용문 자체도 그가 맨정신은 아니었던 다른 때를 상기시켜주는 것이었다.

그들이 침묵 속에 앉아 자스민 향기가 그들 위로 퍼지고 있는 동안, 세 사람 각각 모두가 너무나 명확해서 굳이 말로 옮길 필요가 없는 결정에 도달했다.

제말과 메리엠이 떠날 때, 이르판은 자리에서 일어나지도 않은 채 말했다. "내일 아침에 너무 일찍 올 필요는 없지만 저녁때까지 기다리지도 말아요. 아직 밝을 때 여길 떠나야 하니까."

다음날 점심시간이 다가올 무렵, 양식장의 관리자가 모터보트에 매달린 작은 노 젓는 배에 타고 도착했다. 그는 누런 이빨에 수염이 듬성듬성 난 거칠고 무례한 사람이었다. 그는 제말과 메리엠에게 별로 신경을 쓰지도 않았다. 그는 바로 오두막으로 들어가더니 침대에 앉아 담배에 불을 붙였다.

제말과 메리엠은 더 이상 그곳에 아무런 볼 일도 없었다. 제말은 그 사내에게 요트까지 태워다 줄 수 있겠느냐고 물었다. 그 무례한 사내는 처음으로, 거의 활짝 웃는 것처럼 보일 정도로 크게 미소를 지어 보였다. 원치 않은 손님이었던 이 두 사람이 자기한테 짐이 되지 않게 된 상황이 반가웠을 것이다. 그는 재빨리 일어나더니 두 사람을 요트까지 태워다 줬다.

두 사람이 갑판에 오를 때쯤 이르판도 깨어났다. 메리엠은 이미 그곳에 익숙한 것처럼, 이르판에게 터키식 커피를 만들어주었다. 이르판은 이 예기치 못했던 친절함 덕분에 즐거워졌다. 그녀는 독특한 어린 여자였다. 몸이 재고, 효율적이고, 게다가 상냥했다.

닻을 올리기 전에, 이르판은 자신의 선원들이 꼭 알아야 할 것들 중 첫 번째 사항을 가르쳤다. 구명조끼 착용법과 소화기 작동법이었다. 그는 또한 엔진에 대한 몇 가지 사항을 이야기했고, 배가 어떻게 전진하고 후진하는지에 대해서도 설명했다. 그러고 나자 돛과 방현재에 대해 가르칠 순서였다. 이르판은 배를 접안시킬 때 양옆으로 방현재를 설치하는 법을 보여줬다.

이르판의 설명은 경험이 없는 선원이 알아듣기에는 헷갈리는 면이 많았지만, 선장은 참을성이 있는 사람이었다. 그는 두 사람이 이 모든 걸 단숨에 배우리라고는 기대하지 않았다.

이르판은 제말이 딩기[80]를 타고 해안으로 가서 나무에 짧은 밧줄을 묶도록 시켰다. 그러고 나서 이르판은 다리를 절룩거리며 앞의 데크로 가서 닻을 끌어올렸다. 그들은 엔진을 가동시켜서 천천히 조류가 흐르는 곳으로 움직이기 시작했다.

작은 만의 입구는 바람이 거세고 변덕스러웠기 때문에, 어둠 속에서 아무런 사고 없이 안전하게 빠져나온 게 이르판으로서는 신기할 정도였다. 그는 배를 운전하면서 동시에 두 선원들에게 지시를 내렸다. 두 사람은 끊임없이 여기저기에 부딪히고, 밧줄에 걸리고, 미끄러지고 넘어지고 해서 이르판이 폭소를 터뜨리게 만들었다.

오래지 않아 그들은 한바다에 나섰다. 작은 만 안의 안개가 끼고 습도가 높은 공기 대신 밝고 환한 햇볕이 그들을 맞이했다. 부드러운 바람이 북서쪽에서 불어오고 있었다. 이르판은 닻을 올리고 엔진을 껐다. 배는 오른쪽으로 기울면서 반짝이는 수면 위에서 속도를 내기 시작했다. 용골 아래서 물살이 휘파람 소리를 내며 갈라졌다.

메리엠은 눈을 감고 부드럽게 불어오는 바람이 간질이도록 얼굴을 내맡겼다. 그녀는 새롭고 매력적인 것들로 가득 찬 이 환경 속에서 한껏 즐거웠다. 오두막에 있을 때 그녀를 장악하고 있던 더러움에 대한 혐오스러운 느낌은 광활한 바다와 바람, 수정같이 맑은 하늘에 의해 씻겨 나갔다.

곶을 지나온 뒤에, 그들은 강력한 옆바람에 부닥쳤다. 선장은 돛을 새로 불어오는 바람 쪽으로 조절하려고 방향타를 잡고 있었고, 제말은 그의 뒤에 서 있었다. 메리엠은 선수에 앉아 있었다.

자기도 모르는 사이에, 메리엠에게 어떤 아이디어가 떠올랐다. 그녀는 이 새로운 인생에 속하고 싶은 자신의 욕망을 시험해 보는 첫걸음을 떼어보기로 마음먹었다. 그녀는 그 생각만 하고도 겁에 질렸지만, 살아야겠다는 불타는 욕망이 그녀로 하여금 그 과감한 발걸음을 내디뎌야만 하도록 만들었다. 메리엠은 살짝 몸을 돌려서 두 남자를 보고는 적당한 순간을 기다렸다. 두 사람 다 보고 있지 않을 때, 메리엠은 자신의 머리를 두르고 있던 스카프의 매듭을 풀었다. 그 천 조각은 바람 속에서 서서히 느슨해졌고, 메리엠은 그것이 움직이는 걸 느낄 수 있었다. 그녀는 조바심을 내면서 기다렸다. 그 꼴 보기 싫은 천 조각을 스스로 제거해야 하는 때가 되었다. 그리고 앞으로 하나씩 하나씩, 나머지 옷들—빛바랜 면 드레스, 이미 지금도 그녀가 있는 곳과 전혀 어울리지 않는 검은색 플라스틱 신발—도 벗어버려야 할 것이었다.

갑자기 바람이 불어와 그녀의 스카프를 그녀의 뒤쪽 허공으로 날려버렸다. 메리엠은 기쁨과 두려움으로 부풀어 올랐다. 도저히 믿을 수가 없어서, 메리엠은 몸을 돌려 소리를 질렀다. 바람은 스카프를 실어 가 방향타에 붙여버렸다.

메리엠은 경악했다. 실패한 것이었다. 이제 그리로 가서 스카프를 집어다가 다시 머리에 뒤집어써야 했다. 누구도 같은 속임수에 두 번 속지는 않을 것이었다. 제말은 인상을 쓰면서 조용히 그녀를 지켜봤다.

바로 그 순간, 이르판은 방향타에 걸려서 펄럭거리는 스카프를 집어 들고는 메리엠한테 들릴 정도로 크게 소리 질렀다. "머리는 왜 가리는 거요?" 그가 물었다. "머리카락이 이쁘구만. 숨 좀 쉬게 해줘요."

메리엠이 놀라서 지켜보고 있는 동안, 그는 스카프를 바람 속으로 날려가게 놓아버렸다. 그 천 조각은 물 위를 한동안 떠다니다가, 파도 속으로 사라져 버렸다.

메리엠은 눈을 꼭 감았다. "오, 신이여!" 그녀는 생각했다. "자비로우신 신이여!"

매초가 지나는 순간마다, 그 배는 터키석 같은 색깔의 바다 위를 미끄러지면서 그 끔찍한 스카프로부터 메리엠을 조금씩 더 멀리로 데리고 갔다.

메리엠은 제말을 쳐다볼 용기가 없었다. 제말로서는 무얼 어떻게 해보려고 해도 이미 늦었을 텐데도. 그녀는 제말이 자신의 아버지 연배인 긴 수염의 교수의 뜻에 반하는 짓을 하지는 못할 거라고 생각했다.

마침내 메리엠은 머리 스카프를 쓰지 않는 여자가 되었다. 날개가 돋아나는 것 같고 기뻐서 날 것만 같았다. 메리엠은 머리카락이 바람에 마음대로 휘날리도록 놔둔 채 배가 칼처럼 물을 가르며 날렵하게 나아가는 동안 물거품을 향해 맨발을 내밀고 배의 움직임에 자신을 내맡겼다.

메리엠은 사실 쿡쿡 찌르는 듯한 죄의식을 느꼈다. 메리엠은 머리를 가리는 게 신의 계명 중에서 가장 중요한 거라는 교육을 아주 어릴 때부터 받았다. 그녀는 이제 그 성스러운 명령에 저항한 것이었는데, 그러나 기쁨이 너무나 강렬해서 그런 죄의식에는 사실 별로 신경도 안 쓰였다. "신은 어차피 날 사랑하지도 않는데 뭐" 그녀는 생각했다. "신은 다른 사람들한테 보여준 기적을 나한테는 한 번도 보여준 적이 없어."

배가 물 위로 나는 듯 미끄러져 가자, 메리엠은 어린 시절 마당에 매어놓은 그네에서 누가 밀어줬을 때 하늘로 날아올라 가는 것 같던 기분이 떠올랐다. 그때 이후로 처음 그렇게 아무 근심걱정도 없는 마음이었다. 뱃전에서 튀어 올라오는 거품들이 그녀의 다리에 부딪쳐서 그녀의 몸을 식혀 주었다.

잠시 후, 메리엠은 누가 자기의 이름을 부르는 걸 들었다. 고개를 돌려서 보자, 이르판이 밝은 빨간색의 콜라 캔을 내밀고 있는 모습이 보였다. 손에 쥔 그 캔은 얼음처럼 차가웠다.

그러고 나서 이르판은 무언가 낯선 행동을 했다. 미소를 지으면서 윙크를 한 것이었다. 메리엠은 제말을 흘끗 쳐다봤다. 그는 방향타에 시선을 고정하고 있었다. 제말은 흥분으로 얼굴이 상기된 채 배를 조종하는 일에 몰두한 나머지 메리엠한테 신경을 쓸 겨를이 없었다. 메리엠도 교수에게 윙크를 보냈다. 그들은 이제 공범이었고, 둘 사이에서 처음으로 비밀 메시지를 주고받은 것이었다.

"고마워요, 할아버지!" 메리엠이 생기 넘치는 소리로 말했다.

이르판은 고개를 떨구었다. 한 시구가 생각났다. "한 소녀가 나를 아저씨라고 불렀다. 나는 어찌해야 하나!"

태어나서 처음으로, 젊은 여자가 그를 "할아버지"라고 불렀다. 그는 아직은 그 역할을 맡을 정도로 늙지는 않았다. 잘해봐야 그녀에게 아버지뻘이나 될 터였다. 그런 인상을 받게 만든 건 아마도 그의 길고 허연 수염 탓이었을 것이다.

배에 합류한 이 두 젊은이는 그가 늙고 지친 것처럼 느끼게 만들었지만, 그와 동시에, 그에게 자스민 향이 풍기는 젊음의 낙관성 또한 심어주었다.

"한 사람을 치유하려면 또 한 사람이 있어야 돼." 그는 생각했다.

그날 저녁, 그들은 또 다른 사랑스러운 작은 만에 닻을 내렸다.

배에는 침실이 세 개 있었기 때문에, 잠자리에는 아무런 문제도 없었다.

다음 날 아침, 제말과 메리엠은 아주 일찍 일어나 갑판으로 나갔다. 정오쯤 해서 이르판이 모습을 보였을 때 두 사람은 깜짝 놀랐다. 처음에는 모르는 사람이 배에 탄 줄 알았다.

이르판은 열한 시쯤 잠에서 깨어난 뒤에 우선 가위를 들고 턱수염을 잘라냈고, 매끈하게 면도를 했다. 수염이 하나도 없는 얼굴을 거울에서 보고는 스스로도 놀랐다. 그의 얼굴은 마르고, 좀 더 우아해 보였다. "아직 젊네!" 그는 속으로 생각했다.

자기 방을 나서면서, 이르판은 젊은 친구들이 분명히 놀랄 거라고 생각했다. 그는 자기가 누구나 다 수염을 기르던 시대를 배경으로 하는 존 도스 파소스의 소설 '맨하탄 트랜스퍼'의 한 장면 속에 들어가 있는 것 같았다. 그 소설에서, 수염을 기른 주인공은 약국 창문에서 질레트의 광고를 보고는 그 광고 속에 나오는 말끔한 얼굴의 사내처럼 보이고 싶어서, 약국에 들어가 면도기를 산다. 그리고는 집에 가서 화장실 문을 닫아걸고는 수염을 다 밀어버린다. 그가 나오자 그의 자식들은 그가 마치 낯선 사람이라도 되는 것처럼 손가락질을 하며 비명을 지른다.

이르판의 예상이 맞았다. 제말과 메리엠은 처음 그의 달라진 모습을 보고는 어쩔 줄을 몰라 하다가, 그가 실제로는 꽤 젊은 편이라는 걸 깨닫고는 깜짝 놀랐다.

메리엠은 두 번 다시는 그를 할아버지라고 부르지 않을 것이었다.

무능한 카멜레온

메리엠의 머리 스카프가 바다로 날려 가버린 그 밝고 상쾌했던 날로부터 한 달 뒤, 이르판은 다시 한번 그 배에 혼자 남아, 바람이 몰고 가는 대로, 부러진 이빨과 실핏줄이 터진 눈에서 오는 것보다 더 큰 고통을 안겨준 절망 속에서 헤매고 있었다.

모험은 끝났다. 뼈가 쑤시는 것도 배가 가는 방향도 신경 쓰지 않고, 바람에 제 마음대로 이리저리 흘러가게 내버려 두었다. 이르판은 햇볕에 데워진 병을 한 손에 들고 갑판에 널브러진 채로, 지난 며칠 동안 일어난 일들을 돌이켜 보고 있었다.

그의 인생은 전혀 엉뚱한 방향으로 꺾어졌다. 그가 꾀하던 변화의 추구는 실패했다. 이르판은 자신의 내면에서 발견한 공허의 그 어두운 깊이를 보면서 현기증을 느꼈다.

이제 그는 대부분의 사람들이 왜 그들이 살아온 삶의 안전한 물을 떠나거나 함부로 모험 속으로 자신을 던져 넣으려 하지 않는지 이해하게 됐다. 그들이 스스로 만들어놓은 감옥 속에 머무는 이유는 안전 때문이었다. 그들의 집과 소유물들은 그들이 자유로워지는 걸 막는 게 아니라, 그보다는 오히려, 커다란 위험—그들 자신—으로부터 그들을 보호하는 장치였다. 제도화된 시스템은 사람이 자기 자신을 대면하는 걸 가로막았다. 여기서 탈출하고자 했던 이들은 모두 결국 이르판처럼 되었나?

이르판은 이 일련의 사건에 메리엠이 끼친 영향이 얼마나 될까 궁금했다. 그는 메리엠이 어디로 갔는지는 몰랐지만, 자신이 그녀로부터 매 순간 점점 더 멀리로 흘러가고 있다는 사실은 알고 있었다. 그리고 그 사실은 그에게 고통과 즐거움을 동시에 안겨주었다.

그는 바람이 자기를 어디로 데리고 가고 있는지 전혀 알지 못했다. 이 여행은 그리스의 어떤 섬의 날카로운 암초나 터키 해안 어디에선가 끝날 것인가? 알고 싶지도 않았다. 최소한, 다른 배가 그의 배를 들이받을 일은 없었다. 목적 없이 떠돌고 있는 배를 본 사람이라면 무슨 수를 써서든 거리를 두려고 할 것이기 때문에, 거의 가능하지 않은 일이었다.

혼란스런 생각의 와중에도, 마틴 에덴이라는 이름이 수시로 떠올랐다. 이르판은 잭 런던의 이 비극적인 주인공이 익사하는 순간 무얼 생각하고 있었는지 떠올리려 애썼다. 이르판은 많은 걸 내버렸으나, 소설 속의 인물들을 통해 인생을 받아들이는 버릇은 잃지 않고 있었다.

이르판은 입을 주먹으로 맞고 나서 이를 뱉어낸 사실은 더 이상 떠올리지 않았다. 오직 메리엠의 남다른 인격과 성격만이 그의 기억 속에 남아 있었다. 그녀가 머리 스카프를 스스로 제거해 버린 그 행복한 날 이후로, 메리엠은 서서히 차오르는 물처럼 그녀의 존재가 두드러져 보이게끔 했고, 결국에 가서는 없어서는 안 될 존재가 되어가고 있었다.

메리엠은 교수가 가르치는 항해에 관한 것 모두를 재빨리 배워서 그를 놀래켰다. 그녀는 제말보다 훨씬 빨리 새로운 정보들을 이해했고, 논리적인 사고 또한 그보다 훨씬 더 발달되어 있었다. 메리엠은 자신이 알고 있는 것들을 재빨리 연결 지은 뒤 지적인 결론에 도달할 줄 알았다. 이르판이 명령을 내리면, 제말이 무얼 어떻게 해야 할지 생각하는 동안 메리엠은 이미 앞으로 튀어 나가 돛을 올리거나 제비처럼 날렵하게 하활[81]을 폈다. 그렇게 되면 제말은 인상을 푹 쓰면서 메리엠과 교수를 향해 적대적인 시선을 보내곤 했다. 그는 어떻게 행동해야 할지 몰랐고, 메리엠을 향한 분노는 점점 커졌다.

어느 날, 메리엠은 그들 쪽으로 떠내려오고 있는 통나무를 하나 보았고, 조심하라고 외쳤다. 화물선에서 통나무가 바다로 떨어져 내리는 경우가 종종 있었다. 이 나무들은 작은 배들에 피해를 주거나, 심하면 침몰시키는 경우도 있었다. 메리엠은 제때 경고를 보냈다. 이르판은 거대한 통나무가 아무런 해를 끼치지 않고 옆으로 스쳐 지나가는 걸 보면서 몸을 떨었다. 메리엠은 이런 종류의 문제를 전에 본 적이 없었는데도, 그녀의 본능적인 조심성이 그들의 배가 파괴적인 충돌을 면할 수 있도록 해줬다.

오래지 않아 메리엠은 밤을 지내기 위해 배를 만으로 몰고 들어갔을 때 배를 묶을 자리를 결정할 수 있을 정도가 되었다. 어떤 때는 이르판이 메리엠에게 어디에 닻을 내리고 밧줄을 어디에 묶으라고 지시를 하면 그녀가 반대하면서 "지난번에는 아침에 두 시 방향에서 바람이 불어왔고, 그때 배가 심하게 흔들렸어요. 같은 일이 또 벌어질 수 있으니까, 제 생각엔 밧줄을 저 나무에 거는 게 더 나을 것 같아요."라고 말하기도 했다. 이르판은 깜짝 놀라서 입을 딱 벌리고 있을 수밖에 없었다. 메리엠이 말한 건 맞는 말이었지만, 이르판은 그녀가 그걸 말했다는 사실 자체에 놀랐다. 이르판은 그녀의 당돌함에 웃음을 터뜨릴 수밖에 없었다. 이 애가 과연 처음 봤을 때 스카프로 머리를 꽁꽁 싸매고 있던 그 무지한 시골 처녀가 맞단 말인가?

교수는 메리엠이 읽는 게 능숙하지 못하다는 걸 알고는 그녀를 가르치기 시작했다. 그는 메리엠이 신문에 실린 문장을 한 음절 한 음절 읽어나가는 걸 듣는 걸 즐겼다. 한 번은 그가 "신의 뜻대로 하시길"이라는 문장을 자기하고 같이 읽어보자고 시켰는데, 메리엠은 그와 같이 첫 두 음절을 끝내기도 전에 "신의 뜻대로 하시길! 이건 제가 잘 아는 말이에요."라고 재빨리 말했다.

또 다른 어느 날에는, 메리엠이 배를 청소하다 말고 이르판의 침실에서 마그리트의 복제화를 보고는 깜짝 놀라며 물었다. "지금 날아가고 있는 이 사람들은 아르메니아인들인가요?" 이르판으로서는 백 년을 생각한다 해도 마그리트의 그림 골콘다에서 중절모를 쓰고 공중에 매달려 있는 사람들이 아르메니아인들이라고 상상하는 일은 일어나지 않을 것이었다. 도대체 이 아이는 왜 이런 이상한 생각을 하게 되었을까. 이르판이 그렇게 생각하는 이유를 설명해 보라고 하자, 메리엠은 얼굴을 붉히면서 말했다. "어느 날 제 고향마을에 거센 바람이 불어와서 아르메니아 사람들을 다 날려 보냈어요. 허공에 매달려 있는 저 사람들이 그 사람이라고 생각했어요."

이렇게 머릿속에는 환상과 미신으로 가득 차 있는 이 무지한 소녀가 그토록 빨리 배우고, 그보다 중요하게, 그토록 합리적인 추론을 해낼 수 있단 말인가? 배에 오르고 나서 두 주가 지나자 메리엠은 너무나 속속들이 바뀌어서, 마치 그 전의 자기 자신과는 아무런 관계도 없는 사람처럼 보였다.

그녀의 외모도 바뀌었다. 이르판은 메리엠과 제말 모두를 그들이 입고 있던 괴상한 복장으로부터 해방시켰다. 이르판은 메리엠을 보르럼에 있는 시장에 데리고 가서 새것들을 이것저것 사주었다.

메리엠은 처음에는 자기의 면 드레스와 검은색 플라스틱 신발을 신고 모두들 수영복을 입고 왔다 갔다 하는 선착장을 걸어가는 걸 부끄러워했다. 이르판이 강요하다시피하고 나서야, 메리엠은 그곳의 유행을 잘 따르는 가게에 가기로 동의했다.

이르판은 어찌해야 할지 모르겠다는 표정으로 쳐다보는 점원의 시선을 받으면서 메리엠을 위해 면 티셔츠와 흰색 바지, 청기지로 된 반바지, 수영복, 그리고 나이키 운동화를 골랐다. 그리고는 못하겠다고 하는 메리엠의 말을 듣지 않고 드레싱 룸으로 가 옷을 갈아입고 나오라고 말했다. 창피해서 반바지는 못 입었지만, 메리엠은 흰색 바지와 핑크색 티셔츠, 그리고 형광빛이 나는 운동화를 신었다. 메리엠이 나왔을 때 이르판은 거의 기절할 것 같았다. 메리엠은 얼마나 우아해 보였는지. 헐렁한 드레스 밑에 감춰져 있던 그녀의 가슴은 티셔츠 아래서 두 개의 작은 복숭아처럼 솟아올라 있었다.

메리엠은 너무나 다른 사람들의 시선을 의식한 나머지 누구의 얼굴도 쳐다보지 못하고 바닥에 시선을 고정시킨 채 양팔은 어색하게 옆구리에 붙이고 있었다. 메리엠 역시 엄청난 충격을 받고 있는 게 분명해 보였다.

이르판은 메리엠이 고개를 들고 걸어 다닐 수 있도록, 가게를 나서는 즉시 그녀에게 선글라스를 하나 사주었다. 선착장 주변을 걸어 다니는 동안, 메리엠은 쇼윈도우에 비치는 자기 모습을 수시로 확인해 봤다. 그녀는 이제 자기가 그토록 닮고 싶었던 여자들 중의 한 사람이 되어 있었다. 메리엠은 교수에게 모든 것을, 특히 머리 스카프를 쓰지 않아도 되게 해준 걸 빚지고 있다고 느꼈다.

기적이 메리엠의 삶 속에서 일어나고 있었다. 이 남자는 여태 자기는 빼놓고 남들한테만 일어났던 수많은 기적들 중 하나가 되었다. 어쩌면 이 남자는 자신의 회색 말에서 내려 뱃사람으로 변장하고 배에 오른 성자, 히지르인지도 몰랐다. 비비와 메리엠의 큰엄마는 늘 이렇게 말하곤 했다. "문제가 심각해져야만 비로소 해결책이 주어지는 법이란다." 바로 그때가 성인이 도와주러 올 때였다. 메리엠은 나중에 교수에게 자신의 이런 생각을 말해주고, 그 모든 걸 설명할 생각이었다. 배로 돌아가기 전에, 세 사람은 남자 옷 가게로 들어가서 제말을 위한 옷들도 샀다.

제말은 처음에 메리엠이 새로운 옷들을 입은 걸 봤을 때는 그녀를 알아보지도 못했다. 그러고 나서 그의 눈은 놀라움과 분노로 커졌다. 하지만 자신의 새 옷을 보자 자기가 화가 났었단 사실을 잊어버렸다. 교수는 제말에게 꾸깃꾸깃해진 두꺼운 바지와 더러운 노란 셔츠를 벗고 무릎까지 오는 뱃사람의 흰색 반바지와 청색 티셔츠로 갈아입도록 설득해냈다. 이제 제말조차도 자신의 외모에 대해 생각하는 일에 가담하게 되었다.

제말이 반바지를 입고 있는 걸 보자 메리엠은 다리에 깃털이 잔뜩 붙어 있던 닭이 떠올랐고, 웃음이 터지려 했다. 한 번도 햇볕을 본 적이 없고 약간 휘어 있는 제말의 털이 복슬거리는 다리는 스스로를 강한 사내로 그리고 있던 제말의 자부심을 약간 우습게 만들었다.

주변 환경이 급격하게 변한 덕에, 복장 혁명은 매끄럽게 진행되었다. 고향마을 같았으면 메리엠이 이런 복장을 하는 건 꿈도 못 꿀 일이었겠지만, 그들이 타고 있는 요트와 관광객들이 들끓는 바닷가 타운들에서는 메리엠이 원래 입고 있던 옷들이 오히려 그녀를 두드러지게 만들고 사람들의 시선을 끌었다.

다시 한번, 이르판은 새로운 조건에 적응하고 새로운 질서를 재빨리 받아들이는 인간의 능력에 감탄했다. 그는 지난 몇 주 동안의 경험을 사회학적 실험으로 간주했다. 몇 년 전에 대서양을 항해하는 여객선의 승객들을 비교 연구해서 쓴 자신의 논문 내용이 옳았다는 걸 다시 한번 확인했다. 모든 게 순조로울 때는 승객들은 격식을 차린 무도회장에서 흥겨운 시간을 보냈다. 사람들은 서로를 위해 한쪽 옆에 붙어서 있다가 여성들이 입장하면 일어서서 맞이했고, 피아노로 연주하는 흥겨운 선율을 들으면서 크리스털 잔을 들어 샴페인으로 건배를 했다. 배가 가라앉기 시작했을 때, 바다에 빠진 같은 사람들은 자신의 목숨을 구해줄 판자 조각 하나를 차지하기 위해 무자비하게 다른 사람을 밀어냈다.

인간은 주변에 적응해서 살아남을 수 있는 능력을 가진 카멜레온들이었다. 하지만 그중 어떤 개체들은, 이르판 자신처럼, 무능력했다. 이르판은 자신의 주변 환경에 적응하기 위해 할 수 있는 모든 수단을 동원할 준비가 되어 있었지만 색깔을 바꿀 수 없는 카멜레온—무능력한 카멜레온이었다.

그가 쓰려는 책의 제목으로 훌륭할 텐데, 그러나 이제 이르판으로서는 미래를 꿈꾸기에는 이미 늦었다. 머지않아 배는 바위를 들이받고 침몰할 것이었다. 무능력한 카멜레온은 바닥에 수장될 것이고, 그의 평생에 걸친 무능력은 영원히 사라질 것이었다.

이르판은 누워 있는 자리에서 벌겋게 불타오르고 있는 하늘을 볼 수 있었다. 잠시 후면 어둠이 저항할 수 없는, 완전한 죽음처럼 내려와 덮칠 것이었다. 바람에 거세게 흔들리고 있는 걸 보면, 배는 해협 어딘가를 떠돌고 있음에 틀림없었다. 이르판은 일어나 살피지 않기로 마음먹고 있었다. 무슨 일이 일어나든, 될 대로 될 것이었다.

두 주 만에 메리엠은 매끄럽게 읽을 줄 알게 되었고, 그래서 이르판은 그녀에게 해도 읽는 법을 가르치기 시작했다. 이르판은 노란 해도를 테이블 위에 펼쳐 놓았고, 두 사람이 그 위로 몸을 굽혀 곶과 만들을 들여다보는 동안, 그는 메리엠한테서 나는 신선한 향기를 들이마실 수 있었다. 때때로, 이르판은 메리엠에게 그들이 다음에 마주치게 될 곶이 어느 것인가를 묻곤 했다. 이르판은 그녀가 잘못 대답했을 때조차 손뼉을 치면서 "브라보!"를 외치곤 했다. 그는 불과 몇 주 만에 해도를 읽는 법을 배운다는 게 불가능하다는 걸 알고 있었고, 메리엠이 가리킨 곳은 그가 찾아보라고 한 것과 전혀 닮지도 않았지만, 그는 그렇게 함으로써 그녀가 자존감을 키우는 걸 도와주고 있다고 느꼈다.

제말은 그가 늘 유지해 오던 험악한 침묵에 더해, 두 사람 모두에게 화가 난 시선을 던지기 시작했다. 배 위에는 두 개의 서로 대립하는 축이 있었다. 이르판과 메리엠이 그 하나였고, 제말이 또 다른 축이었다. 교수와 메리엠의 밀착, 그리고 그가 그녀를 칭찬하는 것 때문에 제말은 분노했다.

지적인 능력과 이해력 면에서 메리엠이 그보다 월등하게 앞서나가고 있다는 게 명백하게 드러날수록, 제말로서는 받아들이기 어려웠다. 어떻게 이 코흘리개 계집애, 자기가 목숨을 구해준 이 허약한 존재가 이토록 많이 변할 수 있단 말인가? 고향마을 같았으면 그를 섬기는 게 그녀의 임무일 것이고, 그녀는 남자들이 있는 곳에서는 밥을 먹거나 말하는 것조차 허락이 되지 않을 것이었다. 에게해 연안에 대어놓은 이 배에서는 그녀가 마치 더 월등한 존재처럼 보였다. 저 교수가 저 애를 완전히 버려놓고 있었다. 저자는 저 애를 어떻게 해보려는 심산인 건가? 만약에 그런 조짐이 보인다면, 제말은 가족의 명예를 지키기 위해 이르판을 그 즉시 뱃전 너머로 던져버릴 만반의 준비가 돼 있었다. 하루하루가 지나면서, 교수에 대한 제말의 울화는 점점 더 깊어졌고, 점점 더 많은 시간을 혼자 보내기 시작했다. 배가 닻을 내리고 있는 때면 제말은 물로 뛰어들어 멀리까지 수영을 하고 돌아오곤 했다. 최소한 수영은 그가 메리엠보다 잘할 수 있었다.

이르판은 메리엠이 수영을 배워야 한다고 주장했다. 만약에 사고가 나서 물에 빠지기라도 했을 때 수영을 할 줄 모르면 그대로 익사하게 되리라는 것이었다. 하지만 메리엠은 수영을 배울 정도로 용감하지는 못했다. 그걸 배우려면 수영복을 입어야만 할 텐데, 메리엠은 자기 몸을 드러낼 준비가 돼 있지 못했다.

사실은, 메리엠도 자신의 예쁜 새 수영복을 입고 싶었다. 메리엠은 아침에 일어날 때마다 수영복을 먼저 입고 그 위에 바지와 티셔츠를 입었다.

처음에 그 옷만 입었을 때는 벌거벗은 것 같았지만, 서서히 익숙해졌다. 하지만 두 남자 앞에서 수영복만 입은 채 돌아다닌다는 건 말도 안 되는 짓이었다.

이르판은 계속해서 메리엠에게 용기를 주려 했다. "익숙해질 거야" 그는 말했다. "인간은 좋은 것에는 곧 익숙해져. 게다가 너는 내가 무서울 정도로 새로운 거에 적응하는 속도가 빠르잖니!"

어느 날 저녁 닻을 내리고 나서, 이르판은 그동안 기다려온 기회를 맞았다. "여기 근처에 정말 아름다운 작은 만이 있어." 그가 메리엠과 제말에게 말했다. "딩기를 내려서 보러 가자."

제말은 늘 그래왔듯이 고개를 저었다. 그는 두 사람이 하는 어떤 일에도 참여하고 싶지 않았다. 그래서 메리엠과 이르판 둘이 함께 떠났다.

이 지역 해안에는 서로 연결되어 있는 만들이 많았다. 두 사람은 아무도 가보지 않은, 솔향기가 풍겨 나오는 초록의 해안선을 따라 천천히, 수정같이 맑아서 수족관 정도의 깊이를 그대로 들여다볼 수 있는 푸른 물 위를 흘러갔다.

메리엠은 그 서늘한 물을 손으로 훑으면서 작은 은색 물고기들이 물의 표면 바로 아래로 헤엄치는 걸 지켜보았다. 이르판은 두 개의 만 사이 좁은 땅이 그들의 행선지라고 메리엠에게 알려주었다. 클레오파트라 시대에 그 지역에 살던 주민들은 그 좁은 반도에 운하를 파서 두 만을 이어보려다가 실패했다. 그때 이후로, 같은 일을 해보려고 했던 이들은 누구나 다 알 수 없는 이유로 죽음을 맞이했다. 얼마 지나지 않아 이르판은 그 고대의 유적지를 메리엠에게 보여주었다.

두 사람이 만에 들어섰을 때에는 이미 해가 지고 있었지만, 메리엠은 유적지를 볼 수 있었다. 한쪽으로는 지는 해를 볼 수 있었고, 반대편에서는 떠오르는 보름달이 보였다. 어둠이 깊어지면서 달은 더욱 밝게 빛났다.

잠시 후 두 사람은 고무 딩기를 저어 달빛을 받아 은빛으로 반짝이기 시작하고 있는 해안으로 향했다. 두 사람은 조약돌밭에 앉았다. 이르판은 그가 가지고 온 맥주캔 두 개를 따서 하나를 메리엠에게 내밀었다.

메리엠은 꿈속에서 헤매고 있었다. 그녀를 둘러싸고 있는 아름다움, 만 위로 쏟아지고 있는 은색 달빛, 정신을 홀리는 향기, 옆에 앉아있는 사내의 다정함과 보살핌 같은 것들이 그녀를 어지럽게 만들었다. 메리엠은 자기가 가고 싶은 대로 흘러가는 시냇물에 빠져 함께 흘러가고 있는 것 같았다.

메리엠은 별로 머뭇거리지도 않고 맥주를 받아들었다. 그녀의 입술은 우선 차가운 캔에 닿았고, 거품의 간지러움이 잠깐 지나간 뒤에 쌉싸름한 맛이 느껴졌다. 메리엠은 이 모든 것이 만족스러웠고, 해안선을 따라 잔물결을 일으키는 파도를 향해 두 발을 쭉 뻗었다. 제말이 없다는 것—그녀를 마음대로 부리려는 힘의 부재—만으로도 숨통이 트이는 것 같았다. 어쩌면 처음으로 이래라저래라 하는 말을 듣지 않고 몇 시간을 보낼 수 있게 된 것이었다.

이 부유하고 배운 게 많은 남자가 자상하게, 그리고 자신을 존중하면서 돌봐주는 태도를 접하면서, 메리엠은 마음이 떨리면서 복잡한 감정을 느끼기 시작했다. 태어나서 처음으로 메리엠은 자신이 가치가 있고, 지적이고, 아름다운 존재라는 느낌을 받았다. 메리엠은 이런 생각 속에 빠져 있느라 자기가 얼마나 빨리 맥주 한 캔을 비웠는지를 깨닫지 못했다.

이르판은 자기 옆에 앉아 있는 그 여자애에게 짙은 연민을 느꼈다. 그녀의 가느다란 어깨를 붙잡고 안아주고 싶었다. 성적인 욕망에서가 아니라, 동정심에서 우러나오는 마음이었다. 이 여자아이를 자기 가슴에 꼭 끌어안고 한참 품어주고 싶은 게 그가 원하는 전부였다. 하지만 그는 이 여자아이를 안아줄 수 없었다. 그녀는 오해할 것이었다.

달은 빨리 떠오르고 있었다. 이르판은 달 속에 여자의 옆얼굴을 닮은 모양이 보이느냐고 물었다. 메리엠에게는 보이지 않았다. 오래전 이즈미르에 살던 시절, 로즈 제라니윰의 향이 대기 중에 짙게 맴돌던 어느 날 밤, 이르판의 아버지는 달을 오랫동안 주의 깊게 관찰하면 그 형상이 보인다는 걸 가르쳐 줬다. 보름달은 고개를 약간 들고 있는 아름다운 여인의 옆얼굴을 담은 메달 모양의 보석 같았다. 이르판은 메리엠에게 그 얼굴을 아주 상세히 묘사해 줬지만, 그녀는 그걸 읽어내지 못했다. 메리엠의 눈에 보인 건 완전히 다른 어떤 것이었다.

이르판은 메리엠에게 수영을 가르쳐주겠다고 마음먹었다. 이르판은 그게 꼭 해야 하는 일인 것처럼 열정적으로 권했고, 메리엠은 맥주와 그 특별한 날 밤의 마술에 취해 있었던 터라 거부하지 못했다. 이르판이 물에 들어간 뒤에, 메리엠도 어둠이 자신의 몸을 가려줄 거라고 기대하면서 옷을 벗었다. 수영복만 입은 채로, 메리엠은 바다 속으로 들어갔다. 메리엠은 바닥에 깔린 날카로운 돌들로부터 보호할 아무런 장치도 없이 맨발이었기 때문에 걷는 게 힘들었다. 하지만 바다는 따뜻했고, 안전하게 감싸주는 느낌이었다. 메리엠은 달빛 때문에 자신의 반라의 몸이 교수에게 보일까 봐 두려웠지만, 이르판이 그녀의 손을 잡고 바다 속으로 이끌 때 저항하지는 않았다. 몇 걸음 가지 않아, 물은 그녀의 가슴 높이까지 올라왔다. 메리엠은 겁이 나서 이르판의 손을 꼭 잡았다.

이르판이 갑자기 그녀를 물 위로 들어 올려 눕혔을 때, 메리엠은 비명을 질렀다. "무서워하지 마" 그가 말했다. "안 놓을 테니까. 등을 쭉 펴. 물이 받쳐줄 거야. 침대에 눕는 것처럼 물 위에 누워." 처음에는 당황한 나머지 몸에서 힘을 빼고 편평하게 누울 수가 없었다. 물에 빠질까 봐 허리를 아래로 빼자 몸이 가라앉기 시작했는데, 그러나 이르판이 기다리고 있다가 즉시 잡아줬다. 이르판은 메리엠이 물에 빠지도록 내버려 두지 않을 것이었다. 메리엠은 이르판을 믿으면 된다는 걸 곧 깨달았고, 아무런 두려움 없이 물 위에 뜨기 시작했다.

메리엠은 달빛이 비추는 만의 물속에서, 이르판의 손안에 든 하얀 물고기처럼 빛났다. 그는 기적을 안고 있었다. 메리엠이 혼자 힘으로 떠 있으려 하다가 가라앉기 시작하면 이르판은 살짝 손을 대서 바로잡아주었다. 그렇게 할 때마다, 이르판은 메리엠의 날씬한 몸매에 점점 더 감탄하게 되었다. 두 사람은 이 아름다운 만에서 달빛을 희롱하며 노는 두 마리 짐승을 닮아 있었다. 클레오파트라가 연결해 보려고 했던 두 개의 만은 웃음소리와 무서운 척하는 가벼운 비명소리로 가득 찼다.

이르판은 부드럽게 메리엠의 몸을 뒤집고는 허리와 어깨를 잡아주면서 그녀가 수영을 시작해볼 수 있도록 도와주기 시작했다. 그의 손을 타고 미끄러지고 있는 하얀 물고기로부터 진주의 그것과 같은 빛이 비쳤다.

이르판은 항해를 시작한 뒤로 이렇게 행복해 본 적이 없었다. 이 저녁은 아마도 그의 인생에서 가장 즐거운 순간들 중 하나였고, 그런데 이상하게도, 그 즐거움은 성적인 욕망과는 관계없는 것이었다. 성욕은 오히려 이 두 사람의 어린아이 같은, 무구한 즐거움을 망칠 것이었다.

이르판은 그날 밤을 두 어린아이의 놀이로 기억했다. 이르판은 메리엠과 마찬가지로 어린 소년이 됐다. 메리엠은 실제로 아름답고 순진무구한—순수하고, 지적이고, 쉽게 신나하고, 항상 뺨이 발그레한 어린아이, 얼굴이 붉어지는 법을 잊지 않은 어린아이—물속에서 아래위로 자유롭게 튀어 다니는 은빛의 물고기, 아기 돌고래였다.

성인이 된 뒤로 늘 허무주의에 빠져 있었던 냉소적인 독설가 교수는, 이 소녀를 만나고 나서 자신이 변했다는 사실을 깨달았다. 메리엠은 그의 마음을 부드럽게 만들었고, 소년 시절과 청년기의 그로 되돌렸다. 이르판은 그가 전에 비판하고 비웃던 걸 그대로 실행하고 있었던 셈이다.

이르판은 메리엠의 몸이 차가워지고 있는 걸 느꼈다. 물에 전혀 익숙하지 않은 몸인데, 그 안에 너무 오래 있었던 것이다. 이르판은 날카로운 자갈들이 있는 곳에서는 그녀를 안아서 옮기면서, 메리엠을 해변으로 데리고 갔다. 메리엠은 해변 가까이 가서는 일어서서 물을 뚝뚝 흘리면서 걷기 시작했고, 땅 위에 올라가서는 자갈밭 위에 몸을 던졌다.

바람이 거세졌다. 교수는 수영복만 입은 메리엠이 추위에 떨면서 이를 부딪치고 있는 걸 눈치챘다. 그녀는 물속에 있는 것에만 익숙하지 않은 게 아니었고, 맥주와 이런 식의 흥분 또한 그녀에게 영향을 끼쳤다. 추위에도 불구하고 그녀는 돌밭 위에서 잠이 들었다. 새끼를 보호하려는 고양이처럼, 이르판은 그녀에게 팔을 둘러 따뜻하게 해주고 싶었다. 그는 이 느낌을 억누르려 했지만, 그럴 수가 없었다. 그는 몸을 숙여 그녀를 안았다. 그의 남은 생애 동안, 이르판은 이 순간을 자신의 인생 최대의 실수로 기억하게 될 것이었다.

메리엠은 남자가 자기 위로 몸을 굽히고 있다는 걸 느끼자마자 있는 힘을 다해 그 자리에서 튀어 올라 발길질을 하며 목청껏 비명을 질렀다. "안 돼! 하지 마요! 안 돼요, 큰아빠! 하지 마세요!" 캄캄한 밤에 울려 퍼지는 그녀의 이 처참한 비명소리는 너무나 끔찍한 것이어서 이르판은 그 자리에서 얼어붙었다. 그는 어떻게 해야 할지 알 수가 없었다. 일단 그녀를 차분하게 가라앉히고 비명을 지르는 걸 멈추게 해야겠다는 생각이 들었지만, 메리엠에게 다가갈 용기가 없었다.

메리엠은 두 손으로 자기 얼굴을 가리고는 자갈밭 위를 이리저리 뛰어다니면서 미친 여자처럼 소리를 질러댔다. 그러더니 그 자리에 무릎을 꿇고 앉아서는 헛소리를 하기 시작했다. 이르판은 더 겁에 질렸다. 이르판은 그녀가 무슨 소리를 하고 있는지 알 수가 없었다. 이따금 "큰아빠"와 "미워요"라는 단어들이 들렸을 뿐이다. 그러고 나서 메리엠은 다시 비명을 지르면서 주먹을 쥔 손으로 자갈이 깔린 땅바닥을 두들겨댔다.

이르판은 이런 광경을 본 적이 없었다. 함부로 숨을 쉬기도 두려운 상태에서, 무어라 말을 해야 할지, 어떤 행동을 해야 할지 몰라, 이르판은 그저 기다렸다. 따귀를 한 대 때리면 정신이 돌아올까? 그렇게 했다가 상태가 더 나빠지면 어떻게 할 것인가? 그는 이미 짐승처럼 행동했고, 그 결과 이 여자애를 겁에 질리게 해서 이 지경으로 몰아넣었다. 어쩌면 그녀가 차분해질 때까지 가만히 기다리는 게 최선일 것 같았다.

마침내, 기운이 다 빠진 메리엠은 그 자리에 아무렇게나 털썩 주저앉았다. 메리엠은 아직 정신이 완전히 돌아온 것 같지 않았고, 이르판은 그녀에게 다가가는 걸 여전히 망설이고 있었다. 이르판은 메리엠이 이런 반응을 보이도록 만든 일이 그녀에게 있었다는 걸 알았다. 그건 단순히 강간을 당한 것 이상의 일일 것이었다. 메리엠을 강간한 것이 그녀의 큰아버지, 제말의 아버지일 수 있는 걸까? 하지만 그 사람은 어떤 교파의 셰이크라고 하지 않았던가? 하긴 그렇다고 해서 다를 게 뭐가 있었겠나!

만약에 그가 품고 있는 의심이 맞다면, 메리엠은 그녀가 살면서 여태 감춰온 가장 깊은 비밀을 드러낸 것이었다. 이르판은 메리엠이 그토록 고통스럽고 끔찍한 비밀을 감춰왔다는 걸 알고 가슴이 찢어지는 것 같았다. 그리고 그녀가 그걸 떠올리면서 충격을 받게 한 건 바로 그였다. 하지만 그녀가 받은 이 충격은 그녀의 내면을 잠식하고 있던 독을 빼내는 역할을 할 수도 있는 것이었다.

이르판은 자신이 가지고 있던 모든 용기를 다 짜내서 그녀에게

다가갔다. 이르판은 메리엠의 머리를 들어 자신의 무릎 위에 부드럽게 올려놓고, 머리를 쓰다듬어주기 시작했다. 그리고 조심스럽게 속삭였다. "무서워하지 말아, 메리엠. 무서워할 거 하나도 없어."

잠시 후에 메리엠이 정신을 차렸다. 그녀는 여전히 아무 말도 하지 않았지만, 이르판은 따뜻한 눈물방울이 자신의 다리에 떨어지는 걸 느꼈다. 울 수 있다는 건 좋은 일이었고, 이 위기가 지나갔다는 걸 의미하는 것이기도 했다.

"무섭게 해서 미안해." 그가 말했다. "널 아프게 하려고 한 게 아니었어. 단지 널 보호하고 싶었을 뿐이야. 정말이야. 아버지처럼…"

메리엠은 계속 울었다.

이르판은 자기가 다시 위험한 영역에 발을 디뎠다는 걸 깨달았다. "남자가 널 아프게 했니?"

메리엠은 소리 없이 흐느꼈다.

"내가 네 큰아빠인 줄 알았던 거지?" 그가 물었다. "그 사람이 널 강간했니?"

메리엠이 소리 내어 흐느꼈고, 이르판은 자기가 생각했던 게 맞다고 결론 내렸다. 메리엠은 아니라고 말하지 않았다. 그녀가 느끼고 있을 고통을 생각해서, 이르판은 침묵을 지켰다.

이르판은 오래전에 아이젤의 숙부인 은퇴한 판사 쿠르사트 베이와 나눴던 대화를 떠올렸다. 쿠르사트 베이는 아나톨리아의 여러 타운과 도시들에서 오랫동안 일한 경험이 있었다. 이르판이 아나톨리아에서 제일 흔한 범죄가 뭐냐고 물었을 때 그가 해준 대답은 매우 놀라운 것이었다. 이르판이 기대한 대답은 살인이나 절도 같은 것이었지만, 그 노인이 말해준 바로는, 그것은 근친상간이었다. "관련된 여성들이 수치스러워하기 때문에, 이런 사건들은 대개 법정에 오지 않지. 예를 들어서, 젊은 사내가 결혼을 하고 나서 군에 입대를 하고 나면, 그 사내의 아버지가 그 젊은 신부를 건드리기 시작한단 말이야. 숙부나 사돈이 조카딸을 강간하기도 하고. 불행하게도 이런 사건들이 흔한데, 대가를 치르는 건 늘 그 여성들이야. 자살을 하거나 살해당하거나."

계속 울고 있던 메리엠은 이르판의 무릎 위에서 잠이 들었다. 그러니까, 메리엠은 어찌어찌해서 자살이나 살해당하는 걸 면한 소수의 여성들 중 하나였던 것이다. 달빛 아래 노출된 메리엠의 몸은 너무나 허약해 보였다. 이르판은 그녀를 깨우지 않도록 조심하면서 팔을 뻗어 티셔츠와 바지를 가져다가 그녀의 몸을 덮어주었다. 숨 쉬는 것도 조심해 가면서, 그는 메리엠이 깨어나기를 기다렸다.

메리엠은 배로 돌아오는 동안 내내 커다란 고통을 느끼는 것처럼, 두 손에 머리를 묻고 깊이 숙이고 있었다. 딩기가 천천히 앞으로 나아가는 동안, 이르판은 다시 한번 사과했다. 그녀를 아프게 할 생각은 없었고, 오로지 좋은 의도만 있었다고. 그리고, 무엇보다, 그날 일어난 일은 그녀가 여태 가지고 있던 수치심을 극복하는 데 도움이 될지도 모르는 일이라고.

심리학자들 말에 따르자면, 감추고 있던 비밀을 일단 드러내고 나면 고통이 사라지는 데 도움이 된다는 이야기도 해줬다. "우리 엄마는 오직 사람만이 다른 사람을 치유할 수 있다고 하셨지. 나한테 네 비밀을 얘기해주면 네 안에 있던 독도 빠져나갈 거야."

메리엠은 꼼짝도 하지 않았고 아무 말도 하지 않았다.

"그 사람이 큰아버지였니?"

메리엠은 대답하지 않았다.

"그 사람이 제말의 아버지였니?"

메리엠은 여전히 침묵을 지키고 있었다. 마치 자신보다 큰 힘을 지닌 존재에게 모든 걸 내맡긴 것 같은 모습이었다.

* * *

이르판이 생각에 잠겨 있는 동안, 갑자기, 엄청난 충돌이 일어났고, 그는 갑판의 반대편으로 날아갔다. 배가 무엇엔가 부딪친 것이었다. 그리스의 섬일까, 아니면 터키의 해안일까? 아니면 배를 산산조각 내 버리는 바다 한가운데의 암초였을까?

이르판은 철판이 종잇장처럼 찢어지면서 내는 끔찍한 소리를 들었지만, 이미 갑판에서 일어나지 않겠다고 결심하고 있었다. 두렵지 않았다. 새가 그의 가슴속에서 날개를 파닥거리는 것 같던 그의 두려움은 조용한 굴복으로 대체되었다. 오래지 않아 차가운 물이 거의 얼굴에 닿았고, 이르판은 에게해의 거대하고, 차갑고, 황홀한 어둠을 느꼈다. 그는 미소를 지었다.

누구나 비밀이 있다

그날 밤, 메리엠은 불새가 검은 수염과 펜치 같은 부리로 자신을 학대하는 꿈을 다시 꿨다. 고향의 헛간을 벗어난 뒤로 그녀가 그 새를 다시 본 건 이번이 처음이었다. 메리엠은 배에 있는 자기 침실의 좁은 침대에 누운 채 몸을 비틀고 신음하면서 그 새에게 자기를 내버려 둬 달라고 애원했다. 불새는 그런 애원은 들은 체도 않고 그녀의 다리 사이 죄악의 장소를 사납게 쪼아댔다.

메리엠은 그 죄악의 장소를 거의 잊고 지내고 있었다. 메리엠은 사실, 자기 몸의 그 부분이 죄에 물든 곳이라는 생각을 더 이상 하지 않고 지냈다. 자신의 침실에서 끔찍한 두통을 느끼면서 깨어났을 때, 메리엠은 고향의 헛간에서처럼 절망적이고 비참한 심정이었다. 그녀가 억눌러놓고 있던 온갖 나쁜 기억들이 다시 한번 쏟아져 나오고 있었다. 메리엠이 어떻게 해도, 그녀의 마음을 장악하고 있는 죄의식과 공포로부터 스스로를 해방시키는 건 가능하지 않았다. 그녀의 피투성이 육신은 죄 속에 잠겨 있는 것만 같았다. 어쩌면 그 더러운 밧줄을 목에 감는 게 나았을는지도 모른다는 생각이 들었다. 지금쯤이면 그녀의 얼굴과 이름은 이미 잊혔고, 그 누구도 그녀를 기억하지 못할 것 아닌가. 메리엠은 자기의 죄가 영원히 자기를 쫓아다닐 것만 같았다.

메리엠은 불과 며칠 전에 신나서 얻어 입은 새 옷들이 싫어졌다. 그녀는 자기가 그런 옷을 입는 사람들과는 다른 존재이고, 그런 옷을 입을 자격이 없는 것 같았다. 그 바지, 티셔츠, 그리고 벨트는 그녀가 저지른 죄의 한 부분이었다. 원래 입던 낡아빠진 드레스로 몸을 감고, 검정 플라스틱 신발을 신고, 머리는 스카프로 꽁꽁 동여매고 싶었다. 바다에서 찾았던 용기는 완전히 사라져 버렸고, 그녀는 다시 소심한 어린 여자애가 되었다. 그녀가 감당할 수 있는 건 아무것도 없는 것 같았다.

메리엠은 극단 사이를 오가고 있었다. 어느 한순간 무한한 용기를 느꼈다가, 다음 순간 비겁의 나락으로 곤두박질쳤다. 메리엠은 자신이 가지고 있는 두려움이 사라질 수도 있다는 걸 믿지 않았다.

한참 동안을 메리엠은 침대에서 웅크린 채 신음을 내뱉었다.

그러고 나서는 일어나 수영복을 벗어버렸다. 메리엠은 자신의 긴 속바지와 면 드레스, 그리고 모직 양말을 챙겨 신었다. 그리고 침실에서 찾아낸 얇은 머슬린 천으로 머리를 가렸다. 그렇게 하고 나자 마음이 편해졌다.

메리엠은 큰 도시 출신의 교수 때문에 자기가 타락의 길로 내몰리고 있었다는 생각이 들었다. 그 악마 같은 사내가 그렇게 하라고 하지 않았더라면, 자기가 알아서 수영복을 입고 남자가 보는 앞에서 물속에 들어갈 일은 없었을 터였다. 메리엠은 교수가 미웠고, 다시는 그를 보고 싶지 않았다.

메리엠은 자신의 예전 옷 속에서 편안함을 느꼈다. 그녀가 침대에 누워서 속으로 꿈꿔왔던 터무니없는 시나리오들이라니. 메리엠은 자신의 새 옷을 입고 고향마을로 돌아가 시장통을 활보하는 모습을 그려보곤 했다. 사람들은 그녀의 새 바지와 티셔츠, 선글라스, 그리고 운동화를 보면서 자신들의 눈을 의심할 것이었다. 사람들은 그녀를 큰 도시에서 온 부잣집 아가씨 아니면, 어쩌면 아예 독일이나 프랑스, 미국 같은 데서 온 관광객으로 착각할 것이었다.

사람들은 그 진흙탕 길 양쪽에 늘어선 작은 상점들을 비우고 쏟아져 나와—식료품 장수, 옷 장수, 야채 장수, 변호사 등등—그녀에게 다가올 것이고, 심지어 공무원들도 그럴 것이었다. "이 여자가 누구지?" 사람들은 감탄하면서 서로에게 물을 것이었다.

"이 부잣집 아가씨는 대체 누구야?" 메리엠은 한 마디도 하지 않겠지만, 속으로는 그들을 비웃을 것이었다. 마을 여자들이란 여자들은 모두 나와서 부러움에 찬 놀란 눈으로 그녀를 쳐다볼 것이었다. 큰엄마도 그 사이에 들어 있겠지. 하관이 빠른 초췌한 얼굴에 머리 스카프로 꽁꽁 싸매고서. 큰엄마는 메리엠을 쳐다보겠지만, 그녀는 그녀를 못 본 척하고 지나갈 것이었다. 사람들은 궁금증을 못 참고, 비비네 집으로 향하는 메리엠을 계속 따라올 것이다. 비비가 문을 열면 그제야 메리엠은 말할 것이었다. "저예요—메리엠. 절 알아보시겠어요?"

그리고 그제야 쓰고 있던 검은 선글라스를 벗을 것이었다.

깜짝 놀란 사람들이 웅성거리겠지. "메리엠이야! 그 재수 없는 메리엠!"

큰엄마는 양팔을 벌리고 말할 것이다, "메리엠, 내 사랑스러운 아이야!" 하지만 메리엠은 자기를 문밖에서 울도록 내버려둔 그 여자로부터 등을 돌릴 것이었다.

그러고 나서, 메리엠은 마을의 모든 사람들이 들을 수 있도록 선언할 것이었다. "비비, 이 마을 사람들은 죄다 거짓말쟁이들이에요. 앞에서는 미소를 짓지만, 뒤에서는 함정을 파요. 나를 이스탄불로 보내면서 이 사람들이 한 말은 죄다 거짓말이었어요. 여기에는 정직한 사람은 단 하나도 없어요. 그리고 그중에서도 최악은 우리 큰엄마예요. 게다가, 이스탄불은 이 사람들이 말하는 것하고 완전히 달라요. 야쿠프가 사는 집을 보면 아마 눈물이 날 거예요. 개도 그런 데서는 살지 않을 거예요."

그녀와 비비는 서로를 껴안을 것이었다. 다른 사람들은 모두 밖에 놔두고, 두 사람은 손을 잡고 집 안으로 들어갈 것이었다.

이런 상상을 할 때마다, 메리엠은 세부적인 사항들을 조금씩 더하곤 했다. 어떤 때는 되네에 대해 그렇게 빨리 잊어버린 걸 놀라워하면서 이 환상 속에 그녀를 포함시키기도 했다. 또 한번은, 이 이야기에 아버지를 끼워 넣기도 했다.

이제 예전에 입던 옷으로 자신을 감싸고 나서, 메리엠은 다시 두려움과 쇠약함에 빠졌다. 자기가 감히 상상해오던 것들을 돌이켜보면서 몸을 떨었다. 오래전 셰케르 바바의 무덤을 방문했던 날, 그녀의 큰엄마가 그녀의 다리 사이에 불타고 있는 성냥불을 놓았을 때 느껴지던 그 열기와 불길이 지금 그녀의 두 다리에 고스란히 느껴졌다. 배는 제모를 위해 바르던 왁스의 냄새를 풍기기 시작했다. "너 얼마나 오랫동안 털을 뽑지 않고 그대로 놔둔 거니! 넌 죄인이야! 넌 지옥에서 불에 탈 거야!" 악마 같은 노파들이 그녀의 몸을 온통 만져댔다.

바로 옆 침실을 사용하고 있던 제말은 메리엠이 몇 번이나 신음을 내고 울고 나서야 조용해지는 걸 모두 들었다. 제말은 소리에 무척 예민했다. 그는 마치 산에 누워 있는 것처럼 가만히 침대 위에 누워서 주변의 모든 소리를 들었다.

메리엠이 교수와 함께 단둘이 가지 않도록 했어야 했다. 그러지 못하도록 조치를 취했어야 했다. 이상한 남자와 가족의 여자애가 어디든 단둘이 가도록 놔두어서는 안 되는 거였다. 고향마을에서라면 이건 살인의 이유가 될 수 있을 것이었다. 지난 몇 주 동안 환경이 너무나 많이 바뀌어서, 무언가 익숙하지 않은 일, 예기치 못했던 일이 생기면 제말은 어찌할 바를 몰랐다. 더 이상 선과 악을 구분할 수도 없었다. 고향마을에서라면 메리엠은 저런 옷을 입고 돌아다닐 생각도 못했을 텐데, 하지만 배 위에서는 고향 옷을 입고 있는 게 이상해 보였다. 제말 본인조차 반바지를 입고 있었다.

제말은 옷이 사람을 그렇게 바꿔놓을 수 있다는 사실에 놀라고 있었다. 특수부대 제복을 입고 장비와 무기를 갖추고 있을 때는 그는 세상의 지배자라도 된 것 같은 느낌이었다. 이렇게 웃기는 반바지를 입고 있으니까 그는 그저 무능력한 소년이었다. 게다가 그는 돈도 없고, 일자리도 없고, 집도 없고, 갈 곳도 없는 신세였다. 그는 교수의 배에 오른 피난민 신세였다.

메리엠과 이르판이 배를 떠나고 나서 그는 교수의 방에 들어갔다. 이 노인은, 물론, 제일 큰 방을 쓰고 있었다. 벽에는 챙이 있는 펠트 모자를 쓰고 하늘을 날고 있는 사내들의 모습을 그린 이상한 그림이 걸려 있었다. 그 바로 옆에, 죽어 있는 게 싫으면 삶으로 돌아온다는 내용이 들어 있는 시가 붙어 있었다.

제말에게는 아무런 호소력이 없는 시였다. 제말이 제일 좋아하는 시는 그의 군대 시절에 배운 것이었는데, 그 후로 잊어버린 적이 없었다. "깃발은 피가 묻어있을 때에만 깃발이다 / 나라는 네가 그 나라를 위해 죽을 때에만 나라다!" 병사들이 입을 모아 이 구절을 외칠 때, 그의 가슴은 자부심으로 부풀어 올랐더랬다. 이 사람이 벽에 붙여놓은 시는 쓰레기였다. "꿈꾸고 있네!" 제말이 말했다. "칼라시니코프의 총알이 머리통을 박살 냈는데도 돌아오나 한번 보자. 죽음은 애들 장난이 아냐."

제말은 선실에 있는 서랍들을 뒤졌다. 처음 두 개의 서랍에는 속옷과 공책, 그리고 펜이 여러 개 들어 있었다. 세 번째 서랍에는 돈이 들어 있었다—미국 달러들. 세어보지는 않았지만, 얼핏 보아도 많은 돈이었다.

제말은 그 돈을 손에 들고 침대에 걸터앉아 생각하기 시작했다.

교수하고 여자애가 딩기를 타고 돌아왔을 때 둘 다 목을 졸라 죽인 뒤에 바다에 던져 버리면 어떨까? 그들이 이 외딴 만에 닻을 내리고 있다는 사실은 아무도 아는 사람이 없었다. 그 둘을 처치하는 건 불과 몇 분이면 충분할 터였다. 그러고 나서 돈을 들고 딩기를 타고 떠나면 그만이었다. 누구도 그를 찾아내거나 그에게 혐의를 두지도 않을 것이었다.

제말은 이 계획을 계속 공글렸다. 두 사람이 배로 오르기 직전에 제거해버리는 건 아주 쉬울 것이었다. 딩기가 가까이 접근해 올 때 머리를 무언가로 내리치든가, 특공대 시절에 배운 그대로, 손칼로 목줄을 쳐버리면 간단할 일이었다.

제말은 돈을 주머니에 집어넣고 갑판으로 올라갔다. 녹색 달러가 들어 있는 주머니가 뜨뜻했다. 행복하고 든든했다. 이 돈이면 사업을 시작해서 셀라하틴처럼 존경받는 사람이 될 수 있을 것이었다. 아니면 이스탄불로 돌아가 야쿠프와 함께 케밥 식당을 열 수도 있을 것이었다. 에미네를 데리고 와서 결혼도 할 수 있을 터였다. 고향마을로 돌아가는 건 내키지 않았다. 그 돈을 아버지한테 내놓아야 할 것이기 때문이었다.

아버지에 대한 생각이 떠오르자마자 그의 피가 식어버렸다. 제말과 죄악 사이에 늘 서 있는, 검은 수염을 기른 그의 아버지에 대한 생각을 하자마자 몸이 떨려왔다. 그는 거의 죄를 저지르려던 참이었던 것이다. 그는 모든 것을 지켜보는, 심지어 검은 돌 위에 있는 검은 개미까지도 지켜보고 있는 신이 자신을 내려다보고 있다는 사실을 잊고 있었다. 제말은 서둘러 교수의 선실로 돌아가 그 돈들을 다시 서랍에 집어넣었다.

이제 침대에 누워 메리엠의 울음소리를 들으면서, 제말은 신경이 몹시 거슬렸다. 제대를 한 뒤로 그는 아무것도 아닌 존재가 되었다. 고향마을에서는 모두가 그의 어깨를 두드려주고 영웅이라고 올려 세워줬지만, 제말은 그곳을 떠난 뒤로 고향과 연결되어 있는 끈을 끊어버린 터였다. 이스탄불과 이곳 에게해 지역에서는 어느 누구도 그가 제대병이라고 해서 관심을 기울이거나 존중해 주지 않았다.

하지만, 산에 있을 때에는 제말과 그의 전우들 모두, 그들은 조국이 분열되는 걸 막기 위해서 싸우고 있으며, 위대한 희생을 치르고 있는 거라는 이야기를 늘 들어왔다. 나라를 위해 봉사하다가 죽거나 다치는 병사들은 국가의 기억 속에서 영원히 살아있으리라는 이야기도 들었다. 그들은 별과 초승달이 그려져 있는 붉은 깃발의 명예를 위해 싸웠다. 여기서는 어느 누구도 그런 것에 신경조차 쓰지 않는 것 같았다.

그 교수는, 그 인간 같지도 않은 자는, 도대체 자기가 뭐라고 생각하는 건가? 그 나이가 돼서 메리엠을 탐내는 주제에 부끄러움도 못 느끼는 게 분명했다. 메리엠에게 정말 똑똑하다느니, 제말보다 뭘 더 빨리 이해한다느니 따위의 말을 늘어놓으며 메리엠을 들뜨게 하는 이유가 있었다. 그런 말들은 다 사실이 아니었다. 어떻게 무식한 여자애가 훈련을 받고 현장에서 단련된 특수부대원보다 더 나을 수 있다는 말인가? 제말은 그 두 사람을 산으로 데리고 가서 그들이 거기에서 얼마나 오래 살아남는지 보고 싶었다. 여자애나 그 주정뱅이 늙은 죄인이나 거기서는 얼마 못 갈 것이었다. 제말은 모든 걸 다 메리엠보다 잘했지만, 그 늙은이는 메리엠에게만 관심을 두고 있었기 때문에 칭찬을 듣는 건 언제나 메리엠이었다.

졸지도 않은 채, 제말은 두 사람이 돌아오기를 기다렸다. 만약 무언가 조금이라도 이상한 기색이 보이면 제말은 앞으로 나서서 이르판의 목을 부러뜨려버릴 생각이었지만, 모든 게 다 정상으로 보였다. 교수와 여자애 모두 배로 올라온 뒤 조용히 각자의 선실로 들어갔다.

제말은 그 두 사람이 함께 음모를 꾸며서 자기를 놀리면서 바보로 만들고 있다고 느꼈다. 그들은 자기가 처음 반바지를 입었을 때 웃음을 터뜨렸다. 위대한 특수부대원이자 산악과 밤의 지배자 제말이 그들의 광대가 된 건가?

제말은 자신의 분노가 점점 더 강해지고 있는 걸 느꼈다. 그는 마침내 여자애를 해치우고 자신의 임무를 수행할 수 있을 것 같았다. 처음에는 기차와 이스탄불에서 사용한 교통수단에 같이 타고 있던 목격자들이 그를 혼란스럽게 하고 일을 해치우는 걸 방해했다면, 나중에는 여자애의 얼굴에 떠오른 아프고, 황량한 표정이 그의 마음을 여리게 만들었다. 하지만 그는 병사였다. 그런 것들에 영향을 받으면 안 되는 것이었다. 이제 저 여자애는 저 늙은이와 한 패가 되어 그의 뒤에서 수상한 짓을 저지르고 있었고, 그러니, 자신의 죽음에 점점 다가서고 있는 셈이있다. 그녀와 늙은 주정뱅이 둘 다.

* * *

밤사이에 바람이 방향을 바꾸었다. 배는 흔들리고 밧줄들은 삐거덕거리는 소리를 내고 있었다. 교수는 메리엠이 그런 극단적인 충격을 받게 만들었다는 죄책감을 누그러뜨리지 못한 채 부끄러움과 슬픔에 싸여 침대에 누워 있었다. "그건 네가 관여할 일이 아니야" 그는 스스로를 설득하려고 애썼다. "그 애의 큰아버지가 그 애를 강간했고, 그 애를 내다 버렸어. 그건 네 잘못이 아니야." 그는 원래의 냉소적이고 빈정거리기를 좋아하는 자신으로 돌아가려고 애썼다. "변태 같은 놈! 그놈은 도대체 그 불쌍한 애를 얼마나 괴롭힌 거야."

아무리 노력을 해도 이르판은 여자애의 떨리던 어깨와 그 말로 할 수 없는 고통을 잊을 수가 없었다. 이르판은 왜 그런 동정심을 느꼈던 걸까? 그녀가 그가 그동안 찾아 헤매던 변화를 가지고 올 매개, 그를 새로운 사람으로 만들어 줄 존재였던 건가? 그 스스로가, 무엇이든 쉽게 믿고 지나치게 감성적이라고 그가 늘 놀리곤 하던 그런 존재가 되어가고 있었던 건가?

메리엠이 "큰아빠"라고 지칭하던 사람은 아마도 제말의 아버지였을 텐데, 하지만 이르판은 제말이 그 사건에 대해 알고 있다고 생각하지는 않았다. 이르판은 메리엠이 제말에 대해 가지고 있는 두려움과 두 사람이 거의 대화가 없는 것, 그리고 두 사람

사이에 감도는 차가운 긴장을 떠올렸다.

두 사람은 왜 같이 여행을 하고 있었던 걸까? 제말이 메리엠과 함께 도망을 친 건가? 만약 그런 거라면, 왜 그토록 메리엠한테 혹독하게 대한 것일까? 마치 번개가 내려치는 것처럼, 이르판은 순간적으로 그 이유를 깨달았다.

그의 심장이 북을 두드리는 것처럼 뛰기 시작했다. 머지않아 그의 배 위에서 살인이 벌어지려는 참이었다! 믿을 수 없는 일이었다. 이르판은 그가 여태 들어온 명예 범죄와 가족들의 암묵적인 합의 아래 죽음을 선고받은 여자아이들을 떠올렸다. 신문을 통해 그런 이야기들을 읽었지만, 그런 사건에 자기가, 본인이 직접 개입하게 되리라고는 상상도 해본 적이 없었다. 포플라 숲에서 젊은 사내와 이야기를 나누는 게 목격되었다는 이유만으로 여자아이가 살해당하거나 자살을 강요당하는 일은 과거에는 오직 동부 아나톨리아의 외진 곳에서만 일어나곤 했다. 지난 몇 년 동안, 이런 전통은 동부의 빈한한 지역에서 이주해온 사람들과 함께 대도시에도 퍼졌다. 어린 소녀들이 가족의 구성원에 의해 육교 위에서 떠밀리고, 총에 맞고, 목이 졸려 죽었다.

이르판이 이런 이야기들을 들으면서 제일 먼저 궁금했던 건 그런 여자아이들의 엄마라는 존재들이었다. 도대체 어떤 여자가 자신이 젖을 먹여 키운 딸을 죽이는 일에 동의할 수 있단 말인가? 아니면, 선택의 여지가 없었던 건가?

이런 명예 범죄를 비난하는 기사들은 신문에 자주 실렸다. 이런 범죄를 저지르고 나서 체포된 이들은 살인 혐의를 적용받았고, 터키 형법에 의해 사형선고를 받았다. 판사들이 그들의 재량권을 행사해서 형량을 낮춰 언도하는 경우도 잦았지만, 이 살인범들은 정기적으로 이뤄지는 일반사면이 있을 때마다 풀려나오곤 했다. 한마디로 말해, 사법 시스템이 이런 '명예 범죄'를 저지른 이들을 관용적으로 보호한 것이었다.

파리에서 인류학 교수로 일하고 있는 이르판의 친구 알탄이 자신이 프랑스에서 경험한 사건에 대해 이야기해준 적이 있다. 어느 날 그는 한 어린 여자애의 피살사건과 관련해서 조언을 해줄 것을 요청받고 콜마의 법정에 갔다. 콜마에 방문노동자로 와 있는 터키인의 딸이 프랑스 젊은이와 친구가 되었다. 여자아이의 가족은 그 애가 사내애와 헤어지는 걸 원했고, 둘이 만나는 걸 금지했다. 그 사내애가 거부하자, 여자아이의 가족은 그 아이의 오빠와 조카에게 그 여자아이를 살해하도록 명령했다. 이 두 젊은 사내는 고속도로가 가까운 곳에서 여자아이를 교살했다. 검시관의 보고서에 의하면, 여자아이는 십오 분에 걸쳐서 서서히 죽어갔다. 이제 여자아이의 온 가족이 법정에 섰다.

여성인 판사는 이들이 다른 문화적 전통에 속한 이들이기 때문에 프랑스인과 같은 기준으로 재판을 받아서는 안 된다는 생각을 가지고 있었다. 터키의 전통에 의하면 명예 범죄는 심각한 범죄로 취급받지 않았다. 바로 그 이유 때문에 그 판사는 터키인 교수인 알탄에게 자문을 구한 것이었다.

알탄은 살인이란 어느 문화권에서든 마찬가지의 범죄이며, 그 가족의 출신지가 판사의 판결에 영향을 미쳐서는 안 된다고 말해줬다. 나중에 그가 깨달은 건, 그 판사는 이 가족을 프랑스 감옥에 가둬두고 이십 년이나 보살펴주는 대신 터키로 되돌려 보내고 싶어 한다는 것이었다. 이 가족은 문명화된 세계에서 살 자격이 없으니 그들이 살던 나라가 이 문제를 해결하도록 하는 게 낫겠다고 생각하고 있는 것 같았다는 것이다. 아무튼 알탄이 주장한 결과, 그 가족은 유죄판결을 받았다. 하지만 알탄은 그 판사가 완전히 틀린 건 아니라는 생각 또한 했다. 스스로도 "중동지역 전체에서, 명예라는 개념은 아직도 여전히 여자의 허벅지 사이에 놓여 있는 것으로 받아들여지고 있으며, 그런 식의 살인 행위는 아직도 여전히 용서받을 수 있는 범죄로 여겨지고 있다"고 결론 내렸기 때문이다.

이르판은 메리엠의 처형인으로 정해져 있는 제말에 대해 엄청난 분노를 느꼈고, 메리엠을 항상 주의 깊게 살펴보겠노라고 다짐했다. 이제부터 그녀를 자신의 보호 아래 둘 것이고, 그 어느 누구도 그녀의 젊은 육체와 신선한 영혼을 파괴하지 못하도록 하겠노라는 것이었다. 심지어 그녀를 입양할 수도 있을 것이었다.

그렇다, 그렇게 할 수도 있을 것이었다.

배가 바람에 한쪽으로 기울었다. 밧줄과 마스트가 삐거덕거리는 소리를 냈고, 선실은 요람처럼 좌우로 흔들렸다.

이르판은 자신의 콜트권총을 가지고 있지 않은 걸 아쉬워했다. 그걸 가지고 오지 않은 건 멍청한 짓이었다.

이르판은 숨이 막히는 것 같아 자리에서 일어나 갑판으로 나갔다.

달이 지고, 바다는 어두웠다. 바람이 강하게 불었지만 닻이 끌리고 있지는 않았다. 배는 밧줄에 고정된 채 그 자리에 그대로 있었다. 배를 살피기 위해 한밤중에 일어날 필요는 없을 것 같았다.

메리엠은 문이 열리는 소리와 누군가가 갑판으로 올라가는 소리를 들었지만, 그게 누군지는 알 수 없었다. 교수일까? 아니면 제말일까?

잠시 후 메리엠은 조심스럽게 문을 두드리는 소리를 들었다. 문을 열자 거기에는 교수가 서 있었다. "무슨 소리가 들렸는데, 네가 아직 안 자고 있는 거 같아서." 그가 속삭였다. 아마도 제말을 깨울까 봐 조심하는 것 같았다. "나도 잠이 안 온다." 그가 말했다. "갑판으로 올라가자."

메리엠이 그를 따라갔다.

바깥의 찬바람 때문에 메리엠은 소름이 돋았다. 이르판은 파카를 찾아 그녀의 어깨에 덮어주면서 그녀가 옛날 옷을 입고 있는 것을 못 본 척했다.

"난 너를 절대로 다치게 하지 않을 거란다, 메리엠" 그가 말했다. "너도 그건 알고 있지?"

메리엠은 고개를 끄덕였다.

"날 믿을 수 있겠니… 아버지처럼?"

메리엠은 다시 고개를 끄덕였고, 이르판은 깊이 숨을 들이쉬었다.

"네가 날 오해했을까 봐 걱정했다. 그것 때문에 잠을 잘 수가 없었어." 그가 말을 이었다. "너한테 말하고 싶은 게 있다. 넌 이제 그 마을에서 멀리 떠나왔어. 여기선 아무도 널 해칠 수 없어. 그 사람들은 어떤 식으로든 널 건드릴 수 없다."

"제말은요?" 메리엠이 속삭였다.

"그 애도 널 건드릴 수는 없어."

두 사람은 한참을 아무 말도 없이 있었다. 두 사람 모두 아무런 할 말도 찾을 수 없었다.

메리엠은 고개를 들어 그를 쳐다볼 수가 없었다. 이제 그가 자기의 가장 깊은 비밀을 알아버렸으니, 그 끝없는 수치심 때문에 그의 앞에서는 영영 고개를 들 수 없을 것이었다.

이르판은 부드럽게 메리엠을 일으켜 세워 그녀의 선실까지 데리고 갔다.

문을 닫기 전에, 이르판은 이상한 행동을 했다. 메리엠의 손에 가볍게 입을 맞춘 것이었다. 메리엠 역시 답례로 그의 손에 입을 맞추었다.

그러고 나서 조용히 문을 닫은 뒤, 이르판은 자신의 선실로 돌아왔다.

제말은 그들이 속삭이는 말소리는 모두 들었지만, 내용은 한 마디도 알아듣지 못했다. 그는 무슨 말이 오갔을까 궁금해하면서 천장에 시선을 못 박은 채 새벽이 오기를 기다렸다.

오렌지꽃 향기를 풍기던 집

그 작은 만에서 보낸 그 밤 이후로 메리엠은 활기를 잃었고, 더불어 건강도 잃어갔다. 아침에 돛을 올렸을 때 메리엠은 오한을 느꼈고, 파카를 뒤집어써야 했다. 메리엠은 끊임없이 멀미를 느꼈고, 화장실로 달려가서 토해야 했다. 제말은 메리엠이 왜 아픈지, 왜 예전의 옷을 다시 꺼내 입었는지 이해할 수가 없었다. 주의 깊게 관찰한 결과, 제말은 지난 며칠 동안 참새처럼 즐겁던 그 여자애가 파도 때문에 멀미를 하기 시작한 거라고 생각했다. 교수는 메리엠의 멀미 증세를 덜어주기 위해서 알약 몇 개와 특별한 팔찌를 채워 주었다.

배 안의 분위기는 매우 불편했다. 누구도 입을 열지 않았거니와, 무슨 일을 하든 다들 우울한 표정으로 했다. 이르판과 제말 사이의 혐오는 누가 봐도 알 수 있을 정도였다.

여러모로 주의 깊게 생각해 본 결과, 교수는 더 이상 항해를 하는 건 좋을 게 없다는 결론을 내렸다. 먼 바다에 나가게 되면 자기 자신이나 메리엠은 젊고 강건한 제말에게 손쉬운 먹잇감이 될 것이었다. 제말이 정말로 자기 두 사람을 제거하려 들 것 같지는 않았지만, 만약 그렇게 하려고 들기만 하면 어렵지 않게 그럴 수 있을 것이었다. 가장 좋은 방법은 육지로 돌아가 배를 어디엔가 정박해 두고 살만한 곳을 찾는 것이었다.

그런데 이 문제를 깊이 생각하면 할수록, 이르판은 그게 그다지 합리적인 해결책이 아니라는 걸 깨닫게 됐다. 제말과 메리엠을 가장 가까운 해안에 내려주고 자기 혼자 다시 배를 몰고 떠나야 한다는 건 알고 있었지만, 그 사랑스러운 여자아이를 죽으라고 내버려 둘 수는 없는 일이었다.

이르판은 해도를 면밀히 검토하다가 근처에 어촌이 하나 있다는 걸 알게 됐다. 자그마한 어촌처럼 보이는 그곳은 지금쯤은 분명히 여행자들의 천국으로 변모되어 있겠지만, 그렇다면 오히려 더 좋은 일이었다. 이르판은 항로를 바꿨다.

바람이 뒤에서 불어왔고, 배는 최고의 속력으로 육지를 향해 나아갔다.

배가 곶을 돌아서자마자 모습을 드러낸 만의 모습은, 커다란 호텔들이 여러 개 들어서 있는 모습을 예상했던 교수에게는 놀라운 풍경이었다. 만에는 호텔들 대신에 핑크와 흰색, 보라색

부겐빌레아로 덮인 정원을 갖춘 자그마하고 하얀 이층집들과, 오래된 사이프러스와 올리브 나무들이 가득한 마을이 있었다.

바닷가로 다가가는 동안 두어 개의 해산물 레스토랑과 곧 무너질 듯한 부두가 이르판의 눈에 들어왔다. 이르판이 부두에 배를 매는 동안, 맨발의 어린아이들이 "어서 오세요!"라고 소리치며 달려와 그가 밧줄을 묶는 걸 도왔다. 물은 에메랄드빛 녹색이었고, 마을은 고요하고 아름다웠다.

부두에서 바라보는 마을은 첫눈에 들어왔던 것보다는 커 보였다. 주로 영국인들로 구성된 외국인 관광객들도 꽤 있었다. 그들 중 몇몇은 독서 중이었고, 몇몇은 터키식 커피를 마시고 있었고, 다른 이들은 찻집 정원의 거대한 유칼립투스 나무 밑에 놓인 장의자에서 졸고 있었다. 타운의 마지막 집 너머로 보이는 녹색의 언덕에는 반쯤 허물어진 극장을 비롯한 고대의 유적이 보였다. 모든 게 매력적인 풍경이었다.

이게 바로 자기가 마음에 두고 있던 바로 그런 곳이라고 판단한 이르판은 혼자 뭍으로 올라갔다. 메리엠은 갑판에 누워 있었다. 그녀는 머리를 들어 마을을 보다가 다시 잠이 들었다. 제말은 자신의 주변을 살피고 있었다.

이르판은 배를 매는 걸 도와준 새카맣게 탄 소년한테 고맙다는 인사를 하고 그 아이네 집에서 하는 해산물 레스토랑에 들르겠노라고 약속했다. 그러고 나서 그는 정원에 유칼립투스 나무가 있는 찻집으로 향했다. 그 나무는 너무나 커서 세 사람이 손을 맞잡고 서도 그 거대한 둥치를 다 두르지 못할 것 같았다.

교수는 터키식 커피를 주문했다. 그는 이른 아침에 카페나 찻집의 야외공간에 앉아 밝은 녹색의 바다를 내다보는 걸 좋아했다. 그는 예전에 자기에게 영어로 말을 하려고 하던 사내애와 벌이던 코미디를 떠올렸다. 면도를 했기 때문에, 이제는 누구도 그를 관광객으로 보지 않을 것이었다. 이르판은 앉은 자리에서 배를 볼 수 있었고, 메리엠의 주변을 감시할 수 있었다.

국내의 여행객들은 아직 이곳을 발견하지 못한 모양이었다. 언젠가 한 번은 남쪽의 유명한 휴양지에서 휴가를 보내는 실수를 한 적이 있었다. 거의 지옥이었다. 작은 만은 거대한 요트들로 붐볐고, 수상기들은 공항으로부터 오성급 호화 호텔들로 손님들을 실어 날랐다. 요트 주인들이 타고 있는 헬리콥터들이 머리 위를 정신없이 날아다녔고, 모터보트들은 미치광이처럼 바다를 휘젓고 다녔다. 바닷가에 있는 모든 호텔들과 레스토랑들에서는 각각 다른 음악들을 연주했고, 다양한 클럽들에서 흘러나오는 비트 소리들 때문에 귀가 먹먹했다. 당시에는 자기가 즐거운 시간을 보내고 있다고 생각했지만, 배 위에서 여러 날 밤을 보내는 동안, 이르판은 이 항해가 그를 얼마나 바꿔놓았는지 깨달았다. 그전에는 당연하게 받아들였던 수많은 것들이 이제는 참을 수 없는 것이 되었다.

에게해의 연안에 숨어 있는 이 마을의 평화는 색다른 것이었다. 이곳은 피난처였다. 주인 없는 개들이 길가에 늘어져 이따금씩 한쪽 눈을 뜨고 행인을 바라보면서 한가롭게 졸고 있었다. 누구도 그들을 건드리지 않았다. 이곳에서는 삶이 고요한 가운데 천천히 흘러가고 있었다.

교수는 찻집의 주인과 자신의 이런 첫인상에 대해 이야기를 나누었다. 그 중년의 사내는 에게해 지역 사람의 억양으로 이렇게 말했다. "선생님 말이 맞습니다. 하지만 점점 더 많은 사람들이 찾아오고 있어요. 앞으로 일이 년이면, 이곳이 사람으로 꽉 찰 겁니다."

그 주인은 이르판의 말을 잘못 이해하고 있었다. 그 사내는 이 마을의 한적함을 결핍으로 생각하고 있었다. 관광객들이 더 몰려오게 되면 마을에는 아스팔트 도로와 교통신호등, 그리고 커다란 호텔들이 생기게 될 것이었다. 주인 남자는 더 많은 돈을 벌고 싶어 했다. 하긴 그보다 더 자연스러운 게 어디 있겠는가?

이르판은 그 사내에게 이 마을이 아주 마음에 드는데, 새로 나와 있는 집이 있는지 혹시 아느냐고 물었다.

주인 남자는 지금 당장 빈집이 있는지는 모르겠지만, 이스탄불에서 온 은퇴한 외교관이 마을 반대편에 오래된 집을 한 채 샀다고 말해주었다. 그리고 그가 방 몇 개를 세를 놓기도 한다는 것도. 그 집만큼 편안한 집을 찾기는 어려울 텐데, 그 노인네가 약간 독특하긴 하지만, 그 정도는 감수해야 할 거라고 했다.

이르판은 그 외교관이 궁금해졌다. 찻집 주인의 아들이 만 끄트머리에 있는 마지막 건물인 그 집까지 이르판을 안내해줬다. 그 집은 한창 향기 나는 꽃을 피워올리고 있는 오렌지 나무 숲 한가운데 있는 소박한 석조건물이었다. 최소한 오백 그루는 되는 나무들이 그 자극적인 향기를 뿜어 이르판을 감쌌다. 바다에서 가까운 그 오렌지 나무 숲은 바람으로부터 보호하기 위해 사이프러스 나무들로 둘러싸여 있었다. 정원은 바다에까지 이어졌는데, 거기에 가까이 서 있는 거대한 올리브 나무가 교수의 시선을 끌었다. 그 바로 뒤로 선착장이 보였다. 다 허물어져 가는 것이었지만, 그럼에도 불구하고, 수심이 적당하기만 하다면 배를 댈 수 있는 곳임에 틀림없었다.

이르판은 집 옆을 거쳐 정면의 정원으로 갔다. 거기에는 마른 몸집에 잘 차려입은 백발의 노인이 잘생긴 사이프러스 나무 옆에 쪼그리고 앉아 있었다. 노인은 두 사람에게 조용히 하라는 몸짓을 하더니 다시 조용히 다가오라는 신호를 보냈다.

이르판은 조심스럽게 그를 향해 걸어갔다. 노인은 아기 참새를 손에 들고 있었다. 그 가련한 것은 날개를 퍼덕거리기는커녕 눈도 제대로 뜨지 못하는 상태였다. 노인은 그 작은 새를 정원의 담장 위에 조심스럽게 올려놓고는 뒤로 물러났다. 그 새가 불안해하지 않을만한 지점까지 충분히 물러났다 싶어졌을 때, 노인이 입을 열었다. "저 사이프러스 나무에 참새 둥지들이 있어요. 저 작은 녀석이 떨어졌는데 엄마 새가 초조하게 울고 있더군요. 저 녀석의 엄마 아빠가 볼 수 있는 자리에 가져다 놓은 거예요. 어떻게 되나 봅시다. 저 녀석이 실수로 둥지에서 떨어진 건지, 그 부모가 밀어낸 건지 곧 알게 될 거요."

"둥지에서 밀려난 거라면 어떻게 하실 겁니까?" 이르판이 낮은 소리로 물었다.

"그런 거라면 내가 집으로 데리고 가서 보살펴 줘야죠."

"그러니까, 그 녀석의 운명을 바꿔 주시겠다는 거군요."

"그렇소." 대사는 대답을 하고 나서 처음으로 이르판을 자세히 들여다보았다. "댁은 누구시오?"

교수는 스스로를 소개했다. 그리고 자신과 두 사람이 세 들어 지낼만한 장소를 찾고 있노라고 말했다.

"여기 계셔도 좋소. 하지만 몇 가지 규칙이 있어요." 대사가 말했다.

"어떤 규칙이죠?"

"이 집엔 텔레비전이 없고, 가지고 와서도 안 되오. 라디오와 신문도 들여서는 안 되고, 어떤 정치 이야기도 금지요. 대중가요를 부르는 것과 소위 스타들에 대해 이야기하는 것도 금지요. 어떤 축구팀을 응원하는 것도 마찬가지로 금지요. 간단히 말해, 머저리들의 나라를 이 집으로 들여오는 어떤 행위도 금지요."

이르판은 깜짝 놀랐다.

"'머저리들의 나라'요?"

"그렇소. 이 나라에는 어리석음이라는 게 하도 광범위하게 퍼져 있어서 문과 창문을 닫아두지 않으면 공기에 섞여서 집 안으로 들어올 수 있단 말이지. 어리석음이란 이 세상에서 가장 전염성이 강한 질병이에요."

"좋습니다." 이르판이 말했다. 그는 이런 대사는 한 번도 만나본 적이 없었다. "월세는 얼마나 되죠?"

"주고 싶은 만큼 내시오."

"네?"

"내고 싶은 만큼 내라는 거요. 나는 돈이 필요하다는 사실을 굳이 숨기지는 않소. 오렌지는 저 나무들을 관리하는 데 드는 비용을 감당할 만큼 돈이 되지 않습니다. 우리 오렌지가 더 맛있고 향도 더 좋지만, 사람들은 씨가 있는 오렌지를 먹느니 네이블이나 자파 오렌지를 삽니다. 내가 이따금 세입자를 받는 게 그래서요. 세입자는 돈을 낼 수 있는 만큼 내죠. 당신은 부자처럼 보이니까 좀 더 내야겠소."

"얼마나 더 내야 하나요?"

"일이백만 달러 정도."

여기까지 듣고 나자 이르판은 이 노인이 정말 독특한 사람이라는 걸 알게 됐지만, 바로 그래서 그가 마음에 들었다. 이 노인은 엄청난 에너지와 약간의 삐딱함을 갖추고 있었다. 훌륭한 조합이다.

"사람들이 독특하다고 이야기하는 그대로시군요."

대사는 웃음을 터뜨렸다.

이르판은 선착장을 점검해 본 뒤 수심이 충분하다고 판단을 내렸다. 십 분 정도 아름다운 모래사장을 걸어 다닌 뒤, 이르판은 배로 돌아왔다.

메리엠은 여전히 잠들어 있었다. 이르판은 제말에게 방현재를 거둬들이고 고정 밧줄을 풀라고 지시했다. 그들은 엔진을 켜고 새로 닻을 내릴 곳으로 향했다. 바다에서 바라보는 정원은 황홀하게 아름다웠고, 오렌지꽃 향기는 배에서도 취할 정도로 짙게 풍겨왔다. 메리엠은 일어나 앉아 정원을 바라봤다. 그러고는 다시 드러누웠다.

그들이 도착했을 때, 대사는 집 안에 있었다. 슬퍼 보였다. 거의 눈물을 흘릴 것 같은 모습으로 낡은 안락의자에 앉아 있었다. 이르판이 무슨 일인가고 물었다.

"그 어린 참새한테 무슨 일이 일어났을 것 같소," 그가 말했다.

"어떻게 됐는데요?"

"짐작해 보시오."

"엄마가 내려와서 데리고 갔나요."

"아니오."

"집으로 데리고 들어오셨군요."

"아니오."

"그럼 무슨 일이 있었는데요?"

"고양이가 잡아먹었소."

"그래서 어떻게 하셨습니까?"

"고양이를 내가 쏴버렸소. 그래서 지금은 참새와 고양이 둘 다 죽었소."

"슬퍼하지 마세요." 이르판이 말했다. "새 한 마리와 고양이 한 마리를 잃으셨지만, 세 친구를 얻으셨어요."

그 말이 입에서 떨어지자마자, 이르판은 자기가 멍청이 같은 소리를 했다는 걸 깨달았다. 하지만 말을 바꾸기에는 이미 늦은 뒤였다.

대사는 그들 세 사람을 둘러봤다. 그의 눈에 짓궂은 빛이 반짝였다. 대사는 반바지를 입고 있는 제말과 고향에서 입던 옷을 입고 머리 스카프까지 두른 메리엠을 쳐다봤다. "이분들은 누구요?" 그가 물었다.

"제 친구들입니다."

"이 사람들도 교수들이요?"

"아닙니다."

"그렇다면 조교수들이겠군요. 아, 아무려면 어때… 방은 이층이요. 동료들한테 이 집의 규칙에 대해 알려 주셨나요?"

"예. 걱정 마세요."

그들이 짐을 들고 이층으로 올라가는 동안 대사가 말했다.

"교수님이 나한테 이상한 사람이라고 했지만, 당신도 만만치 않소."

"맞습니다." 이르판이 미소를 지었다.

노인도 미소를 지었다. 이르판은 대사가 별로 이상할 바가 없는 사람이고, 다만 그에게 짓궂게 굴기를 좋아하는 매우 지적인 사람이라고 결론 내렸다.

어쩌면 새와 고양이에 대해 한 이야기도 인정사정없는 농담에 불과한 것일 수도 있었다.

"장난을 멋지게 성공하셨어요." 이르판이 대사에게 말했다.

"무슨 장난말이요? 어린아이가 되는 게임?"

그날 저녁, 이르판은 반쯤 얼린 위스키를 한 잔 마시고 나서 노인에게 "어린아이가 되는 게임"이 무슨 뜻으로 한 말인지 물었다.

대사는 웃음을 터뜨렸다.

"인간은 사회가 그들에게 지워준 온갖 바보 같은 선입견을 짊어진 채 살아가는 '낙타 단계'를 거칩니다. 그러고 나면 그런 선입견들에 대항해서 싸우는 '사자 단계'가 오죠. 그런데 그 뒤에,

오직 소수의 인간들만 성취하는 또 다른 단계가 있어요. '어린 아이 단계'죠. 어린아이의 천진함을 가지고 인생을 생각하고, 게임을 하고, 온갖 영향에 스스로를 열어놓고, 자신의 잃어버린 순수성을 찾는 게 요구되는, 가장 높은 단계죠. 내가 게임을 하는 게 그래서요."

"대사님이 니체를 따르는 분일 수도 있다는 생각은 전혀 안 해봤는데요." 이르판이 노인을 향해 잔을 들며 말했다.

"그 사람의 이론은 딱 그 지점까지만 받아들입니다." 대사가 대답했다. "초인이 어쩌고 하는 건 다 쓰레기예요."

오렌지꽃의 치유하는 향기가 바다의 소금기 섞인 냄새와 함께 풍겨왔다. 부드러운 바람이 부는 정원에서 실려 오는 섬세하게 달콤한 향기에 둘러싸인 채, 이르판은 얼음처럼 차가운 위스키를 즐겼다. 그는 이곳에서 죽을 때까지 살면 어떨까 하는 생각을 했다. 메리엠은 자신과 함께 머무르면 되겠지만, 그를 불안하게 만드는 제말을 제거할 방법을 찾아야 했다.

"그 여자애는 무슨 문제가 있는 거요?" 대사가 물었다.

"아픕니다."

"어디가 아픈 거요?"

"신경쇠약 아닌가 싶어요. 그래서 침대를 벗어나지 못하는 거고요."

"자궁으로 돌아가려는 의지." 대사가 말했다.

"빌헬름 라이히." 이르판이 말을 받았다.

대사가 웃음을 터뜨렸다. 두 사람은 레퍼런스 게임을 하고 있었다. 둘 중 한 사람이 무언가를 말하면, 다른 사람은 그 말의 전거를 대는 것이었다.

"그 애는 왜 신경쇠약에 걸린 거요?"

"강간을 당한 거 같아요."

"우리가 어떻게 해줘야 할까요?"

"며칠 내버려 두는 게 어떨까 싶어요. 다시 정신을 차릴지도 모르니까."

그러고 나서 대사는 제말에 대해 물었다.

"여자애 큰아버지의 아들이에요." 이르판이 말했다. "제대한 지 얼마 안 됐어요. 제가 말할 수 있는 건, 여자애를 죽이라는 명령을 받았는데 차마 그러지 못하고 있다는 사실이에요."

"어쩌면 저 여자애를 사랑하고 있는 걸 수도 있겠군."

이르판은 웃음을 터뜨렸다.

"헐리우드 영화 대본으로는 완벽하겠네요." 이르판이 말했다. "아무리 별 볼 일 없는 작가라도 그런 이야기를 쓰기 전에는 한 번 더 생각해 볼 겁니다."

"실제 인생이 할리우드식의 상투적인 이야기보다 더 통속적일 수도 있는 거요." 대사가 말을 받았다. "사실은, 그런 경우가 더 많아요."

"맞는 말씀입니다." 이르판이 동의했다.

대사는 아나톨리아에는 여자는 악마고, 죄로 가득 찬 존재라는 믿음이 있다는 점을 상기시켰다. 이런 믿음은, 이런 식으로 해서 인구의 절반을 배척했다는 점에서, 이 나라의 저개발 상태의 근원이 되고 있다는 점도.

"맞습니다." 이르판이 동의했다. "하지만 여자는 서양 문화에서도 스스로 죄인이자 남에게 죄의 근원이 되는 존재로 여겨집니다!"

"그게 무슨 뜻이요?"

"'악evil'이라는 단어를 생각해 보세요."

"그래서요?"

"그게 '이브Eve'라는 단어에서 온 거라고 생각하지 않으세요?"

대사는 이맛살을 찌푸리더니 이렇게 말했다. "어쩌면 선생 말이 맞겠군요… 이브, 이블, 최초의 죄… 선생 말이 맞아요. 최소한 우리말로 이브를 말하는 '하바Havva'에서 나온 악을 뜻하는 단어는 없죠."

두 사람이 밤새 마시는 동안 이르판이 대사로부터 얻어들은 조각 정보들에 따르자면, 이 노인은 여러 유럽의 수도들에서 터키의 대사로 일했다. 현역에서 은퇴하고 난 뒤 그의 아내가 죽었고, 그는 이 외떨어진 만의 이 고적한 집을 사들였다. 대사가 사들이려 한 건 집보다 오렌지 나무숲이 우선이었다. 그게 제일 먼저 가졌던 생각은 오렌지를 따서 팔겠다는 것이었기 때문이다. 나중에는 그 집에서 사는 게 오렌지를 파는 것만큼이나 마음을 끌어당겼다.

"오랫동안, 나는 내가 이 나라를 대표한다고 생각해 왔어요." 대사가 말했다. "그러다가 이 나라는 나를 대표할 만한가 하는 생각을 품기 시작했죠. 이 나라를 이끄는 사람들의 정직성이나 지적 수준 같은 게 내 기대에 못 미쳤거든요. 결국에 가서는 내가 살아왔던 세계를 벗어나서 이리로 내려와 회고록을 쓰자고 결심하게 됐죠."

"쓰셨나요?"

"아뇨. 왜냐면 이 나라의 문제라는 게 지식이나 이해력이 부족해서 생긴 게 아니라는 걸 깨달았거든요. 그 사람들한테는 아무것도 가르칠 수가 없어요. 그 사람들은 선생이나 나보다 모든 걸 더 잘 알아요. 다만 선량한 의도라는 게 없을 뿐이죠. 그 사람들은 자기들 방식만 고집해요. 이 나라의 대중은 멍청하고 동시에 천진해서, 이 나라의 정책 결정권을 가지고 있는 사람들에게 아무런 영향도 미칠 수가 없어요. 대중이 교육되지 않은 나라에서의 민주주의라는 건 독재자나 선출된 왕을 가지고 있는 것과 하나 다를 게 없어요. 그래서 나는 이 나라와 연결된 끈을 끊어버렸어요. 나는 지금 수상이 누군지도 모릅니다.

나한테는 오늘 본 참새 새끼가 수상보다 훨씬 더 중요해요."

"그 새는 정말 어떻게 됐습니까?"

"따라와 봐요." 대사가 미소를 지었다.

그는 교수를 자기 방으로 데리고 갔다. 대사는 새장 안에 면으로 만들어 놓은 침대 위에 그 참새를 얹어두고 있었다.

"내가 틀리지 않았어요." 그가 말했다. "이놈의 부모가 이놈을 둥지 밖으로 버린 거였어요. 하지만 난 이놈이 죽게 놔두지 않을 거요."

* * *

메리엠은 아주 작은 창문이 하나 있을 뿐인 어두컴컴한 작은 방의 침대에 누워 있었다. 침대에 익숙해지지 않아서 이리 뒤척 저리 뒤척 하고 있었다. 이 집은 고향마을 근처에 있는 포도원의 오두막을 연상시켰다. 눈을 감고 잠이 오기 시작할 때마다, 메리엠은 그 오두막에 있는 것 같았다. 그곳에서 그녀는 자기를 덮쳐오는 검은 수염을 한 그림자를 물리치기 위해 허공에 마구 발길질을 해댔지만, 그 사악한 그림자는 결국 자기가 하고 싶은 대로 하면서 그녀의 다리 사이에서 피가 흐르게 만들었다. 메리엠은 신음을 흘렸다. 그녀는 자기가 낸 소리에 놀라 잠에서 깨어났다. 온몸이 땀에 젖어 있었다.

메리엠의 뇌에서 멀쩡하게 작동하고 있던 부분은 심지어 그 헛간에서조차도 그녀가 그렇게 심하게 고통받은 건 아니었다는 메시지를 그녀에게 보내고 있었다. 그로부터 오랜 시간이 지났고, 그녀는 고향마을에서 멀리 떠나와 있지 않은가. 이 끔찍한 기억은, 하필이면 이제 그 모든 걸 다 잊어버렸다고 생각한 바로 그 순간에, 어쩌다 다시 돌아와 그녀를 괴롭히는가?

메리엠은 자신의 마음을 무감각하게 만들어 그 이미지들을 마음속에서 몰아내고 다시 한번 어린애처럼 무구한 상태로 돌아가 보려고 애썼다. 하지만, 가능하지 않았다.

정원의 한쪽 구석에 쪼그리고 앉아 이르판과 대사가 술에 취해있는 걸 보는 동안, 그 두 사람에 대한 제말의 분노는 거의 폭발할 지경에 이르렀다. 그 두 사람은 시종 웃음을 터뜨리면서—어쩌면 그를 비웃고 있는 것일 수도 있었다—그가 이해하지 못하는 언어로 대화를 나누고 있었다. 그 둘은 제말을 동부 지방의 농장 일꾼이나 하인보다도 못한 존재로 경멸하고 있는 게 분명했다.

하지만 제말 자신과 그의 전우들이야말로 저런 사람들이 이 나라에서 편안하게 살 수 있도록 해주는 존재들이었다. 만약에 압둘라가 이 역겨운 두 명의 알코올 중독자들을 봤더라면, 자신들이 눈과 다리를 희생한 게 과연 그럴만한 가치가 있는 일이었는지 의심했을 것이었다.

제말의 생각에는 전혀 가치 없는 짓이었다. 그 교수는, 특히, 배신자였다. 그는 외국의 깃발을—터키 국기보다 더 큰 걸로—자기 배에 걸어두고 있었다. 매일 밤 제말은 그 깃발들의 자리를 바꾸어 영광스러운 터키 국기를 그 빨간 줄과 파란 줄이 그어져 있는 잠옷 무늬 같은 깃발 위에 올려두었다. 다음날이면 이르판은 그렇게 하는 게 해양법에 어긋나는 거라면서 터키 국기를 다시 원래의 위치로 내려놓곤 했다. 제말은 아무 말도 하지 않았지만, 밤이 되면 다시 깃발이 게양된 순서를 바꿔놓곤 했다. 국기란 무엇보다 중요한 것이었다. 수많은 용감한 전우들이 나라를 위해 순교한 마당에, 도대체 어떤 해양법이 터키의 국기가 다른 나라의 국기보다 위에서 나부끼는 걸 막을 수 있단 말인가?

다음 날 아침, 제말은 기회를 봐서 교수와 대사에게 자신의 산악부대 시절 사진을 몇 장 보여줬다. 그 사진들 중 하나는 특공대 복장을 갖춘 제말이 산마루에 서서 어깨와 허리에 탄창이 든 탄띠를 두르고 G3 소총을 허공에 겨누고 있는 것이었다. 그 사진은 앙각으로 촬영된 것이었다. 배경에는 구름이 걸려 있었고, 제말은 자부심에 차서 고개를 쳐들고 있었다.

두 사람은 제말의 사진들에 별다른 관심을 보이지 않았다. 두 사람은 그 사진들을 대충 훑어보더니 다시 그에게 돌려줬다. 그가 어떤 일을 한 사람이든, 그들은 제말에게 별 관심이 없었다.

그들이 물어보기만 했더라면, 제말은 전쟁에 대해 몇 시간이고 이야기할 수 있었을 것이었다.

당나귀는 뭐라고 말했나?

사흘 동안, 무거운 대기 속에서 거의 끈적거릴 정도로 짙어진 오렌지꽃 향기가 모두를 에워쌌다. 지치지도 않고 끊임없이 위스키를 마셔댄 대사와 이르판은 물론이고, 배나 정원에서 게으르게 낮잠 자는 일로 대부분의 시간을 보낸 제말 역시 그 향기에 취했다.

그 향기는 메리엠의 어둑어둑한 방의 열린 창문으로도 들어와서 향유처럼 그녀의 전신에 퍼졌고, 그녀의 상처를 치유했다. 그녀의 방에 스며든 오렌지꽃의 향기는 연민이 변한 것이었다. 그 진한 향은 비비의 손처럼 그녀의 머리카락을 어루만져 주었다. 어쩌다 눈을 반쯤 뜨면, 나비들이 보였다. 짙은 청색 날개에 노란색 점무늬가 있는 나비들이 메리엠의 머리 위를 날아다니다가 얼굴과 머리카락에 내려앉았고, 그녀가 덮고 있는 이불을 뒤덮었다.

며칠 만에, 오렌지꽃 향기와 나비의 영상이 메리엠을 다시 건강하게 만들어주었다. 그녀는 엄청난 에너지와 함께 자신의 몸이 거뜬해진 걸 느끼면서 일어나 앉았다. 뼈마디가 아팠지만, 그녀가 잠들어 있는 동안 교수가 가져다 놓은 음식을 흡입하다시피 먹었다.

메리엠은 입고 있던 옷이 피와 땀으로 얼룩진 환자 옷이라도 되는 것처럼 찢어버리고, 침대에서 뛰쳐 일어났다. 머리는 더 이상 아프지 않았고, 몸은 깃털처럼 가벼웠다. 창문의 셔터를 올리고 햇살이 방안을 채우게 하자, 그녀의 팔과 다리는 마치 물에 떠서 움직이는 것처럼 반응했다.

메리엠은 가까운 언덕 뒤편 진홍색의 구름 속에서 해가 떠오르는 걸 지켜봤다. 사이프러스 나무에 지은 둥지 속에서 참새들이 쉬지 않고 지저귀었다. 행복하다는 느낌이 넘쳐흘렀다. 침대 앞에 놓인 의자 위에 흰색 드레스가 걸쳐 있는 게 보였다. 교수가 주는 깜짝 선물인 게 분명했다. 메리엠은 그 드레스를 입고 거울에 한참을 비춰본 뒤, 아래층으로 내려갔다.

아무도 없었다. 일어나기에는 아직 이른 시간이었다. 메리엠은 정원으로 나가 선착장까지 걸어갔다. 그녀는 이제는 집처럼 된 배가 아침의 미풍 속에서 부느럽세 흔들리고 있는 모습을 지켜봤다. 그녀는 마치 기적이라도 목격하는 것 같은 심정으로 주변의 오렌지 나무들을 둘러봤다. 이 꽃의 향기는 어쩌면 이렇게 속속들이 사람한테 스며드는 걸까? 그 향은 자스민의 그것보다 더 고혹적이었다.

메리엠은 정원을 돌아보다가 닭장을 발견했다. 그녀는 어린아이처럼 즐거운 마음으로 따뜻한 계란들을 주워들었다. 부엌으로 돌아와 차를 만들고, 계란을 삶고, 정원에 아침상을 차렸다.

제일 먼저 일어난 건 대사였다. 아직 잠이 덜 깬 상태여서, 그는 처음에는 메리엠을 알아보지 못했다. 흰 드레스를 입고 너무나 신선하고 생기 넘치는 그녀는 완전히 다른 여자처럼 보였다. 그러고 나서 그는 아침 테이블을 봤다. "이걸 다 준비했다고!" 그는 놀라서 말했다.

"예!" 메리엠이 차를 따르면서 자랑스럽게 말했다.

아침을 먹는 동안 대사가 메리엠에게 물었다. "멀미를 앓았던 건가?"

"아마도요." 그녀가 대답했다.

"전에도 배를 탄 적이 있니?"

"아뇨. 반 호수에서 노 젓는 배를 탄 적이 한 번 있었지만, 그건 이런 배하고는 달랐어요."

"나도 멀미를 한단다." 대사가 말했다. "그래서 난 요트를 안 타지."

"여긴 정말 아름다워요." 메리엠이 주변을 둘러보면서 말했다.

"천국 같아요."

잠시 후에 제말이 내려왔다. 남들이 눈치 못 채게 메리엠을 흘낏 쳐다보고 나서, 그는 테이블에 앉았다. 잠시 후에 교수도 내려왔다. 그는 메리엠을 보고 반가워서 안아주고 싶었지만 참았다.

메리엠은 드레스를 내려다보면서 말했다. "고맙습니다."

"잘 어울리는구나." 이르판이 대답했다. 그가 그 동네 상점에서 사 온 결이 고운 면 드레스는 아침 미풍 속에서 웨딩드레스처럼 살랑거렸다.

이틀이 행복하게 흘러갔다. 어느 누구도 다른 사람을 방해하지 않았다. 대사는 자기 방에서 책을 읽었고, 교수는 마을의 바닷가 찻집에 가서 시간을 보냈고, 메리엠은 대사가 심어놓은 바질과 민트, 토마토와 파슬리 같은 것들의 김을 매고 물을 주었다. 제말은 선착장에 가서 낚시를 하거나 마을에 내려갔다.

생선을 튀기면 그 냄새가 사흘은 갔기 때문에, 대사는 집안에서는 생선요리를 하지 못하게 했다. 제말은 자기가 잡은 생선을 집으로 가지고 올 수가 없었다. 그래서 그렇게 하는 대신에 입에서 낚싯바늘을 빼낸 뒤 다시 바다로 던져줬다. 그렇게 해도 낚시를 하는 건 여전히 재미있었다. 제말은 그가 잡은 고기의 마릿수를 세는 것만으로도 충분히 만족스러웠다.

선착장에서 그렇게 긴 시간을 보내는 동안, 제말은 자신의 미래에 대해 생각을 거듭했다. 그에게는 돈도, 직업도, 집도 없었다. 이 집에서 영원히 살 수는 없었다. 고향마을로 돌아가야 할지, 아니면 이스탄불로 가서 보안요원 같은 일자리라도 찾아봐야 하는 건지, 마음을 정할 수가 없었다. 셀라하틴 말로는 메리엠만 데리고 다니지 않아도 된다면, 일자리를 찾는 건 그리 어렵지 않을 거라고 했다. 큰 은행이나 회사들에서는 전직 특공대원들을 보안요원으로 환영했고, 보수도 좋은 편이었다. 메리엠을 여기 놔두고 이스탄불로 가는 건 정말 나쁜 생각일까? 하지만 저 두 사람이 그런 책임을 져주려 할까?

어느 날 그런 생각에 잠겨있다 보니, 제말은 자기가 더 이상 에미네에 대해 생각하지 않고 있고, 그녀와 같이 있고자 하는 갈망도 가지고 있지 않다는 걸 깨달았는데, 그 사실이 그다지 괴롭지도 않았다. 그는 자기의 고향을 떠나면서 자신의 과거에 속한 그곳의 모든 사람과 모든 것들을, 메리엠만 제외하고는, 저 멀리에 두고 온 것이었다.

＊＊＊

저녁은 모두 함께 먹었다. 그러고 나면 이르판과 대사는 위스키를 마시면서, 메리엠이나 제말은 이해할 수 없는 언어로 몇 시간이고 대화를 나누었다.

메리엠이나 교수가 음식을 준비하는 경우도 있었지만, 대개 요리를 담당하는 건 대사였다. 그들은 스파게티를 자주 먹었다. 대사는 국수 위로 올리브오일을 붓고 바질을 뿌리곤 했다.

어느 날 저녁, 대사가 스토브에 냄비 하나 가득 물을 올려놓았는데 가스가 떨어졌다. "이런!" 노인이 말했다. "지금 이 시간에는 가스를 사 올 데가 없는데. 마을 가게들은 지금 시간이면 문을 닫거든. 문을 열고 있는 데를 찾아봐야겠네."

메리엠은 그 즉시 해결책을 제시했다. "배에 통에 든 가스가 있어요."

대사는 감탄스러운 표정으로 메리엠을 쳐다봤다.

"제가 가서 가지고 올게요." 제말이 말했다.

"그걸 여기까지 가지고 올 필요는 없어." 메리엠이 대꾸했다. "냄비를 배에 가지고 가서 국수를 끓인 다음에 이리로 가지고 오면 돼."

제말은 짜증이 났다. "가스를 가지고 오는 게 더 쉬워." 그는 말했다. "나중에 차를 끓이거나 할 때 필요할 수도 있고."

메리엠과 제말은 화가 난 표정으로 서로를 마주 봤다. 그러고 나서는 마치 누가 옳은지 판단을 내려달라는 듯이, 둘 다 대사를 향해 돌아섰다. 분위기가 팽팽해졌다. 무슨 대답을 하든 메리엠이나 제말 둘 중 하나는 기분을 상하게 할 것이었다.

대사는 잠시 망설이다가 말했다. "오늘 저녁은 나가서 먹지.

가스는 잊어버리고. 근처에 남동부에서 온 가족이 있는데, 아주 특별한 팬케이크를 만들어서 그 집 정원에서 팔아."

모두가 긴장을 풀고, 모래가 깔린 길을 걸어 마을로 갔다.

처마 밑에 알전구들을 걸어놓은 게 보이는 그 집은 그리 멀지 않았다. 남동부에서 온 그 가족은 집을 수리한 뒤에 마당에 소박한 탁자와 의자들을 몇 개 내다 놓고, 자기들 고향에서 먹던 전통 팬케이크를 만들어서 팔기 시작했다. 특히 외국 관광객들이 깨끗한 머슬린 스카프를 머리에 동여맨 그 집 주부가 만드는 음식을 좋아했다. 그녀는 반죽을 만든 뒤 그걸 얇게 밀어 철판에 구웠다. 두 아들이 손님 접대를 맡았고, 수염이 무성한 아버지는 계산대에 앉아 있었다. 최근 들어 그런 집들이 에게해와 지중해 연안에 많이 생겨났다.

메리엠은 뜨거운 철판에서 구워지고 있는 신선한 팬케이크의 냄새를 맡자 고향마을이 생각났다. 어릴 때 고향 집의 뒤뜰에서 빵 굽는 걸 구경하곤 하던 일이며, 다 굽고 나면 겹겹이 벗어지는 삼각형의 패스트리에 버터를 발라 맛있게 먹던 일이 떠올랐다. 메리엠은 그 집에 들어서자마자, 그 집이 자신의 감정을 자극하는 곳이 될 거라는 걸 느꼈다.

저녁 식사를 하는 동안 파도치는 소리가 들려왔다. 대사가 들어오는 걸 보자마자 아버지가 아들을 시켜 라디오를 꺼버렸기 때문에, 파도 소리 말고는 아무런 소리도 들리지 않았다. 그 아버지는 대사가 화나게 하고 싶지 않았다.

메리엠은 대사와 교수 사이에서 끝도 없이 이어지는 대화에 귀를 기울였다.

“전쟁과 학살은요?” 이르판이 물었다. “그런 것들도 게임이라고 보십니까?”

“그렇죠. 그것들 모두 다 게임이에요.”

“대량학살, 세계대전, 원자폭탄도요?”

“게임이죠… 어린아이 같은 게임—우주라는 관점에서 본다면 말이죠. 최근에 터키와 그리스 사이에 있었던 카르다크 사태를 생각해 봐요. 두 나라의 군사적인 관점에서 보자면 전쟁도 합리적인 것으로 보일 수 있어요. 하지만 염소들과 카르다크 섬의 관점에서 한 번 보자고요. 상륙정에 탄 수많은 사내들이 고함을 질러대고, 바다는 디젤 연료로 오염되고, 몇 세기 동안 이어져 온 평화가 파괴되었죠. 그자들은 바위 위에 푸른색 천을 매단 기둥을 세우고는 떠나버렸어요. 그러고 나서는 그 못지않게 시끄러운 자들이 배를 타고 와서 그 파란 천을 붉은 걸로 바꿔 달았죠. 이런 게 게임이 아니면 뭐겠소? 인간은 포유류의 범주에 속하지만 자기 자신들을 다른 종류의 것으로 바꾸려고 시도하고 있어요. 하지만 어떤 동물도 생물학적 법칙의 밖에서는 살아남을 수가 없어요. 당나귀는 당나귀처럼 살아야 하고, 뱀은 뱀처럼, 그리고 사람은 사람처럼 살아야 해요. 하지만 인간이 자기들 능력만 믿고, 다른 어떤 존재가 되려고, 힘으로 자신의 본성을 바꾸려고 들게 되면, 그때 문제가 생기는 겁니다. 이게 바로 불행과 전쟁의 진짜 원인이에요. 이보오, 간단히 말하자면, 사람은 사람처럼, 당나귀는 당나귀처럼 살아야 하는 거요."

대사는 잠시 말을 멈추더니 메리엠과 제말을 향해 돌아섰다. "내가 지금 무슨 말 하는 건지 알겠나?" 그가 물었다.

"당나귀는 당나귀처럼 살아야 한다고요." 제말이 되풀이했다.

"메리엠은 다 이해합니다" 이르판이 말했다. "저 애는 선생님이 말씀하시는 거 다 이해해요."

"쟤가 뭐든지 다 이해한다고." 제말이 중얼거렸다. "지금 누굴 바보로 아나?"

교수는 마치 지금은 게임을 하기에 적절한 시간도 아니고 그럴 장소도 못 된다고 말하고 싶어 하는 표정으로 대사를 쳐다봤다. "날 그런 식으로 보지 말아요." 대사가 말했다. "선생도 내게 그 대답을 찾아줘야 할 입장이오."

메리엠과 제말은 노인이 말하는 걸 귀 기울여 들었다.

"위대한 술탄이 죽을 때가 돼서 두 아들을 곁으로 불렀어. 자기는 이제 곧 죽을 텐데, 자신의 영토가 나뉘는 건 원치 않는다고 말했지. '하지만,' 술탄은 이렇게 말을 이었어. '너희 둘은 누가 새로운 지배자가 될지를 두고 싸워서는 안 된다. 내일, 너희 둘 다 여기에서 한 시간쯤 거리에 있는 사냥 오두막으로 가라,

가서 내일 돌아오너라. 누가 됐든 나중에 성으로 들어오는 말을 탄 자가 술탄이 될 것이다.' 두 왕자는 그 즉시 그 문제를 해결할 방법을 궁리하기 시작했어. 먼저 들어오는 경주는 쉬울 거 같은데, 나중에 들어오려면 도대체 어떻게 해야 하는 거야? 두 왕자는 사냥 오두막으로 가서 결국엔 해결책을 찾아내. 자, 너희 둘 다 내일 아침까지 머리를 짜내서 그 답을 찾아내 봐."

모두들 그 수수께끼를 푸느라 침묵에 빠졌다.

팬케이크와 버터밀크를 다 먹어가던 즈음에, 메리엠은 당나귀가 우는 소리를 들었다. 그 소리는 집 뒤편에서 들려왔다. 메리엠은 자리에서 일어나 소리가 나는 곳으로 걸어갔다. 금방이라도 무너질 듯한 집 뒤편에 야채를 심어놓은 정원이 있었다. 개 두 마리가 햇볕 아래 게으르게 뒹굴고 있었고, 당나귀 한 마리가 나무에 묶인 채 무엇이 불편한지 울고 있었다. 메리엠은 가까이 다가가 당나귀의 머리를 쓰다듬더니, 귀에 대고 무어라 속삭였다. 당나귀의 거친 털 아래로 단단한 피부가 만져졌다. 이 뒤뜰은 고향마을의 포플러 정원에서 나는 것 같은 냄새가 났다. 이상한 느낌이 그녀의 안에서 차오르고 있는데, 누군가가 다가오는 소리가 들렸다. 머리가 앞이마로 흘러내린, 조금 전까지 그들의 식사 시중을 들던 짙은 눈동자를 지닌 소년이었다.

"여기서 뭐해요?" 그가 물었다.

"당나귀한테 말하고 있어요." 메리엠이 대답했다.

소년이 웃었다. “우리 당나귀지만, 말하는 건 한 번도 못 들었어요.” 그가 말했다.

“당나귀는 말하고 싶을 때만 해요.” 메리엠이 대답했다.

사내애는 자기 이름이 메흐메트 알리라고 했다. “어디서 왔어요?” 그 애가 물었다.

메리엠은 자기의 고향마을에 대해서 이야기해줬고, 메흐메트 알리는 그녀가 동부에서 왔다는 걸 알고 깜짝 놀랐다. “전혀 눈치도 못 챘어요.” 그가 말했다. “사투리가 약간 있는 거 같긴 했지만 대사님이랑 같이 있는 거 보고 친척인 줄 알았어요.”

메흐메트 알리는 아주 말이 많았고, 메리엠은 얼마 지나지 않아 그 아이와 가족에 대한 모든 걸 알게 되었다. 그 가족은 전쟁 때문에 고향을 떠났지만, 전쟁을 피해 나온 수백만의 다른 사람들처럼 대도시로 가지는 않았다. 그 대신 이 작은 연안마을로 와서 한 친척이 권한 대로 팬케이크를 팔기 시작했다. 지금은 간신히 먹고사는 정도였지만, 나중에 이 마을을 찾아오는 관광객 수가 늘어나게 되면 좀 더 벌 수 있게 되리라고 믿고 있었다.

메리엠은 메흐메트 알리의 이야기를 들으면서 당나귀의 얼굴을 쓰다듬었다. 잠시 후에, 두 사람은 교수가 그녀를 부르는 걸 들었다. 두 사람은 앞뜰로 돌아오면서 마치 둘이서 무슨 죄라도 지은 것처럼 어색하게 느꼈다. 모든 이들이 두 사람을 쳐다보고 있었다.

나중에 집으로 돌아오는 길에, 대사는 메리엠더러 어디에 가 있었느냐고 물었다.

"당나귀한테 얘기하고 있었어요." 그녀가 말했다.

"당나귀가 너한테 뭐라고 하디?"

"대사님 말씀이 맞다고 얘기했어요."

대사와 이르판은 웃음을 터뜨렸다. 이 여자애는 교수가 말한 것처럼 확실히 독특한 아이였다.

다음 날 아침에 대사는 대답을 찾았느냐고 물었다. 이르판이 제일 먼저 말했다. "두 말이 경주를 한다면, 두 마리 말 중 하나가 도시에 먼저 들어오겠죠." 그가 말했다. "하지만 나중에 들어오기 위한 경주란 건 가능하지 않습니다. 두 왕자의 아버지는 이걸 알고 있었기 때문에, 사실은 두 왕자가 화해를 하고 누가 왕위를 물려받을지 대화를 통해 합의하기를 원했던 겁니다."

"틀리셨소, 친애하는 선생!" 대사가 웃음을 터뜨렸다.

이르판은 관계없다는 어깻짓을 해 보였다. 사실 질문이 무엇이었는지도 이미 잊어버리고 있던 참이었다. 게다가, 그 대답도 그 순간에 즉흥적으로 지어낸 것이었다.

"자, 사령관, 자네 대답은 무언가?" 대사가 제말을 향해 돌아서며 물었다.

"신이여, 제발 정답을 모르게 해 주세요, 제발요!" 메리엠은 기도했다.

"두 형제 중 누구도 움직이지 않습니다." 제말이 말했다. "두 사람 다 사냥 오두막에서 며칠을 기다려요. 먼저 포기하는 사람이 지는 거죠. 그리고 둘 중에 더 강한 의지력을 가진 사람이 끝까지 기다리다가 마침내 새로운 술탄이 됩니다."

"틀렸어, 사령관." 대사가 웃음을 터뜨렸다. "그것도 정답이 아니야. 둘 중 아무도, 몇 년이고 안 움직이면 어떻게 할 건가? 자, 이제 이쁜 아가씨 네가 얘기해 보렴."

"두 사람이 말을 바꿔타요!" 메리엠이 불쑥 내뱉었다.

대사는 박수를 치기 시작했고, 교수는 웃었다.

제말이 의자를 박차고 일어섰다. "그게 무슨 소리야, 말을 바꿔타다니?" 그가 소리를 질렀다.

메리엠은 제말을 향해 돌아서더니, 어린아이한테 말하는 것처럼 천천히 설명했다. "두 왕자는 각자의 말을 타고 도시에 들어오기 위해 미친 듯이 달려. 마지막으로 들어오는 말을 탄 아들이 술탄이 돼."

"하지만, 처음이 아니라 마지막으로 들어와야 술탄이 되는 거잖아!" 제말이 이의를 제기했다.

"첫 번째 왕자가 아니라," 이르판이 말했다. "도시에 나중에 들어오는 말을 탄 왕자. 답은 질문 안에 있었던 거지!"

제말은 테이블을 떠났다.

"고마워요, 비비." 메리엠은 속으로 말했다. 만약에 그녀가 어렸을 때 비비가 이 이야기를 해주지 않았더라면, 메리엠은 정답을 알 방법이 없었을 것이지만, 그녀는 이 비밀을 다른 사람들과 나누고 싶지는 않았다.

제말이 화가 나서 얼굴이 보랏빛이 된 채 방을 나가버리는 동안, 대사와 교수는 둘 다 메리엠의 지혜에 감탄하고 있었다.

메리엠은 진실을 말함으로써 자신의 즐거움을 덜려고 들까?

"그 답을 어떻게 알아냈니?" 이르판이 물었다.

"밤새 그 문제를 생각했어요" 메리엠이 대답했다. "그러고 있는데 갑자기 답이 떠올랐어요!"

* * *

그날 오후 늦게 메흐메트 알리가 피타 빵을 그 집으로 들고 왔다. 그는 그날 오후 내내 근처에서 아무도 모르게 앞 머리카락을 꼬면서 그 집을 지켜보았다.

그는 다음 날 정오쯤에 다시 찾아와 자기 엄마가 메리엠을 찾는다고 말했다. 관광객들이 여러 명 한꺼번에 몰려왔는데, 도와줄 손이 필요하다는 것이었다. 메리엠이 자기 엄마에게 팬케이크를 만들 줄 안다고 말했기 때문에, 와서 좀 도와줄 수 있는지 알고 싶다는 것이었다. 메리엠은 이게 다 메흐메트 알리가

지어낸 얘기라고 확신했지만, 아무 말도 하지 않았다.

메리엠은 그날 그 팬케이크 식당으로 갔고, 그다음 날, 그리고 그다음 날도 그렇게 했다. 그러다 보니 메리엠은 하루의 대부분을 그 집에서 보내게 됐다. 메흐메트 알리의 엄마는 메리엠을 껴안고 그녀의 뺨에 입을 맞추고는 "내 작은 자고새야. 너는 부모님은 안 계시니?" 하고 물었다.

"없어요." 메리엠이 대답했다.

"불쌍한 것" 여인은 그렇게 말하고는 다시 메리엠을 안아줬다.

교수와 대사가 그녀에게 잘해주긴 했지만, 메리엠은 그 두 사람 가까이에 있을 때는 늘 신경이 곤두서 있었다. 동부에서 온 그 가족과 함께 있을 때에는 마치 있어야 할 자리에 있는 것처럼 마음이 편했다. 메리엠은 그 가족이 자신을 동정하고 있고, 해치려 들지 않을 거라고 느꼈다.

어느 날 메리엠은 그 여인에게 "제가 버터 패스트리를 만들어 볼까요?" 하고 물었다.

"그럼, 그러려무나." 여인이 말했다. "그런데 우선 너 입을 걸 좀 가져다줄게. 네 이쁜 드레스가 더럽혀지면 안 되잖니."

두 사람은 그 작은 집에 같이 들어갔다. 여인은 나무로 된 트렁크를 열더니 블라우스와 보라색 꽃무늬로 장식된 아름다운 펑퍼짐한 바지 한 벌을 꺼냈다.

메리엠은 그 옷들이 너무나 편안해서 놀라웠다. 그 트렁크를 열자마자 고향 냄새가 훅 끼쳐서 메리엠은 눈물이 날 것 같았다.

정말 신기한 일이었다. 그녀가 벗어버리려고 그렇게 애썼던 그 옷들이 그녀를 옛 친구처럼 편안하게 감싸주는 것 같았다. 메리엠은 자신에게 자유의 감각을 선사한 새 옷들을 절대로 포기하지 않겠지만, 때때로 옛날 옷을 입어보는 것도 즐거울 것 같았다.

앞치마를 두르고 머슬린 천으로 머리를 감싼 메리엠은 반죽 앞에 앉았다. 얼마 지나지 않아 그녀의 양팔은 팔꿈치까지 밀가루로 뒤덮였다. 메리엠은 뜨거운 철판 옆에 앉아 얇은 겹들로 이뤄진 패스트리를 굽고 거기에 버터를 바른 뒤 접어서 모양을 만들었다. 그날 이후로 많은 손님들이 메리엠의 이 특별한 패스트리를 찾았다.

오후가 되면 메리엠은 뒤뜰에 있는 수도꼭지에서 팔과 얼굴을 씻고 옷을 갈아입은 뒤 집으로 갔다. 다음날 왔을 때는 즉시 그 펑퍼짐한 바지로 갈아입었다.

메리엠에게 일어난 변화는 그 바지를 입게 된 것만이 아니었다. 메리엠은 그 집의 정원으로 들어서는 바로 그 순간부터 안정감을 느꼈다. 그녀는 부끄러움을 느끼지 않고 말했고, 동부지역 사투리를 다시 쓰기까지 했다.

메리엠은 메흐메트 알리와 쉬지 않고 이야기를 주고받고, 웃고 떠들고, 그를 놀렸다. 그녀는 거리낌 없이 그와 시시덕거렸고,

알리가 자기를 경애하는 눈초리로 쳐다보는 걸 자랑스럽게 여겼다.

모든 것이 우유와 꿀처럼 매끄럽게 흘러갔고, 메리엠은 알리의 엄마가 "네가 우리 집에 행운을 가지고 왔다. 네가 온 뒤로 손님들이 많이 늘고 있어."라고 얘기했을 때 속으로 그럴 줄 알았다는 미소를 지었다.

메리엠은 메흐메트 알리가 몰래 자기의 가슴을 훔쳐보고 있는 걸 눈치챘을 때도 속으로 미소를 지었다. 알리는 그녀에게 홀리기라도 한 것처럼 늘 그녀를 따라다니면서 절대로 옆을 떠나지 않았다. 메리엠은 알리가 자신으로부터 자극을 받아 느끼고 있는 흥분을 느끼는 게 좋았다.

어느 날, 메리엠이 집안에서 혼자 반죽을 만지고 있을 때 메흐메트 알리가 그녀의 뒤로 살금살금 다가왔다. 알리는 있는 용기를 다 끌어모아 메리엠의 목에 입을 맞추고는 집 밖으로 달아났다. 메리엠은 속으로 미소를 지었고, 이상하게도, 전혀 화가 나지 않았다.

거친 밤

인생은 매끄럽게 흘러가고 있었고, 오렌지꽃 향기를 풍기는 그 집 안에서는 모든 것이 조화롭고 평화로웠다. 그들 모두가 그 모습 그대로 영원히 살아갈 수 있을 것 같았다. 심지어 제말 조차도, 늘 씩씩거리면서 불평을 늘어놓긴 했지만, 달리 갈 데가 없었기 때문에 자기가 배신자들이라고 믿고 있는 사람들 사이에서 적응하고 살아야 했다.

은퇴한 대사는 비슷한 생각을 가진 친구와 같이 지내는 걸 즐거워했다. 그는 처음에 누구도 정치적 사안을 집안에 가지고 들어올 수 없다고 말했지만, 그 금지조항은 오직 다른 사람들에게만 해당되는 것이었다. 대사는 자신의 의견을 개진하는 걸 좋아했고, 누군가가 끼어들거나 하면 화를 내면서 "이게 내 생각이야. 어떻게 여기에 다른 의견을 내밀 수가 있어? 나는 반세기 동안 이 문제로 머리를 혹사해온 사람이야."라고 말했다.

다른 사람들은 별말 없이 이 노인의 말을 듣기만 했다. 메리엠과 제말로서는 그가 무슨 말을 하고 있는지 알아듣는 게 특히 어려웠다.

메리엠은 낮 시간에 정원에 앉아 있을 때마다 갑자기 일어나 앞으로 몇 걸음을 걷고, 그러고는 다시 자기 자리로 돌아가곤 했다. 이런 행동은 다른 사람들을 놀래는 건지는 모르겠지만, 이유가 있었다. 메리엠은 귀뚜라미들이 자신의 하얀 드레스를 무서워한다는 걸 알고 있었다. 매번 그녀가 일어나서 나무들을 향해 걸을 때마다, 정원에서 나던 모든 소리들이 일제히 멈추었고, 이건 다른 사람들을 웃게 만들었다. 대사는 "자, 메리엠, 저 놈들을 입 다물게 해주렴. 본때를 보여줘."라고 말하곤 했다.

이르판과 대사가 기대를 가지고 기다리는 건 그들이 나무들 사이 테이블에 앉아 위스키를 홀짝이는 시간이었다.

두 사람 중 누구도 교수가 모두를 저녁 식사에 초대해서 데리고 나간 그날 자신들의 인생이 영원히 바뀌어 버리게 되리라는 건 몰랐다.

교수는 매일 파스타를 먹는 게 지겨워졌다. 그는 마을에 있는 해산물 레스토랑으로 모두를 데리고 가고 싶었다. 게다가, 이르판은 그 집에서 일하는 아이들에게 언젠가 와서 식사를 하겠노라고 약속을 한 적이 있었다. 다른 사람들도 무언가 다른 걸 좀 먹고 싶다는 생각이 있었다. 이르판은 걷는 대신 딩기를 타고 가자고 주장했고, 해가 질 무렵 그 작은 배에 모두 끼어 앉아 유리처럼 매끈한 바다의 진홍빛 물 위를 미끄러져 마을로 향했다. 이르판은 대사가 "와인색의 어두운 바다"에 대해 이야기하면서 자신을 호머에 빗대리라고 예상했지만, 그 노인은 입을 다물고 있었다.

그들이 해산물 레스토랑에 도착했을 때에는 젊은 사내들과 여자들로 구성된 영국 관광객들이 많이 와 있었다. 모두들 이미 약간 취해서 노래하고 소리를 지르면서 즐거운 분위기 속에서 들떠 있었다.

그 레스토랑의 주인은 일행을 바닷가 정원에 있는 테이블로 안내했다. 그 테이블은 평평하지 않은 땅에 이상하게 얹혀 있어서 사막을 건너는 낙타처럼 기우뚱거렸지만, 해산물은 무척 신선했다.

주인은 생선이 든 쟁반을 정원으로 들고나와 그의 중요한 손님들에게 보여주고 검사를 받으면서, 그날의 농어가 양식장에서 온 게 아니라는 걸 다짐했다. 그 자리에 앉은 이들 중 세 사람은 그들이 처음 만난 양식장을 기억하고 있었다. 자신을 인정사정없이 공격하던 그 모기들과 모갯니를 떠올리면서, 메리엠은 자기 몸을 긁었다. 그곳은 정말 얼마나 끔찍했는지!

레스토랑 주인은 또한 그 지역에서 나는 가재도 가지고 와서 쟁반 위에서 이리저리 돌아다니는 걸 직접 보여주고 검사를 받았다. 대사는 전문가 같은 분위기를 풍기면서 그것들도 좀 주문했고, 어떻게 조리해서 어떻게 내와야 할지도 설명했다. "물론이죠. 말씀하신 그대로 하겠습니다." 주인이 고개를 숙였다.

잠시 후에 그는 와인 잔과 잘 냉각된 그 지역 화이트와인을 내왔다. 대사는 자기 잔을 들고 와인을 돌린 뒤에 잠시 들여다보다가, 마치 아주 중요한 사항이라도 되는 것처럼 말했다. "허벅지가 있군Il a de la cuisse."

그는 잔의 안쪽 표면을 타고 흘러내리는 윤기 나는 흔적을 가리켰다. 그러고 나서 한 모금을 마셔보고, 혓바닥으로 굴린 뒤, 삼키고, 잠시 있다가, "아주 좋군"이라고 말했다.

주인은 그런 싸구려 와인을 가지고 칭찬을 듣게 되어 놀랐지만, 대사와 교수의 잔을 채웠다. 제말과 메리엠은 잔 입구에 손을 얹어 거절의 뜻을 표했다.

대사와 이르판은 와인이 마치 물인 것처럼 들이켜서 샐러드도 나오기 전에 한 병을 비웠다. 두 사람은 위스키와 다른 독주에 익숙해져 있어서 와인은 달콤한 냄새가 나는 물에 불과할 따름이었다. 주인의 아들이 병이 빌 때마다 새 병을 가지고 왔다.

그 정원에 들어서자마자, 그들은 그 정원이 에게해 연안을 따라 늘어서 있는 천국들 중 하나라는 걸 깨달았다. 그들은 이

지역에서는 나무에 기대어 스스로도 작은 나무처럼 자라면서 향을 사방에 뿌려대는 인동의 날카로운 향기를 맡았다. 그 시간이면 밤꽃스토크도 향을 뿜어내어 인동의 그것과 뒤섞였다.

바다의 진홍빛이 서서히 사라졌다. 어둠이 내려오면서 정원의 사람을 취하게 하는 향이 강해졌고, 다른 테이블에 앉은 영국 관광객들은 계속해서 활달하게 웃어댔다.

"반 호수의 물은 기수[82]라서 거기에는 고기가 없어요." 제말이 말했다. "강이 호수하고 만나는 에르시스에서는 맛있는 숭어가 잡혀요."

"그런가," 대사가 말했다. "재미있군."

교수는 아무 말도 하지 않았고, 두 사람은 자기들끼리의 대화로 돌아갔다.

갑자기 전등불이 꺼졌다. 영국인 관광객들 중 몇몇 사람이 놀라서 소리를 질렀지만, 이런 식의 문제에 익숙해져 있는 동네 사람들은 별로 방해받지 않았다. 웨이터들은 재빨리 테이블마다 석유등을 내와서 나무에 걸었다.

그날 저녁, 대사는 끊임없이 말을 했다. 마치 여러 해 동안 혼자 지내온 걸 만회라도 하고 싶어 하는 듯했다. 대사와 교수 둘 다 와인을 너무 많이 마셔서 말을 허술하게 하기 시작했고, 둘 다 아무런 이유도 없이 행복해졌다. 어쩌면 다른 테이블의 젊은 이들의 떠들썩한 분위기에 전염이 됐던 건지도 모르겠다.

메리엠은 그 테이블의 젊은 여자들과 사내들이 서로를 껴안는 걸 지켜봤지만, 더 이상은 저런 늘씬하고 햇볕에 그을린 청년들 가까이에 가는 걸 갈망하지 않았다. 그녀는 그들을 보는 동안 앞이마로 흘러 내려오는 메흐메트 알리의 짙은 색 머리카락과 그의 갈색 눈에서 보이는 정직함을 떠올렸다.

처음에는 작은 생선이, 다음에는 가재가, 그러고 나서는 농어가 나왔다. 와인병이 올라왔다가 나갔다. 대사는 쉬지 않고 웃고 떠들었다.

"교수님" 그가 말했다. "저 촛불들을 봐요. 낭만적이지 않소? 결혼의 낭만. 하지만 결혼생활에는 피할 수 없는 비극이 있지. 사랑은 짧고, 말싸움은 영원한 거라오."

두 사람 모두 크게 웃음을 터뜨렸다.

"로맨스라는 건 유럽사람들의 발명품이에요." 대사가 말을 이었다. "이 나라에선 그걸 흉내만 내고 있지. 결혼한 여자들은 로맨스에 관심이 많아요. 결혼을 해서 부부가 되면 돈 문제로 다투고, 배가 아픈 거에 대해서 이야기하고, 어떤 약을 먹어야 가스가 잘 빠지는지에 대해서 이야기한단 말이요. 그러다가 갑자기, 촛불 앞에 앉아서 서로의 눈을 들여다보면서 다른 것들은 죄다 잊게 되는 거지. 그리고 그게 바로 로맨스의 시간이란 말이거든!"

이르판이 크게 웃었다. "이 세상에서는," 그가 말했다, "모든 여자가 단 하나의 목표만 가지고 있어요. 자기 인생이 끝날 때까지 한 남자를 자기 옆에 무릎 꿇려 두는 것."

노인이 손가락을 휘저으면서 말했다. "이번 건 내가 맞출 수 있어… 그건 도스토옙스키지!"

자정이 가까워지면서 젊은 관광객들은 심지어 더 활기가 넘쳤다. 처음에는 "술 취한 뱃사람을 어떻게 할 것인가"를 소리높여 불러대더니 나중에는 젊은 여자 셋이 사내 하나의 팔과 다리를 잡더니 바다에 던져 넣었다. 흠뻑 젖은 채 바다에서 빠져나오려고 기어오르고 있는 사내에게 등을 돌려대더니 입고 있던 반바지를 내려서 벌거벗은 엉덩이를 보여줬고, 나머지 그룹은 미친 듯이 박수를 치면서 고함을 질러댔다.

"인간이 직립원인이 되면서," 대사가 말했다. "여자의 성기가 좁아졌어요. 여자가 출산하는 게 그렇게 어려워진 게 그래서죠. 임신은 중노동이 됐고, 다른 종의 새끼들과는 달리, 인간의 아기는 태어나는 순간 걷지를 못해요. 보살펴줘야 하는 거지. 그런데 누가 임신과 수유의 그 기나긴 기간 동안 동굴에 가만히 있어야 하는 그 암컷을 위해 사냥을 하고, 먹이느냔 말이오? 수컷이지, 당연히. 이 가족을 위해 스스로를 희생해야 하는 거요. 그 동굴 시대 이래로, 여자들은 남자들한테 똑같은 이 세 가지 질문을 던져왔소. 어디 가요? 언제 돌아와요? 날 사랑하나요? 이건 옛날에도 그랬고, 오늘날 뉴욕, 파리, 아니면 이스탄불에서도 마찬가지지요."

대사가 말을 마치고 나서, 그와 이르판은 크게 웃음을 터뜨렸다. 술 취한 관광객들조차 고개를 돌려 그들을 쳐다봤다.

"세 가지 질문이란 말이죠, 대사님!" 이르판이 몸을 흔들며 웃으면서 소리쳤다. 쓰러지지 않기 위해 테이블을 짚고 일어서면서, 이르판은 대사의 말을 반복하다가 그는 그 말이 어떤 유명한 언론인이 한 말이라는 사실이 떠올랐지만, 그가 일어설 즈음에는 자기가 무얼 말하려고 했는지도 이미 잊어버렸다. 메리엠은 그가 넘어질까 봐 불안했지만 교수는 균형을 유지하면서 레스토랑을 향해 비척거리고 걸어갔다.

이르판은 어지러웠고 자기 발이 어디를 딛고 있는지도 몰랐지만, 어쨌거나 무척 행복했다. 그는 자기 마음속의 망각을 즐겼다. 그는 아주 오랫동안 이런 해방감을 느껴본 적이 없었다. 그는 레스토랑으로 들어서면서 계산서를 보지도 않은 채 계산을 했고, 화장실의 위치를 물었다.

레스토랑 뒤편에 등이 걸려 있는 조그마한 다 쓰러져 가는 건물이 화장실이었다. 이르판은 거울을 통해 자신의 푸석푸석한 얼굴과 흐릿한 눈을 보면서 손 인사를 보냈다. 너무 웃어서 턱이 아팠다.

"어디 가요? 언제 돌아와요? 날 사랑해요?" 그는 반복했다. "최고야, 내 친구! 맞아요, 정말 맞는 말이요!"

인동 가지에 매달린 등 아래를 지나 테이블로 돌아오는 길에, 이르판은 누군가와 거의 부딪칠 뻔했다. 등불 빛에 그 사람의 얼굴이 드러났고, 교수는 걸음을 멈추었다. 자기 눈을 믿을 수 없었다. "히다예트?" 그는 중얼거렸다.

노란 불빛 아래 얼굴을 드러내고 그 자리에 서서 자기를 쳐다보고 있는 사람은 히다예트였다. 적갈색의 곱슬머리, 얇은, 장미봉오리 같은 입술… 교수는 오스카 와일드가 앙드레 히드에게 했던 말을 떠올렸다. "당신 입술은 너무 일직선이에요. 거짓말을 못해서겠지. 하지만 당신 입술은 그리스의 신들처럼 굴곡이 있는 게 어울려요."

이 얼굴은 이십 년도 더 전, 젊은 시절의 히다예트의 것이었다. 지난 세월은 이르판을 노인으로 만들었지만 히다예트는 건드리지도 않았다.

교수는 양옆으로 흔들거리다가 거의 주저앉을 뻔했다. 그 젊은이의 얼굴은 등불 안으로 들어왔다가 빠져나갔다.

그 젊은 영국인은 이르판 만큼이나 취해 있었고, 두 사람은 거의 이마를 박을 뻔했다. 그 청년은 초점이 풀린 눈으로 자기를 감탄의 눈으로 쳐다보는 중년 사내를 노려봤다.

둘 다 넘어지지 않기 위해서 지지대가 필요했거나 아니면 술꾼의 감상주의 때문에, 그도 아니면 또 다른 어떤 이유 때문에, 두 사람은 서로에게 팔을 둘렀다. 교수는 젊은 사내의 벗은 어깨에 머리를 기대었다. 그는 “히다예트!”라고 중얼거리더니 울기 시작했다. 소금기가 입안으로 흘러들었다.

“히다예트,” 그가 속삭였다.

이르판은 여자를 안을 때에도 그런 지극한 즐거움을 경험하거나 스스로를 압도하는 욕망을 느껴본 적이 없었다.

“히다예트… 히다예트,” 그가 다시 속삭였다.

그 술 취한 젊은이는 교수가 말하고 있는 걸 이해할 만한 자세에 있지 않았다. 그는 이 노인이 포옹을 풀고 나서 과장된 포즈로 그의 뺨에 입을 맞추고 나서 휘청거리면서 화장실로 갔다.

교수는 자기가 앉아있던 자리에 그대로 쓰러져서 바다에 시선을 둔 채 방금 무슨 일이 있었던 건가를 생각했다. 어두운 바다를 보고 있었던 건지 자기 안의 심연을 들여다보고 있었던 건지 알 수가 없었다.

“히다예트,” 그가 다시 속삭였다. “넌 어디 있니?”

대사가 데리러 오지 않았다면 이르판은 아마도 그 자리에서 그대로 잠이 들었을 것이었다. 대사는 레스토랑 주인의 도움을 얻어 이르판을 딩기까지 끌고 갔다.

돌아오는 길에는 제말이 노를 저었다. 아무도 입을 열지 않았다.

배가 오렌지 숲의 작은 선착장에 도착하자 제말은 뛰어내려 밧줄을 묶었다. 그러고 나서 그는 대사와 메리엠이 땅에 올라오도록 도왔다. 마침내 교수가 일어섰고, 선착장으로 오르려 하다가 실수로 제말의 팔을 붙잡았다.

“건드리지 마, 호모 개자식아!” 제말이 소리를 지르면서 이르판을 뒤로 밀었다. 교수는 딩기로 다시 떨어지면서 앉는 자리에 그의 얼굴을 부딪쳤다. 메리엠과 대사는 그 자리에 서서 손도 쓰지 못하고 망연히 지켜봤다.

이르판은 일어나 앉았다. 그는 뱃전을 붙들고 일어나 앉으려고 시도했다. 한참을 뱃전을 붙들고 씨름하다가 이르판은 간신히 배에서 빠져나왔다. 이르판은 피가 흐르는 코를 붙잡고 일어서서 앞으로 한 걸음 나섰다. 제말은 마치 공격을 기다리는 것처럼 실제의 그보다 더 무시무시해 보이는 모습으로 선착장에 서서 이르판을 내려다보았다. “다시는 날 만지지 마, 이 변태야!” 그가 소리를 질렀다. “당신이 레스토랑에서 하는 짓을 모두가 봤어. 이 호모야!”

제말을 쳐다보고 있는 교수의 안에서 엄청난 분노가 회오리쳐 올라왔다. 이르판은 코에서 쏟아져 나오는 피를 멈추려 애를 쓰면서 소리를 질렀다. “변태는 네 아버지가 변태야! 자기 조카를 강간한 변태!”

제말은 아무 말도 하지 않고 말없이 이를 가는 걸로 대답을 대신했다.

“이 바보야. 네 아버지는 그 애를 강간하는 걸로 모자라서 너한테 그 애를 죽이라는 일까지 맡긴 거야, 그걸 모르겠니?"

이 말을 듣자 제말은 미쳐 날뛰기 시작했다. 그는 교수에게 달려들어 그의 목줄을 붙잡았다. "거짓말쟁이! 당신은 그 말을 한 죄로 죽을 거야!"

"메리엠한테 물어봐." 이르판이 간신히 말했다. "그 애가 말해줄 거야!"

제말이 메리엠을 향해 돌아섰다. "이 남자한테 거짓말쟁이라고 말해!" 그가 소리쳤다. "말해!"

메리엠은 아무 말도 하지 않았다.

"말해!"

메리엠은 여전히 침묵을 지켰다.

"이해가 안 가니?" 이르판이 말했다. "저 애의 침묵이 모든 걸 설명해 주는 거야. 네 아버지는 변태야."

제말은 교수를 때리기 시작했다. 그의 망치 같은 주먹으로, 그동안 쌓여온 분노를 모두 풀어내면서 때리고 또 때렸다. 메리엠과 대사는 공포에 질린 채 제말이 짐승처럼 소리를 지르며 이르판의 얼굴을 때려 깊은 상처를 내는 걸 고스란히 지켜봤다.

교수는 입으로 선착장 나무판자에 피를 쏟아내면서 무릎으로 바닥을 엉금엉금 기었다. 대사는 이르판이 이를 몇 개 뱉어내는 걸 보고는 정신없이 몸을 떨기 시작했다. 제말은 교수를 내버려 두고는 마치 엄청난 고통에 처한 것처럼 울부짖으면서 집을 향해 뛰어갔다.

이르판은 몸을 돌려 선착장 위에 드러누웠다. 거센 숨을 몰아쉬면서, 회복을 해보려 했다.

대사는 방금 목격한 것들을 상당히 극복한 듯했다. "이거 봐!" 그는 메리엠에게 신경질적으로 고함을 질렀다. "아무도 안 받으려고 한 내 생각이 옳았어. 내 집이 이 나라의 야만성으로 가득 차 있었던 거잖아!"

메리엠은 교수 옆에 무릎을 꿇고 앉았지만, 어떻게 해야 더 적절한지 알 수가 없어 자신의 치맛단을 들어 그의 얼굴을 닦았다.

교수는 누워있는 그 자리에서 하늘의 별을 올려다봤다. 가장 밝은 별이 그의 머리 바로 위에 떠 있었다. "저게 금성이겠군." 그는 생각했다. 지구보다 마흔 배 더 큰 별. 금성에서는 지구가 보일까? 이르판은 그 순간에 유성을 보고 싶었지만, 유성은 하나도 보이지 않았다.

교수는 무언가 불쾌한 일이 벌어졌고, 어떤 사건이 벌어졌다는 건 알고 있었지만, 그게 뭔지는 기억할 수가 없었다. 그는 금성과 다른 별들에 대해서만 계속해서 생각했다.

웃고 싶은 충동이 그에게 밀려왔다. 그걸 억누를 수가 없어서, 맥없이 누워있는 그 자리에서 그는 미친 듯이 웃기 시작했다. 메리엠과 대사는 어안이 벙벙해서 그를 쳐다보기만 했다.

이르판은 메리엠의 손을 잡고 두 발로 일어섰지만, 여전히 웃고 있었다.

대사가 불안한 음성으로 그에게 왜 웃느냐고 물었다.

"전 패배했습니다." 이르판이 대답했다. "완벽하게 패배했어요. 트리코피스 장군이 이렇게 말했죠. '나는 우아하게 후퇴하고 집으로 돌아가겠다.' 저도 제가 속한 곳으로 가겠다고 결론을 내렸습니다."

앞니가 두 개 부러지고 입안에 피가 가득 찬 상태였기 때문에 그의 말은 소리가 이상하게 들렸다.

"그게 제일 좋지." 대사는 그렇게 말하면서 집을 향해 걸어갔다. 그는 정원으로 들어서면서, 뒤돌아보지도 않은 채 크게 소리 질렀다. "좋은 여행이 되길 바라오!"

교수는 자리에서 일어나, 메리엠을 잡고 천천히 배를 향해 걸어갔다. 메리엠은 그와 함께 배에 올라, 계속해서 그의 손을 잡은 채 그의 선실까지 들어갔다. 메리엠은 왜 그 방으로 들어가는지 궁금했다. 날아가는 아르메니아인들의 그림이 걸려 있는 그 선실이었다.

"나는 지금 떠날 거야." 이르판이 말했다. "우린 두 번 다시 만나지 못할 거야."

메리엠은 아무 말도 하지 않았다.

"가서 마실 거 좀 갖다 다오."

메리엠은 위층으로 올라가 음료수 캐비넷을 열고 거기에 있는 잘 알지 못하는 병들 중 하나를 골라 들고 아래층 선실로 내려왔다. 그녀가 들어섰을 때, 교수는 서랍을 닫고 있었다. 그는 병을 들어 입술에 갖다 대었다 "어쩌면 네 비밀을 말하지 말았어야 했는지도 모르겠지만, 말한 게 더 낫다고 생각한다." 그는 말했다. "네가 제말을 떠나야 할 때가 됐어."

메리엠은 아무 말도 하지 않았다.

두 사람은 사방이 트인 갑판으로 올라갔다.

"나한테 화났니?" 이르판이 물었다.

메리엠은 고개를 흔들었다.

"내가 엔진을 켜고 나면 밧줄을 던져줄 수 있겠니?"

"예." 메리엠이 말했다.

"그럼, 잘 가거라."

교수는 메리엠의 손에 입을 맞추었고, 그녀는 그의 손에 입을 맞추는 시늉을 했다.

메리엠이 배에서 내릴 때, 교수가 말했다. "잠깐. 이걸 가지고 가렴."

그는 메리엠의 손에 무언가를 쥐여주었다. 봉투였다.

메리엠은 엔진이 돌아가기 시작하는 소리가 들리자 밧줄을 끌러 교수에게 던져주었다. 그는 몸의 중심을 잡고 두 발로 똑바로 서 있는 게 어려워 보였지만 닻을 끌어올렸고, 배가 멀어지는 동안 메리엠에게 마지막으로 손을 흔들었다. "그 레스토랑에서 무슨 일이 있었던 거니?" 그가 소리쳤다.

"아무 일도 없었어요." 메리엠이 소리쳐서 대답했다.

배는 어둠 속으로 사라졌다. 얼마 지나지 않아 엔진 소리는 더 이상 들리지 않았다.

메리엠은 어둠 속을 한동안 쳐다보다가 집으로 걸어갔다. 정원은 비어 있었고, 집은 조용했다.

방에 들어갔을 때, 메리엠은 드레스가 피에 젖어 있다는 걸 깨달았다. 그 즉시 찬물로 빨아야 했다. 메리엠은 고향마을에서 매달 피 묻은 천을 빨던 일을 떠올렸다. 피는 따뜻하게 하면 안 된다는 걸 그녀는 알고 있었다.

메리엠은 봉투를 침대에 놔두고 아래층으로 내려가 대야에 물을 채웠다. 그리고는 그걸 침실로 가지고 돌아와 드레스를 담갔다. 물은 금세 붉게 변했다. "여러 번 헹궈야 할 거야." 그녀는 생각했다. "그렇지 않으면 안 빠질 거야."

어떻게 해야 할지 궁리를 하면서, 메리엠은 침대에 걸터앉아 봉투를 열었다. 그 안에는 돈이—그녀가 셀 수 있는 것보다 더 많은 돈이 들어 있었다. 그것도 외국 돈이!

신은 이제 메리엠을 사랑하신다

집으로 뛰어 들어가 계단을 올라가는 동안, 제말은 엄청난 피로가 덮쳐오는 걸 느꼈다. 계단도 몸을 끌다시피 해서 간신히 올라갈 수 있었다. 마치 갑자기 천으로 만든 인형으로 변해버린 듯한 느낌이었다. 방에 들어서자, 제말은 옷도 벗지 않은 채 침대에 쓰러져서 버려진 우물 바닥에 던져진 돌처럼, 곧바로 깊은 잠에 빠져들었다. 그의 잠은 꿈도 없고, 끊어지지 않고, 누구의 방해도 받지 않는, 비존재의 차원에 속하는 것이었다.

다음 날 아침, 대사가 메리엠에게 말했다. "내 집을 떠나줬으면 좋겠다. 오늘, 네 친척도 데리고 같이 떠나다오."

그의 눈 밑에는 보라색 주머니가 늘어져 있었고, 피부밑으로 핏줄이 터진 건 그보다 더 두드러져 보였다. 목에 있는 붉은 상처에 붙여놓은 솜뭉치에 피가 살짝 배어 나와 있는 걸 보면,

아침에 면도를 하다가 베인 게 틀림없었다. 어쨌거나, 그의 손이 떨리고 있었다.

"제발 내 집에서 나가줘. 지금 당장! 난 내 평화를 되찾아야겠어. 내 이런 일이 일어날 줄 알았어. 이 나라는 미치광이들로 가득 찬 나라라서, 그 광기가 우리 집에까지 들어온 거야. 제발 나가줘."

메리엠은 제말이 일어나는 대로 떠나 다시는 돌아오지 않겠노라고 말했다.

그러고 나서 메리엠은 대사와 함께 정원에 나가 앉아 제말이 내려오기를 기다렸다. 그가 빨리 내려오기를 기대하면서, 대사는 집에 시선을 고정해두고 있었다.

두 사람이 정오까지 기다렸는데, 제말은 내려오지 않았다. 대사는 계속해서 "왜 안 내려오는 거지?"라고 묻다가, 마침내는 심각하게 화를 냈다. 메리엠은 일어나서 제말이 무얼 하고 있는지 확인하러 갔다. 메리엠이 그의 방문을 조심스럽게 두드렸지만 안에서는 아무 대답이 없었고, 조금 더 세게 두드렸지만 여전히 대답이 없었다. 마침내, 메리엠은 문을 세게 두드리면서 목청껏 그의 이름을 불렀다. 그런 큰소리를 들으면서 잘 수 있는 사람은 아무도 없을 텐데, 그래도 제말의 방에서는 아무런 소리가 들리지 않았다.

대사가 메리엠에게 합세했다. 그도 심각하게 걱정이 되는 모양이었다. 아마도 자기 집안에서 자살이나 어떤 식으로든 사망사건이 벌어지는 것 같은 최악의 경우를 맞이하게 될까 봐 공황 상태에 빠진 것 같았다. 둘 다 잔뜩 겁을 집어먹은 상태에서, 문을 열고 방 안으로 들어갔다.

제말은 셔츠와 반바지를 입은 채 침대에 누워 있었다. 대사가 속삭였다. "제말, 제말 군." 그러고 나서 그는 큰 소리로 반복했다. "제말 군!"

제말은 꼼짝도 하지 않았을 뿐 아니라, 아무런 소리도 내지 않았다. 대사는 그의 어깨를 살짝 흔들어봤다. 아무런 반응도 없었다. 그러고 나서 그는 제말의 가슴에 귀를 갖다 대었다. "숨은 쉬고 있군." 그는 안도하는 투로 말했다.

그날 두 사람은 제말을 깨우지 못했다. 밤이 되었을 때에도 제말은 마치 다른 세계에라도 가 있는 것처럼, 여전히 깊은 잠에 빠져 있었다.

대사는 그 상황을 이해할 수가 없었다. "이런 건 전에 딱 한 번 경험한 적이 있어." 그가 말했다. "사실은, 내가 수면장애 문제가 늘 있었거든. 그런데 한 번은, 내 어머니가 돌아가셨을 때, 집에 돌아와서 스물네 시간 동안 꿈도 꾸지 않고, 내가 살아있다는 것도 자각하지 못한 상태에서 잠을 잤지. 그건 아마 일종의 죽음일 거야. 제말도 아마 같은 걸 겪고 있는 건지도 몰라."

메리엠은 제말을 살피러 몇 차례 위층으로 올라가 봤지만,

그는 완전히 똑같은 자세로 잠들어 있었다. 메리엠은 그의 이마를 짚어봤다. 불이라도 붙은 것 같았다. 그렇게 열이 높은데도, 제말은 꼼짝도 하지 않았다. 싫든 좋든, 두 사람은 대사의 집에서 하룻밤을 더 보내야 할 것 같았다. 노인은 언짢아하겠지만, 메리엠으로서는 할 수 있는 게 아무것도 없었다.

메리엠은 일찌감치 자기 방으로 가서 침대에 들어 잠을 자려고 시도했다. 그간 있었던 일들 때문에 화가 나는 대신, 그녀의 마음은 차분하게 가라앉아 있었다. 그녀는 모든 일이 다 공개되어서 마음이 편해진 것 같았고, 자신의 인생 또한 새로운 전환을 맞이하고 있다고 느꼈다. 그녀는 앞날에 대해 거의 아무런 두려움도, 의심도 없었다. 그녀 스스로도 자신이 그토록 결연하고 침착한 게 놀라웠지만, 한편으로는 자기 안에 형성되고 있는 어떤 힘을 은근히 즐기고 있었다.

제말은 새벽이 가까워질 무렵, 어떤 부드러운 손이 자기를 부드럽게 어루만지는 걸 느끼면서 잠에서 깨어났다. 눈을 여전히 감은 상태에서, 그는 깨끗하고 달콤한 냄새를 풍기는 머리카락과 비단처럼 부드러운 뜨거운 몸이 자기 몸을 건드리고 있는 걸 느꼈다. 제말은 여자의 손길을 느끼면서 몸을 떨기 시작했다. 무구한 신부가 이번에는 정말로 와서 그의 위에 올라탔다. 그의 심장이 흥분으로 마구 뛰었다. 제말은 그녀의 가느다란 허리에 팔을 두르고 엉덩이를 꽉 조여 안았다. 잠시 후, 제말은 그 여자의 금지된 영역이 그의 비밀스런 부분 위에 나비의 날개처럼 팔랑거리며 닿는 걸 느꼈고, 쏟아지는 쾌락에 자신을 내맡겼다. 그는 눈을 뜨고 싶지 않았지만, 그래야만 한다는 걸 알고 있었다. 제말은 이 아름다운 육체의 달콤한 느낌을 다시는 잃고 싶지 않았다. 눈을 갑자기 떠서 보면 처음으로 그 무구한 신부의 얼굴을 볼 수 있을지도 모르는 일이었다.

제말은 두려움에 떨면서 천천히 두 눈을 떴다가 다시 감았다. 그리고는 더 깊은 잠의 어두운 복도로 이끌려 들어갔다.

* * *

그 끔찍한 밤에 이어진 다음 날, 교수는 이른 아침의 날카로운 햇살 때문에 잠에서 깨어났다. 그가 처음으로 생각한 것은 그 전날 밤의 어둠 속에서 평화롭게 투항한 죽음에 대한 것이었다. 티크나무로 된 갑판의 냄새, 그의 얼굴을 간질이는 바람, 그의 눈 속으로 파고드는 햇살, 익숙한 두통의 그 끔찍한 고통 같은 것들이 너무나 현실적이어서, 이르판은 일어나 앉아 주변을 둘러봤다. 배는 바다 한가운데서 스스로를 축으로 삼아 빙글빙글 돌고 있었다. 그는 그 전날 밤 닻을 내리는 버튼을 누른 사실을 기억해 냈다. 바위에 부딪혀서 배가 산산조각이 났다고 생각했던 건, 실제로는 연안의 놀에 닻이 내려진 것이었다.

이 사실을 깨달은 게 그에게는 행복하지도 슬프지도 않았다.

그는 그가 비운 진 병을 물속으로 던져 넣었다. 입안에서는 녹이 달라붙은 것 같은 맛이 났고, 머리는 조임쇠로 조이는 것처럼 아팠다. 스스로를 구원할 수 있는 길은 진 병과 함께 스스로를 물속으로 집어 던지는 것밖에는 없었다. 그는 벌떡 일어나 뱃전으로 가서, 그 병처럼 물속으로 떨어져 내렸다. 이르판은 물을 좀 먹었다. 그 푸르름이 자기를 씻어내고 있는 것에 감사하면서, 이르판은 잠시 미동도 하지 않고 그대로 있다가 같이 지내던 무리가 남겨두고 떠난 늙은 돌고래처럼 물속에서 몸을 비틀어 방향을 돌렸다.

이르판이 배로 돌아왔을 때는 기분이 너무 좋아져서, 그의 머릿속을 가득 채우고 있던 질문들을 모두 견뎌내고 전날 밤의 불쾌함도 잊을 수 있을 것 같았지만, 곧 생각을 바꿨다. "넌 패배했어." 그는 스스로에게 말했다.

이상하게도, 이 생각을 하자 그는 즐거워졌다. 투항과 패배라는 느낌은 그의 마음을 이루 말할 수 없이 만족스럽게 만들었다. 두려움과 독이 든 질문들로 이뤄진 야심 찬 투쟁의 시간은 지나갔다. 강력한 적에 맞서 수년간 저항하다가 마침내 항복한 사령관처럼, 그는 체념했다.

그의 마음속에서 일어나던 질문들은 여러 가지였고 다양했다. 너는 터키인인가? 에게해의 사람인가? 지중해인인가? 미국인인가? 유럽인인가? 중동 사람인가? 무슬림인가, 아니면 무신론자인가? 부자인가 아니면 가난한가? 남자인가 아닌가? 진짜인가 아니면 가짜인가? 자애로운가 아니면 폭군인가? 비꼬는 편인가 아니면 진지한가? 전통적인가 아니면 현대적인가? 과시적인가 아니면 철학적인가? 과학자인가 아니면 사기꾼인가? 죽음을 두려워하는가, 아닌가?

패배를 받아들이고 투항하면서 얻게 된 차분함은 결국에는 대답이 불가능한 하나의 질문, 나는 누구인가? 라는 것으로 통합될 수 있는 그런 수백 가지의 질문들로 머리를 혹사시키는 것보다 훨씬 나았다.

그는 자신이 무얼 해야 하는지 정확히 알고 있었다. 그를 세상 무엇보다 사랑했고, 그를 위해 늘 같은 자리를 지키고 있는 사람인 그의 어머니에게로 가는 것이었다. 그녀가 만들어주는 훌륭한 음식들을 먹고, 그녀가 궁금해하는 이웃들에게 그를 소개하도록 해주는 것이었다. 신선한 꽃다발을 들고 아버지의 무덤에 찾아가고, 에게해 연안에 있는 대학에 소박한 자리를 찾고, 그의 아버지와 사회적 위치가 다르긴 하지만, 그가 살았던 그 집에서, 남은 인생을 그가 살았던 것처럼 살아가는 것이었다. 그게 가장 안전한 길이었다.

그의 머리 한쪽 구석에서 그가 <뉴스위크>지에서 읽었던 기사를 일깨워주는 목소리가 들렸다. 그 기사는 나이가 들어서 어머니와 함께 사는 이들을 가리키는 이탈리아의 신조어 "마미스모"에 대해 언급하고 있었다. 이 용어는 "마마보이"나 "엄마의 애완동물"이라는 표현으로 번역될 수 있는 말이었다. 하지만 이 별명들 중 어느 것도 그를 불편하게 하지 않았다. 그는 이미 패배를 받아들였고, 따라서 인생은 그를 짓밟을 수도, 갈가리 찢어 산산조각을 낼 수도 있었다. 바닥에서 인생을 다시 시작하는 것도 재미있을 수 있는 일이었다. 이르판은 소리 내어 웃었다.

"가자, 마미스모!" 그는 소리 질렀다. "우선 배를 반납해—비용을 미리 지불해 놓은 걸 다행으로 생각하고!"

* * *

아침에 제말이 눈을 떴을 때 제일 먼저 눈에 들어온 것은 자신을 내려다보고 있는 메리엠의 창백한 얼굴이었다. 제말은 천천히 일어나 앉았다. 온몸이 아팠다.

"메리엠," 그가 물었다. "밤에 이 방에 들어왔었니?"

"아니." 그녀가 대답했다.

"내가 얼마나 잤지?"

"이틀 동안. 오빠가 깨어나는 걸 기다리고 있었어. 대사님이 우리더러 나가래."

“그래.” 제말이 말했다. “또 다른 데를 찾을 수 있을 거야.”

“오빠 있을 데나 찾아봐.” 메리엠이 말했다.

“뭐라고? 너도 같이 가야지.”

“싫어.”

“넌 어디에 갈 건데?”

“그건 오빠가 알 일이 아냐.”

제말은 믿을 수 없다는 표정으로 메리엠을 쳐다봤다. 그녀의 표현은 단호했고, 심지어 견고하기까지 했다. 그녀의 입술은 도전적으로 꼭 다물어져 있었고, 완전히 진지한 표정으로 제말의 눈을 쏘아보고 있었다. 제말은 깜짝 놀랐다. “넌 혼자서는 아무것도 할 수 없어, 메리엠,” 그가 말했다. “나랑 같이 가자.”

“싫어.” 메리엠이 반복했다. “고향으로 돌아가.”

제말은 “고향”이라는 말을 듣는 순간 안색이 어두워졌고, 눈에는 불꽃이 일었다.

“그럴 수는 없어.” 그는 악문 이 사이로 신음을 흘리듯이 말했다. “나는 그 추악한 곳으로 절대 돌아가지 않을 거야!”

“그러면 이스탄불로 가—큰오빠나 친구한테. 그 사람들이 일자리를 찾아줄 거야.”

메리엠은 주머니에서 지폐를 한 움큼 꺼내서 그에게 건넸다. “자,” 그녀가 말했다. “이게 쓸모가 있을 거야. 걱정 마. 나는 더 있어.”

"이게 어디서 났어?" 제말이 그 돈을 보며 믿을 수 없다는 듯이 물었다.

"교수님이 나한테 주셨어."

그러더니, 메리엠은 작별 인사도 없이 돌아서서 방을 나갔다.

제말은 갑자기, 전에는 한 번도 느껴본 적이 없던 두려움에 사로잡혔다. 메리엠이 그를 떠나고 있었다. 그는 다시는 그녀를 볼 수 없을 것이었다. 그 생각이 파편 조각처럼 그를 꿰뚫었다. 눈물이 그의 눈에 고였다. 제말은 뛰어나가 그녀의 팔을 붙들었다.

"넌 아무 데도 못 가," 그가 소리쳤다. "알아들어? 그 팬케이크 식당 집 애한테 가려는 거지? 안 돼. 가게 내버려 두지 않을 거야."

"내 팔 놔둬." 메리엠이 조용히 대답했다. "오빠가 무슨 짓을 해도 날 멈출 수 없어."

제말은 그녀를 붙들고 세차게 흔들었다. "정신 차려!" 그가 소리쳤다. "내가 버릇을 고쳐줄 거야!"

그는 마치 그녀를 때리기라도 할 것처럼 팔을 쳐들었다. 메리엠은 해보라는 듯이 어깨를 으쓱했다.

"죽여버리겠어!" 그가 고함을 질렀다.

메리엠은 아무런 두려움도 없이 그의 눈을 응시했다.

그때 제말은 그가 그렇게 할 수 있으리라고는 한 번도 생각해보지 않았던 어떤 행동을 하고 싶어졌다. 무릎을 꿇고, 그녀의 무릎에 팔을 두르고 가지 말라고 애원하고 싶었던 것이다. 제말은 메리엠이 문을 나서는 순간 자신의 삶이 끝장날 것만 같은 완벽한 공황 상태에 빠졌다.

제말은 메리엠의 용서를 애원하고 싶었고, 심지어 그의 머리를 그녀의 흰색 드레스에 묻고 울고 싶었지만, 얼어붙은 채로 그 자리에 서 있었을 뿐이었다.

메리엠은 조용히 그를 쳐다봤다.

"잘 지내" 그녀는 그렇게 말하고는 떠났다.

오렌지꽃 향기를 두른 채, 혼자서, 아무런 두려움도 없이, 그리고 자유롭게, 그녀는 파도가 찰싹거리고 미풍이 불어오는 바닷가 옆 모래가 깔린 길을 걸어갔다.

그녀의 드레스는 바람 속에서 펄럭였고, 파도의 분말이 그녀의 맨다리를 서늘하게 했다.

메리엠은 당나귀가 세 번 우는 소리를 들었다.

"가고 있어. 걱정하지 마." 메리엠이 말했다.

지금 시야에 들어오고 있는 오두막 같은 팬케이크 식당이 그녀의 마음속에서는 꽃들로 장식된 예쁜 테이블들이 놓인 밝고 빛나는 레스토랑으로 변모하고 있었다. 메리엠은 주머니 속에 들어 있는 돈다발을 만져 보았다.

메흐메트 알리가 반대하지 않는다면, 메리엠은 식당 건물을 새로 고치고 난 뒤 작은 색전구로 "플레이키 버터 페스티"라고 써서 걸어놓고 싶었다.

당나귀가 구슬프게 다시 한번 울었다. 그 소리가 그녀의 뒤편 언덕에서 메아리로 울리자, 메리엠이 대답했다. "다 왔어!" 그녀가 소리쳤다. "왜 이렇게 안달이야!"

마침내 메리엠은 신이 그녀를 사랑한다는 확신을 갖게 됐다.

옮긴이의 말

리반엘리는 몇인 분의 인생을 살아온 사람이다. 1946년에 태어난 그는 스물다섯 살 때인 1971년에 일어난 쿠데타 때 두 차례에 걸쳐 수감생활을 경험한 뒤 이듬해에 해외 망명생활을 시작했고, 1984년에야 고국에 돌아갈 수 있었다. 그는 그 기간 동안 아서 밀러, 제임스 볼드윈 같은 작가들과 교류하면서 소설을 쓰기 시작했고, 사회민주주의자로서의 신념을 지키면서 정치 활동가로서의 삶을 살았다. 그러나 그의 이름을 대중들에게 처음 각인시킨 건 음악가로서였다. 망명길에 오른 리반엘리에게 고국의 저항운동가들이 시위 도중에 그가 만든 노래들을 부른다는 소식이 들려왔다. 그 후로 그는 음악과 정치활동, 글쓰기 모두를 멈춘 적이 없다. 리반엘리는 터키가 낳은 명작 중 하나인 <길Yol>을 비롯한 여러 영화의 사운드트랙을 만들었고, 직접 영화감독으로 나선 <쇠땅, 구리하늘Iron Earth, Copper

Sky>은 1987년 칸 영화제의 '주목할 만한 시선' 분야에 선정되기도 했다.

이 책 <행복>은 리반엘리가 쓴 아홉 편의 장편소설들 중 아마 서방세계에 가장 널리 알려진 작품일 것이다. 이 작품은 이스탄불의 대학교수인 이르판과 동부 아나톨리아의 산악지대에 사는 소녀 메리엠, 그리고 그의 사촌오빠이자 쿠르드족 무장집단과의 전쟁에 참전했다가 돌아온 특전사 요원인 제말 세 사람의 이야기다. 전반부는 이 세 사람에게 번갈아 한 장씩 부여하면서 그들이 사는 세계를 따로따로 그려나가다가, 중반에서는 제말과 메리엠이 함께하는 여정과 이르판의 여행이, 그리고 후반부에서는 세 사람이 함께하는 생활이 그려진다. 서로 다른 세계를 사는 세 사람이 한데 모였다가 결국 다시 흩어지는 게

이 책의 전체적인 구성을 이루는 것이다. 이 구성이 의미 있는 이유는 그것이 작가가 들려주는 터키의 분열상과 닮아있기 때문이다.

어느 나라나 정치적인 선호, 지역적인 이해, 지방색 등에 따른 분열이 있지만, 터키는 소수민족인 쿠르드족과의 문제, 1920년대에 케말 아타투르크가 술탄제를 폐지하고 세속공화국을 세우면서 생긴 이슬람과 세속 가치의 충돌의 문제, 유럽과 아시아의 경계선에 위치한 지역적인 특성에서 비롯된 문제 등 다양한 차원의 내적인 분쟁과 혼란을 겪고 있다. 리반엘리는 다양한 배경을 지니고 있는 세 인물과 그들이 만나는 사람들을 통해 이런 복잡한 사정들 사이를 뚫고 항해한다. 이 항해는 터키의 근현대사를 꿰뚫는 것이기도 하고, 동시에 그 복잡한 사회를 살아내는 사람들의 고통스럽고 혼란한 마음을 관통하는 것이기도 하다. 리반엘리가 이런 거대한 문제들을 다루면서도 여러 개인들의 마음을 가볍게 다루거나 관성에 빠지지 않고 한 사람 한 사람 깊이 들여다보려는 성의는, 그 성의 자체 때문에 희망으로 여겨진다. 이 성의, 이런 태도는 터키와 내용은 다르지만 마찬가지로 심각한 결렬을 경험하고 있는 우리 사회에서 글을 쓰는 이들은 물론, 생각이 다른 동료 시민들과 수시로 부딪히면서 하루하루를 살아내야 하는 우리 모두 또한 깊이 새기고 있어야 할 덕목 아닌가 싶다.

♣ 역자미주

1. 터키 동부의 아르메니아고원에 있는 거대한 호수로, 평균 수심은 171미터, 가장 깊은 곳은 451미터에 이른다.
2. Mullet. 변종이 80여 종에 달할 정도로 다양한 이 물고기는 서식처도 염수, 기수, 담수에 걸쳐 다양하다. 고대로부터 지중해 연안 지역에서는 중요한 식자원이었다.
3. Namaz. 무슬림들이 메카에 있는 카바를 향해 기도하는 의식. 살라, 혹은 살라트라고도 한다.
4. 터키식 볶음밥.
5. 얇은 패스트리에 견과류와 꿀을 넣어 파이 모양으로 만든 터키의 대표적인 디저트.
6. 이슬람은 한 해가 354일, 혹은 355일인 태음력을 사용한다. 열두 달로 구성되어 있는 이 역제에서 아홉 번째 초승달이 뜰 때부터 다음 초승달이 뜨는 29일 내지 30일 동안의 기간이 라마단이다. 이 기간 동안에는 환자, 여행자, 생리나 수유 중인 여성을 제외한 모든 성인 무슬림이 해 뜰 때부터 해 질 때까지 단식해야 한다.
7. 터키의 남동부 아나톨리아 지방, 시리아와 이라크의 쿠르드족 거주지역과의 접경지대에 위치하고 있다. 쿠펠리 산이라는 이름으로도 알려져 있다.
8. Saint Irene, Hagia Irene(Αγίας Ειρήνης), 혹은 Hagia Eirene(Ἁγία Εἰρήνη) 등으로 불린다. '성스러운 장소'라는 뜻으로, 기독교 시대 이전부터 사원이 있던 자리에 들어선 성당이다. 비잔틴 제국이 멸망한 뒤 19세기에 이르도록 무기고로 이용되면서 모스크가 되는 운명을 면했다. 현재는 박물관이자 콘서트홀로 사용되고 있다.

9. 고블린 드럼(술을 담는 잔 모양으로 생겼다고 해서 이렇게 부른다)의 한 종류로, 이집트와 아르메니아, 터키 지방에서 아주 오래전부터 쓰였다. 몸체는 토기나 나무로, 연주를 하는 표면은 염소 가죽을 주로 썼고, 두 손을 사용해서 한쪽 면만 연주한다.

10. 목욕탕의 세면대 위에 매달아 놓은 작은 캐비닛에 약품을 보관하는 건 서양인들의 일반적인 풍습이다.

11. Dunlopillo. 라텍스 매트리스로 유명하다.

12. Ligne Roset. 프랑스의 가구회사

13. 콘스탄틴 피터 카바피(1863~1933). 알렉산드리아 출신의 그리스 시인, 언론인, 공무원. E. M. 포스터의 소개로 영어권에 알려졌다. 생전에는 시집을 내는 걸 거부했기 때문에 사후에야 시선집이 발간되었다.

14. 소비에트 러시아에서 처음 만들어지고 사용된 자동소총. 일명 AK 소총으로 미군의 M 시리즈와 더불어 전 세계에서 가장 많이 사용된다.

15. 쿠르드족 노동당 Kurdistan Workers' Party를 말한다. 1970년대 말에 창설되어 터키 내 쿠르드족의 독립국을 설립할 것을 주장하면서 1984년부터 터키 정부를 상대로 한 무장투쟁을 시작했다. 시리아, 이라크와의 접경지대인 가바 산맥 일대는 쿠르드족이 가장 많이 모여 사는 지역이다.

16. Niğde. 중남부의 도시

17. Sheikh. 아랍 세계의 족장, 지도자를 뜻하는 말. 맥락으로 보아 족장이나 이맘 같은 실질적인 지위를 가진 게 아니라 일반적인 존칭에 가깝게 사용된 것 같아 '셰이크'라는 이름을 그대로 두었다.

18. 북동부 지방. 이 작품의 배경이 되는 반 호수 인근 마을에서 호라산까지는 가장 가까운 마을에서 따져봐도 대략 200킬로미터의 거리이다.

19. Transoxiana. 지금의 우즈베키스탄, 타지키스탄, 키르기즈스탄, 투르크메니스탄, 카자흐스탄의 접경지대를 일컫는 고시대의 지명. 호라산과는 별 관계가 없다.

20. Laylat al-Qadr. 신이 천사 지브라일(가브리엘)을 통해 예언자 무하마드에게

처음 쿠란을 보여준 밤을 기념하는 이슬람의 축제. 공식적으로 정해진 날은 없지만, 라마단의 스물일곱 번째 날 밤이 광범위하게 받아들여지고 있다.
21. Pasty. 밀가루 반죽을 접어서 만드는데, 대개는 안에 양념을 한 고기와 야채를 넣는다.
22. Hizir. 아랍어권에서는 키드르, 카드르 등 다양하게 불린다. 쿠란에 등장하지는 않지만 다양한 전승 속에서 불행에 빠진 사람을 구해주고, 수호천사의 역할을 하기도 한다. 메소포타미아와 이집트에서는 봄을 되살리는 역할로 알려져 있고, 터키에서도 봄의 시작을 알리는 축제(히디렐레, 혹은 히지렐레라고 불린다)와 관계있다.
23. Raki. 포도와 아니스를 재료로 해서 만드는 증류주. 터키의 국민주로 도수가 40~50도 정도 된다.
24. 보스포루스 해협과 마마라 해 사이에 튀어나온 곳을 말하지만, 이 근처의 물길 전체를 이렇게 부르기도 한다.
25. 터키 남서부의 에게해에 접한 항구도시.
26. 이들이 현재 있는 산악지대에서 가장 가까운 터키 남동부의 대도시. 쿠르드족이 다수인 곳이다.
27. 원래 트라제Thrace는 발칸산맥과 에게해, 그리고 흑해 사이의 유럽 남동부를 지칭하는 말이다. 불가리아의 남동부, 그리스의 북동부, 터키의 보스포루스 해협의 서쪽 지역이 여기에 해당한다. 그 지역에 거주하던 종족을 가리키는 그리스어 트라키안Thracians에서 왔다. 터키에서는 루말리, 즉 '로마인의 땅'이라고 부르기도 한다.
28. 이슬람에는 수니와 시아의 두 개의 큰 그룹이 있고, 이들 안에 또한 수많은 분파가 있다. 또한 이슬람에는 법학, 신학, 신비주의에 각각 집중하는 세 가지 종류의 학교가 있는데, 이들 또한 여러 가지 맥락에서 분파를 형성하고 있다.
29. 680년 10월 10일에 칼리프 야지드 1세와 이슬람교의 창시자인 무하마드의 손자 후사인 이븐 알리 사이에 전투가 벌어졌다. 이븐 알리와 그의 형제들과 아들들 여럿이 살해당했다.

30. Lilliput. 걸리버 여행기에 나오는 난쟁이 나라.
31. Bogomils. 약 10세기경에 불가리아에 나타난 신영지주의 교파. 국가와 비잔틴 교회라는 억압적인 체제, 건물을 부정하고 초대교회의 영적 가르침을 중시하면서 사람의 몸이 곧 성전이라는 생각을 고수했다.
32. 터키 역시 서양의 다른 나라들과 마찬가지로 은행에 대개 당좌계좌와 저축계좌 두 가지의 연동된 계좌를 유지한다. 당좌계좌는 그때그때 인출해서 쓰는 계좌고, 저축계좌는 보관용이다.
33. 파두는 '운명'이라는 뜻을 가지고 있다. 19세기 초반, 혹은 그 이전부터 포르투갈 리스본의 서민들 사이에서 시작된 대중가요의 형태다.
34. 레베티코라고도 한다. 지난 세기 초반 그리스의 도시 서민층에서 형성된 음악 스타일.
35. 무슬림들이 메카의 기블라를 향해 하루 다섯 번씩 행하는 기도의식. '살라'라고도 한다.
36. Sailboat. 작은 요트 종류 중에서 돛이 달려 있는 걸 말한다. '돛단배'라고 옮길 수도 있겠으나, 우리가 '돛단배'라는 이름으로 이미 알고 있는 전통 선박과는 다른 물건이라고 판단되므로 '세일보트'라는 명칭을 그대로 사용한다.
37. 소형 요트 제작사. 아방가르드 스타일의 보트로 유명하다.
38. Helm and rudder. 키는 배의 갑판에 있는 방향조종장치이고 방향타는 그 방향조종장치의 명령을 받아 배 밑에서 움직여 배의 방향을 실제로 바꿔주는 장치다. 따라서 둘은 한 쌍으로 구성된다.
39. Sliding keel. '킬'은 배 밑의 한가운데를 세로로 가로지르면서 등뼈 역할을 하는 용골을 가리키는데, 여기에서 물속으로 뻗어 나온 상어지느러미 모양의 구조물 또한 '킬'이라고 한다. 배가 옆으로 들리는 걸 막아주는 역할을 하는데, '슬라이딩 킬'은 필요할 때는 배 안으로 들어 올릴 수 있는 킬을 말한다.
40. 그리스와 마주 보고 있는, 에게해 연안의 도시.
41. B.C. 430~B.C. 354 아테네의 장군, 철학자, 역사가.
42. 바다, 혹은 바다의 여신.

43. 그리스 동남부의 에게해상에 펼쳐져 있는 삼십여 개의 섬으로 이뤄진 군도.
44. 이슬람의 신비주의 분파.
45. 1202~1273. 페르시아의 시인. 이란과 터키, 그리스를 비롯해 중앙아시아의 무슬림들에게 큰 영향을 미쳤다.
46. Kohl. 방연석galena이나 휘안석stibnite를 갈아서 만든 가루로 중동지역에서 전통적으로 눈의 윤곽을 그리는 화장품으로 사용했다. 납 성분이 함유되어 있어서 대부분의 국가들에서는 사용이 금지되어 있다.
47. 에이드 알 아드하. 이브라힘(구약성서에서는 아브라함)이 신의 명령을 따라 이스마엘을 제물로 제사를 지내려는 순간 신이 희생 제물로 양을 대신 보낸 일을 기념하는 축제. 그러나 이스마엘의 희생 이야기는 쿠란에는 없고, 구약성서에는 이스마엘이 아니라 이삭이 등장한다. 이 축제는 이틀 동안 이어진다.
48. 케말 아타투르크(1881~1938). 터키의 개혁정치가. 터키의 국부라고 불린다. 터키가 공화정으로 전환된 1923년부터 38년 사망에 이를 때까지 첫 대통령을 지냈다.
49. Pera. 보스포루스 해협의 서쪽 이스탄불의 한 구역. 베욜루라고도 불린다.
50. 러시아 메뉴로 유명한 식당. 지금은 1924, Istanbul이라는 이름으로 바뀌었다.
51. Rumi(1207~1273). 페르시아의 시인. 수피 신비주의자. 대부분의 시를 페르시아어로 썼지만, 터키어, 아랍어, 그리스어로 쓴 것들도 있다. 상당수의 작품들이 전해진다.
52. 시아파 이슬람에서 빠져나온 종파. 알라위스, 누사이리스, 혹은 안사리라고도 부른다. 터키에서는 시리아가 접하고 있는 해안지대인 하타이 지방에 많이 거주한다.
53. Saz. 목이 긴 류트로 터키의 전통음악과 아제르바이잔, 쿠르드족, 아르메니아 음악을 연주하는 데 쓰인다. 바글라마라고도 부른다.
54. cem ritual. 예언자 무하마드가 어느 날 밤 천국에 다녀온 여행을 기리는 의식.

55. Dede. 알레위트 종파의 이맘이랄 수 있다. 알레위트 사회의 종교적, 사회적 지도자 역할을 한다.
56. 알리 이븐 아비 탈리브(600~661). 예언자 무하마드의 딸 파티마의 남편. 시아파 이슬람에서는 무하마드의 직접적인 계승자이고, 시아파의 모든 분파들 중에서 첫 번째 이맘으로 존경받는다. 알라위트 종파에서 가장 숭상하는 인물이다.
57. 이슬람교의 창시자 무하마드를 말한다.
58. 이슬람 율법과 과학에 뛰어난 학자/성직자('울라마'라고 부른다)에게 부여되었던 호칭으로, 엄격하게 구성되어 있던 울라마들의 위계에서 가장 상위에 해당한다. 이들은 새로운 술탄을 승인하는 권한을 가졌지만 일단 술탄이 들어서고 나면 서열상 술탄의 아래가 되었고, 술탄은 새로운 셰이크-알-이슬람을 임명할 수 있었다. 셰이크-알-이슬람은 쿠란을 해석해서 활동지침으로 내리는 파트와를 작성하는 권능이 있었다.
59. 그리스의 남동부 해안도시. 오늘날 이스탄불로 불리는 비잔티움을 건설한 것으로 알려진 인물인 비자스가 메가라 출신이다.
60. "알라는 위대하시다"라는 뜻. 전투가 벌어질 때 외치는 구호다.
61. Lucian of Samosata(125~180). 풍자 작가로 유명하다. 사모사타에서 태어나 아테네, 이집트 등지에서 인기 작가로 살았다.
62. 이 점령 작전은 1209년에 교황 이노선트 3세가 주도하고, 이 카타르 파가 자리 잡은 남쪽의 토지를 탐낸 북부의 영주들이 연합군을 형성한 십자군 작전의 형태로 이뤄졌다. 성이 함락당한 뒤에는 대규모의 학살이 일어났다.
63. "Ehedü en la ilahe illallah, Muhammeden resulullah". "알라 만이 신임을 내가 증언하며, 무하마드는 그의 메신저이다"라는 뜻.
64. "자비롭고 은혜로운 알라의 이름으로"라는 뜻.
65. 예언자 마호메트의 어록.
66. 여섯 종의 하디스 중 하나로, 846년 경 페르시아의 이슬람학자인 부하리가 편찬한 것이다. 수니파 이슬람에서는 하니스 중 가장 중요한 문서로 여긴다.

67. Skullcap. 유대인이나 아랍인들이 쓰는 테 없는 작은 모자. 유대인의 것은 키파, 아랍인의 것은 타키야라고 부른다.
68. Zikr. 신의 이름이나 단순한 기도문을 반복적으로 외우면서 그 리듬에 빠져들어 가는 예배의식.
69. "음식이 차려진 테이블"이라는 뜻으로, 쿠란의 다섯 번째 장에 해당한다.
70. Horta. 잎사귀가 푸른 야채 요리의 통칭. 야생 시금치, 치커리, 차드 등을 주로 사용한다.
71. Fava. 콩을 주재료로 해서 양파, 마늘, 올리브오일, 레몬 등을 넣고 만드는 음식. 호르타와 더불어 대부분의 그리스 음식에 곁들인다.
72. Rembetiko. 레베티코라고도 한다. 단어의 뜻으로는 가난한 유랑 악사를 의미하는데, 주로 그리스나 아나톨리아 지방의 전통적인 춤곡을 연주한다.
73. 오토만 제국 시절의 게릴라, 혹은 사병조직이었던 제이베크들이 추던 춤으로 독수리나 매의 움직임을 본떠서 만들어졌다고 한다.
74. 하사피코라고도 한다. 콘스탄티노플의 백정 조합에서 유래했다고 하는데, 역시나 전투의 춤이다. 희랍인 조르바의 조르바가 추었던 춤의 동작과 비슷하다. 제이베키코와 더불어 렘베티코 음악이 많이 연주하는 리듬이다.
75. Ouzo. 아니스 열매로 만드는 그리스 술.
76. 마르코스 밤바카리스(1905~1972). 렘베티코의 아버지라는 별명을 가지고 있다.
77. 바실리스 치차니스(1915~1984). 마르코스와 더불어 가장 유명한 렘베티코 작곡가 중의 한 사람.
78. 목이 긴 그리스식 류트.
79. 보통 30~40줄의 현을 가진 악기로, 기타, 루트와 같은 어원을 가지고 있다.
80. Dinghy. 소형 보트. 큰 배에 싣거나 매달고 다니는 경우가 많다.
81. 돛의 아랫단을 수평으로 지탱하는 막대.
82. 汽水. 민물과 바닷물이 만나는 수역을 말한다. 혹은, 단순히 염분농도가 높은 민물을 말하는 경우도 있다. 이 경우는 후자일 듯.

옮긴이 **고영범**

서울에서 태어나 서울에서 자랐다. 학부에서는 신학을, 미국에서 다닌 대학원에서는 영상제작을 공부했다. 대학에 다니는 동안에는 민중문화운동연합에서 대본 구성하는 일을 했고, 미국으로 건너간 뒤로는 주로 뉴욕에서 영상제작과 관련된 일을 하다가 2002년부터는 다시 문자로 하는 일로 돌아와 번역, 희곡, 시나리오 작업을 했다.

단편영화 <낚시가다End of Summer>(35mm, 13분. 2000년 오버하우젠 영화제 선정작)를 비롯해 다수의 방송용 다큐멘터리를 만들었고, <태수는 왜?>, <이인실>, <방문>, <에어콘 없는 방>(2016년 벽산희곡상 수상작) 등의 희곡을 썼다. 장편소설 <서교동에서 죽다>와 <시나리오 어떻게 쓸 것인가>, <로버트 로드리게즈의 십 분짜리 영화학교>, <레이먼드 카버: 어느 작가의 생>, <다이알로그>(민음인. 근간 예정) 등의 단행본, <예술하는 마음> 등 다수의 희곡을 번역했다.